# LA MALERUNE

Né en 1970, Pierre Grimbert a étudié à Lille et à Bordeaux, exercé les métiers de bibliothécaire, infographiste et scénariste. En 1998, le formidable succès du *Secret de Ji*, qui a enchanté tous les amateurs de fantasy et s'est imposé grâce à un style fluide et à une intrigue mémorable comme le best-seller incontestable de la fantasy francophone, le décide à se consacrer pleinement à l'écriture. Après une dizaine de romans pour la jeunesse, récompensés par quatre prix, Pierre Grimbert a fait son retour à l'epic-fantasy avec *Les Armes des Garamont*, premier tome de la trilogie de *La Malerune*, et en 2004 et 2005 avec *Les Enfants de Ji*. Il a choisi de faire superviser la rédaction de la suite de *La Malerune* par un jeune journaliste, Michel Robert.

Michel Robert, journaliste et ancien sportif de haut niveau, est né en 1964. Après avoir collaboré avec Pierre Grimbert à l'écriture du cycle de *La Malerune*, il a publié le cycle de *L'Agent des ombres* (3 volumes : *L'Ange du chaos*, *Cœur de Locki* et *Sang-Pitié*), une fantasy aux accents crépusculaires, teintée d'humour, de violence et d'érotisme.

Michel Robert
*d'après une histoire de*
Pierre Grimbert

# LA MALERUNE

## 3. La Belle Arcane

ROMAN

*Éditions Mnémos*

Collection dirigée par Fabrice Colin

TEXTE INTÉGRAL

ISBN 2-7578-0171-6
ISBN 2-02-085711-1, n° général
(ISBN 2-915159-16-5, 1re publication)

LIVRE VII

# LES TERRES ROUGES

Zétide et Hogo remontèrent la piste qui quittait la plage et arrivèrent dans la clairière. Ariale avait disparu. Les chevaux s'agitaient, nerveux.

– Où est la petite ? s'étonna Zétide.

– Ariale ? s'écria Hogo.

Aucune trace de la fillette.

– Rendez vous et il ne vous arrivera rien ! ordonna une voix tapie dans les broussailles, du côté opposé à la plage.

– Comment se fait-il que je ne vous croie pas ? s'exclama Zétide.

– Vous n'avez pas le choix, nous avons la petite. Et toi, le Lycante, jette tes armes, ou elle perdra un œil !

Un cri de douleur enfantine confirma son propos. Hogo feula, gronda, mais dut se résoudre à obéir. Dans la clairière, une troupe de guerriers jaillit du sous-bois. L'un d'eux, un homme blond, tenait Ariale serrée contre lui. Pris au dépourvu, les deux compagnons furent capturés et attachés les mains dans le dos, les pieds serrés.

Lucia arrivait à peine en haut de la pente. En entendant l'injonction et le cri perçant de sa cadette, elle plongea dans les fourrés sans réfléchir.

– Lucia de Garamont, rendez-vous, cria Hagen.

La jeune femme n'en avait aucune envie. Elle se doutait qu'une fois entre leurs mains, rien ne pourrait les sauver. Au lieu de sortir de sa cachette, elle profita du couvert des fourrés pour s'éloigner parallèlement à la plage. Mais une branche craqua sous son pas, résonnant avec la force d'une explosion.

– Nilrun, Wheln, Bérolas, à vous !

Les trois hommes s'élancèrent à la poursuite de la chasseresse. Juste avant qu'ils ne quittent la clairière, l'homme blond ajouta :

– Je la veux en bon état, Wheln !

Après quoi, il se tourna vers les prisonniers assis l'un en face de l'autre et sévèrement gardés par une dizaine de guerriers.

– C'est le Magistère Alexien qui m'envoie. Donnez-moi la rune, Hypolus !

– Vous pouvez toujours chevaucher un drak !

Hagen se rapprocha et frappa le vieillard d'un coup de botte dans la mâchoire. Hogo voulut bondir mais fut frappé lui aussi à coups de pied.

Zétide demanda grâce. Il fouilla sa tunique et en sortit un carnet qu'il tendit à Hagen. Celui-ci vérifia qu'il comportait bien les runes avant de l'empocher.

– Parfait. À présent, nous allons attendre que mes hommes ramènent la fille.

Hogo lui jeta un regard sombre où cependant brillait une certaine moquerie :

– Vous n'en avez envoyé que trois pour aller la chercher ? Dans la forêt ? dit-il de sa voix si grave. Vous risquez d'attendre longtemps.

* * *

Lucia courait dans la canopée, pourchassée par les trois guerriers. Elle entendait presque distinctement leur souffle, les branches qu'ils cassaient sur leur passage, les feuillages qu'ils giflaient dans leur course, les jurons étouffés qu'ils poussaient.

La jugeant trop encombrante pour descendre dans la grotte de la Clairvoyante-Sagesse, la jeune femme avait laissé son épée avec ses sacoches. Elle n'avait que son poignard de chasse et une dague de jet. Ceux qui la poursuivaient se trouvaient sûrement mieux équipés.

Jugeant qu'elle était assez loin de la clairière, elle infléchit sa course vers les terres. Aussi vive et légère qu'une biche, elle gravit une pente, sauta un tronc d'arbre, franchit un fossé. Ils étaient toujours là, sur ses talons, plus lourds, plus lents. Elle veillait à ne pas les distancer. Elle estima qu'elle avait assez couru. Il était temps d'inverser la tendance. Elle cherchait juste le bon endroit.

Là, cette branche parallèle à deux mètres du sol. Sans interrompre sa course, la chasseresse sauta. Elle agrippa la branche des deux mains et profita de son élan pour en faire le tour. Une fois rééquilibrée, elle se hissa prestement d'un mètre encore.

Le premier des poursuivants arrivait, justement, sans se douter de la ruse. Il passa à côté de l'arbre sans s'arrêter, bientôt suivi d'un deuxième guerrier. Lucia en entendait encore un autre arriver, le souffle rauque. Elle le laissa également passer. Elle attendit encore cinq ou six minutes avant de rejoindre le sol et de suivre les hommes du Magistère à petites foulées, son poignard en main.

La chasseresse commença la chasse. Sa chasse.

* * *

Bérolas en avait assez de crapahuter ainsi à travers les bois. Le sabre long et légèrement incurvé qu'il avait empoigné commençait à peser. Aucun signe de la donzelle. Aucun signe de ses comparses non plus, d'ailleurs. Il ne les entendait même plus. Bérolas avait toujours détesté la course à pied. D'ailleurs, il exécrait également la forêt, bien plus à l'aise dans les rues sombres de la grande cité d'Avallon. Une branche qu'il vit trop tard lui égratigna la joue. Jurant d'abondance, il cessa de courir. La peste soit de cette belle garce !

Cela faisait bien dix jours que les Tigres suivaient les quêteurs. Hagen voulait attendre qu'ils aient récupéré la Juste Glyphe pour agir. C'était chose faite puisqu'ils avaient le carnet du mage mais Bérolas n'avait pas prévu qu'il aurait à se fatiguer ainsi.

Il ne savait même plus par où aller. Devant lui, à vingt pas, une petite tache blanche posée sur les racines d'un cèdre bleu attira son attention. Cette tache jurait avec le reste de la forêt. Le guerrier raffermit sa prise sur la lame et avança prudemment. Il tournait la tête de tous les côtés, aux aguets. Aucun bruit suspect pour l'alerter. L'objet repéré semblait être une pièce de tissu. Bérolas se rapprocha prudemment et n'en crut pas ses yeux : il se trouvait devant un sous-vêtement féminin de fine étoffe !

Le guerrier fit lentement un tour sur lui-même pour scruter les bois ; hormis les bruits habituels de la forêt, il ne perçut aucun signe de vie. Il se pencha, saisit le bout de tissu dans sa main calleuse et se redressa.

Un sifflement derrière lui, le déplacement de l'air, une douleur inouïe à l'arrière de sa tête… Bérolas s'écroula contre l'arbre, une dague de jet fichée dans la nuque.

Lucia sortit du massif fleuri où elle s'était tapie. Elle avait presque envie de rire : c'était bien faiblesse masculine que de se faire berner par un tel tour !

C'était la première fois qu'elle tuait réellement un homme de sang-froid. Au moment où elle s'en aperçut, elle retint une vague de bile au fond de sa gorge avant de la cracher à côté de la tête du mort. La chasseresse se rendit compte qu'elle n'éprouvait aucun scrupule.

Elle renfila prestement son soutien-gorge, récupéra sa dague après l'avoir essuyée sur la chemise noire du guerrier, le délesta de son sabre ainsi que du fourreau qu'elle boucla autour de sa taille.

*Et d'un.*

***

Nilrun avait quitté la piste et s'était arrêté pour se soulager derrière un fourré. Wheln n'avait pas daigné l'attendre. C'était bien son genre à celui-là, de s'exciter après une mignonne comme cette brunette ! Le guerrier espérait que Wheln n'irait pas *trop loin* avec la jeune femme. Hagen avait bien spécifié qu'il la voulait en bon état. Et la dernière fois, Wheln avait un peu abusé avec la rouquine ; Nilrun ne voulait pas être tenu pour responsable de la perversité de son complice. Il reprit la piste qui serpentait entre de hautes fougères.

– Wheln ! Wheln ! Hagen a dit de ne pas l'abîmer… Wheln ? C'est toi ?

Devant l'homme, sur sa droite, un taillis s'agita. Nilrun préféra dégainer son épée courte plutôt que son arc.

Un bruit de course dans les fougères. Nilrun ne parvenait pas à discerner de quel côté cela venait. Un souffle d'air se glissa derrière lui. Nilrun entendit un son clair et sentit une vive brûlure au creux du genou. Il regarda autour de lui : personne, plus un bruit. Il passa la main sur sa chair pour la relever rougie de sang. Il fit quelques pas en boitillant, ramassé sur lui-même.

Un nouveau bruit de course dans les fourrés. Cette fois, Nilrun leva son épée et fit volte-face, en position de défense. Il ne vit rien, sentit une présence derrière lui, un souffle de vent, une brûlure à l'épaule cette fois.

– Montre-toi ! Viens te battre !

Il était en train de se faire découper sans même entrevoir son agresseur. Il l'entendait à peine. Il accéléra l'allure. Il ne pouvait rester là, il était trop exposé à ce qui se cachait dans les fougères.

Un nouveau bruit de course, des feuilles que l'on écartait. Nilrun exécuta d'amples allers-retours avec son sabre tout en tournant sur lui-même, déchirant l'air tout autour de lui, histoire de dissuader son adversaire de tenter une nouvelle attaque.

Le bruit de course cessa brusquement. Tout proche.

Nilrun reprit confiance. Il arrivait presque au bout du sentier. Il pouvait même apercevoir une clairière. Il aurait plus de champ là-bas et on verrait bien alors qui serait le chasseur et qui le chassé. Il se tourna pour vérifier que personne n'arrivait dans son dos avant de repartir vers la clairière, puis sursauta. Juste en face de lui, le séparant de la clairière, se tenait une jolie jeune femme. Elle lui sourit, leva le bras, puis Nilrun eut froid, très froid et tout devint noir. Lucia s'empara de l'arc et du carquois du guerrier qu'elle venait de tuer. Après une seconde de réflexion, elle jeta son épée courte.

*Deux. Et j'ai un arc, à présent.*

* * *

Wheln Mains-Rouges, le pisteur métis au crâne tatoué, revenait prudemment sur ses pas, la démarche souple, sur le qui-vive. Il venait de trouver la dépouille de Nilrun. Le pisteur cherchait à rejoindre Hagen pour l'avertir de la mort de l'albinos. Était-ce la pouliche brune qui l'avait tué ? Un Maûne ? Un autre ennemi ? Sûrement pas un Maûne. Ils se déplaçaient rarement seuls et il aurait alors déjà croisé leurs traces ou goûté à leurs lames. Peut-être la fille brune ; elle en avait l'air capable. Celle-là, il la voulait, absolument.

Inutile d'appeler Bérolas à la rescousse. Autant avertir leur ennemi de son arrivée.

*Tiens, tiens, une trace de sang, sous cette feuille. Une autre, plus loin. Et encore une.*

Raffermissant sa prise sur le manche de sa hache, Wheln suivit les traces de sang, qui le menèrent jusqu'à une clairière. Les taches la traversaient. Le guerrier au crâne tatoué s'avança d'une dizaine de pas avant de s'arrêter au milieu de la clairière. Ça puait le piège. Il fit volte-face pour se retrouver face à face avec sa proie. Lucia tenait son arc contre son ventre, une flèche encochée.

Oui, c'était bien elle qui avait tué Nilrun. Cela se voyait dans ses yeux.

– Tu n'auras jamais le temps de lever ton arc, ricana tout de même Mains-Rouges d'un ton assuré.

– Tu veux parier ?

Le sourire que lui adressa la jeune femme était aussi glacé que la mort.

Le guerrier se projeta en avant, hache brandie au-dessus de sa tête. Il eut seulement le temps de faire un pas. Son hurlement s'arrêta net, remplacé par le son mat, un peu écœurant, que fit la flèche de Lucia en lui transperçant le fond de la gorge. Sous la force de l'impact, Wheln Mains-Rouges fut projeté un mètre en arrière. Il s'écroula les bras en croix, la hampe de la flèche dépassant entre ses dents, à la verticale.

*Trois.*

* * *

Hagen était allongé dans l'herbe, le nez contre sa selle. Cette journée s'annonçait comme l'une des pires de sa carrière.

Il venait de perdre sept hommes sans avoir pu livrer le moindre combat.

C'était sa faute à elle, elle seule, Lucia de Garamont. Son instinct le lui affirmait sans doute possible. Et son instinct le trompait rarement en la matière ; sans cela, il serait mort depuis longtemps.

Au début, tout allait bien. Sans trop se fatiguer, il avait suivi le périple d'Hypolus et ses compagnons, de suffisamment loin grâce au traceur runique pour ne pas être découvert par le pisteur Lycante. Il avait assisté à l'étrange transformation d'un Verve en dauphin, sans en saisir la portée, puis avait enfin capturé le mage et confisqué le carnet contenant les composantes de la Belle Arcane. Tout allait bien, jusqu'à ce que la fille Garamont entreprenne de contrecarrer ses plans.

Des quatre guerriers envoyés pour retrouver les trois manquants, quatre hommes et pas des moindres puisque parmi eux se trouvaient Orquin le Hardi et Menshir Haukjarod, deux de ses plus farouches tueurs. Seul Nifur le Mince avait réussi à retourner au campement pour s'écrouler dans la clairière, une flèche plantée entre les omoplates.

Elle était là, tout près. Il le sentait.

Les chevaux, elle s'en était emparée, sans qu'il comprenne comment. Stanislav avait eu la gorge tranchée dans l'histoire.

Ils se trouvaient, lui et ses hommes, traqués dans une clairière perdue avec trois prisonniers dont il ne pouvait même pas tirer avantage. À voix haute, il avait menacé de s'en prendre aux prisonniers, mais lorsque dague en main Irvanès s'était avancé vers ceux-ci, assis au centre de la clairière, une flèche surgie de nulle part avait traversé les bois pour aller se ficher dans sa gorge. Dès lors, il n'avait plus envoyé personne à découvert. Comme lui, ses Tigres s'étaient mis à l'abri. Ils ne se déplaçaient plus qu'en rampant.

Hagen ne pouvait se résoudre à contacter son maître. Comment lui avouer qu'une femme, fût-elle guerrière, les tenait en échec, lui et ses Tigres ?

Quelle situation risible !

La nuit s'écoula, calme en apparence, pendant laquelle Hagen se tritura en vain le cerveau pour trouver une solution. Sans montures, ils étaient bloqués. Au matin, un hurlement le fit sursauter, dans l'état de demi-veille où il se trouvait. C'était celui de Ghrengallas qui venait de s'apercevoir que son acolyte de toujours, le petit Lullnyn, qui dormait à peine à un mètre de lui, avait la gorge tranchée.

Il ne lui restait plus que cinq hommes. Hagen dut se résoudre à contacter son maître.

Sortant de son pourpoint le médaillon donné par le Magistère, il se concentra sur l'image de celui-ci.

* * *

Lucia se montra le matin suivant. Rhisiart en main, elle marcha sur le campement, sans prononcer la moindre parole, une expression de détermination absolue peinte sur son beau visage. Cela faisait longtemps que les Tigres avaient oublié la consigne de l'épargner. Les cinq survivants se lancèrent à sa rencontre, armes dégainées.

Lucia élimina le premier de sa dague de jet, lancée de la senestre. Le deuxième fut atteint par une diagonale qui partit du sol pour l'éventrer du pubis à l'épaule, le troisième d'une rotation du corps achevée d'un revers dans la gorge. Les deux derniers Tigres se séparèrent pour la prendre en tenaille. Mais Lucia se rua sur eux sans leur laisser le temps de s'organiser. Le plus corpulent, un rouquin, subit la morsure de Rhisiart après un changement de main suivi d'une frappe inversée. Son partenaire, un homme au nez tordu armé d'un sabre, fut victime d'une botte précise qui lui découpa la jambe au niveau du genou, avant de se retrouver la poitrine fendue en travers.

Des Tigres, il ne restait plus que des cadavres. Lucia se retourna vers l'homme blond qui tressaillit en avisant l'expression sauvage de son regard. Mais la chasseresse n'eut pas le temps de lui offrir le sort qu'elle lui réservait. Une voix mâle et assurée suspendit l'expression de son courroux.

– Je vois que j'arrive juste à temps. Recule, Hagen.

C'était Alexien de Trévise, splendide dans sa tenue de brocart bleu rehaussé de liserés d'or.

Alors que l'homme blond s'exécutait, Lucia leva son épée et avança sur le mage. Celui-ci agita les mains, traçant les lignes de pouvoir. Lucia s'arrêta soudainement. Elle semblait saisie à la gorge par une étreinte invisible. Elle suffoqua, se débattit pour se libérer, en vain. Enfin, elle s'écroula sur l'herbe, inerte.

– Et voilà, triompha le Magistère. À présent, nous allons pouvoir en terminer avec cette affaire et rentrer tranquillement chez nous.

– *Je ne crois pas.*

La voix de Zétide s'éleva dans la clairière, faisant sursauter le mage et son homme de confiance. Libéré de ses liens, il se dressait face à son ancien camarade et son expression fit reculer Hagen.

Tandis qu'Alexien s'attaquait à la chasseresse, sur les instances d'Ariale, Shruti avait activé son manteau de camouflage et avait roulé jusqu'à Zétide. De ses petites dents, il avait rongé les liens du sorcier d'Arcadie. À son tour libéré par l'amovible, Hogo courut s'enquérir de l'état de Lucia, que venait de rejoindre sa sœur. Il prit son pouls et soupira de soulagement en constatant qu'elle n'était qu'évanouie.

Les deux pratiquants du Bel Art se dressaient maintenant face à face, auréolés de puissance, entièrement concentrés sur l'affrontement qui allait inéluctablement suivre.

– Je suis plus fort que toi, Hypolus, je l'ai toujours été, reprit le mage d'Avallon. Déjà au Collège des mages, je te surclassais.

– On n'est plus au collège, Alex !
– C'est donc un Duel que tu veux ?
– L'idée me semble intéressante.
– Alors tant pis pour toi !

Après avoir ordonné aux autres de reculer, ils se positionnèrent à trente pas l'un de l'autre. Hagen alla sagement se ranger derrière Alexien, tandis qu'Ariale, Lucia et Hogo rejoignaient Zétide.

Une danse lente et gracieuse s'engagea. Pour les observateurs non mages, seuls leurs mains et leurs bras se mouvaient à un rythme envoûtant.

Mais pour Ariale, quel spectacle lorsque la magie opéra ! Un formidable feu d'artifice d'énergie inondait la clairière. Des sorts offensifs sous la forme de sphères fuligineuses ou crépitantes de pourpre ou de mauve ; des éclairs rouges, violets, orangés ou mauves, des traits de lumière nimbés de jaune ou de blanc. Tous contrés par des écrans défensifs concrétisés par un treillage de bleu, d'or ou de vert, ou par des cercles de protections irisés, doublés, triplés, quintuplés. Toute cette débauche de pouvoir et de tons n'avait que la fillette pour véritable témoin.

Aucun des deux duellistes ne semblait parvenir à prendre le dessus sur l'autre. Chaque sort d'attaque trouvait un contrepoint défensif. Les runes s'enchaînaient avec fluidité, coulant presque naturellement des mains des deux adversaires. Captivée, Ariale contemplait le ballet hypnotique. Au début du duel, Hogo avait dû retenir Lucia pour l'empêcher de se mêler de l'affrontement, lui expliquant rapidement qu'un Duel de mages dégageait une puissance si colossale qu'il était mortellement dangereux pour tout humain d'intervenir.

Le Magistère était en train de tisser une nouvelle offensive lorsque le sol sembla se dérober sous ses pieds. Le tremblement de terre miniature invoqué par Zétide ne provoqua aucune blessure mais lui fit perdre le rythme. Dès lors, Ariale s'en rendit clairement compte, son mentor prenait un net avantage sur son adversaire.

Le doute se lisait clairement dans les prunelles du Magistère, à présent totalement sur la défensive. Il transpirait à grosses gouttes et sa nervosité devenait évidente.

– Hagen, scanda-t-il, fais quelque chose !

Un rictus découvrit les dents de l'homme blond. De derrière sa nuque, il sortit une étoile dentelée forgée de métal noir. Malgré le danger, il leva le bras, ajustant Zétide dans son point de mire. Lucia réagit telle la foudre, et dégaina la dague de jet qu'elle lança sur l'homme blond dans la foulée. La dague transperça le poignet d'Hagen qui poussa un cri de douleur.

– Honte sur toi, Alexien, tu violes nos préceptes les plus élémentaires ! s'écria Zétide.

La traîtrise de son adversaire sembla galvaniser le sorcier d'Arcadie. Ses attaques se firent plus vives. De nouveaux flux d'énergie magique traversèrent la clairière. Bientôt, Alexien ne disposait plus que d'un unique cercle de protection. Le Magistère rugit de dépit.

– Maudit sois-tu, Hypolus !… Je te retrouverai !

– Quand tu veux, Alex ! répondit Zétide d'un ton moqueur.

Alexien traça un dernier cercle de protection et recula jusqu'à son acolyte qu'il saisit par le poignet. Lucia avait saisi son arc et lâché une flèche sur eux, mais le trait fut arrêté par le bouclier magique. Ariale entendit un bruit semblable à celui d'une étoffe que l'on déchire. Un éclat de lumière blanc argent inonda la clairière et les deux hommes disparurent, comme aspirés par le néant.

– Bon débarras ! cracha Zétide avant d'éponger son front en sueur. J'avoue que je ne pensais pas pouvoir le battre. Lorsque nous étudiions ensemble, il me surclassait toujours.

– Eh bien, cette fois vous lui avez montré ce que vous valiez ! le félicita Ariale.

– Sans doute, mais il a bel et bien réussi à s'emparer de ton carnet ! remarqua Hogo ; le front soucieux.

– Oh, il a bien volé un carnet, mais ce n'était pas celui de la Belle Arcane croyez-moi ! rit le mage. Le nommé Hagen voulait des runes, je lui ai donné des runes. L'imbécile ! S'il m'avait fouillé, il se serait rendu compte que des carnets, j'en ai au moins quatre sur moi. Seul un mage confirmé aurait pu s'y retrouver.

– Mais alors, qu'a-t-il volé ? demanda la fillette.

– Un carnet de recherches que je traîne avec moi depuis des années et sur lequel j'avais dessiné des runes pour m'apercevoir ensuite qu'elles étaient sans intérêt.

– Alexien va avoir une bien mauvaise surprise ! sourit Hogo.

– Oui, quel dommage, n'est-ce pas ? sourit en retour le mage.

Alors que Lucia s'en allait préparer leurs montures, Hogo reprit la parole :

– Je me demande bien comment ils ont fait pour nous retrouver. Ils n'ont pu suivre notre piste depuis Avallon, j'ai bien pris garde d'effacer nos traces. Or, pour nous retrouver si vite, ils devaient soit connaître notre destination, ce qui est impossible, soit bénéficier d'un moyen de nous suivre à la trace, mais j'ignore lequel.

– Par magie, peut-être ? souleva Ariale. Après tout, le Magistère est un mage de talent, non ?

– Je ne vois pas comment, répondit Zétide en lissant pensivement la pointe de sa barbe… À moins que… Oui, en fait, il y aurait bien un moyen…

Sous le regard médusé d'Hogo et Ariale, il commença alors à ôter ses vêtements, pour finir par ne garder que son caleçon, dévoilant un corps maigre à la musculature sèche. Il inspecta minutieusement le devant de son corps et la plante de ses pieds.

– Je n'ai rien trouvé, dit-il d'un air pensif. Ariale, viens voir, tu vas devoir inspecter mon dos. Regarde si tu ne vois pas un dessin runique…

Toute rougissante, Ariale commença son examen par le bas des jambes, pour remonter jusqu'aux épaules.

– Là, peut-être ? Non, c'est un grain de beauté. Levez le bras… Ah ! J'ai peut-être trouvé… Oui, je crois que c'est ça.

En effet, pulsant d'une lueur bleutée que seule Ariale pouvait percevoir, une rune était tatouée sur l'épine dorsale du mage.

– Bon sang, pourrait-on m'expliquer ce qui se passe ? intervint Lucia, qui revenait annoncer que les montures étaient prêtes. Qu'est-ce que vous trafiquez avec ma sœur ? Mortelune, j'ai peur de trouver moi-même une explication !

– Ce n'est évidemment pas ce que vous insinuez ! Pour qui me prenez-vous ?

– Je plaisantais, mage… Vous êtes pétri de défauts mais je ne vous crois pas capable d'abuser des petites filles.

– Trop aimable ! grinça Zétide. Puisqu'il vous faut *encore* des explications, sachez qu'Alexien m'a marqué de ce que l'on appelle un traceur runique. Cela lui permet de me repérer où que je me trouve. Il faut annuler le sort. Ariale, j'ai encore besoin de toi, s'il te plaît. Procède comme je te l'ai appris : tu dois défaire, de l'extérieur vers l'intérieur.

Ce tracé relativement simple ne posa aucun problème particulier à la fillette. Il ne fallut que trois minutes à Ariale pour neutraliser le traceur, et avec lui la possibilité pour le Magistère de retrouver Zétide.

Hogo empaqueta leurs affaires, Zétide se rhabilla en grommelant et ils remontèrent en selle.

– Où allons-nous, à présent ? s'enquit Ariale.

– Trouver la Bellerune. J'ai besoin d'une bibliothèque pour déchiffrer le code d'Éras, dit-il presque pompeux.

– Dites, Zétide, vous savez que pour votre âge, vous êtes plutôt bien conservé ? gloussa Lucia.

Le mage grimaça et talonna sa monture pour les dépasser.

Le guerrier lycante vint ranger son cheval au niveau de la chasseresse :

– Dis, Luce, tu ne peux pas le laisser tranquille, un peu ?

– Non, en vérité, c'est plus fort que moi, il faut que je l'asticote ! De toute manière, ça ne peut pas lui faire de mal ; comme tous les mages, il a tendance à se prendre trop au sérieux !

* * *

Geyor se réveilla avec une énorme bosse sur le coin du crâne, les tempes pulsantes, et une migraine atroce qui brûlait son œil valide de l'intérieur.

Il se trouvait avec sa bande de ruffians dans le Médoc, toujours à la poursuite de Zétide, qu'ils talonnaient de près grâce à l'artefact de la sorcière du Maûne. Quand la veille, en pleine nuit, leur camp avait été attaqué par un groupe de maraudeurs goblins. Geyor et ses sbires, surpris dans leur sommeil, n'avaient rien pu faire.

Le démon et ses guerriers avaient été convoyés avec leurs montures jusqu'au camp des Maûnes à peau verte, une petite clairière surmontée d'une grotte, et parqués au fond de celle-ci, dans une cellule formée de rondins. Sauvagement frappé à la tête, Geyor avait passé la journée inconscient, alors que Bresquaray, l'un de ses hommes, se faisait dévorer par les Goblins après avoir été cuit à la broche.

Une fois réveillé, le démon parvint peu à peu à reconstituer le fil des évènements. Il se rencogna tout au fond de la grotte et commença par rager contre le sort qui conduisait ses propres congénères à œuvrer contre sa mission.

La nuit était bien entamée. Tandis que les caquètements des Goblins lui parvenaient en résonnant sur les parois de la grotte, le golem réfléchissait à ses options. Il pouvait bien sûr se faire connaître des Maûnes comme agent spécial du Maître, mais ce serait alors pour perdre le soutien de ses reîtres. Malgré leur aptitude au mal, il doutait que les Eldes acceptent de suivre un Maûne. De plus, il avait bien conscience que la race abâtardie des Goblins avait sa logique propre et que ceux-ci pouvaient très bien décider de contrecarrer davantage les desseins du démon, juste histoire de s'amuser un peu.

Après avoir mûri ses options, Geyor décida de délivrer ses acolytes humains ; il risquait d'en avoir besoin avant longtemps. Rallier les Goblins, même si cela était possible, ne lui servirait pas à grand-chose. Le golem attendit avec impatience que les Eldes s'endorment puis, usant de son pouvoir particulier, il se transporta dans le Monde Gris.

Une fois dans le Maûne, il avança d'une centaine de pas vers le nord puis revint dans l'Ældo. Le démon avait parfaitement calculé son déplacement ; à présent libre, il se trouvait caché non loin de la caverne, sous le couvert des frondaisons qui entouraient la clairière. Il se glissa derrière la sentinelle qui gardait la grotte et lui rompit les vertèbres d'une violente torsion. Il pénétra dans la grotte et, d'un coup de griffe, abattit encore deux Goblins qui somnolaient devant l'endroit où étaient reclus les prisonniers. Une fois la voie libre, il reprit sa forme de Requin, avant d'aller délivrer ses hommes. Ceux-ci récupérèrent aussitôt leurs armes, le visage éclairé par la revanche qu'ils se préparaient à prendre sur leurs geôliers.

Ils sortirent de la caverne et, sans crier gare, se jetèrent sur les Goblins installés pour la nuit. Plus puissants et bénéficiant à leur tour de l'effet de surprise, « Requin » et ses hommes firent un carnage parmi les Maûnes. Mais alors qu'ils étaient déjà à cheval, prêts à partir, quelle ne fut pas leur surprise de voir déboucher dans la clairière un régiment de chevaliers du Médoc, qui pistait les Goblins depuis une semaine ! L'un deux reconnut sans doute le signalement du redouté Requin, d'Iquaris Une-Oreille, d'Eyck, des cousins Skego et Votrass et des autres, car ils se lancèrent aussitôt à leur poursuite. Les ruffians n'eurent que le temps de s'enfuir au galop, évitant de justesse une volée de carreaux d'arbalète.

Ils furent contraints de galoper longuement vers le sud, et ce n'est que lorsqu'ils entrèrent dans le royaume de Creste que les chevaliers abandonnèrent la poursuite. Geyor avait perdu la trace du mage et des autres. Tout était à refaire, rien n'avait marché comme il l'avait espéré.

Le Doigt enchâssé de Zétide avait noirci, la piste était froide. Geyor n'avait pas le choix. Obligé de suivre la direction de nouveau approximative qu'indiquait le Doigt, il rallia sa bande et remonta en direction du nord-est.

* * *

Trois jours plus tard, dans une petite clairière sablonneuse, Lucia était assise sur un tronc couché, non loin du petit feu rougeoyant de leur campement. Elle s'escrimait à démêler le flot de son abondante chevelure. Elle vit alors arriver Hogo, portant de l'eau pour les chevaux.

– Ils sont bien trop longs, énonça-t-elle d'emblée sur la défensive. Ils me tombent sur les yeux dès que je bouge ! Ça me gêne dans les combats, c'est toi-même qui me l'as fait remarquer !

Le Lycante n'avait pourtant rien demandé mais la jeune femme ne voulait surtout pas passer pour une coquette. Cela étant, une coquette aurait obtenu de bien meilleurs résultats en matière de coiffure.

– Laisse-moi faire, sourit Hogo.

Sans attendre de réponse, il s'accroupit devant elle. De ses longs doigts bruns, il défit le résultat piteux des efforts de la guerrière. Patiemment, avec habileté, il confectionna de petites tresses, rabattant les mèches inopportunes sur les côtés du visage de la jeune femme.

– Tu sais, finalement elle te va bien cette cicatrice. Enfin... Moi ça me plaît, annonça Hogo.

– Merci..., répondit simplement Lucia, surprise et touchée par cette remarque.

Hogo était d'ordinaire trop réservé pour faire des compliments.

– Mais arrête un peu de te tortiller, intima le Lycante d'un ton bourru. Tu ne me facilites pas le travail à gigoter ainsi !

Lucia ne répondit rien mais arrêta de bouger. Comment aurait-elle pu lui avouer que son toucher si doux lui donnait des frissons qui descendaient tout le long de sa colonne vertébrale ? Même sous la torture, elle l'aurait nié !

N'ayant rien d'autre à faire, elle se concentra sur les traits puissants du visage d'Hogo comme elle ne l'avait jamais fait, détaillant chacun de ses méplats, chacune de ses cicatrices ou de ses petites rides, longeant sa bouche fine, escaladant son long nez du regard, terminant par une plongée incontrôlable dans les paillettes d'or qui pétillaient dans les prunelles bleues du Lycante. Celui-ci était si concentré sur sa tâche qu'il ne remarqua pas l'examen approfondi dont il était l'objet.

Lucia faillit tourner la tête pour qu'il lui caresse la joue. Avant de se gourmander elle-même. *Que t'arrive-t-il ? Reprends-toi, ma fille, on dirait une pucelle énamourée !*

– Voilà, c'est terminé, annonça le guerrier, visiblement satisfait du résultat obtenu.

– Merci, Hogo.

La jeune femme se leva vivement, afin que son compagnon ne se rende pas compte de son trouble. Elle allait rejoindre sa jument quand, saisie d'une irrésistible pulsion, elle se pencha vers le Lycante, toujours assis sur ses talons. Elle déposa un baiser sur sa joue, à la commissure de la bouche. Terriblement proche de ses lèvres. Après quoi, elle fila sans demander son reste.

Un quart d'heure plus tard, Zétide et Ariale rentraient au campement, les poches pleines d'herbes curatives. Plongés en pleine discussion, ils ne remarquèrent pas tout de suite la présence du Lycante.

– … Oui, la magie du Parlé, ça existe ou plutôt ça a existé… Mais je doute que pratiquer ce type de magie soit encore possible. Tu te rends compte, Ariale, si d'un mot l'on pouvait activer une rune ? Alors qu'avec le tracé, le moindre des sorts prend au moins onze mouvements… Cela procurerait un avantage colossal d'avoir la capacité d'invoquer le pouvoir d'une simple phrase !

Avisant la présence de son ami et sa posture inhabituelle, Zétide s'interrompit net.

Levant un sourcil, il contempla l'expression de son compagnon d'aventures, toujours accroupi dans l'herbe, la main effleurant le coin de sa bouche, le regard ailleurs, à la fois rêveur et surpris. Ce n'était pas son genre d'être dans les nuages, estima Zétide.

– Hogo ? Tu vas bien ?

– Hein ? Quoi ? sursauta le Lycante avant de se redresser.

Il semblait ne s'être même pas rendu compte de l'arrivée du mage et de son élève.

–Tu es sûr que ça va ? relança Zétide, la moustache relevée par un certain amusement.

–Pourquoi tu me demandes ça, Zét' ?

–Si tu voyais ta tête ! Tu as l'air *distrait*.

–Distrait, moi ? Non, non... tout va bien...

–Où est Lucia ? demanda Ariale.

–Quoi ? Lucia ? Lucia... Oh ! Elle s'occupe des chevaux... Je pense...

–Dis, tu es sûr que ça va ? s'entêta Zétide qui ne savait s'il devait éclater de rire ou s'inquiéter.

–Euh, oui... Je crois. Enfin, non... Je veux dire, j'en suis sûr. J'en suis sûr ! affirma le Lycante.

–Très bien, si tu le dis...

Resté seul, Hogo se rassit. Inconsciemment, sa main avait repris sa caresse furtive au coin de sa bouche. Ses pensées s'entrechoquaient, rebondissaient à l'intérieur de son crâne, faisant battre son cœur à toute allure, sans qu'il en comprenne la signification.

Enfin, au bout d'une bonne vingtaine de minutes, avec une pointe de regret, il sortit de sa transe. C'était son tour de préparer le repas.

* * *

Depuis deux jours, ils descendaient le cours du grand fleuve Hystorn.

Zétide avait décodé la destination suivante de la quête dans *Us et Coutumes de l'Ældo*, un livre que l'on trouvait dans toutes les bonnes bibliothèques. D'après les indications relevées, la composante suivante de la Belle Arcane, la Bellerune, se situait sur l'aiguille de Feu, l'un des pics du Pégoÿe Nord.

Pour s'y rendre, il leur faudrait traverser le redoutable désert de la Langue du Dragon. Ils obliquèrent donc vers le sud-est pour chevaucher en direction de la ville marchande de Bhelbas, située sur la frontière est du

Ferran, l'endroit le plus propice pour s'équiper et trouver une caravane.

Alors qu'ils venaient de traverser l'Hystorn, ils décidèrent de passer la nuit dans une bourgade située en bordure du fleuve. Ils avaient besoin de reconstituer leurs provisions, et Zétide aspirait au confort d'une auberge après toutes ces nuits de sommeil à la belle étoile. Le moment était bien choisi : on fêtait le sacre de l'Automne et le village était paré de ses habits de fête. Les peintures des bâtiments venaient d'être refaites. Le long de la rue principale, lampions, guirlandes, tressages de fleurs et colifichets de bois travaillé décoraient la façade des habitations.

L'auberge fut facile à trouver. Elle se trouvait en face des écuries, dans la rue principale de la ville, qui n'en comptait qu'une petite dizaine. C'était un bâtiment d'un étage avec un balcon fraîchement repeint de vert et décoré de jardinières fleuries. Elle leur sembla tout de suite chaleureuse, et le maître des lieux leur fit un accueil chaleureux.

– Bienvenue, voyageurs dans mon humble établissement. Je suis Johan Cluff, votre hôte. Vous voulez une table, des chambres ou encore un bain ? Nous avons de l'eau chaude !

Ils commandèrent le tout, en commençant par se désaltérer. Ils discutèrent quelques instants avec l'aubergiste, qui les invita à la kermesse qu'organisaient les villageois, comme chaque année à la même période. Cette proposition fut acceptée avec enthousiasme. C'était un bon moyen de se changer les idées l'espace d'une soirée, estimèrent les compagnons en se levant de table pour aller faire leur toilette.

Les deux hommes et la fillette furent les premiers à redescendre dans la grande salle. Ils s'assirent à une table pour le dîner. En attendant Lucia qui se faisait désirer, ils commandèrent deux bières et un jus de fruit frais pour Ariale.

Tout en fumant, Zétide expliquait à Ariale les différences entre le Collège des Mages, qui siégeait à Orchomène, et l'Académie des Mages, créée à Sorélia.

Machinalement son regard erra jusqu'à l'étage où venait d'apparaître Lucia, enfin prête. De saisissement, il ouvrit la bouche en grand, laissant tomber sa pipe. Quant à Hogo, son visage se para d'une expression de saisissement extrême.

La chasseresse s'était métamorphosée. Une robe de soie décolletée de couleur prune, cintrée à la taille, la parait tel un écrin parfait. Le bout de souliers de satin dépassait de la pointe de sa robe alors qu'elle descendait les escaliers de l'auberge.

Les compagnons n'avaient jamais vu Lucia ainsi habillée. La farouche guerrière habituellement vêtue d'un costume de chasse crotté semblait devenue la ravissante princesse de quelque royaume exotique.

Ils n'étaient pas les seuls renversés par cette vision de rêve. Les clients de l'auberge accueillirent l'apparition de la jeune femme d'une salve de francs applaudissements, ponctués de quelques sifflements approbateurs.

Cette réaction aussi sincère que spontanée enivra Lucia, qui sourit de plus belle. Zétide s'empressa de lui tirer son siège. Le maître hôtelier apparut comme par enchantement, prêt à prendre sa commande. Hogo s'était avancé sur sa chaise, le menton au creux de ses paumes, dévisageant la jeune femme comme un imbécile heureux.

Une fois attablée avec eux, et manifestement satisfaite de son petit effet, Lucia leur expliqua que Njina, la femme de maître Johan avait généreusement veillé aux préparatifs de sa toilette. C'était elle qui lui avait fourni la robe et l'avait même maquillée. Le visage de Lucia avait pris un aspect mystérieux, ensorcelant, qui fascinait manifestement le Lycante.

L'espace d'une soirée, ils oublièrent la quête, les

Maûnes, le danger qui les entourait et le sort de leur monde. Ils dînèrent gaiement, partageant un goûteux plat de jarret de veau aux morilles, agrémenté de pommes de terre frites et d'un Clos-Martin conseillé par l'aubergiste et approuvé par le mage. Hogo se révéla plus expansif qu'à son habitude, narrant quelques-unes de ses aventures pour le compte de la Cabale. Malgré sa modestie évidente, on se rendait bien compte qu'il avait maintes fois affronté l'adversité, sans pour autant en tirer orgueil ni gloire.

Leur repas achevé, ils se levèrent pour rejoindre le bal. Juste avant de sortir du bâtiment, le Lycante retint la jeune femme, qu'il attira à l'écart. De sa tunique, il tira un petit sachet de cuir qu'il lui tendit.

– Qu'est-ce que c'est ? l'interrogea Lucia.

– Un petit cadeau pour toi. Ouvre…

Toute souriante, elle s'empressa d'ouvrir le sachet et d'en verser le contenu dans sa paume. S'y trouvaient les boucles d'oreilles qu'elle avait tant admirées chez le bijoutier d'Avallon, représentant un croissant de lune en argent entouré de quatre étoiles d'or.

– Une femme ne sort pas sans bijou, d'après ce que disent les Humains. Tiens, elles sont à toi.

– Mais, comment as-tu fait ?

Hogo baissa le regard, visiblement gêné.

– Le jour même, je me suis absenté pendant que nous étions au restaurant. Tu te souviens ? Mais avec tout ce qui est arrivé depuis, je n'ai pas trouvé l'occasion de te les donner.

– Oh, Hogo, tu es formidable !

Elle se jeta à son cou.

– C'est la première fois que j'offre ce genre de choses, avoua-t-il un peu gêné.

– Merci, merci, merci, elles me plaisent tant ! Attention, si tu continues à me traiter ainsi, je vais finir par penser que tu me fais la cour ! fit-elle sans réfléchir.

Elle se hissa alors vers son visage, comme pour l'embrasser, mais recula subitement et lui lança un regard de défi. Hogo ne dit rien mais son regard prit une profondeur intimidante. Ils se trouvaient tous deux aussi gênés, et l'arrivée inopinée de Zétide et Ariale, qui s'impatientaient de leur retard, fut accueillie avec un certain soulagement.

Lucia en profita pour passer ses boucles d'oreilles. La lune et les étoiles accolées tintaient délicatement, caressées par le vent léger qui parcourait la nuit. Jamais elle n'avait été si belle.

– Alors, elles me vont bien ?

– Tu… Tu es magnifique ! souffla le guerrier lycante.

* * *

Tout le village était présent à l'intérieur et autour de la grande salle commune au parquet ciré. Un petit orchestre installé sur une estrade jouait des airs simples mais entraînants. L'atmosphère de liesse illuminait les visages et Zétide se réjouit que, malgré la guerre, ses compatriotes trouvent encore l'occasion de faire la fête.

L'entrée des compagnons, de Lucia surtout, n'était pas passée inaperçue. On leur fit bon accueil et ils furent traités comme des amis de retour de voyage. Accoudée au bar, la chasseresse battait la cadence du talon. Elle proposa à Hogo de danser, mais celui-ci déclina l'invitation, prétextant qu'il ne savait pas. Un jeune fermier aux cheveux châtain clair vint poliment inviter la jeune femme. Après un instant d'hésitation, un bref regard au Lycante, qui lui sourit, elle accepta et se lança sur la piste avec son cavalier.

À peine la danse était-elle terminée qu'un autre cavalier se présentait. Lucia s'amusait trop pour refuser. L'excitation rougissait ses pommettes. Lorsqu'elle bougeait, l'or et l'argent scintillaient dans le passage des lampions ou des torches, soulignant son port de tête. C'était merveille que de la voir danser et les garçons faisaient la queue pour l'inviter alors que Lucia riait d'excitation et de joie mêlées. Elle n'était ni farouche ni séductrice, et ne faisait pas de manières.

Hogo ne quittait pas la jeune femme des yeux. Tout d'abord posté sur le devant de la piste pour mieux la contempler, il finit par se reculer, gêné d'être ainsi au premier rang, et s'adossa au mur le plus sombre de la salle. De temps à autre, Lucia levait les yeux dans sa direction pour lui adresser un sourire si chaud qu'il aurait fait fondre de l'acier nain.

Sa pipe allumée dans une main, un gobelet de bière dans l'autre, Zétide conversait à bâtons rompus avec quelques notables du village.

Une heure et demie plus tard, une gigue était en train de s'achever. Depuis dix minutes, Lucia cherchait Hogo du regard sans le trouver. Elle remercia son cavalier, refusa une autre danse et se mit en quête du guerrier lycante. Alors qu'elle était sur le point de sortir de la salle de bal, un homme qui avait manifestement forcé sur la bière l'aborda pour lui proposer une autre danse. Mais Lucia n'avait plus envie de danser. Elle voulait rejoindre Hogo. Elle déclina gentiment la proposition et dépassa l'homme pour franchir le seuil de la salle. Au moment où elle sortait sur le perron, l'homme, un brun trapu au visage empourpré, la retint par le bras.

–T'as dansé avec tous les hommes du village et à présent tu me refuses ? lâcha-t-il d'une voix pâteuse. Tu t'prends pour qui ?

Lucia détourna la tête pour éviter l'haleine chargée du bonhomme.

–Je suis fatiguée, messire. Et nullement obligée de satisfaire vos désirs. Laissez-moi maintenant.

–Mais c'est trop facile, t'as dansé avec tous les

autres, ma jolie. Laisse-moi t'montrer qu'ils ont rien de plus que moi !

– Je vous le dis une dernière fois, laissez-moi ! Vous me faites mal !

Elle commença à se débattre mais sa tenue entravait ses mouvements et, beaucoup plus lourd qu'elle, l'homme l'empoignait fermement. Avec les bruits de la fête à l'intérieur, personne n'entendait l'altercation.

* * *

Hogo était dehors, juste en face de la salle de bal, assis en tailleur contre un arbre. Il avait fini par se sentir oppressé dans cette salle bruyante, et Lucia ne paraissait pas pressée d'arrêter de danser. Les yeux fermés, il écoutait la symphonie des bruits de la nuit, un peu gâchée par le son de la musique et le brouhaha des voix.

Brusquement, l'ouïe vive du Lycante fut alertée un bruit de dispute. Il crut reconnaître la voix de Lucia et s'élança, arrivant sur le perron juste à temps pour voir un homme empoigner sèchement la chasseresse et la plaquer tout aussi brutalement contre lui. Celle-ci se débattait, coincée contre un mur. D'un bond, Hogo fondit sur l'ivrogne. D'une main, en grondant, il arracha Lucia à son tourmenteur. La jeune femme n'était pas blessée. En voyant l'expression du Lycante, elle cria :

– Hogo, non !

Mais il était trop tard. L'ivrogne avait pris une posture agressive et tenta un direct maladroit en direction du Lycante. Celui-ci réagit *beaucoup* plus vite. Il saisit le poing de son adversaire et, d'un mouvement sec du poignet, lui brisa le coude. Il aurait pu s'arrêter là, lui qui s'était toujours battu avec mesure, même au plus fort du danger, et n'avait jamais exercé sur quiconque de violence gratuite. Mais le guerrier n'était pas dans son état normal. Alors que l'homme braillait sa douleur, Hogo fit un tour sur lui-même pour prendre de l'élan. Au sortir de sa volte, il déboîta du genou la rotule de son opposant, et lui brisa le nez d'un coup de coude.

Le tout n'avait pris que quelques petites secondes. L'homme brun s'écroula, se répandit sur le sol en vomissant le contenu de son estomac.

L'air peu amène, Lucia conduisit Hogo jusqu'à la lisière des arbres. Une fois arrivée devant les bois, elle explosa :

– Mais qu'est-ce qui t'as pris ? Pourquoi cette rage ?

Le Lycante se secoua, comme pour se sortir d'une transe malsaine.

Il balbutia tout en évitant le regard de la jeune femme :

– Je suis désolé… Je… je ne sais pas ce qui m'a pris.

– Tu es… *désolé* ? C'est tout ce que tu trouves à dire ? Tu as presque massacré ce pauvre type ! Il avait trop bu, c'est tout, et j'étais largement capable de m'en débarrasser.

– Ce n'est pas ce qu'il m'a semblé, au contraire, et j'ai dit que j'étais désolé ! se hérissa le Lycante, au bord du grondement. Que veux-tu de plus ? C'est fait, non ? Je ne peux pas revenir en arrière !

Il était parfaitement conscient de sa réaction disproportionnée et s'effrayait de ce qu'elle pouvait signifier. Sans attendre la réaction de Lucia, il lui tourna le dos et, malgré les appels de la jeune femme, s'enfonça à grands pas dans la forêt. Une pensée se débattait dans son cerveau, rebondissant dans les méandres de sa conscience. Une pensée qui le poussait à fuir plus vite encore pour s'éloigner des autres : l'Entropia ? Était-ce une manifestation de l'Entropia ? Il se mit à courir dans le noir, sa nyctalopie lui permettant d'éviter arbres et buissons dressés sur sa route. Il courait à perdre haleine, terrorisé par lui-même.

À ce moment, dans la bourgade, tous cessèrent de danser en entendant le hurlement puissant, déchirant, tourmenté d'un loup. De la chambre qu'il partageait avec le Lycante, Zétide, lui, reconnut l'auteur de ce cri. Il ne put se rendormir avant l'aube, avant qu'Hogo ne rentre, la tête basse, la chevelure en bataille, les vêtements tachés, déchirés et la mine terriblement sombre.

Se redressant sur son lit, le mage expira de soulagement en constatant le retour de son ami. Puis il soupira d'inquiétude en découvrant ce qui se perdait dans les yeux rougis du Lycante.

Ils se regardèrent. Sans rien dire, tout d'abord. Mais un haussement de sourcils du mage suffit pour qu'Hogo lui narre d'une traite ce qui s'était passé. Zétide prit le temps de réfléchir avant de répondre aux craintes que n'avait pas osé formuler le Lycante, mais qu'il percevait parfaitement :

– Ce n'est pas l'Entropia, Hogo.

– Qu'en sais-tu ? dit le guerrier affalé en travers de son lit.

– Si c'était le cas, je pense que je le sentirais, l'Entropia n'est pas une simple maladie…

– Cet homme, j'ai voulu le massacrer, Zét'. Il avait bu… D'une prise, d'une seule, j'aurais pu le maîtriser en douceur… Au lieu de cela, j'ai failli le démembrer ! C'était… c'était tellement disproportionné ! Tu sais que jamais de ma vie je n'ai agi ainsi, alors si ce n'est pas l'Entropia, c'est quoi ?

– Peut-être le désir exacerbé de protéger celle… Hum !

Il ne finit pas sa phrase. Le sujet s'avérait épineux.

– Celle ?

– Enfin Lucia, quoi ! Tu es un guerrier, Hogo, et nous sommes lancés depuis des années dans une quête si importante qu'en dépend le sort du Troisième Monde. Nous sommes régulièrement menacés, poursuivis, attaqués. La tension accumulée, la fatigue, un peu trop d'alcool et peut-être la crainte de ne pas réussir... Tout cela peut perturber le meilleur des individus: toi, en l'occurrence. À ta place, je ne m'inquiéterais pas, mon ami. Cette tension accumulée a explosé quand tu as cru voir Lucia en danger. Ce n'est pas l'Entropia qui te guette. Mais je comprends que tu te sois posé la question.

Hogo lâcha un petit soupir soulagé. Son regard avait retrouvé un peu de son habituelle assurance tranquille.

–Tu as probablement raison. Merci de ton soutien, Zét'.

–Tu es mon ami, Hogo, c'est bien normal..., répondit Zétide en délivrant un clin d'œil affectueux à son camarade. Une dernière chose, cependant... À aucun prix, tu ne dois douter de toi-même. Nous avons besoin de ta force, de ta bravoure ; l'Ældo tout entier a besoin de toi.

Hogo redressa les épaules et son regard gagna en assurance. Cette réponse suffit au mage, qui termina:

–Va plutôt voir Lucia... Explique-lui. Je pense que cela vous fera du bien à tous les deux.

–Elle ne voudra jamais m'écouter.

–Mais si, ne t'inquiète pas.

Hogo se changea et alla frapper à la chambre de la jeune femme. Mais Lucia ne se montra pas aussi compréhensive que l'avait prévu le mage et refusa d'ouvrir.

Ils reprirent la route après le petit-déjeuner. De nouveau vêtue en guerrière, la chasseresse opposa à toutes les tentatives de dialogue du Lycante la barrière glacée du mépris. Il finit par renoncer. Discrètement, juste avant de quitter l'auberge, Hogo confia à l'aubergiste un arobas d'or prélevé sur ses maigres économies de voyage. Maître Johan promit de transmettre le dédommagement à l'homme que le Lycante avait blessé.

* * *

Ils reprirent la route vers l'étape suivante de leur quête : l'aiguille de Feu, l'un des trois plus hauts pics du Pégöye, situé dans les Hautes Terres, au nord-est du royaume. Encore fallait-il passer l'épreuve de la terrible Langue du Dragon. Dernière escale avant le désert, Bhelbas leur tendait les bras. Adossée à la frontière du verdoyant Ferran, cette ville de moyenne importance était tout de même le troisième carrefour commercial de l'Est, important notamment épices et minerai précieux. Bhelbas offrait tout ce que l'on pouvait désirer, dans tous les domaines, pour peu que l'on ait de quoi payer.

Arrivés dans la ville, ils commencèrent par se mettre en quête d'une auberge convenable. Une fois les chevaux à l'écurie, leurs chambres prises, leurs affaires rangées, ils partagèrent un rapide repas au cours duquel Zétide leur annonça qu'ils devraient pouvoir intégrer l'une des caravanes régulières qui traversaient le désert, seul véritable moyen de traverser celui-ci en sécurité. Mais avant, il lui restait un point important à régler. Après un thé aux écorces noires, ils se rendirent dans le quartier des artisans.

Zétide n'avait pas oublié l'objurgation lancée par Lucia en sortant de la grotte de la Clairvoyante-Sagesse, sur la plage de Jade : il ne pouvait continuer à se servir ainsi des fragments du Cœur de l'Ældo, ce n'était vraiment pas pratique ; un jour ou l'autre, il y aurait un problème.

Grouillante d'activité, Bhelbas offrait un chatoiement de races, de coutumes et de rangs. Dans les rues, on parlait de l'avancée des Maûnes, au sud et à l'est ; on devisait également sur le cours des épices, les courses de chars qui s'organisaient pour la fin de la semaine ; on évoquait la fin des beaux jours, chassés par l'automne.

La mine concentrée, le mage fit la tournée des échoppes des tailleurs de verre, avant de choisir celui qui présentait le meilleur compromis entre talent et discrétion. Il s'entretint longuement avec l'artisan, expliquant en détail ce qu'il attendait. Ils rentrèrent à l'auberge et la soirée s'écoula paisiblement.

Le lendemain, comme convenu, la commande était prête et Zétide étudia minutieusement le travail de l'artisan. Les cristaux du Cœur de l'Ældo avaient été délicatement taillés en ovale, et vissés sur une fine monture d'argent, avec des branches épousant le contour des oreilles. On aurait cru des bésicles ordinaires, quoique de bonne qualité. Seule la teinte irisée des verres lorsqu'ils accrochaient la lumière pouvait attirer l'attention. Mais ce reflet pouvait sans peine passer pour un effet de mode ou une coquetterie fort concevable de la part d'un vieil original. Personne ne pourrait se douter de la nature réelle de l'objet.

Se déclarant enchanté du résultat, le sorcier d'Arcadie paya sans rechigner la somme demandée. À l'aide d'un lien de cuir, le mage attacha les bésicles autour de son cou, sous sa tunique. Il enjoignit à Ariale de faire de même – il avait consenti à ce que la fillette ait sa propre paire. Les lunettes magiques leur allaient parfaitement car l'artisan les avait faites sur mesure. Désormais, elles permettraient à leurs porteurs de repérer l'Arcane tout en gardant les mains libres.

* * *

Zétide renonça. D'un geste de la main, il capitula, laissant à Hogo le soin de convaincre la jeune femme. Elle ne lui permit même pas d'ouvrir la bouche :

– Hors de question que je laisse La Rosée, tu entends ?

Hogo serra les mâchoires et souffla par le nez. Depuis une demi-heure, déjà, ils essayaient de faire entendre raison à l'aînée des Garamont.

–Lucia, dit-il sèchement, nous allons traverser un désert. Un DÉSERT ! Tu crois que ta jument en est capable ? Tu crois que c'est sa place ? Réveille-toi, ma fille ! Je sais que tu l'aimes par-dessus tout mais si elle va dans le désert, elle en mourra. Tout ce que tu vas obtenir avec ton entêtement, c'est que tu vas la tuer ! C'est ce que tu veux ?

La chasseresse avait l'air perdue.

–Tu ne comprends pas... Je ne peux pas l'abandonner, pas elle ! C'est ma seule amie...

–Mais, Luce, qui te parle de l'abandonner ? Il existe des pensions pour ce genre de cas. Pour peu que nous y mettions le prix, La Rosée y sera parfaitement traitée. Considère que tu lui offres des vacances, qu'elle a d'ailleurs bien méritées !

Présentée ainsi, la chose devenait supportable. Mais Lucia arracha à Zétide la promesse qu'ils reviendraient chercher sa jument dès qu'ils rentreraient du Pégöye. Elle choisit elle-même l'établissement où ils laisseraient leurs montures, et c'est la larme à l'œil et les mâchoires serrées qu'elle laissa sa jument.

Zétide tiqua bien un peu devant la somme qu'on lui demandait – évidemment la jeune femme avait choisi l'une des pensions les plus chères – mais Hogo lui rétorqua en aparté que c'était peu cher payé pour ne pas subir la mauvaise humeur de la jeune femme pendant tout le voyage. Sur quoi, le mage convint que somme toute, cet argent serait bien employé.

Ils gagnèrent ensuite la place principale, point de rencontre des caravaniers de l'est. Zétide avait pris ses renseignements et on lui avait donné le nom d'un marchand réputé pour son honnêteté.

Homme charismatique, le propriétaire de la caravane, Maître Carallos, avait les cheveux roux, une petite barbiche et la peau mate. Coiffé d'un béret plat à surpiqûres dorées, et vêtu d'un ample costume de lin à bandes vertes et beiges, il ne tenait pas en place, supervisant les préparatifs du convoi. Il ne fit aucune difficulté pour les intégrer au voyage, leur louant un chariot confortable pour un prix jugé correct qui comprenait les repas – à charge pour eux d'emporter leur eau.

Sur les conseils du caravanier, ils se rendirent chez un commerçant de sa connaissance pour acheter des tenues plus adaptées à une traversée du désert. Trop chauds, leurs costumes habituels furent empaquetés dans leurs sacoches et remplacés par des vêtements légers, au tissé soyeux qui permettait de retenir l'humidité du corps. Ils firent aussi l'acquisition de kafis, foulards orangés dont on s'emmitouflait la tête et le visage pour échapper à la morsure cuisante du soleil. Le marchand leur fournit également un pot d'une pâte épaisse, ocre jaune que l'on se passait sous les paupières pour éviter d'être aveuglé par la réverbération du soleil sur le sable.

L'eau allait être leur principale préoccupation dans les jours à venir. Ils achetèrent quatre gourdes qui ne les quitteraient pas, ainsi que de grosses outres en peau de chèvre.

Enfin prêts pour leur périple, le visage protégé, ils rejoignirent la caravane sur la place des départs.

Le temps de s'installer dans leur chariot et, de son gros sifflet de métal argenté qui pendait sur sa robuste poitrine, Maître Carallos donna le départ de la caravane.

* * *

*Qu'il faisait chaud!* soupirait Ariale tous les quarts d'heure. Même à l'ombre, dans le chariot, allongée sur le ventre devant son carnet de croquis, elle subissait les assauts redoublés de l'astre luisant, peinant à se concentrer. Zétide lui faisait apprendre le tracé des composantes de l'Arcane dont ils disposaient. Il l'avait vigoureusement encouragée dans ce sens. S'il n'y avait qu'une rune à apprendre, lui avait-il affirmé, c'était bien la Belle Arcane. La rune Première de l'Équilibre, opposée à la Malerune, la rune Première de la Destruction. Ariale devait être capable de la tracer dans son intégralité les yeux fermés, ce qui était encore loin d'être le cas.

Voilà que la transpiration maculait sa feuille. Elle était bonne pour tout recommencer à présent ! Elle sentait une migraine poindre à l'arrière de son crâne. De plus, victimes de la température accablante, ses herbes avaient séché et elle avait dû les jeter. Elle n'avait même plus de quoi se confectionner un onguent.

Non, vraiment, des fois c'était pas drôle la vie d'apprentie mage !

Hogo était assis à la place du cocher et menait leur véhicule d'une main presque distraite, Zétide fumant la pipe à ses côtés. Quant à Lucia, elle dormait allongée à côté de sa sœur.

La caravane était composée d'une vingtaine de chariots pour les voyageurs, plus une dizaine pour les provisions et les marchandises. Les chariots étaient tirés par des rogons et Ariale trouvait que ceux-ci faisaient de drôles de montures. Ils possédaient la silhouette approximative d'une vache, avec un pelage ocre à rayures grises, un long cou, une tête triangulaire, une bouche large à la mâchoire proéminente, aux dents larges et carrées. Les rogons se nourrissaient exclusivement de sable, qu'ils mâchaient durant des heures. Mammifères à l'endurance et la placidité proverbiales – hormis lors de la période de rut, qui était passée –, insensibles à la chaleur, ils constituaient le meilleur choix possible pour affronter le désert.

Les heures passaient, à la fois rudes et monotones.

Il n'y avait rien d'autre à faire que de contempler le paysage plutôt répétitif, boire et éponger sa sueur. Cette atmosphère n'était pas faite pour améliorer les rapports entre le mage et la chasseresse, au contraire. La tension s'accumulait entre eux, jusqu'au moment où la jeune femme critiqua Zétide sur sa façon de conduire les rogons. Celui-ci répliqua vertement et le ton se mit à monter.

–... Mademoiselle Lucia de Garamont, un beau jour, je pourrais bien être amené à vous coucher sur mes genoux pour vous flanquer une bonne fessée ! Ce serait rendre un fier service à l'humanité !

–Essayez donc !

–Mais j'y songe !

–Ça suffit, tous les deux ! intervint Hogo, de moins en moins disposé à supporter leurs chamailleries. Tenez, buvez plutôt un peu d'eau, ça vous rafraîchira les idées. Zét', tu devrais aller faire la sieste à l'arrière. Je vais conduire le chariot. Non, Luce, tu restes avec moi !

L'intervention mit fin au débat.

* * *

Tel un gros ver, la caravane ondulait en suivant son chemin entre les dunes. C'était le matin, et déjà, l'ardeur du soleil les harcelait. Lucia venait de remettre de l'onguent pour protéger ses yeux, et procédait de même avec sa sœur.

Elle aperçut alors un cavalier en haut d'une dune, à peu près au niveau du milieu de la colonne. Il semblait les suivre en longeant la crête. Elle jeta un coup d'œil vers le chef de la caravane. Maître Carallos se caressait le bouc d'un air pensif, mais ne prit aucune mesure. Hogo aussi était songeur. Il rajusta son kafi. À cette époque de l'année, les tribus sauvages restaient sur leurs territoires. Il n'y avait normalement rien à craindre, hormis des Maûnes. Mais le cavalier n'en était pas un. Les sens du Lycante ne le tromperaient pas à ce sujet.

La caravane poursuivit sa route. Leur suiveur ne montrait pour le moment aucune intention hostile. Au bout d'une heure, un deuxième cavalier apparut de l'autre côté des dunes. À son tour, il se mit à suivre le train de chariots. Lucia retourna à l'intérieur de leur véhicule chercher son arc et ses flèches.

Cette fois, Maître Carallos ne perdit pas de temps à réagir. Il sauta sur son rogon personnel et remonta la colonne pour alerter les voyageurs et les gardes, qui s'emparèrent de leurs armes. Une demi-heure plus tard, un troisième cavalier apparut, toujours sur une dune, mais cette fois devant eux. Zétide installa Ariale entre deux de leurs matelas. Il prit position à l'arrière du chariot.

Carallos lança un ordre sec :

– Au galop, cravachez les montures !

La caravane s'ébranla sous les coups de fouet. Le cavalier immobile leva son bras armé d'une lance. Derrière chacun des deux suiveurs déboucha une vingtaine de cavaliers. Aussitôt en vue du convoi, ils se lancèrent à sa poursuite en poussant des cris perçants.

Le visage camouflé derrière des masques de cuir, les pillards portaient des houppelandes aux teintes passées et agitaient de lourds cimeterres, des lances décorées de plumes vertes ou des arcs de corne à double courbure.

Les fuyards firent de leur mieux, tirant le meilleur parti des rogons. Mais cela ne suffit pas. Des chariots ne pouvaient distancer des cavaliers, surtout par temps clair. Lucia aurait bien voulu accueillir les poursuivants de quelques flèches mais ceux-ci s'entêtaient pour le moment à rester hors de portée. Le maître de caravane décida de changer de tactique. La file de chariots arrivait dans une cuvette. Elle serait incapable de remonter la pente de l'autre côté sans se faire rejoindre par les pillards.

– Formez le cercle ! commanda Carallos.

Les conducteurs fouettèrent leurs animaux de trait pour les faire obéir. Un concert d'exclamations et de cris aigus résonna un instant sur les parois de la cuvette, bientôt chassé par le craquement des chariots malmenés, puis par les clameurs hostiles des pillards. Les compagnons avaient suivi les autres et leur chariot avait intégré le cercle de défense qui s'était formé en suivant une procédure apparemment bien rodée. Arc bandé, Lucia attendait que les assaillants arrivent à portée. Hogo avait empoigné sa fronde et choisissait calmement dans sa bourse une pierre à lancer.

Le maître de caravane bondissait de chariot en chariot, gesticulant pour délivrer encouragements, conseils ou exhortations. Postés sur les hauteurs de la cuvette, les pillards surplombaient le cercle de voyageurs. La voix de celui qui paraissait être leur chef, le cavalier solitaire, s'éleva, hululant un cri de guerre saccadé que reconnut le Lycante : c'était celui des nomades kakaris.

Dévalant les pentes sur leurs lézards rayés, les Kakaris chevauchaient courbés sur leur selle, les bras à l'horizontale, arc empoigné, flèche encochée. Une fois descendus les versants de la dune, les pillards se mirent à galoper autour de la caravane, délivrant flèches et injures avec la même prodigalité. Les Kakaris effectuèrent une douzaine de tours avant de remonter les pentes et disparaître. Peu après, ils revenaient à la charge, et chacune de leurs attaques éclaircissait les rangs des défenseurs. Jetant un œil hors de sa cachette, Ariale, horrifiée, vit s'écrouler de nombreux hommes dans les chariots proches. Les attaquants étaient durs à atteindre, plaqués sur leur selle, et faisaient preuve d'une adresse au tir bien supérieure à celle des arbalétriers de la caravane. Toutefois, à l'abri derrière leur véhicule, Lucia avait abattu trois nomades, les vidant de leurs selles, et blessé deux autres. À l'aide de sa fronde, Hogo en avait touché un de plus. Zétide s'était couché au fond du chariot, à côté d'Ariale pour veiller à ce que la fillette reste bien à l'abri. Comme à son habitude, le mage préférait retarder l'usage de la magie offensive, la plus coûteuse en énergie, qu'il réservait pour les cas extrêmes. De plus, le désert sapait ses forces et il n'était même pas certain d'avoir assez de ressources pour utiliser les runes.

La journée s'écoula ainsi. Ils étaient parqués au milieu de cette cuvette, harcelés par les Kakaris et par le soleil. Une vague d'assaut, un repli, un répit pour les assiégés. Puis une nouvelle attaque, un repli, et ainsi de suite. Les intervalles entre chaque assaut n'étaient jamais les mêmes. Les nomades jouaient avec les nerfs de leurs victimes potentielles. De temps à autre, semblable au chant d'une hyène affamée, un hululement criard s'élevait des dunes, jamais au même endroit. Un deuxième cavalier avait rejoint le chef des nomades au sommet de la plus haute dune. Il était vêtu de noir mais Hogo ne parvenait pas à distinguer le visage de cet homme masqué par son kafi.

De toute évidence, ils étaient en mauvaise posture. Le maître de caravane continuait de faire le tour des chariots pour insuffler aux autres une partie de son courage et de son énergie. Cependant, les rangs des défenseurs commençaient à s'amoindrir.

– La caravane ne tiendra pas, annonça gravement Hogo. Les gardes commencent à fléchir, les pillards sont trop rapides et trop nombreux.

Une demi-heure plus tard, un vent chaud commença à souffler de l'ouest, de plus en plus fort, soulevant de petits geysers de sable. Ils furent obligés de hausser le ton pour se faire entendre.

– Là-bas, vous voyez cette masse sombre qui obscurcit le ciel ? désigna Hogo. C'est une tempête de sable ; elle arrive sur nous ! C'est notre chance, il faut en profiter pour nous esquiver.

– Avec le chariot ? demanda Lucia incrédule.

– Non, hors de la piste nous ne tarderions pas à nous enliser. Nous allons chevaucher les rogons, on ne fait pas mieux pour affronter le désert.

– Je ne suis pas chaud pour me lancer de plein gré dans une tempête de sable…

– C'est ça ou tomber aux mains des pillards, Zét' !

Le ciel se voila d'un coup. La tempête arrivait, mugissante, tourbillon géant charriant son armée de particules de sable fusantes.

Elle courait droit sur eux.

Les pillards avaient perdu de leur ardeur belliqueuse. Les deux cavaliers semblaient en désaccord. L'homme en noir faisait de grands gestes en désignant les chariots. L'autre ne voulait visiblement pas céder à sa demande. Éclaireur du chaos, un vent de sable recouvrit le haut de la cuvette et les compagnons ne virent plus rien.

Profitant de la confusion, alors que tout le monde se mettait à l'abri des éléments, ils s'élancèrent vers l'endroit où étaient parquées les montures.

Dans le cercle des chariots, arc en main, flèche encochée, Lucia couvrait leurs arrières. À la hâte, Zétide choisit quatre rogons qu'il harnacha avec l'aide d'Ariale, tandis qu'Hogo emmenait leurs sacoches de selle et leurs trois outres renflées. Avant de monter en selle, le Lycante prit soin de relier chacun des pommeaux de selle à l'aide d'une corde. Ainsi liés, ils pourraient chevaucher sans risquer de se séparer.

Ils quittaient la caravane au moment où la tempête se déchaîna.

Ce fut une précaution judicieuse, car leurs sens furent alors submergés par un déferlement de sensations. Le mugissement du vent, le crissement et l'épaisseur du sable qu'il charriait les rendaient sourds et les aveuglaient, leur ôtant même toute notion de haut et de bas, de droite ou gauche. Seule la corde les maintenait reliés les uns aux autres. Sans elle, ils se seraient irrémédiablement éloignés et perdus. Le sable s'attaquait à eux, s'engouffrant insidieusement sous les plis de leurs vêtements, griffant leur peau, râpant leur gorge.

Ils ne pensaient plus aux pillards, juste à rester en selle et respirer.

* * *

Au bout de ce qui leur sembla des heures, le vent commença graduellement à calmer ses assauts furieux pour finir par cesser tout à fait.

Ils se trouvaient au milieu d'une mer de sable clair; l'horizon était vide de toute présence. Il n'y avait plus aucun signe de la caravane ou des pillards, il ne restait que l'immensité du désert et ses dunes pour tout spectacle.

Hogo décrocha la corde de sécurité et ils burent avidement à leurs gourdes. Après quoi, ils s'occupèrent d'ôter le sable qui s'était infiltré dans leurs vêtements. Usant de son pouvoir d'orientation, le guerrier scruta l'horizon dans toutes les directions avant d'annoncer:

–Nous avons un peu dévié au nord mais au moins nous avons pu échapper aux Kakaris. À présent, écoutez-moi bien, je vais vous donner quelques règles de base pour survivre dans le désert: couvrez-vous constamment la tête de vos kafis; toutes les trois heures, remettez un peu de pâte protectrice sous les yeux; buvez régulièrement mais à petites gorgées. Nous avons suffisamment d'eau pour rejoindre un des points de ravitaillement que je connais. Je vous distribue ces cailloux. Sucez-en un chacun, cela vous permettra de saliver.

Hogo sauta en selle avant de reprendre :

– Nous allons chevaucher en file. Je prends la tête. Ne vous éloignez pas, sous aucun prétexte ; ne vous arrêtez pas, nous devons rester groupés. Et si vous avez des vertiges, prévenez-moi aussitôt, nous ferons une halte. Des questions ?

Le ton qu'il avait employé était si sérieux que Lucia dût se retenir de faire preuve de son habituelle causticité. Mais le désert lui semblait une entité vivante, un grand prédateur qu'il ne fallait pas prendre à la légère.

Ils disposaient de deux outres remplies, d'une troisième à demi pleine, de leurs quatre petites gourdes et de nourriture séchée en quantité pour la traversée de la Langue du Dragon. Hogo estimait qu'ils pourraient tenir, pour peu qu'ils se montrent parcimonieux, même si le plus sûr était de trouver un point d'eau. Lucia n'avait plus qu'une trentaine de flèches dans son carquois. Elle espéra que cela suffirait, le temps qu'ils sortent du désert.

Lent mais infatigable, le balancement paisible et régulier des rogons reprit, berçant les cavaliers, un peu comme le roulis d'un navire. Cependant, leur périple n'avait rien d'une croisière, même s'il n'y avait toujours aucun signe des pillards. Toutes les deux heures, Hogo ordonnait une halte.

Accroupis en cercle, sous la protection de leurs kafis, ils reposaient leurs muscles endoloris. Lors d'une de ces haltes, un quart d'heure s'était écoulé lorsque Lucia se releva d'un bond.

– Vous sentez ? Il y a une sorte de vibration qui vient du sol.

À cet instant, une dépression commença à se former sous leurs pieds comme si le sable s'écoulait, aspiré au plus profond de la terre. Ils reculèrent, trébuchant à moitié devant la friabilité du sol, essayant de quitter l'entonnoir qui se formait autour d'eux. Il y eut une explosion de sable, et une gueule énorme d'au moins deux mètres de large jaillit, exhalant une odeur de putréfaction. La créature qui venait d'apparaître était une sorte de lombric géant à la chair pâle.

– Un ascaride des sables ! Ne bougez plus, ordonna Hogo. Plus un geste !

Aveugle, la créature souterraine ne se dirigeait qu'aux vibrations. Ne percevant plus les compagnons, elle tourna sa face aveugle vers les rogons, qui s'agitaient nerveusement. Le grand ver s'ébroua et disparut dans les profondeurs du sol. Ils n'eurent pas le temps de bouger. L'ascaride jaillit de nouveau, cette fois en face des rogons, attiré par leurs mouvements. Ouvrant sa gueule béante, le ver happa une des montures, qu'il avala tout entière, avant de redescendre s'enterrer dans son royaume, avec son trophée.

Aussitôt la créature disparue dans le sol, ils sautèrent en selle et décampèrent, Ariale assise derrière sa sœur. Ce n'est qu'au bout de dix minutes que la chasseresse se rendit compte que le rogon emporté par l'ascaride était celui qui portait leurs deux outres de réserve. La troisième était accrochée à la selle d'Hogo.

* * *

Encore deux jours de chevauchée, deux jours de supplice.

Ils chevauchaient en ligne droite vers l'est, le trajet le plus court pour sortir du désert. À cause du ver des sables, ils n'avaient plus de provisions et presque plus d'eau. À peine un quart d'outre et leurs petites gourdes individuelles, elles-mêmes entamées.

Le cristal d'eau d'Ariale, cadeau de Luvien, leur fournit un répit inespéré permettant à Ariale de reconstituer leurs réserves. Mais le pouvoir qu'elle tirait de la gemme ne dura pas. À la troisième utilisation, l'outre à moitié remplie, le cristal se ternit, tout son pouvoir épuisé.

Ils continuèrent en se rationnant davantage.

Hogo ranima leur espoir :

– Je reconnais cet endroit, annonça-t-il avec un maigre sourire. Ce n'est plus très loin.

En effet, quelque temps plus tard, entre deux hautes dunes, se profilait la piste qui les mènerait hors du désert.

– Enfin ! s'écria Lucia.

Elle n'avait jamais autant souffert de la soif. C'était devenu une torture insidieuse qui tournait peu à peu à l'obsession.

Au même instant, une dizaine de nomades kakaris surgirent d'un détour de la piste, lancés au galop droit sur eux.

Trop épuisés, ils n'avaient plus la force de combattre, à peine celle de fuir. Hogo leur fit talonner les rogons pour les lancer à l'assaut de la dune de droite.

– Là-haut, nous pourrons les tenir en respect !

Ils devaient absolument en atteindre le sommet avant les pillards.

– Plus vite, ils se rapprochent !

– Baissez-vous ! s'écria Lucia.

Les cavaliers nomades leur tiraient dessus. Une flèche passa à sa droite, une autre juste devant le nez de Zétide, qui se tassa sur sa selle.

Ils réussirent leur pari. À peine en haut de la dune, rassemblant ses dernières forces, Lucia sauta de sa monture et, saisissant son arc, elle abattit les deux premiers cavaliers qui escaladaient la pente. Ralentis par la déclivité, les nomades devenaient des cibles faciles et Lucia venait de le leur prouver. Dépités, les Kakaris rebroussèrent chemin et disparurent derrière une dune, vers la frontière du désert.

– On les a repoussés, souffla Lucia.

– Oui, mais eux, ils ont gâché notre eau, répliqua sombrement Hogo, en montrant leur outre percée d'une flèche à mi-hauteur. Inutile de se lamenter, poursuivit-il, nous devons détourner notre route vers le sud pour éviter les nomades : je connais un point d'eau que nous pourrons peut-être atteindre. Ensuite, nous obliquerons vers l'est dès que nous le pourrons.

* * *

Ils chevauchaient toujours et leur situation devenait critique. Les Kakaris leur barraient la sortie du désert, ils n'avaient plus de ressources et leur espoir même se tarissait.

La nuit fondit sur eux sans prévenir, sans pitié, tel un drak en piqué. Une nuit aussi glacée que le jour était torride. Une nuit silencieuse qui sapait les fondations de leur résistance plus sournoisement que la brûlure du soleil. Ils n'osaient faire du feu, craignant d'être repérés par des pillards ou des maraudeurs maûnes. Ils se blottissaient les uns contre les autres pour partager et conserver une modeste chaleur, à peine suffisante. Leur sommeil était léger, parcouru de frémissements dus au froid et à la faim. Leurs placides montures rompaient le silence monotone par la mastication lente et régulière du sable qu'ils ingéraient pour en extraire la rosée du désert. Leur réveil se faisait morne, chaque jour un peu plus désespéré. Hogo avait parlé d'un puits et ils se raccrochaient à cette unique idée, devenue une obsession.

Le seul des compagnons à ne pas trop souffrir du climat, malgré sa fourrure, était Shruti. Néanmoins, la chaleur le rendait léthargique et il dormait la majeure partie du temps, lové contre Ariale. Dans ses courts moments de veille cependant, l'état de la fillette plongeait l'amovible dans une morosité inquiète.

– C'est de l'autre côté de cette petite dune, leur apprit le guerrier lycante. On y est !

Délaissant leurs montures, courant tels des automates, ils gravirent la légère pente. Le puits était bien là. Source de vie, il s'offrait à eux, chantant presque à leurs oreilles.

– Non, ne buvez pas !

Au dernier moment, Hogo se dressa devant les trois compagnons et dut user de sa force pour écarter les deux adultes de l'eau. Il leur désigna un nuage verdâtre, légèrement huileux qui flottait à la surface.

– Elle est empoisonnée ! leur révéla-t-il. C'est du haalkat, un poison des Goblins. Cela vous tuerait en moins de dix minutes.

Le puits, leur dernière chance de refaire leur provision d'eau, était souillé. Les Maûnes étaient venus jusqu'ici et avaient une fois encore fait la preuve de leur soif de détruire. La découverte de la source inutilisable annihila définitivement leurs espoirs. Abdiquant, les trois Humains tombèrent dans le sable, privés du désir de survivre.

Hogo fut obligé de les hisser sur les rogons. Il renoua la corde autour des pommeaux de selle et reprit la tête.

Dès lors, la chevauchée se fit exempte de paroles, chacun concentré à économiser le peu d'énergie qui lui restait et à se cramponner à sa selle. Seul le guerrier lycante conservait une parcelle de pugnacité. Inlassablement, il continua à veiller sur les autres, à mener la route. Sa mine était aussi piteuse que celle de ses compagnons, son état physique pas bien meilleur, mais sa force d'âme continuait à le soutenir. Tels des spectres, les traits creusés, les yeux rougis, les épaules affaissées, les muscles liquéfiés, ils cheminaient en ligne, au pas imperturbable des rogons. Sans leurs montures, ils seraient déjà morts depuis longtemps face à la sévérité du désert.

Encore une nuit, et une autre journée de supplice. Toujours pas d'eau. Encore moins d'énergie, de force et d'espoir.

Ariale n'arrivait plus à contenir ses maigres pleurs. À bout de forces, la fillette s'accrochait à son aînée, plongée dans un sommeil incertain, entrecoupé de sanglots convulsifs.

Respirer, même respirer était devenu une épreuve. L'air chaud miroitait à l'horizon, brûlant comme une forge, sans le moindre souffle de vent. La chaleur sèche brûlait les poumons, sapait l'énergie, grignotait la conscience. La lumière irradiait derrière leurs paupières, malgré la pâte protectrice, leur infligeant une migraine lancinante. Surchauffé, le sable renvoyait la chaleur de plus belle. Lors de leurs haltes, Hogo devait creuser en profondeur pour qu'ils puissent s'asseoir sur autre chose qu'un sol brûlant.

Ils avaient perdu toute notion du temps. Seul l'infaillible sens de l'orientation du guerrier lycante leur permettait de ne pas se perdre. Et seule sa détermination leur permettait de repartir. Il les conduisait vers l'est, vers le Pégöye-nord.

* * *

Zétide, Lucia et Ariale s'étaient blottis sur le sable, la tête emmitouflée sous leur kafi. Ils ne bougeaient plus. Desséchés, le visage cerné, l'œil terne, ils avaient capitulé. Pas Hogo, pas encore. Malgré sa migraine, malgré sa fatigue, le Lycante continuait de se creuser la cervelle à la recherche d'une idée qui les sauverait. Sa gourde était presque pleine. Il s'était sévèrement rationné, préférant garder son eau pour les autres. Mais cela n'avait plus vraiment d'importance. Il n'avait plus assez d'énergie pour faire remonter les autres en selle. Et de toute manière, cette eau ne leur permettrait pas de sortir du désert. Il en but une gorgée, la savourant le plus longtemps possible, avant de répartir le reste entre ses compagnons, qu'il dut aider à boire. Le mage et les deux sœurs Garamont plongèrent aussitôt après dans un sommeil tourmenté.

Hogo se rassit, où plutôt s'écroula. Une parodie de rire s'éleva brusquement de sa gorge parcheminée. Il avait trouvé… quelque chose. Sans vraiment croire à son idée, mais sans trouver d'autre alternative que celle de se laisser mourir, Hogo rampa jusqu'à Lucia, fouilla dans ses poches pour en extraire une des quatre graines données par la Souche. Il la mouilla du peu de salive qui lui restait et l'enfonça dans le sable. Après quoi, il se couvrit la tête de son kafi et perdit conscience.

* * *

Ariale, Lucia et Zétide s'éveillèrent au même moment et se crurent plongés dans un rêve. Ils étaient allongés à l'abri du soleil, délicatement rafraîchis, baignés par une brume d'humidité bienfaisante qui naissait des feuilles. Des *feuilles* ? Ils ne se trouvaient plus dans le désert brûlant mais couchés sur un lit d'herbe fraîche, à l'ombre d'un grand arbre au tronc clair, aux feuilles d'or nervurées de vert projetant ses larges ramures au-dessus d'eux.

En face d'eux, ils découvrirent Hogo qui les contemplait en souriant, le visage illuminé de soulagement et de malice.

– Si je m'attendais à me réveiller dans un paradis, croassa Zétide. Que s'est-il passé ? Où sommes-nous ?

– Oui, quel est ce miracle ? renchérit Lucia.

– Vous vous rappelez des graines que la Souche nous a données ? Je me suis rappelé ses paroles : « Lorsque l'espoir sera perdu, plantez une graine et l'Espoir reviendra ». Figurez-vous que c'est ce que j'ai fait avant de m'évanouir. À mon réveil, l'arbre était là.

Ils regardèrent le paysage pour constater qu'en fait, le désert était toujours là, tout autour d'eux, toujours aussi implacable. Toutefois, le rejeton de la Souche avait créé une enclave, une bulle d'ombre, de fraîcheur et d'humidité qui les protégeait des assauts de la fournaise. Et d'ailleurs, le végétal ne leur fournissait pas seulement ombre et humidité, comme Hogo l'avait découvert. Une petite source d'eau miraculeusement fraîche, abritée dans un creux bombé, jaillissait entre les épaisses racines de l'arbre ; à mi-chemin entre l'orange et l'avocat, de gros fruits à écorce verte pendaient à portée de main. Ils découvrirent que les fruits fournissaient un jus reconstituant. Leur chair savoureuse comblait la faim aussi bien qu'un repas complet. Toujours curieuse, Ariale découvrit que la sève épaisse qui coulait des feuilles constituait un excellent onguent contre les brûlures du soleil.

Ils comblèrent leur soif, leur faim et leur manque de sommeil.

Alors que les adultes se reposaient, Ariale s'était assise en tailleur, à l'écart. La fillette se laissa aller, baignée par l'atmosphère de quiétude créée par l'arbre magique. Elle se servit du mantra enseigné par Slissdavidarrr' pour s'immerger au plus profond d'elle-même et retrouver son Moi. Elle se sentit dériver, la conscience libérée, transcendée. Elle ne voyait plus la réalité, n'avait plus de réelle consistance. Elle flottait à l'intérieur de son Moi, plongée à l'intérieur des lignes d'énergie qui animaient son corps et sa conscience. La Source lui sembla plus proche, palpable, cependant elle ne savait comment la canaliser. Ne sachant trop que faire, elle se tenait devant l'énergie sereine et dense de sa Source, qu'elle se représenta comme un puits de lumière jaune et or, un puits d'énergie brute et intense.

Elle y était presque, elle allait s'y baigner. Mais au moment où elle allait véritablement goûter à l'essence même de son pouvoir de Guérisseuse, une voix la héla, brisant cet instant fragile.

– P'tit-Loup, qu'est-ce que tu fais toute seule ? Ça va ?

*Comment voulaient-ils qu'elle progresse s'ils n'arrêtaient pas de la déranger !*

* * *

Le rejeton de la Souche les protégeait de tout, leur fournissant ce qui était nécessaire à leur survie.

Ils passèrent trois jours à reconstituer leurs forces, grâce à l'eau, à l'ombre et aux fruits. La nuit, ils dormaient profondément, n'ayant ni trop chaud, ni trop froid, comme si le végétal adaptait la température à leurs besoins. Ils dormaient entourés par la beauté farouche du désert, mais sans en subir les épreuves.

Hogo avait réparé leur outre percée, qu'il avait pris soin de conserver. Lorsqu'ils reprirent leur périple, frais et dispos, leurs gourdes remplies, leurs sacoches pleines de fruits, ils voyaient l'avenir avec un nouvel espoir. Derrière eux, en témoignage de leur passage, ils laissaient une véritable oasis qui, selon Zétide, grandirait peu à peu avec le temps. La menace des pillards perdurait, mais, ragaillardis, ils pouvaient de nouveau faire face.

Moins d'une semaine plus tard, sans avoir été inquiétés par les Kakaris, ils se tenaient juchés sur leurs montures en haut d'une crête de sable. L'emprise du désert s'achevait brusquement et l'apparition de la frontière du Pégöye fut saluée par des cris de joie. Elle était en effet clairement tracée : le contraste était frappant entre le jaune presque blanc du désert et le manteau écarlate et poudreux des Terres Rouges.

* * *

Ancienne zone de volcans depuis longtemps disparus, les Terres Rouges méritaient réellement leur appellation ; une terre incarnate tirant sur l'orangé, aride, recouverte d'une chiche végétation ; une terre marquée par les ombres d'un relief torturé, parsemé de ravines, de gorges et de défilés, de plateaux de roche volcanique, de pics et de falaises. Une contrée aride, rébarbative, sans doute hostile mais cependant porteuse d'une beauté indéniable, sauvage et hautaine. Le Pégöye-nord semblait annoncer aux voyageurs désireux d'y pénétrer : « Vous voulez entrer ? Soit, à vos risques et périls ! Vous n'êtes pas grand-chose pour moi, et bientôt vous serez poussière. » Malgré tout, c'est avec un net soulagement qu'ils engagèrent leurs montures en direction de l'est.

La saison froide qui prenait peu à peu l'ascendant sur le reste de l'Ældo n'avait pas cours ici. Il faisait très chaud dans les Terres Rouges, même si cela n'avait rien de comparable avec la fournaise étouffante du désert. Leur nouvelle destination, du fait de sa topographie tourmentée, offrait maintes zones d'ombre où s'abriter du soleil. Il y avait de l'air, en outre, un air doux et léger qui caressait leurs chevelures.

Hogo prit la parole :

– Il y a un relais de voyageurs non loin d'ici, au sud-est. Nous devons nous y rendre pour refaire nos provisions et trouver des montures plus appropriées à la suite de la Quête.

– Tu es donc déjà venu ici ? s'enquit Lucia.

– Oui, à deux reprises ; j'enquêtais pour la Cabale.

– Et alors ?

– Et alors rien, en route.

Le Lycante ne s'était pas trompé. Après un peu plus de trois heures de chevauchée, ils arrivèrent en vue du relais.

– Qui peut bien vouloir s'établir dans un coin perdu comme celui-ci ? s'étonna la chasseresse.

– Quelqu'un qui a quelque chose à fuir... ou au contraire quelque chose à trouver, rétorqua Hogo, bien droit sur sa selle. Quelqu'un qui n'a que faire de ce que vous, Humains, appelez "civilisation.

Ils descendirent la pente légère qui menait à l'établissement, situé au fond d'une dépression de terre étale. Le relais était un assemblage de deux maisons basses, l'une plus courte que l'autre, érigées en « L », bâties dans une sorte de tourbe rose délavée par le soleil, avec un toit de chaume incliné et des cheminées fumantes. Un enclos où étaient parqués une quinzaine de chevaux tachetés faisait face aux bâtiments. Non loin, la margelle d'un puits dépassait du sol.

Un petit homme tout rond, à la chevelure rousse, sortit de l'un des bâtiments et s'avança à leur rencontre, en essuyant ses mains potelées sur le grand tablier de cuir noué autour de sa taille.

– Regarde, P'tit-Loup, murmura Lucia, un *Cygon*.

C'était le premier que rencontrait la cadette des Garamont. De loin, Ariale n'avait vu qu'un banal Humain. Alors qu'ils approchaient au pas, elle se rendit compte que, selon les normes humaines, les yeux vairons du rouquin étaient trop écartés, et que son nez frémissant tombait jusque devant sa bouche, sans que cela paraisse l'importuner pour autant. De plus, tandis que le Cygon levait les bras en guise de bienvenue, elle s'aperçut qu'il n'avait que quatre doigts à chaque main. Elle vit également que son visage parsemé de minuscules tâches de rousseur respirait la bienveillance.

– Bien le bonjour, étrangers. Mon modeste établissement est à votre disposition, les salua-t-il avec un accent nasillard. Je suis Arnolf, le propriétaire des lieux. À voir vos mines, je devine que vous venez de franchir le désert. Un rude trajet, n'est-il pas vrai ? Vous devez avoir besoin de vous désaltérer, venez vous rafraîchir à l'intérieur. Nous avons de la bière, je la brasse moi-même et mes habitués en disent grand bien.

–Ce ne serait pas de refus, répondit Zétide, une lueur dans les prunelles.

Alors qu'un adolescent qui ressemblait fortement à Arnolf s'empressait de desseller les rogons et de défaire leur harnachement pour les mener dans l'enclos, les compagnons entrèrent dans le plus long des bâtiments à la suite du Cygon.

Sombre et bas de plafond, l'endroit offrait une délassante fraîcheur. La salle au parquet ciré embaumait la cire fraîche. Elle comprenait une dizaine de tables rondes, son lot de chaises et un long comptoir qui barrait la largeur de la pièce, derrière lequel se trouvait un four à pain. Les étagères dressées sur les deux murs du fond supportaient une quantité de victuailles en tous genres. Plus larges que hautes, rehaussées de petits rideaux colorés, les fenêtres s'ouvraient sur la beauté accidentée du paysage.

Zétide invita leur hôte à s'asseoir avec eux pour partager une choppe. L'épouse du Cygon vint leur apporter leurs boissons. C'était une humaine élancée à l'air tout aussi jovial que son mari, aux cheveux bruns nattés retenus par un ruban turquoise, et vêtue d'une robe de lin toute simple. Sur sa recommandation, ils commandèrent également un plat de pommes de terre au lard et une tarte aux myrtilles qu'ils se partagèrent avec délice.

–Dites-moi, maître Arnolf, quelle est la situation dans les Hautes Terres ? A-t-on repéré des Maûnes ? demanda Zétide d'un air soucieux.

Le tenancier fronça les sourcils, qu'il avait extrêmement fournis, ce qui lui donna un air presque comique :

–Pas à ma connaissance. Mais plus personne ne

revient des Hautes Terres pour m'apporter des nouvelles depuis le printemps. Je vous déconseille le voyage, surtout avec ces demoiselles. Les Hautes Terres sont un endroit dangereux, les tribus y sont bien plus hostiles qu'ici. Je peux vous donner une autre information, car j'ai eu de mauvaises nouvelles du Pegöye-Sud. Les Terres Jaunes ont été envahies: plusieurs Dalles y ont été dénombrées. À présent que leur supériorité est établie là-bas, les Maûnes ont envoyé plusieurs de leurs légions conquérir les Terres Rouges. Ici, à la bordure ouest du désert, nous n'avons encore vu aucun d'entre eux, sinon, évidemment, je ne serais pas là aujourd'hui pour vous en parler.

– Mais vous ne craignez pas qu'ils viennent ici ? s'enquit la chasseresse.

– J'ai de bons rapports avec les membres des tribus pégöyes des alentours. Dans les Basses Terres, on les nomme les Pégöyens par opposition aux Pégöyas des Hautes Terres. Elles m'avertiront à temps pour que je me mette à l'abri si le besoin s'en fait sentir.

La moustache pleine de mousse, Zétide demanda:

– Sauriez-vous où nous pourrions trouver un guide pour gagner le Nord ?

– L'une des tribus du voisinage devrait pouvoir vous satisfaire. Dans les Basses Terres, les tribus sont plutôt pacifiques. J'ai quelques contacts, je vais vous indiquer comment les trouver.

Alors qu'ils finissaient de manger, un bruit de sabots résonna à l'extérieur. L'écho de voix masculines se fit entendre, se rapprochant.

Deux individus entrèrent en échangeant des plaisanteries. Des Humains à l'air endurci, dans la force de l'âge. Ils avaient les traits tannés, des barbes épaisses, et leur chevelure abondante était maintenue par un foulard taché de sueur. Revêtus de vêtements à frangés de cuir brun, chaussés de hautes bottes de daim, c'étaient des hommes visiblement habitués à une vie rude. Le plus grand portait un arc torsadé en bandoulière et un long poignard dans un fourreau à la taille ; l'autre, un sabre court sanglé sur l'épaule droite, et une hachette passée dans sa ceinture.

À la vue des compagnons, ils s'interrompirent, surpris, avant de reprendre leur conversation comme si de rien n'était. Ils saluèrent le Cygon en habitués et, tout en allant s'asseoir à l'opposé du petit groupe, commandèrent un pichet de bière blonde et de quoi se restaurer. Ils plaisantèrent un moment avec maître Arnolf, parlèrent prospection minière, puis se focalisèrent sur leur pitance. Ils ne paraissaient aucunement intéressés par les compagnons, contrairement au Cygon, qui revint les voir.

– Alors, messire, au sujet des provisions, de quoi avez-vous besoin ? s'enquit-il.

Le mage se tourna vers son ami :

– Hogo, je te laisse faire, tu seras meilleur juge que moi en la matière.

Le guerrier lycante parcourut les étalages, optant pour de la viande et des fruits séchés, de la farine de blé noir, un bon morceau de lard, deux grosses meules de fromage, du pain de voyage et trois carquois de flèches pour Lucia. Par contre, le mage tint à choisir lui-même leurs chevaux et leur harnachement. Il marchanda âprement avec le Cygon pour leur plaisir mutuel. Ils tombèrent d'accord sur un prix global, qui comprenait l'échange des chevaux contre les rogons – Maître Arnolf tint à leur offrir les boissons – et se serrèrent la main, ravis de l'échange.

Ariale examina leurs nouvelles montures. C'étaient de petits chevaux au poil long, à la robe brune tachetée de gris, de blanc ou de roux. Ils étaient réputés, lui apprit Zétide, plus pour leur endurance et leur robustesse que pour leur vitesse. Par-dessus un tapis, ils sanglèrent leurs selles faites bois laqué, aux étriers recouverts d'une cloche protectrice. Sur l'invitation du Cygon, ils profitèrent du puits pour remplir leurs outres et leurs gourdes d'une eau agréablement fraîche.

Après un salut cordial à l'aubergiste et son épouse, ils remontèrent une piste qui pointait vers le nord-est. Tout en chevauchant au petit galop, Hogo, un peu en retrait, se retournait fréquemment sur sa selle.

– Que se passe-t-il ? s'enquit Lucia. Tu as l'air contrarié…

– C'est le cas. Je n'ai pas aimé l'attitude de ces deux Humains, au relais.

– Ah bon ? Pourtant, ils ne nous ont pas porté d'intérêt particulier.

– C'est justement ça qui m'inquiète…

– Explique-toi.

– Deux hommes en pleine santé dans ces terres perdues, qui ont la chance de croiser le chemin d'une belle fille comme toi, Luce, et qui n'en profitent pas pour te reluquer ? Ce n'est pas normal. Je connais suffisamment les mœurs des Humains pour savoir qu'ils auraient au moins dû te dévorer des yeux. Et, pourquoi pas, t'offrir un verre… Non, je crois qu'ils ont bien pris soin de nous ignorer et je pense qu'ils vont suivre nos traces. Contrairement à ce qu'indiquaient leurs propos, ils n'ont pas l'air de prospecteurs. Ce sont des détrousseurs, et ils doivent faire partie d'une bande qui les attend tout près d'ici. Restons sur nos gardes.

* * *

Les hauts pics montaient vers le ciel telles des cathédrales. L'ombre qu'ils créaient en coupant la trajectoire des rayons du soleil zébrait la terre pourpre de longues lignes d'un noir dense. Les compagnons n'avaient croisé personne sur leur chemin. Les trois villages indiqués par le Cygon semblaient avoir été désertés à la hâte, selon les traces relevées par le guerrier lycante. Alertés, ils remontèrent au nord, espérant en chemin trouver une autre tribu. Hogo continuait à vérifier que personne ne les suivait. Toujours aucun signe des deux hommes.

Mais, alors que les compagnons menaient leurs chevaux en bas d'une gorge encaissée, caillouteuse et bordée de créosotes, un bruit de cavalcade résonna, rebondissant sur la paroi montagneuse. Lancés à pleine allure, une douzaine de cavaliers les poursuivaient !

– Au galop ! s'écria Zétide.

Déjà, des flèches hâtivement lâchées par les arrivants ricochaient sur la roche.

D'une pression des talons, ils lancèrent leurs montures au galop, remontant la gorge le plus vite possible. Rebondissant contre les parois rocheuses, le vacarme des sabots était effroyable. Ils remontèrent une pente, et sortirent enfin du défilé qui débouchait sur un plateau à flanc de falaise. Toujours au galop, ils traversèrent le plateau, puis descendirent une pente entre deux mamelons de terre écarlate.

Ils passèrent sous une grande arche naturelle de pierre volcanique. Une piste de sable s'y engageait, s'épanouissant entre les deux parois rocheuses d'un nouveau défilé.

– C'est bizarre, releva Lucia, la tête tournée vers l'arrière. Ils se sont arrêtés.

En effet, les poursuivants avaient stoppé leurs montures au seuil du passage, discutant à grand renfort de gestes. Une partie d'entre eux semblait vouloir continuer, l'autre refusait.

– Profitons-en pour prendre de l'avance, décida Zétide.

Au petit trot, pour reposer leurs montures, ils s'engagèrent sur cette piste qui filait, sinueuse, au sein de la roche rouge-orangé.

Au bout d'une demi-heure, alors que les cavaliers

avaient définitivement renoncé, ils chevauchaient dans une ravine bordée de broussailles. Autour d'eux, la terre se mit brusquement à onduler puis à se transformer en nuages de poussière grumeleuse. De cette atmosphère opaque jaillit une nouvelle troupe de guerriers, comme s'ils avaient été jusqu'ici enterrés dans le sol. Les compagnons étaient cernés.

À l'image de leur pays, les Pégöyens, résidents des Basses Terres, avaient la peau cuivrée. Leur visage glabre aux traits maigres et durs entourait des yeux en amande, d'un bleu glacial, contrastant avec leur chevelure brune. En guise de parure, ils arboraient des anneaux d'os aux oreilles. Ils ne semblaient avoir aucun objet de métal sur eux. Ils portaient des arcs, des lances ou des haches aux lames taillées dans le silex ou l'os. Ils n'étaient vêtus que de pagnes et de bottes de peau lacées au-dessous des genoux.

– Amis, dit Zétide, nous venons en amis, vous n'avez rien à craindre de nous.

– Silence, étrangers, vous parlerez lorsqu'on vous le demandera, pas avant ! s'exclama un guerrier.

Les mains liées, leurs armes confisquées, ils furent conduits à travers des voies détournées jusqu'à un campement camouflé dans un lacis de grottes déchiquetées. Là, avait été dressé un assemblage de huttes faites de branchages, recouvertes de toiles délavées par l'usage. Dans le camp, il n'y avait pas plus d'une cinquantaine d'autochtones, dont une vingtaine d'enfants, mais, curieusement, aucune présence féminine.

À peine arrivés, les compagnons furent placés sous bonne garde. Ils étaient parqués au bord d'un gouffre, qui paraissait plonger directement au centre du monde. Ils se tenaient assis contre un rocher lorsqu'un guerrier pégöyen vint les voir :

– Qui nous dit que vous n'êtes pas des espions des Maûnes ? les questionna-t-il sèchement.

– Bien sûr, railla Lucia, que nous sommes des espions. Et ma sœur – elle désigna Ariale du menton – est en fait un Taurin déguisé !

– N'en croyez rien, ajouta Zétide d'un ton plus conciliant. Les Maûnes sont nos pires ennemis et vous ne trouverez pas plus acharnés à les combattre ! affirma-t-il.

– Belles paroles, mais rien ne nous prouve que vous dites la vérité ! Nous devons décider de votre sort : vous attendrez ici.

Le temps passa. Zétide alluma sa pipe. Non loin de l'endroit où ils se tenaient, un guerrier passa avec un bébé braillant dans les bras. Crispé, l'homme discuta quelques instants avec les gardes chargés de la surveillance des étrangers, mais les guerriers pégöyens secouèrent négativement la tête. À force de pleurs, le nourrisson était devenu écarlate. Lucia se leva et se dirigea vers l'homme qui tenait gauchement son bébé entre ses bras.

– Qu'a-t-il ? s'enquit la chasseresse avec un sourire engageant.

– Je ne comprends pas, soupira le Pégöyen, il vient pourtant de manger.

– Il a peut-être un rot coincé, répondit la jeune femme. Donnez-le-moi…

Le guerrier hésita mais le nourrisson, braillant de plus belle, le fit céder. Lucia avait de l'expérience en matière de bébés. Elle avait souvent servi de nourrice à Ariale, lorsque celle-ci n'était qu'un nouveau-né. La jeune femme plaqua doucement le nourrisson contre elle, entre ses seins. Elle se mit à le balancer d'avant en arrière puis latéralement. Le bébé se tortilla un peu, au début, mais déjà il ne pleurait plus. Au bout de quelques minutes, il émit un rot sonore que l'on pouvait qualifier de magnifique puis un long soupir de contentement. Lucia continua à le bercer, et au bout d'à peine trente secondes, le nourrisson dormait profondément.

– Voilà, je vous le rends. Vous avez vu comment j'ai fait ? Ce n'est pas si difficile, quand on connaît le truc !

La chasseresse rendit le nouveau-né à son père, qui partit le coucher, après un regard de gratitude, et retourna tranquillement se rasseoir. Les gardes murmuraient entre eux en hochant la tête. La jeune femme s'était attirée la considération de tous les pères de famille de la tribu.

Elle avait beau regarder autour d'elle, aucune femme ne se trouvait dans le camp. Des hommes et des enfants, c'était tout. *Où sont les femmes ?* se dit-elle.

Quelques dizaines de minutes plus tard, ils étaient convoqués devant le chef de la tribu. C'était un vieil homme maigre à la peau cuite par la vie au grand air, au nez busqué et cheveux nattés, arborant un pectoral d'os soigneusement polis.

– Qu'allons-nous faire de vous, vous jeter dans le gouffre ? dit-il en guise d'accueil. Les Maûnes attaquent nos terres, êtes-vous leurs espions ?

– Nous sommes peut-être les meilleurs alliés que vous aurez jamais s'il est question des Maûnes et vous parlez de nous jeter dans le vide ? se hérissa Lucia. Vous êtes resté trop longtemps au soleil ou quoi ?

Éberlué qu'on ose s'adresser à lui avec un tel ton, le chef en perdit la parole.

– Arrêtons de tourner autour du pot..., enchaîna l'aînée des Garamont. Vos femmes ont disparu, n'est-ce pas ?

Le vieux chef baissa la tête avant de répondre :

– Oui. Les Maûnes ont lancé un raid sur notre ancien camp, alors que les hommes étaient partis chasser. Ils ont tué les sentinelles, pillé nos réserves et emmené nos femmes. Heureusement, l'une de nos épouses a réussi à cacher les enfants avant d'être capturée.

–Nous avons essayé de les libérer, expliqua le père de famille que Lucia avait soulagé. En vain. L'acier des Maûnes est trop puissant et nous sommes des chasseurs, pas des soldats.

–Nous, nous sommes habitués à les combattre, répondit Lucia. Si nous vous aidons à libérer vos femmes, nous fournirez-vous un guide pour aller dans les Hautes Terres ? négocia-t-elle.

–Et comment vous trois pourriez-vous réussir là où notre tribu a échoué ? demanda un autre guerrier, qui comptait manifestement Ariale pour rien.

–Vous nous fournirez un guide, oui ou non ?

Le chef scruta intensément les traits de la chasseresse, celle-ci soutint l'examen sans ciller. Ce qu'il lut en elle dut lui plaire car, après quelques instants, il répondit d'un ton plus détendu :

–C'est d'accord : si vous nous aidez, vous aurez votre guide, j'engage l'honneur du clan des Pierres-Brûlées.

Lucia se tourna vers ses trois compagnons et lança d'une voix décidée :

–Mes amis, nous avons du travail !

Hogo prit la parole :

–À présent, chef, parlez-nous de ces Maûnes... Combien sont-ils ? Comment sont-ils organisés ? Où sont-ils installés ?

* * *

D'une main aux ongles maculés de terre et de sang séché, Geyor essuya nonchalamment ses lèvres mouillées d'alcool de grain. Le plus fort qu'il avait pu trouver dans les cuisines du relais. Depuis quelque temps, il s'adonnait à la boisson : l'alcool le plongeait dans une torpeur qui lui permettait de chasser l'ennui et le dégoût que lui inspiraient ses acolytes.

Le temps passait et il ne parvenait toujours pas à

retrouver Hypolus. Il le tenait presque dans le désert, grâce à l'aide des pillards kakaris, lorsqu'une tempête de sable avait surgi pour sauver *in extremis* le sorcier d'Arcadie et ses compagnons.

Ses hommes le suivaient encore sans récriminer, même lors de la traversée du désert, domptés par sa sauvagerie et amadoués par les « distractions » qu'il leur fournissait.

– Hé, Requin, tu veux goûter la femme ?

Le démon-golem se contenta de regarder le guerrier barbu vêtu de cuir usé, sans mot dire. Celui-ci ne put soutenir son regard. Il repartit en courant, soulagé, vers le bâtiment d'où sortaient des gémissements féminins, accompagnés de rires gras et masculins.

Depuis son expérience récente avec la sorcière, le démon s'estimait à tout jamais dégoûté des plaisirs charnels. Peut-être en serait-il autrement lorsque le Shaddak-Llogo'th l'aurait récompensé de la capacité à ressentir des sentiments tels que l'amour ou l'affection… Pour l'heure, Geyor s'en passait bien. Il reprit une large rasade d'alcool.

Du bâtiment s'éleva une longue plainte tourmentée qui se termina dans les aigus, suivie d'éclats grasseyants. Il y avait huit de ses hommes avec la femme du Cygon. Même selon ses critères à lui, démon du Maûne, ces Eldes se révélaient répugnants !

En chemin, Geyor avait pu renforcer ses rangs à la mesure de ses attentes. Yeghorn s'occupait à préparer les provisions et harnacher un cheval de bat. Les cousins Skego et Votrass fouillaient les bâtiments à la recherche d'un hypothétique butin caché. Trois autres dont Iquaris Une-Oreille, le balafré qui servait de pisteur, préféraient terminer de torturer le Cygon, suspendu la tête en bas, nu, devant l'enclos. Comme ça, juste pour le plaisir. L'aubergiste leur avait déjà livré toutes les informations dont il disposait. La dépouille de son fils gisait dans la poussière, allongée sur le ventre à trois pas du puits, une flèche dans la nuque, un seau renversé à côté de sa tête.

Son gobelet à la main, Geyor regardait en direction des Hautes Terres. Il avait rattrapé son retard dans le désert et sentait presque la présence d'Hypolus et des autres. Ils n'avaient que trois jours d'avance sur lui, le Cygon l'avait confirmé et le talisman de la sorcière se révélait fiable, bien que pas aussi précis que le démon l'aurait voulu.

Il commençait à se demander s'il avait raison de s'encombrer de cette troupe de violeurs et d'assassins. *Oui*, se répondit-il à lui-même. Car l'équivalent des Hautes Terres dans le Maûne correspondait aux gouffres de Gar, territoire de prédilection des draks. Et Geyor n'avait aucune envie de traverser un tel endroit. Il devait donc se contenter de cheminer à travers l'Ældo et, dans cette contrée sauvage, mieux valait disposer du renfort d'hommes solides. Tout de même, il allait devoir se débarrasser de ces Eldes, à un moment ou un autre.

Il saisit la bouteille et se resservit une nouvelle fois. Encore une petite demi-heure et ils repartiraient. Il y avait juste assez de chevaux dans le corral pour sa troupe.

Une nouvelle plainte féminine jaillit du bâtiment. Elle s'acheva dans un gargouillis.

–Allez, c'est fini, beugla Geyor après avoir terminé son verre, préparez le départ !

Il avait du temps, mais pas trop. L'impatience du Maître se faisait palpable, même à travers la trame des mondes.

Lorsque le démon et ses brigands quittèrent les lieux, au pas, sur une seule colonne, le relais brûlait dans la lumière exquise du soir couchant ; un beau ciel indigo profond, contrastant avec un dégradé orangé, traversé à l'horizon de majestueux cumulus et rehaussé par la teinte purpurine et changeante des flammes qui se dressaient à plus de six mètres de hauteur. Les cadavres violentés des trois Eldes gisaient en tas, au milieu de la cour. Geyor et ses ruffians n'avaient même pas pris la peine de les brûler avec leurs biens. Les rogons furent laissés en liberté. Il serait toujours temps d'en trouver d'autres, au besoin : il y avait d'autres relais le long de la frontière.

* * *

Guidés par les Pégöyens à travers les méandres du pays rouge, les compagnons s'étaient postés sur une mesa encombrée de grosses roches, derrière lesquelles ils examinaient le camp de leurs ennemis. Les Maûnes avaient choisi de s'établir dans un village adossé à une falaise, dont ils avaient massacré ou asservi la population et qu'ils avaient fortifié. Les habitations étaient érigées dans un mélange d'argile volcanique et de paille, des bâtiments serrés et trapus, d'un étage. Du côté exposé du village, les envahisseurs avaient ajouté un fossé et un mur d'enceinte, planté des pieux et posté des guetteurs sur les remparts qui entouraient le périmètre. Forts de leur acier – le précieux acier dont les Pégöyens étaient dépourvus –, et de leur puissance brute au combat, ils s'estimaient en sécurité, d'autant que les femelles eldes capturées représentaient de précieux otages. Ils représentaient tout au plus une horde d'une centaine de guerriers orcks. Leur meneur n'était qu'un capitaine, les défenses blanches qui pointaient hors de sa bouche témoignant de sa jeunesse.

Les Orcks étaient plus petits que les Borgs ou les Taurins, mais plus grands et bien plus massifs que les Goblins, avec une peau épaisse d'un jaune mat et un faciès porcin muni de deux larges défenses montantes.

Estimant en avoir vu assez, les compagnons repartirent pour le village de leurs alliés.

Le lendemain matin, venus de nulle part, une dizaine d'autochtones vinrent défier les gardes devant les murs du village. Les Pégöyens lancèrent des insultes et des moqueries salaces à l'encontre des envahisseurs, escomptant une réaction qui ne tarda pas à venir.

L'officier ordonna à ses deux escouades de réserve, en poste près de l'enclos où étaient gardées les femmes, de sortir pour donner à ces sauvages le châtiment qu'ils méritaient. Au pas de course, faisant trembler la terre sous leur poids, les Orcks se ruèrent hors de l'enceinte en beuglant leur colère et se lancèrent à la poursuite des impudents. Ceux-ci prirent la fuite, l'air apeuré. Misant sur l'orgueil mal placé des Orcks, Hogo et Zétide avaient compté sur une réaction de cet acabit.

– À nous, murmura Hogo.

Ariale laissée aux bons soins du chef pégöyen, qui se révélait somme toute un brave homme, les trois compagnons se trouvaient sur la falaise, juste au-dessus du camp des Maûnes. Ils montèrent dans une nacelle d'osier tressé, contrôlée par un système de poulies mis au point par Zétide.

– Vous êtes prêts ? demanda le guerrier lycante.

L'idée des nacelles venait de lui.

– Tu es sûr que ça va marcher, ton truc ? demanda la chasseresse, l'air dubitatif.

– Non... Mais c'est toi la mordue des sensations fortes, n'est-ce pas ?

Lucia sourit de toutes ses dents.

– Vas-y !

Hogo détacha la corde qui retenait la nacelle. La gravité reprit ses droits et la nef qui chevauchait le vide tomba en sifflant. Tête penchée vers le bas, Hogo attendit le moment idéal pour bloquer de nouveau la poulie.

La nacelle fut brutalement secouée mais cessa sa course, à deux mètres du sol. Ils sautèrent à terre et la nef d'osier fut aussitôt remontée par des guerriers pégöyens.

L'usage de cette nacelle leur avait permis de descendre la falaise en un temps record, sans se faire repérer des gardes maûnes – descendre en rappel se serait avéré beaucoup trop long.

–Fais attention à toi, Hogo, souffla gravement la chasseresse.

–Je fais toujours attention, Luce, dit-il sur le même ton. Je te confie Zétide. Veille sur lui, je tiens à ce vieux grincheux.

Lucia et le mage se dirigèrent vers l'enclos en se faufilant le long des bâtiments laissés sans surveillance. Lors de leur examen préparatoire, ils avaient constaté un certain laxisme à ce sujet: à l'intérieur du village, les Maûnes se sentaient en sécurité et n'avaient posté aucune sentinelle.

Hogo suivit un autre chemin. Il avait sa propre tâche à accomplir avant de pouvoir les rejoindre.

Trois gardes désœuvrés surveillaient nonchalamment l'enclos. Zétide choisit les deux de gauche. Ses mains s'agitèrent pour faire parler la puissance des runes. Les deux Orcks portèrent les mains à leurs gorges, garrottés par le lien runique tissé par Zétide. Le mage leva les bras vers le ciel et les Maûnes s'élevèrent du sol en battant des pieds, étranglés de plus belle, le visage rendu grisâtre par le manque d'oxygène. Dans le même temps, Lucia élimina le dernier de sa dague de jet fichée entre les omoplates. La voie dégagée, ils entrèrent dans l'enclos. Sur les remparts, tournés vers l'extérieur, les Maûnes ne se doutaient de rien. Les prisonnières dévisagèrent les deux Eldes, partagées entre l'espoir et l'appréhension. Lucia les rassura en leur donnant le nom des enfants du village, tandis que

Zétide se mettait en position, les mains tendues. Des deux mains, il traça devant lui une large arabesque de lignes fluides, que lui seul pouvait voir, scintillantes de puissance.

Pendant ce temps, les deux escouades poursuivaient toujours les dix fuyards. Les Pégöyens se séparèrent au croisement de deux pistes, l'une qui montait vers les montagnes, l'autre qui descendait dans une ravine. Les Orcks se scindèrent en deux groupes et s'élancèrent sur leurs traces.

La piste qui descendait mena les Maûnes au fond d'un cul-de-sac. Les Pégöyens s'étaient évanouis sans laisser aucune trace. Dépités, les Orcks rebroussaient chemin quand ils virent débouler une avalanche de rochers. Ils furent engloutis jusqu'au dernier.

La piste ascendante s'effilait sous la forme d'une étroite corniche au-dessus du vide, avant de s'évaser à nouveau et de déboucher sur un plateau.

À la suite des Pégöyens, l'escouade orcke s'engagea sur la corniche. Corniche qui s'écroula au passage des Orcks et les projeta soixante-dix mètres plus bas, ce qui ne devait rien au hasard. La roche avait été soigneusement sabotée par les soins du Lycante, qui avait minutieusement calculé son coup pour que la corniche permette aux légers Pégöyens de passer, mais qu'elle cède sous le pas pesant des Orcks au moment précis où tous seraient engagés à la file sur l'étroit passage.

* * *

Le mur de feu vert qu'invoqua Zétide ne laissait qu'une étroite ouverture devant laquelle se campa Lucia, épée maintenue en arrière, immobile en position d'attente. L'intervention magique fut vite repérée et l'alarme résonna dans le village. Accompagné de son aide de camp, le capitaine sortit du bâtiment où il avait pris ses quartiers pour découvrir quelle était la source de ce vacarme.

Hogo n'attendait que cela. Il se laissa tomber du toit où il se tenait allongé, atterrit dans le dos du chef de la horde, qu'il saisit à la nuque. Le Lycante effectua un mouvement de torsion rapide, brisant les cervicales de son ennemi. Le sous-officier tenta de l'embrocher avec son épée dentelée mais Hogo esquiva d'un pivotement du buste et répliqua en frappant de ses doigts raidis, écrasant la glotte du Maûne et le tuant par la même occasion. Le principal défaut du peuple orck – comme d'ailleurs d'une bonne partie de la race maûne – était leur tendance à s'échauffer et à perdre leur lucidité dans la chaleur du combat. Ainsi, sans la présence d'officiers dignes de ce nom pour les canaliser, les Orcks devenaient la plupart du temps incontrôlables. Vaillants ou enragés, selon le point de vue, il était fort difficile pour ces guerriers dans l'âme de refréner leurs pulsions destructrices une fois lancés dans l'ardeur de la bataille. « Vivre ou mourir au combat ! », telle était la maxime des Orcks. Et cela, Zétide et Hogo l'avaient expérimenté à maintes reprises depuis le début de la guerre. Leur stratégie reposait principalement sur ce trait de caractère.

C'est ainsi que, privés de leur officier pour les juguler, les envahisseurs perdirent toute unité. Une bonne partie se bousculait devant l'entrée de l'enclos des femmes pour atteindre Lucia, mais le passage laissé par l'écran de feu de Zétide ne permettait qu'à un seul à la fois d'entrer dans l'enclos. Lucia se tenait au bon endroit, prête à recevoir les candidats.

Chaque fois qu'elle abattait un Maûne, les Pégöyennes accouraient pour dépouiller le cadavre de ses armes d'acier. Le corps restait en place, gênant les mouvements du soldat suivant. Plus les cadavres d'Orcks s'amoncelaient, hachés, pourfendus ou découpés par la morsure de Rhisiart, moins les guerriers maûnes avaient de place pour affronter la chasseresse. Pourtant, ils semblaient se désintéresser de tout le reste, mus par une obsession – affronter cette guerrière– ils en venaient même à se battre entre eux.

Pendant ce temps, en haut de la falaise, apparaissaient des Pégöyens dans d'autres nacelles. À peine avaient-elles atterri dans le camp, qu'elles se vidaient avant d'être remontées pour refaire un voyage.

La première moitié des Eldes à peau rouge se dirigea vers les remparts. L'autre moitié, au lieu de s'élancer dans les ruelles, grimpa sur les toits des maisons. Celles-ci étaient suffisamment rapprochées les unes des autres pour leur permettre de progresser de toit en toit. Une fois en position dans le dos des Orcks massés devant l'enclos, armés de flèches et de lances, les pégöyens passèrent à l'offensive. Sans crier gare, ils lâchèrent une pluie de traits sur leurs ennemis attroupés devant l'enclos infranchissable. Passée la surprise, les Orcks tentèrent de répliquer mais encore leur fallait-il atteindre les toits, ce qui n'était pas évident sous une nuée de flèches. Lorsqu'ils réussirent à grimper, les agiles Pégöyens reculèrent par vagues organisées – selon les directives d'Hogo – sautant sur d'autres toits et lâchant une nouvelle volée de flèches.

Outre leur force supérieure, les Maûnes avaient un autre avantage sur les Pegöyens : leurs armes d'acier, d'une qualité bien supérieure à celles en os ou en silex des autochtones. Mais en l'occurrence, cet avantage était réduit à néant puisque les hommes à peau rouge fuyaient le corps à corps. Ils tiraient, reculaient, sautaient sur un autre perchoir, tiraient encore, et rompaient. De plus, il faisait chaud au Pégöye Nord, bien trop pour que les Orcks puissent supporter leurs habituelles cottes de mailles ou leurs cuirasses. Alors que les traits des Pégöyens n'auraient jamais pu percer de telles armures, la peau orcke, si épaisse soit-elle, ne pouvait faire échec à leurs tirs.

Les Maûnes, lardés de flèches, percés de lances, tombaient lourdement, hérissés comme des porcs-épics. Et toujours les Pégöyens se dérobaient, bondissant habilement hors de portée alors qu'ils étaient couverts par une autre vague de leurs compatriotes.

Sur les remparts, les envahisseurs n'étaient pas mieux lotis. Surtout depuis qu'Hogo avait fondu sur eux. Armé de son inséparable bâton, le guerrier lycante s'était transformé en un vent insaisissable qui renversait tout sur son passage.

En bas, les Orcks se massaient devant l'entrée de l'enclos. Lucia s'y tenait prête à les recevoir. Les sept premiers guerriers qui avaient tenté d'y pénétrer nourrissaient déjà le sol de leur sang.

Une fois les portes ouvertes et les remparts dégagés avec l'aide d'Hogo, les Pégöyens restants se ruèrent dans le village. Attaqués de toutes parts par un ennemi qui fuyait le contact, les Orcks furent laminés.

La bataille terminée, les retrouvailles avec leurs épouses firent chanter de joie les autochtones. Les Pégöyens s'emparèrent des armes des Maûnes et de leurs réserves de nourriture. Les corps des vaincus furent brûlés sur un gigantesque bûcher puis le village fut abandonné.

Cette victoire des Eldes n'était pas la plus significative à l'échelle de la guerre qui se déroulait dans l'Enareín, toutefois, elle réchauffa le cœur de Zétide.

* * *

Le chef de clan tint parole. Guidés par Erayim, le meilleur chasseur du clan – un Pégöyen trapu et laconique, aux cheveux mi-longs –, ils remontèrent les lits de cours d'eau depuis longtemps à sec, suivirent des sentes le long de parois abruptes, traversèrent des grottes caillouteuses, à l'écho inquiétant, suivirent des lignes de crête chauffées par un soleil torride, s'engagèrent dans des défilés si étroits que par endroits Lucia pouvait en toucher les extrémités rien qu'en étendant les bras.

Leur voyage se poursuivait sur des voies que seul un autochtone pouvait connaître, toujours remontant, toujours vers le nord. Faisant preuve d'une endurance remarquable, le Pégöyen courait à côté des chevaux sans se plaindre. Il avait même refusé d'être pris en croupe.

La monotonie du voyage était ponctuée par l'écho lointain de cailloux rebondissant sur la roche instable, l'appel conquérant des aigles à crête bleue, le bruissement des broussailles caressées par le vent. La nuit, le cri de chasse d'une chouette, le glapissement d'un chacal ou le sifflement d'un serpent crevaient régulièrement le silence. Tous ces bruits ébranlaient singulièrement les nerfs d'Ariale. Elle ne parvenait pas à se concentrer suffisamment pour atteindre la Source, malgré ses efforts répétés. Pour ce faire, il lui fallait un calme presque absolu.

Mais, malgré les craintes de la fillette, pas une fois ils ne furent inquiétés. Erayim les guida sans faillir sur la route qui leur offrait, outre la sécurité, l'accès à des points d'eau secrets, qu'Hogo s'empressait d'intégrer à sa mémoire topographique.

– Voilà, les Hautes Terres sont devant vous, leur annonça le guide au matin du huitième jour. J'ai rempli le marché, mais je n'irai pas plus loin. Nous, Pégöyens, sommes de paisibles chasseurs. Là-haut, ce sont les Pégöyas ; eux, ils passent leur temps à guerroyer. Ce sont des sauvages !

– Merci à vous, Erayim, nous vous sommes très reconnaissants.

Alors que l'homme à peau rouge rebroussait chemin, ils s'engagèrent sur la pente ascendante d'une crête qui menait vers le nord. Deux jours plus tard, alors qu'ils avaient franchi les contreforts marquant l'entrée des Hautes Terres, ils traversaient un défilé sablonneux d'une vingtaine de mètres de large, encadré de hautes murailles rocheuses.

Comme ils arrivaient au croisement de deux pistes, Hogo les fit s'arrêter. Il leva le nez et huma l'air devant lui. Son pelage se hérissa et un début de grondement sortit de sa gorge, qu'il réprima aussitôt. Sans mot dire, les sens en alerte, il leur fit mettre pied à terre et quitter la piste. Ayant caché les chevaux dans un renfoncement cerné d'épaisses broussailles, il effaça leurs traces et conduisit les compagnons sur une étroite terrasse à trente mètres du sol. Allongés dans un massif de créosote, ils disposaient d'une vue parfaite du contrebas.

Ils n'eurent pas longtemps à attendre. Venue de l'ouest, une colonne de guerriers approchait silencieusement.

Des Maûnes, plus exactement des Orcks : une trentaine.

N'ayant pas participé à la délivrance des Pégöyennes, Ariale découvrait à son tour cette race. Trapus, bardés de muscles, avec leurs défenses qui pointaient de leur bouche, ils paraissaient éminemment féroces. Armés pour la guerre, voyageant léger, ils étaient vêtus de baudriers cloutés et de pagnes de cuir luisant. Leurs bottes de cuir à large revers laissaient de profondes empreintes dans le sable rouge. Pourtant, ils marchaient sans fatigue apparente.

Leur chef – reconnaissable à son baudrier laqué de noir et embelli de cercles d'argent –, marchait parallèlement à la file de ses hommes. Arrivé au croisement, il leva la main pour arrêter la colonne, qui s'exécuta sans bruit, parfaitement disciplinée. Le chef s'avança d'une dizaine de pas. Quelque chose semblait l'avoir alerté.

Depuis son perchoir, Ariale le distinguait parfaitement. Bien que musclé, il était plus mince que les autres et avait les bras et le visage couturés de cicatrices ; l'une de ses deux défenses, tirant sur le jaune, était tranchée à mi-hauteur. Macabre ornement, un collier d'oreilles eldes fraîchement découpées entourait son cou. Son visage irradiait d'une telle aura de malfaisance et d'implacabilité que la fillette se recroquevilla sur elle-même en retenant sa respiration. Elle ne put s'empêcher de frissonner de peur. Sous sa cape, Shruti n'en menait pas plus large.

En bas, dans la gorge, le meneur de la horde scruta les parois rocheuses qui l'entouraient, puis le sol. Comme le Lycante, il leva son mufle pour humer l'air, ses oreilles triangulaires orientées vers l'arrière.

Hogo et Zétide échangèrent un regard lourd de sens.

– Tu l'as reconnu ? murmura Hogo au mage.

– Oh, oui, il est difficile à oublier… Kalch'ak !

– Vous le connaissez donc ? s'enquit Lucia sur le même ton.

– En effet, nous avons déjà eu maille à partir avec lui. Un sinistre et redoutable individu.

– Il s'est illustré lors des Jours Rouges, expliqua Hogo. C'est l'un des meilleurs combattants que je connaisse. Il était à Manès. Tu as vu qu'il lui manquait la moitié de sa défense ? Eh bien, c'est ton père qui la lui a tranchée sur le champ de bataille, durant les Jours Rouges.

– Hélas, il s'en est tiré, renchérit Zétide.

Les sourcils froncés, Lucia avait le regard rivé sur le nommé Kalch'ak.

– Arrête de le fixer ainsi, chuchota encore Hogo d'un ton pressant. Il va finir par nous repérer… Luce, je sais de quoi je parle, baisse les yeux !

De mauvaise grâce, la chasseresse obéit.

L'Orck prit encore quelques minutes pour examiner les environs. Puis il grogna et ordonna la reprise de la marche. La file de guerriers s'engagea sur la piste de gauche, qui menait vers l'est. Une fois la colonne disparue, les compagnons attendirent encore un bon quart d'heure avant de descendre récupérer leurs montures.

Hogo se retourna vers Zétide :

– Zét', tu imagines ce que la présence de Kalch'ak signifie ?

– Certes… S'il est là, c'est que Khaul n'est pas loin. C'est mauvais, ça ! Les Maûnes doivent être venus en force dans les Hautes Terres.

Zétide ajouta à l'attention de la chasseresse :

– Khaul est le supérieur de Kalch'ak, qui le suit comme son ombre ; l'un des pires Maûnes qui soient. Pas très intelligent, mais il compense par la férocité. Par contre, je ne comprends pas ce qu'il fait par ici, je l'aurais plutôt vu opérer sur le front nain.

Avisant l'air de la jeune femme, le guerrier lycante ajouta :

– Inutile de te monter la tête, Luce, tu n'es pas prête à affronter un guerrier de cette trempe. Il te taillerait en pièces sans même transpirer.

La chasseresse ne répondit rien. Elle préféra donner un coup de pied dans le sable.

Ariale osa enfin expirer de soulagement. Ces Maûnes diffusaient une aura huileuse et malsaine, qui sembler émaner de l'âme de leur meneur, le dénommé Kalch'ak. Shruti se hissa sur son épaule et se frotta contre son visage, afin de la rassurer. L'amovible paraissait de plus en plus sensible à son humeur.

Remontant en selle, ils s'éloignèrent, prenant la route du nord.

* * *

Khaul se tenait sur la terrasse qui jouxtait son bureau. Une coupe pleine à la main, il contemplait la vaste cour du fort où évoluaient des guerriers orcks à l'exercice.

Géant parmi les siens, le crâne rasé, les oreilles percées d'anneaux de platine, le Haut-Général portait une tunique de soie noire sur laquelle se croisait son baudrier. Ornant ses avant-bras, les gros bracelets de force qu'affectionnait sa race. Un kilt également noir, en cuir, une grosse ceinture cloutée et des bottes à revers à boucle d'argent complétaient sa tenue. Ses défenses devenaient grises, signe qu'il vieillissait, une pensée propre à le faire enrager. Sur sa poitrine bombée aux muscles denses, un torque de commandement noir et or.

Comme chaque jour depuis son arrivée dans ce détestable pays, Khaul songeait à sa mission. Pour conquérir cette contrée, il fallait un homme dur, sans pitié. Et dur, le Haut-Général Khaul l'était sans conteste.

Jamais défait, toujours vainqueur, il avait fait ses preuves par le sang et le chant des armes. Sa grande hache, la Buveuse à lame de jais qui reposait sur la cheminée du bureau, était célèbre chez les Maûnes. Mais ceux qui avaient connu sa morsure n'étaient plus là pour en parler. Khaul avait beau être un officier supérieur, il aimait pourtant à combattre en première ligne.

Le Shaddak-Llogo'th lui avait ordonné de conquérir le Pégöye-nord et il était hors de question d'échouer. Khaul n'avait peur de rien, hormis son maître. Mais la nature de cette mission ne laissait pas de doute. Il était en disgrâce.

Après avoir démontré sa vaillance et la puissance de ses bras à Manès, lors des Jours Rouges, il avait conquis son grade de Haut-Général en décervelant le roi-chevalier Martel de Saxe. Khaul avait alors connu tous les honneurs et sa renommée s'était étendue dans le Maûne tout entier. Mais par la suite, il avait commis une erreur. Il avait refusé d'envoyer des renforts à l'un de ses rivaux, un officier supérieur taurin du nom de

Galkhoros. Ce dernier était en difficulté face à la coalition elde, lors de la bataille du gué de l'Hystorn, en plein Ferran. Le refus de Khaul avait entraîné la mort du Taurin, la perte de deux légions et, en définitive, la retraite. Khaul avait aussitôt été rappelé dans le Maûne où il s'était rongé les sangs en attendant la convocation de son maître. Il n'avait pas craint d'être exécuté, pas vraiment, sachant qu'il pouvait encore se montrer indispensable. Mais rester au palais sans rien faire était pour lui la pire des punitions.

Comme tous les Orcks Khaul détestait l'inaction par dessus tout.

Quand, enfin, le Shaddak-Llogo'th le fit mander, ce fut pour lui confier la tâche d'en finir une bonne fois pour toutes avec les tribus des Terres Rouges. Le Maître l'avait reçu avec la tête fraîchement découpée de son prédécesseur en poste, reposant bien en vue au pied de son trône. Le message était limpide pour Khaul. Il réussissait ou il connaîtrait un sort semblable, probablement encore moins enviable.

À peine le Haut-Général orck avait-il repris une gorgée d'alcool de chulla qu'il fracassait sa coupe contre le mur. *Des résultats !* Il avait besoin de résultats, et vite encore… Son maître s'impatientait un peu plus de jour en jour.

Or, ces misérables sauvages lui donnaient bien du fil à retordre. Les envahisseurs avaient affaire à des spectres. Les guerriers à peau rouge frappaient rapidement et s'évanouissaient dans la nature, fuyant la confrontation directe. Pour une fois, c'était aux Maûnes de subir la pression. Heureusement, tribu par tribu, les guerriers des Hautes Terres se révélaient trop peu nombreux et trop inexpérimentés en matière de génie militaire pour véritablement inquiéter les envahisseurs et les empêcher de s'implanter dans le pays. Ils retardaient l'échéance, tout au plus.

Du moins, telle était l'analyse du général. Khaul savait qu'il allait obtenir le succès qu'il attendait, ce n'était qu'une affaire de temps. Si les tribus des Hautes Terres avaient été capables de s'unir, il aurait été mis en difficulté, il devait bien l'admettre. Mais jamais elles ne s'y résoudraient. Ce n'était tout bonnement pas dans leur nature. Farouchement indépendantes, elles s'affrontaient entre elles dans une multitude de querelles mesquines dont les causes se perdaient des générations en arrière. Non, les tribus ne présentaient aucune force organisée. De surcroît, Khaul disposait de trois fois plus de troupes – dont le bataillon d'élite des Fracasseurs de Crânes qu'il avait mené à Manès – d'acier tranchant, et d'une expérience militaire sans égale chez ces voleurs de poules de Pégöyas.

Mais aurait-il le temps ? Le Maître n'était pas réputé pour sa patience. Cependant, un fait jouait en faveur de l'Orck : les deux obsessions majeures de son maître. Premièrement : abattre le front nain. Le maître suprême des Maûnes voulait à tout prix conquérir le royaume de Tégolín et vaincre les Nains de l'Est – selon lui la plus grande menace militaire parmi les Eldes. Et deuxièmement : capturer Hypolus d'Arcadie *vivant*. Khaul n'avait aucune idée de ce qui se cachait derrière un tel intérêt.

*Hypolus, le sorcier d'Arcadie*. Khaul l'avait aperçu sur le champ de bataille de Manès, à la grande époque. Le mage était posté sur un tertre, à deux ou trois cents mètres environ de sa propre position. Le général s'en souvenait parfaitement. Hypolus irradiait de pouvoir et ses runes se révélaient dévastatrices. Tout autour de lui, des Maûnes – des Sybères principalement – accouraient pour l'occire. Tous tombaient fauchés par sa magie impérieuse ou par l'habile lame bleutée que maniait son compagnon, un grand Elde aux cheveux blonds. Le chevalier Éras de Garamont et son épée magique, le très craint *Fléau-des-Maûnes*. À eux deux, ce jour-là, avec à peine une cinquantaine de guerriers ralliés sous leurs ordres, ils avaient failli renverser le cours de la bataille et remporter la victoire. D'ailleurs, ils avaient vaincu une légion entière de chevaliers sybères. Mais les maréchaux eldes avaient manqué d'audace et refusé d'envoyer des renforts pour les épauler. Finalement, les deux Humains avaient dû renoncer. Leur troupe fut décimée, la victoire fut remportée par les Maûnes et l'Orck devint Haut-Général.

Lors de cette glorieuse journée, Khaul avait tué plus d'une centaine d'Eldes. Mais pour rien au monde, il ne se serait confronté au redoutable chevalier de Garamont. Cet Elde de malheur aurait mérité de naître Orck !

Un coup frappé à la porte de ses appartements interrompit ses réflexions. Ce devait être son subordonné. Le Haut-Général réintégra son bureau.

– Euh… Général ? C'est moi, Ghol. Je dois vous informer que la patrouille n'est pas rentrée.

– Quoi ? Va me chercher Kalch'ak ! éructa l'officier supérieur.

– Il n'est pas encore rentré, mon général.

– Alors convoque Morgra'th, que ses Borghs se préparent. Dépêche-toi, abruti !

Le major obéit aussitôt. À peine la porte s'était-elle refermée que Khaul se mit à dévaster la pièce, réduisant les meubles en petit bois de chauffe.

* * *

Geyor chevauchait tassé sur sa selle. Du regard, il scrutait le moindre détail du paysage, à la recherche d'un point discordant dans l'agencement naturel des choses. Il était nerveux et ses guerriers également. Deux jours plus tôt, trois de ses hommes partis chasser n'avaient rien trouvé de plus intelligent que de capturer un Pégöyen et de le pendre à un arbre.

Pourchassés par les sauvages, ils avaient été pris dans une embuscade au cours de laquelle le démon avait perdu deux guerriers. Et depuis, malgré les efforts de leur pisteur, Iquaris Une-Oreille, et malgré le fait que les Pégöyas soient à pied, ils n'arrivaient pas à semer les guerriers à peau rouge. Ils mangeaient froid et ne dormaient plus que d'un œil car, deux fois déjà, ils avaient échappé *in extremis* à un assaut de nuit.

Un autre de ses hommes avait été abattu d'une flèche entre les omoplates alors qu'ils remontaient une combe, au pas, et sans que jamais ils ne découvrent le tireur. Le quatrième, il l'avait perdu sous un éboulement provoqué par leurs poursuivants. Yeghorn, leur archer avait quant à lui éliminé un Pégöyen. Ce qui n'avait fait qu'attiser plus encore l'ardeur des guerriers à peau rouge.

Une-Oreille leva sa main, paume ouverte au-dessus de sa tête, pour signifier que la voie était libre. Geyor, cependant, laissa ses hommes s'engager à la file avant de les suivre. Bien lui en prit, car tandis qu'ils traversaient la ligne de crête, un nuage de flèches à pointe d'os jaillit des rochers. Eyck s'écroula de sa selle, lardé de trois traits ; Skego fut touché à la cuisse et tomba de sa monture, au grand désespoir de son cousin qui ne pouvait lui porter secours. Atteint au bras, Noronyn parvint à conserver son assiette et à lancer son cheval au galop, bientôt suivi par les autres.

Couché sur sa monture, Geyor se retenait de ne pas frapper ses guerriers au passage. Quels incapables ! Ils avaient juste ordre de remonter vers les Hautes Terres sans attirer l'attention, dans la direction qu'indiquait le talisman de la sorcière et à présent, à cause de la bêtise de ses subordonnés, de chasseur voilà qu'il devenait chassé !

* * *

Ils cheminaient au nord-est depuis deux jours, se dirigeant vers l'Aiguille de Feu. Ils traversaient une vallée encaissée où ne poussaient que des tamaris et des cactus, quand dix guerriers montés sur des chevaux pie, armés de lances à pointe de silex, d'arcs et de coutelas en ivoire, jaillirent des deux côtés de la piste pour les cerner. Tels des centaures, ils ne semblaient faire qu'un avec leurs montures. D'ailleurs, ils montaient à cru.

Hormis un certain air de parenté, les Pégöyas étaient plutôt différents de leurs cousins, les Pégöyens. S'ils arboraient la même carnation cuivrée, de hautes pommettes et des yeux en amande d'un bleu variant du pâle au foncé, ils étaient plus élancés que les habitants des Basses Terres et leurs cheveux étaient fins et blancs, portés en queues de cheval ornées de longues plumes bleues. La plupart affichaient des colliers ou des bracelets de chrysolithe. Ils portaient des tuniques beiges, décorées parfois de plumes ou de fétiches de bois peint, qui tombaient à mi-cuisse, et de hautes bottes de peau à lacets.

Monté sur un splendide étalon gris aux taches ambrées, un guerrier dont le bleu des yeux tirait presque sur le vert prit la parole :

– Que venez-vous faire sur notre territoire ?

Son visage fermé et celui de ses frères n'annonçaient rien de bon. Mais décidément plein de ressources, Hogo sortit un médaillon taillé dans la même pierre bleue que les bijoux des Pégöyas, qu'il gardait précautionneusement rangé dans son paquetage. Délaissant son bâton, il glissa de sa selle et s'avança paisiblement au-devant des autochtones pour leur tendre le médaillon. Celui-ci fut examiné attentivement. La physionomie des guerriers s'éclaira et celui qui avait parlé sauta de son cheval et rendit la relique au Lycante.

– Tu es le guerrier-loup, révéla leur porte-parole d'une voix chantante, bienvenue parmi les Pégöyas. Je suis Cian, de la tribu des Félaïs.

Hogo fit les présentations.

– Guerrier-loup, qu'est-ce que c'est que cette histoire ? demanda Lucia au comble de la curiosité.

– Je te l'ai dit. Je suis déjà venu ici. J'y ai quelques amis. Mais ce serait trop long à raconter ici.

– Vous venez combattre les Maûnes ? les interrompit le guerrier aux cheveux blancs qui s'accroupit sur ses talons. D'un sac de peau attaché autour de son cou, il sortit une petite pipe de maïs et un sachet d'herbe à fumer.

Hogo s'assit en face de lui dans la même position.

– Nous nous rendons à l'Aiguille de feu.

– Cela revient au même, dit le Pégöya en allumant sa pipe. Ils ont leur fort, là-bas. Guerrier-loup, si tu veux monter sur l'Aiguille de Feu, tu dois passer juste devant. Il est bâti au pied de celle-ci.

– C'est le seul moyen d'y arriver ?

– Oui, il n'y a qu'une seule voie d'accès au pic.

– C'est un Orck qui les commande ? Un nommé Khaul ? intervint Zétide qui les rejoignait en bourrant sa propre pipe.

– Je ne sais pas. C'est bien un Orck en tout cas. Ils ont des Borghs, aussi.

De la bouche de Cian sortit un cercle de fumée parfait. Zétide tenta de l'imiter mais sa tentative fut jugée ridicule par Lucia.

– On peut voir ce fort ? demanda le mage en exhalant par les narines un épais nuage de fumée.

– Oui. Nous avons dressé un camp, non loin d'ici. Jengha, notre chef, veut les attaquer. Il est fou ! Nous ne sommes pas assez nombreux ; nous les harcelons mais cela ne sert à rien. Que faire face à une telle opposition ? Ils connaissent l'art de la guerre et pas nous !

Cian tendit sa pipe à Hogo, qui se mit à son tour à tirer, et poursuivit :

– Crois-tu que les Maûnes vous laisseront passer, guerrier-loup ? Comment vas-tu faire ?

– On verra bien, dit Hogo en rendant sa pipe à son propriétaire. Conduis-nous chez les tiens.

* * *

L'arrivée des compagnons dans le camp de Cian ne passa pas inaperçue. De sa voix mélodieuse, le guerrier pégöya annonça à grands cris la venue du guerrier-loup dans la tribu des Félaïs. Des clameurs de surprise et de joie lui répondirent. Les membres de la tribu aux cheveux blancs se tournèrent vers les voyageurs qu'ils saluèrent à grand renfort de cris et de gestes : celui que l'on surnommait le guerrier-loup semblait célèbre dans les Hautes Terres.

Contrairement aux hommes, les femmes laissaient leurs longs cheveux détachés et leurs robes s'avéraient plus colorées ; il y avait des prune, des vert d'eau, des bleu ciel, des orangés. Certaines exhibaient un voile qui couvrait la partie basse de leur visage, d'autres non. Lucia compta environ deux cents guerriers pour à peu près autant de femmes et d'enfants.

Le camp des Félaïs avait été dressé avec un souci stratégique évident. Établi sur un large et vaste plateau tapissé d'herbe et encadré de pins aux formes torturées, on y accédait par un unique chemin, une sente étroite qu'avaient empruntée les compagnons. Du bord de ce plateau, on pouvait voir à des kilomètres à la ronde et aucune troupe n'aurait pu approcher sans être repérée. De surcroît, d'en bas, personne n'aurait pu se douter que le campement des Pégöyas se tenait là. Et en cas de siège, les autochtones pouvaient toujours s'enfuir par le haut des montagnes dont ils connaissaient le moindre col.

Le flot d'une cascade gazouillait en sourdine. De longues tentes rectangulaires étaient dressées sur l'herbe sans ordre apparent. De l'autre côté de la cascade était dressé un enclos où paissaient tranquillement au moins deux cents chevaux. Au centre du camp, les Pégöyas faisaient cuire la viande sur de larges grilles où chacun venait se servir à satiété.

Grâce, sans doute, au statut du Lycante, on vint prendre soin de leurs montures. On leur offrit de l'eau fraîche et des brochettes de viande fondante servies avec des légumes dans des galettes de maïs. Après avoir veillé au confort des compagnons, Cian promit de revenir les voir.

Une tente leur fut allouée en bordure du camp et ils furent laissés en paix. Garnie de tapis, de coussins rembourrés de mousse, bien aérée, elle offrait un confort inattendu. Ariale se jeta sur un des lits et se mit à jouer avec Shruti, puis, épuisée par le voyage, plongea dans une sieste réparatrice. Les adultes préférèrent aller s'asseoir dehors, à l'ombre d'un pin.

La matinée s'achevait paisiblement lorsqu'un grand Pégöya, encore plus grand qu'Hogo – il lui rendait bien une tête – s'approcha du groupe, ses yeux d'azur fixés sur la chasseresse. Le Lycante n'aima pas son expression ; il se plaça devant lui pour lui barrer la route. Le Pegöya le toisa un moment avant de dire :

– Je viens pour la femme, je la veux.

À la tonalité de sa voix, il était manifeste qu'il s'attendait à voir son vœu exaucé.

– Ce n'est pas possible, répondit Hogo, elle n'est pas libre.

– Elle ne porte pas le voile, répliqua le Pégöya, sans se démonter. Elle est libre !

– Elle n'en a pas besoin, elle ne suit pas vos coutumes, releva le Lycante.

– Ici, nous sommes chez les Félaïs. Elle ne porte pas

le voile, s'entêta le guerrier, elle n'est à personne !

– Exactement, surenchérit la jeune femme. Moi, Lucia-Ozabel de Garamont, je n'appartiens à personne !

– Tu vois, guerrier-loup, elle le dit elle-même. Je peux la prendre, c'est notre loi.

– Hein ? Mortelune, mais..., s'insurgea l'aînée des Garamont.

– Je te défie, dit alors Hogo.

– Que dis-tu ?

– Je te défie... Pour cette femme. J'en ai le droit, c'est également la Loi, n'est-ce pas ?

– Hogo..., reprit la chasseresse.

Hogo tourna la tête vers elle et montra les dents :

– Tais-toi, Luce, tu en as déjà assez fait comme ça !

Puis il revint au guerrier :

– Tu es obligé d'accepter ou tu dois te rétracter.

– Oh, mais c'est d'accord, homme-loup. Je m'occupe de toi et après je prends la femme. Deux plaisirs au lieu d'un ! Cet après-midi, après le repas... On se retrouve dans le Cercle.

– J'y serai, assura le Lycante.

Par-dessus l'épaule d'Hogo, le Pégöya s'adressa à Lucia :

– Femme, fais-toi belle, je viendrai te chercher tout à l'heure après m'être occupé de ton ami.

– N'y compte pas, blondinet, jamais je n'irai avec toi ! rétorqua la jeune femme.

Le guerrier à peau rouge lui adressa un sourire carnassier :

– Tu es rebelle, c'est bien, j'aime ça. Je vais massacrer le guerrier-loup, et après je viendrai te dresser !

– Pauvre crétin, Hogo en vaut dix comme toi !

Le guerrier lâcha un gloussement de dérision et tourna les talons. Zétide arriva en courant – à court de tabac, il avait été en quémander auprès d'un des guerriers qui les avaient escortés.

–Qu'est-ce que c'est que cette histoire? demanda-t-il. Tu vas te battre en duel?

–Je n'ai pas le choix, soupira Hogo. C'est de ma faute, j'avais totalement oublié la coutume du voile.

–Je suis assez grande pour me protéger toute seule! s'énerva Lucia.

–Pas selon les coutumes pégöyas, Luce, répondit Hogo en secouant la tête. Si tu n'es pas voilée, n'importe quel guerrier peut «t'essayer», et si tu lui conviens, il peut faire de toi sa femme.

–Quelle barbarie! Qu'il essaie donc, il va tâter de ma lame, celui-là!

–Mais si tu portes la main sur lui, nous aurons toute la tribu contre nous, répliqua Hogo.

–Alors cet homme peut faire ce qu'il veut de moi, et moi je n'ai pas mon mot à dire; je dois me laisser faire, c'est ça?

–Nous sommes chez eux, nous devons nous plier à leurs règles, résuma Zétide.

–Et vous laisseriez faire?

–Ah, jeune fille, ne me faites pas dire ce que je n'ai pas dit! Évidemment que non… Mais si nous résistions, nous n'arriverions pas à grand-chose à part nous faire massacrer… Hogo a choisi la meilleure solution; la seule, en fait, qui nous permette de ne pas en arriver là.

* * *

Vêtus d'un unique pagne, torse et pieds nus, les deux duellistes se tenaient dans un cercle de terre rouge, le cercle de défi des Félaïs. Celui-ci se trouvait dans un espace dégagé, non loin du camp, et mesurait trente mètres de diamètre. Tout autour, spectateurs et spectatrices ne dissimulaient pas leur intérêt. Leur meilleur guerrier affrontait l'étranger: le jaguar des montagnes contre le guerrier-loup. Asun était réputé maître de l'akashii, mais son adversaire était le prince Hogoerwen'r, issu d'une lignée qui avait fait frémir de peur l'Ældo tout entier. Quel formidable combat en perspective !

Les commentaires allaient bon train. Et quand Hogo exhiba ses propres bâtons laqués, une clameur d'excitation s'éleva de la foule. Le guerrier-loup connaissait donc l'art de l'akashii : encore mieux !

– Asun est un maître, l'étranger n'a aucune chance ! estima un des guerriers aux cheveux blancs.

– Tu as raison, Nelshynn, opina un autre.

Lucia se tourna vers eux, fulminante. Mais Zétide préféra l'entraîner un peu plus loin avant qu'elle ne commette un éclat.

Asun fit onduler les muscles puissants de son torse et de ses épaules en signe de défi. Son pelage hérissé par l'adrénaline, Hogo émettait de légers grondements.

Au signal donné par le maître de combat, le duel commença. Les duellistes débutèrent en entamant un cercle lent. Asun, les bras levés au-dessus de sa tête, armes pointées vers la tête de son adversaire ; Hogo tenant ses bâtons au niveau de sa taille, l'un devant lui, à la verticale, l'autre derrière, à l'horizontale. Au bout de quelques tours d'observation, ils se figèrent ainsi, à trois pas l'un de l'autre.

Plus personne ne parlait parmi l'assistance.

Soudain, comme si un signal intangible avait retenti, ils s'élancèrent au combat, bougeant si vite qu'il était impossible de savoir lequel des deux avait agi le premier.

Trois coups furent livrés et contrés, les bâtons laqués claquant comme le fracas du tonnerre. Puis trois autres, et encore trois ; le bois contrait ou repoussait le bois. Asun feinta et prit Hogo à contre-pied. Passant derrière lui, il lui asséna au passage un triplé bras-cuisse-épaule qui marbra aussitôt la peau du Lycante. Hogo effectua une roulade avant pour se mettre hors de portée, évitant ainsi d'avoir le crâne fracassé. Asun montra les dents et leva les bras au ciel pour signifier son avantage.

– Approche, homme-loup, viens te faire corriger ! railla-t-il.

Hogo para les trois coups suivants de ses bâtons puis tourna sur lui-même en se baissant. Dans le même mouvement, il frappa sèchement le Pégöya derrière les genoux, le faisant chuter sur le dos.

Le visage contracté de dépit, Asun se releva d'un bond. Sans attendre, il avança sur Hogo, et se mit à frapper des deux mains, comme s'il martelait un tambour. Hogo neutralisa toutes les tentatives de son adversaire, et lorsque celles-ci faiblirent d'intensité, il réitéra la même botte, fauchant Asun derrière les jambes.

Tenter deux fois le même assaut et le réussir, contre un adversaire de la trempe d'Asun, était un coup d'éclat qui provoqua le murmure ravi des spectateurs. À grands coups de coude, Lucia s'était ouvert un chemin jusqu'aux premiers rangs ; elle ne se gênait pas pour crier des encouragements à son partenaire. Les spectateurs étaient partagés entre les deux guerriers ; leurs encouragements allaient tantôt à l'un, tantôt à l'autre. Lucia adressa un regard noir, furibond, qui promettait les pires tourments à une jeune et jolie Pégöyane à la fine silhouette, aux yeux de cobalt, qui acclamait Hogo avec un enthousiasme qu'elle jugeait aussi excessif que déplacé. Les deux jeunes femmes se fixèrent, échangèrent un regard dont seules deux rivales avaient le secret et, dès lors, ce fut à celle qui encouragerait le Lycante avec le plus d'ardeur.

Ulcéré, le guerrier aux cheveux blancs repartit à l'offensive, encore plus contrarié. Le moindre de ses coups aurait pu mettre fin au combat, si seulement il avait pu toucher sa cible. Mais Hogo, le guerrier-loup, s'avérait aussi remuant qu'un feu follet. Lorsqu'il ne parait pas les attaques, il les évitait. Une troisième fois, le Lycante tourna sur lui-même en se baissant. Mais au dernier moment, au sortir de sa volte, alors qu'Asun anticipait sa réaction, il se redressa pour l'atteindre derrière la nuque. Asun s'effondra sur le sol à plat ventre. Hogo aurait pu pousser son avantage mais, plutôt que de frapper le guerrier à terre, il laissa au Pégöya la liberté de se relever. Ce que fit Asun, les yeux brillants de haine.

Ses bâtons akashiis dressés, Asun avança sur son adversaire, feinta une attaque haute et, du pied, projeta un nuage de terre dans la figure du Lycante. Aveuglé, Hogo recula en position de défense, tentant tant bien que mal d'essuyer ses yeux ruisselant de larmes. Le Pégöya bondit sur lui pour l'accabler d'une nouvelle grêle de coups furieux. Hogo se protégea comme il pouvait mais, handicapé par sa vision déficiente, il ne put résister longtemps.

Sévèrement touché en haut de l'épaule, son bras droit devint inutilisable. Atteint à la tempe, il fit un vol plané avant de tomber sur le sable à quatre pattes – ou plutôt à trois puisque son bras était paralysé. Moins scrupuleux, son adversaire lui releva la tête d'un coup de pied au visage. La lèvre éclatée, Hogo toussa et cracha du sang. Asun se retourna vers la foule, lâcha ses bâtons laqués et leva bien haut les deux bras pour recevoir les acclamations de ses compatriotes.

Dans cette posture, il fit le tour d'Hogo, qui tentait de reprendre ses esprits. Asun salua les spectateurs avant de se retourner sur son adversaire pour lui flanquer un violent coup de pied dans les côtes, puis un autre, et encore un autre. Hogo ne pouvait qu'encaisser les coups de boutoir. À la grimace que fit son ami, Lucia comprit qu'une ou plusieurs de ses côtes s'étaient brisées. Le guerrier-loup se sentit projeté dans un monde où régnait la douleur et où se profilait l'inconscience. Alors, Asun posa son pied sur la tête du Lycante et appuya pour lui enfoncer la tête dans la poussière. Puis il s'accroupit à côté d'Hogo, lui tira les cheveux en arrière pour lui relever la tête et lui dit :

– Non, homme-loup, ne t'évanouis pas déjà, ce n'est pas fini ! Elle est à moi, à présent que tu ne vaux plus rien, et ce soir, je te le promets, elle va crier ! dit-il encore en singeant l'acte d'accouplement.

Une nouvelle fois, le Pegöya, leva son pied pour enfoncer la figure d'Hogo dans le sol. Mais le Lycante tourna sur lui-même sans se soucier de la douleur provoquée dans son flanc, happa le pied d'Asun entre ses dents et mordit de toutes ses forces. Le sang du Pegöya coula dans sa gorge et sa saveur particulière, aux relents métalliques, sembla le galvaniser. Il poussa un grondement au timbre étonnamment grave, et Lucia sut que sa conscience animale lui intimait de se laisser aller à la métamorphose et de déchirer le corps de son adversaire de ses griffes. Mais avec un effort visible, le Lycante durcit sa volonté et refusa de se livrer au Septième Pouvoir.

Tout en boitillant sur sa jambe valide, Asun hurlait en tentant vainement de récupérer son pied.

– Vas-y, Hogo, finis-le ! s'époumona Lucia qui sautillait sur place.

Tout en rejetant le pied mutilé de son adversaire, Hogo se remit debout et toisa l'autre.

– Tu n'es pas…, entama-t-il tout en écartant de sa main valide le bras que son adversaire avait levé pour se protéger le visage.

Il projeta ensuite son avant-bras engourdi dans la gorge du Pégöya. Les yeux de celui-ci s'exorbitèrent. Le Lycante poursuivit sa tirade :

– … à la hauteur…

Il enchaîna en giflant violemment l'oreille droite d'Asun du plat de la senestre.

– … de cette femme.

D'un coup de pied sauté, il frappa un point précis à l'intérieur de sa cuisse, paralysant sa jambe blessée.

– Jamais, tu ne…

D'un frappé descendant du coude, il lui brisa le nez.

– … la mériteras… Jamais !

Enfin, d'un foudroyant coup de pied retourné, il lui gifla le visage, l'envoyant lourdement s'écrouler deux mètres en arrière. Asun avait son compte.

Hogo leva bien haut son poing fermé en signe de victoire.

Ce fut le délire parmi les spectateurs. L'air était chargé d'un brouhaha respectueux. Quel spectacle, de mémoire de Félaï, on n'avait jamais vu un aussi beau duel ! Les guerriers à cheveux blancs célébraient la vaillance et l'aptitude au combat ; que leur champion soit défait ne les offusquait pas le moins du monde.

La jeune Pégöyane envoya des baisers au vainqueur. Lucia se rapprocha d'elle et, l'air de rien, lui flanqua un solide coup de coude dans le plexus solaire. Le souffle coupé, l'admiratrice trébucha en arrière et fut avalée par la foule.

Vacillant mais toujours debout, Hogo promena un regard las sur l'assistance. Il croisa enfin celui de Lucia, qui le contemplait, aussi inquiète qu'admirative. La jeune femme comprit tout de suite. Elle brisa le Cercle, courut à sa rencontre et se colla contre lui pour le soutenir. Il était à bout de forces.

– Hogo, tu as été fantastique !

– Je me sens surtout complètement épuisé, souffla-t-il en grimaçant. Tu vas m'aider, Luce, j'ai besoin de m'étendre. Fais attention à mes côtes, je crois qu'elles sont brisées.

* * *

Lucia tamponnait le visage marqué du Lycante d'un linge propre trempé dans un onguent réparateur tout frais, préparé par Ariale. Le torse, les bras, la figure du guerrier étaient décorés de nombreuses marbrures violacées.

–Hogo, je suis désolée, à cause de moi…

–Laisse, Lucia, ce n'est pas cher payé pour ta sécurité. À présent que tu es censée être à moi, tu es sacrée, aucun des Pégöyas ne t'importunera plus. Voile ou pas voile.

–Pas cher payé ? Mais Hogo, tu as vu ton état ? Tu as au moins trois côtes cassées, sans parler du reste.

- Tu oublies que je suis un Lycante ; d'ici quelques jours, elles seront ressoudées. C'est justement pour cela que j'ai besoin de toi, tu vas me faire un bandage serré. Je dois être en mesure de bouger.

Le lendemain, Cian vint chercher les compagnons pour les emmener voir le fort des Maûnes. Après trois bonnes heures de chevauchée prudente, leur guide les fit arrêter en bas d'une éminence rocheuse escarpée. Ils laissèrent leurs montures à l'attache, cachées dans un bosquet touffu et, menés par le guerrier aux cheveux blancs, entamèrent l'escalade.

Lucia constata qu'Hogo ajustait ses mouvements avec un souci visible de ne pas malmener ses côtes blessées. Toutefois, ses marbrures avaient déjà commencé à disparaître.

Il leur fallut presque une heure de crapahutage pour atteindre leur destination, une petite cuvette qui creusait le flanc d'une montagne et où chantait un petit ruisseau. Cian déballa des provisions et proposa aux autres de partager un repas composé de pain, de fromage et de fruits séchés. Alors que les compagnons entamaient leur examen, il s'adossa à un rocher et alluma sa pipe.

Les Maûnes s'étaient établis dans une grande plaine,

vide de toute végétation. Le fort se dressait au pied de l'Aiguille de Feu, un pic imposant qui culminait à plus de trois cents mètres. C'était une enclave massive aux épais murs de pierre chaulée comprenant une tour de guet, deux fossés et de solides remparts.

Les envahisseurs étaient venus en nombre, comme l'avait dit Cian : ils représentaient au moins une légion. Dans la cour, on pouvait apercevoir divers guerriers à l'exercice. Il y avait trois types distincts de Maûnes : les hordes des Orcks, les clans des Maraudeurs borghs et, sur les remparts, les habituels archers goblins. À l'intérieur du fort, ils voyaient les nombreuses tentes des Maûnes, un carré composé d'une quinzaine de bâtiments intérieurs, un puits, une cour d'exercice, des baraquements, une écurie… En résumé, tout ce que contenait habituellement une place fortifiée.

Le mage et le Lycante échangèrent un regard sombre. L'endroit paraissait imprenable, à moins de disposer d'une force supérieure et de décider d'en faire le siège.

En avisant l'étendard qui flottait au-dessus du fort, Zétide fit la grimace. La hache noire éclaboussée de sang sur fond blanc était bien l'emblème du Haut-Général Khaul.

Cian avait dit vrai. Le seul chemin qui permettait de monter en haut de l'Aiguille passait non loin du fort. S'ils tentaient l'escalade, les Maûnes auraient beau jeu de les découvrir et de lancer l'hallali. De nuit, une telle entreprise s'avérait impossible ; la montagne ne s'adressait pas aux débutants, et dans l'obscurité, il serait impossible de repérer les prises. La chose était claire, hélas : tant que les Maûnes seraient maîtres du fort, l'accès au pic leur serait refusé.

Chaussant leurs lunettes magiques faites des fragments du Cœur de l'Ældo, Zétide et Ariale scrutèrent minutieusement l'Aiguille de Feu à la recherche de la Bellerune. Ils ne virent rien sur cette face non plus. En venant, ils avaient fait le tour du pic sans trouver trace de la composante de l'Arcane. Ce qui voulait dire, comme le craignait Zétide, qu'elle ne pouvait que se trouver à son sommet – c'était typique des Dieux, une telle idée !

Zétide revint sur le camp fortifié des Maûnes.

– Khaul ne dispose que d'une légion et le front du Pégöye-nord est loin d'être le plus glorieux. Il est en disgrâce, j'en mettrais ma main au feu !

– Une légion, ça fait quand même beaucoup de guerriers à affronter, beaucoup trop ! répliqua Hogo.

– Alors, il vous faut des alliés, énonça le guerrier aux cheveux blancs.

Les deux compagnons contemplèrent Cian, en train de fumer tranquillement. Ils avaient la même idée.

– Cependant, je ne vois qu'un moyen : que les tribus s'allient, reprit Zétide en soufflant un nuage de fumée.

Le rire léger de Cian accueillit cette réplique.

– Les tribus, s'allier ? Ami mage, tu ne sais pas de quoi tu parles ! Nous voulons tous chasser les Maûnes des Terres Rouges, mais jamais les seigneurs des tribus n'accepteront une telle idée, je l'ai déjà dit à Jengha. Trop de sang entre nous, trop de femmes ou de chevaux volés. Et par-dessus tout, l'orgueil, l'orgueil de nous autres Pégöyas, sur lequel le temps lui-même n'a aucune prise. Autant escalader le pic les yeux fermés, vous aurez plus de chance !

– Eh bien, il est encourageant, celui-là ! s'exclama la chasseresse.

– Je crains qu'il n'ait raison, Luce. Les compatriotes de Cian – excuse-moi, mon ami – sont trop empêtrés dans leurs vendettas, trop bornés pour faire front commun. Un seul homme aurait pu rallier les tribus Il est mort.

– Fahadallan. Que le grand Aigle veille sur lui !

– Tu le connais ? demanda Lucia.

– C'est lui qui m'a appris l'akashii ; il a été tué par les Maûnes, il y a de cela cinq ans.

– Un saint homme ! assura Cian.

– J'espère que vous vous trompez, répondit le mage. Rentrons, je vais parler à Jengha.

De retour au camp, en fin d'après-midi, ils profitèrent de la cascade pour faire leur toilette et laver leurs vêtements. Le chaud soleil et le vent sec les feraient vite sécher, et, en attendant, les Pégöyas leur avaient fourni des tuniques de rechange.

Toujours abruti par la chaleur, Shruti dormait profondément, enroulé autour d'Ariale. Une sorte d'hibernation à l'envers, estima Zétide. Ce qui ne gênait en rien la fillette, puisque le candlar pesait moins qu'une plume.

Le chef leur fit transmettre qu'il reportait sa convocation ; il les verrait le lendemain. Cian leur apprit que les Maûnes avaient brûlé un village à deux jours de là Probablement Kalch'ak et son groupe, estima Hogo. Difficilement, et grâce au renfort de trois cruches de liqueur de cactus, Cian avait réussi à convaincre Jengha de convier les chefs des tribus des alentours à discuter d'une alliance éventuelle. Aux compagnons la tâche de les convaincre.

Ils dînèrent de brochettes en compagnie du guerrier et de ses compatriotes, et passèrent un bon moment. À l'heure du coucher, une fois Ariale endormie, une surprise attendait Hogo et Lucia.

– Voilà votre tente, leur déclara Cian, tout sourire.

– Notre tente ?

– Oui, le guerrier-loup s'est battu pour toi et il a gagné son duel, non ? Donc vous dormez dans la même tente.

– Nous sommes obligés ?

Le guerrier aux cheveux blancs ne comprenait visiblement pas bien le sens de cette question mais il expliqua de bonne grâce :

– Si tu ne dors pas avec elle, l'honneur d'Asun sera bafoué. Lui et ses frères devront vous tuer tous les deux.

– Il a combien de frères ?

– Huit. Non, c'est vrai, je ne plaisante pas !

– Venez là, tous les deux, leur dit Zétide, qui prit ses deux partenaires à part.

– Peu m'importe vos relations, qu'elles soient bonnes ou mauvaises, peu m'importe que vous dormiez dans le même lit ou non, mais vous allez faire un effort ! Tous les deux ! Nous avons assez d'ennuis comme ça avec cette légion qui nous barre la route pour que vous n'en rajoutiez pas. Nous allons avoir besoin des Pégöyas, alors ne nous les mettons pas à dos pour une telle broutille.

– Broutille ?

– Écoutez, Lucia, vous dormirez dans la même tente et nos hôtes seront contents. Vous n'êtes en rien obligée de…

Il avait du mal à conclure.

– Obligée ? Manquerait plus que ça.

– Luce, Zétide a raison. Du moment que nous sommes dans la même tente, ils seront contents. Le reste ne regarde que nous. D'ailleurs, je dormirai par terre. Ce ne sera pas la première fois, n'est-ce pas Zét' ?

– Tout va bien, annonça Zétide en revenant vers Cian, qui ne comprenait toujours pas. Notre jeune amie est juste un peu timide.

Lucia allait répliquer mais Hogo lui écrasa le pied pour l'empêcher de parler et l'entraîna dans la tente en l'agrippant par le coude. Zétide en profita pour demander au Pégöya s'il n'était pas possible de goûter un bon digestif. Cian lui adressa un clin d'œil complice et l'emmena pour lui faire découvrir la liqueur à base de sève de cactus fermentée, spécialité de la tribu.

* * *

Cette étrange nuit débuta cependant fort bien. Lucia tint à vérifier que les blessures de son partenaire étaient en voie de guérison. Elle vérifia également l'état de ses côtes, qui se ressoudaient déjà, puis refit son bandage.

Ensuite, ils s'allongèrent à côté l'un de l'autre et parlèrent à bâtons rompus, évoquant notamment leurs jeunesses respectives. Cette intimité forcée se révéla pour tous deux un fort agréable moment. Ils avaient oublié la quête, les Maûnes, pour n'être plus qu'un Lycante et une Humaine, un homme et une femme qui se découvraient et se plaisaient. Gêné par ses blessures, Hogo souffrait en plus d'une contracture aux épaules provoquée par la dernière escalade. Lucia le voyait à sa façon de pencher la tête de côté et de grimacer sans se plaindre. Spontanément, elle lui proposa de lui masser le dos. Un instant plus tard, elle était assise à côté de lui et pétrissait ses muscles dorsaux. Ils reprirent leur conversation.

Lucia sentait la chaleur du Lycante se répandre sur ses doigts. Elle malaxait les muscles du guerrier, réussissant peu à peu à les détendre. Hogo parlait sans retenue.

Mais lorsque la jeune femme voulut aborder l'épisode de la fête et l'usage du Septième Pouvoir – un point qui paraissait le travailler de plus en plus – le Lycante se referma comme une huître. Il se redressa et s'écarta à l'autre bout du lit, brisant le nœud d'intimité qu'ils venaient à peine de créer.

–Je ne veux plus évoquer ce sujet, asséna-t-il d'un ton sans réplique. Nous pourrions passer à autre chose, non ?

Se sentant rejetée alors même qu'elle relâchait ses défenses, la jeune femme cracha d'une voix dure :

–Ah oui ? Et à quoi ? Que crois-tu, mortelune ? Que tu as conquis mon cœur ? Que je vais me pâmer pour toi ? Explique-moi comment une Humaine pourrait être heureuse avec un Lycante ?

À peine avait-elle fini sa phrase qu'elle se rendit compte de l'énormité de ce qu'elle venait de proférer. Hogo sursauta comme si elle l'avait giflé. Il se leva lentement, sa bouche avait pris un pli amer :

– Tu as raison… Oh, oui, tu as raison. Non, ne dis rien, je sais que tu ne portes pas de préjugé sur ma race, ce n'est nullement du mépris de ta part. Mais je te comprends : une Humaine avec un Lycante ? Grotesque ! Cette idée ferait rire tout le monde, en effet !

– Mais…

– Le sujet est clos. Mais puisque le Lycante ne convient pas à mademoiselle Lucia-Ozabel de Garamont, le Lycante ne voit pas pourquoi il resterait ici. Et si un Pégöya se pose des questions, tu n'as qu'à me l'envoyer, je saurai le recevoir !

Les articulations un peu raides, il passa sa tunique et se dirigea vers la sortie. Juste avant de franchir le rideau qui cachait l'ouverture de la tente, il asséna :

– Au fait, une dernière chose… Merci de ta franchise, Lucia, elle me va droit au cœur !

Il sortit sur cette tirade.

Restée seule, la jeune femme se traitait de tous les noms. Elle se mordait les doigts d'avoir proféré une telle idiotie. *Nulle, imbécile, grosse vache, triple cloche !* s'injuria-t-elle.

De la main, elle balaya les larmes qui coulaient librement sur ses joues. Comment avait-elle pu ? Des paroles stupides, absurdes, ineptes, auxquelles elle n'adhérait pas une seconde. Elle s'en voulait, elle s'en voulait tant !

Elle s'affala sur le lit, tournant et retournant une suite d'excuses dans sa tête, qu'elle jugea toutes plus ridicules les unes que les autres. De toute manière, Hogo ne lui pardonnerait jamais !

Elle éclata en sanglots.

* * *

Le lendemain matin, à peine Hogo arrivait-il en vue de la tente, que Lucia en sortait. Cela faisait déjà plus d'une heure qu'elle le guettait. Il avait choisi de se vêtir en Pégöya, portant une tunique brune et des bottes de daim.

– Hogo, pour hier soir…

Mais le Lycante ne la laissa pas poursuivre. D'un ton froid, il la coupa :

– N'en parlons plus. Nous avons bien mieux à faire, ils nous attendent au conseil. Tiens, ton petit déjeuner, tu le mangeras en route.

Il lui tendit une brochette de ce qui ressemblait à de la saucisse, roulée avec des herbes fraîches dans une galette de maïs.

– C'est quoi ? demanda la jeune femme en fixant la nourriture avec une moue dubitative.

Elle devait presque courir pour se maintenir à la hauteur du guerrier.

– Mieux vaut que tu ne saches pas, crois-moi… Mais au moins, c'est nourrissant. Au fait, ta sœur prend un cours d'équitation avec le jeune frère de Cian. Elle nous retrouvera pour le déjeuner.

– Dis, ça te va bien ta nouvelle tenue, ça te donne un air exotique !

Le Lycante ne daigna pas répondre. Lucia reprit :

– Hogo, je voudrais te dire…

Il accéléra encore l'allure ne paraissant plus se ressentir de ses côtes.

– Ce n'est pas le moment, nous sommes en retard !

* * *

Le seigneur des Félaïs, Jengha, tenait conseil dans une tente gigantesque de toile bleue, placée à l'écart des autres.

– Pas de femme au conseil, annonça le guerrier qui en gardait l'entrée.

– Je ne suis pas une femme, je suis une guerrière, rétorqua Lucia, échauffée par les dérobades de son camarade.

Le guerrier se plaça devant elle pour lui interdire d'aller plus loin. Il commit l'erreur de poser sa main sur l'épaule de la chasseresse. Celle-ci montra les dents et usa d'une prise enseignée par Hogo. Elle saisit le pouce de l'homme, qu'elle tordit violemment en arrière tout en levant son bras. Le guerrier poussa un halètement de surprise mêlé d'une bonne dose de douleur. Lucia ordonna :

– Si tu tiens à ton doigt, recule, j'assiste au conseil, que tu le veuilles ou non.

Et elle resserra sa prise. Arc-bouté sur le côté pour ne pas se faire démettre le pouce, le Pégöya fut obligé de s'exécuter, la devançant à croupetons dans une posture peu digne d'un fier guerrier. Suivi par Zétide et Hogo, le couple fit une entrée remarquée.

Les seigneurs de guerre des tribus étaient arrivés, accompagnés d'escortes restreintes car une trêve avait été proclamée afin de suspendre les querelles intestines. Ils étaient quatre, en plus de Jengha.

Au fond de la tente, dont les pans battaient sous le vent des montagnes, avait été dressée pour l'occasion une longue estrade où l'on avait placé cinq sièges identiques. Les chefs des tribus y étaient installés. D'où elle se tenait, Lucia les voyait parfaitement. Le plus grand était Senshanyn, chef de la tribu des Rélioths. Ses cheveux étaient couverts de plumes bleues et blanches. D'ailleurs, Lucia trouvait qu'avec ses yeux froids et son nez busqué, il avait une tête de rapace. Cette pensée l'amusa et elle se mit à comparer les suivants à d'autres animaux. Particulièrement trapu avec une tête carrée, Glenshan des Vyennoras ressemblait à un ours des forêts, ne lui manquaient que les griffes et les poils. Le seul à être torse nu, la rune bleue de la tribu des Shadarins ornant sa poitrine, des bracelets ouvragés entourant ses biceps, Sorsha avait un visage osseux, et ses yeux ne tenaient pas en place ; on aurait dit un cheval. Densharrem de la tribu des Immaïs avait les yeux d'un bleu si pâle qu'il en paraissait blanc, il possédait la fausse nonchalance d'un grand félin. Jengha, enfin, qui dirigeait les Félaïs, le plus vieux d'entre eux et apparemment le plus sage, aurait pu incarner un hibou.

Au centre de la tente était tracé le cercle de parole, où se plaçaient les intervenants. Le reste de l'espace était rempli de guerriers dont la peau cuivrée contrastait fortement avec la chevelure de neige.

Prétextant que le débat qui allait suivre ne l'intéressait pas, la chasseresse resta postée non loin de l'entrée, soucieuse de ne pas envenimer davantage l'atmosphère. Un chemin se dégagea devant Hogo pour l'inviter à rejoindre le premier rang où se tenait Cian. Le respect que les Pégöyas accordaient au guerrier-loup s'était accru après sa victoire sur Asun, il augmenta encore lorsqu'ils constatèrent à quelle vitesse il semblait se remettre de ses blessures.

Dans le cercle, face à l'estrade, Zétide tentait de convaincre les chefs que la seule possibilité qu'ils avaient d'espérer vaincre les Maûnes était de s'allier. Il parla tant et plus, usa des meilleurs arguments, de toute sa diplomatie, de tout son charme pour les décider. Mais les visages fiers des hommes aux cheveux blancs restèrent fermés à toute raison. Même Jengha semblait être revenu sur ses positions. Dépité, à court de salive, le mage revint au côté de ses partenaires. Son retrait ne fit qu'aggraver les choses. Replongés dans leurs différends, les seigneurs pégöyas se dressèrent les uns contre les autres, s'égosillant en menaces grotesques. Zétide soupira à l'adresse d'Hogo :

– Impossible de leur faire entendre raison. C'est fichu, jamais ils ne parviendront à s'allier.

En retrait, la jeune femme assistait au débat stérile qu'entretenaient les chefs de guerre pégöyas. Sans pouvoir s'en empêcher, le Lycante tourna la tête vers elle avant de souffler à Zétide :

– Regarde la tête que fait Lucia, ça sent l'orage.

– Ho-ho, en effet, j'ai déjà vu cet air-là !

– Oui, n'est-ce pas ?

– Mais pas les Pégöyas ; ils ne savent pas ce qui les attend !

– Je les plaindrais presque, les pauvres !

Zétide fit un clin d'œil à Cian et, du menton, lui désigna la chasseresse, qui se frayait un chemin vers eux en jouant vigoureusement des coudes. Mais au lieu de s'arrêter, elle les dépassa et entra dans le cercle de discussion.

– Assez ! s'écria-t-elle d'une voix tonnante. Les hommes ! vitupéra-t-elle. Toujours une raison toute prête pour agir, et toujours une autre pour ne pas le faire ! C'est la guerre dans tout l'Ældo, les Maûnes nous submergent, une armée est en train de vous envahir et vous refusez de joindre vos forces ? Mortelune, mais je rêve !

Vibrante de colère maîtrisée et d'indignation, elle allait et venait dans le cercle ; agitant les bras pour appuyer ses propos :

– Que ferez-vous, puissants guerriers, lorsque les Maûnes raseront vos villages et useront de vos femmes ? Vous leur parlerez de vos coutumes ? Que direz-vous à vos épouses quand elles pleureront leur deuil ? « Tais-toi, femme, ce sont les traditions du passé qui veulent que nos guerriers soient massacrés, que nos enfants connaissent l'esclavage et que vous toutes partagiez la couche de nos ennemis ! » La belle affaire !

Lucia s'accorda une pause. On aurait entendu voler un papillon, tellement le silence était dense. Cian, et beaucoup d'autres, d'ailleurs, contemplaient la jeune femme avec des yeux ronds. Les prunelles d'Hogo brillaient et Zétide tentait de cacher un sourire en feignant de se caresser la barbe de la paume. Mais l'aînée des Garamont n'en avait pas fini avec les chefs.

– Les nobles et fiers seigneurs de guerre ! reprit-elle. Fiers, sans nul doute, d'une fierté aveugle ! Nobles ? J'en doute, à vous voir vous comporter ainsi, vous préférez vous quereller alors que l'ennemi a déjà commencé à vous envahir ; vous vous cachez derrière vos sacro-saintes traditions. Honte sur vous !

Incapable de contenir plus longtemps sa rage, Glenshan se leva pour faire taire la jeune femme. Elle l'arrêta par la seule force de son regard Il se rassit, dompté, alors qu'elle enchaînait :

– Oui, guerrier, utilise ta force, ton énergie à me faire taire, je ne suis qu'une femme, n'est-ce pas ? Je n'ai pas mon mot à dire concernant les affaires des tribus. Mais dans mon pays, la vérité n'a pas de visage, pas d'allégeance, et cette vérité, si vous refusez de la voir, d'ici quelques jours vous ne serez plus que cendres. Oui, plus rien ne subsistera du peuple des Pégöyas si vous refusez de vous allier contre les Maûnes... Réfléchissez, il n'est pas trop tard pour présenter un front uni face à vos ennemis ; c'est pour vous le seul moyen de vaincre. Nous vous aiderons, nous avons l'habitude de combattre les Maûnes. Le guerrier-loup connaît leurs points faibles. Pour ma part, entre m'allier à mes compatriotes, ceux avec qui je partage le même ciel, le même air, le même soleil, ou subir un génocide, le choix sera vite fait !

Elle fit encore un aller-retour avant de poursuivre.

– De toute manière, je m'en moque bien, de votre

décision, moi ! Quoi que vous choisissiez, mes compagnons et moi irons là-bas, avec ou sans vous ! L'homme qui vient de vous faire entendre la sagesse n'est autre qu'Hypolus d'Orchomène, le sorcier d'Arcadie, et ses runes sauront défaire les Maûnes. Mais si vous ne venez pas, quand ce sera fini, et que nous aurons vaincu – et nous vaincrons, foi de Garamont ! – je reviendrai vous voir pour vous placer face à votre honte. Vous saurez qu'une femme, et qui plus est une étrangère, a réussi ce que vous aviez peur de tenter. Je vous mettrai face à votre vanité et votre bêtise !

Certains des guerriers baissèrent la tête, Lucia décida de les achever :

– Dites-moi, valeureux Pégöyas, la honte, n'est-ce pas ce qu'il y a de pire pour un guerrier ? N'est-ce pas pire que la mort ?

Un murmure sourd d'approbation montait du premier rang des guerriers.

– Eh bien, la *honte*, c'est tout ce que vous gagnerez à ne rien faire ! À présent, nous allons vous laisser, vous les *puissants*, ceux qui hésitent tant à défendre leur terre et leur honneur ! Si vous changez d'avis, vous savez où nous trouver.

Elle prit encore le temps de toiser les chefs, les uns après les autres, les foudroyant du regard avant de quitter le cercle.

– Belle intervention, commenta Hogo à l'adresse du mage.

– Ma foi, oui, je la qualifierais même d'inspirée !

– Attention, elle vient vers nous.

L'aînée des Garamont sourit aux deux compagnons :

– Mortelune, je n'ai pas pu m'empêcher de leur dire leurs vérités, à ces fieffés imbéciles !

– C'est ce que nous avons cru comprendre, gloussa Zétide. Venez, laissons-les mijoter et digérer tout cela. Je pense que notre Lucia leur a donné matière à réfléchir…

Hogo, pour sa part, évitait de croiser le regard de la jeune femme.

– Certains doivent avoir une sacrée migraine ! rigola encore le mage.

Lucia prit les devants et quitta la tente Zétide et Hogo la suivirent mais la chasseresse marchait si vite qu'elle les laissa derrière.

– Elle est en sacrée forme, murmura le mage, tu ne trouves pas, Hogo ?

– Oui, et pour une fois, ce n'était pas à nous d'en faire les frais, ajouta celui-ci en esquissant un sourire qui se transforma en une expression où couvait la douleur.

– Chuut, ne parle pas trop fort, elle va nous entendre ! rit Zétide, qui n'avait rien remarqué.

* * *

Deux heures plus tard, Cian vint chercher les compagnons. Ils revinrent dans la tente de commandement pour y être accueillis par un brouhaha confus.

– C'est aux Rélioths de commander, nous sommes les seuls à pouvoir prétendre au commandement ! proclamait Senshanyn.

– Les Shadarins n'ont pas besoin des autres clans, surtout pas des Rélioths ! rétorquait Sorcha.

– Les dignes Rélioths se moquent bien de l'opinion des Shadarins, assénait Senshanyn.

– Voyez les Shadarins et les Rélioths, ils sont ridicules ! Ils ne vaudront jamais les Vyennoras ! se gaussait Genshan.

– Tu sais ce que je leur dis, aux Vyennoras ?

Gardant le silence, Densharrem se contentait de regarder les autres s'égosiller sans cacher un air narquois. Quant à Jengha, seigneur des Félaïs, il semblait clairement dégoûté par l'attitude de ses pairs.

Lucia se contenta d'entrer dans le cercle. Son arrivée

suspendit instantanément les disputes. Jengha se leva de son siège et vint lui-même annoncer à la jeune femme :

– Nous avons parlé. Nous avons décidé de nous battre et nous voulons bien nous unir contre les Maûnes. Mais il est impossible de s'entendre sur celui qui nous commandera Aucun de nous ne veut suivre un autre seigneur de tribu.

– Qui commandera les Pégöyas ? Qui les mènera au combat ? déplora un des guerriers.

Jusqu'alors, Hogo ne s'était mêlé de rien, assistant au débat en simple spectateur.

– Moi, fit-il en s'avançant dans le cercle de parole, les bras croisés.

Le Lycante se tenait droit, vêtu comme un autochtone. Serein, il incarnait l'autorité indiscutable. Prince, ce jour-là, véritablement, il l'était ; le sang conquérant, insoumis des Wen'r irradiait dans ses veines et auréolait sa posture.

Les seigneurs se consultèrent du regard mais n'hésitèrent pas longtemps.

– C'est d'accord, déclara Densharrem. Le guerrier-loup est un grand guerrier. Nous acceptons de le suivre au combat.

Et, selon la tradition, les Pégöyas prêtèrent serment d'obéir au Lycante le temps de prendre le fort.

– C'est bien, mais à présent, il va nous falloir un plan, intervint Zétide.

* * *

Durant une semaine, Hogo, Zétide firent des allers-retours dans la cuvette pour aller épier l'armée de Khaul, recensant le moindre détail. Au cours de cette période, les deux Eldes mirent au point ce qu'ils appelèrent modestement le *Plan*.

De nombreux préparatifs furent mis en route et Hogo se révéla un meneur d'hommes très compétent. Souvent, il s'écartait avec Zétide pour prendre ses conseils. Tous deux partaient alors marcher le long de la falaise, poursuivis par la fumée de la pipe du mage. Le temps filait trop lentement au goût de ce dernier mais il devait se résoudre à la patience. Ne craignant rien de pire que de se sentir désœuvré, le mage avait pris en charge le domaine de la logistique et les problèmes d'intendance. Après tout, n'avait-il pas dirigé de longues années sa forteresse secrète ?

En plus d'affiner chaque jour le Plan, Hogo ne manquait pas d'occupations. Car il fallait également superviser l'entraînement des guerriers. Il avait en effet décidé de refondre les effectifs des cinq tribus en une seule armée. Il voulait abolir la méfiance réciproque par de rudes exercices qui les forceraient à s'entraider. Du matin au soir, les Pégöyas s'entraînaient à manœuvrer à cheval ou à pied, par cinq, par dix, par vingt puis par cinquante, à réagir sans hésitation aux décisions de leurs supérieurs, sans réfléchir, sans discuter, ce qui jusqu'alors n'avait jamais été dans leurs habitudes. Ils devaient aussi s'entraîner au tir à l'arc comme ils ne l'avaient jamais fait. À force de patience et d'exercices, Hogo leur inculqua la discipline et le goût de l'effort commun. Chaque jour, le guerrier-loup se réunissait avec les chefs de tribus pour faire le point. Malgré leurs réticences initiales, ceux-ci paraissaient finalement satisfaits d'avoir cédé leur autorité au Lycante.

Cian aidait à superviser les travaux ordonnés par Hogo. Lucia et Ariale ne quittaient pas le Lycante d'une semelle : armée du carnet magique que lui avait donné Luvien, la fillette faisait office de secrétaire particulière, notant tout ce que décidait le Lycante et tous les points à lui rappeler. Lucia, quant à elle, régissait l'entraînement avec Hogo et veillait à ce qu'il prenne le temps de se sustenter et se reposer.

Prétextant officiellement que le Lycante ne devait penser qu'à la guerre, ils couchaient séparément. Au grand dam de Lucia qui aurait voulu retrouver l'intimité de leur trop bref tête-à-tête. Elle découvrait son ami sous un tout autre jour. Lui, d'ordinaire plutôt effacé, d'une modestie sans égale, faisait preuve face aux Pégöyas d'une autorité et d'un charisme qu'elle n'aurait jamais soupçonnés. La parole du *guerrier-loup*, comme ils le surnommaient, avait force de loi ; aucun des guerriers aux cheveux blancs n'y trouvait à redire et ses décisions n'étaient jamais remises en cause.

Pour sa part, Lucia éprouva quelques difficultés à se faire respecter, au début. Mais après avoir cassé le nez d'un guerrier – un des frères d'Asun, qui contestait ses paroles avec une évidente mauvaise foi – les choses rentrèrent dans l'ordre et la misogynie n'eut plus cours. Sans compter que le guerrier-loup n'était jamais loin, et pour rien au monde les Pégöyas n'auraient voulu affronter son courroux.

Le soir, après le repas, ils étaient tous si fatigués qu'ils allaient directement se coucher. Hogo restait seul, éveillé, dans sa tente, et l'on pouvait voir sa silhouette éclairée à la torche aller et venir jusqu'à l'aube.

Lucia finissait par ne plus supporter la distance que le guerrier entretenait avec elle. La chasseresse le connaissait bien, à présent, et voyait que malgré ses efforts et ses responsabilités, Hogo ne parvenait pas à cacher une certaine tristesse. Il ne lui faisait pas la tête mais n'était pas chaleureux non plus. Décidée à briser la barrière qui les séparait, elle profita du moment où il achevait sa toilette, seul à la cascade, pour aller le retrouver.

– Hogo, j'ai à te parler. Maintenant !

Le Lycante fit un pas de côté pour l'éviter, mais la chasseresse se carra devant lui, l'œil plus implorant que courroucé.

– Que veux-tu ? demanda Hogo, en regardant par-dessus l'épaule de la jeune femme.

– Je tenais à te dire que j'ai raconté n'importe quoi, l'autre soir. Je me sentais froissée et je voulais te blesser.

Elle enchaîna d'une traite :

– Ce que je pense vraiment de toi, c'est que tu vaux bien mieux que tous les Humains que je connaisse – mon père excepté. Je ne connais personne d'autre que toi pour être à mes côtés… Je veux dire pas seulement au combat mais également comme compagnon d'aventure. Car toi, le prince lycante, tu es un exemple d'honneur et de droiture pour les Eldes de tout l'Enareín !

Elle prit le temps d'une inspiration avant d'achever :

– … voilà ce que je tenais à te dire.

Et elle se hissa jusqu'à sa bouche pour lui donner un baiser. Un vrai et long baiser ; le baiser d'une amante.

Elle finit par rompre l'étreinte. Visiblement touché, le Lycante avança sa main vers elle. Une voix les fit sursauter :

– Excusez-moi… Je viens chercher le guerrier-loup, comme convenu… pour la réunion avec les chefs, annonça Cian, qui arrivait en compagnie d'Ariale.

– Je vous suis, répondit Hogo.

Juste avant de partir, il prit la jeune femme à part et lui murmura d'une voix très douce :

– Nous aurons l'occasion de reparler de tout cela, plus tard…

Il leva la main vers son visage, mais devant les autres n'osa pas aller plus loin. Il se détourna d'elle pour retourner au camp avec son escorte.

Marchant aux côtés d'Hogo et Ariale, Cian était toujours aussi perplexe. Il ne comprenait rien aux mœurs des étrangers. Cette Lucia et le guerrier-loup le déconcertaient. Il leur proposait une tente pour garantir leur intimité et cela posait problème. Et maintenant qu'ils dormaient séparés, il les surprenait en train de s'embrasser. C'était à n'y rien comprendre.

Restée seule, Lucia s'assit au bord de la source, contemplant la beauté sauvage de la nuit éclairée d'une myriade d'étoiles sans vraiment la voir. La jeune femme songeait qu'Hogo n'avait pas répondu grand-chose de significatif. En vérité, il n'avait fait qu'esquiver et, pour ce qui le touchait de près, c'était bien son genre.

* * *

Le Plan débuta par une belle matinée écrasée de soleil.

Le fort des envahisseurs s'éveilla comme d'habitude au son des cornes dans lesquelles soufflaient les Orcks chaque matin.

Khaul se tenait sur la terrasse, son torse nu couturé d'un réseau d'anciennes et nobles cicatrices. Depuis le dernier village brûlé, rien, plus aucun progrès. Les éclaireurs, les Chiens-de-Pierre dirigés par Kalch'ak, avaient beau fouiller le pays, les Pégöyas ne donnaient plus aucun signe de vie. Khaul devenait de plus en plus impatient : le Maître n'allait pas tarder à lui demander des comptes. D'après les rapports, la situation n'évoluait pas dans la guerre qui les opposait aux Eldes. Le Haut-Général devait absolument faire avancer les choses, démontrer qu'il allait bientôt triompher.

Il y avait du nouveau en bas. Les éclaireurs de Kalch'ak rentraient de leur expédition, et rien qu'à leur posture, Khaul devina qu'ils avaient découvert quelque chose. Sans attendre, il rentra dans son bureau aux meubles neufs, saisit au passage son baudrier et sa hache, et se rua hors de la pièce.

Au milieu de la cour, Kalch'ak venait à sa rencontre.

– Les Chiens ont rapporté de bonnes nouvelles. Ils ont repéré un autre village. Peu de guerriers. L'endroit semble propice à la horde. Et ils ont ajouté une chose. Parmi les femmes du village, se trouve la plus belle Humaine qu'ils aient jamais vu !

– Ah ah ! s'exclama le Haut-Général, particulièrement intéressé. Parfait, je vais mener cette mission. Kalch'ak, tu resteras pour diriger le fort. Que les Fracasseurs-de-Crânes se préparent, Ghol prendra la tête des Haches-Folles

– Mais, général…

– Baaskrah ! Ai-je l'habitude de répéter mes ordres ?

– J'obéis, général !

* * *

Le Haut-Général Khaul se sentait merveilleusement bien en cette journée écrasée par le soleil. Il ne souffrait nullement de la fatigue, c'était un Orck. Sanglé dans son pectoral de cuir, son grand casque à cornes sur la tête – celui qu'il portait toujours au combat – il courait avec sa Horde, au milieu de ses Fracasseurs, alerte, rajeuni.

Quelques heures plus tard, allongé sur un éperon rocheux ombragé de pins qui s'avançait au-dessus d'une plaine en terrasse, Khaul contemplait le village des « sauvages », comme il les appelait, à l'aide de sa longue-vue.

La plaine s'étirait d'est en ouest, ceinturée au nord et au sud par des pentes mi-rocheuses, mi-arborées.

Situé à l'extrême ouest du plateau, qui s'avançait comme un berceau au-dessus d'un profond ravin, le village consistait en une cinquantaine de grandes huttes, un corral vide, l'ébauche d'un champ où travaillait un groupe de femmes voilées, juste devant la diagonale encaissée d'une rivière à sec qui coupait sa bordure droite. Le moyen d'accès au camp était la plaine, une longue et large bande de terre nue, configuration idéale pour une charge de sa horde.

Un des Chiens-de-Pierre assura au général que les hommes de la tribu venaient de quitter le camp à cheval. Ils étaient probablement partis chasser ou se lancer dans un de leurs raids futiles contre une autre tribu. Un autre des Chiens était parti les suivre, prêt à avertir ses supérieurs en cas de retour précipité.

L'affaire s'annonçait à la portée d'un officier novice. Les hommes absents et beaucoup de femmes. Et parmi les femmes en train de bêcher un début de champ, il y avait cette sublime Elde ; une belle jeune femme à l'air farouche et aux cheveux longs nattés, une cicatrice sur la pommette – la seule à ne pas être voilée. Que faisait-elle là ? Khaul ne s'interrogea pas longtemps, malgré l'excitation que cette Elde provoquait chez lui. Il aurait tout le temps de lui poser la question dans sa tente, ce soir même, avant de satisfaire sa virilité. Elle serait parfaite comme favorite de son harem.

La plus élémentaire prudence aurait voulu que le général envoie des éclaireurs effectuer une reconnaissance aux abords du village, mais Khaul n'en avait cure. Il avait vu ce qu'il y avait à voir. Un bon terrain, sans surprise. Des femmes, uniquement. Une victoire sans partage, facile, à portée de main.

– Général, vos ordres ? s'enquit Ghol, équipé pour la bataille.

– Je vais m'occuper de ce village. Toi, Ghol, tu dirigeras les Haches-Folles sur le flanc gauche, Korta prendra le flanc droit. Nous ferons la jonction au village. Une dernière chose, cette Elde aux cheveux nattés, je me la réserve, tu feras passer le mot aux autres. Étripe et fends, guerrier !

– Étripe et fends, général.

* * *

Lucia se redressa pour éponger son front. Quelle idée avait-elle eu de se proposer comme appât ?

Elle avait si chaud, avec cette robe qui recouvrait ses vêtements habituels. Et elle en avait plus qu'assez de faire semblant de ratisser ce champ ! Elle regarda autour d'elle pour constater que ses "sœurs" œuvraient avec plus de constance.

La jeune femme en profita pour reprendre une gorgée de sa gourde. La chaleur égalait presque celle du désert, mais au moins sa gourde était pleine d'eau fraîche. Les sources cachées des Pégöyas valaient bien la limpidité des rivières bordant Château-Garamont.

Toujours pas de signal.

Que faisaient-ils ? Que faisait Hogo ?

Le guerrier-loup lui manquait, elle s'inquiétait pour lui. Où plutôt, elle devait bien se l'avouer, elle avait peur de le perdre. Elle n'arrivait pas à lui en vouloir de leur dernière dispute. C'était elle la fautive. Cette dispute, au contraire, lui avait ouvert les yeux sur ce qu'elle devait faire… Seulement voilà, elle ignorait comment procéder. Pouvait-on courtiser un Lycante ? Et si oui, comment ?

Hogo était devenu distant, aussi méfiant qu'un jeune daim. Il ne s'abandonnait plus en sa présence comme avant, mais Lucia n'osait provoquer une nouvelle discussion. Plutôt s'arracher tous les sourcils que proférer encore une parole déplacée !

Un bref éclair en haut de la colline, sur la gauche. Le signal attendu.

– C'est parti, annonça Lucia à ses « sœurs ». Gardez vos positions, ils arrivent !

Hogo, j'espère que ton plan va marcher, sinon, Mortelune, tu auras de mes nouvelles !

***

Un long coutelas en ivoire maculé de sang à la main, Cian se tenait au-dessus de la dépouille du Chien-de-Pierre. L'éclaireur qui croyait filer le groupe de cavaliers partis chasser venait d'être éliminé sans coup férir. Le guerrier aux cheveux blancs essuya soigneusement sa lame sur la tunique du Maûne puis s'empara des armes du mort : une lance, une épée courte et un poignard effilé. Cian garda le poignard et lança le reste à deux de ses hommes. Il sauta sur le dos de son étalon et reprit sa veille.

Provenant d'un bosquet en haut d'une butte, un miroitement attira son attention. Cian se redressa sur l'échine de son cheval et sourit à ses frères :

– Le guerrier-loup a donné le signal. En route ! Vous savez ce que vous devez faire !

***

Les Orcks et les Borghs venaient de l'est, ils avaient toute la plaine à traverser pour rejoindre le camp de leurs ennemis. Divisés en trois corps d'armées – aile droite, centre et aile gauche – ils dévalèrent la pente en hurlant leurs cris de guerre favoris :

– Horde et massacre !

– Étripe et fends !

– Sang et mort !

Khaul sentait une énergie formidable chanter dans ses veines. Quel doux nectar que l'odeur du combat !

En plein élan, la horde se déploya, s'étirant sur sa toute largeur. Khaul courait au centre, au premier rang des Fracasseurs-de-Crânes.

***

Un groupe de Pégöyas à pied descendit de la pente sud et une fois dans la plaine se rangea devant l'aile gauche des Maûnes tout en les prenant pour cibles de leurs arcs. Le régiment des Haches-Folles composé des maraudeurs borghs fut excité par cette vision soudaine. Il s'avéra trop difficile pour Ghol de retenir sa horde, qui chargea les Pegöyas. Le sol s'effondra sous les deux premiers rangs de la horde et les Borghs disparurent, chutant dans de larges fossés garnis de pieux.

Rendus fous de rage par la mort de leurs frères, les rescapés hurlèrent vengeance et poursuivirent les archers, qui se débandèrent à gauche du camp, sur une pente qui descendait le long du ravin. Les Borghs dévalèrent la pente sans s'arrêter. Celle-ci se terminait en cul-de-sac et les Pégöyas s'y massaient, plaqués contre la paroi, l'air traqué. Les Haches-Folles n'en crurent pas leur bonne fortune, accélérant encore leur pas de course dérapant presque dans la déclivité en projetant une grêle de rocailles. Mais alors que les Borghs allaient atteindre leurs adversaires, des cordes jaillirent de l'escarpement, permettant aux pourchassés de grimper hors de cette nasse.

Arrivés devant la paroi, les Borghs levèrent la tête, sifflèrent de dépit et lancèrent des insultes aux couards qui refusaient le combat. La réponse des Pégöyas ne tarda pas. Sur la tête des Borghs furent jetés des dizaines de fagots enduits d'un liquide combustible, aussitôt suivis d'une torche allumée. Les Maûnes n'eurent pas le temps de réagir, emprisonnés par de hautes flammes, ils brûlèrent en s'agitant vainement. Pour faire bonne mesure, les Pégöyas provoquèrent l'avalanche de pierres qu'ils avaient préparée. La roche écrasa encore une bonne partie des Haches-Folles. Ghol avait fait demi-tour et s'était élancé pour remonter la pente avec la cinquantaine de survivants de son régiment. Mais la pente jouait contre eux et les ralentissait. Du sommet apparurent d'autres archers pégöyas qui prirent un malin plaisir à les épingler de leurs flèches. Aucun des Maûnes de l'aile gauche ne revint sur le plateau.

* * *

Des hauteurs au nord de la vallée, naquit une rumeur, un murmure qui grossit pour devenir grondement et surpasser le bruit de la charge des envahisseurs. La cause de ce fracas était la charge impétueuse d'une centaine aurochs – taureaux sauvages surpuissants, à la robe uniformément noire, grise ou blanche, aux sabots rouges, avec leurs grandes cornes, à la fois faux et lances ; les animaux parmi les plus puissants de l'Ældo.

Habilement encadrée de cavaliers pégöyas, la horde d'aurochs chargea la horde de Maûnes.

Il n'y eut qu'une charge, car il était impossible pour les cavaliers de faire rebrousser chemin au troupeau. Tout au plus pouvaient-ils guider l'attaque, la contenir dans la bonne direction. Cependant, cet assaut unique et impétueux des ruminants fut couronné de succès. Le choc fut effroyable et le flanc droit de l'armée maûne fut enfoncé, balayé, écrasé par le troupeau mugissant. Des Orcks volèrent dans les airs, à moitié démembrés, d'autres furent harponnés par les cornes des aurochs et moururent dans un flot de sang et d'os écrasés.

Sa tâche achevée le troupeau fut laissé libre de quitter la plaine, tandis que les cavaliers pégöyas faisaient demi-tour pour engager les survivants du flanc droit.

* * *

Khaul courait toujours avec les Fracasseurs-de-Crânes vers le village. Les deux flancs de ses troupes semblaient connaître des difficultés mais le Haut-Général n'avait pas le temps de s'y arrêter. Car en face de lui, que se passait-il ? Les femmes enlevaient leurs robes, c'étaient… C'étaient des hommes, en vérité. Ils se baissaient pour déterrer de longs paquets de toile qu'ils ouvrirent à la hâte pour empoigner arcs et flèches. La jeune femme qu'il avait admirée venait d'ôter sa robe pour dévoiler un costume de guerrière. Un arc à la main, un carquois à l'épaule, elle paraissait les mener.

Les Pégöyas retraversèrent le fossé créé par le lit de la rivière et mirent les Orcks en joue. Au signal de la guerrière aux cheveux nattés, ils décochèrent leurs traits. Une gerbe rasante de flèches vola dans la plaine pour faucher les Maûnes en pleine course. Déjà, les archers encochaient de nouvelles flèches, qu'ils lâchaient par salves. Un tiers des envahisseurs furent laminés par le déluge de traits.

Les autres continuaient à charger, Khaul à leur tête. Le Haut-Général passait au travers des projectiles comme s'il avait acquis une protection divine. Déjà, il se préparait à goûter au sang de ces archers qu'il n'allait pas tarder à atteindre. Mais ceux-ci n'attendirent pas la furie des guerriers du Maûne. Sur un ordre de la guerrière, ils rompirent les rangs et se débandèrent sur le centre du village.

Oui, ils avaient bien raison d'avoir peur, ces pleutres ! songea Khaul. Ils étaient coincés puisque le plateau se terminait par le ravin.

Le restant des Fracasseurs-de-Crânes bondit au-dessus du fossé et arriva sur le village en pleine course, dans un concert de beuglements. Ils franchirent les premières huttes sans se rendre compte qu'à présent, ils passaient sur un cercle de terre humide. La silhouette d'un homme âgé en tunique verte s'encadra dans l'embrasure de la hutte centrale du village et ses mains se mirent à s'agiter avec assurance. Les runes se plièrent à sa volonté et la terre mouillée s'embrasa soudainement, encerclant le village et les assaillants d'un écran de flammes géantes. Les retardataires orcks furent transformés en torches vivantes.

Les Maûnes jaillirent dans le camp, haches brandies, mais aucun ennemi à se dresser pour les accueillir et leur permettre d'assouvir leur soif d'en découdre. Les villageois s'étaient regroupés dans la hutte centrale, où venaient également de disparaître le mage et la guerrière. Khaul avait beau tourner la tête dans tous les sens, les Pégöyas paraissaient tous s'être réfugiés dans le même lieu. Autant dire qu'ils s'étaient eux-mêmes condamnés.

Les autres huttes s'écroulèrent les unes après les autres, enflammées à leur tour comme du bois sec, dégageant une intense et âcre fumée qui aveuglait les Maûnes.

Tout en essuyant ses yeux irrités, Khaul rugit de dépit. Il ordonna aux Fracasseurs d'encercler la hutte. Lui-même enfonça la porte de sa botte et trente Orcks s'engouffrèrent à l'intérieur en hurlant sans se rendre compte que les parois suintaient un liquide huileux. Leurs cris cessèrent net : le bâtiment se révélait mystérieusement vide. Les Orcks se regardèrent sans comprendre jusqu'à ce que l'un d'eux se penche pour soulever l'unique tapis qui ornait la hutte. Celui-ci camouflait une grande ouverture sombre dans la terre, un puits naturel de roche granitique qui s'enfonçait dans les profondeurs de la falaise. Les Eldes n'avaient pu que disparaître par-là.

Khaul ordonna à l'un de ses guerriers de sauter dans le trou, mais avant que l'Orck ne puisse s'exécuter, un flot de flammes vertes jaillit de l'ouverture pour brûler impitoyablement les Maûnes qui s'étaient penchés au bord. L'émeraude des flammes gagna le plafond enduit qui s'enflamma à son tour, enfermant les Orcks dans un brasier infernal.

Les sourcils roussis par le feu magique, Khaul sauta par une des fenêtres de la hutte. Il atterrit sur le sol d'un roulé-boulé et seuls quatre guerriers réussirent à le suivre. Les autres périrent carbonisés.

Une vision de chaos les attendait. Les habitations flambaient, généraient des volutes épais de cette fumée traître. Les Orcks de son armée qui avaient atteint le camp, ceux qui vivaient encore tournaient sur eux-mêmes, à demi-aveuglés, errant dans la fumée sans savoir où se diriger. Désemparés, ils n'avaient aucun ennemi sur qui se défouler. Les flammes qui entouraient le village continuaient de sévir, provoquant un anneau opaque et gras. De ce voile épais jaillit la mort, sous forme d'un essaim de flèches dense.

D'autres Maûnes s'écroulèrent, chacun percé de plusieurs traits.

Hagard, Khaul voyait ses Fracasseurs se faire tuer les uns après les autres sans avoir pu réagir. Ils ne pouvaient que subir car, à présent, il n'y avait plus de huttes où s'abriter. D'un ton rauque, Khaul ordonna à ses hommes de plonger au sol et de rester allongés. Alors que de nouvelles flèches volaient au-dessus de sa tête, sans l'inquiéter, le visage dans la poussière, le Haut-Général s'escrima à trouver une solution pour se tirer de cet guet-apens.

À moins de pouvoir s'envoler au-dessus de la falaise qui terminait le plateau, il y n'avait qu'une voie de repli possible : l'est et la plaine. La plaine qui les narguait de l'autre côté du fossé, la seule voie de sortie… En rangs, s'y tenaient l'équivalent d'au moins trois tribus de sauvages, le Haut-Général les voyait à présent que l'anneau de feu qui encerclait le village perdait de son intensité. Un Lycante monté sur un étalon pie dirigeait les guerriers aux cheveux blancs. Le seul Lycante que connaissait Khaul, il l'avait vu sur le champ de bataille, lors des Jours Rouges ; impossible de savoir si c'était le même guerrier. Du reste, quelle importance ? L'urgence était de trouver un moyen de lancer une contre-attaque.

Il n'en eut pas le temps. Cette fois venues du ciel, dans une courbe descendante, les flèches des Pégöyas sifflèrent pour clouer les Maûnes au sol. Un tir en aveugle et pourtant des plus efficaces. Les Orcks mouraient sans pouvoir rien faire pour se protéger, incapables d'orienter leurs boucliers.

Khaul ne voyait qu'une solution : attendre que les flammes qui barraient la sortie du village s'affaiblissent suffisamment pour permettre de les franchir. Il ne pouvait qu'*attendre*, ce qu'il détestait le plus, alors que ses hommes se faisaient peu à peu anéantir par la pluie meurtrière.

L'écran de feu finit par baisser d'intensité, et suivi d'à peine une centaine de guerriers valides, Khaul surgit du cercle de fumée pour s'engager dans la plaine. Les Orcks reprirent leur charge, cette fois dans l'autre sens, mais les Pégöyas les accueillirent d'un tir horizontal pour les percer de nouveau. Les Maûnes continuaient de s'effondrer. Certains étaient percés d'au moins dix projectiles. Khaul avait la bave aux lèvres ; il voulait, il devait faire couler le sang, il avait soif de tuerie. Ses guerriers étaient dans le même état, et pour rien au monde, ils n'auraient refusé cet assaut.

Mais les Pégöyas refusèrent une fois encore l'affrontement direct. Ils sautèrent sur leurs chevaux qui les attendaient et galopèrent hors de portée en direction de l'est, poursuivis par les Maûnes lancés de toute leur masse. Au moment où les Orcks arrivaient au milieu de la plaine, le Lycante leva son bras au-dessus de sa tête et fit un large cercle de la main. Les cavaliers obéirent aussitôt à son ordre pour se mettre à virer en rond autour de leurs ennemis, guidant leurs montures des talons ou des mollets, leurs mains laissées libres de décocher de nouveaux traits. Les Orcks perdirent leur unité. Par petits groupes, ils couraient sans discernement vers un ennemi insaisissable. Inutilement, certains des Maûnes jetaient leurs haches sur les cavaliers mais leurs armes finissaient leur course en ricochant sur le sol. D'autres se griffaient violemment le visage, plongés dans une transe autodestructrice, il y en eut même pour se retourner contre leurs propres frères.

C'est sur cette terre perdue au fin fond des Terres Rouges que mourut le puissant général Khaul, piégé par une bande de sauvages, un apprenti stratège et par son propre orgueil. Les guerriers à cheveux blancs l'épargnèrent un bon moment, se contentant de le faire courir à perdre haleine, répondant à ses injures par des cris aigus. Lorsqu'ils se lassèrent de jouer avec le Haut-Général, depuis longtemps le dernier des Maûnes encore en vie, ils l'abattirent sans pitié.

L'Orck finit couché sur le dos, les bras écartés, son casque renversé à ses côtés, dans la poussière, son corps massif hérissé de dix-huit flèches et deux lances. Lors de sa dernière bataille, Khaul n'avait pas porté un seul coup. Pour la première fois, sa grande hache, la Buveuse, resta vierge du sang de ses ennemis.

Hogo ne resta pas pour vérifier s'il y avait des survivants dans le ravin. Il laissa cette tache à une partie de sa troupe. À peine avait-il constaté que les Maûnes tombaient dans le piège, sans espoir d'en réchapper, qu'il sautait en selle et lançait son cheval au grand galop. Suivi par ses cavaliers, il se dirigea droit sur le village pégöya. Droit sur Lucia.

* * *

Lucia venait de ressortir du puits sur lequel Hogo avait fait bâtir la hutte. Tout le village n'avait été qu'un leurre destiné à attirer les Maûnes en cet endroit isolé destiné à devenir leur tombeau.

C'est alors qu'arrivèrent les Pégöyas menés par Hogo.

Le guerrier Lycante bondit de sa monture sans attendre que celle-ci ralentisse l'allure. En trois pas il se rapprocha de la jeune femme:

– Ah… Tu vas bien, dit-il.

– Oui… Je vais bien, répondit-elle.

Un silence gêné s'instaura.

Lucia craignait de dire ce qu'il ne fallait pas. Hogo ouvrit la bouche, hésita, mais aucun son n'en sortit. Il resta à la regarder sans rien ajouter.

– Eh bien quoi, parle ! ne put s'empêcher de dire Lucia d'un ton vif.

Une ombre voila le visage d'Hogo.

– À plus tard, je vais rejoindre les chefs.

Il s'éloigna à grands pas, sauta sur son étalon et repartit au galop vers la plaine.

*Maudite andouille que je suis, sombre idiote à la langue perfide ! N'aurais-je pu dire autre chose ? Quelque chose de moins abrupt, quelque chose d'agréable ? Et qu'avait-il à me regarder sans rien dire, ce damné Lycante ! Lui aussi aurait pu dire quelque chose d'agréable !*

* * *

– Comment avez-vous fait pour monter un plan aussi *complexe* ? demanda, Cian sa pipe fumante à la main.

Il se tenait avec les compagnons assis devant la tente de Zétide.

– En vérité, on a essayé d'additionner un peu tous les trucs que l'on connaissait, rétorqua Hogo en haussant les épaules. Le plus complexe à résoudre était la coordination de tous les groupes.

– Énoncé ainsi, c'est étonnant que cela ait marché.

Vous me donnez froid dans le dos tous les deux ! frissonna Lucia.

– Peut-être, jeune demoiselle, mais vous admettrez que nous avons triomphé ! gloussa Zétide, les moustaches relevées de malice. Et sans connaître la moindre perte…

– Ne criez pas victoire trop tôt, les tempéra Hogo, il nous reste à prendre la forteresse des Orcks.

* * *

Le lendemain, un groupe de guerriers se préparait pour une expédition ; la seconde partie du Plan restait à accomplir.

Lucia était occupée à brosser la robe de son cheval tacheté. Elle se retourna pour prendre son cure-sabots, et juste en face d'elle découvrit Hogo. Ne l'ayant pas entendu arriver, la chasseresse sursauta tout en poussant un cri aigu.

– Hogo, ne me fais plus jamais un coup pareil ! J'ai cru que mon cœur allait éclater !

– Désolé, Luce, je voulais te voir en privé avant le départ. Puisque nous partons à la bataille, Luce, promets-moi de faire bien attention à toi.

– Promis ! Mais je pourrais te retourner la chose, tu vas également me promettre de rester sain et sauf.

– Je promets, sourit le Lycante.

Une demi-heure plus tard, ils quittaient tous deux le camp des Félaïs, à la tête d'une centaine de guerriers, qui formaient le premier groupe.

Le lendemain, Zétide attendait avec Cian à la tête d'une bande de cavaliers, le deuxième groupe d'assaut, postés comme prévu sur une crête ombragée d'eucalyptus. D'où il se tenait, le mage pouvait parfaitement voir le fort. Si tout s'était bien passé la veille, le groupe d'Hogo devait être en place à attendre le moment prévu. C'était le grand jour, le fort les attendait.

Mais le mage avait beau connaître le Plan par cœur, l'arrivée d'Ariale accompagnée de Nhiall, le jeune frère de Cian ne faisait certes pas partie du programme. La fillette vint ranger sa jument à ses côtés et devança sa réprimande :

– Je ne pouvais rester seule au camp. Asun et deux de ses frères sont venus dans la tente, ils me cherchaient. Shruti m'a prévenu à temps et j'ai réussi à me faufiler à l'arrière de la tente et à rejoindre Nhiall. Il m'a conduite ici ; voilà, vous savez tout.

– Bon, d'accord, nous verrons cela plus tard. En attendant, tous les deux, vous restez en arrière, et pas de bêtises !

* * *

Monté sur un des remparts, Kalch'ak scrutait nerveusement l'horizon. Toujours aucune nouvelle du général et de ses troupes. Ils étaient partis depuis trois jours, cela faisait long, trop long. L'Orck avait beau réfléchir, il ne voyait pas comment une seule tribu pouvait tenir tête aux vaillants combattants du Maûne. Qu'était-il arrivé ? Le guerrier orck s'en voulait, il aurait dû insister pour mener les hommes ; c'était son rôle. Khaul vieillissait, même s'il refusait de se l'avouer. Oh, il avait toujours le bras puissant et la main implacable, il pouvait encore courir tout le jour sans faire de halte, mais sa disgrâce l'avait aigri, rendu encore plus impétueux qu'avant, sinon imprudent. Kalch'ak respectait le Haut-Général, il l'avait suivi sans jamais douter de ses décisions, sans jamais fléchir, durant toutes ces années. Cependant Khaul avait perdu une bonne partie de son crédit auprès du Maître et cette fois, s'il venait à faillir, il n'y aurait pas de pardon. Kalch'ak allait devoir réfléchir à un moyen de ne pas tomber avec son chef.

Il songeait à envoyer les maraudeurs borghs pour en

avoir le cœur net, lorsqu'un des Goblins placés en sentinelle donna l'alarme. Kalch'ak détestait les Goblins mais il fallait avouer qu'ils avaient une sacrée vue, sans compter leur adresse à l'arc. Traversant les remparts, Kalch'ak courut jusqu'au guerrier à peau verte.

– Quoi ! éructa-t-il à la face du Goblin, le faisant reculer de deux pas.

– Le général, je crois que c'est lui, piailla la sentinelle d'une voix grêle. Je le reconnais à son casque.

Effectivement une troupe arrivait de l'ouest, en courant. De loin on reconnaissait la peau jaune, la corpulence et les casques des Orcks. Mais au lieu de la fière armée de trois régiments partie châtier une simple tribu d'autochtones, Kalch'ak avait sous les yeux une bande de guerriers désorganisés, trois fois moins nombreux qu'à l'aller.

*Si peu d'hommes ? Qu'est-il arrivé aux autres ?* se demanda Kalch'ak, qui estimait que les guerriers rentraient avec trop d'empressement.

– Ils sont poursuivis par des cavaliers ! glapit un autre garde goblin.

– Sonnez l'alerte ! ordonna Kalch'ak. Et préparez-vous à ouvrir les portes pour accueillir le général.

Le branle-bas de combat résonna dans le camp. Des baraquements surgirent une foule de guerriers, Orcks et Borghs mêlés qui s'assemblèrent dans la cour par régiments ou archers goblins qui montèrent sur les remparts.

* * *

L'armée en déroute approchait du fort. Mais alors que les portes s'ouvraient pour permettre à Khaul et ses hommes de regagner la sécurité de leur place forte, tout autour de l'entrée, le sol se mit à onduler, et à s'ouvrir pour laisser apparaître un flot d'une centaine de Pégöyas, menés par Hogo et Lucia.

La veille, ils avaient lentement rampé dans la nuit noire pour ne pas être repérés des sentinelles. Une fois proches des portes, ils s'étaient dissimulés dans des trous recouverts de sable – procédé souvent employé par les Pégöyas lors de leurs embuscades. Respirant à l'aide de pailles de bois, ils avaient patienté jusqu'au moment propice.

Nantis des armes confisquées aux troupes vaincues de Khaul, ils coururent dans le fort et assaillirent les Maûnes qui avaient officié à l'ouverture des portes ; celles-ci furent bloquées à l'aide de coins géants apportés par les guerriers à cheveux blancs. Profitant de l'abri des grandes portes, de leurs flèches, ils continrent les guerriers qui se tenaient dans la cour, leur interdisant de charger.

La troupe de « Khaul » arriva sur ces entrefaites et pénétra à son tour dans l'enceinte, se délestant de son déguisement – sortes de costumes rembourrés assemblés la veille par les femmes pégöyanes, que l'on attachait le long des bras et des jambes pour imiter la corpulence et la carnation jaune des Orcks. Les Pégöyas se joignirent au groupe d'Hogo pour investir le fort.

Précédés d'une rumeur de cris aigus, arrivèrent les cavaliers qui faisaient semblant de poursuivre le soi-disant général, Zétide et Cian à leur tête. Ils se ruèrent à leur tour dans l'enceinte. Une mêlée confuse s'était engagée entre les Pegöyas menés par le guerrier-loup et les envahisseurs. Des morts tombaient des deux côtés. Des remparts, les Goblins avaient du mal à ajuster les Pégöyas aux prises avec les fantassins maûnes.

Au signal d'Hogo, les guerriers de son groupe se rangèrent sur le côté, laissant libre champ à la charge de cavalerie de leurs compatriotes. Fort de leur élan, les guerriers montés enfoncèrent les troupes de fantassins, qu'ils balayèrent de leur acier en traversant la cour. Un demi-tour rapide, une nouvelle charge qui fit autant de morts. Leurs frères à pied revinrent alors au combat et les envahisseurs furent attaqués de tous côtés.

En même temps, Zétide, qui était descendu de cheval, usa du Bel Art pour faire exploser son feu runique sur les remparts, destiné plus à désorganiser les archers goblins dans la mort qu'à les vaincre. Les hommes qui s'étaient déguisés en Orcks déboulèrent en haut de l'enceinte pour achever les archers encore en vie et abattre autant de fantassins qu'ils le pouvaient.

Kalch'ak était descendu pour organiser les Maûnes massés dans la cour mais ses ordres se noyaient dans le fracas des combats. L'unité des Orcks et des Borghs avait été érodée par les attaques concertées des Pégöyas et, peu à peu, malgré leur puissance, ils perdaient du terrain, repoussés vers la zone des bâtiments. Kalch'ak abattit deux guerriers à cheveux blancs d'un mouvement fluide de son épée dentelée. Longeant le mur d'enceinte, il entreprit de contourner les assaillants pour rejoindre l'arrière des bâtiments et rallier ses hommes.

Zétide avait fait de même, mais de l'autre côté du fort. Confiant dans sa magie, il s'était séparé des autres pour voir s'il ne pouvait pas prendre les Maûnes à revers en invoquant un rideau de feu. Il déboucha dans un couloir formé par une suite de corps de garde et dépôts. En face de lui, à l'autre bout, surgirent trois Orcks. À peine le repéraient-ils que les guerriers le chargeaient, armes au clair.

Presque grandiloquent, Zétide étendit ses bras devant lui, les poignets souples, prêt à lier les lignes de pouvoir. Avec son habituelle maîtrise, il assembla les lignes runiques. Éructant d'indistincts grognements, les Maûnes arrivaient sur lui. Zétide termina la dernière boucle, se préparant à carboniser ses ennemis de ses fouets d'énergie.

Mais à sa grande stupeur, rien ne se produisit. Rien

du tout, pas la moindre once de pouvoir. Pour la première fois, les runes se refusaient à fonctionner. Pourtant, il était certain que son tracé était correct, il n'avait fait aucune erreur. Les Orcks étaient à moins de quinze pas. Zétide n'hésita pas une seconde, il tourna les talons et s'engagea au hasard entre deux baraquements, fuyant, le juron au bord des lèvres.

N'ayant pas d'autre arme que sa magie, il devait absolument échapper à ses poursuivants. En entendant le bruit des bottes sur le pavé, les cris excités qui fleurissaient sur ses talons, il jugula une vague d'inquiétude. Il tourna au coin d'un bâtiment et longea un mur qui courait vers le fond du fort, sachant qu'il n'avait aucune chance de distancer les Orcks à la course. Il se retrouva alors coincé dans une courette formée par deux bâtisses accolées au coin nord-est de la place forte.

–Ah, il ne peut s'échapper, lâcha dédaigneusement Kaloth, c'est un cul-de-sac !

Les yeux brillants à l'idée de dépecer du mage, l'autre Orck, Volgh, surenchérit :

–Il est coincé, ce chien d'Elde !

–Vous m'en laissez un bout, hein, les gars ! ajouta le troisième larron.

Les Maûnes arrivèrent à leur tour derrière le bâtiment qui donnait sur la petite cour carrée ; l'endroit était encombré de ballots et de caisses. Les trois Orcks se séparèrent pour la fouille.

Leurs haches éventrèrent les ballots, leurs bottes défoncèrent les caisses, qu'elles réduisirent à l'état de petit bois. Ils saccagèrent tout sans trouver le moindre cheveu de leur proie. Désappointés, frustrés, ils se regroupèrent.

–Baaskraa, où il est ?

–Je n'y comprends rien, Vogh. Et toi, Kaloth, t'as une idée ?

– Là-haut, les affreux !

Interpellés des hauteurs, les trois Orcks levèrent la tête pour découvrir la chute fulgurante d'une jarre bombée. Avant qu'ils aient le temps de s'écarter, la jarre s'écrasa sur eux et les aspergea d'un liquide gélatineux et nauséabond.

Une étoffe enflammée suivit la même trajectoire et embrasa le liquide. Le jaillissement des flammes, un long grésillement mêlé des hurlements de l'agonie, une odeur atroce de chair brûlée s'éleva jusqu'à Zétide, provoquant une vague de nausées.

Il n'était pas particulièrement fier du procédé employé pour se débarrasser de ses ennemis mais nécessité faisait force de loi. Dans l'urgence, il n'avait rien trouvé de mieux que cet expédient.

Il avait réussi à griller la politesse à ses poursuivants tout simplement en grimpant. L'un des passe-temps favoris du mage, dans sa jeunesse, était l'escalade. Il n'y avait pas un mont, un pic de l'Arcadie qu'il n'ait escaladé dans ses folles années. Il avait même réussi l'ascension du mont légendaire du Nez-de-Fer. À peine s'était-il rendu compte qu'il se trouvait dans un cul-de-sac, qu'il avait pris appui sur un empilement de caisses pour se hisser jusqu'à une saillie dans le mur. Puis avec l'agilité d'un vieux singe, il était remonté en se servant de prises minuscules pour arriver sur le toit, sur lequel il avait découvert un auvent abritant une quinzaine de jarres de naphte, remplies d'huile à brûler destinées aux lampes. Zétide en reconnut l'odeur caractéristique. Il déchira un pan de sa tunique, qu'il plongea aussitôt dans une jarre et posa sur le rebord du toit. Puis, il souleva le récipient et le porta jusqu'au bord. Sans se faire repérer, il épia les recherches de ses poursuivants, attendant le moment propice pour lancer son arme de fortune. Son flambeau allumé à l'aide de son briquet fit le reste.

Une fois les Maûnes réduits en cendres, le mage resta un temps immobile, songeant à ce qui venait de lui arriver. Ce qu'il avait longtemps redouté venait de se produire et la signification de tout ceci le glaçait.

Il soupira avant de redescendre par une voie plus commode.

***

Constatant que la défaite profilait son nez honteux, Kalch'ak ne pensait plus qu'à sauver sa peau.

Plus avisé que ses congénères, il ne voyait nul attrait à combattre sans espoir de victoire. Pour lui, tout n'était pas perdu ; il pouvait encore gagner les écuries – où étaient parquées les montures volées durant un raid contre les autochtones – et, à cheval, profiter des combats pour se frayer un passage hors du fort. Les Orcks détestaient l'équitation mais il n'avait pas vraiment le choix. Sa décision prise, délaissant les siens, il fit demi-tour pour gagner l'arrière du fort. Engagée avec d'autres guerriers pégöyas à la poursuite des Maûnes, Lucia s'aperçut de la fuite de l'Orck d'un coin de l'œil. Elle le reconnut immédiatement et, quittant ses alliés, elle se rua à sa poursuite.

L'Orck courait devant elle. Il s'engouffra dans un bâtiment accolé aux murs intérieurs sans être repéré par les guerriers aux cheveux blancs.

Elle y pénétra à son tour et cria :

– Kalch'ak ! Je suis Lucia de Garamont, ce nom te dit sans doute quelque chose ?

L'Orck s'arrêta net et se retourna pour la soupeser du regard.

Lucia le toisa en montrant les dents :

– Je suis là pour finir ce que mon père a commencé !

– Toi, tu comptes affronter un maître d'épée ?

Incrédule, le guerrier rit à pleins poumons.

– J'aurais préféré me battre avec ton chevalier de père et te prendre dans ma couche. Mais tu feras l'affaire. J'empaillerai ta tête pour la montrer à ton géniteur.

Il dégaina sa propre lame, une épée runique à lame dentelée, forgée dans un acier qui ressemblait à de la pierre aux reflets verts. Mais au lieu de foncer sur elle, l'injure aux lèvres, prêt à faire appel à la force brute, il attendit. Lucia se jeta sur lui sans attendre. Le prenant de vitesse, elle se mit à lui asséner des coups d'estoc et de taille, l'obligeant à reculer.

Mais Kalch'ak n'était pas n'importe quel guerrier, jamais Lucia n'en avait affronté de si accompli. Il faisait preuve d'une maîtrise de ses gestes, d'une coordination et d'une patience étonnantes de la part d'un Orck, d'habitude plus porté sur la puissance offensive. À l'explosion de la force brute, il préférait l'adresse.

Tout en se battant, Kalch'ak parlait ou ricanait, aiguillonnant Lucia sur un sujet qui la touchait de trop près, son père. L'Orck lui décrivait ce qu'il ferait subir à son géniteur une fois que le destin les aurait réunis. Il affirmait hésiter à le découper membre par membre avant d'en finir avec lui ou au contraire à le mutiler horriblement sans lui accorder l'honneur de l'achever. Sans parler de ce qu'il réservait à sa virilité.

Ces piques énervaient la jeune femme, la déstabilisaient d'autant plus qu'elle n'y pouvait rien. Perdant son sang-froid, elle accentua encore la fougue de ses attaques, bien décidée à châtier le provocateur.

Elle laissait libre cours à sa colère, frappant de plus en plus large, accroissant peu à peu l'étendue de ses attaques sans se rendre compte que son adversaire n'attendait que cela. Au sortir d'un assaut furieux, plutôt que se dégager pour reprendre souffle et distance, Lucia tenta de poursuivre par une botte dirigée droit sur le cœur de l'Orck.

D'une habile manœuvre du poignet, Kalch'ak enveloppa la lame de la chasseresse dans la sienne et, d'un coup sec vers le haut, lui fit sauter son épée des mains. Sans attendre, il lui asséna un coup de botte à l'intérieur de la cuisse pour la déséquilibrer et un coup de coude dans la figure. Lucia partit en arrière et sa tête alla cogner contre un des piliers qui soutenaient l'écurie. Sonnée, elle glissa au sol.

Kalch'ak s'avança tranquillement sur elle, leva son épée dentelée et lui susurra :

– Je transmettrai tes salutations à ton père, ou, plus probablement, ta tête. Adieu, guerrière !

Au moment où l'épée s'abaissait pour trancher le cou de la jeune femme, une forme grondante et ramassée surgit derrière l'Orck et, d'un coup d'épaule, le projeta sur le côté. Kalch'ak accompagna le mouvement, effectua un roulé-boulé pour se redresser sans dommage, l'épée tenue à deux mains, lame en diagonale haute, vers l'arrière, prête à frapper.

En face de lui se tenait Hogo, lèvres retroussées, ramassé sur lui-même.

– Un Lycante ! Je te connais toi, s'écria l'Orck en étrécissant ses yeux jaunes. Les Jours Rouges ! cracha-t-il. Tu as combattu lors des Jours Rouges, je me souviens.

Hogo ne répondit rien. Montrant les dents, son bâton en main, il se mit en position de combat.

Un nouveau duel s'engageait et les deux combattants l'entamèrent en se tournant autour au centre de la pièce, comme répugnant à prendre l'offensive. Kalch'ak faisait de petits mouvements circulaires de la pointe de sa lame, Hogo tenait son bâton, empoigné à deux mains, sur le côté. Dans leurs regards, le combat avait commencé.

Un combat sans merci et sans paroles, sans gestes ; un combat de volonté.

Brusquement, ils se lancèrent dans un long enchaînement de bottes et de parades, chacun cherchant à provoquer l'erreur de l'autre plutôt qu'à le vaincre directement.

Le bâton et l'épée s'entrechoquaient avec pour seul contrepoint le halètement de leurs respirations. Botte, parade, feinte, riposte.

L'arme d'Hogo lui conférait une meilleure allonge mais Kalch'ak ne paraissait pas dérangé pour autant. D'ailleurs, il se mit à prendre l'avantage d'un éventail de coups habiles, d'une grande maîtrise technique. Hogo restait sur la défensive attendant patiemment un fléchissement dans les assauts de son adversaire, le fameux temps fort – temps faible, mais l'Orck paraissait disposer d'une énergie sans limite. Malgré la virtuosité du Maître d'armes, le guerrier-loup ne baissait pas sa garde. Les passes s'additionnaient sans temps mort.

Lucia reprenait à peine ses esprits lorsque au fil du combat, désespérant de déstabiliser son adversaire, Kalch'ak passa à côté d'elle et en profita pour lui donner un coup de pied vicieux dans la tempe qui, cette fois, la plongea dans l'inconscience.

Le geste provoqua la colère d'Hogo, à présent hérissé de tous ses poils. Il cessa de se cantonner à la défense pour faire reculer son adversaire à grands heurts de bâton. Kalch'ak parait tant bien que mal, presque submergé. Accablé, pressé de tous côtés par le bâton virevoltant du Lycante, il vacilla sur ses jambes. Hogo gronda, effectua un tour complet de son arme, qu'il retourna à l'horizontale pour fracasser le torse de son adversaire.

Mais le mouvement de l'Orck n'était qu'une feinte. Il se redressa subitement, et changea de main pour empoigner son épée de la senestre. La lame décrivit un arc de cercle qui accrocha la lumière avant de frapper celle du Lycante. Les runes de l'arme dentelée étincelèrent un instant et le bâton tomba sur le sol, tranché en deux. D'un revers ajusté, Kalch'ak tenta de décapiter Hogo mais le guerrier-loup bondit en arrière.

Ils se toisèrent. Un sourire triomphant au coin de ses lèvres épaisses, Kalch'ak agita doucement son épée comme pour signifier qu'à présent, il était le seul armé. Hogo répondit d'un haussement d'épaule, puis, son regard se tourna vers le sol ; vers Lucia toujours évanouie, vers Rhisiart surtout, l'arme de la chasseresse, qui gisait au sol à côté de sa maîtresse. À son tour, Kalch'ak avisa l'épée. Il émit un petit rire de défi.

Ils se tenaient l'un en face de l'autre, à peu près au centre des écuries. Sur la gauche du Lycante, à environ trois mètres, Lucia et Rhisiart.

Hogo bondit en avant. Non pas vers l'épée, mais directement sur l'Orck. Celui-ci s'apprêtait à l'intercepter sur la diagonale qui menait à Rhisiart. Surpris de cette folie – s'attaquer à mains nues à un Maître d'armes –, Kalch'ak eut une seconde de flottement. Cela suffit à Hogo pour passer sous sa garde, écarter le plat de sa lame d'un revers de la main et lui asséner un coup sec de la paume, au creux de sa poitrine. Le souffle coupé, Kalch'ak trébucha. Hogo lui claqua l'oreille de la main, doubla d'un direct sur le groin de l'Orck, d'une manchette au poignet pour lui faire lâcher son arme et enfin d'un coup de tête dans la pommette. Il en fallait plus pour vaincre un Orck mais, déchaîné par le sort de Lucia, Hogo poursuivit sa lente destruction. Coups de poings, coups de coude, coups de genoux ; coups de pied sauté, fouetté ou circulaire. Saoulé de coups, Kalch'ak chancelait, le regard vitreux. Hogo prit son élan et, d'un formidable coup de pied retourné, lui claqua le visage en arrière. Kalch'ak décolla du sol et fit un vol plané pour retomber lourdement sur le dos.

L'Orck pencha la tête de côté pour cracher du sang, puis un gros morceau de dent éclatée. Il tenta de se relever mais la tâche paraissait trop exiger de ses forces. Il retomba, privé d'énergie.

– D'accord, Lycante, toussota-t-il, tu m'as eu... Tu m'as eu, je me rends !

Hogo se rapprocha de lui et repoussa son arme du pied. Il ne fit qu'une toute petite erreur, il tourna la tête pour vérifier que Lucia allait bien. Kalch'ak réagit à la vitesse de l'éclair. Il tira une dague de sa botte, et dans la foulée, se redressa, se fendit et plongea sa lame dans le ventre du Lycante, à trois reprises. Hogo s'écroula. Kalch'ak se dressa au-dessus de lui et lui cracha dessus, les babines étirées en un rictus de pure méchanceté.

– Sale Elde, tu croyais pouvoir me b...

L'Orck sentit un souffle d'air. Il se retourna pour croiser le regard déterminé de Lucia. Elle hurla avant d'abattre Rhisiart de toutes ses forces. D'un revers de son épée qu'elle avait vivement, désespérément ramassée alors que le guerrier Lycante tombait, elle trancha la défense intacte de l'Orck. Sa défense, sa mâchoire et sa cervelle.

Kalch'ak s'affala sur le côté pour aller répandre sa cervelle et son sang sur le pavage du sol.

Lucia lâcha son épée et se rua sur Hogo, allongé sur le sol. En voyant son état, elle poussa un gémissement de bête blessée.

Dehors, les bruits de bataille avaient cessé. On entendait seulement les cris aigus des guerriers aux cheveux blancs qui résonnaient de la victoire.

Ariale et Zétide débouchèrent dans l'écurie. Ils découvrirent Hogo baignant dans son sang et. Lucia qui tentait d'épancher sa plaie avec un morceau de sa chemise mais sans succès. Le visage ravagé de larmes, la chasseresse s'écria :

– P'tit-Loup, il faut que tu le sauves ; il n'y a que toi qui puisses faire quelque chose !

– Mais, je ne sais pas si je…

– Je t'en supplie ! Je ne pourrai pas supporter de le perdre !

La fillette s'agenouilla auprès du Lycante, dont le visage était devenu exsangue.

– D'accord… Je vais essayer, mais…

– Vite, fais quelque chose !

– Du calme, j'ai besoin de calme ! Tout d'abord j'ai besoin de voir la blessure. Aide-moi !

Lucia obéit. Avec une infinie douceur, les filles Garamont découpèrent la tunique du Lycante tandis que Zétide faisait nerveusement les cent pas. Ariale retint une vague de panique en constatant à quel point les plaies étaient vilaines.

En reprenant conscience, Hogo toussa, crachant un peu de sang. Lucia avait posé sa tête sur ses genoux, elle caressait son visage, le regard voilé par la douleur, troublé par les larmes.

– Ne perdez pas de temps avec moi, balbutia le Lycante. C'est trop tard.

– Chuut, tu dis n'importe quoi. Ariale va te soigner.

– Cette fois, c'est la fin, je crois…

– Non, ce n'est pas possible… Tu avais promis, Hogo !

– Désolé, Luce, cette promesse, je ne peux la tenir… Je sens que je m'en vais.

– Alors utilise le Septième Pouvoir ! Sous ta forme magique tes blessures pourront guérir. Ad…

– Non, je refuse, murmura-t-il, de plus en plus faible. Je préfère mourir que me livrer à cette malédiction. C'est trop tard, Luce. J'aurais tant voulu…

Tombant dans l'inconscience, il ne put même pas terminer sa phrase.

– Hogo ! cria désespérément la chasseresse.

L'air totalement égaré, l'aînée des Garamont se tourna vers la fillette.

*Et si je n'y arrive pas!* avait envie de hurler Ariale. Mais sa sœur la regardait avec une telle confiance qu'elle repoussa la panique. La force, la détermination des Garamont enflammèrent ses prunelles d'émeraude soyeux. Ariale ferma les yeux et se plongea dans la transe légère provoquée par le mantra. Elle se sentit soudain légère, si légère, transposée, dans un ailleurs hors du temps, hors des mondes. Son Moi. Elle y voyait clairement le puits d'énergie étinceler devant elle. La Source, un royaume d'énergie pure et de conscience, illuminé de pouvoir magique. Sans hésiter, Ariale s'y plongea. L'âme baignée par l'illumination, elle sentit des picotements délicats naître entre ses orteils et remonter le long de son dos pour s'épandre à la racine de ses cheveux. Nourrie de la Source

À présent, que faire ? Comment utiliser ce pouvoir bénéfique ? Elle n'hésita qu'une fraction de seconde. Là où elle était, il n'y avait que l'évidence. La Source puis le Don. Baignée par l'énergie de la Voie Blanche, Ariale se transposa dans la réalité. Toujours reliée à la Source, elle se concentra pour façonner mentalement un conduit de lumière, un ruisseau de pouvoir qu'elle fit remonter jusqu'à la surface de son être, qui se répandit le long de son bras, dans sa main, prêt à l'emploi. De ses doigts de fée, elle dessina la rune de guérison, guidant le pouvoir dans le tissage qu'elle créait. Une lueur de blancheur pure coula de ses doigts et se répandit dans la plaie d'Hogo. Ariale posa la main sur la blessure et continua de déverser son flux régénérateur.

Émerveillée, transcendée par le processus, par les saveurs de cette magie qu'elle goûtait de la moindre fibre de son être, elle se sentait si bien, détachée de tous les maux. Elle aurait pu continuer ainsi jusqu'à la fin du monde.

Hogo poussa un hoquet, puis haleta. Il cracha. Ses traits contractés par la souffrance se détendirent. Lucia le contemplait n'osant croire au miracle. La blessure s'était non seulement guérie mais presque entièrement refermée. Auréolée de lumière magique, la plaie s'était refermée.

– Cela suffit, Ariale, tu dois arrêter. Tu risques d'assécher ta Source, à continuer ainsi.

La voix de Zétide lui parvenait étouffée, comme si elle venait de très loin au-dessus d'elle, cependant elle fleurait l'urgence. À regret, Ariale banda sa volonté pour relever sa main et rétracter le canal guérisseur qu'elle avait créé et utilisé. Quittant le puits d'énergie qui renforçait son âme, la Source, elle se releva mais se sentit brusquement saisie de vertige. Une langueur intense la saisit et elle tangua de faiblesse. La Magie Blanche exigeait son tribut et Ariale en faisait à présent les frais. Zétide dut la soutenir pour l'empêcher de tomber.

– Tu vois de quoi je parlais ?

Ariale se sentait vidée de toute énergie ; maintenir sa tête droite était un tel effort !

– Ne t'inquiète pas. À mesure que tu emploieras ton pouvoir, il grandira en toi. À présent tu dois te reposer. Ma petite, si tu te rendais compte de ce que représente ton geste… L'Ældo compte un nouveau guérisseur dans ses rangs ! Tu ne peux savoir à quel point je suis fier de toi !

Il s'inclina bien bas devant la fillette, lui offrant le Salut des magiciens, avant de la saisir et de la faire tournoyer dans les airs, le visage radieux.

– Oui ! Tu l'as fait, Ariale, te rends-tu compte ? Je suis fier, si fier !

En cet instant précis et fugitif, il contempla la cadette des Garamont comme l'enfant qu'il avait toujours rêvé d'avoir. L'enfant qu'aurait dû lui donner Margot. Mais sa douce épouse était morte trop tôt.

Lucia la fixait avec une adoration manifeste. C'était trop à la fois pour la fillette. Ariale se mit à pleurer, véritablement épuisée mais si heureuse d'avoir pu sauver la vie du guerrier lycante, de celui qui les avait maintes fois protégées.

Le regard perlé de larmes, entrelacé de reconnaissance, d'émerveillement et de tendresse que sa sœur lui adressa illumina son cœur. La reconnaissance de son aînée emplit l'âme de la fillette, coula jusqu'à son puits d'énergie, qu'elle arrosa de fines gouttelettes d'argent avant de s'y mêler avec la douceur de la soie qui tombe. La Source de Lucia, essence de la Voie Blanche, resplendit intensément avant de naître une nouvelle fois, plus grande, plus dense, renforcée de cette manifestation de son pouvoir. Sans qu'elle s'en doute, le pouvoir de guérison d'Ariale venait de s'accroître.

Hogo demanda de l'aide pour se relever. Il se déclara un peu faible mais sain et sauf, sans comprendre ce qui lui était arrivé. Zétide lui narra l'intervention d'Ariale.

Hogo la prit par les épaules, les bras tendus, et plongea son regard dans le sien. Il ne dit rien mais Ariale lisait directement dans ses prunelles l'intensité de sa gratitude. Lucia les enlaça à son tour et Zétide les rejoignit en riant. Accolés les uns aux autres, ils n'avaient pas besoin de parole.

L'arrivée des chefs de tribu pégöyas mit fin à ce moment.

– Guerrier-loup, nous avons triomphé !

Les Maûnes étaient tous morts. Ils avaient vaincu une légion avec moitié moins de troupes.

Après avoir récupéré dans le fort tout ce qui pourrait leur servir, les Pégöyas rentrèrent au camp des Félaïs. Tout autant que leurs alliés, ils avaient mérité de se détendre après ces derniers jours tout entiers consacrés à la bataille. De toutes manières, à présent que les Maûnes étaient anéantis, les compagnons pourraient revenir dès qu'ils le voudraient, l'Aiguille de Feu ne risquait pas de disparaître.

* * *

L'allégresse régnait dans le camp. Hogo fut hissé sur les épaules des guerriers et promené en triomphe dans le camp. Les viandes grillaient, la bière et la liqueur de cactus étaient posés sur les tables que l'on venait de dresser pour l'occasion.

L'éclatante victoire avait achevé ce qu'Hogo avait préparé. Les tribus se mêlaient à présent sans animosité, sans rancune, comme un même peuple. Les querelles du passé, le ressentiment paraissaient engloutis dans la gaieté qui régnait au sein des Pégöyas.

Les quatre seigneurs avaient félicité le guerrier-loup et ses compagnons. À présent, ils reprenaient leur autorité, que le Lycante leur rendit avec un grand soulagement.

Cependant, avant de participer au banquet, Zétide réunit les compagnons à part.

–Les amis, je dois vous faire part d'un petit problème…

–Et quoi donc ? demanda Lucia, qui s'était assombrie durant le retour.

–J'ai perdu ma magie !

–Tu as perdu…

La bouche d'Hogo resta ouverte de saisissement.

— … ma magie, oui, tu entends bien !

–Et tu appelles ça un « petit problème » ? reprit le Lycante. C'est arrivé comment ?

–En fait ce n'est pas *ma* magie qui est inopérante. C'est le Bel Art en général. Et je pense que c'est l'une des conséquences du rapprochement entre l'Ældo et le Maûne. La trame d'énergie qui sous-tend le pouvoir des runes est perturbée par le rapprochement des deux faces du Troisième Monde.

–Et d'après toi, ça risque de durer ?

–C’est ça le pire… Je n’en ai aucune idée. Cette défaillance pourrait cesser dans dix minutes, demain, dans trois mois ou trois ans, ou bien encore jamais. Si vous saviez comme je me sens inutile, tout d’un coup. Me voilà devenu simple vieillard, comme ça, du jour au lendemain…

–Je ne comprends pas… Alors comment se fait-il que j’aie pu soigner Hogo ? s’étonna Ariale.

Zétide prit le temps de peser sa réponse :

–Je pense que la Voie Blanche agit différemment des autres types de magie runique. Le pouvoir vient de toi, c’est le principe du Don. Et donc, l’énergie que tu manies n’est pas soumise aux règles de notre monde, comme l’est la mienne. Comme je l’ai dit, le Bel Art, contrairement à la Voie Blanche, tire son énergie de la trame de l’Ældo.

Hogo dit d’une voix douce :

–Allez, Zét’, on verra ça demain. Viens te changer les idées, ça te fera du bien.

Il asséna une grande claque sur l’épaule du mage avant de l’entraîner avec lui vers le banquet, suivi des deux sœurs Garamont.

–Que faire maintenant ? demanda Zétide, tout en marchant.

–Eh bien, je pense que les circonstances méritent que nous buvions un coup !

–Non, je voulais dire pour la suite de la quête ?

–Zét’, on en a trop vu tous les deux depuis le début, et trop fait pour abandonner ainsi. Alors, on va se creuser la cervelle, et trouver une solution, voilà tout.

–Dis donc, on dirait presque que cela t’amuse…

–Oh non, pas le moins du monde ! Mais tu me connais, renoncer, ce n’est pas dans mon caractère.

–Mon ami ! Que ferais-je sans toi ?

–Ah non, Zét’, tu ne vas pas recommencer !

À leur arrivée les attendait un festin de viandes

grillées, de légumes frits et de galettes en accompagnement. En guise de rafraîchissements, l'eau fraîche de la cascade pour les plus sages et pour les autres, de la bière rousse, de la liqueur de cactus et du casse-pattes, l'eau de vie la plus forte qu'avait jamais goûté Zétide, qui préféra somme toute s'en tenir à la liqueur.

Hogo fut le héros de la soirée. Beaucoup demandèrent au guerrier-loup de rester, de s'établir au sein des tribus. Les femmes le dévisageaient de loin, en échangeant des commentaires flatteurs, même celles qui portaient le voile.

Lorsqu'il réussit enfin à se dépêtrer de ses admirateurs, Lucia n'était plus là. Il se mit à sa recherche pour la trouver assise au bord du plateau, à contempler les Terres Rouges.

– Luce ? Que fais-tu ici toute seule ? Ça ne va pas ?

Lucia redressa la tête pour le regarder. Elle pleurait.

– Par ma faute, tu as failli mourir, Hogo, sanglota-t-elle, les épaules affaissées, les traits tirés par le chagrin.

– Mais ce n'est pas le cas, grâce à ta sœur, répondit le Lycante d'une voix tendre tout en s'asseyant à ses côtés, alors cesse de te fustiger ainsi.

– Je suis nulle, je n'en fais qu'à ma tête et cette fois j'ai failli provoquer ta mort... Tu dois me détester !

– Te détester ? Et pourquoi donc ? Parce que tu n'es pas aussi forte que tu le crois ? Au moins, tu as pu constater tes limites, prends ça comme une bonne leçon. Et non, je ne te déteste pas. Pas du tout. J'essaie de te faire comprendre quelque chose d'essentiel : apprends de tes fautes, remets-toi en question, c'est le seul vrai moyen de progresser. Oui, aujourd'hui nous avons tous deux commis une erreur, mais nous sommes en vie et c'est Kalch'ak qui est mort... Moi aussi, j'ai failli. Je n'aurais jamais dû quitter Kalch'ak des yeux. Par contre, si je n'étais pas intervenu, c'est toi qu'Ariale aurait dû sauver.

Le discours du Lycante aurait pu sonner comme une remontrance, cependant le ton d'Hogo était trop doux, trop caressant pour que ce soit le cas.

Lucia essuya ses larmes de sa manche. L'aube d'un pâle soleil fleurit au coin de ses lèvres pleines, et le Lycante répondit d'un chaleureux sourire.

Celui-ci l'enlaça de son bras. Lucia posa sa tête sur son épaule, réconfortée par la proximité du Lycante, et sa persuasion. Elle inspira fortement l'odeur du guerrier. Ce mélange qu'elle trouvait si troublant.

– Un jour, peut-être, tu seras une grande guerrière, Luce. Tu en as l'étoffe, reprit son partenaire. Encore faut-il que tu apprennes à garder la tête froide ; tu as la main sûre, tu bouges bien, mais tu te laisses trop souvent emporter par l'ivresse du combat. Tu dois apprendre à te dominer, modifier ta manière d'appréhender un combat. Sans cela, un jour ou l'autre, tu finiras par te faire tuer... Et je ne veux pas te voir morte, jamais !

Comme gêné par sa dernière tirade, beaucoup trop tôt, il rompit l'étreinte et la relâcha. Zétide arriva sur ces entrefaites, sa pipe allumée, une choppe de bière ambrée à la main, la moustache pleine de mousse et la pupille brillante.

– Allez, venez vous détendre, les enfants. Nos hôtes nous attendent. Tu as bien raison Hogo, après cette journée, nous vider la tête nous fera le plus grand bien. Vous sentez cette bonne odeur de grillade ? Je crois que je vais en reprendre !

Ils repartirent vers le camp, marchant bras-dessus bras-dessous, Lucia encadrée des deux Eldes. Les sages paroles de son ami, son étreinte, avaient ravivé les braises de son courage et chassé le doute qui la tenaillait. Se laisser ainsi aller n'était pas digne d'une Garamont ! *Haut les cœurs, ma fille !*

Un autre « tête-à-tête » se tenait à l'autre bout du

camp. Indigné, Nhiall avait narré à son aîné la menace qu'exerçaient Asun et ses frères sur Ariale. De leur propre initiative, Cian et une vingtaine de ses amis prirent à part le guerrier et ses frères pour leur expliquer que s'il arrivait quelque chose au guerrier-loup ou à l'un de ses compagnons, ils en seraient immédiatement tenus pour responsables. Les conséquences d'un tel acte, que détailla abondamment Cian, se révélèrent tout à fait dissuasives, à voir les mines blêmes de la fratrie.

* * *

Le jour se levait, accompagné de quelques hennissements de chevaux. Allongée sur sa couche, Lucia avait été incapable de trouver le sommeil. Toute la nuit, elle avait ressassé un flot impétueux de pensées dont elle ne savait que faire.

Au fil des jours, des aventures partagées, des dangers affrontés, Hogo avait pris une importance croissante dans sa vie. Il l'attirait de plus en plus, le sombre et mystérieux Lycante, c'était indéniable. Une Humaine et un Lycante ? Ne serait-ce pas une folie ? Était-ce possible ? Elle voulait Hogo et ne le voulait pas. Lucia avait peur de s'engager, car elle craignait la souffrance de l'échec. Et plus elle se sentait confuse, plus elle avait peur de ses sentiments.

Une Humaine et un Lycante ?

Ils fonctionnaient bien ensemble et il était indéniable qu'elle apprenait beaucoup à son contact. De surcroît, c'était un homme d'honneur, digne de respect – une notion primordiale pour la jeune femme. Sans compter qu'elle l'avait toujours trouvé bel homme, différent mais bel homme.

Quant aux accès de fureur du Lycante, ses métamorphoses ne la rebutaient plus, au contraire. Son combat incessant contre cette force insidieuse, la fragilité qu'il dégageait après les crises ne le rendaient que plus attirant. Cela étant, il était loin d'être parfait et pouvait parfois la faire enrager. Il était si protecteur, si agaçant de rectitude. Lucia brûlait de le voir un jour sous l'emprise de la boisson. Qu'il s'abandonne un peu, mortelune !

Parfois, elle croyait parvenir à percer la carapace dont il s'entourait et c'est alors qu'il se dérobait avec la vivacité d'un poisson arc-en-ciel. Sous ses airs farouches, Hogo était un être très sensible, elle le devinait. Il échappait à toute analyse.

La jeune femme soupira. Saurait-elle faire preuve de suffisamment de d'habileté et de patience pour franchir au travers ces remparts qu'il avait érigé autour de lui pour se protéger ?

Elle lui plaisait, difficile de ne pas s'en rendre compte et pourtant il ne faisait aucune tentative. Était-il trop timide ? Lorsqu'elle avait cru le perdre, son cœur aurait pu exploser de chagrin. Du regret de ce qu'ils ne pourraient jamais partager. Et pourtant, elle ne pouvait se résoudre à s'engager avec lui dans une relation. Elle ne pouvait s'empêcher de douter.

Et puis une chose aussi, importante. Elle avait envie de lui. Elle se retenait parfois, lorsqu'ils étaient tous les deux, de lui sauter dessus, de lui arracher ses vêtements et de le mordre pour exorciser son désir. Un désir de plus en plus lancinant.

Les maints dangers affrontés par Lucia depuis le début de la quête, la vie trépidante qu'elle menait avaient eu comme conséquence pour elle de se sentir encore plus vivante ; de se sentir plus… femme. Cela faisait si longtemps qu'elle n'avait eu d'amant.

Serait-il adroit ? Ou emprunté ? Lui si rigide ne devait pas être bien expérimenté. Mais cela ne saurait poser de problème ; sans prétendre à une expérience de gourgandine, elle saurait le guider. Ils se découvriraient l'un l'autre…

L'entrée de sa tente s'ouvrit sur Ariale toute pimpante de sa toilette, qui rentra en essuyant ses cheveux mouillés d'une serviette. Son arrivée inopinée fit sursauter la guerrière.

– Lucia, mais qu'est-ce que tu fais par terre ? Tu es tombée de ton lit ? Tu es toute rouge, ça ne va pas, tu es malade ?

– Mais qu'est-ce que tu fais là ? balbutia la chasseresse tout en remettant de l'ordre dans sa tenue pour le moins négligée.

– Ben, comme on a dit hier soir, répliqua sa sœur, je viens te chercher pour le petit déjeuner. Dis, tu es sûre que ça va, tu as l'air fiévreux ?

* * *

Ariale avait pris son air buté. Elle refusait fermement de rester en arrière alors que ses compagnons allaient entreprendre l'ascension de l'Aiguille de Feu.

Ils étaient tous les quatre assis dans l'herbe devant leur repas du matin, composé des restes de la veille.

– La dernière fois que vous m'avez laissée en arrière, sur la plage de la côte de Jade, on a vu le résultat ! Quoique vous disiez, l'endroit où je suis le plus en sécurité, c'est bien avec vous trois, non ?

Elle les regardait, la tête penchée sur le côté, le visage à moitié caché par sa chevelure, offrant volontairement une image exagérément vulnérable d'elle-même.

– Je pourrais peut-être lui confectionner un harnais d'escalade, Zét'. Elle est toute légère, avec le harnais, je devrais pouvoir la hisser derrière moi.

– Voilà que tu te mets de son côté à présent, maugréa Lucia.

– Non, je me range simplement du côté de la raison. Le meilleur moyen de veiller sur elle, c'est de la garder avec nous.

–Pourquoi ne pas la laisser avec les Pégöyas ? demanda la chasseresse, s'attirant un froncement de sourcils agacé de sa cadette.

–Je ne me fie pas à eux plus que cela, répliqua Zétide. Tant que nos intérêts coïncidaient, nous pouvions compter sur eux ; à présent qu'ils n'ont plus besoin de nous... Je ne sais pas. Rappelez-vous que nous avons connu notre lot de trahisons depuis le début de la Quête et que les Pégöyas ne nous ont montré nul véritable signe d'amitié, hormis Cian. Du respect, oui, mais est-ce suffisant ? Je me méfie du nommé Asun et de ses frères. Qui sait si, malgré Cian, ils n'enlèveront pas Ariale pour se venger d'Hogo ? Pouvons-nous prendre ce risque ?

–Fort bien, rétorqua la chasseresse, je me range à l'avis général. Tu as gagné, P'tit-Loup. Mais attention – la jeune femme pointa son index fuselé sous le nez de sa cadette – tu suivras les instructions d'Hogo à la lettre... Sinon gare ! Nous sommes bien d'accord ?

La fillette acquiesça sagement, se retenant de manifester son triomphe et son soulagement. Couchée tôt, Elle avait récupéré du Don qu'elle avait consenti pour sauver Hogo.

En plus de leur matériel d'escalade, de l'eau et de la nourriture, ils n'emportaient que le strict nécessaire. Toutefois, Lucia tint à conserver son épée longue, qu'elle sangla en travers de son dos. Par trois fois, Hogo avait vérifié leur équipement, constitué de cordes et de harnais d'escalade.

La Bellerune les attendait, du moins l'espéraient-ils. Ils firent leurs adieux aux Pégöyas et quittèrent le plateau, portés par leurs chants. Cian avait tenu à les accompagner jusqu'à l'Aiguille de feu. Les cinq cavaliers galopèrent jusqu'à la plaine qui bordait le pic mais préférèrent faire un détour pour éviter le fort dévasté et les miasmes de mort qui s'en dégageaient.

Arrivé au bas de l'Aiguille, Cian leur donna une chaleureuse accolade. Galamment, il offrit à Lucia la plus belle des plumes bleues qui ornait sa longue chevelure blanche. Elle accueillit le geste avec le respect approprié et s'empressa d'attacher ladite plume à l'une de ses nattes avant de l'embrasser fraternellement sur la joue. Cian rit joyeusement puis sauta sur son étalon, qu'il fit cabrer avant de repartir chez les siens.

* * *

L'ascension débuta tranquillement. Une heure et demie de marche pour arriver en bas d'une paroi verticale. Heureusement, il y avait de nombreuses prises, tant Zétide qu'Hogo étaient des alpinistes chevronnés, et Lucia en avait les aptitudes nécessaires sinon l'expérience. Sanglée dans un harnais de cuir confectionné par le Lycante, reliée à celui-ci par une corde épaisse, Ariale suivait pour l'instant sans trop de difficulté.

Au terme de trois heures d'efforts, Zétide décida une halte à mi-hauteur, sur un étroit parapet. Manger des fruits secs, boire de l'eau fraîche, se reposer, économiser leur souffle, voilà quelles furent leurs priorités. Hogo en profita pour masser les muscles engourdis des deux sœurs Garamont.

Sans avoir échangé un mot, ils repartirent.

L'après-midi s'écoulait lorsqu'ils arrivèrent au but, Zétide le premier. Il tira Lucia pour l'aider à franchir les derniers mètres. La dernière partie s'était révélée ardue. Hogo dut redescendre pour soutenir Ariale, qui avait des crampes aux cuisses et aux mollets. Il dut la hisser jusqu'en haut.

Enfin réunis, ils examinèrent les lieux. Un modeste plateau recouvert de quelques épais buissons. Ils ne pouvaient grimper plus haut. L'Aiguille se terminait par une pointe qui partait du plateau pour s'effiler à quinze mètres de hauteur. Trop lisse et trop étroite pour être escaladée.

À peine arrivée sur le promontoire, Ariale s'écarta du vide et s'empressa d'ôter son harnais ; elle n'en pouvait plus. La vue était magnifique, ils dominaient les Hautes Terres et le Pégöye-nord étalait son grand manteau rouge qui tranchait avec le bleu céruléen de l'horizon ; ils dominaient le monde.

À son tour, Hogo admira le paysage, tandis que Lucia étirait sa musculature malmenée. Ils burent un peu d'eau puis, chaussant leurs bésicles magiques, le mage et la fillette se mirent en quête de l'Arcane. Ils n'eurent pas à chercher bien longtemps À la base de la pointe, gravée dans le sol, exempte de la poussière de roche qui jonchait le plateau, elle était là, la cinquième composante de la Belle Arcane, si nette à travers le Cœur de l'Ældo. Zétide la considéra gravement, comme toujours émerveillé d'un tel spectacle.

Il avait consacré sa vie entière à la magie pour vivre de tels instants. Son carnet à la main, il se plongea dans le dessin de l'Arcane qui irradiait du plus pur indigo. Nouées, parallèles, rosaces, croches, et autres cerclées s'agençaient en un enchaînement si complexe et si simple à la fois, parfait, puissant. La Bellerune était scintillante d'énergie, aussi harmonieuse que les autres runes composant l'Arcane, mais contrairement à ses parentes, de forme générale triangulaire.

Hogo pensait déjà au retour, soumettant les cordes à un impitoyable examen. Il avait passé son harnais. Les lunettes sur le nez, Zétide recopia soigneusement la rune dans son carnet.

Alors qu'ils s'abandonnaient à l'allégresse et que le mage rangeait son carnet, tout bascula.

***

Soudain, une forme grise surgit du ciel au-dessus d'eux. Porté par ses ailes de démon, Geyor plana vivement jusqu'à Ariale pour atterrir à ses pieds. Le faciès ricanant, il s'empara de la fillette, qu'il plaqua contre lui.

– Tu n'as aucun moyen de m'échapper, Hypolus. Je te trouverai où que tu sois. Pas un geste ou je lui brise la nuque ! Donne-moi ton carnet, mage, ou…

Et méchamment, le démon gifla l'oreille de la fillette. Celle-ci poussa un cri de douleur strident.

Shruti n'avait pas donné signe de vie durant l'ascension. En vérité, il avait dormi comme un bienheureux. Mais à présent, le candlar n'avait plus rien de paisible. Au cri de la fillette, il jaillit de sous la cape légère d'Ariale, se hissa d'un bond sur son épaule et, arrivé à hauteur du visage du golem, cracha dans son œil valide.

La salive de l'amovible ne parut pas plaire au démon, vraiment pas. On lui aurait versé du plomb fondu dans l'œil qu'il n'aurait pas hurlé plus fort. Aveuglé, il recula vers le bord, les bras levés, déchirant l'air de ses griffes, sifflant de douleur et de colère. En grondant, Hogo traversa le promontoire, lancé comme une flèche. Sa corde de rappel pendait derrière lui. Le buste penché, il percuta sévèrement le golem au niveau de la taille. Le Lycante ne s'arrêta pas dans sa course ; déséquilibrés, ils disparurent dans le vide.

Zétide plongea pour récupérer la corde qui filait à la suite des deux combattants. Celle-ci en main, le mage chercha fébrilement un endroit où l'attacher ; il redoutait le moment où elle arriverait en bout de course.

– Vite, Lucia, aidez-moi ! Trouvez quelque chose pour accrocher la corde, je ne serai pas assez fort pour tenir.

Accrocher la corde de rappel, oui mais à quoi ? Il n'y avait rien d'autre que des buissons, quelques petits rochers et la pointe de l'Aiguille. Mais celle-ci était trop loin de la corde. Alors Lucia dégaina Rhisiart, qu'elle leva au-dessus de sa tête, lame pointée vers le bas, et la plongea directement dans le sol. La lame runique pénétra la pierre sans rencontrer de résistance. Autour de la garde de l'arme, Zétide noua solidement la corde, qu'il empoigna avec la chasseresse. Ils se préparèrent au choc.

*Pour l'amour de l'Ældo, faites que cette corde tienne!* se répétait le mage. Si elle se rompait, c'en était fini du Lycante.

* * *

Hogo tombait enlacé au démon dont il maintenait les bras et les ailes plaquées contre son corps. Le vent sifflait à ses oreilles. Il abreuvait le golem de coups de tête. Geyor sifflait comme un serpent, de douleur et d'impuissance rageuse. Il ne pouvait répliquer et, visiblement, son œil le brûlait terriblement.

Ils arrivèrent au terme de leur chute. La corde eut un soubresaut et sauta des mains de Zétide et Lucia, leur brûlant la paume des mains. Ce fut bien l'épée runique qui sauva Hogo.

Sonné par les coups, aveuglé par Shruti, Geyor s'empressa de fuir dans un vol erratique qui l'éloignait de l'Aiguille de Feu. Il voyait à peine, seulement des masses floues. Son œil le brûlait atrocement. Il ne pouvait rester là, ainsi diminué. Sans plus se préoccuper des compagnons, il se concentra et se transporta dans l'Entremonde pour y soigner sa blessure.

Hogo ballottait au bout de la corde. Lors du choc il avait cru que ses yeux et ses dents allaient s'arracher et jaillir de son visage, que sa colonne s'était brisée en deux. Heureusement, sa solide constitution et sa musculature puissante lui avaient évité de subir un tel sort. Il mit de longues secondes à se remettre du choc puis leva la tête pour regarder le sommet de l'Aiguille. Il soupira en constatant la distance qu'il avait à remonter.

Il atteignit le promontoire aussi fatigué que transpirant, pour se retrouver en face d'une jeune femme furibonde :

– Toi !

L'index pointé sur lui, Lucia ouvrit la bouche pour poursuivre sa diatribe mais les mots semblaient trop se bousculer pour sortir. Elle tourna les talons, fit trois pas nerveux, et revint vers lui pour s'écrier :

– Espèce de fou, qu'est-ce qui t'a pris de faire ça ?

– Il fallait bien faire quelque chose…

Le Lycante haussa les épaules avant de continuer :

– Même aveuglé, Geyor aurait pu faire du mal à Ariale.

– Faire quelque chose ? Et tout ce que tu as trouvé, c'est de te jeter d'un pic ?

– Je me suis dit que l'un de vous allait penser à saisir ma corde. Sur le moment, c'est ce que j'ai trouvé de mieux.

– De mieux ? Ce que tu as pu trouver de *mieux* ?

La phrase de la jeune femme se perdit dans les aigus, frisant le strident.

– Crétin, tu aurais pu mourir ! Comment aurions-nous fait, après, sans toi ?

Elle le gifla violemment avant de s'éloigner. Hogo se frotta la joue, désarçonné par la réaction de la jeune femme. Zétide et Ariale s'absorbèrent brusquement dans la contemplation du paysage. Furibonde, Lucia rejoignit son arme plantée droite dans la pierre.

– Comment je fais à présent pour récupérer mon épée ? maugréa la chasseresse.

Sans attendre de réponse, l'air décidé, elle campa ses pieds, de chaque côté de son arme, et saisit des deux mains la poignée de Rhisiart. Après une grande inspiration, elle dégagea la lame, de toutes ses forces.

Rhisiart sortit de la pierre sans aucune résistance. Emportée par son élan, Lucia perdit l'équilibre en arrière. Elle aurait pu tomber dans le vide si Hogo ne l'avait rattrapée à temps. Le Lycante fut récompensé par une moue agacée et la jeune femme le repoussa d'une bourrade pour récupérer son épée tombée à terre. Elle inspecta soigneusement la lame pour constater que celle-ci ne présentant aucune trace d'usure. Elle avait tranché la pierre comme du papier.

Hogo lui dit :

– Ce n'est pas n'importe quelle épée qu'une lame runique forgée par un maître Nain. Tu as là une arme de grande valeur.

Mais la jeune femme continuait de lui en vouloir et ne répondit rien.

– Au fait, Zét', enchaîna le Lycante, j'ai récupéré ça sur le cou de Geyor. Tu as une idée de ce que cela peut être ?

Il sortit l'artefact de la sorcière de son sachet et le tendit à Zétide.

– Ça alors, c'est mon doigt ! s'exclama celui-ci. Je comprends mieux comment il a fait pour nous retrouver.

Il s'empressa de jeter l'objet au sol et de le réduire en poussière du pied.

– Plus de Geyor, dit-il. À présent, nous devrions être débarrassés de lui pour un bon moment. Je ne sais pas ce que notre ami Shruti lui a fait mais ça lui a fait bien du mal !

– Je crois qu'il s'est contenté de lui cracher dans l'œil, répondit Lucia.

Tout fier dans les bras d'Ariale, l'amovible redressa la tête.

– Crénom d'une rune, ce petit monsieur n'en finira pas de nous étonner !

Impulsivement, Zétide ébouriffa le toupet de fourrure douce qui recouvrait le petit crâne du candlar. Ayant compris que l'on parlait de lui, satisfait de la marque d'attention du mage, l'amovible se mit en boule et ronronna de satisfaction.

Mais alors que les Eldes se préparaient au chemin du retour, Shruti commença à s'ennuyer. Histoire de se distraire, il roula jusqu'aux buissons et s'enfonça dans leur masse.

– Shruti, viens là, tu vas encore être tout sale !

Mais l'amovible avait décidé de jouer une partie de cache-cache et il ne daigna pas sortir.

– Shruti, ne m'oblige pas à venir te chercher !

Il ne sortait toujours pas ; en revanche, Ariale entendit son couinement moqueur. Ariale se mit à quatre pattes et entreprit d'attraper le candlar. Elle disparut à son tour. Dos au buisson, les adultes ne s'étaient aperçus de rien.

– Bien, nous allons pouvoir redescendre, déclara Zétide. À présent que nous avons la Bellerune, nous pouvons enfin quitter les Terres Rouges !

– Et retraverser le désert ?

La grimace de Lucia traduisait parfaitement ses pensées.

– Oui, c'est vrai que moi non plus, cela ne m'enchante pas vraiment…

– Dites, je crois que j'ai trouvé quelque chose ! s'écria Ariale.

La voix de la fillette s'élevait derrière eux, étouffée. Ils se retournèrent mais la cadette des Garamont avait disparu.

– Mortelune, où es-tu, P'tit-Loup ?

– Ici… Je veux dire en dessous… Je suis tombée dans un trou et je ne peux plus remonter.

– Tombée ? Comment ça tombée ?

– Shruti s'est fourré sous un buisson, j'ai voulu le récupérer, j'ai glissé et je suis tombée !

– Tu vas bien ? Tu ne t'es rien cassé au moins ?

– Non, je me suis juste écorché le genou, ça ira.

– Continue de parler, dit Hogo. On va te retrouver.

Se fiant à son oreille parfaite, Hogo réussit à remonter la source des paroles de l'enfant. Elle venait d'un fourré un peu en retrait des autres. Le guerrier dégagea le buisson et découvrit un trou dans le sol. Il y avait juste assez de place pour autoriser le passage d'un homme. Le Lycante dut l'agrandir un peu en creusant de ses mains pour permettre à ses larges épaules de passer. Après quoi, il lia une corde autour de la pointe de l'Aiguille et les trois adultes descendirent rejoindre la fillette.

La cavité allait en s'élargissant pour former une sorte de caverne.

– Ça va, Ariale ? questionna Hogo.

– Oui, très bien, mais je me demande où nous sommes.

Ils se trouvaient dans une grotte ouverte sur le vide que la lumière du jour éclairait imparfaitement. Le Lycante trouva de quoi faire une torche. Il battit son briquet et l'alluma. Contre l'une des parois, le squelette momifié d'un homme reposait à côté de provisions fossilisées par le temps. Zétide prit le temps de l'examiner.

– Je pense que ce devait être un quêteur, comme nous, mais d'un temps passé.

Voilà qui soulevait quelques conjectures. Ainsi donc, on avait cherché l'Arcane dans un lointain passé. Troublant. Zétide fouilla les vêtements du cadavre pour trouver un petit carnet qu'il ouvrit précautionneusement. Les pages craquantes se désagrégeaient sous ses doigts. Y figuraient les composantes de la Belle Arcane, dans le même ordre que l'avait décidé leur quête. La dernière dessinée était la Bellerune. Le mage soupira puis jeta le carnet qui ne lui servait à rien.

Pendant ce temps, Hogo avait confié la torche à Lucia pour saisir un objet long posé à côté du défunt. Il exhiba un bâton de marche qui paraissait semblable aux autres, bien que finement travaillé dans un bois blanc et souple, nervuré de vert foncé.

Hogo, le guerrier-loup, avait les yeux brillants. De la main, il caressait le bois travaillé.

– C'est un kethan, Luce, un bâton de guerre lycante. Regarde…

Le guerrier appuya sur ce que Lucia pensait n'être qu'un nœud dans le bois. Un petit claquement sec et deux fines lames jaillirent, chacune d'une extrémité de l'objet. D'environ dix centimètres, elles n'étaient pas faites d'acier mais taillées dans un os de griffon, ivoire réputé aussi tranchant qu'une épée de Tagoras.

– C'est un objet de grand prix, souffla le Lycante. Mon grand-père en avait un, quoique de moins bonne qualité. Manié par des mains expertes, un tel instrument s'avère une arme redoutable.

– Et toi, tu sais t'en servir ? Oui, inutile de répondre, évidemment !

Le Lycante fit virevolter le kethan autour de lui avant de hocher le menton, approbateur.

– Prends-le, dit Zétide. J'ai idée qu'il te servira avant peu.

– Et là, sur la paroi, dites, c'est quoi ? demanda Ariale. On dirait une rune.

Elle désignait la paroi opposée, toujours dans l'ombre.

– Approchez la torche, Lucia, demanda le vieillard, alerté.

Ils détaillèrent l'endroit désigné par Ariale. Zétide épousseta le mur de sa tunique, dévoilant une série de runes ondulantes disposées en arc de cercle. Il s'écria :

– Crénom d'une rune, un portail de voyage !

Il se tourna vers les autres et, constatant leur incompréhension, ajouta :

– Vous allez peut-être en douter, moi-même j'ai du mal à y croire mais ce portail est le meilleur moyen de quitter le pays, sans danger et sans effort. Fini le désert !

–Mais ce portail, il va marcher ? Vous nous avez dit que la magie ne fonctionnait pas.

–Oui, mais là c'est différent. La rune existe déjà et le pouvoir est enclos dans la pierre. Il ne vient pas d'un mage. C'est un portail « ouvert », il n'y a pas de tracé à faire, n'importe qui peut l'utiliser. Il suffit de toucher les runes dans le bon ordre et de choisir sa destination. Et, conclut-il en levant l'index, cet ordre, je le connais.

–Peut-être que la *personne* qui a gravé l'Arcane ici voulait offrir un moyen de retour plus pratique que l'aller, supposa Ariale.

–Un Dieu, tu veux dire. Ce que tu vois là est d'œuvre divine. Ils ont vraiment pensé à tout. Même à offrir un trajet de retour moins périlleux que l'aller.

–Que faisons-nous, à présent ? Avec un tel moyen de transport, si j'ai bien compris nous avons le choix. Où aller ?

–N'importe où, expliqua le mage. Une fois la séquence des runes activée, il suffit de penser à notre destination. Mais comme nous sommes quatre, je vais m'en charger et nous nous tiendrons les mains. Sinon, l'un d'entre nous risque d'être séparé des autres.

–Votre promesse, mage, je vous la rappelle, rétorqua la chasseresse. Nous rentrons récupérer La Rosée à Bhelbas. De toute manière, nous aurons usage de nos montures.

–Mais nous pourrions aussi…

–Non ! Je ne veux même pas entendre la suite. Vous avez promis, nous allons à Bhelbas, j'ai dit !

–Jeune fille, un de ces jours…

–Un de ces jours quoi ? l'interrompit la chasseresse les poings sur les hanches.

–Ah, ne recommencez pas tous les deux, intervint Hogo, voix grondante et sourcils froncés, ou j'en prends un pour taper sur l'autre ! Vous êtes franchement insupportables, vous savez ?

Le mage et la chasseresse se regardèrent, l'expression figée sur un masque hostile. Le masque se fendilla, se craquela pour être remplacé par une expression plus amène. Lequel des deux sourit le premier ? Cela n'avait aucune importance, car à peine trois secondes plus tard, l'autre lui souriait en retour. Puis, vint le rire. Un rire frais et léger. Celui d'Hogo s'entrelaça aux leurs, et la lame de fond de son pouvoir les emporta. Un rire puissant qui partait du ventre, qui donnait des larmes aux yeux et des tiraillements dans tout le visage. Ils se tenaient le ventre, secoués par les éclats irrépressibles.

Une fois calmé, Zétide reprit :

– Eh bien, heureusement que cela n'arrive pas tous les jours, dit-il en s'essuyant le coin des paupières. Jamais je ne tiendrais le coup ! C'est d'accord, nous partons pour Bhelbas. Après tout, ce n'est pas si loin de Creste. Là-bas, je trouverai sûrement l'ouvrage qu'il nous manque décrypter le code d'Éras.

Zétide caressa les runes comme il le fallait, et le mur disparut, remplacé par un rideau de fine lumière violette. Au-delà, on voyait flotter l'immensité du ciel. Ils se prirent par la main et disparurent dans le halo arachnéen, qui s'évanouit de lui-même quelques minutes plus tard.

* * *

Assis sur un rocher posé à côté d'un torrent d'énergie magenta, Geyor appliquait sur son œil blessé un onguent qu'il avait confectionné à partir de bave de limace marbrée. L'odeur était répugnante mais le baume efficace. La douleur avait reflué et sa vue avait retrouvé sa cohérence. Il lui restait cependant une migraine tenace.

Le démon sursauta brusquement avant de se prendre les tempes. L'écho d'une pensée vibrait dans l'air de l'Entremonde, planait dans le ciel mauve traversé d'éclairs avec la force d'un typhon. La magie était à l'œuvre, une magie puissante, venue de l'Ailleurs. D'un effort de volonté qui raviva sa migraine, Geyor saisit cette pensée et la goûta. Elle avait la saveur et l'odeur du Maûne, et lui-même en était le destinataire. L'auteur du message était le Shaddak-Llogo'th et celui-ci ordonnait. La chasse du démon était provisoirement suspendue, le Maître l'envoyait à un autre endroit du Troisième Monde pour y effectuer une tâche à la mesure de ses talents.

Quant à sa bande de reîtres, il n'avait eu aucun scrupule à les abandonner à la merci des sauvages qui les poursuivaient. Ils ne lui servaient plus à grand-chose. Impitoyablement traqués tout au long de leur fuite, aucun des membres de la bande ne survécut aux Terres Rouges.

[illegible] plantent dans le ciel mauve l'éventail d'échos avec la fougue d'un cymbale. La mort était à l'œuvre, [illegible] puisque [illegible] de [illegible] il ne s'agit de volonté qui [illegible] la [illegible], Gevet [illegible] cette [illegible] et le [illegible]. Elle avait [illegible] et [illegible] de la Marne et [illegible] en sont le [illegible]. [illegible] d'une [illegible] le [illegible] et celle-ci ordonnait. La [illegible] de [illegible] au [illegible] de [illegible] à [illegible] du Tropicale, Mendes pour [illegible] que [illegible] de la [illegible] de ses talents.

Quand [illegible], il [illegible] aucun [illegible] a les abandonnés à la [illegible] des sauvages qui les [illegible]. Ils ne lui servaient plus à grand chose [illegible] pour le [illegible] de leur [illegible] des [illegible] de [illegible] aux [illegible] [illegible].

LIVRE VIII

# LE SYBÈRE

Zétide les fit apparaître derrière la ville de Bhelbas. Ils ne pouvaient tout de même pas surgir du néant au beau milieu de la place principale. Le halo magique s'évanouit aussitôt les compagnons arrivés à bon port. Soucieuse de ne pas abîmer ou perdre le cadeau de Cian, Lucia rangea soigneusement la plume bleue.

La chasseresse en tête, ils allèrent aussitôt récupérer leurs montures. Zétide s'étrangla en voyant le montant de la note, qui engloutit toutes ses économies, et Hogo dut lui taper entre les épaules pour l'aider à reprendre son souffle. Après quoi, ils durent se rendre en ville et trouver une banque auprès de laquelle le mage pouvait changer une de ses lettres de crédit.

– C'est bien beau d'avoir récupéré nos montures, mais où aller à présent ? s'enquit Lucia.

Impatiente de goûter à leurs retrouvailles, elle était manifestement pressée de lancer sa jument au grand galop.

Zétide répondit :

– Je vous l'ai dit, il me faut déchiffrer le dernier code que nous a laissé Éras. La bibliothèque la plus proche et la mieux fournie est celle du temple de l'Équilibre, à Venise. Plutôt que de perdre du temps à en trouver une autre, autant s'y rendre. Creste étant au centre de notre monde, nous serons bien placés pour repartir, quelle que soit notre direction. De plus, je connais un peu le

Prieur Jonas, c'est un brave homme. Je suis certain qu'il nous aidera.

– Dites-moi, une question au passage, ne pouviez-vous pas décoder les trois informations de mon père d'un seul coup ? s'enquit la chasseresse, clairement railleuse.

– Non, je ne disposais pas des ouvrages nécessaires, répliqua Zétide d'un ton glacé. Une autre question ?

Le ton montait une nouvelle fois, annonciateur de tempête.

– Un peu de lutte lycante ? intervint alors Hogo avec un grand sourire.

– Euh, non, merci. Ce ne sera pas la peine, vraiment. N'est-ce pas, ma chère Lucia ?

– Mais oui, mon ami, évidemment. Ce n'était qu'une simple discussion, voilà tout…

– Parce que si vous manquez d'exercice, reprit le guerrier, il n'y a pas de problème, je m'en charge !

Quelques semaines plus tard, ne s'accordant que de courts bivouacs, ils entrèrent dans le royaume de Creste– le royaume des Neuf Lacs, une région au climat humide, principalement composée de vertes forêts touffues, de chemins ombragés, tapissés d'un lit d'aiguille de pin, de modestes bourgades et, surtout, des neuf lacs dont elle tirait son nom. Venise se situait au centre, sur le plus grand d'entre eux.

Bien entamé, l'automne peignait la végétation de ses gouaches colorées. Les verts cédaient le pas aux jaunes, aux bruns et surtout aux roux. Le soleil était caché sous une couverture de nuages bas, le temps frais et humide se renforçait, préfigurant la froidure de l'hiver. Ils en auraient presque regretté le climat du Pégöye. Presque.

Dédaignant les routes et suivant la voie qu'Hogo traçait pour eux, ils gagnèrent la petite ville de Flore, située au nord-est du lac. De là, ils espéraient pouvoir prendre un bac pour rejoindre la capitale. Après les avoir bouchonnées, ils laissèrent leurs montures aux bons soins du palefrenier de l'écurie. En effet, les chevaux étaient interdits à Venise, exceptés ceux qui tiraient le carrosse du roi Hamilton.

Zétide proposa :

– Et si nous allions nous désaltérer, avant de prendre le bac ? Il y a des départs toutes les heures. Nous avons bien mérité un peu de distraction après ces dernières semaines à cheval !

L'auberge que choisit Zétide paraissait offrir tout le confort nécessaire. Sa terrasse de teck donnait sur le lac et sa façade ornementée traduisait une certaine opulence. Ils entrèrent et choisirent une table à l'extérieur, afin de mieux admirer le paysage mélancolique qui s'offrait à eux.

Le temps était encore maussade, chargé d'humidité. Trouant les nuages, les minces reflets du soleil tombaient du ciel pour aller se perdre dans la brume qui couvrait la surface de son manteau vaporeux. Là où il n'y avait pas de brouillard, l'onde d'un bleu gris était lisse, presque grasse. De temps à autre, l'appel étiré d'un martin-pêcheur perçait la quiétude du lac, un éclair de couleur jaillissait sous le regard, le volatile plongeait dans la brume puis reprenait de l'altitude, poussant un cri de défi lorsque le poisson qu'il guettait lui échappait ou de triomphe lorsqu'il le sortait frétillant de son bec. Ici, pas de Maûne, juste la quiétude.

– C'est plus calme que la mer de Jade, n'est-ce pas ? entama Zétide, les jambes allongées, les mains croisées derrière la nuque.

– Je préfère la mer, répliqua Lucia en esquissant une moue.

– Bonjour, voyageurs, les interrompit une voix grave. Je suis Valdemar le Troisième du nom, le maître de cet établissement. Vous voulez manger, déguster quelque chose ?

L'aubergiste était un homme ventru au teint rubicond, il caressait sa barbe longue d'un air qui exprimait parfaitement la haute opinion qu'il avait de lui-même. Opinion qui transparaissait dans sa tenue : une tunique chamarrée de velours jaune, rehaussée de surpiqûres violettes et ornée d'un gros médaillon de platine au centre duquel étincelait un rubis.

– Juste boire un verre, répondit Zétide.

– Vous me paraissez être des gens de qualité, aussi je vous propose du rouge d'Orchomène. Il est un peu cher pour ma clientèle habituelle mais c'est le prix de l'excellence !

– Eh bien, pourquoi pas ? sourit le mage.

Si quelque chose pouvait lui changer les idées, déclara-t-il, c'était bien un verre de Vieux-Rouge. Mais lorsque le serveur apporta les consommations, rien qu'à voir la couleur, le mage fronça les sourcils. Par acquis de conscience, il but quelques gorgées, avant de faire la grimace.

Zétide était fatigué de sa journée passée à chevaucher, inquiet et frustré de sa magie défaillante. Du Vieux-Rouge, ses vignes en produisaient chaque année ; il en connaissait les finesses sur le bout des ongles et nul ne pouvait le tromper en la matière. Et ce qu'on lui avait servi n'avait rien à voir avec cet admirable cépage. Sans rien dire, il se releva, prit le pichet, et rentra dans l'auberge pour rejoindre le comptoir où officiait l'aubergiste.

– Dites, vous avez dû vous tromper. Ce n'est pas ce que j'ai commandé, ça !

Le tenancier toisa son interlocuteur, clairement irrité.

– Mais que me chantez-vous là ? C'est bien du Vieux-Rouge que je vous ai servi !

– Non, c'est impossible, répliqua Zétide qui commençait à s'échauffer.

– Écoutez, messire, je ne sais pas qui vous êtes, mais

vous n'allez pas m'apprendre mon métier. Et c'est mon métier de vendre du vin !

– Du rouge d'Orchomène ? Vous osez vendre cette piquette comme du Vieux-Rouge ? Escroc ! Votre vin ressemble autant à du Vieux-Rouge qu'un âne aveugle à un étalon d'Yquem !

Le ton avait nettement forci, et à présent, les clients avaient interrompu leurs conversations pour écouter l'accrochage. Les compagnons avaient quitté leur table en entendant la voix énervée du mage. Ils se tenaient sur le seuil de la terrasse. Ariale se demandait comment on pouvait faire une telle affaire d'une coupe de vin ; Lucia souriait ouvertement devant l'attitude colérique du mage ; Hogo paraissait ennuyé.

La colère rendait le teint de l'aubergiste encore plus sanguin. Chez Zétide, elle se traduisait par un durcissement des maxillaires, une fixité dans le regard ainsi qu'un léger blêmissement. Hogo s'avança pour calmer son ami. Il voulut lui prendre le bras pour le ramener à leur table mais le vieillard se dégagea d'un mouvement agacé.

– Par le Corbeau d'Ejiir, pour qui vous prenez-vous, papy, pour me parler ainsi dans mon propre établissement ? s'énerva le tenancier, visiblement peu habitué à ce que l'on mette sa parole en doute.

Zétide étrécit ses yeux :

– *Papy ?*

Une grosse veine se mit à pulser en travers de son front.

– Ouais, papy, tu ferais mieux de dégager ! reprit un nouvel arrivant. Avant que cela ne tourne mal pour toi !

Deux hommes venaient de se joindre à la querelle. Les fils de l'aubergiste a priori ; ils avaient la même physionomie. Leurs gros poings s'ouvraient et se fermaient de façon spasmodique.

– *Papy ?*

La voix du mage était dangereusement douce. Il s'avança vers le comptoir jusqu'à le toucher, juste en face de l'aubergiste.

– Vous savez à qui vous parlez ? reprit l'aubergiste, fort du soutien de sa progéniture. Je siège au conseil des Marchands de Venise... Sachez qu'à Creste, personne n'oserait douter de ce que j'affirme !

À l'entendre, il était l'équivalent d'un prince.

– Cela me fait une belle jambe, mon petit monsieur, car moi je suis Hypolus d'Orchomène, sorcier d'Arcadie !

Sa phrase résonna dans la salle, haute et claire. Hogo grimaça à l'énoncé de l'identité de son compagnon. Au temps pour la discrétion !

– Un mage ! cracha l'aubergiste. Le mot sonnait dans sa bouche comme la pire des tares. La belle affaire... Les mages ne sont que des charlatans, des vagabonds prêts à abuser de la crédulité des naïfs !

Zétide fracassa la cruche sur le crâne de l'un des videurs. Après quoi, il se pencha vivement pour saisir la barbe de Valdemar le Troisième, qu'il tira vers le bas, lui cognant violemment le menton sur le comptoir. Les yeux de l'aubergiste se révulsèrent et il disparut derrière le meuble, dans un bruit de verre écrasé. Le deuxième videur tenta bien d'intervenir, mais la dague que la chasseresse lui posa au creux des reins le dissuada de jouer au héros. Une lueur satisfaite dans le regard, Zétide se laissa entraîner hors de l'établissement par Hogo et Lucia, chacun le tenant par un bras, Ariale trottant derrière.

À peine étaient-ils dehors qu'un petit homme au teint blafard, au cheveu rare, se levait de sa table et s'engageait sur leurs traces. Le fils de l'aubergiste encore valide hésitait entre ranimer d'abord son père ou son frère, tout en mugissant des « au vol ! », “à l'agression ! ». Ses appels restèrent sans réponse ; la clientèle ne semblait pas le moins du monde chagrinée de ce qui venait de se produire et certains sourires parmi les habitués traduisaient même une pleine satisfaction.

***

– Non mais, vous avez entendu cet impudent personnage ?

– Zét', ce n'était vraiment pas malin de ta part, cet esclandre. À présent, tout le monde sait que tu es dans le coin. Je te rappelle que les Maûnes sont à nos trousses. Sans compter les agents de la Loge qui ne doivent pas manquer de nous rechercher dans tout l'Ældo, et n'oublions pas les éventuels chasseurs de prime. Alors tout ce raffut pour un verre de vin !

Zétide répondit d'un ton vexé :

– Oui... bon... peut-être... mais il m'a énervé, cet escroc !

– Le chapitre est clos, répliqua Hogo qui voyait bien qu'il ne pourrait faire entendre raison à son compagnon. On ferait mieux de s'éloigner d'ici. Allons au port, il faut trouver une navette.

Dans leur sillage, prenant soin de ne pas être découvert, suivait le petit homme.

***

Un vieillard, un Lycante, une guerrière et une enfant, tel était le signalement donné.

Gillif tenta de réfréner son excitation ; pour le Lycante, il n'était pas trop sûr. L'homme au bâton gardait constamment son visage caché par son capuchon. Pour les autres, ça collait. Et quand le vieil homme avait clamé son identité, Gillif avait failli tomber de sa chaise. Il avait de lourdes dettes de jeu et s'il ne les réglait pas sous peu, il allait avoir de sérieux ennuis avec les hommes de la bande à Maltek. Sa femme le houspillait pour qu'il trouve un travail honnête, sans comprendre qu'il en était incapable. Et voilà que la fortune venait à lui…

Le maître paierait bien une telle information. Gillif attendait de savoir où comptaient se rendre les quatre individus avant d'envoyer un message par pigeon voyageur, comme il le faisait à chaque fois qu'il avait besoin de transmettre une information.

Ayant constaté qu'ils prenaient le bac de Venise, trottant sur ses petites jambes, Gillif rentra chez lui en toute hâte. À lui, l'or et les honneurs. Il allait régler ses dettes et ainsi éviter de se faire casser le bras, puis il songerait à la façon dont il allait dépenser la récompense, sans que sa femme en soit informée.

* * *

Le bac dérivait doucement, poussé par les gaffes de quatre marins. La brume avait déserté le lac, dévoilant de grands saules qui poussaient à même l'eau, se dressant au-dessus de l'onde comme de hiératiques gardiens, émiettant la monotonie du paysage. Ils croisèrent quelques embarcations, principalement des pirogues de pêcheurs aux larges chapeaux bariolés.

Ariale avait choisi de s'allonger à l'avant du bac, juste au bord de l'eau. Une main effleurant l'onde, l'autre posée sous son menton, elle se laissait bercer par leur douce allure, par le léger roulis, par l'atmosphère feutrée. La bouche entrouverte, elle commença à murmurer lentement le mantra transcendantal de Slissdavidarr'.

La magie des Runes ne fonctionnait pas, pourtant Zétide avait assuré à Ariale qu'elle pouvait continuer à s'entraîner à la Voie Blanche. Ses principes différaient de celui des runes puisque le pouvoir venait non pas des lignes de pouvoir, mais du Don.

La cadette des Garamont savait qu'elle devait absolument apprendre à canaliser le pouvoir de la Voie Blanche et Zétide s'était avéré incapable de l'aider en la matière. La dernière fois, pour sauver Hogo, elle avait agi spontanément, mais, à y repenser, ce qu'elle avait fait n'était pas si évident à reproduire. De plus, le problème ne venait pas de l'emploi des runes. Elle maîtrisait bien le tracé, à force d'entraînement. Elle devait en revanche parfaire son aptitude à accéder à la Source et surtout apprendre à canaliser le Don. Plusieurs fois déjà, par son inexpérience, elle avait failli tarir ses réserves de pouvoir.

Son esprit se mit à dériver de lui-même, cherchant la Source sans vraiment le vouloir. Son corps s'allégea, perdit sa consistance, la fillette n'était plus que conscience. La Source, elle la sentait à présent, toute proche. À force de concentration lui apparut en esprit un mince filament d'énergie, qu'elle saisit et remonta pour atteindre le puits lumineux de son Moi. L'apprentie-guérisseuse s'immergea dans ce flot magique et son corps fut parcouru d'énergie douce. Baignée dans sa Source, elle se sentit emplie d'une incroyable vague de sérénité.

– Attention, Ariale, il y a des serpents d'eau par ici, l'avertit Hogo.

La cadette des Garamont sursauta et fut brutalement chassée de sa transe. Vivement, elle retira sa main de l'eau. À quelques toises à peine de sa position, un reptile de plus d'un mètre ondulait parallèlement au bac.

– Encore dans la lune, P'tit-Loup ? ajouta gaiement Lucia.

Maussade, Ariale ne daigna pas répondre. Elle se releva et alla s'asseoir en tailleur à la poupe de l'embarcation.

*Ces adultes !* Comment voulaient-ils qu'elle progresse s'ils n'arrêtaient pas de la déranger au plus mauvais moment !

Elle essaya de se replonger dans la Source mais échoua, incapable de faire le vide dans son esprit.

L'ancre jetée, ils dînèrent d'une savoureuse soupe de poissons pêchés au cours de la traversée et passèrent une nuit paisible, bien qu'un peu humide, à bord du bac.

Paisible pour tout le monde, excepté pour Zétide.

***

*Il marchait dans un désert froid, vêtu de sa robe verte aux deux cercles. Il était seul dans le silence, éclairé dans la nuit d'une lumière blafarde.*

*–Hypolus ! Hypolus ! murmurait le vent froid qui le faisait frissonner.*

*À force de marcher, il parvint en haut d'une colline mauve qu'il se mit à gravir. Le vent résonnait toujours à son oreille. De l'autre côté de cette éminence, une cuvette, et dans cette cuvette, une bande de Maûnes gesticulant, dansant de manière grotesque en hululant une mélopée étrange et discordante. L'un d'eux l'aperçut et donna l'alarme. Les Maûnes cessèrent de gesticuler et se lancèrent à l'assaut de la pente. Zétide étendit ses longues mains devant lui et s'abandonna au pouvoir des runes. Celles-ci prirent la forme de longs fouets d'énergie brute et orangée. Les premiers Maûnes arrivaient à portée. Zétide relâcha son pouvoir, destiné à les incendier. Mais les fouets se retournèrent contre lui pour le lier sans merci. Trahi par les runes, le mage se débattit contre les liens magiques, en vain. Un guerrier goblin se dressa devant lui en ricanant. Du coin de l'œil, Zétide eut juste le temps d'apercevoir une haute et mince silhouette drapée dans une longue cape aux tons changeants. C'est alors que le*

*Goblin placé devant lui leva un sabre ébréché. Le mage ne put rien faire d'autre que de se débattre et contempler l'arme qui s'abattait sur lui…*

Il s'éveilla d'un bond, trempé de sueur. Autour de lui, tout le monde dormait paisiblement, le jour n'était pas encore levé. Zétide se recoucha le cœur battant, mais ne parvint à s'apaiser qu'aux petites heures de l'aube.

* * *

En fin de matinée, ils arrivaient à Venise, quittant le bac aussitôt à quai. Menés par le mage, ils s'engagèrent dans la ville. Le vent avait quelque peu morcelé l'étau des nuages et quelques rayons de soleil hésitants descendaient timidement du ciel pour les accompagner dans leur découverte de la capitale.

Venise occupait toute la surface de l'île. Elle était composée d'un carré de quatre quartiers distincts, reliés chacun par un pont de bois de vingt mètres sur six. Chaque place était encadrée d'arbres rares et d'arches fleuries. Les rues étaient rectilignes, larges et propres ; les habitations, de petites maisons en teck – particulièrement approprié à cette région humide – hautes de deux à quatre étages, étroites, aux toits pentus recouverts d'ardoise, aux balcons décorés de plantes grimpantes et de fleurs tombantes. Quelques allées s'ouvraient sur de petits potagers privés. Principalement des bourgeois ou des marchands, les gens marchaient posément, le visage ouvert, l'air prospère, arborant un patchwork d'étoffes colorées. Contrairement aux habitants d'Avallon, les Vénitiens ne semblaient nullement inquiets de la guerre qui ravageait leur monde.

Ville de cure, à la belle saison, Venise représentait un des lieux de villégiature les plus prisés de l'Ældo. Remontant la ville, ils atteignirent la place principale, toute ronde, encadrée d'arbres nains à feuillage rosé et décorée d'une fontaine de cristal figurant un cygne géant prêt à l'envol. Des arcades couraient tout autour de l'endroit, abritant les terrasses des nombreux restaurants et auberges qui accueillaient les touristes, les ateliers de peinture ou de sculpture du lot d'artistes que protégeait Hamilton, souverain de Creste et reconnu comme grand mécène. Le mage expliqua que contrairement aux autres royaumes, il n'y avait pas de palais dans la capitale. La lignée des rois officiait et résidait à l'hôtel de ville, le plus vaste bâtiment de l'île. Mais Hamilton n'était pas là. Comme chaque année, à la même époque, il était parti faire la visite des huit autres villes et de ses sujets. Ledit bâtiment, l'un des rares en pierre avec la banque internationale Chanseth qui lui faisait face de l'autre côté de l'esplanade, était un rectangle de marbre de trois étages dotés de longs balcons décorés des statues à l'effigie de la dynastie des dirigeants de Creste et rehaussé de piliers et d'escaliers aux rambardes plaquées d'or.

Ils partagèrent une imposante cassolette de poissons, une assiette de fromage et une autre de cannelés au miel dans un des établissements de la place, avant de reprendre le chemin du temple.

Après avoir dépassé plusieurs artères, ils arrivèrent sur une autre place, celle du marché. Celui-ci se révélait bondé. Sur plusieurs rangées, des étals offraient une marchandise hétéroclite mais de bonne qualité. Divers ballots et caisses appartenant aux marchands avaient été rangés le long des murs afin de ne pas encombrer la circulation.

Situé au milieu de la ligne est de cette place carrée, le temple de l'Équilibre. L'édifice de pierre blanche, au parvis décoré de frises, au portail massif, donnait une impression d'ordre, d'austérité mais également d'apaisement et de pureté. Ce n'était pas le plus grand, ni le plus beau des sanctuaires de l'Équilibre, mais le premier à avoir été bâti par l'ordre des Colombins. Depuis l'établissement de la fameuse cathédrale d'Yquem, le temple de Creste n'avait plus pour vocation que l'étude ; seuls une trentaine de frères Colombins l'occupaient, principalement voués à la méditation.

Devant le parvis, Zétide dit aux deux guerriers :

– Je n'ai pas besoin de vous, aussi, inutile de vous faire perdre votre temps. En attendant que je ressorte, vous n'avez qu'à visiter le marché ou vous asseoir à une terrasse. Je prends Ariale avec moi, elle m'aidera dans mes recherches. Bonne promenade !

Délaissant leurs compagnons, le mage et la fillette gravirent le parvis et entrèrent dans le temple, dont les larges portes de bois clair étaient ouvertes. Au frère colombin chargé d'accueillir les visiteurs, Zétide demanda aussitôt à voir le prieur du temple, le père Jonas. L'énoncé du nom d'Hypolus d'Arcadie leur valut le plus grand respect de la part des Colombins. Sans attendre, ils furent conduits dans son bureau.

Une fois en sa présence, le mage se passa de préambules :

– J'ai besoin de consulter votre bibliothèque, mon Père.

Assis sur un fauteuil à haut dossier, derrière son grand bureau de chêne blond encombré de parchemins et de registres, le prieur du temple des Colombins était un Humain massif, au teint olivâtre, à la barbe et aux favoris poivre et sel. Avec ses bajoues, ses sourcils broussailleux, ses grosses mains croisées sur son ventre rebondi, dévisageant les visiteurs avec une grande bonhomie, il ressemblait à un bon vieux chien de compagnie.

– Hypolus d'Arcadie ! Quel bon vent vous amène ! Et cette délicate enfant, qui est-elle ?

– Bonjour à vous, père Jonas… Je vous présente Ariale, ma nièce. Alors, cette bibliothèque ?

– Cela tombe particulièrement mal, mon cher mage… Nous sommes en inventaire cette semaine ; c'est que nous avons eu un petit problème d'inondation dans la bibliothèque, voyez-vous… Une partie de nos ouvrages a été abîmée et le reste vient d'être mis en caisse. De plus, frère Malthus est parti d'urgence à Yquem au chevet de sa mère mourante ; que l'Équilibre protège cette malheureuse ! Pourriez-vous repasser plus tard, dans une quinzaine, peut-être ?

– Non, mon père, je ne peux pas. Mon besoin est vital, il s'agit de l'Arcane.

– L'Arcane ? Votre quête progresse-t-elle ? s'enquit l'homme, soudain penché en avant.

– En vérité, oui. Mes compagnons et moi-même en avons percé le secret et nous sommes bien avancés. Mais il me faut consulter une bibliothèque et le temps presse !

– Vous pourriez peut-être consulter celle du roi Hamilton ? Ah, non… Il est parti et je doute qu'en son absence, même à vous, on vous accorde le privilège de parcourir sa bibliothèque privée. Écoutez, Hypolus, je vais vous faire un mot pour l'assistant de mon archiviste. Frère Stephan est un jeune homme fort serviable, il se mettra à votre disposition. Avec son aide, peut-être trouverez-vous ici l'ouvrage que vous recherchez.

– Je m'en contenterai. À plus tard, père Jonas.

Le secrétaire de l'abbaye les conduisit à la bibliothèque en remontant une série de couloirs. La bibliothèque se trouvait de l'autre côté d'une cour à ciel ouvert qui abritait le potager des Colombins. Ariale pénétra dans le bâtiment avec une curiosité mêlée de respect.

Divisée par des rangées de hauts rayonnages en bois de pin odorant, la salle d'étude faisait bien deux fois la taille de la propre bibliothèque de Zétide dans sa Forteresse secrète. Tant d'espace ! Elle se sentait écrasée dans ce cocon de savoir.

Les rayonnages étaient si larges, si hauts que tout leur long, on avait fixé des échelles glissant sur des rails afin d'atteindre les livres les plus élevés. Que de trésors, de merveilles, de mystères ou de questions résolues dans ces livres qui devaient contenir une manne infinie de connaissance ! Mais quelle ne fut pas la déception de la fillette et sa frustration lorsqu'elle se rendit compte qu'aucun livre n'était en place ! La bibliothèque n'était en fait qu'un écrin sans bijou.

Les ouvrages avaient été rangés dans des cartons, des caisses, plus de trois cents, qui encombraient le sol par piles. De longues tables, des fauteuils et des lutrins avaient été repoussés dans un coin de la salle. Un des murs venait d'être refait à neuf, sans doute l'endroit où l'inondation avait sévi. La lumière venait des vitraux colorés de rouge, de vert, de jaune ou de bleu, ou de candélabres de platine forgé, dressés le long des murs.

Un jeune homme au visage avenant, aux cheveux châtains, à la peau pâle, à peine sorti de l'adolescence, les accueillit en se présentant comme frère Stephan. Une fois lues les instructions de son supérieur, il demanda :

– Seigneur Hypolus, quel honneur de vous rencontrer ! Quc puis je pour vous ?

– Nous cherchons un livre dont nous n'avons que les initiales : « L.E. ».

– « L.E. » *L'Encyclopédie mythologique*, peut-être ?

– Non, car les initiales font « L.E.M. ».

– Alors, *Les Entretiens de Thémistocle*, non, que dis-je, ça ne va pas non plus…

Puis, songeur, il se frotta son front bombé quelques minutes avant de répondre :

– Je suis désolé, seigneur Hypolus, je ne vois pas. Cela ne fait que deux semaines que je travaille ici. Je crois que seul frère Malthus pourrait vous renseigner, mais il est absent.

–Procédons autrement, peut-être auriez-vous un registre qui répertorie vos ouvrages ? Avec ça, je devrais pouvoir me débrouiller.

–Nous en avions un, effectivement, mais il a été détruit par l'inondation.

–Et les caisses, elles ont bien été indexées au moins ? reprit Zétide qui perdait de sa patience.

–Oui, mais la liste, c'est que... dans sa hâte, frère Malthus l'a emportée avec lui.

–Crénom d'une rune ! s'exclama Zétide, qui n'avait vraiment pas besoin d'une telle infortune. Tant pis ! Frère Stephan, vous allez nous aider, nous allons ouvrir ces caisses et les vérifier... Les livres sont classés par ordre alphabétique, j'imagine ?

–Oh oui, caisse par caisse, répondit le moine, soulagé de pouvoir au moins accorder au révéré Hypolus d'Arcadie une réponse qui puisse le satisfaire.

–Bien, nous cherchons donc les caisses avec des livres qui commencent par L. Les initiales que nous cherchons sont « L.E. ». À présent, au travail !

* * *

Lucia déambula sur le marché, suivie du Lycante. Leurs rapports s'étaient une nouvelle fois détériorés après que Hogo eut insinué, du moins c'est ainsi que la jeune femme l'avait interprété, qu'elle faisait preuve d'une humeur inconstante.

Elle dégusta une brochette de fruits cuits au miel et à la cannelle. Une vieille dame au visage doux et engageant l'aborda pour lui demander de l'aider à rejoindre l'autre côté de la place. Avec cette cohue, elle craignait d'être renversée. Lucia accepta de bon cœur et saisit le poignet frêle de la dame. En chemin, elles échangèrent d'aimables paroles ; la vieille femme lui rappelait Isadorine, sa vieille nourrice. Une fois arrivée, la quémandeuse lui offrit en remerciement un chaleureux sourire.

La jeune femme reprit sa promenade. Le Lycante n'était pas loin. La capuche baissée sur son visage, comme à chaque fois qu'il était mêlé aux Humains, son kethan en main, il marchait dans son sillage.

Lucia écoutait les conversations. Ces gens ne semblaient rien redouter. La guerre tonnait pourtant, non loin du royaume. Venue de l'est, elle embrasait maints territoires, et les Vénitiens paraissaient ne pas s'en soucier. *Nous sommes à Venise*, pensaient-ils, *qu'avons-nous à craindre, sur notre île ? Les Maûnes détestent l'eau, c'est bien connu...* Ainsi évoluaient-ils dans leur univers protégé, oublieux de la terrible réalité, vaquant à leurs occupations quotidiennes comme avant. Avant la Malerune.

Le vent s'était renforcé, amenant une nouvelle chape de nuages. Les promeneurs allaient d'étal en étal, soupesant, évaluant la marchandise proposée, accostés aussitôt par des camelots au bagout enjoué. En dépit de cette atmosphère détendue, Lucia se sentait un peu nerveuse, sans trop savoir pourquoi.

Tout allait bien... Comme dans l'œil du cyclone, avant que le chaos ne se déchaîne.

Au centre de la place, sur un endroit dégagé, naquit un étrange phénomène. L'air se mit à se troubler et, déchirant la réalité, une ombre rectangulaire se dégagea du sol, d'un gris ténébreux. Ternissant le sol qui paraissait légèrement mouvant, sa densité semblait aspirer la lumière du jour. L'espace au-dessus du rectangle se fit trouble, différent. L'ombre commença à prendre de la consistance. Un miroitement prit effet, laissant peu à peu apparaître une silhouette humanoïde à la peau noire, dressée sur des jambes arquées terminées par des sabots luisants. Une *Dalle* !

Un promeneur en resta bouche bée, tétanisé par l'apparition soudaine du Rakin. Le Maûne secoua la tête pour s'éclaircir l'esprit avant de considérer le promeneur qui lui faisait face. Déjà, derrière le guerrier, naissaient d'autres formes.

Sur la place, plus un mouvement, plus un bruit, excepté celui des respirations. Le temps parut se figer, comme pour permettre aux acteurs de mieux appréhender la tragédie qui allait débuter. Cet instant d'éternité vola en éclat et le cauchemar devint bien réel lorsque le guerrier rakin leva sa hache et, d'un revers en diagonale haute, sans sommation, éventra le malheureux promeneur, projetant un arc-en-ciel de sang sur les Vénitiens qui se tenaient derrière lui. Une femme hurla et son cri aigu déchaîna la panique. La foule fut saisie de mouvements convulsifs, reflua, écrasant sans pitié ceux qui avaient la malchance de tomber, renversant les étals, éparpillant les marchandises. Lucia vit une vieille femme, celle-là même qu'elle avait aidé, se faire engloutir par la masse apeurée. Les gens criaient, se débattaient, s'empoignaient même, s'imaginant échapper aux envahisseurs.

Hogo fendit le flot terrorisé afin de rejoindre sa partenaire. Il la saisit sous le bras et l'emmena à l'abri sous une arcade.

– Vite, il faut rejoindre le temple !

Le Rakin contemplait les gens qui fuyaient devant lui en s'esclaffant telle une hyène saisie de démence. Ses frères vinrent se ranger à ses côtés. Apparurent également des Goblins jacasseurs et crasseux. Les Maûnes se regardèrent en grimaçant un sourire, ravis du destin qui leur offrait autant de victimes. Le premier Rakin leva sa hache, ulula un cri de guerre. À ce signal, les Maûnes s'éparpillèrent dans une débauche d'énergie meurtrière. Les Vénitiens se gênaient les uns les autres, entravant leur fuite, et aucun ne pensait à se défendre. Les Maûnes remontaient tranquillement la masse des fuyards, abattant la première victime à portée de leurs armes. Homme, femme ou enfant, ils ne faisaient aucune différence et ne montraient nulle clémence. Les armes se levaient et s'abaissaient, les flèches sifflaient et les Eldes tombaient, inondant le sol de ruisselets vermillon. L'air était saturé de clameurs, des cris de détresse ou d'agonie des Vénitiens, de ceux excités ou railleurs des Maûnes.

Les archers goblins s'en donnaient à cœur joie, pariant sur leur adresse, sur leurs mérites respectifs à larder les pauvres fuyards de flèches, ces chiens d'Eldes, qui se gênaient les uns les autres et ne pouvaient pas faire grand-chose pour éviter les flèches noires à l'empennage torsadé de rouge et de jaune.

D'autres envahisseurs continuaient d'affluer par la Dalle.

Toujours sous le couvert de l'arche, Hogo et Lucia se dirigeaient vers le temple, de l'autre côté de la place. Plutôt que de la traverser et risquer de se retrouver empêtrés, à la merci de leurs ennemis, ils entreprirent d'en faire le tour. Épée en main, bâton dressé, ils avançaient rapidement sous les arcades sans perdre de vue la progression des Maûnes. Ils arrivaient en vue du temple colombin lorsqu'un groupe de Rakins les repéra, et les guerriers à peau verte s'élancèrent pour leur barrer le passage. Mal leur en prit ; un tourbillon d'acier, de bois et d'os s'abattit sur eux, pour fendre, briser et percer. Quatre des guerriers rakins s'écroulèrent en expirant. Les deux derniers préférèrent fuir en s'enfonçant dans une ruelle qui courait autour du temple.

Hérissé de tous ses poils, le guerrier-loup lâcha son kethan et se jeta à leur poursuite. Ses grondements se firent plus puissants, sa silhouette devint floue, préludant à sa transformation. Le Septième Pouvoir prenait possession du guerrier.

– Hogo ! s'écria Lucia, stupéfaite de la métamorphose de son ami.

Mais trois autres Rakins se jetèrent sur elle, l'obligeant à se battre. Le temps d'une torsion du buste suivie d'un revers d'épée, et un ennemi s'écroula sur les pavés, décervelé. Un fouetté de botte dans le genou d'un autre, pour le déséquilibrer avant de lui fracasser le crâne du pommeau de son épée ; un pas en arrière, un contre, une parade pour recevoir l'assaut du troisième, avant de contre-attaquer en tournant sur elle-même, pour enfin l'envoyer dans les limbes de la mort d'un estoc vicieux au bas-ventre.

Un feulement de rage fit sursauter la guerrière.

– Non !

Elle se rua à son tour dans la ruelle. Tout au bout, se trouvait Hogo transformé en loup-lycante ; à ses pieds, les cadavres déchiquetés des deux Rakins. En face de son ami, un honnête père de famille vénitien plaqué contre un mur, muet et livide de terreur.

Lui bloquant le passage, Hogo grognait sourdement, le poil hérissé, les griffes sorties.

– Hogo, non, ne fais pas ça, dit Lucia en tentant de parler calmement alors qu'elle aurait voulu hurler.

*Lui parler. Elle devait lui parler.*

– S'il te plaît, Hogo, prince Hogœrwen'r… Ce n'est pas un Maûne en face de toi, ce n'est pas un ennemi, juste un brave habitant de Venise.

La créature qu'il était devenu ne quittait pas l'homme du regard mais ses oreilles se dressèrent en arrière, focalisées sur la voix de la chasseresse.

– Je suis là, Hogo… Je suis ton amie, Lucia… Lucia de Garamont, la fille du chevalier Éras. Tu te souviens de ton ami Éras ?

Sous l'emprise de sa double conscience, le loup-lycante ne savait plus quelle conduite adopter. Il secoua la tête en poussant des gémissements désemparés.

– Viens avec moi, Hogo ; nous devons rejoindre Zétide et Ariale, ma petite sœur… Tu te rappelles d'eux, n'est-ce pas ? Ensemble, nous cherchons l'Arcane. Hogo, nous avons besoin de toi ; tu dois nous protéger. Laisse partir cet homme, il est inoffensif… Reviens, inverse la métamorphose. L'Arcane, Hogo, pense à l'Arcane. Tu dois veiller sur moi, sur Ariale et sur Zétide. *Reviens !*

La puissante créature se retourna pour se coucher aux pieds de la jeune femme. Après un court instant d'hésitation, celle-ci se mit à caresser son épaisse fourrure.

– C'est bon, messire, allez-y, je l'ai calmé. Ne faites aucun mouvement brusque et tout ira bien.

L'homme en avait uriné dans son pantalon. Oublieux des Maûnes, il détala derrière le temple sans demander son reste.

Lucia continua à parler au loup-lycante, lui remémorant quelques-unes de leurs aventures. Son ton doux et patient finit par l'apaiser. Il s'ébroua en retrouvant sa pleine conscience et repoussa sa nature de fauve dans un recoin de son esprit, pour reprendre son aspect normal. Lucia ne savait que dire, jamais la chasseresse n'avait vu autant de désespoir dans les yeux de son partenaire. Elle tenta de l'enlacer pour le réconforter mais le Lycante se raidit et se dégagea. Elle préféra ne pas insister.

– Allons rejoindre les autres au temple, dit-elle.

Hogo la suivit sans rien dire. De la place, ils entendaient toujours le fracas du chaos.

Plutôt que d'y revenir, ils firent le tour du sanctuaire. Une sage décision, puisqu'ils purent atteindre les portes du temple sans avoir à combattre, les Maûnes étant trop occupés à massacrer les habitants de Venise.

À peine avaient-ils pénétré dans le sanctuaire et rabattu la porte qu'une volée de flèches goblines se plantait sèchement dans celle-ci. Après leur passage, deux moines s'empressèrent de barrer les portes d'un épais madrier. Dans le temple, les moines allaient et venaient sous les ordres du prieur qui tentait d'établir un climat plus serein. Après s'être renseignés, les deux guerriers rejoignirent Zétide et Ariale postés sur la vaste terrasse du bâtiment, au dernier étage.

Une vision d'apocalypse les attendait.

L'esplanade du marché était jonchée de cadavres mutilés et dégoulinants. Déjà, la fumée noire et cotonneuse des incendies perpétrés par les Maûnes montait vers le ciel. Portés par le vent, des plaintes et des cris d'agonie ou de souffrance résonnaient dans toute la ville, hérissant les nerfs.

Zétide avait les sourcils froncés ; ses mains agrippées sur la balustrade de la terrasse étaient blêmes tellement il les serrait. Ariale se pressait contre lui, en pleurs, les mains sur les oreilles. Shruti avait pointé le nez hors de sa cachette. En constatant ce qui se passait en contrebas, il s'empressa de rentrer la tête et se mit à pousser des couinements plaintifs. À l'arrivée de son aînée, la fillette poussa un petit cri d'animal blessé et se jeta dans ses bras protecteurs. Tout en la rassurant, la chasseresse s'empressa de faire redescendre sa cadette pour la réconforter. Hogo vint se ranger à côté de Zétide. Ils échangèrent un regard apitoyé ; contrairement à toutes les prévisions, à tous les espoirs, la *guerre* avait rejoint le cœur du royaume de Creste.

Tout ce que la ville comptait d'embarcations fut réquisitionné ou volé par les survivants pour fuir l'horreur. Certains même se jetaient à l'eau sans rien d'autre que leurs vêtements. Les Goblins relançaient leurs paris, cherchant à atteindre tel ou tel nageur, et leurs flèches connaissaient rarement l'échec. Ceux qui ne pouvaient fuir sur le lac tentaient de se réfugier à l'hôtel de ville, sous la protection de la garde vénitienne. Le bâtiment fut barricadé, les armes qu'il contenait, distribuées. Une grande partie des Maûnes encercla le bâtiment puis attendit. D'autres fugitifs allèrent se terrer où ils le pouvaient. Hormis la garde royale, nulle force armée ne s'organisa réellement. Et les rares foyers de défense furent soufflés par le tranchant des armes maûnes.

Mais hormis quelques patrouilles, les Maûnes ne se lancèrent pas vraiment à la conquête de la ville. Passée leur première offensive, ils attendaient quelque chose. Ce quelque chose se manifesta bientôt de la Dalle, sous forme d'une longue silhouette sombre.

Hermaphrodite sybère, le Haut-Général Layshan avait le corps d'un homme grand, très grand, mince et musclé. Il°elle avait le visage d'une belle, d'une très belle femme au teint opalin, à la longue chevelure rousse et bouclée. Vêtu(e) d'un ensemble moulant de cuir noir, ajusté pour mettre en valeur les mouvements de sa silhouette longiligne, et d'une cape, il°elle se mouvait avec la grâce inquiétante d'un prédateur invincible. D'une main sûre, le Sybère exhibait une lance à la hampe de bois laqué de noir, décoré de runes dorées. La lame de métal également noire avait la forme d'une feuille étirée, renforcée de barbelures teintes en pourpre et destinées à provoquer d'affreuses blessures, arrachant la chair plus qu'elle ne la découpait. La ressemblance entre l'arme et la créature qui la portait sautait aux yeux. Fines, racées et redoutablement meurtrières.

Vêtus de cuir gris, six guerriers élancés la serraient de près, placés en éventail autour d'elle, à trois pas. Des Brans. C'étaient autrefois des Eldes, et aujourd'hui des créatures du Maûne. Ils s'étaient vendus au Shad-dak-Llogo'th, avaient troqué leur humanité, leur âme, pour gagner en échange des pouvoirs surnaturels qui leur conféraient force et vitesse, ainsi qu'une part de la grâce qui leur permettait de ressembler aux Sybères. Avec leur plastique androgyne, ils n'en étaient pas moins des ersatz de leur modèle.

À peine le Haut-Général avait-il mis le pied sur le sol elde qu'il donnait ses ordres et organisait l'invasion. De ses troupes, Goblins et Rakins, il en envoya la majeure partie prendre d'assaut l'hôtel de ville. Le restant fut divisé pour nettoyer l'île de ses survivants. Le Haut-Général décida de s'installer sur la place, dans un des immeubles de sa partie ouest, avec sa garde rapprochée.

Alors que les autres redescendaient à la bibliothèque pour reprendre leur lent travail de recherche, Hogo passa la journée sur la terrasse, tourné vers le lac. Plus laconique encore qu'à son habitude, il repoussa toute tentative de communication, même de la part de Zétide.

Occupée à trier des livres avec sa sœur, le mage et le frère Stephan, Lucia avait conté au mage ce qui s'était produit dans la ruelle.

– Jamais je ne l'ai vu ainsi, soupira-t-elle, clairement inquiète.

– Moi non plus… Mais ça lui passera.

– En êtes-vous sûr ?

Le vieillard ne répondit pas. Il se contenta d'ouvrir une nouvelle caisse. Constatant que ce n'était pas la bonne, il la remisa avec les autres le long d'un mur.

* * *

La journée s'écoula ainsi. Les Maûnes avaient fini par prendre l'hôtel de ville avant de le dévaster, massacrant ses occupants. Ils poursuivaient leur sinistre pillage, ratissant maison après maison dans une sanglante partie de cache-cache d'où ils sortaient toujours vainqueurs. Et lorsqu'ils se heurtaient à une porte trop solide pour céder, ils brûlaient l'édifice avec ses occupants. Ils ramenaient sans ménagement le peu de Vénitiens capturés sur la place du marché où ils avaient dressé leurs tentes. Les captifs seraient réduits en esclavage, et l'hétéroclite butin qui s'entassait sur la place à côté de la Dalle serait trié avant de rejoindre le Maûne.

Lucia était remontée sur la terrasse. Elle déglutit. C'était pire encore que lors de l'attaque de la Forteresse secrète. Ici, il y avait des femmes, des enfants. Des femmes surtout. Douces friandises que goûtaient, que s'échangeaient les envahisseurs avant de les abandonner, sanguinolentes et sans vie.

La chasseresse hésitait à se servir de son arc. Jusqu'alors, les Maûnes n'avaient montré aucun intérêt pour le temple, dont les lourdes et épaisses portes de bois restaient barrées. De plus, Zétide avait besoin de temps pour retrouver le livre qui leur permettrait de poursuivre la Quête. La prudence lui conseilla donc de ne pas se manifester.

La nuit tombée, les Goblins et les Rakins allumèrent de grands braseros et, gloussant de satisfaction ou marmonnant de dépit, se lançaient dans l'inventaire de leur butin. Leurs silhouettes courtaudes, déformées par la lueur des feux, s'agitaient de manière grotesque. On entendait par moments la plainte désespérée d'un malheureux Elde découvert par une patrouille, traqué puis ramené sur la place pour être parqué avec les autres prisonniers.

Le Haut-Général ne se mêlait pas à ses hommes, hormis pour faire sa revue des troupes. Le reste du temps, dans l'immeuble qu'il avait réquisitionné, il profitait du confort et de l'hospitalité de la capitale.

* * *

*Zétide avançait courbé par le poids du vent gelé qui soufflait entre deux hautes montagnes noires. La piste sinueuse était jonchée d'ossements épars et d'une herbe rase et terne. Au bout d'un temps infini, le mage parvint au bout de la piste. Celle-ci se terminait par un gouffre escarpé dont on ne voyait pas le fond. De l'autre côté, un paysage de collines nues. Un pont de pierre rosée, large d'à peine un mètre, était le seul moyen de franchir le vide mais sans savoir pourquoi, le mage répugnait à s'y engager.*

*Des parois montagneuses retentirent un concert de clameurs, d'acier martelé, d'appels menaçants. Zétide se retourna pour voir une horde d'Orcks apparaître au détour de la piste.*

*L'ayant repéré, les Maûnes se mirent à courir en hurlant leurs habituelles injures. Zétide n'avait pas le choix. Il s'engagea sur le pont.*

*Comme si la traversée ne se révélait déjà pas assez ardue, le vent lui-même paraissait refuser son avancée, le ballottant de droite à gauche, l'obligeant à progresser lentement, les bras écartés pour garder son équilibre. Prononcé par une voix inconnue, le nom d'Hypolus se répercuta sur les bords du gouffre, étiré d'un écho lancinant.*

*Les Orcks s'arrêtèrent devant le pont et se contentèrent de le conspuer de moqueries et d'injures. Alors que Zétide arrivait à mi-chemin, de l'autre côté du gouffre, comme surgie de nulle part, l'énigmatique silhouette de son cauchemar précédent vint se ranger à quelques pas du pont. L'être mystérieux ne dit rien mais leva le bras. Répondant à son ordre muet, une quinzaine de lanciers brans, montés sur des chevaux morts-vivants, déboulèrent d'une colline proche. Ils stoppèrent leur chevauchée devant le pont et se figèrent sans rien dire, un sourire carnassier plaqué sur leurs faces androgynes. La silhouette recula et disparut soudainement.*

*Zétide n'avait pas le choix, il devait dégager la voie. Les mains levées, résistant tant bien que mal à l'attraction du vent moqueur, il se mit à tisser la forme complexe d'un éclat magmatique. Les runes répondirent à son appel impérieux, mais au lieu d'aller frapper les cavaliers brans, l'éclair bleuté qu'avait invoqué le mage fracassa le pont à dix pas de lui. Zétide bascula dans le vide, battant des bras, impuissant. L'écho de son nom résonna encore plus fort et il tomba, tomba, sans cesser de hurler.*

D'un bond, le mage se dressa au-dessus de sa couche, dans la chambre que leur avaient allouée les Colombins. Son cœur battait à tout rompre et il était couvert d'une sueur rancie de peur. Que lui arrivait-il ? Quels étaient ces terribles cauchemars qui le laissaient à bout d'énergie, le cœur au bord de la nausée ? Étaient-ils prémonitoires ? La nuit s'acheva dans une veille pénible, sans lui apporter de réponse.

* * *

Un nouveau jour s'éleva sur Venise, tout aussi horrible que le précédent. Avec toutefois une nouveauté par rapport à la veille : la torture.

Vers midi, un des prisonniers fut choisi et emmené dans le bâtiment où résidait l'officier supérieur des envahisseurs.

Hormis Ariale qui examinait les plantes du potager, les compagnons avaient regagné la terrasse qui surplombait la place, alertés par les cris déchirants que poussait le prisonnier. C'est alors que le Sybère sortit sur le perron de ses quartiers, agita ses mains pour chasser le sang qui les souillait et posa son regard sur le temple, jusqu'à fixer directement l'endroit où les compagnons se tenaient. Les plaintes avaient cessé. L'hermaphrodite dévoila sa dentition parfaite dans un sourire qui n'augurait que le mal et rentra dans le bâtiment. Le supplice reprit avec une intensité accentuée.

La voix d'Hogo s'éleva, murmurante :

– Il sait que nous l'observons. Il garde le temple pour

la bonne bouche. Nous sommes bloqués ici et dès qu'il en aura envie, il lancera ses hommes à l'assaut. Et, sans ta magie, Zét', je doute que nous résistions longtemps ; un bélier suffira à abattre les portes du temple et je ne vois pas les Colombins tenir tête aux Maûnes.

–Je sais, mais pour l'instant, j'ai beau me creuser la tête, je ne vois pas ce que nous pouvons faire, soupira Zétide, à part peut-être nous jeter à l'eau. Et sans une embarcation, nous ne tarderions pas à nous noyer ; la rive est bien trop lointaine. Sans compter les serpents. Le mieux est que tu viennes nous aider à trouver le livre. Plus vite nous aurons notre renseignement et plus vite nous pourrons songer à nous sortir de ce guêpier.

Les repas qu'ils prenaient dans la salle commune se faisaient mornes. Les moines ne se faisaient aucune illusion. Ils étaient à l'abri des envahisseurs, mais cet abri ne serait que provisoire. Seul le père Jonas faisait preuve d'une véritable énergie. Officiant aux repas, il priait avec ferveur et tenait à ce que les frères fassent de même. Le reste du temps, veillant à ce qu'aucun ne baisse les bras, le prieur maintenait tout son petit monde occupé.

Opiniâtre, Zétide continuait ses recherches. Il avait trouvé une caisse commençant par la bonne lettre mais aucun des ouvrages ne correspondait à ses attentes. À ses côtés, les autres déballaient d'autres caisses, leurs soupirs réguliers traduisant leur insuccès.

Le guerrier lycante avait choisi de s'asseoir à l'écart des autres, dans un coin d'ombre. Il s'était montré distrait, renfermé et surtout si sombre. Depuis dix minutes, il fixait la couverture du même livre, sans bouger. Lucia ne le quittait pas des yeux. Prétextant qu'elle voulait s'entraîner, elle réussit à l'attirer sur la terrasse.

–Hogo, parle-moi, je sais que quelque chose te travaille et je sais que cela a trait au Septième Pouvoir. Laisse-moi t'aider, je ne supporte pas de te voir te ronger ainsi !

Elle était si touchante dans son désir de le soutenir que le guerrier céda.

–Tu as raison, c'est bien le Septième Pouvoir qui m'obsède. Avant-hier, c'était pire que dans les monts lycantes ; toute cette peur autour de moi m'enivrait, me rendant encore plus sauvage. Je me suis transformé sans même y penser. Que se serait-il passé si tu n'étais pas intervenue ? Cet homme, il était innocent, Luce, et j'ai failli l'assassiner !

–Tu ne l'as pas fait.

–Tu m'as *déjà* répondu ainsi ! se hérissa le guerrier-loup. Je ne l'ai pas fait mais j'en avais envie, oui, *envie* ! Sache qu'à chaque fois que je me métamorphose, me vient la soif de tuer. Te rends-tu compte de ce que cela signifie pour moi ? Non, tu ne peux comprendre, tu ne sais pas tout. Je t'ai parlé de mon peuple, de la lignée des conquérants qui fait trembler l'Enareín dans sa soif de pouvoir... Pourquoi crois-tu que je sois plus puissant et plus rapide que les autres Lycantes ? Le sang des Seigneurs anciens coule en moi et peu à peu me corrompt sans que je puisse rien y faire. Je me méfie de moi-même maintenant ; il y a une rage en moi à ces moments-là que je peine à contrôler. À chaque fois, c'est plus dur. Et ce n'est pas le pire ; oui, car il y a pire... Je vais t'avouer une chose, Lucia, mes ancêtres *mangeaient* le corps de leurs ennemis pour s'approprier leur force d'âme, entends-tu ? Comment vais-je faire ? Je ne veux pas devenir ainsi, tu comprends ? À aucun prix ! Le Septième Pouvoir sera ma perte si je persiste à l'utiliser !

Le visage de Lucia s'était creusé de chagrin à mesure que son ami parlait. De le voir ainsi perdu, d'entendre sa détresse, éveillait sa compassion et sa tendresse.

Les traits de la jeune femme retrouvèrent une part de leur éclat alors qu'elle l'enlaçait comme une mère, le serrant contre elle de toutes ses forces, espérant qu'il ne verrait pas ses pleurs.

– Hogo, tout Lycante que tu sois, tu as besoin de sommeil, je sais que tu as veillé toute la nuit… Alors pas de discussion, tu vas venir faire la sieste. Si les Maûnes attaquent, tu dois être en forme pour les recevoir. Non, inutile de répliquer, c'est comme ça, et pour une fois, tu vas te laisser faire !

Un pâle sourire aux lèvres, le guerrier se laissa entraîner. Dix minutes plus tard, il dormait à poings fermés, tout habillé, dans le lit étroit de sa chambre, Lucia assise en face de lui, sur une chaise. La chasseresse le contemplait, fascinée par le visage si particulier d'Hogo, par son odeur, ce mélange reconnaissable de fumée, de cuir, d'herbe et d'autre chose de purement lycante. Il avait l'air si perdu dans son sommeil. Il se ramassa sur lui-même et se mit à gronder, toujours assoupi. Lucia se leva et alla s'asseoir au bord du lit. Elle caressa sa chevelure en lui murmurant des paroles apaisantes. Sa voix douce et chaleureuse, la tendresse de ses gestes se révélèrent un baume pour son compagnon, qui finit par s'apaiser.

* * *

Leyshan était monté sur le toit de l'hôtel de ville et, abrité de sa longue cape de cuir, contemplait le brouillard posé sur la ville.

L'humidité constante harcelait les Maûnes, les rendait nerveux, irritables, encore plus querelleurs qu'à l'accoutumée. D'autant que le Sybère leur avait refusé le droit de s'établir dans les riches demeures des autochtones, craignant que ses soldats ne s'empâtent et perdent de leur pugnacité. Malgré son autorité, le Haut-Général Leyshan ne pouvait éviter les altercations interraciales. Il avait dû se résoudre à renvoyer la moitié de ses troupes avec les esclaves, ne gardant que les plus aguerris, les plus disciplinés. Ce qui en soit ne posait aucun problème, il n'y avait plus à Venise de force capable d'inquiéter les Maûnes. La garde vénitienne décimée dès le début de l'invasion, le Sybère avait les coudées franches. Il restait probablement quelques survivants éparpillés dans la capitale, terrés, osant à peine respirer de peur d'être repérés par une patrouille, mais ils ne constituaient pas de réelle menace. Le port était étroitement surveillé et aucun Elde n'aurait pu y emprunter une des quelques embarcations qui restaient sans se faire prendre.

Il n'y avait plus que ce temple de l'ordre colombin à résister encore. Mais la torture des autochtones avait permis au général d'apprendre que l'édifice ne comptait pas plus d'une vingtaine de moines.

Leyshan, somme toute, s'avérait satisfait. L'assaut sur Venise s'était révélé un succès total. Cette Dalle surgie en plein centre de Creste, sur l'île principale, les Maûnes avaient un temps hésité à l'utiliser. Cette île n'avait aucun attrait, pour eux qui détestaient l'eau. Toutefois, le Shaddak-Llogo'th avait finalement décidé de l'investir ; ainsi, les Eldes sauraient que *nulle part* ils n'étaient en sécurité. Une fois la ville rasée, les troupes du Haut-Général transiteraient par le Maûne pour envahir l'Ældo par une autre Dalle, selon les ordres donnés par leur souverain suprême.

Cette victoire sans partage, voilà qui riverait le clou aux autres *seigneurs* du Maûne, en constante rivalité. Jaloux les uns des autres et des prérogatives qu'accordait ou abrogeait le Shaddak-Llogo'th selon son humeur du moment, les Hauts-Généraux se livraient entre eux à une guerre larvée. Seul le succès apportait les honneurs ; l'échec était rarement toléré plus d'une fois et bien souvent conduisait le fautif, quel que soit son rang, à une mort précédée d'une longue agonie. Avec la conquête de Venise, le Haut-Général sybère marquait des points sur ses concurrents.

Khaul, son principal rival, en disgrâce, avait été envoyé mater les sauvages du Pégöye-nord. Le Sybère venait d'apprendre par un courrier tout frais expédié par la Dalle que cet incapable d'Orck et son armée avaient connu l'échec et la mort dans les Terres Rouges. Pour Leyshan, c'était une aubaine. La disparition de Khaul ne pouvait que lui profiter. Jusqu'alors le favori du Shaddak-Llogo'th, le Haut-Général Shaykar, un Sybère comme lui°elle, commençait à éprouver des difficultés avec les Nains de l'Est, retranchés derrière la Muraille des Âges, à Tégolín. L'étoile de Shaykar commençait à pâlir, autre excellente nouvelle pour Leyshan. Ils°elles se connaissaient bien, ils°elles étaient frères°sœurs.

Par contre, le Haut-Général taurin Cornes-Tonnerre, en charge à Gerfask, dans le Pégöye-sud, avait pacifié les Terres Jaunes où il avait réussi à établir une enclave imprenable. Il avait également eu l'idée d'engager des renégats eldes pour en faire ses espions. Cornes-Tonnerre se montrait bien trop intelligent pour un Taurin. Leyshan le détestait et lui aurait sans hésiter fouillé les entrailles de sa lance. Mais son tour viendrait.

*Les intrépides et révérés Hauts-Généraux du Maûne !* ricana le Sybère pour lui seul. Dans l'intimité, alanguis sur le trône érigé de leur vanité, ils se sacraient eux-mêmes empereurs. Khaul, grand Khan de la nation des Orcks ; Ghall Ier, Satrape des Rakins ; Leyshan ou Shaykar, Omnys des Sybères ; Naklos Cornes-Tonnerre, Héros des Taurins… Mais en vérité, ces titres ronflants ne valaient pas plus qu'un pet dans le vent ! Il n'y avait qu'un maître suprême, incontesté, à régner sans partage sur les peuples du Maûne : le seul et unique *Shaddak-Llogo'th*.

Un seul d'entre eux, un Sybère nommé Rakkas'h, avait cru qu'il pourrait défaire le Maître, il avait osé s'attaquer à lui avec sa garde personnelle, les Goulesde-Fer. Le Shaddak-Llogo'th l'avait affronté seul, lui et ses assassins, et le sort original qu'il leur avait fait subir avait suffi pour que cette tentative reste l'unique du genre.

Il y avait bien sûr d'autres officiers supérieurs, lancés sur d'autres fronts, à convoiter le titre de Haut-Général, mais leur pouvoir, contrairement à leurs ambitions, restait moindre. Non, vraiment, Leyshan se trouvait très satisfait. Encore deux ou trois victoires de ce genre et il pourrait véritablement gagner les faveurs de son tout-puissant maître et ainsi devancer ses rivaux.

* * *

Comme chaque matin, la brume était montée du lac pour déambuler, paresseuse, dans les rues de la ville, cette fois accompagnée de dame la pluie. Hogo et Zétide se tenaient sur la terrasse, une tasse de thé fumant à la main. Un petit groupe d'Eldes fit irruption à l'autre bout de la place, des citadins visiblement effrayés, les vêtements sales et déchirés, la mine hagarde. Envahie de brouillard, la place était vide. Des tentes dressées par les envahisseurs, aucun signe de vie. Les Vénitiens, qui n'avaient pas d'armes, s'engagèrent prudemment sur l'esplanade. Alors qu'ils passaient à côté de la Dalle, la brume se dispersa, dévoilant un demi-cercle de Rakins grimaçants de malfaisance.

– Pitié ! eut le temps de crier un Elde avant d'être fauché par une lame maûne.

À ce signal, les guerriers noirs se déchaînèrent sur les malheureux dont il ne resta bientôt que les dépouilles morcelées.

Zétide soupira. Une nouvelle fois, il tenta d'invoquer les runes mais il ne termina même pas son tracé. La magie fuyait toujours.

– Allez, Zét', ne reste pas là à te morfondre, tu ne

peux rien faire pour l'instant. Pense à l'Arcane et trouve-nous la Glyphe Céleste.

– Tu as raison. Je retourne à la bibliothèque, dit le vieillard, l'air décidé. À plus tard.

Cet après-midi, Hogo et Lucia avaient repris leurs entraînements. Ils étaient montés sur la terrasse, côté lac, à l'opposé des Maûnes, pour ne pas être repérés. Soucieux de ne pas faire trop de bruit, Hogo avait décidé de travailler le corps à corps. Il se positionna face à la chasseresse, les mains ouvertes, parallèles au sol. Comme à chaque fois, ils se saluèrent d'un hochement de tête avant d'entamer l'exercice.

Au bout d'à peine un quart d'heure, Lucia transpirait abondamment. À mains nues, le Lycante s'avérait encore plus fort. Il déviait ses attaques des avant-bras, la prenait à contrepied tout en commentant ses défauts. Par trois fois, il la déséquilibra avant de lui faire toucher le sol mais la chasseresse ne se relevait que plus motivée.

*À nous deux, mon beau guerrier !* se dit-elle.

Ils se remettaient à peine en position qu'elle brisa la distance qui les séparait et se colla contre lui, sa bouche à deux doigts de la sienne. La jeune femme entrouvrit ses lèvres, qu'elle humecta et rapprocha encore de celles du Lycante en une irrésistible offrande. Troublé, Hogo eut un instant d'hésitation, dont profita la guerrière pour aussitôt passer une jambe entre les siennes et le faire tomber en arrière.

– Hé ! cria Hogo, indigné d'un tel tour.

– Ne m'as-tu pas maintes fois recommandé d'utiliser tous les atouts dont je dispose ? répliqua-t-elle, mutine.

– Si.

Il se redressa d'un bond, la crocheta à la taille et repartit en roulade arrière tout en l'attirant avec lui. Entraînée par le mouvement, Lucia plana par-dessus le guerrier. Elle atterrit sur le dos sans pouvoir empêcher son adversaire de tomber sur elle.

Plaquée contre lui, elle se tortilla pour glisser sa main entre leurs deux corps et la poser sur le bas-ventre du Lycante, qu'elle caressa. Hogo eut un soubresaut dont elle profita derechef pour le faire rouler de côté et inverser la position.

Essoufflés, ils se dévisagèrent sans rien dire. La cicatrice de la chasseresse ressortait sur son visage rougi par l'effort.

Lucia prit la parole :

– Dis, Hogo, tu crois qu'on va s'en sortir ?

– Et pourquoi non ?

– Et tu as pensé à ce que tu ferais *après* ?

– Après quoi ?

– Après tout ça ; après la Quête.

– Ah ! Tu sais, cela fait tellement longtemps que nous cherchons l'Arcane, Zétide et moi, à ne penser qu'à ça, que je n'ai pas grande idée de ce que je veux faire de ma vie… Après, comme tu dis.

– Tu n'as donc pas une amoureuse cachée à t'attendre dans les monts lycantes ?

– Non… Quelle drôle de question !

Ils restèrent un moment sans rien dire, happés l'un par l'autre. Lucia sentait les muscles durs du Lycante la soutenir, la soulever à chacune de ses inspirations, elle sentait son odeur singulière ; elle se perdait dans son regard troublant mi-or, mi-outremer.

– Euh… Et toi, reprit Hogo, tu n'as personne ?

– Non, moi non plus ; pas en ce moment.

– Pourtant, tu ne dois pas manquer de soupirants…

– Ce n'est pas un problème de quantité, mais de qualité ! Figure-toi que je suis lasse des aventures sans lendemain. J'attends la perle rare… Et, vois-tu, je me demande si…

– Enfin ! les interrompit la voix de Zétide. Vous êtes là, je vous cher…

Le mage les contemplait, bouche bée. Tout à leur

conversation, le Lycante et la chasseresse avaient totalement oublié leur posture. Couchés, l'un sur l'autre, de tout leur long, Lucia au-dessus.

– Hum hum, fit le sorcier d'Arcadie en guise de commentaire.

– On s'entraînait, se défendit Hogo, gêné, en repoussant doucement la jeune femme avant de l'aider à se relever.

– Je vois ça... Sans aucun doute... Ce que je me demande, c'est à *quoi* exactement ?

– Occupez-vous de vos affaires, mage ! répliqua Lucia.

Zétide ne répondit rien mais son regard brillait de malice.

– Tu venais pour quoi, Zét' ? demanda Hogo en se grattant l'arrière du crâne.

Le mage aurait juré que si les Lycantes pouvaient rougir, son ami serait écarlate.

– Vous demander un peu d'aide, leur apprit-il. Nous n'avançons pas très vite à trois.

– Regardez, dit Lucia qui était revenue du côté de la place pour y jeter un œil. Là !

En bas, deux Eldes encapuchonnés tentaient à leur tour de chercher refuge dans le temple. Ils parvinrent à se glisser dans le dos des envahisseurs, longeant précautionneusement les murs, progressant derrière une partie des ballots rangés le long des bâtiments. Ils arrivèrent ainsi jusqu'à la moitié de la place mais, sur le reste du parcours, il n'y avait plus rien pour se cacher. Après avoir hésité un moment, les deux hommes s'engagèrent en terrain découvert.

Ils ne manquaient pas d'audace, ceux-là, pour passer ainsi si près des envahisseurs !

Mal réveillé, un Rakin sortit de sa tente, se gratta l'entrejambe en baillant et se tourna face à eux. Avant qu'il ne réagisse, le premier des Eldes fit un mouvement du poignet et le Rakin s'écroula, la gorge percée d'une dague de jet. L'alerte était donnée et la course s'engagea entre poursuivants et poursuivis. Les deux Eldes disposaient d'une légère avance. Malgré une grêle de flèches, ils réussirent à gagner le parvis. Ayant anticipé leur réussite, les moines avaient entrouvert les portes du temple qui furent refermées et verrouillées sur leur passage.

– Ils ont eu de la chance, estima Lucia.

– Oui, mais ils ont du cran, on ne peut le nier, rétorqua le vieux mage. Bon, allez, venez m'aider ! Priorité à l'Arcane, dorénavant, nous mangerons et dormirons dans la bibliothèque, nous gagnerons ainsi un temps précieux.

Dans le sanctuaire, les moines continuaient leurs tâches habituelles et lorsqu'ils n'avaient plus rien à faire, au lieu de les laisser à la méditation, le père Jonas leur trouvait une nouvelle occupation. Il avait notamment décidé la réfection de tout l'édifice : lessivage puis travail des murs et enfin peinture occupaient les Colombins, qui se couchaient trop fatigués pour songer à leur triste sort. Jonas était venu s'enquérir des progrès de Zétide. Les jurons fleuris du mage le renvoyèrent incontinent dans son bureau.

Zétide ignorait si le roi Hamilton avait pu être prévenu de l'attaque. Il en doutait car le temps passait sans aucun signe des navires vénitiens. Du reste, il n'escomptait nulle aide de la part du roi de Creste. Le souverain ne serait pas à la hauteur des Maûnes. Et tant que la Dalle serait active, ceux-ci disposaient d'un avantage décisif.

Le soir même, après le dîner, les recherches reprirent. Au bout de plusieurs heures, tandis qu'ils commençaient à se lasser, frère Stephan bondit sur ses pieds en agitant un livre épais à couverture ocre et tranche dorée.

– Je l'ai trouvé ! Je l'ai trouvé !

Il brandissait *L'Extimandyr*. Le frère ne tenait pas en place, tout joyeux d'avoir enfin pu se révéler véritablement utile.

Zétide saisit le livre et le compulsa nerveusement, usant du code d'Éras. Il trouva page, ligne et mots. Stupéfait, il vérifia une seconde fois, avant de s'exclamer :

– C'est ici... Vous n'allez pas me croire mais la Glyphe Céleste est *ici* !

– Où, ici ? s'enquit Lucia.

– Dans le temple, crénom d'une rune !

– J'avais compris, figurez-vous. Je demandais où dans le temple *exactement* !

– Là, répliqua tranquillement Ariale, son petit nez chaussé de ses bésicles aux verres irisés.

La cadette des Garamont pointait son index au-dessus de leurs têtes. Dès que Zétide avait évoqué le sanctuaire, elle s'était empressée de se servir du Cœur de l'Ældo pour passer la bibliothèque au crible de ses lunettes magiques. C'est sur la voûte du plafond qu'elle découvrit la Glyphe Céleste, nouvelle composante de l'Arcane.

Aussitôt, Zétide passa ses propres bésicles. Tissées d'or, les lignes de pouvoir luisaient doucement, en composant le canevas commun aux composantes de l'Arcane : ce tracé si particulier, cette symphonie si bien accordée qu'elle réchauffait instantanément l'âme de celui qui l'admirait. Le mage dut s'allonger sur le dos pour le tracé, tellement la Glyphe était grande ; elle couvrait toute la surface de la voûte.

Hogo, Lucia et Frère Stephan contemplaient le plafond sans rien voir, évidemment. Une fois le dessin achevé, Zétide rangea son carnet, ses lunettes et se releva avant d'épousseter sa tunique verte, brodée des deux cercles. Ils se regardèrent tous les quatre, le sourire aux lèvres, le regard complice, heureux, tout simplement heureux.

– Dites, seigneur Hypolus, intervint Stephan d'une petite voix, je pourrais voir la Glyphe Céleste ? *S'il vous plaît ?*

Zétide soupesa sa réponse. Comment refuser à cet homme de bien, si visiblement ému, respectueux, de voir l'Arcane ?

– À condition que vous ne révéliez rien à personne, même au prieur.

– Pas même en confession ?

– Pas même, du moins pas tant que nous serons ici, la quête de l'Arcane est trop importante. Après, vous ferez ce que vous voudrez.

– Je ne dirai rien. Je m'y engage sur l'Équilibre, murmura le Colombin.

Zétide lui prêta ses lunettes. Les mains tremblantes, le jeune moine les chaussa. Puis il leva la tête et dut s'asseoir, terrassé par cette vision si pure, si belle, si achevée. Il resta de longues minutes ainsi, plongé dans le dessin de l'Arcane, extasié. Enfin, il se releva et ôta les lunettes qu'il rendit au mage avec une pointe visible de regret.

– Vous ne savez pas à quel point je vous suis redevable. Merci encore, merci mille fois ! Désormais, quoi qu'il arrive, je ne douterai plus des desseins de l'Équilibre.

Ils sortirent de la bibliothèque, laissant frère Stephan replonger son esprit dans la vision céleste. Ils avaient la Glyphe, à présent ils devaient trouver un moyen d'échapper aux Maûnes et de quitter Venise.

À peine avaient-ils disparu du couloir qu'une forme cachée sous une longue cape sortait de l'ombre et entrait dans la bibliothèque.

* * *

Le visage grimé de noir, Lucia s'approcha du bord de la terrasse. Elle se trouvait sur un des côtés du temple, au-dessus de la ruelle. Les nuages voilaient la lumière lunaire et de la place, elle ne voyait pas grand-chose hormis dans le champ d'action des feux de camp des envahisseurs. La patrouille de Goblins venait de passer, lui apprit Hogo, bien plus à l'aise avec sa vision lycante. Il y en avait trois à se croiser autour du sanctuaire, de jour comme de nuit. Mais à force d'examen, les guerriers avaient constaté que les Goblins faisaient preuve de moins de zèle que les Rakins. Les gardes à peau verte avançaient toujours au même rythme sans penser qu'il était ainsi beaucoup plus facile de déjouer leur surveillance.

Du camp des envahisseurs montaient des clameurs avinées. L'officier sybère avait dû se résoudre à lâcher la bride à ses troupes désœuvrées après cette si courte conquête. Il leur avait accordé quartier libre pour la soirée, ne laissant que le strict nécessaire en faction. Les viandes les plus savoureuses que la ville avait à offrir grésillaient sur les grilles des braseros rougeoyants, les meilleurs vins étaient décachetés et bus à pleines rasades. Goblins et Rakins braillaient, s'agitaient, rendus bouffons, extravagants par la lueur irrégulière des feux.

Ce soir, les Maûnes festoyaient à la santé du souverain de Creste.

– Tu entends ce vacarme, dehors ? demanda Hogo. À nous d'en profiter, c'est le bon moment pour aller faire un tour…

Déroulant dans le vide la corde que Zétide avait empruntée au jardinier du temple, le Lycante l'attacha autour de la balustrade avant de la laisser descendre le long du mur.

Les deux guerriers descendirent sans bruit. Une fois dans la ruelle qui donnait derrière l'édifice des Colombins, Hogo prit la tête. Profitant de ses sens supérieurs, il leur fut aisé de déjouer la vigilance des sentinelles aigries de ne pas profiter du banquet, pour se glisser entre elles et traverser la place sans se faire découvrir.

Passant d'ombre en ombre, de bâtiment en bâtiment, de rue en rue, ils se rendirent jusqu'à l'arche de bois qui marquait l'entrée du port. Dépourvu de sentinelles, celui-ci se révéla presque vide. Seules six embarcations dansaient sur l'onde au rythme des vaguelettes formées par la brise. Allongés dans un massif de thuyas, le Lycante et la chasseresse étudièrent les parages. De grosses pièces de marchandises encadraient les quais, l'ombre régnait presque partout. Hormis la lune, nulle lumière pour éclairer les lieux. Avec cette pénombre, les Maûnes pouvaient se cacher n'importe où.

– Je n'aime pas ça, murmura Hogo, il n'y a aucun garde. Il est impossible que ces embarcations aient été laissées sans surveillance. C'est un appât, j'en suis presque sûr. Mieux vaut ne pas s'approcher…

– Luce ?

– Oui ?

– Pourquoi me regardes-tu ainsi ?

La jeune femme le fixait depuis quelques minutes, le regard un peu flou, comme perdue dans ses pensées.

– Quoi, comment je te regarde ?

– Je ne sais pas, tu as un air étrange…

– Tu dis n'importe quoi ! rétorqua la chasseresse. Viens, allons-nous-en d'ici, peut-être pourrons-nous trouver une embarcation abandonnée.

Comment lui expliquer que dans ce moment d'intimité mâtinée de danger, elle avait été saisie d'une irrésistible envie de se coller contre lui et de goûter à ses lèvres ?

* * *

À l'aube, Zétide se tenait seul sur la terrasse ; ses deux partenaires n'étaient toujours pas rentrés et le mage commençait à s'inquiéter. Les Maûnes n'allaient pas tarder de s'éveiller et la place serait infranchissable. Zétide attendait toujours le signal pour jeter la corde dans la ruelle.

Un bruit de pas derrière lui. Croyant à l'arrivée d'Ariale, il se retourna tranquillement, mais, en face de lui, se tenait Alexien de Trévise, accompagné de l'homme blond, Hagen.

Le Magistère lui adressa un large sourire :

– Surpris de me voir, Hypolus ? Tu ne savais pas que c'étaient nous, hier, les deux hommes à avoir franchi le cordon des Maûnes ? Tu veux en savoir plus ? Un des agents de la Loge m'a prévenu de ton arrivée à Venise, nous avons emprunté un transporteur runique. Mes hommes, hélas pour eux, ont été décimés. Mais j'ai survécu et je suis là, devant toi !

– Tu n'obtiendras rien de moi. Dégage de ma vue, assassin !

– Allons, Hypolus, il n'est plus temps de nous quereller. Je sais que tu détiens le tracé de la Glyphe, Hagen s'est chargé de faire parler le bibliothécaire. Je le veux, avec ton précieux carnet. Et tu vas m'expliquer comment tu as fait pour lire la rune. Hagen n'a rien vu sur le plafond.

– Tu ne crois tout de même pas que je vais t'obéir ?

– As-tu le choix ?

– Je t'ai vaincu lors du duel, rétorqua Zétide. Je pourrais recommencer…

Les prunelles du Magistère flamboyèrent à l'évocation de sa déroute. Il se reprit d'un mauvais sourire.

– Peut-être, mais la magie ne fonctionne pas, j'ai encore vérifié ce matin, et Hagen saura te maîtriser. Ne fais pas le malin, Hypolus. Ton stratagème a marché la dernière fois, Hagen s'y est fait prendre, mais moi je saurai reconnaître l'Arcane.

De la ruelle s'éleva l'appel de l'engoulevent, comme

convenu. Zétide regarda la corde posée sur la balustrade. Alexien intercepta le coup d'œil et ricana :

– Tes amis semblent s'impatienter, tu devrais peut-être leur lancer cette corde. Vas-y, je t'en prie, ce serait dommage que les Maûnes les découvrent, non ?

Mais Hagen dépassa le Magistère et se rangea entre la corde et le sorcier d'Arcadie.

– Donne d'abord le carnet à Hagen et tu pourras aider tes amis. Oh, regarde, une patrouille se dirige par ici !

L'appel résonna une nouvelle fois, teinté d'urgence. Sur la place, les Maûnes commençaient à s'éveiller ; les Goblins sortant de leurs tentes en se grattant furieusement les aisselles ou le fondement, les Rakins en s'étirant langoureusement. Une patrouille s'engagea dans la ruelle.

D'un geste lent, Zétide sortit son carnet et le tendit à l'homme blond. Une main devant lui, l'autre cachée dans son dos, Hagen avança sur le mage, un air engageant plutôt réussi plaqué sur le visage. Zétide en savait assez sur les arts martiaux pour savoir que c'est de la main cachée dont il fallait se soucier. Face à ce guerrier bien plus jeune que lui, il ne tiendrait pas longtemps. Il n'aurait qu'une chance, il devait frapper vite et fort. Au moment où leurs mains allaient se toucher, le mage laissa tomber le carnet. Instinctivement, Hagen baissa les yeux pour suivre la chute. Zétide lui asséna un coup de tête sur la tempe, l'assommant à moitié. Il le poussa violemment sur le côté et courut jusqu'au bord de la terrasse. D'un revers de la main, il fit glisser la corde dans le vide. À quatre pattes, Hagen tâtonnait pour récupérer sa matraque lestée, Zétide se rua sur lui et lui flanqua un grand coup de pied dans la figure.

La corde se tendait à présent, signe que quelqu'un y montait. Alexien sortit une dague de sa manche et se jeta sur Zétide, lame dressée. Zétide prit l'arme à pleines mains et la détourna. De l'autre, il saisit le poignet d'Alexien qu'il tordit pour lui faire lâcher prise. Les deux hommes s'empoignèrent à bras-le-corps. Le corps échauffé par les flux de l'adrénaline, le mage prit le dessus, forçant le Magistère à se courber en arrière au-dessus de la balustrade.

Couché sur le dos, Hagen commençait à reprendre ses esprits.

– Tu veux le pouvoir, hein Alex' ? crachait Zétide. Tu veux régner ? Eh bien, va leur demander, à tes *amis* les Maûnes, va leur demander le pouvoir qu'ils t'ont promis !

Zétide repoussa la main du Magistère qui tentait de lui crever les yeux, empoigna l'arrière de ses genoux et, sans hésiter, il bascula Alexien par-dessus la rambarde. Le Magistère tomba dans le vide. Il eut cependant la chance, ou l'infortune, de tomber sur un tas de marchandises bien rembourrées, rangées contre le mur, qui amortirent sa chute. Une main jaillit du vide, puis la chevelure nattée de Lucia qui finit par mettre pied sur la terrasse. À peine vit-elle Hagen qu'elle dégaina Rhisiart de son fourreau d'épaule.

L'homme blond se trouvait en infériorité numérique et encore sonné par la bagarre. Préférant rejoindre son chef plutôt que d'affronter l'épée et la détermination de Lucia, il bondit sur la balustrade et sauta sur les ballots.

La tête du Lycante apparut à son tour et d'un rétablissement, il rejoignit ses camarades avant de remonter la corde. La patrouille des Maûnes arrivait au coin de la ruelle, la moitié du groupe fouillant chaque maison au passage.

– J'ai bien vu ce que j'ai vu ? s'étonna le guerrier-loup.

– Oui, Alexien et son dogue. Et cette fois, je ne crois pas qu'ils s'en sortiront ; comme moi, Alexien est privé de sa magie.

Ayant atterri sans dommages, le Magistère et son adjoint hésitèrent sur la conduite à tenir. Étant démasqués, ils ne pouvaient rentrer dans le temple. Ils devaient s'abriter, à tout prix. Leur seule échappatoire se trouvait de l'autre côté de la place. Il fallait passer devant la Dalle et devant les Maûnes.

Avant qu'ils ne puissent prendre une décision, derrière le temple, au coin de la ruelle, déboucha la patrouille.

L'un des gardes poussa un glapissement aigu pour donner l'alerte. Le camp s'éveilla totalement, les guerriers jaillissant de leurs tentes, à peine habillés mais leurs armes à la main. Les deux Eldes étaient cernés. Toutefois, Alexien ne montrait nulle peur, il conservait son maintien fier, si sûr de lui. D'un ton autoritaire, il exigea d'être conduit à leur chef, le Haut-Général.

Les envahisseurs hésitèrent à l'attaquer, désarçonnés par l'autorité et la confiance qui émanaient de l'Elde. Le Magistère réitéra sa demande, la voix sèche. Les Maûnes se regardèrent puis l'un des Rakins se décida à trotter sur ses sabots pour aller quérir son maître. Impeccable malgré l'heure matinale, sa cape sur les épaules, l'hermaphrodite arriva quelques minutes plus tard, entouré de ses gardes du corps.

Imperturbable, Layshan détailla les deux hommes. Le grand brun barbu, qui pointait fièrement le menton, les mains posées sur les hanches, et l'autre, le blond qui ne parvenait pas à cacher sa nervosité.

– Que veux-tu, Elde ? Qu'as-tu à dire avant que je ne te fasse écorcher ?

– Je suis un allié, je me nomme Alexien de Trévise. Je viens vous apporter mon aide.

Le Haut-Général émit un rire distingué au timbre flûté.

– Ton aide ? Ton aide pour quoi ? À quoi pourrais-tu bien me servir ?

– Je suis en contact avec l'un de vos officiers, le Haut-Général Naklos Cornes-Tonnerre. J'ai des informations cruciales à lui transmettre ; des informations qui intéresseraient fortement le Shaddak-Llogo'th ! Je dois absolument rejoindre Naklos. Laissez-moi utiliser la Dalle.

– Et je dois te croire comme cela, sur ta bonne mine ? Non, Humain, nous n'allons pas faire comme ça… Tu vas me donner cette information capitale selon toi, et après peut-être que je t'autoriserai à franchir cette Dalle pour rejoindre ton Naklos.

Le Magistère hésita pour la première fois. S'il parlait, il perdait son principal atout. Mais s'il ne parlait pas, le Sybère le ferait sans aucun doute torturer, il le lisait clairement dans les yeux de l'hermaphrodite. Il se lança :

– Voilà… Je sais où se trouve Hypolus d'Arcadie. Dois-je vous rappeler que votre maître désire sa capture *à tout prix* ?

Dès lors, l'attention du Sybère se fit plus précise :

– Où est-il ? Parle !

– Si je vous le dis, vous me garantissez que vous me laisserez emprunter la Dalle, et rejoindre le Haut-Général Cornes-Tonnerre ? Vous me fournirez une escorte ?

– Oui, cela en vaut la peine. Ne crains rien, je le jure par le nom de mes ancêtres !

Visiblement, Alexien hésitait encore à livrer son information, néanmoins il céda.

– Il est là… Derrière nous, dans le temple de l'Équilibre…

Et il montra la terrasse du doigt.

– Crénom d'une rune, le *salopard* ! jura Zétide tout en reculant instinctivement.

* * *

– Vraiment ? Si près… Comme c'est intéressant !

L'attention de l'hermaphrodite se détourna d'Alexien pour se fixer sur les murs du sanctuaire, qu'il évalua.

Au bout d'une longue minute, Leyshan revint à son interlocuteur. De son visage de madone, il°elle lui adressa un sourire inquiétant. Placé en retrait du Magistère, Hagen ne put s'empêcher de déglutir.

Alexien regardait le Haut-Général maûne, partagé entre la confiance et l'inquiétude. Leyshan mit fin à cette incertitude.

D'une seule main, le Sybère releva la pointe de sa lance jusqu'ici pointée négligemment vers le sol. Sans prévenir, la lame en forme de feuille perça la glotte du Magistère. Le Sybère accentua sa prise et la lame pénétra plus avant, pénétrant la chair tendre d'Alexien. Celui-ci hoqueta, se tendit désespérément sur la pointe des pieds pour se soustraire à la piqûre insoutenable. Il agrippa la hampe de l'arme des deux mains sans parvenir à défaire l'étreinte de Leyshan. Le sang coulait librement de la blessure, maculant sa cape et le devant de sa belle tunique chamarrée.

Le regard luisant d'un feu paniqué, Alexien tenta de dire quelque chose mais seuls des gargouillis sortirent de sa bouche.

– Vous aviez juré ! croassa Hagen, s'exprimant à la place de son maître.

– J'ai juré, en effet, se gaussa l'hermaphrodite, mais je n'ai jamais assuré que tu partirais d'ici *vivant*. Certes, tu franchiras bien la Dalle avec une escorte pour rejoindre Naklos, mais c'est ton cadavre qu'on lui livrera. Chien d'Humain ! Sache que s'il y a bien un Maûne que j'exècre, c'est ce sniagg' de Cornes-Tonnerre ! Pauvre naïf, tu ne croyais tout de même pas que j'allais te laisser partir ? Que j'allais gentiment transmettre une révélation d'une telle valeur à mon plus grand rival à la cour du Maûne ?

Les envahisseurs raillèrent la détresse du mage. Lucia s'écarta de la balustrade. Zétide, dont la jeune femme avait pansé la main, ne quittait pas le Magistère des yeux, les mâchoires serrées. Cependant, aucune compassion ne se lisait dans ses prunelles.

Alexien avait le regard trouble, à présent. Leyshan détailla sa souffrance avant de s'en lasser. Il donna un coup sec à son arme qu'il retourna dans la plaie, ôtant la vie du Magistère.

À peine Alexien était-il mort, que des Rakins se ruèrent sur Hagen, le rouant de coups avant de le désarmer. Inconscient, l'homme blond fut déshabillé et emmené dans le bâtiment dévolu au général pour être lié sur le chevalet de torture.

Le Sybère tint parole. La dépouille du mage fut roulée dans une enveloppe de toile huilée et convoyée par une quinzaine de Rakins qui disparurent par la Dalle afin de livrer leur macabre colis.

Le Sybère se mit à fixer la terrasse et il salua gracieusement. D'une voix haute et claire, emplie de jubilation, il déclara :

– Hypolus, je décide de t'accorder encore un peu de répit. Tel est mon bon plaisir. Je t'accorde *un* jour pour te livrer. Passé ce délai, je viendrai te chercher et je massacrerai les Colombins ; tu auras leur mort sur la conscience. Profite de ce délai pour songer à ce qui t'attend, si tu ne viens pas de toi-même !

Et l'hermaphrodite regagna ses quartiers. Les cris d'Hagen, supplicié, ne tardèrent pas à s'élever. Certains Maûnes restèrent un moment sur place à se moquer des Eldes prisonniers dans le temple mais leurs quolibets, leurs menaces n'avaient rien de la portée des sentences de leur supérieur.

Ébranlés, les compagnons quittèrent la terrasse.

Frère Stephan fut retrouvé le corps et le visage tuméfiés, mais bien vivant. Heureusement, Hagen n'avait pas osé tuer un Colombin dans son propre sanctuaire. Transporté à l'infirmerie, le jeune moine se remettait de l'interrogatoire musclé de l'homme blond.

* * *

Après un déjeuner vite expédié – ils n'avaient pas le cœur à manger – Hogo les convoqua dans la cellule austère que le prieur lui avait allouée.

–La chose est évidente, nous devons partir avant la fin de l'ultimatum.

–Et comment ? À la nage, peut-être ?

–Non, nous allons devoir entreprendre quelque chose que, dans d'autres circonstances, j'aurais jugé insensé. Mais je ne vois pas d'autre solution ; le temple ne tiendra pas.

–Qui est ?

–De tenter une sortie et, si possible, d'éliminer leur chef, expliqua le guerrier lycante. Et je vais m'en charger ; pendant que j'occuperai les Maûnes, tous les trois, vous tenterez votre chance en passant de l'autre côté de la place. Si j'arrive à tuer leur officier, ses guerriers devraient être désorganisés… Assez longtemps pour que vous puissiez voler une embarcation et quitter l'île. Ils ne doivent certainement pas s'attendre à être attaqués.

–Vous ? dit Lucia. Tu as dit « vous ». Cela veut dire que tu ne comptes pas nous rejoindre ?

–Mais si, voyons ! Nous n'avons qu'à nous fixer un rendez-vous devant le port, à l'endroit où nous sommes cachés, toi et moi.

–Non, Hogo, tu mens très mal. Ce que tu prévois en vérité est de te sacrifier pour nous ! Tu vas combattre les Maûnes jusqu'à ce qu'ils te tuent, juste pour nous permettre de fuir.

Pas plus que Lucia, Zétide et Ariale ne paraissaient apprécier le sacrifice de leur compagnon.

–Tu vois un autre moyen, peut-être ?

–Oui. Je viens avec toi. À deux, nous pourrions bien

réussir ce que tu as proposé. Je ne te laisserai pas combattre sans me trouver à tes côtés. Et si je viens avec toi, je sais que tu ne feras pas de folie. Tu seras forcé de me protéger.

– Pour une fois, je dois admettre que je suis d'accord avec Lucia, ajouta Zétide. Il est hors de question que tu te sacrifies pour nous, Hogo. N'as-tu pas déjà abandonné tant de choses pour la Quête ? Je refuse que tu donnes ta vie !

– Vous n'avez pas le droit de nous abandonner, Hogo, ce serait indigne de vous ! renchérit Ariale qui ne cachait pas son mécontentement.

– D'accord, d'accord, j'ai compris, admit le guerrier, levant ses paumes en signe de conciliation. Calmez-vous, tous les trois.

– Bien, puisque c'est entendu, il ne nous reste plus qu'à mettre au point notre attaque, décida Lucia.

Alors que les deux guerriers se préparaient et qu'Ariale allait prendre des nouvelles de frère Stephan, Zétide décida d'aller voir le prieur dans son bureau pour évoquer l'ultimatum proféré par le Sybère.

– Père Jonas, que comptez vous faire à présent ? Les Maûnes vont attaquer le temple, ce n'est plus qu'une affaire d'heures. Et aucun secours ne nous viendra de l'extérieur, croyez-moi !

– Mon cher Zétide, je vais prier. Et si je m'adresse à Lui avec assez de foi, l'Équilibre entendra mes paroles. Il se manifestera pour défendre le temple, j'en suis convaincu !

– Crénom d'une rune, vous croyez que c'est la *prière* qui va vous sauver ? demanda Zétide, sans cacher son incrédulité.

Mais le prieur ne se démonta pas :

– Tout à fait, assura-t-il. J'ai la foi, mon cher Hypolus. Vous-même ne devriez pas douter… Et certainement pas de mes croyances.

– Tant que vos portes tiennent, vous pouvez invoquer le soutien spirituel mais lorsque les Maûnes se décideront à les enfoncer, alors que ferez-vous ?

– Je vais solliciter un miracle de l'Équilibre, répéta le prieur.

– Oui, c'est ça, mon père, surtout, faites ça ! Cela va faire toute la différence. Eh bien sachez que nous, nous n'allons pas nous contenter de *prier* ! grinça Zétide. Bonsoir !

– Bonsoir, Hypolus, que l'Équilibre vous soutienne dans vos projets.

Resté seul, le prieur se leva de son fauteuil pour aller regarder par la fenêtre, songeur. Le lac avait l'air si paisible, alors que l'enfer régnait à quelques toises.

Jonas quitta son bureau et se rendit jusqu'au prie-Dieu jouxtant son lit. Il s'agenouilla avec précaution, joignit les mains et se mit à prier avec toute la ferveur dont il était capable.

***

Une lueur blême apparut à l'horizon, annonçant l'arrivée du jour. Fidèle à ses habitudes, la brume moutonneuse recouvrait la cité. C'était l'heure où les sentinelles allaient bientôt être remplacées, le moment où la fatigue se faisait le plus sentir, où la vigilance se relâchait.

Leur plan avait été établi dans la simplicité. Sans le secours des runes, Zétide n'aurait que peu de poids dans un combat de la sorte, il resterait donc à veiller sur Ariale. Si le raid tournait mal, Zétide avait convenu avec Hogo qu'il se jetterait à l'eau avec la fillette et tenterait de s'enfuir à la nage. Le mage avait prévu d'utiliser une porte comme radeau de fortune. Ils avaient également convenu d'un point de rendez-vous à Flore, au cas où…

Cette tentative semblait désespérée, ils ne l'ignoraient pas. Mais c'était toujours mieux que d'attendre que les Maûnes enfoncent les portes. Au moins, en tentant une sortie, ils s'offraient une maigre chance. Et puis lequel de leurs ennemis pourrait imaginer une telle folie ? Deux guerriers s'attaquant à un régiment entier !

Zétide laissa Lucia et Hogo se concentrer. Le Lycante et la chasseresse se regardèrent gravement. Chacun puisant sa force dans le regard de l'autre. Jamais ils ne s'étaient sentis si proches. Chacun pouvait lire l'affection sincère, le respect réciproque, et quelque chose de plus, de nouveau, qu'ils avaient peur de comprendre. Lucia aurait voulu se jeter dans les bras de son partenaire, mais elle était trop émue pour faire le moindre geste.

Hogo poussa une forte inspiration et souffla :

– Allons-y.

Devant les escaliers qui menaient à la terrasse, les compagnons eurent une surprise. Les y attendaient les Colombins. Dans leurs simples tuniques de laines, leur armement hétéroclite à la main, prélevé sur les outils du potager, ils ne présentaient pas une force bien impressionnante ; pourtant leurs mains ne tremblaient pas et leurs traits brillaient de détermination.

– Vous n'irez pas tout seuls, mes frères et moi venons avec vous, annonça le prieur.

Son sourire n'avait plus rien de bonhomme ou de pataud, et ce qu'il sous-entendait n'avait rien de pacifique. Il allait parfaitement avec le marteau de guerre qu'il tenait entre ses grosses mains. Avisant l'étonnement de Zétide devant une telle arme, il ajouta :

– Eh oui, Hypolus, je n'ai pas toujours été moine. J'ai servi dans le régiment des Marcheurs Gris, sous le commandement du chevalier Martin de Gavaldas.

Le père Jonas ajouta, l'œil pétillant :

– J'ai demandé un miracle, je n'ai nullement dit que

j'allais me contenter de rester assis à classer mes parchemins !

– Et votre miracle, il est où ? s'enquit le mage, peu convaincu.

Le prieur leva son index épais et annonça avec un sourire qui étira son large visage :

– Vous verrez, l'Équilibre a entendu mes prières !

– Bien. Alors, voilà comment on va procéder, intervint Hogo. Laissez-nous nous occuper des sentinelles postées autour du bâtiment. Le brouillard empêchera les autres de vous voir sortir.

Les deux guerriers rejoignirent la terrasse. Après avoir constaté que la voie était libre, ils descendirent dans la ruelle grâce à la corde, que remonta ensuite Zétide.

Une fois en bas, Hogo et Lucia se séparèrent pour éliminer les gardes maûnes. Leur plan de bataille établi, ils savaient parfaitement quoi faire. Chacune de leurs cibles avait été définie.

Une fois les gardes occis, au signal convenu du Lycante, les moines ouvrirent les portes en silence, juste ce qu'il fallait pour se faufiler au dehors, ce qu'ils firent en rampant pour augmenter leurs chances de ne pas être repérés. De l'autre côté de la place, des tentes des Goblins et des Rakins s'élevaient un concert de ronflements sonores ou rauques.

Lucia contempla le ciel livide et constata qu'en vérité s'y passait quelque chose d'étrange. De lourds nuages allongés, renflés, tels des cétacés vaporeux, arrivaient en droite ligne pour survoler Venise, traversés d'éclairs blancs, hachurés et silencieux. Leur teinte violette était sombre, trop sombre, auréolée d'un mystérieux, d'un étonnant orange foncé. Comme doués d'une volonté propre, les nuages arrivèrent au-dessus de l'île et s'y stabilisèrent. Immédiatement tomba une pluie légère et vaporeuse. À l'abri dans l'embrasure d'un immeuble, les deux guerriers regardèrent quelques instants le ciel pleurer.

– Ce fameux miracle, tu crois que c'est ça ? demanda la chasseresse.

– Ne comptons pas trop sur ce genre de choses. Viens, nous avons à faire.

L'averse fine gagna en intensité, chassant la brume, battant la mesure de ce qui serait peut-être leur dernier combat. Alors qu'ils avançaient vers les envahisseurs, la chasseresse se rendit bientôt compte que le miracle paraissait réel. Non seulement la pluie battante masquait leur approche mais, en plus, elle ne les mouillait pas. La magie était à l'œuvre.

Lorsque les Maûnes finirent par se rendre compte de l'arrivée des guerriers, c'était trop tard, Lucia et Hogo étaient déjà sur eux.

Lucia et Rhisiart ne faisaient qu'une. La jeune femme se laissait porter par son instinct guerrier. Les silhouettes de ses ennemis apparaissaient devant elle au ralenti et, si la pluie épargnait les Eldes, elle mouillait bien les Maûnes, dont les contours s'éclairaient du même rai orange que le halo des nuages. Rendus flous par le rideau liquide mais nimbés d'orangé, les Maûnes paraissaient changés en fantômes. Ils étaient pourtant bien réels et leur haine de l'Elde était palpable. Lucia les frappait sans merci d'estoc ou de taille, infiniment plus vive, et ses ennemis s'effaçaient en hurlant de douleur. La guerrière put ainsi se rendre compte que le miracle invoqué par le père Jonas s'était réellement produit : la pluie s'infiltrait sans merci dans les blessures des envahisseurs, se mélangeait à leur sang pour alors se transformer en acide. Ils arrivaient sur elle en vociférant, saignaient lorsque Rhisiart les entaillait et brûlaient de l'eau du ciel. De temps en temps, Lucia entendait les grondements agressifs d'Hogo qui bataillait non loin. Elle l'apercevait parfois du coin de l'œil, entendait le choc de son kethan qui repoussait l'acier ou qui cinglait la chair, le son des lames d'ivoire qui découpaient les adversaires, engendrant des cris d'agonie. Mais plus encore, elle *sentait* à présent un lien les unir et *savait* parfaitement où il se trouvait.

Pas une fois, elle n'hésita pas, ni ne cessa d'avancer. Ses gestes, ses attaques, ses esquives avaient une assurance hors norme, terrifiante ; elle était dans un état second, prévoyait ses coups à l'avance. Surnaturelle alliée, l'eau qui tombait du ciel combattait à ses côtés, se collant aux Maûnes pour mieux les alourdir, achevant ceux que se contentait de blesser la jeune femme.

Derrière le guerrier-loup et la chasseresse, les Colombins faisaient leur part. Dans des circonstances normales, jamais les moines n'auraient pu s'opposer aux Maûnes, mais le miracle accordé par l'Équilibre avait eu lieu, galvanisant les moines, renforçant leurs bras et leur foi. Ils n'hésitaient pas à troquer leur armement de fortune contre les armes supérieures des Maûnes abattus. Sept d'entre eux s'armèrent des arcs goblins et couvrirent leurs frères de leurs flèches. Sur les ordres du Prieur, les autres avaient adopté une formation en coin dont il tenait la pointe. À lui seul, de son marteau de guerre, Jonas abattit une bonne vingtaine de Rakins ou de Goblins. Tel un ours courroucé, dressé sur ses pattes arrières, sa robuste silhouette dominait les Maûnes qu'il fracassait de son arme en poussant des “han ! ” sonores. Les autres moines restaient derrière lui, avançant de concert, frappant sans hésiter les adversaires qui passaient à leur portée et se replaçant aussitôt dans la formation. Ainsi, chaque Colombin pouvait bénéficier du soutien de ses voisins. Alors que les Maûnes, désorientés par la colère du ciel, attaquaient sans véritable unité, que la pluie aveuglait les archers goblins qui devaient se résoudre à tirer le sabre alors qu'elle ne gênait nullement les Colombins.

Alertés par les clameurs de la bataille, tous les Maûnes basés sur l'île, convergeaient sur la place pour mourir, leurs blessures crépitant sous la pluie acide. Jamais ils n'avaient connu pareille déroute devant si peu d'opposants.

Hogo et Lucia continuaient leur progression vers le bâtiment à deux étages où s'abritait le Haut-Général. Depuis le début de la bataille, ni l'un ni l'autre n'avaient pris le temps de reprendre leur souffle. Ils étaient trempés de sueur, mais n'étaient pas atteints par la pluie surnaturelle qui ne touchait que les Maûnes. Emportés par la transe du Guerrier, concentrés à l'extrême, ils ne réfléchissaient pas, se contentant de passer d'un ennemi à l'autre, sans jamais s'arrêter ni reculer. Ils ne se préoccupaient pas de ce qui se passait derrière eux, laissant aux Colombins le soin de couvrir leurs flancs et leurs dos.

En retrait, debout sur le perron de son quartier général, le Sybère tentait d'organiser ses troupes mais le bruit de la pluie noyait ses ordres. L'officier maûne avisa l'arrivée du Lycante et de la chasseresse. Il s'alerta également de l'incapacité de ses hommes à les arrêter. Leyshan semblait avoir compris qu'à ciel ouvert, il serait amoindri. Ne pouvant affronter la colère qui coulait du ciel, il délaissa ses troupes, préférant miser sur sa propre survie. Il fit volte-face et rentra dans un bâtiment avec sa garde rapprochée. Lucia le repéra et s'empressa d'avertir son camarade. Le guerrier-loup opina avant d'effectuer une botte rapide de son kethan pour abattre un Rakin qui avait cru pouvoir le surprendre par-derrière. À eux deux, ils exécutèrent les derniers soldats qui tenaient l'entrée du bâtiment.

Le gros des forces maûnes avait été vaincu, emporté par la mort. Il n'y avait plus d'autres ennemis à combattre que le Sybère et ses gardes du corps. La Dalle serait le point de ralliement des envahisseurs qui pouvaient rester dans Venise mais les frères escomptaient bien leur en interdire l'accès. Ils s'empressèrent de se positionner derrière une série de caisses et de ballots, préparés à recevoir ceux qui risquaient de surgir du restant de l'île.

– Attends ! s'exclama Hogo, dissuadant la chasseresse d'entrer dans le quartier général.

Il se baissa sur un genou et passa prudemment la tête dans l'encadrement, au ras du sol.

– Je vois trois Brans au fond de la salle, ils nous attendent. Je prends à gauche, toi à droite ; attention à ne pas nous gêner. Avant d'y aller, souviens-toi de Kalch'ak, Luce. Ce n'est pas le moment de jouer à l'héroïne, tu restes à mes côtés.

La chasseresse opina gravement. Mais avant de rentrer dans le bâtiment, le guerrier-loup redescendit les escaliers du perron, souleva la dépouille d'un Rakin qu'il porta jusqu'à l'entrée.

– Tu es prête ?

Lucia opina. Hogo plaça le corps du Maûne dans l'embrasure. Deux étoiles d'acier dentelé jaillirent de l'intérieur pour frapper le cadavre. Aussitôt Hogo rejeta le Rakin et roula dans la pièce, suivi par Lucia.

* * *

En face d'eux, dans une pièce qui semblait être un préau au sol de bois ciré, à l'ameublement dépouillé, se tenaient les trois Brans. Contre un mur, quelques sacs remplis de butin avaient été entassés. À côté, un fauteuil maculé de ce qui semblait être du sang. Le siège des torturés, sans doute. Les deux Eldes avancèrent en parallèle.

– Un et Deux pour moi, annonça Hogo.

– Trois pour moi, répondit Lucia, les maxillaires serrés.

C'est ainsi qu'ils désignaient leurs cibles respectives.

Les Brans les accueillirent avec un rictus. L'un d'eux lança sur le Lycante sa propre étoile de jet mais, d'un mouvement vif de son bâton, le guerrier-loup détourna l'arme qui alla se ficher dans un mur.

Lucia engagea le guerrier le plus à droite tandis que son compagnon se chargeait des deux restants. L'aînée des Garamont affrontait un adversaire plus coriace que les Maûnes du dehors. Le Bran et la jeune femme semblaient de force égale, tout aussi rapides, aussi désireux de vaincre. Lucia avait beau tenter de percer la garde du Bran, celui-ci tenait bon. L'épée frappait l'épée ou fouettait le vide. Elle attaquait, il se défendait avant de reprendre l'offensive, la faisant reculer à son tour.

*Apprends de tes erreurs*, avait dit Hogo. Saisie d'inspiration, la chasseresse usa du stratagème que Kalch'ak avait pratiqué sur elle. Elle profita d'un assaut du Bran pour laisser une brèche dans sa défense. Le Maûne s'y engouffra, l'épée dirigée sur son ventre offert. Lucia repoussa la pointe de sa lame juste ce qu'il fallait pour enrouler l'arme de l'autre dans la sienne, effectua une torsion et redressa Rhisiart, faisant voler l'épée du Bran. Celui-ci dégaina aussitôt une dague de sa botte mais la jeune femme devança son mouvement. Elle brisa la distance qui les séparait, tout en inversant la prise de son épée. Pointée vers le bas, la lame runique de la chasseresse se planta dans le pied du Bran qu'elle cloua au parquet. Le guerrier tenta de l'embrocher de sa dague, mais le pied cloué au sol, il ne put se fendre avec assez d'amplitude. Lucia bondit de côté, passa derrière lui sans qu'il puisse rien faire et de son coutelas lui trancha la gorge. Après quoi elle essuya et rengaina son arme, reprit Rhisiart qui se laissa retirer du parquet sans faire la moindre difficulté.

Pendant ce temps, Hogo affrontait les deux autres guerriers en poussant ses habituels grondements sourds.

Il leur laissait l'initiative, les laissant s'épuiser dans une série d'attaques qu'il se contentait de parer, glissant, tournant, se déplaçant toujours afin d'éviter d'être pris en tenaille. *Temps fort, temps faible*. Lorsqu'il jugea que leurs gestes se faisaient moins vifs, il contre-attaqua. Son kethan traça un « V » dans l'air et l'une de ses lames en ivoire de griffon ouvrit le torse du Bran de part en part. Son autre adversaire contre-attaqua, l'obligeant à baisser la tête pour éviter un coup de taille. Son bâton virevoltant autour de lui, Hogo prit appui sur sa jambe droite, se redressa et son arme vint parer une attaque descendante. Le kethan du guerrier lycante détourna l'assaut, fit un tour complet sur lui-même avant d'aller se ficher la pointe en avant dans la cuisse du Bran. La seconde lame d'ivoire conclut l'estocade en remontant sous le menton du Maûne pour lui clouer le palais.

La pièce nettoyée, Lucia jeta à son partenaire un regard interrogateur. Les oreilles frémissantes du Lycante perçurent un craquement à peine audible provenant du plafond. Du menton, il désigna l'escalier qui menait à l'étage supérieur. Le guerrier en premier, ils s'y engagèrent en redoublant de précaution.

Les attendait une pièce sombre dont les Maûnes avaient éteint les lampes pour gêner leurs adversaires. Faible et blême, la lumière du ciel tourmenté provenait de lucarnes à moitié obstruées. De longues tapisseries pendaient du plafond jusqu'à presque toucher le sol, non pas fixées au mur mais au contraire suspendues dans toute la pièce, à intervalles réguliers, créant un dédale obscur. Leurs ennemis pouvant se cacher derrière n'importe laquelle des tapisseries, ils se séparèrent, chacun longeant un mur.

Lucia y voyait à peine. Elle avança l'épée devant elle, veillant bien à avancer en posant d'abord la tranche extérieure de son pied.

Plutôt que d'écarter doucement les tapisseries qui gênaient son passage, elle préférait les contourner, ce qui l'amena à s'écarter du mur. Bientôt, elle perdit toute notion d'espace. Elle palliait sa vue déficiente, ou du moins tentait de le faire, en se concentrant sur ses autres sens. Elle avançait doucement, tout doucement, s'arrêtait pour écouter et repartait au ralenti. Un point douloureux contractait ses omoplates à mesure que la tension montait. Elle avait l'impression diffuse que les Maûnes la voyaient parfaitement, qu'ils étaient en train de l'encercler et que, d'une seconde à l'autre, ils allaient l'assaillir.

Une odeur lui chatouilla les narines, épicée. Ce n'était pas celle d'Hogo, bien différente. D'ailleurs, la chasseresse savait instinctivement où se situait le Lycante, plus loin, sur sa droite. Elle n'hésita pas. Tournant sur elle-même, elle traça un large cercle de sa lame au niveau de son torse. L'acier runique des Nains fendit une tapisserie et la poitrine du guerrier qui se tenait tapi derrière, prêt à la surprendre. Celui-ci s'écroula en poussant un bref gémissement d'agonie.

Sur sa droite éclata le bruit d'une lutte. Deux corps qui roulaient au sol. La chasseresse percevait le souffle d'air provoqué par les tentures déplacées, la respiration rauque du Bran et ses imprécations, le grondement vindicatif du guerrier-loup et le glissement des adversaires sur le parquet. Elle n'y voyait pas assez pour intervenir. De plus, elle ne savait pas si un autre ennemi ne se cachait encore à l'étage. D'après son décompte, en plus de celui qu'affrontait son partenaire, il restait deux Maûnes, en comptant le Sybère. Lucia ne savait pas quoi faire pour aider Hogo. Elle ne pouvait intervenir, elle ne pouvait parler sans risquer de révéler sa position et le bruit du combat l'empêchait d'entendre autre chose.

Mais son atermoiement prit bientôt fin. Un corps à corps d'une telle âpreté ne pouvait durer bien longtemps. La jeune femme sursauta et faillit lâcher son épée lorsque le son caractéristique des vertèbres que l'on brisait claqua dans la pièce comme un fouet, signifiant la fin du combat. La chasseresse n'osait appeler, elle n'osait non plus imaginer comment elle vivrait la mort du Lycante.

Un raclement de gorge se fit entendre, puis la voix étouffée de son compagnon.

– Luce ?

– Hogo, murmura la jeune femme en retenant un soupir de soulagement ; tu n'es pas blessé ?

– Rien de grave. Je l'ai eu mais j'ai bien cru qu'il allait réussir à m'étrangler. Et toi ?

– Je vais bien… J'en ai eu un moi aussi, lui apprit la jeune femme.

– Alors il ne reste qu'un Bran et le Sybère. Je sens qu'ils ne sont pas dans la pièce. Nous sommes au dernier étage, il ne reste que le toit…

– S'ils décident de combattre sous la pluie, ils risquent de le regretter, ces imbéciles !

– Tu sais Luce, certains Maûnes sont loin d'être stupides et je pense que c'est le cas de celui-ci. Il a laissé les autres nous retarder pour mieux choisir le terrain sur lequel nous affronter.

La pièce se terminait par un dernier escalier qui donnait sur une terrasse aussi vaste que celle du temple, sauf qu'ici elle était protégée par un long et large auvent de teck, supporté par huit piliers. En son milieu, abrité de l'orage surnaturel, se tenait l'hermaphrodite, habillé(e) de son costume de cuir moulant, la hampe de sa lance appuyée contre le sol. Il°elle attendait, tranquille et fier(e). Aucun signe du Bran restant. Au-delà de l'auvent, la pluie magique continuait de tomber, alliée à des éclairs fusants qui éclairaient le gris foncé du ciel de traits hachurés d'un blanc éclatant, nervuré d'orangé.

Ils sortirent et avancèrent, un pas après l'autre, Hogo en léger retrait. Lucia put constater une nouvelle fois que, sensation déconcertante, la pluie magique ne les mouillait pas. Ils eurent beau vérifier la terrasse, il n'y avait aucune trace du dernier Bran. Avait-il fui ou était-il caché en train de les épier pour mieux les surprendre ?

D'un coup d'œil, ils se décidèrent à rejoindre le Sybère. C'est alors que le Bran se laissa tomber des solives de l'auvent sur lesquelles il se tenait agrippé, leur coupant la retraite. Une ancienne balafre découpait son visage en diagonale, déparant sa beauté languide. Vêtu du même genre de tenue que son chef, il avait les épaules larges et les hanches fines de l'épéiste accompli. Il tenait non pas une lame, mais deux, des sabres légèrement recourbés, à fines dentelures.

Aussitôt, les deux Maûnes s'élancèrent sur les Eldes, chacun de son côté. La complainte brute de l'acier se mit à résonner, couvrant le bruit de la pluie.

S'engagea un combat à quatre, un ballet sans fin, constamment renouvelé. Tour à tour, la chasseresse affrontait le Sybère ou le Bran, les couples de duellistes se faisaient et se défaisaient pour se recomposer à nouveau, au fil du duel. Un observateur n'aurait vu qu'une mêlée confuse aux engrenages désordonnés. Alors qu'au contraire les combattants faisaient preuve d'une précision remarquable. Seul un guerrier d'élite aurait pu admirer ce spectacle trop rapide pour des yeux profanes.

Bottes, estocades, parades, coups d'arrêt, contre-attaques se suivaient sans temps mort, ne laissant aucun loisir à la réflexion. C'était une affaire de réflexes, de maîtrise et de vitesse, et si elle en avait eu le loisir, Lucia aurait pu se féliciter des leçons quotidiennes, des innombrables heures passées à s'entraîner avec Hogo, qui portaient leurs fruits ce jour-là.

Elle venait de repousser la lance de Leyshan, le balafré surgit sur sa gauche pour frapper simultanément de ses deux lames. Lucia réussit à parer celle qui visait sa tête mais n'eut pas le temps de contrer l'autre qui allait lui trancher la cuisse. Un éclair de bois pâle et le kethan de Hogo s'interposa pour sauver la jambe de la chasseresse. Lucia en profita pour bousculer le Bran d'un coup de coude au visage, et leva son épée juste à temps pour détourner la lance du Sybère destinée à embrocher le Lycante dans les côtes. Hogo à son tour s'attaqua au Sybère tandis que Lucia se replaçait face au Bran revenu à la charge.

Au bout de cinq minutes d'assauts furieux, une nouvelle fois, ils changèrent d'adversaire. Lucia se retrouva face à Leyshan. L'hermaphrodite feinta un estoc vers le bas mais releva vivement sa lance vers la tête de la chasseresse. Lucia sentit le souffle de l'arme sur son visage. Elle s'était reculée juste à temps. L'une des tresses qui encadraient le visage de la jeune femme fut tranchée. Lucia répliqua d'un revers de l'épée en diagonale haute mais le Sybère bondit en arrière et tenta d'éventrer Hogo, que le Bran poussait vers lui. D'une torsion du buste, le Lycante évita la lame noire mais Leyshan retourna son arme et lui cogna successivement la mâchoire et la hanche de la hampe de sa lance.

Lucia était trop loin pour intervenir, elle hurla pour distraire l'attention des Maûnes et lança sa dague de jet sur le Sybère, qui réussit à intercepter l'arme avec le manche de sa lance. Ce court répit permit au guerrier-loup de se reprendre. Son kethan dressé devant lui, il se mit à le faire tourner à toute allure, créant un tourbillon tranchant qu'il dirigea sur le Sybère, laissant à la chasseresse le soin de s'occuper de l'autre. Rhisiart empoignée à deux mains, Lucia para les assauts des deux sabres. Elle fit une feinte à droite avant de partir sur la gauche en levant son épée au-dessus de sa tête. Le Bran s'y laissa prendre et se fendit dans la mauvaise direction. Lucia rabattit son arme pour asséner un coup de taille ciblé sur l'épaule de son adversaire. Au dernier moment, celui-ci para du sabre qu'il tenait dans sa dextre, dévoilant le bas de son corps. Lucia enchaîna d'un coup de botte à l'aine qui fut paré. Rhisiart poursuivit son élan pour dessiner une boucle au-dessus de la tête de sa maîtresse puis, au faîte de sa course, frappa en diagonale basse, cinglant le faciès du Maûne, le mutilant d'une autre balafre, cette fois dans le sens inverse. La figure barrée d'une croix, inondée de sang, le Bran recula en sabrant l'air devant lui. Lucia sentit une présence derrière elle. Grâce au lien, elle pressentit que c'était Hogo et qu'elle devait s'effacer. Sans plus s'occuper du Bran, elle se prépara à recevoir le Sybère, qui se jetait sur elle en faisant pirouetter sa lance.

En plein élan Hogo planta son bâton dans le sol ; s'en servant comme d'une perche, il sauta et projeta ses deux pieds dans la poitrine du balafré. Celui-ci fut éjecté en arrière, retomba sur le dos en relâchant ses armes puis, emporté par l'impact, glissa jusqu'à l'extérieur de l'auvent. Sous la pluie.

L'eau ruissela sur sa blessure au visage, se transformant aussitôt en poison corrosif. Le Bran hurla à son chef de l'aider, à la pluie de l'épargner, tout en se frottant frénétiquement la face pour faire disparaître l'intolérable morsure, ne faisant qu'aggraver son supplice. Fou de douleur, il se releva et se mit à courir droit devant lui, les mains autour du visage, sans prêter garde au vide qui l'attendait. Il poussa un dernier rugissement, étiré par la chute, avant d'aller se fracasser sur le dallage de la place.

Lucia reculait sous les coups de boutoir du Sybère, mais à présent, il était seul contre deux adversaires. Répondant à un ordre muet d'Hogo, la chasseresse fit un roulé-boulé sur le côté. Leyshan voulut suivre le mouvement mais le Lycante l'engagea sur la droite, forçant le Haut-Général à prendre la défensive.

Hogo à droite, Lucia à gauche, les deux guerriers eldes se mirent à le serrer de près sans lui laisser de répit, le bâton et l'épée accablant la lance barbelée. De sa lance tenue à l'horizontale, le Sybère paraît les coups ou les esquivait mais sans pouvoir faire autre chose que de reculer. Toutefois, Leyshan se révélait un guerrier d'exception, probablement meilleur encore que Kalch'ak. Il reculait certes, mais ne fléchissait pas. Même à deux, ils ne parvenaient pas à tromper sa garde. De surcroît, il réussit à renverser la situation. Feintant à droite, il partit sur Lucia, les deux guerriers se gênèrent une fraction de seconde, qui suffit à Leyshan. Inversant la prise de sa lance, il frappa Hogo au sternum, à la cuisse, l'envoyant bouler à terre. Puis, il se focalisa à nouveau sur Lucia, un rictus grimaçant plaqué sur son doux faciès.

Décidé à en finir avec elle, Leyshan lança un assaut en quatre temps, attaque à la tête, attaque à mi-hauteur puis revers de lame suivi d'un frappé remontant. Mais la chasseresse était prête à le recevoir. Elle para les deux premières estocades, et tandis que le Sybère entamait son revers et relevait sa lame pour éviscérer la jeune femme, elle tourna sur elle-même, son épée brandie haute, pour la rabattre violemment.

Les deux lames s'entrechoquèrent violemment. L'espace d'un instant, une seconde à peine, les runes argentées du tranchant des Nains touchèrent celles, dorées, de la lame maûne et le duel fut transposé sur un autre plan de réalité. Un plan où les deux magies brutes, antagonistes s'affrontèrent durant mille ans, le choc de leurs énergies déployées provoquant tremblements de terre, tempêtes et raz-de-marée d'une incroyable puissance. Au terme de ce titanesque combat, la magie naine triompha. Rhisiart fit exploser la lame noire en plusieurs morceaux fumants et la dispersion de sa puissance – circonscrite à son utilisateur – jeta le Sybère au sol. Un bref instant, l'épée de Lucia s'illumina d'un feu argenté comme pour manifester son intense contentement, avant de retrouver son apparence normale. Allongé(e) de tout son long, l'hermaphrodite n'avait aucune blessure apparente mais il°elle ne bougeait plus, paraissant avoir perdu connaissance.

– Luce, non..., avertit Hogo.

Mais la jeune femme s'approcha du Sybère, qu'elle piqua à la jambe de la pointe de sa lame. Aucune réaction. Elle avança encore. Aussi rapide qu'un serpent à cornes, Leyshan se cambra pour lui faucher les jambes puis sauta pour se redresser en position verticale. Son kethan tournoyant, Hogo revenait à la charge. Sentant se profiler une inéluctable défaite, sa défaite, le Haut-Général tourna les talons et se rua à l'extérieur. Il traversa la terrasse et s'enfuit vers un escalier extérieur qui descendait sur l'esplanade.

Hogo et Lucia s'élancèrent à sa poursuite, la chasseresse furieuse d'avoir été leurrée. La pluie coulait toujours du ciel orageux, mais comme Leyshan ne déplorait aucune blessure, il ne fut pas brûlé, tout au plus légèrement ralenti. Mais même ainsi, il courait plus vite que le vent. Il dévala l'escalier sans se retourner, traqué par les deux partenaires.

L'hermaphrodite atteignit la place et obliqua sa course folle, droit sur la Dalle. Trop loin pour agir, les Colombins étaient pris de vitesse et seules leurs exclamations tentèrent d'arrêter la fuite du Maûne. Toujours poursuivi par les deux guerriers eldes, Leyshan atteignit le rectangle magique et disparut dans un cri de défi, comme aspiré hors de la réalité. Hogo s'arrêta en plein milieu de la Dalle et y resta immobile, comme changé en statue.

– Alors, il s'est échappé, c'est ça ? cracha Lucia, toujours furibonde.

– Peut-être…, répondit le Lycante, la mine concentrée. Oui, c'est ça, il a dû fuir et ce n'est pas moi qui le poursuivrai dans le Maûne.

Il haussa les épaules et se prépara à quitter la Dalle. La silhouette du Sybère surgit soudainement du néant, dans son dos. Armé d'un rictus haineux et d'une longue dague à lame triangulaire, le Haut-Général s'apprêtait à transpercer les reins du Lycante mais la jeune femme cria un avertissement.

Hogo ne se retourna pas pour affronter le danger. Tout en se penchant sur le côté, il se contenta de faire des moulinets pour faire accomplir à son bâton un tour complet d'avant en arrière, projetant une de ses pointes ivoirines derrière lui. Leyshan ne put réagir à temps, son élan l'empala directement sur la lame qui pointait de l'extrémité du kethan. Le haut du ventre transpercé de part en part, le Sybère en perdit sa dague et cracha un flot de sang. Hogo se retourna pour dégager son arme d'un geste sec. La dépouille du Maûne glissa sur le sol et, d'elle-même, la Dalle le ramena dans son monde d'origine.

Le Maûne revenait au Maûne, anéanti.

– Comment savais-tu ? demanda Lucia, l'admiration faisant scintiller ses prunelles.

– C'est un Sybère ; je pensais qu'il était du genre à tenter quelque chose dans ce style, pour peu que je lui en offre l'occasion. Je faisais une proie facile, l'endroit évident pour m'attaquer était dans mon dos… Et je savais que tu m'avertirais.

Comme si elle avait compris qu'avec la fin des combats, son aide n'était plus nécessaire, la pluie surnaturelle cessa brutalement. L'Équilibre avait su défendre son sanctuaire.

Les nuages perdirent leur halo orangé et s'éloignèrent

majestueusement à l'horizon, dévoilant un ciel pur, avide de reprendre sa place. Des nuées de vapeur se dégageaient des rues, le soleil avait retrouvé ses droits et tenait à le faire savoir en réchauffant l'atmosphère et le cœur des survivants.

Hogo et Lucia s'étudièrent, se dévisagèrent, chacun en attente d'une réaction de l'autre. À cet instant précis, une magie bien différente de celle des runes, encore plus ancienne, opéra ; un déclic se produisit, leurs regards se parlèrent, se répondirent. D'un commun accord et sans qu'il y ait besoin de mots, ils délaissèrent le champ de bataille, s'enfoncèrent dans une avenue et disparurent côte à côte.

Zétide rejoignit le prieur sur le parvis. Il avait vu le guerrier-loup et la chasseresse s'éloigner ; sans doute avaient-ils tous deux besoin de tranquillité après le terrible combat qu'ils avaient livré. Du haut de la terrasse, le mage avait suivi leur progression puis la fin du duel contre le Sybère. On aurait dit des dieux réincarnés pour sauver l'Enareín, tels Strake et Bellysandre, les légendaires amants-guerriers du Premier Monde.

Pour leur part, les moines ne déploraient que huit blessés légers. La pluie providentielle avait veillé à leur victoire et la foi qu'ils portaient en l'Équilibre en sortait grandie, forgée d'inaltérable.

Il restait une tâche primordiale dévolue à Zétide : révoquer la Dalle, sans attendre. Jusqu'ici, les Maûnes n'avaient pas envoyé de renforts. Peut-être ignoraient-ils ce qui venait de se produire à Venise, à moins que d'une seconde à l'autre, une légion surgisse pour tout dévaster. Les Eldes ne pouvaient courir ce risque.

Certes, la magie des runes restait sourde aux appels mais il ne s'agissait-là que de défaire, et non de faire appel au pouvoir. Couvert par les arbalètes des moines, qui faisaient bonne garde devant la Dalle, le sorcier d'Arcadie se plongea dans l'étude de celle-ci, les runes qui la formaient n'étant visibles que pour un initié. Exécuté sous les yeux attentifs et respectueux d'Ariale, le tracé s'avéra fort complexe et une bonne heure fut nécessaire pour défaire le tissage qui reliait la Dalle à l'Ældo. Celle-ci fut dissoute et le sol de la place retrouva son intégrité.

Une fois la révocation achevée, sans qu'aucun envahisseur se soit manifesté, les Colombins entreprirent de déblayer la place, et brûler les cadavres des Maûnes, ainsi que leurs tentes et leurs effets. Ariale se tenait sous l'épaule protectrice de Zétide. Tous deux considéraient les restes de Venise, perdus dans leur pensée.

* * *

Constatant que plus aucun Maûne ne subsistait dans la ville, Hogo et Lucia marchèrent jusqu'à la place principale. Alors qu'ils arpentaient les rues, leurs mains s'étaient cherchées, trouvées et enlacées. Saisis d'une même transe, ils n'éprouvaient aucun besoin de parler.

Ils montèrent tout en haut de l'hôtel de ville. L'édifice avait été ravagé par les envahisseurs et de sa beauté ne subsistaient plus que les fondations. Du toit à demi écroulé, ils contemplèrent la ville qui séchait et miroitait sous un soleil surprenant pour la saison. Venise avait retrouvé la quiétude. La pluie avait absorbé tous les incendies et diverses traînées de fumée montaient paresseusement au zénith, réduites à de faibles filets éthérés. Reprit la sarabande insouciante des oiseaux ; le cauchemar était terminé.

Mais ce qui les entourait n'avait plus aucune importance. Emportés par le désir ; ils ne songeaient plus qu'à eux deux. Cela faisait tant de temps qu'ils espéraient, qu'ils attendaient ce moment, qu'ils le différaient involontairement, sans se l'avouer. Ils s'étaient cherchés trop longtemps pour retarder encore l'échéance.

Plus rien ne comptait que ce désir arrivé à son point de non-retour ; la fusion devait se réaliser.

Revenant dans le bâtiment, ils choisirent une suite acceptable dans l'aile dévolue au roi Hamilton. À peine la porte de leur chambre barrée, ils se regardèrent avec une intensité presque douloureuse. Hogo paraissait figé sur place, sans plus oser bouger, les oreilles rabattues en arrière. Lucia leva la main vers lui et ils se jetèrent l'un sur l'autre.

Effectivement, les mots n'étaient rien. Ils n'en avaient nul besoin pour exprimer la véracité de leur besoin. Hogo attira la jeune femme à lui et l'embrassa durant un long moment. Après ce merveilleux baiser, digne d'un conte, la grande main du Lycante vint caresser la joue de la chasseresse, son cou, avec une douceur, une chaleur surprenantes. Lucia avait des frissons tout le long de la colonne vertébrale, le souffle court et les pommettes luisantes.

Le guerrier la prit dans ses bras et la souleva pour la déshabiller puis la coucher sur le grand lit qui les attendait. Aventureuses, hardies ou mutines, leurs mains s'activèrent alors pour magnifier un désir qu'aucun des deux n'aurait imaginé réaliser un jour.

Ils naissaient une seconde fois, emportés par un torrent de sensations, enivrés de la simple présence de l'autre. Ils s'abandonnèrent tour à tour aux caresses et aux baisers, puis, enfin, leurs corps s'unirent.

Enlacés, comblés, ils finirent par sombrer dans la béatitude qui suivait l'acte d'amour réussi, bercés au son d'une douce, d'une féerique symphonie qu'eux seuls pouvaient percevoir.

Leur complicité, leur partage, leur jouissance avaient quelque chose d'évident, d'écrit. Ils le ressentaient, chacun de leur côté : entre eux, quelque chose avait changé ; ils s'étaient *ajustés*. Néanmoins, ils n'osèrent en parler, craignant que cet avant-goût de divin ne soit pas réciproque.

* * *

Lorsqu'ils revinrent auprès des autres, plus tard, beaucoup plus tard, sans se toucher, un lien impalpable, fusionnel, semblait les relier.

Ils arrivèrent devant le temple, les prunelles pétillantes, la démarche joyeuse. Zétide mit ça sur le compte de la victoire. S'il avait su !

L'esplanade avait été nettoyée par les moines qui, pour certains, se reposaient, allongés et baignés par le soleil serein. Les quelques Vénitiens survivants étaient sortis de leur cachette et gagnaient le sanctuaire pour être nourris et soignés. Zétide héla Hogo afin qu'il le rejoigne un peu plus loin ; le mage avait grand besoin de se détendre les jambes et voulait évoquer la suite de leur périple.

Assise sur le porche, Ariale demanda à sa sœur :

– Dis, Lucia, c'est quoi ces marques ?

– De quelles marques parles-tu, P'tit-Loup ?

– Mais là, sur ton cou !

– Oh !

La chasseresse devint pivoine et redressa le col de sa chemise pour cacher l'endroit incriminé. Elle balbutia :

– Ce… ce n'est rien… Probablement des bleus.

– Je peux essayer de te soigner si tu veux ? Tu veux un baume ?

– Non, non, je t'assure, P'tit-Loup, tout va bien.

Zétide revint sur ces entrefaites avec le Lycante. Il ouvrit la bouche pour dire quelque chose, mais la jeune femme ne lui en laissa pas le temps.

– Quoi ? aboya-t-elle.

– Calmez-vous, jeune fille, rétorqua le mage en croisant ses paumes devant lui.

– Non, je ne me calme pas, mage ! Je n'aime pas votre air, vous vous moquez de moi, c'est ça ?

–Mais pas du tout, j'allais simplement vous demander…

–Eh bien quoi ? le coupa encore Lucia, cette fois retournée sur Hogo.

À son tour, le Lycante leva les mains en guise d'apaisement et sourit. Noyées dans le bleu de ses prunelles, les paillettes d'or de ses yeux luisaient d'un message muet. Subjuguée par ce qu'elle seule pouvait lire dans ce regard, Lucia se calma instantanément.

–Je voulais juste vous demander, termina Zétide, si vous préfériez partir maintenant ou demain matin.

–Euh… Lucia regarda une nouvelle fois Hogo avant de répondre. Le plus vite sera le mieux.

Leurs toilettes faites, leurs affaires prêtes, ils se rendirent au port, accompagnés de père Jonas et des Colombins. Frère Stephan avait tenu à venir. Malgré sa tête et ses mains couvertes de bandages, il paraissait en pleine forme. Dans les prunelles du moine miroitait un émerveillement qui ne se tarirait jamais.

Parmi les esquifs qui restaient amarrés, Hogo choisit une longue pirogue dotée de larges flotteurs.

Alors que les autres embarquaient, resté sur le quai, Zétide se tourna vers le prieur :

–Alors, père Jonas, qu'allez-vous faire à présent ?

–Eh bien, le moins que l'on puisse dire est que nous avons de la besogne ! Il va falloir rebâtir, accueillir les survivants, recevoir le roi qui devrait finir par rentrer, et ceux qui ne tarderont pas de revenir une fois qu'ils auront constaté que tout va bien. Mais j'ai bon espoir… Vous le savez comme moi, une Dalle refermée ne se rouvre jamais dans le même rayon d'action, nous sommes tranquilles et si ce n'est pas le cas, nous saurons faire face.

–Je n'en doute pas un instant. Permettez-moi de vous dire, Jonas, que vous êtes un fameux bonhomme ! s'exclama Zétide avec un grand sourire.

– Merci, Hypolus, je prends cela comme un compliment.

– C'en est un. Sans votre miracle, je ne vois pas comment nous aurions pu nous en sortir…

– L'Équilibre a entendu mon humble appel, voilà tout. Je vous l'ai dit, il faut savoir garder la foi. Bonne quête, Hypolus, et que l'Équilibre vous protège tous les quatre. Je prierai pour votre réussite.

– Ainsi soit-il !

Le mage monta dans l'embarcation que barrait Lucia. Ariale détacha les amarres. Après un bref salut de la main au prieur, le vent étant encore trop faible pour naviguer à la voile, les deux hommes prirent les rames et engagèrent la pirogue hors du port.

* * *

La quête de l'Arcane se poursuivait donc. Après une nuit passée sur un court îlot à mi-chemin du retour, ils débarquèrent à Flore afin d'y reprendre leurs montures.

En sortant de l'écurie, menant leurs chevaux par les rênes, ils tournèrent au coin du bâtiment. Zétide menait la marche, et il se trouva nez à nez avec Valdemar le Troisième.

Vêtu d'une superbe tunique or à liseré turquoise et surpiqûres émeraude, affichant son médaillon, l'aubergiste avait gardé comme séquelle de l'altercation une mâchoire violacée.

– Le mage ! Ce sont eux ! Vite, appelez-la…

Sans lui laisser le temps de s'égosiller, Zétide leva le poing en direction du visage de l'aubergiste. Valdemar croisa ses bras pour protéger sa face meurtrie. Mais ce n'était qu'une feinte du mage destinée à tromper la garde du notable et, au dernier moment, Zétide cogna sèchement à l'estomac. Valdemar hoqueta, devint cramoisi et s'écroula dans une flaque de purin. Le souffle coupé, il ne pouvait plus proférer le moindre son.

Les compagnons s'empressèrent de monter en selle et quitter la ville au galop.

Une fois en sécurité dans la forêt, un nouveau problème se posait à eux. Il leur manquait la dernière composante de l'Arcane et les coordonnées d'Éras pour la trouver. Ils devaient donc tenter de contacter le chevalier de Garamont ou recevoir de ses nouvelles. Or, dans la région de Creste, ni Hogo, ni Zétide ne connaissaient d'hadryen pour communiquer avec le chevalier – à l'aide d'une graine du collier d'Elfine. Ils chevauchèrent donc sans se presser, fouillant le paysage à la recherche d'un tel arbre.

Tel était leur principal problème. Ils en avaient cependant un autre : l'état de Zétide. Ses cauchemars le harcelaient et il finissait par en subir le contrecoup.

* * *

Le tourment de ses songes variait de temps à autre, mais c'était toujours le même canevas. Le mage se promenait sur une terre désolée, éclairée de lumière lunaire et se trouvait à chaque fois menacé puis cerné par un ban de Maûnes. Acculé, il faisait appel au Bel Art pour se défendre mais les runes devenaient les alliées de ses ennemis et se retournaient contre lui. Tour à tour, il se faisait tuer par des Goblins, des Orcks, des Brans, des Rakins, ou des Taurins, bref par toutes les races du Maûne, et toujours il voyait cette étrange présence encapuchonnée qui se contentait d'assister aux événements. Il en sortait épuisé, démoralisé, malade.

Dans son dernier cauchemar, le mage se retrouva lié debout par ses runes, observé par la silhouette voilée, alors qu'un trio de chamans jouait son sort aux dés. Le vainqueur s'approcha de lui, effectua quelques passes complexes des doigts et Zétide se sentit brûler de l'intérieur, son corps peu à peu ravagé par un feu maléfique.

Ses amis échangeaient des regards alarmés. Le mage ne mangeait plus que du bout des lèvres et dépérissait à vue d'œil. Le visage hâve, raviné de fatigue, il transpirait d'une sueur malodorante. Si cela continuait ainsi, il ne pourrait même plus se concentrer pour user du Bel Art… Pour peu que la magie des runes revienne.

Le soir même, en pleine nuit, quelque chose dérangea le sommeil d'Ariale. Une sorte de marmonnement. La fillette se leva et, sans bruit, se rendit auprès de Zétide.

– Non, je ne veux pas. Non, laissez-moi !

Le front perlé de sueur, il se débattait dans un sommeil tourmenté, emprisonné, sans défense devant ce qu'il paraissait affronter. Ariale s'accroupit à côté de lui. Elle ne pouvait rester sans rien faire pour l'aider. Bercée par le calme de la nuit, elle s'abandonna sans effort à la transe et plongea dans son Moi pour, au bout de quelques instants, retrouver le puits énergétique de sa Source. Sentant la plénitude et la force étreindre son âme, elle s'y baigna un temps, émerveillée comme à chaque fois par les sensations d'extase procurées. Une fois au contact de la Source, elle examina le dormeur. Une aura de noirceur l'entourait.

La fillette posa sa petite main sur le front humide du mage puis canalisa son Don en un mince filet qu'elle fit glisser sur Zétide. Le flot magique de la Voie Blanche se répandit sur le visage du mage et le pénétra. Ariale continua à entretenir le Don et le visage de Zétide finit par se détendre, de même que ses membres, alors qu'il passait visiblement dans une phase de sommeil normal et paisible.

L'aura maléfique faiblit pour finalement être chassée par la magie blanche. La fillette se sentait à bout de forces. Elle maîtrisait encore trop mal le Don nécessaire à l'emploi de la Voie Blanche et en payait à présent le prix. Chancelante, elle regagna sa couche, heureuse d'avoir pu soulager son mentor mais préoccupée de cette manifestation pernicieuse dont elle ignorait la nature.

Pourtant, elle ne put réfléchir à ce que cela impliquait. À peine s'était-elle allongée qu'elle s'endormait, terrassée par la fatigue.

* * *

– Debout tout le monde !

Alors que la clairière résonnait du gazouillis enjoué des oiseaux, Zétide s'étirait avec un délice visible.

– J'ai faim ! s'exclama-t-il encore. Qu'y a-t-il pour le petit déjeuner ?

– Ne t'inquiète pas, Zét', je m'en occupe tout de suite, répliqua Hogo, se dressant d'un bond pour déballer leur matériel de cuisine. Je vais te préparer une omelette au fromage dont tu me diras des nouvelles !

Le Lycante se trouvait tout heureux de constater le rétablissement soudain de son compagnon de toujours. Celui-ci avait retrouvé son appétit, son regard vif et reprit des couleurs, signes qui ne trompaient pas.

– Ah, j'ai si bien dormi ! s'étira le mage, qui n'avait gardé aucun souvenir de son tourment. Et ma foi, je ne suis pas le seul. Regardez la petite !

Lovée contre Shruti, le fin visage d'Ariale traduisant un profond sommeil.

Zétide terminait sa troisième part lorsque la fillette se réveilla.

– Alors, P'tit-Loup, on a fait de beaux rêves ? plaisanta son aînée, qui terminait une seconde tasse de thé.

– Euh, oui… Je crois…

La cadette des Garamont avait encore les yeux embués de sommeil. Elle avait l'impression d'avoir couru toute la nuit, tant elle se sentait lasse. Mais cette sensation fut oubliée lorsqu'elle s'aperçut que son intervention de la veille avait été couronnée de succès.

Craignant d'inquiéter le mage outre mesure, elle décida de ne rien dévoiler de son intervention. Il venait à peine de se rétablir, elle ne voulait pas prendre le risque d'une rechute. Dorénavant, elle décida de surveiller discrètement l'aura de son mentor et d'intervenir, si besoin était, pour combattre la noirceur.

– Allez, ne reste pas là à regarder dans le vide, sœurette, viens plutôt prendre un morceau avant que notre ami mage ne mange ta part !

LIVRE IX

# LE SOUFFLE DU DRAGON

La quête de l'Arcane se poursuivait et, d'un commun accord, Hogo et Lucia avaient décidé de taire leur liaison à Zétide et Ariale. Ce qui leur arrivait était trop neuf, trop fragile pour qu'ils soient prêts à l'annoncer. Ils n'osaient même pas en parler entre eux.

Lucia sentait son cœur s'emballer dès qu'elle posait ses yeux sur lui. Hogo la fixait en secret pendant des heures. Dans la journée, il s'avérait difficile de s'accorder des moments d'intimité. Ils se contentaient d'échanger des regards tendres et complices, s'effleuraient dès qu'ils le pouvaient sans être vus des autres.

Mais la nuit – oh, la nuit – lorsque les autres dormaient, ils étaient enfin libres de vivre leur passion, libres de s'esquiver dans la nature pour se redécouvrir de corps comme d'esprit.

Hogo se révélait de jour en jour un amant plus expérimenté, plus inventif. Il emportait la jeune femme dans un tourbillon de plaisir, d'abandon, de jouissance comblée. Lucia avait le feu aux joues et les jambes flageolantes rien que d'y penser. Jusqu'à l'aube, ils dormaient enlacés, nus sous une couverture – du moins lorsqu'ils dormaient – pour regagner sagement le campement avant que le vieillard et l'enfant ne s'éveillent.

Ils s'entraînaient encore quotidiennement et leur talent à combattre ensemble, renforcé par le lien qui les unissait, s'affinait de plus en plus. Ils mirent au point des combinaisons d'attaque ou de défense à deux, qu'ils travaillaient jusqu'à les intégrer parfaitement. De plus en plus souvent, comme ça avait été le cas à Venise contre le Sybère, ils parvenaient à ne faire plus qu'un. Un seul esprit pour deux corps. Chacun devinait la position de l'autre, anticipait ses réactions et ils n'en devenaient que plus redoutables.

Les compagnons parcouraient toujours le pays à la recherche d'un hadryen. Leurs recherches restaient vaines et Ariale leur soumit une idée de son cru.

– Utiliser une de nos dernières graines juste pour recevoir un message ? Cela m'ennuie de gaspiller un de nos rares atouts, objecta Zétide. Qui sait si nous n'en aurons pas besoin plus tard ? Nous ne savons même pas si cela marchera... Dans l'oasis, aucun Sylfe n'est apparu et l'arbre n'était pas un hadryen.

– Accordons-nous trois jours pour trouver l'arbre, proposa Hogo. Passé ce délai, il sera toujours temps d'aviser.

Le lendemain matin, quelle ne fut pas leur surprise lorsqu'ils virent, assis devant les braises mourantes de leur feu, un Sylfe, son visage d'enfant étonné fixé sur les évolutions d'un scarabée marbré dans l'herbe.

– Ne l'effrayez pas surtout, souffla Zétide, à peine éveillé, la barbe en bataille.

Mais la créature arboricole ne paraissait pas craintive. Curieuse, plutôt.

– Enfant-Lucia jouer ? demanda-t-il en guise de salut.

La chasseresse se demanda si le peuple arboricole n'était pas doté d'une mémoire collective car, sinon, comment expliquer que celui-ci la connaisse sans jamais l'avoir rencontrée ?

– Voyage beaucoup long, soupira encore le Sylfe.

– Bonjour, Ami-Sylfe... Dis-moi, aurais-tu un message pour nous ? Du chevalier Éras ?

Le Sylfe balança sa tête pour signifier ce qui aurait pu être un acquiescement et son visage s'éclaira :

– Ami-Éras donner !

Et la créature sylvestre de présenter un papier plié en quatre qu'elle donna à la chasseresse.

– Merci, Ami-Sylfe, rentre chez toi maintenant. Il y a du danger pour toi ici.

– Souche dire chance vous !

– Merci encore ; allez, file à présent !

Le Sylfe leur adressa le sourire franc et innocent d'un nouveau-né et glissa plus qu'il ne marcha en s'enfonçant entre les arbres, se fondant presque instantanément dans les verts de la forêt.

Lucia donna le message à Zétide. Leurs yeux brillaient. Presque tremblant, le mage déplia le papier et lut d'une traite.

– Ah ! s'exclama-t-il, soudain pensif.

– Quoi ? s'impatienta Lucia. C'est bien de notre père ? Il va bien ? Que dit-il ?

– Oui, oui, ne vous inquiétez pas, je songeais...

– Vous songiez ?

– Je songeais à notre prochaine étape, voilà tout...

Il enchaîna aussitôt en agitant le papier :

– Votre père n'a écrit que l'essentiel : il va bien et poursuit la Quête, il vous embrasse et nous donne le renseignement qui nous manque... Et cette fois, le code est facile à décrypter, ajouta-t-il sans plus d'explications.

Ariale et Lucia échangèrent un regard complice, rassurées sur le sort de leur géniteur.

– Et où allons-nous, cette fois ? enchaîna Hogo.

– Assieds-toi, ça vaut mieux, répliqua Zétide. Ariale, tu veux bien aller me chercher de l'eau, s'il te plaît ? Je vais refaire du thé.

L'air de rien, alors que la fillette s'exécutait et que sa sœur contemplait Hogo, il jeta le message dans le feu.

– C'est si mauvais que ça ? demanda le guerrier.

– Non, c'est pire...

–Pire que le Pégöye ? Allez, Zét', balance ! renchérit le Lycante.

–Éras nous envoie sur l'*Île de Glace* ! annonça le mage.

Hogo se dressa d'un bond et s'éloigna en marmonnant des propos indistincts à la tonalité sifflante.

–Qu'est-ce qui lui prend ? demanda Lucia, je ne comprends rien à ce qu'il raconte.

–C'est du bas-Lycante, dit Zétide. En fait, les pires jurons que j'ai entendus de sa part !

–C'est donc un endroit si dangereux que cela, l'Île de Glace ? intervint Ariale en posant le pot d'eau fraîche sur le feu. Je ne sais même pas où ça se trouve…

–Cette île se situe à l'extrême sud de Tégolín, le royaume des Nains de l'Est, expliqua Zétide. Or si vous avez bien suivi la situation générale, Tégolín est assiégée depuis plusieurs mois par les Maûnes. Le seul accès à l'Île de Glace se trouve dans le palais du roi Obéron. Et pour atteindre ce palais, il faut passer par la Muraille des Âges, l'unique entrée du royaume…

—… Entre cette muraille et nous, il y a les légions maûnes, acheva Hogo qui était revenu s'asseoir son calme retrouvé.

Zétide parla, parla encore, sans s'arrêter, cherchant à capter l'intérêt et l'esprit des sœurs Garamont jusqu'à ce qu'elles partent se coucher.

Il avait omis de dire toute la vérité en parlant du laconique message d'Éras. La missive ne comportait que trois mots : « Île de Glace ». Elle avait été rédigée à la hâte, d'une main nerveuse ; Zétide reconnaissait à peine l'écriture du chevalier de Garamont. Éras n'avait nullement évoqué ses filles, ce qui était déjà mauvais signe. Et plus inquiétant encore, les indications qu'il donnait n'étaient pas cryptées. N'importe qui aurait pu les lire. Voilà qui ressemblait encore moins au prudent Éras.

Néanmoins, le mage était persuadé que le message venait de lui, aucun Maûne n'aurait pu se faire obéir d'un Sylfe.

*Éras, mon ami, ne tombe pas, nous avons tant besoin de toi !*

* * *

De nouveau renseignés, ils quittèrent Creste et descendirent au sud-est pour rejoindre le Mohican. Ils évitèrent les landes du Vent, réputées pour fourmiller de Maûnes, longèrent la forêt alfique de Bois-Radieux, plongée dans le sommeil maléfique provoqué par l'Entropia, pour enfin pénétrer dans le royaume de Tégolín. Peu à peu, l'automne se faisait conquérir par l'hiver et le climat devenait de plus en plus froid.

Ils n'avaient encore aucune idée de la façon dont ils réussiraient à franchir l'épais cordon des légions maûnes.

Le royaume des Nains de l'Est s'annonçait par de vastes forêts aux pentes plus ou moins prononcées, encadrées de montagnes, aux sommets impressionnants ; les Monts Ghengar à l'est et la Chaîne des Brumes à l'ouest. Il n'y avait pas de routes, peu de pistes et encore moins d'habitations. Les Nains ne résidaient qu'à l'intérieur de la montagne, la *pierre vivante* comme ils l'appelaient, et le reste du territoire était laissé à libre disposition de la faune qui profitait de cette réserve naturelle. Certains avaient voulu s'établir sur ces terres inoccupées, des Humains principalement, mais les Nains avaient su dissuader toute tentative de cet acabit avec leur habituel et rude sens de la persuasion.

Deux jours à peine après avoir franchi la frontière de Tégolín, ils faillirent être débusqués par un groupe de maraudeurs borghs et seuls l'ouïe et l'odorat exceptionnels du Lycante leur permirent d'échapper à leurs ennemis. Dès lors, ils durent redoubler de précaution car les bois grouillaient manifestement de Maûnes.

Jusqu'au moment où, lors de la halte du soir, Hogo déclara :

– C'est trop dangereux, nous ne passerons jamais à travers les mailles de leur filet. Ils sont trop nombreux. À nous entêter ainsi, nous allons finir par nous faire prendre ; plus nous allons approcher de la Muraille, plus il y aura de Maûnes.

– Que penses-tu des Voies de Pierre ? lui demanda Zétide.

– Ce serait parfait… Si seulement nous en connaissions l'une des entrées. Et si je ne me trompe, ce n'est pas le cas.

– On peut toujours chercher, non ?

– Oui, avec les Maûnes qui pullulent dans le coin, ça va être intéressant !

Pour les sœurs Garamont, Zétide évoqua les Voies de Pierres, un vaste réseau de tunnels qui couraient dans les montagnes de Tégolín et qui permettait aux Nains d'aller et venir à leur guise, sans rendre de comptes à quiconque. Le mage espérait trouver un de ces tunnels qui leur offrirait une voie d'accès directe de l'autre côté de la muraille.

– Encore un de vos procédés hasardeux, mage ?

– Parce que vous avez mieux à proposer, mademoiselle Je-sais-tout ? grinça Zétide.

– Hein, comment m'avez-vous appelée ?

Hogo les prit tous deux par le cou et proposa d'un ton enthousiaste :

– Un peu de lutte lycante, peut-être ?

Sa proposition doucha instantanément les velléités du mage et de la chasseresse.

Sachant que leurs chevaux ne leur seraient d'aucune utilité dans les tunnels, Hogo et Lucia s'appliquèrent à trouver un endroit où les laisser en paix, avec l'eau et le fourrage nécessaire, sans risquer qu'ils soient découverts. La chasseresse finit par repérer un vallon fermé par un goulet naturel qu'Hogo obstrua à l'aide d'un camouflage de broussailles.

Leurs montures à l'abri, ils passèrent une semaine à longer la montagne sans rien trouver d'intéressant.

Dépités, ils se reposaient dans une clairière entourée de hautes fougères lorsque le Lycante interrompit leur conversation. Il entendait un bruit de course proche. Au bout de quelques minutes, quatre Nains vêtus de surcots vert et argent, de cottes de mailles légères, de casques et kilts bruns débouchèrent des fougères, l'urgence et la tension peintes sur le visage. Un cinquième Nain jaillit à son tour des taillis mais il s'écroula aussitôt en avant, la hampe d'une flèche bariolée dépassant de sa nuque.

Hogo faisait déjà tourner sa fronde et sa pierre fracassa le crâne d'un Goblin qui venait d'apparaître, égalisant les pertes. La flèche de Lucia toucha le suivant au sternum, l'impact le projetant en arrière. Zétide tenta d'invoquer le pouvoir des runes ; une fois encore, celles-ci refusèrent son appel. Alors il se rapprocha d'Ariale pour la soustraire au danger.

Ralliés par l'un des leurs qui différait des autres par son casque à cimier plutôt qu'à ailettes, les Nains firent volte-face et se placèrent en demi-lune, haches et marteaux dressés. Il était temps : une douzaine de Maûnes surgirent à leur tour dans la clairière et se ruèrent sur eux. Hogo empoigna son kethan et Lucia rejeta son arc pour dégainer Rhisiart. Ensemble, ils plongèrent dans la mêlée. Les Maûnes ne s'attendaient pas à une telle résistance. Les Nains, Lucia et le Lycante les engagèrent sauvagement et aussitôt s'éleva le fracas caractéristique des armes.

D'un amoncellement de rochers plus éloignés, se dressa un Goblin retardataire, vêtu d'un costume rapiécé, le front ceint d'un bandeau rouge sale. Il portait un arc à double courbure qu'il tendait déjà, une flèche encochée. La flèche colorée fut relâchée, traversant la clairière en direction de Zétide. L'un des Nains poussa une exclamation et se jeta sur Zétide pour le renverser dans l'herbe, recevant à l'occasion la flèche qui lui était destinée. Atteint en haut du dos, il s'écroula à son tour. La hache de jet du guerrier nain qui dirigeait les autres fracassa le torse de l'archer, qu'elle projeta au bas du rocher. Zétide se releva pour aider le guerrier qui lui avait sauvé la vie et peinait à se redresser. Mais avant qu'il ne l'atteigne, un autre Nain avait porté secours à son frère de bouclier.

Le mage assista à la fin du combat, rendu impuissant par sa magie défaillante. Mais les Eldes, heureusement, n'avaient pas besoin du secours des runes. Malgré leur agressivité, submergés, les Goblins et les Rakins succombèrent les uns après les autres aux assauts des Nains, de la chasseresse et du guerrier-loup.

Zétide, alla s'enquérir du blessé, que soutenait l'un des siens. La blessure ne se révéla pas mortelle. Le Nain à barbe blonde accepta les remerciements du vieillard avec sobriété. En entendant la voix du mage, un autre, celui qui avait un casque à cimier, ôta son couvre-chef d'acier, révélant une chevelure nattée teinte en bleue, et cracha un jet de salive brunâtre qui macula le front du Rakin qu'il venait de décerveler.

Pour un Nain, il était de stature moyenne mais plus costaud que la plupart de ses congénères. Son visage au nez cassé, couturé, tanné par le soleil, arborait un air particulièrement revêche et pugnace.

Il dévisagea Zétide et s'exclama :

– Hypolus ?

– Mjöllnar !

Ils tombèrent dans les bras l'un de l'autre et se donnèrent une affectueuse accolade.

–Mjöllnar est un vieil ami de l'Ouest, expliqua le mage. Cela fait très longtemps que nous ne nous étions vus. D'ailleurs, que fais-tu là, camarade ?

–Nous sommes des Francs-Messagers... Nous faisons partie des troupes envoyées par Melkior pour aider nos frères de l'Est. Je dois voir Obéron pour le prévenir de l'arrivée des troupes de l'Alliance.

–Ne restons pas là, les pressa Hogo, les oreilles pointées vers les fourrés. J'en entends d'autres ; ils arrivent par ici.

Zétide se tourna vers son ami nain.

–Nous pensions utiliser une Voie de Pierre, tu en connais dans les parages ?

–Justement, nous avons le même but. Il y en a une pas loin d'ici, Melkior m'a indiqué comment la trouver.

–Les chevaux ? questionna Lucia, inquiète.

–Ils sont bien où ils sont, rétorqua le mage. Ils ont bien assez de pâture pour tenir.

–Venez, vous dis-je, reprit Hogo d'un ton pressant, ils arrivent !

En effet, on pouvait à présent entendre un fracas de branches écrasées, non loin, ainsi que les caquètements étouffés des Goblins et les jappements des Rakins. Les Eldes se lancèrent à la suite de Mjöllnar.

Celui-ci les mena à travers fougères, sapins et branchages jusqu'à la base de la montagne. De là, ils longèrent l'irrégulière paroi en direction du sud à la recherche d'un signe que seul le Nain aux cheveux bleus connaissait. Tout en courant, celui-ci lâchait de temps à autre des courts grognements de mécontentement.

Un renfoncement entre deux rochers attira son attention. Il s'en rapprocha et posa ses grosses mains calleuses sur la pierre, tâtonna et, passés quelques instants, trouva un point précis qu'il enfonça. Silencieusement, la pierre glissa sur le côté, montée sur d'ingénieux

vérins huilés. Un boyau sombre les attendait, tout juste assez large pour permettre leur passage. Mjöllnar s'y engagea de biais et fouilla sur un des côtés de l'ouverture. Il trouva ce qu'il attendait, une réserve de torches. Il en saisit une et battit son briquet pour l'allumer. En retrait, Zétide essaya d'invoquer une simple flammèche pour aussitôt soupirer de dépit ; Ariale connut le même échec. D'autres torches furent allumées et Mjöllnar referma le passage derrière eux.

À la file, ils suivirent leur guide. Le boyau continuait sur une bonne centaine de mètres avant de s'agrandir en une sorte de vaste salle d'où partaient une dizaine d'embranchements. Ils en profitèrent pour faire les présentations.

– Voici mes frères de mission, ou plutôt ce qu'il en reste, énonça le nommé Mjöllnar. Fengher, Kallraun, Henfrig et Grendhon.

L'un après l'autre, les quatre guerriers retirèrent leur casque en guise de salut. Les deux premiers Nains étaient bruns, le troisième roux et le dernier, celui qui avait sauvé Zétide, blond. Zétide se retint de tressaillir. Les Nains n'avaient rien de particulièrement remarquable, excepté le dernier, Grendhon, qui était borgne. Borgne comme Geyor, le démon-golem, que Lucia avait mutilé dans la grotte des Goblins.

– Je ne connais pas ces tunnels, poursuivit Mjöllnar, mais les Voies de Pierre sont toutes bâties selon un modèle commun. Il y a des signes pour qui sait les voir, et des pièges pour les indésirables. Nous, les Nains, allons passer devant. Vous nous suivrez pas à pas. Ne vous éloignez pas, ne touchez pas aux murs... Je ne rigole pas au sujet des pièges !

Justement, la plaisanterie ne paraissait pas être son genre. Le musculeux guerrier aux cheveux bleus parlait d'un ton sec, presque hostile, qui chez lui semblait habituel. De tous les Nains qu'avait croisés Ariale, c'était bien le plus rébarbatif.

À la suite de leurs guides, ils traversèrent un dédale de galeries ondulantes semées de maints embranchements. Certains passages étaient secs, d'autres perlant d'humidité. Certains couloirs montaient, d'autres descendaient, souvent encombrés de stalactites ou de stalagmites. Par endroits, la roche phosphorescente rivalisait avec la lueur des torches pour éclairer leur avancée. Parfois, ils devaient rebrousser chemin et emprunter une nouvelle direction, ce qui faisait pester le Nain à chevelure bleue. Au cours d'une halte au bord d'une crevasse sombre, Kallraun, faisant preuve d'un caractère beaucoup plus abordable que le nommé Mjöllnar, leur expliqua qu'ils se trouvaient profondément enfoncés dans l'épaisseur de la Chaîne des Brumes, à l'ouest de Tégolín. Ils étaient censés suivre un chemin qui déboucherait de l'autre côté de l'invincible muraille.

Ariale n'aimait pas les tunnels ; ils lui rappelaient leur première rencontre avec Geyor, et la terreur ressentie dans la grotte des Goblins. Oppressée par la pierre qui lui semblait prête à se refermer sur elle, elle ne pouvait maîtriser ses pensées. Sans oser parler aux autres de cette crise de claustrophobie, elle se retira en elle-même, attendant la fin du supplice. Sa sœur, en revanche, ne se montrait nullement incommodée par cette équipée souterraine.

– Hogo, tu t'y repères, toi, dans ce dédale ? J'ai essayé de mémoriser notre chemin mais je m'avoue complètement perdue.

– Luce, aussi étrange que cela puisse te paraître, si je me concentre bien, oui.

– Mais comment fais-tu, mortelune !

– Je l'ignore. Où que nous nous trouvions dans l'Ældo, je sens où nous sommes et où nous devons aller.

– Tu pourrais m'apprendre ?

– J'aimerais bien, répondit le guerrier, mais je ne vois

pas bien comment. C'est un pouvoir propre à ma race… Nous naissons avec.

– Dis, c'est tout de même formidable d'être un Lycante !

Une certaine envie mêlée d'admiration transparaissait dans sa voix. Hogo considéra ces paroles avant de répondre :

– Je n'avais jamais vu les choses ainsi, mais oui, peut-être…

Ils fermaient la marche. Lucia retint son amant par le bras et attendit quelques instants que les autres s'éloignent. Elle entoura le cou du Lycante, se hissa sur ses pieds, et plongea sa bouche vers la sienne. Un peu plus tard, haletants, ils se séparèrent. Ils échangèrent encore un nouveau baiser, cette fois rapide, et, enfin, entreprirent de combler leur retard.

* * *

Profitant d'une nouvelle halte le long d'une rivière souterraine, Zétide prit son ami à part et lui murmura :

– Dis-moi, Mjöllnar, ce borgne, tu le connais depuis longtemps ?

– Grendhon ? Depuis toujours, c'est mon cousin !

La tête penchée sur le côté, le Nain considérait le mage d'un œil maussade.

– Cette blessure à l'œil, il l'a depuis longtemps ? reprit Zétide.

– Depuis Manès… les Jours Rouges ; c'est le cadeau d'un Orck.

– Et depuis, ces derniers temps, il va bien ? Rien d'étrange dans son comportement ? Rien de changé ?

– Par la bouse du grand Bouc ! C'est quoi toutes ces questions ? Tu crois vraiment que c'est le moment ? maugréa le Nain avec mauvaise humeur, avant de détourner la tête, le temps de cracher une longue chique.

Zétide avait appris à s'accommoder du caractère bougon de son ami et ne se formalisa pas pour autant de cette réaction.

–Réponds au lieu de râler comme une belle-mère acariâtre !

–Figure-toi que je ne lui ai pas beaucoup parlé... Nous n'avons pas trop eu le temps avec ces Maûnes à nos trousses ! Cela fait une semaine qu'ils nous pistent. Grendhon est nerveux, comme nous autres, voilà ce que je peux dire. Quoi de plus normal, après tout ? Tu te sens guilleret, toi, peut-être, avec cette engeance qui pullule dans les parages ? Vas-tu enfin me dire...

–Rien de particulier, il me dit quelque chose, voilà tout, éluda le mage. J'ai dû le voir à Manès. N'en parlons plus...

Le sorcier d'Arcadie se méfiait de tous les borgnes, à présent. Chat échaudé... Néanmoins, il ne voyait pas vraiment pourquoi le démon l'aurait sauvé de cette flèche. Même si le Shaddak-Llogo'th, aux dires des Maûnes, le voulait vivant, il se satisferait sûrement de sa dépouille. Zétide ne quittait pas le Nain blond des yeux mais celui-ci ne faisait rien de suspect. Fengher l'aidait à marcher et la blessure que ses congénères avaient pansée provoquait ses grognements irrités.

Ils repartirent dans un nouveau tunnel, en suivirent un autre et parce que Zétide continuait de surveiller Grendhon, il trébucha sur une pierre. Pour se rattraper, il posa la main sur la paroi. Sa main s'enfonça dans la roche, provoquant une réaction en chaîne.

Un enclenchement se répercuta tout le long du tunnel, provoquant chez Ariale une attaque de chair de poule. La colonne s'immobilisa. Au loin devant eux, dans l'obscurité dense, naquit le son du glissement grave d'une masse pesante sur la pierre. Le glissement gagna en intensité. Ils ne voyaient rien, ce qui rendait le bruit d'autant plus inquiétant.

– Foudre et tonnerre, Hypolus, qu'as-tu fait ?

Penaud, le mage leva ses mains et haussa les épaules en guise de réponse.

– Reculez, tonna Mjöllnar, jusqu'au dernier embranchement, vite !

La résonance de la pierre grossit encore pour devenir vacarme. Seul le regard du Lycante pouvait percer les ténèbres, et ce qu'il vit l'incita à accélérer sa course.

– Plus vite ! s'écria-t-il.

Ariale commençait à peiner. Hogo saisit la fillette entre ses bras et l'entraîna bien plus rapidement qu'elle n'aurait pu le faire sur ses petites jambes.

Portant toujours Ariale, le guerrier avait pris la tête de leur retraite. Une fosse garnie de pieux s'ouvrit à un mètre à peine du Lycante et, sans sa vision surhumaine, il n'aurait rien pu faire pour l'éviter. Il n'eut que le temps de repérer un étroit passage sur la paroi de droite. Vivement, il délivra l'information aux autres, qui purent le suivre indemnes. De l'autre côté, s'estimant à l'abri, ils se retournèrent pour voir une énorme pierre ronde qui couvrait la presque totalité du tunnel surgir de la pénombre, roulant à vive allure dans leur direction. Elle disparut dans la fosse qui se referma aussitôt.

La pierre ne s'arrêta pas en si bon chemin. Au bruit qu'elle faisait encore sous leurs pieds, ils comprirent que par un procédé ingénieux dont ils ignoraient tout, elle allait se remettre en position, prête à servir.

Mjöllnar insulta copieusement le mage qui, désolé, baissait la tête. Lucia fut si amusée par les attributs aussi peu flatteurs qu'originaux décernés à son compagnon qu'elle en oublia de rajouter sa propre touche. Les esprits calmés, ils reprirent leur périple, menés par un Mjöllnar des plus mécontent. Heureusement, le reste du trajet se fit sans embûches et le Nain finit par cesser de jurer.

Le tunnel qu'ils suivaient se terminait en cul-de-sac. Le guerrier aux tresses bleues fouilla la roche pour trouver le point qui actionnait l'ouverture de la paroi. Ils sortirent tête baissée, le temps que leurs yeux s'habituent à la lumière du jour. Ariale inspira l'air pur à pleins poumons. Elle commençait à se sentir mieux.

Ils se trouvaient de l'autre côté de la muraille, leur assura leur guide. Dans une forêt en pente douce parsemée d'arbres à feuilles persistantes, tels épicéas et bouleaux. Bons derniers, le Lycante et la chasseresse émergèrent au-dehors en clignant des yeux. Lucia relaçait subrepticement le haut de sa tunique, elle avait les joues empourprées ; Hogo pour sa part souriait largement.

La pierre refermée, ils descendirent vers l'est, en rang par deux. Mais au bout de quelques centaines de mètres, une patrouille de Nains munis d'arbalètes arborant le surcot bleu et or du royaume de Tégolín se dressa de derrière les arbres et les mit en joue. Reconnaissant la livrée des Francs-Messagers de Melkior, ils abaissèrent leurs armes et saluèrent chaudement leurs compatriotes de l'Ouest.

Zétide se fit connaître auprès du guerrier qui dirigeait la patrouille. Après avoir salué les Nains de Melkior, les compagnons furent aussitôt conduits par six autochtones à travers la forêt. Le sergent qui les escortait bavarda volontiers avec le mage, dont il connaissait la renommée. Il leur assura que tant que la Muraille des Âges tiendrait, Tégolín ne risquerait rien. Leur vénéré roi Obéron ferait échec à toutes les manœuvres de ces rats-crevés de Maûnes ! annonça-t-il encore, avec confiance.

Ils sortirent de la forêt. Un vent froid secoua leur chevelure. Ariale referma sa cape doublée, sous laquelle dormait Shruti ; après l'intense chaleur des Terres Rouges, le retour de l'hiver semblait l'engourdir.

Toujours en pente, la lisière des bois dévoila un impressionnant spectacle.

La pente débouchait sur une large vallée d'herbe rase dont le fond était couvert de tentes naines. C'était bien la Muraille, impossible de ne pas la reconnaître. Barrant le nord, elle culminait à cent mètres de hauteur pour une vingtaine de large, rempart réputé inexpugnable séparant le royaume des Nains de l'Est du reste de l'Enareín. Sa pierre dense d'un bleu pâle, ses grandes portes principales et ses quatre poternes bouclées, renforcées de runes et d'acier, la Muraille des Âges surplombait une autre pente qui descendait dans la vallée, traversée d'une route de terre battue.

Dans la vallée, résidait donc une partie de l'armée des Nains, reconnaissable à ses tentes rondes, aux couleurs de chaque clan, parfaitement alignées. Des deux côtés des pentes, à l'ouest et à l'est, un rideau d'arbres hauts. Au sud, là où menait la route, aucune habitation visible, seulement des pâturages vallonnés précédant de nouvelles forêts.

Le sergent leur fit traverser la vallée, puis couper la route. Ils remontèrent de l'autre côté de cette chaussée, en direction d'une épaisse butte. Leur destination était un petit fortin de pierre qui s'élevait sur trois étages, ceint de quatre tours, entouré d'un profond fossé tapissé d'épieux fort pointus, et, probablement, d'une série d'autres dispositifs défensifs moins évidents.

Le sergent les laissa aux portes de la place-forte en leur souhaitant bonne chance. Ils furent alors conduits devant un des représentants du roi Obéron, chargé de faire la liaison entre la vallée et Forgecœur, forteresse et capitale des Nains de l'Est. Malgré son grade, le major nain qui les reçut n'était manifestement pas un militaire et il fut vite évident que le bureaucrate n'avait que faire de la demande d'audience du mage.

– Vous croyez que notre bon roi Obéron n'a que ça à

faire, de recevoir des visiteurs étrangers ? Je ne sais pas si vous avez remarqué, mais nous sommes un tout petit peu en guerre en ce moment : il y a une tripotée de Maûnes à nos portes !

– Écoutez, mon brave, je vous le répète, je suis Hypolus d'Arcadie et j'ai absolument besoin de voir Obéron. L'affaire dont je dois l'entretenir est d'extrême importance, il s'agit du sort de l'Ældo !

Une grosse veine barrait le front du mage, ulcéré d'être traité de la sorte. Toutefois, l'officier nain ne se montrait nullement impressionné.

– Je pense pour ma part que le sort de notre monde est en train de se jouer sur notre muraille, *Humain*. Alors, qui que vous soyez, répliqua le Nain, vous respecterez la *procédure* et patienterez le temps de recevoir une convocation ! Je vous le répète, j'ai fait prévenir de votre arrivée. En attendant, vous avez le choix : vous pouvez aller à l'auberge, si le cœur vous en dit, elle est ouverte à tous ; aller nous aider sur les remparts ou bien encore aller cueillir des fleurs, je m'en moque parfaitement ! Mais à présent, dégagez de mon bureau ou je vous fais chasser !

Zétide eut beau injurier le Nain en cinq langues différentes, rien n'y fit, si ce n'est qu'il se fit presque jeter hors du fortin.

Il était encore trop tôt pour manger. Ils décidèrent de se rendre sur la fameuse muraille, Lucia se déclarant prête à lâcher quelques flèches sur leurs ennemis. Plus ils se rapprochaient et plus la fortification paraissait impressionnante. Ils montèrent les escaliers de granit qui menaient en haut des remparts.

Les diverses sentinelles leur jetèrent un regard curieux qui ne s'éternisa pas. Il y avait bien mieux à faire que de s'intéresser à l'arrivée d'alliés eldes. Car la plaine de l'autre côté des remparts et de son fossé de trois mètres était couverte d'une marée ondulante, d'un fourmillement géant de guerriers. La Muraille n'avait jamais été prise, quelle que soit la force ou le nombre de ses assaillants. Mais cependant, de mémoire de Nain, jamais un ennemi aussi acharné ne s'était massé devant les remparts. Oui, les Maûnes étaient bien là, et en force ; avec leurs armées, leurs légions et leurs hordes.

À l'opposé de la muraille, une foultitude de tentes aux toiles uniformément noires ou rouges et de feux à la fumée grasse recouvraient les flancs de la Plaine, ne s'arrêtant qu'à une centaine de pas de la bordure des forêts.

Les envahisseurs avaient amené leurs tambours géants, garnis de la peau tannée de leurs plus vaillants adversaires. Toutes les nuits, apprirent les compagnons de l'une des sentinelles, et parfois le jour, comme c'était le cas depuis quelques minutes, les tambours battaient. Cette mélopée lancinante et grave, inquiétante, hérissait le poil d'Hogo, ébranlait les nerfs d'Ariale et renforçait Lucia dans son désir d'en découdre. Zétide, pour sa part, semblait s'en moquer. À l'instar du Lycante, ce n'était pas la première fois qu'il les entendait, mais contrairement au guerrier-loup, il avait appris à s'y habituer.

Pourtant, les envahisseurs n'attaquaient pas. Pas pour le moment. Ils préféraient en général réserver leurs assauts pour la nuit, qui les rendait plus alertes. Pour l'heure, ils se trouvaient hors d'atteinte des traits de la chasseresse et celle-ci ne cacha pas sa déception.

Zétide put discuter avec quelques autochtones de sa connaissance. Il apprit qu'ici non plus, la magie ne fonctionnait pas. Dans un camp comme dans l'autre ; ce qui réduisait le conflit à une dimension uniquement militaire.

Le siège durait depuis presque un an et les défenseurs tenaient toujours. Les Maûnes avaient essayé de détruire la Muraille avec tout ce que contenait leur arsenal ; ils avaient tenté de la vaincre par magie, avant que celle-ci ne se dérobe, néanmoins la pierre assemblée par les Dieux continuait de résister à leurs ardeurs. Les Nains avaient toute la nourriture, toute l'eau et tout l'armement nécessaires pour résister à un siège de plusieurs années. Leurs ennemis pourtant ne paraissaient nullement se lasser, toujours fermement décidés à en finir avec le peuple de Tégolín.

Zétide apprit également que les Maûnes concentraient habituellement leurs attaques la nuit. Les bataillons nains passaient la journée à se reposer, ne laissant que le minimum nécessaire de troupes sur les remparts.

– Vous voyez ce groupe d'individus, là-haut ? demanda le mage à ses compagnons. Le jeune Nain est le prince Kaldhan, le fils du roi Obéron.

Il désignait une terrasse surélevée au-dessus des remparts sur laquelle se tenait un groupe de six autochtones en cottes de mailles et surcots bleu et or, de trois en tunique colorée doublée de fourrure, et d'un dernier simplement vêtu de gris, celui que venait de désigner Zétide.

– Vous connaissez bien Obéron ? s'enquit Ariale, tout de même impressionnée.

– Un peu, sourit le mage en lissant sa moustache. Mais je connais surtout Melkior. Nous avons un peu bourlingué ensemble dans notre jeunesse, avant qu'il ne devienne roi des Nains de l'Ouest.

Et le mage se mit à raconter comment il avait fait la connaissance de Melkior, récit qui aurait pu donner matière à un palpitant roman. Lucia s'était éloignée des autres pour voir si elle ne trouvait pas une meilleure position pour décocher au moins une flèche.

Pour sa part, le guerrier-loup n'écoutait le récit que d'une oreille, il connaissait déjà l'histoire et, surtout, se concentrait sur trois minuscules points à l'horizon.

– Hogo ? demanda Zétide en interrompant son récit.

Celui-ci cessa son examen pour répondre.

– Oui ?

– Qu'y a-t-il ?

– Je ne sais pas, il m'a semblé… Mais non, je me suis trompé. Que disais-tu ?

Les points sombres à l'horizon, au nord-est, avaient disparu comme happés par la couverture nuageuse.

– J'en étais au moment où Melkior était attaché la tête en bas au bord de la falaise, répondit Zétide. Ou était-ce moi ? Je ne me souviens plus très bien, cela fait si longtemps… Enfin, toujours est-il que…

Hogo regarda de nouveau vers le nord-est. Les points dans le ciel étaient reparus, grossissant légèrement. Zétide et Ariale tournèrent leur attention dans la même direction mais, de si loin, n'y virent rien d'alarmant. Des oiseaux sans doute.

Les points disparurent une nouvelle fois dans les nuages.

Zétide avait repris le fil de son épique aventure devant une Ariale captivée lorsque le guerrier lycante s'écria :

– Des draks ! Ce sont des draks !

– Comment est-ce possible ? s'étonna le mage. Ils ne vivent que dans le Maûne.

Apparenté à la famille des saurials ailés, le drak tenait du dragon de par sa forme et sa corpulence mais n'avait ni son intelligence, ni son souffle, ni son aptitude à la magie. Pris dans le nid, on pouvait les dresser. Encore fallait-il s'emparer de leurs œufs, ce qui n'était pas chose conseillée aux gens prudents. Les saurials avaient une carapace d'un noir brillant rayé de vert. Un cou massif et court orné de piquants et une crête écarlate recouvraient leur crâne oblong.

– Ils portent des cavaliers, révéla le Lycante à la vue perçante. Je vois des Brans et des Orcks.

Ils ne furent pas les seuls à avoir repéré le danger. Une sentinelle sonna de son olifant, donnant l'alerte. Les Nains découvrirent leur protection antiaérienne : de grosses catapultes montées sur pivot, jusqu'ici recouvertes de bâches huilées.

Les draks fendaient le vent, chevauchant les courants d'air chauds. Lucia put voir qu'en effet, une sorte de plate-forme avait été fixée sur le dos de chaque saurial ailé, sur laquelle se tenait une quinzaine de silhouettes massives.

Le premier saurial qui se présenta fut atteint en plein poitrail par un pieu de bois long de dix mètres. Poussant un cri déchirant d'agonie, le drak alla s'écraser dans la plaine, tuant tous ses occupants et trois dizaines de guerriers maûnes. Le deuxième et le troisième eurent plus de succès, et réussirent à planer au-dessus des remparts, le temps de lâcher les Maûnes qu'ils portaient.

Vêtus de noir, ceux-ci avaient le visage teint en blanc, la marque des escadrons-suicide, ils portaient de longues épées dentelées, des haches à double tranchant et des boucliers ronds. Ayant à peine atterri sur les fortifications, les Maûnes, Borghs et Orcks mêlés, se jetèrent sur les gardes nains, les abattant et les repoussant dans le vide. En quelques secondes, ils firent un carnage, alors que d'autres Nains accouraient de toutes parts pour les combattre.

C'est en virant au-dessus des murs que ces deux derniers saurials furent blessés à mort par les catapultes. Le premier s'effondra sur les siens ; le deuxième réussit à planer un moment, mais un moment seulement. Le poitrail transpercé, il ne put repousser la mort plus longtemps et s'écroula contre l'un des versants de la montagne.

Tandis que les tambours accentuaient leur rythme sinistre, une partie des assaillants accrocha aux créneaux de longues échelles de corde qui furent lancées dans le vide pour permettre aux troupes massées dans la plaine de les rejoindre.

Les Nains se concentraient exclusivement sur les envahisseurs. C'est alors qu'à l'opposé de ce chaos, un quatrième et dernier saurial surgit d'un noyau de cumulus où il était resté tapi et fonça droit sur la terrasse où se tenait le prince Kaldhan. Le drak parvint à se stabiliser au-dessus de la terrasse. D'autres commandos prirent pied en face du prince et de ses compagnons, alors que les remparts avoisinants s'étaient vidés pour répondre à l'assaut initial.

Une flèche d'un blanc luisant miroita dans le ciel à la rencontre du saurial au moment où celui-ci reprenait de l'altitude. Elle le frappa sous l'aile, l'une des rares parties vulnérables de son corps. Au contact, la flèche explosa dans une gerbe d'énergie turquoise. Succombant à sa blessure, le drak poussa un long cri de dépit avant de mourir en plein vol et son cadavre plana jusqu'à aller s'écraser dans la forêt, du côté nain.

Les quinze Maûnes de l'escadron-suicide – tous guerriers d'élite – attaquèrent immédiatement après avoir touché le sol. Les Brans usèrent des petites arbalètes fixées sur leurs poignets pour abattre trois des gardes en poste sur la terrasse. Empoignant leurs haches de bataille ou leurs sabres dentelés, les Orcks se divisèrent pour barrer l'entrée des deux escaliers, coupant ainsi au prince toute possibilité de retraite.

Concentrés sur l'assaut premier et trompeur de leurs adversaires, les assiégés mirent du temps avant de se rendre compte du danger qui menaçait Kaldhan. Ils ne pouvaient cependant délaisser leurs ennemis. Un oliphant résonna sur la Muraille pour appeler d'autres troupes, mais le temps qu'elles montent de la vallée, ne serait-il pas trop tard ?

Par pur hasard, Lucia se trouvait juste un étage en

dessous de l'endroit où se tenait le prince des Nains. Posant son arc, qui ne ferait que l'encombrer, la chasseresse s'engagea sur les escaliers. En haut, l'attendaient des Orcks, déterminés à en barrer le passage, le temps que leurs congénères abattent le prince. Loin derrière elle, Hogo, gêné par un contingent de guerriers, s'époumonait à lui crier de l'attendre, mais la chasseresse n'écoutait pas.

À grand renfort d'imprécations et d'acier, le commando maûne accula les Nains au fond de la terrasse. À l'autre bout des remparts, les Nains et leurs ennemis se défendaient âprement la maîtrise des fortifications.

* * *

Lucia avait dégainé son poignard, plus approprié que son épée pour se battre dans cet espace restreint. L'Orck qui tenait le haut des escaliers se fendit vers le bas pour la transpercer de son sabre dentelé, mais le mouvement de la chasseresse n'était qu'une feinte. Elle changea d'appui, passa sous la lame du Maûne et lui plongea son arme dans le cœur. Son adversaire tomba comme une masse dans le vide. Lucia put gravir encore une petite dizaine de marches. Mais déjà un autre Maûne se dressait devant elle.

Pendant ce temps, sur la terrasse, trois autres Nains furent tués par les Brans. Les trois restants se défendaient de leur mieux, faisant rempart de leur corps pour protéger leur souverain.

Lucia trébucha et dut se retenir au mur d'enceinte, sans défense. L'Orck leva sa hache pour frapper. Il ne put jamais achever son geste. Une pierre passa en vrombissant comme un frelon en colère à côté de la chasseresse, et atteignit le Maûne en pleine tête. L'impact projeta celui-ci en arrière et il alla s'écrouler sur ses congénères, le crâne fracassé. Hogo avait sauté sur la ligne des remparts pour tirer sa pierre et à présent il bondissait de créneau en créneau pour rallier sa partenaire.

Lucia reprit son équilibre, franchit les dernières marches qui lui restaient et plongea au travers des Maûnes qui se relevaient. Elle effectua une roulade, se releva en dégainant Rhisiart dans le même temps, hurlant un « Garamont ! » de défi pour attirer l'attention du commando. Trois guerriers orcks se jetèrent sur elle. La chasseresse se déplaça sur le côté afin de les gêner, esquiva l'attaque du premier d'une torsion du buste, tourna sur elle-même, épée haute pour dépasser le deuxième et le troisième adversaire. Son mouvement achevé, d'un revers, elle trancha la colonne vertébrale du troisième Orck, d'une diagonale vers le haut, puis ouvrit le torse du deuxième. Le premier revenait sur elle en faisant de grands moulinets de sa hache. Lucia dégaina sa dague de jet qu'elle lança en plein front du Maûne.

Il ne restait plus que deux gardes et un courtisan pour défendre Kaldhan. Le visage altier du prince reflétait une certaine tension mais aucune peur, de la détermination et non de l'inquiétude. Il tenait son épée d'une main ferme, attendant de pouvoir combattre à son tour. Le dernier de ses courtisans fut éventré par le sabre dentelé d'un Bran. Un Orck se jeta sur un des gardes. Tous deux chutèrent, emmêlés dans un duel rageur et sans merci. Deux autres Maûnes avaient pris le dernier garde nain en tenaille.

À son tour, Kaldhan dut combattre. Il para un coup de lame dirigé vers sa tête, répliqua d'un revers qui fendit la cuisse de son assaillant. Mais un autre Bran en profita pour le frapper au visage du pommeau de son arme et cingler son poignet pour lui faire lâcher son épée. Étourdi, Kaldhan voulut reculer, mais il était dos au mur. Le Bran sourit, leva son sabre sur Kaldhan et abattit son arme.

Le son étincelant de l'acier qui contrait son frère retentit clairement. Constatant la détresse du prince, Lucia avait couru puis plongé et roulé jusqu'à lui en éliminant un autre ennemi au passage, pour interposer Rhisiart et sauver la vie de Kaldhan.

Le Bran réagit avec un temps de retard, surpris d'avoir été contré. Lucia rejeta le sabre de son adversaire d'un revers et lui fendit le visage au niveau du nez. L'Orck en avait fini du Nain, il revenait à l'attaque. Lucia devança son assaut en brisant la distance qui les séparait. D'un fouetté du pied, elle lui disloqua la rotule avant de lui ouvrir le ventre en travers. Kaldhan en profita pour achever l'ennemi qu'il avait blessé. Restaient quatre commandos, deux Brans et deux Orcks ; le dernier guerrier nain avait succombé. Lucia se mit en position défensive et recula pour se placer entre Kaldhan et les assassins.

La jeune femme commençait à se sentir lasse, trop pour affronter les quatre Maûnes. Hogo gravissait à peine le bas des escaliers.

Mais le salut ne vint pas de la part du Lycante, car bien que plus rapide, Lucia n'avait pas été la seule à se porter au secours du prince.

Venus du rempart opposé, deux autres guerriers eldes avaient couru vers la même destination. Le premier des deux, un gigantesque Onyx en armure foncée, s'était jeté sur les Maûnes qui tenaient le deuxième escalier. De sa hache, de son épée longue, il balaya les Orcks qui tentaient de le découper de leurs haches de bataille. Le second, un Capricorne aux vêtements colorés, le couvrait de son arc, décochant des traits meurtriers avec une vivacité étourdissante, terminant d'ouvrir à son compagnon l'accès à la terrasse. L'Onyx arriva sur celle-ci au moment où les quatre derniers commandos allaient s'élancer sur la chasseresse.

Sans s'arrêter, l'Onyx fit un tour sur lui-même, hache

pointée vers le bas et au sortir de sa volte frappa vers le ciel. Atteint au pubis et ouvert jusqu'au menton, le premier des assassins fut soulevé du sol par la puissance du coup porté et s'envola pour s'écrouler lourdement sur le dallage de la terrasse dans une gerbe d'entrailles. Une flèche blanche à empennage violet passa entre le bras et l'épaule de l'Onyx, une autre effleura son cou et les deux traits allèrent se ficher dans les deux autres maûnes. Le dernier, un Bran, fut abattu par Lucia d'un estoc au ventre suivi d'un revers en travers de la trachée.

Hogo arriva trop tard pour prendre part au combat. Ayant constaté que Lucia n'avait rien, il se contenta de s'appuyer dos aux remparts et d'attendre la suite. Il n'avait plus envie de tancer la jeune femme. Le fier visage de son amante resplendissait d'une joie farouche, de l'excitation du combat et de l'ivresse de la victoire. La cicatrice sur sa pommette ne faisait que la rendre plus belle encore et le guerrier se sentait incapable de la prendre à parti à un tel moment.

L'Onyx se rapprocha du prince et de la chasseresse. Le Capricorne resta en retrait, flèche blanche encochée, sondant le ciel pour vérifier qu'aucun drak n'allait en surgir.

L'Onyx prit la parole :

– Prince Kaldhan, je suis mécontent de vous… Que valent mes conseils si vous ne les suivez pas ? Où sont votre cotte et votre casque ? Votre bouclier ?

– Chevalier, vous savez que cela m'encombre. Et puis, j'avoue que sur cette terrasse, je ne pensais pas pouvoir subir une telle attaque des Maûnes. Cette erreur, je ne la commettrai pas deux fois, vous le savez bien, mon ami. Mais laissez-moi plutôt le soin de remercier celle qui m'a sauvé. Car sans mésestimer aucunement votre intervention, c'est avant tout à elle que je dois la vie.

Le prince adressa un chaleureux sourire à la chasseresse, mais dut se détourner d'elle car ses sujets accoururent autour de lui pour s'enquérir de sa santé. Le prince les rassura avant de les congédier. Il ordonna que des guetteurs se chargent de scruter le ciel afin de ne pas être pris par surprise. Cinq nouveaux gardes du corps ne le quittaient pas de l'œil. De l'autre côté des remparts, les Nains avaient fini par anéantir les autres commandos maûnes qui, une fois l'effet de surprise passé et malgré leur rage de vaincre, avaient succombé sous le nombre. Leurs dépouilles avaient été rejetées au bas des murailles, provoquant une colère pour l'instant impuissant chez les assiégeants.

Tandis que Lucia récupérait et essuyait sa dague de jet, le prince se rendit au bord des remparts, du côté de Tégolín, et leva les bras, rassurant son peuple sur son sort. Les Nains sur la Muraille et ceux dans la vallée saluèrent l'échec des assassins d'une clameur à faire vibrer la pierre. Porté par des milliers de gorges, le nom de Kaldhan s'éleva par-dessus les murailles, plana pour aller gifler le visage des Maûnes et leur orgueil par la même occasion.

Une fois ses sujets calmés, le prince put revenir à Lucia.

– Ma demoiselle… ?

– Lucia ; je suis la nièce du mage Hypolus d'Arcadie.

– Ma demoiselle Lucia, bien que d'une certaine valeur, ce médaillon n'est qu'une pâle récompense en regard de ce que vous venez de faire. Il a été forgé par le père de nos pères, le grand Corwin Blanchebarbe. Quoiqu'intangible, ma plus grande gratitude accompagne ce sobre présent.

Tout en parlant, le fils du roi Obéron ôta le médaillon octogonal forgé d'or rouge et incrusté de petites gemmes blanc argent qui couvrait sa poitrine, et, avec une grande noblesse, l'offrit à la jeune femme.

–Prince Kaldhan, ce n'est que peu de chose, répondit la jeune femme d'une courbette qu'elle n'espérait pas trop maladroite, j'ai fait ce que me dictait ma conscience, voilà tout.

–Et modeste, de surcroît ! Venez dîner au palais ce soir, mon père voudra lui aussi vous remercier. À présent que vous portez mon médaillon, le moindre des Nains de l'Est est à votre service ! Il suffira que vous le montriez aux gardes pour obtenir libre passage... Quant à vous deux, mes bons amis, ajouta le prince en se tournant vers les deux guerriers, je vous connais depuis trop longtemps et comme vous êtes nettement moins ravissants que cette guerrière, vous n'aurez donc que mes remerciements pour rétribution de votre fidélité. Venez tout de même au banquet, votre présence sera comme toujours la bienvenue. À ce soir, donc ; je compte sur vous !

Et Kaldhan quitta les lieux, escorté de sa suite, laissant Lucia face aux deux Eldes.

Le Capricorne raccrocha son arc dans son dos – son grand arc au bois fin, renforcé de runes aux gris et vert entrelacés – et alla récupérer ses flèches. Il portait non pas un mais trois carquois de longs traits aux diverses couleurs. L'imposant Onyx essuya ses armes avant de les rengainer.

La tension et l'urgence étant retombées, ils se tournèrent vers elle et la saluèrent élégamment, laissant à la jeune femme la liberté de mieux détailler les deux personnages.

L'Onyx était caparaçonné dans une armure complète mais restait tête nue. C'était un humanoïde à tête d'oiseau – de corbeau – qui paraissait trop petite pour son corps de colosse. Il avait un bec jaune, court mais épais et son plumage brillait d'un noir dense. Son épaisse armure anthracite s'enorgueillissait de petites runes dorées, invisibles de loin et tracées à la verticale. Runes qui se retrouvaient également gravées sur son épée et sa hache, forgées de métal noir. Ses yeux vifs, au violet changeant, paraissaient ne rien laisser passer de ce qui l'entourait. Imposant, impressionnant, mélancolique et sérieux, tel pouvait se résumer le guerrier onyx.

De taille moyenne, avec de larges épaules et la taille svelte, le Capricorne ressemblait à un bouquetin, si ce n'était qu'il se tenait sur deux jambes comme un Humain, et que son regard brillait d'une intelligence malicieuse. Sa fourrure était gris clair, ses deux cornes torsadées avaient la teinte de l'or passé et sa tenue contrastait vivement avec l'austérité de son compagnon. Il portait un pourpoint épais de velours mauve à crevés et manches courtes, une ample chemise de soie bleue, un pantalon violet, des bottes à revers en cuir gras et brun et un foulard vert. À chacune de ses oreilles, étincelaient trois anneaux d'or.

– Rien de plus que d'avoir sauvé l'héritier de Tégolín ! Une peccadille, vraiment, sourit le Capricorne d'un accent presque fredonné. Ma jolie demoiselle, votre modestie n'a d'égale que la vivacité de vos estocs !

Et il s'inclina devant elle. Amusée, la chasseresse lui rendit son salut. L'Onyx fit un pas en avant :

– Ne faites pas trop attention à ce qu'il dit. Il est souvent ainsi, il adore faire son intéressant.

– C'était joliment tourné, je trouve, sourit encore Lucia.

– Ah, tu vois, montagne de bêtise et d'acier, mademoiselle a bon goût, elle ! s'écria l'archer.

Sur la terrasse, une escouade de Nains vint laver le sol à grande eau avant d'y prendre la garde.

– Ma demoiselle, ce fut un honneur de combattre un instant à vos côtés, s'inclina élégamment le robuste Onyx.

– J'ajouterai que ce fut également un plaisir ! renchérit le Capricorne en saluant avec beaucoup plus d'extravagance.

Lucia sourit et désigna les carquois de l'archer capricorne.

–Dites, c'était vous, la flèche blanche qui a abattu le dernier drak ?

–Un beau tir, je dois le reconnaître ; il s'avère difficile d'atteindre une telle cible en plein vol mais ma flèche ne l'a pas manqué, ce serviteur des Impies !

De tout autre, Lucia aurait trouvé cette réponse plutôt arrogante. Mais le Capricorne avait parlé avec tant de gouaille qu'elle comprit qu'il adorait manier l'ironie.

–Et si nous allions nous rafraîchir d'un bon verre, discuter de nos mérites respectifs, de nos aspirations, ou encore de nos folies ? proposa l'archer d'un grand sourire. Cette déconvenue devrait calmer nos sombres ennemis un bon moment… Il serait dommage de se quitter avant le réconfort que, par le grand Maëllmoth, nous avons bien mérité !

–Un bon verre, quelle bonne idée, s'exclama Zétide à peine arrivé, Ariale sur les talons qui avait récupéré l'arc de son aînée.

–Vous connaissez la bière ardente des Nains ? leur demanda l'archer. On la sert au choix brûlante ou glacée. Pour ma part, à cette heure, je la conseille glacée. Elle vous tapisse le gosier d'un voile de miel refroidi avant de vous offrir sa chaleur exquise ; de quoi vous offrir un véritable échantillon d'Eden !

Tout en discourant avec emphase, le Capricorne descendit des remparts, et, d'un pas dansant, les mena jusqu'à rejoindre la pente de la vallée, côté ouest. Zétide et Hogo marchaient en dernière position. Le mage jeta un œil interrogatif à son comparse en désignant le Capricorne du menton, toujours en train de babiller. Hogo répondit d'un haussement d'épaule signifiant que le cas méritait d'être étudié.

Bâtie à mi-hauteur de la vallée, à l'opposé du fortin, surplombant le camp nain, l'auberge du *Nain-qui-*

*trébuche*, ainsi se nommait-elle, s'épanouissait en un bâtiment rond au toit de chaume, aux larges murs de bois foncé, laqués. Le son enjoué d'une flûte naine résonnait entre les arbres alors qu'ils gravissaient la haute butte.

Au loin, sur la chaîne montagneuse du sud, on pouvait apercevoir la masse claire des murailles extérieures de la forteresse de Forgecœur, berceau des Nains de l'Est. En altitude, brillait le manteau satiné des neiges éternelles de Blanchebarbe, le pic sacré que l'on avait rebaptisé en l'honneur du souverain fondateur de Tégolín et derrière laquelle les attendait l'Île de Glace.

Lucia et les deux guerriers eldes entrèrent dans la salle principale, salués par une ovation générale des autochtones, leur exprimant leur gratitude pour avoir sauvé leur prince.

* * *

Au début, penché en avant de son siège, les coudes sur la table, Zétide étudia minutieusement les autres consommateurs, des Nains, exclusivement. Il avait renoué avec sa méfiance des borgnes. Il y en avait au moins trois dans l'auberge, en plus du nommé Grendhon qu'il avait rencontré le matin même. N'importe lequel aurait pu être Geyor métamorphosé. Le mage se morigéna, il allait devenir fou à force de paranoïa. Tout d'abord, se gourmanda-t-il, aucun des borgnes ne leur avait témoigné d'intérêt. De plus, il avait détruit le charme de la sorcière et Geyor le golem ne disposait plus d'aucun moyen de le suivre ni de savoir qu'il était à Tégolín. Des borgnes, il allait sans doute en croiser d'autres dans les jours à venir… Une telle blessure était plutôt courante chez les guerriers. Et des guerriers, il y en avait plusieurs centaines rien que sur les remparts et dans la vallée. Inutile d'en parler aux autres, pour le moins, cette effrontée de Lucia le traiterait de psychotique. Et puis il fallait absolument rester concentré sur la quête qui l'espérait-il ardemment, allait bientôt connaître un heureux terme.

Il se rencogna dans son siège et s'obligea à oublier ses soupçons.

– Commençons par les présentations, intervint le Capricorne après avoir commandé une tournée de bière ardente pour les adultes – glacée, exceptée pour l'Onyx qui la préférait brûlante – et du jus de baies rouges rafraîchi pour Ariale. Mon camarade onyx ici présent est l'honorable chevalier Oriel de Freux-Croix, du Médoc. Malgré ses nombreux défauts, je dois avouer qu'il fait un noble compagnon depuis de longues années et qu'il est louable de sa part de supporter la magnificence supérieure de mon esprit... Bien qu'il soit incapable de l'apprécier à sa juste mesure. Pour ma part, je suis Vertymbras d'Ean Crob, gentilhomme voyageur, poète et libre penseur, le meilleur archer capricorne à la surface de l'Ældo !

– Et sûrement pas le plus modeste, renchérit l'Onyx.

Le Capricorne lança un regard moqueur à son compagnon avant de s'exclamer :

– Ah, voici nos boissons ! Que l'Équilibre en soit vingt fois remercié !

Avec celles-ci, le Capricorne avait commandé un plat de petites saucisses à la saveur épicée.

– Nous sommes venus prêter main-forte aux Nains, expliqua Oriel. Cela fait plus de six mois que nous sommes là.

– Et vous, gentes demoiselles, nobles sires, que vous amène dans cette riante contrée ? s'enquit Vertymbras. Le tourisme ?

Il prit la peine de servir chacun, laissant ainsi à Zétide le loisir de peser sa réponse. Ici, dans le territoire des Nains, où il était connu, le mage ne vit pas de raison de cacher son identité. D'ailleurs, il avait déjà été reconnu sur les remparts et avait donné son nom dans le fortin. Par contre, mieux valait conserver le secret sur les filles Garamont.

– Je suis Hypolus d'Arcadie, voici mon compagnon, le prince Hogœrwen'r de la nation lycante, et mes nièces Lucia et Ariale. Nous sommes venus voir le roi, annonça Zétide après un instant d'hésitation. Nous attendons qu'il nous donne audience.

– Par les cornes de mon aïeule, le célèbre Hypolus, pas moins ! Accompagné d'un prince lycante et de deux ravissants minois... À n'en pas douter, je célébrerai cette fameuse journée dans ma prochaine élégie !

Lucia se pencha vers Oriel :

– Dites-moi, chevalier, il est toujours comme ça, votre ami ?

– Hélas, soupira l'Onyx avec une feinte commisération avant d'entreprendre de lisser les plumes de son crâne vers l'arrière. Il fait trop souvent preuve d'une exubérance un peu pompeuse. Vertymbras, entends-tu ? N'importune pas ces gens avec ton verbiage !

– Mais mon cher Freux-Croix, je ne fais preuve que de la plus élémentaire courtoisie. Et je refuse fermement les qualificatifs de « pompeux » et de « verbiage » ! Assurément, ces termes insultants ne peuvent être accolés à ma personne. Mais comme tu maîtrises mal le langage d'êtres civilisés tels que nous, évidemment, je ne peux que te pardonner ton outrecuidance !

Au lieu de répondre, le chevalier onyx préféra enfourner une saucisse dans son bec. Après quoi, il but une large rasade de bière puis fouilla dans la besace qui pendait à son côté, pour en sortir un étui de peau contenant une pipe de bruyère à culot épais.

– Dites-moi, chevalier, c'est bien une Partanas à double tirage que je vois là ? demanda le mage, les prunelles brillantes.

– Tout à fait. Vous êtes un connaisseur, mon cher Hypolus !

– Tout au plus un amateur éclairé, répondit le mage, d'un ton faussement modeste.

– Alors ce sera une joie pour moi si vous me permettiez de vous offrir de mon tabac, seigneur mage, intervint l'archer. Sachez que j'en ai d'excellents !

À son tour, le Capricorne brandit une pipe en bois clair, à long bec, que Zétide reconnut comme une Blanche-Finesse. Sans attendre la réponse de son interlocuteur, il se tourna vers le chevalier.

– Voyons, Oriel, qu'en penses-tu, lequel mérite notre attention en une telle occasion ? Attention, mon vieil ami, l'heure est grave et le choix délicat !

L'archer ouvrit les pans de son pourpoint de velours pour faire admirer un gilet de peau lavande à l'intérieur duquel, sur chaque pan, était soigneusement cousue une dizaine de poches contenant différentes réserves de tabac.

– Pour ma part, je crois que je vais prendre une bonne pincée de cet excellent numéro Trois des Îles Vertes, cultivé par l'admirable peuple verve, se décida l'Onyx.

– Diantre, un choix judicieux ! s'écria Vertymbras. Encore que certains peuples y attribuent des effets psychotropes.

– Ah bon ? s'étonna le sorcier d'Arcadie en hochant plusieurs fois la tête. Mais… C'est très intéressant, ça !

– Messire Hypolus, je reconnais en vous un adepte ; définitivement, je vous recommande le numéro Trois…

– Mais recommandez donc !

Zétide sortit sa propre pipe qui fut admirée par les deux Eldes.

– Cela dit, si vous préférez, enchaîna le Capricorne, j'ai du tabac roux d'Astre-Roc, de l'écorce alfique rosée, de ce tabac brun des Landes, très compact, qu'affectionnent les Nains… du blond des côtes de la

Mauve ou de votre excellent Arcadien-doux. Voyons, j'ai également du Vert-Songe, de la Petite-Heure et même des graines de garbon…

– Le tabac des Îles Vertes m'ira parfaitement, le coupa Zétide. Mais j'avoue que le choix s'avère difficile ; vous avez là un impressionnant choix !

– Et j'espère bien avoir l'occasion de vous en faire goûter d'autres, seigneur mage. Mais pour l'heure, foin de ces paroles, fumons !

Bientôt, trois cercles de fumée bleuâtre s'élevèrent au-dessus de la table. Après quelques bonnes bouffées, une saucisse, trois ou quatre gorgées de la bière des Nains, Zétide s'adressa au Capricorne :

– Vous me semblez un personnage plein de ressource, mon cher Vertymbras…

– Ah ah ! s'exclama l'archer-poète. Entends-tu, Oriel ? Et de la part du sorcier d'Arcadie, encore ! Voilà qui va rabattre ton caquet de freux mal peigné !

Instinctivement, l'Onyx lissa de nouveau les plumes de son crâne en arrière ; réflexe dont il s'avérait coutumier.

– Tu parles beaucoup, mon ami à cornes, c'est un fait… mais pour moi, tes paroles n'ont pas plus de substance qu'une fumée par grand vent ; je n'entends rien de tes calembredaines !

– Calembredaines ? Comment oses-tu ? Vil volatile encerclé d'acier ! Si je n'étais attablé en aussi bonne compagnie, je te provoquerais incontinent en duel !

Le reste de la discussion tourna autour des dernières nouvelles de la guerre, tout d'abord, puis glissa sur des sujets plus légers, tels les meilleurs crus ou les meilleures tables de l'année, agrémentée régulièrement des moqueries affectueuses que s'adressaient l'Onyx et le Capricorne.

Ils se quittèrent en fort bons termes, échangeant la promesse de se revoir bientôt. La chasseresse dut admettre en son for intérieur qu'ils venaient de passer un agréable moment en compagnie de ces deux sympathiques et pittoresques guerriers.

En sortant du *Nain-qui-trébuche*, Lucia fit admirer le médaillon que Kaldhan lui avait offert en expliquant au mage qu'elle détenait le moyen d'entrer dans Forgecœur et que d'ailleurs, elle était l'invitée du prince pour le soir même. Au passage, elle ne put s'empêcher d'aiguillonner sa cible favorite.

– Alors, que feriez-vous sans moi, mage ? Tiens, vous savez quoi, si vous êtes gentil avec moi, peut-être vous emmènerais-je voir le roi… Mais attention, il faudra vraiment être très gentil !

Zétide s'éloigna en marmonnant dans sa barbe.

– Qu'est-ce qu'il a dit, Hogo ? Toi, tu dois pouvoir l'entendre…

– Euh… Je crois qu'il a dit « Nia-nia-nia… ».

* * *

Le cadeau du prince de Tégolín leur valut la meilleure des garanties et personne ne s'opposa plus à ce que les compagnons rejoignent Forgecœur. Il y avait un moyen rapide de se rendre au palais : il suffisait d'utiliser le cercle de transfert situé dans le fortin. Il consistait en une grande rune concentrique gravée de lignes vertes dans le sol de pierre. Le cercle fonctionnait de même manière que le halo magique qui les avait reconduits à Bhelbas, à part que sa destination était unique : à savoir Forgecœur. Une série de caractères à utiliser dans l'ordre permettait d'initier le transfert. Une fois dans le cercle, Zétide activa les runes en passant la main au-dessus de celles-ci. La seconde suivante, ils se trouvaient à des kilomètres de là, dans une pièce nue, carrée, percée de meurtrières derrière lesquelles se tenaient une dizaine d'arbalétriers.

Leur arrivée étant attendue, Lucia n'eut qu'à montrer le médaillon princier pour qu'on leur déverrouille la porte et les conduise jusqu'au poste de garde. Kaldhan, prince des Nains de l'Est, leur fit le privilège de venir lui-même les chercher.

– Vous êtes venue avec des amis, c'est bien ! Venez, je vais vous conduire.

Lucia fit les présentations et tant Zétide qu'Hogo furent salués avec respect.

Pour le peu qu'ils eurent à en voir, Forgecœur rappelait un peu l'architecture générale de la Forteresse cachée. Haute, claire et spacieuse, mais en beaucoup plus vaste. À la fois palais, métropole et citadelle, fleuron du peuple de la Pierre, Forgecœur avait été bâtie dans la montagne et seuls quelques remparts, tours et postes de guet se trouvaient à l'extérieur.

De la citadelle des Nains, il y avait fort peu à en dire. Ils ne virent que des longs et larges couloirs décorés d'étendards aux couleurs chatoyantes des clans ; le bleu et or de la famille royale, les Forgecœur ; le vert sapin du clan Hachetonnerre ; le rouge clair des Rocdefeu ; l'ocre foncé des Hautefalaise ; le gris barré d'outremer des Marteausombre et encore une bonne vingtaine d'autres moins renommés. Ils croisèrent également des escaliers de marbre, quelques vastes pièces destinées à la détente et beaucoup de guerriers.

Enfin, ils débouchèrent dans le grand hall, pièce principale de toute forteresse naine qui se respecte, où les hommes prenaient leurs repas, écoutaient les discours de leur roi, échangeaient des potins, buvaient et fumaient la pipe, astiquaient leurs armes ou chantaient. Parfois, le tout en même temps.

Traduisant pleinement la puissance du peuple industrieux, la pièce aurait contenu au moins trois légions. Une trentaine de colossales colonnes délicatement décorées soutenait une voûte en arc dont le plafond montait si haut qu'il se perdait dans les ombres. Il n'y avait pas de fenêtres, des torches au feu magique fournissaient toute la lumière nécessaire. D'épais tapis pourpres jonchaient le sol et les hauts murs étaient recouverts de tapisseries reproduisant les hauts faits des héros défunts du peuple de la Pierre ; Corwin Blanchebarbe, bien sûr, mais aussi Tindas Hachetonnerre, Garthen Marteausombre, Kaine Bouclesnoires ou encore Fharod Forgecœur. Entre les tapisseries, brillaient les boucliers étincelants des mêmes grands personnages.

Devant une table garnie de boissons, ils retrouvèrent le chevalier onyx et l'archer capricorne avec qui le prince semblait fort bien s'entendre. Paraissant à l'aise en toutes circonstances, l'archer éblouit une fois encore son entourage de sa verve. Le temps de boire une tournée et converser gaiement, sonna l'heure du repas.

Un immense carré de tables recouvertes de nappes bariolées les attendait au centre du hall, de quoi accueillir une bonne centaine de convives. Au centre d'une des lignes du carré, il y avait deux hauts sièges, presque des trônes, l'un rehaussé d'or et vide – celui du roi –, le second, frappé d'argent, dévolu à son fils. Obéron était trop occupé pour participer au repas, expliqua le prince, il avait laissé à celui-ci le soin de diriger le banquet.

Kaldhan plaça les compagnons à côté de lui, de part et d'autre de la table. À peine étaient-ils assis que commençait le service. Lucia put constater que les Nains ne plaisantaient pas avec la nourriture et qu'ils ne faisaient pas de manières. Ici, le décorum n'était pas de mise. Chacun parlait avec chacun sans se soucier des règles de rang. Plusieurs guerriers hélèrent le prince, le saluèrent sans façons mais avec une visible affection respectueuse.

Le repas servi se composait d'une abondante variété de charcuterie, de cochons de lait grillés au miel, de tourtes aux nombreux parfums, de saladiers ventrus remplis de légumes ou de pommes de terre rissolées, d'énormes miches de pain noir sorties croustillantes des fours, ainsi que de divers plateaux de fromages. Et de la bière, beaucoup de bière, rousse, épaisse et mousseuse, servie avec – pour les plus téméraires – un vieil hydromel à la douceur traître.

Ils passèrent un très bon moment. Les Nains parlaient fort, affichaient une farouche bonne humeur et ne paraissaient nullement inquiets du siège. Le repas terminé, sur un signe du prince, un garde vint les chercher pour aller voir le roi Obéron.

Délaissant Vertymbras et Oriel, les compagnons sortirent de la grande salle, empruntèrent une nouvelle série de couloirs, montèrent un grand escalier, longèrent encore un couloir et s'arrêtèrent dans une antichambre décorée de brocart bleu et vert à ramage d'or. Derrière un bureau, un seul homme, le secrétaire particulier du roi, car celui-ci avait toujours laissé libre accès à ses appartements. Alors que leur guide les laissait, le secrétaire leur désigna une double porte de bois laqué qui menait au bureau privé du souverain et dit simplement :

– Le roi vous attend. Vous pouvez entrer.

* * *

Obéron de Tégolín était le Nain le plus grand et le plus mince qu'avait vu Ariale. Il avait le cheveu neigeux et la barbe noire, quoique parcourue de poils gris, les traits bien dessinés mais cependant sans rien de remarquable, hormis ses yeux d'un bleu limpide qui brillaient de sagacité. Ses rides évoquaient moins la vieillesse que l'expérience. Aucun ornement pour affirmer ou justifier son rang. Bien que taillée dans la meilleure des étoffes, sa tunique longue brun clair brodée de brandebourgs verts et dorés n'avait rien d'ostentatoire. Le roi ne portait pas d'arme et n'avait rien d'un rude guerrier.

Obéron était un visionnaire, infatigable travailleur, homme de paix porté sur les sciences, les arts et la philosophie. Depuis son avènement, il avait su mener son peuple avec sagesse, bienveillance et modération. Sous sa férule, Tégolín avait grandi en puissance sans jamais menacer les autres peuples de l'Ældo. Immensément respecté, même de ses pairs, adulé de son peuple, le monarque des Nains de l'Est représentait sans conteste le souverain le plus avisé du Troisième Monde.

Les Nains n'étant pas un peuple à faire des manières, leur roi leur servit lui-même à boire dans des chopes de cristal. La pièce où il les recevait était toute simple. Des murs bleus couverts de bibliothèques, une grande cheminée où flambaient des sarments de vignes, un bureau en L, un canapé et trois fauteuils, un meuble à boisson, un tapis en laine de mouflon et c'était tout.

– Voici donc cette jeune guerrière dont Kaldhan m'a parlé, entama Obéron, Lucia, c'est ça ? Inutile, ma demoiselle, de vous expliquer à quel point je vous suis redevable d'avoir sauvé mon fils. Comment pourrais-je vous récompenser ? Vous offrirais-je la fortune ? Un titre ? Un riche mariage, peut-être ? Choisissez…

– Votre majesté…

– Obéron. Ne faisons pas de manières.

– Obéron, je ne veux rien. Seulement que vous accédiez à notre demande…

La jeune femme s'effaça pour laisser place à Zétide.

– Oui, opina le roi, Hypolus d'Arcadie et son inséparable compagnon lycante, le prince Hogœrwen'r… J'aurais dû vous recevoir plus tôt, mage… mais je suis débordé. Venez-vous combattre à nos côtés ?

– Non, Obéron, tel n'est pas notre but. D'ailleurs, je vais aller à l'essentiel : nous devons nous rendre sur l'Île de Glace. Et que je sache, le seul moyen en cette saison est le cercle runique qui se trouve dans votre palais.

– L'Île de glace ? s'ébahit le roi.

– Il s'agit de la Quête, répliqua Zétide d'un ton pressant. La Belle Arcane. Nous approchons… Il ne me reste plus qu'une composante à trouver et la Rune première sera *complète*…

En quelques mots, il lui résuma leurs aventures ; Obéron était digne de confiance.

– Honneur et Courage, au moins une bonne nouvelle ! s'exclama le roi. À tout autre que vous, j'aurais refusé cette doléance, l'Île est un endroit qui a mauvaise réputation : ceux qui foulent son sol n'en reviennent pas… Mais je ne peux m'opposer à la quête de l'Arcane, ce serait sacrifier ce qui est peut-être notre dernière véritable chance de salut.

– Comment se passe le siège ? demanda Zétide.

– Nous tenons… La Muraille nous protège et mes troupes sont vaillantes. Mais à terme, je ne pense pas que nous puissions vaincre les Maûnes. Les ressources du Shaddak-Llogo'th semblent inépuisables ; la magie est devenue chaotique et il y a les Dalles… Un messager de Melkior vient de me prévenir que l'Alliance des Eldes venue nous prêter main-forte approche. Mais suffira-t-elle à défaire le siège ? J'en doute ; les Légions sont trop nombreuses.

Obéron poussa un gros soupir avant de reprendre :

– À vous Hypolus, je peux le dire, je m'avoue pessimiste. Même si Tégolín résistait indéfiniment, ce qui n'est pas prouvé, le reste de notre monde se trouve au bord du désastre. À court ou moyen terme, l'Enareín est perdu, j'en ai peur… Vous quatre êtes sans doute le seul espoir qui nous reste, j'en ai conscience. Vous pouvez utiliser le Cercle, j'ai dit ! Avez-vous besoin d'autre chose ? Je peux vous fournir une escorte, si vous voulez…

– Non, ce n'est pas la peine, nous nous débrouillerons pour le reste. Merci de votre collaboration, Obéron.

– Et quand voulez-vous partir ?

– Demain matin, si c'est possible…

– Kaldhan vous amènera au Cercle. Des chambres ont été préparées pour vous recevoir, aussi longtemps que vous le désirerez. Mon secrétaire vous y mènera. Je vais vous laisser à présent, j'ai encore fort à faire. Bonne nuit à tous et, demoiselle Lucia, merci encore d'avoir sauvé mon fils ; si je peux faire quoi que ce soit pour vous, n'hésitez pas ! Hypolus, je compte sur vous pour venir me voir dès votre retour. Je vous souhaite de réussir, pour le salut de notre monde.

Ils furent conduits dans une aile de la citadelle réservée aux diplomates étrangers. Une suite pour les deux sœurs Garamont, une autre pour Zétide et une dernière pour le Lycante. Spacieuses, elles offraient tout le confort dévolu à un dignitaire, un confort dont ils avaient manqué depuis le départ d'Avallon. L'hospitalité des Nains valait le détour, s'exclama Lucia en défaisant ses nattes avant de brosser ses longs cheveux.

Ariale s'endormit aussitôt couchée, Shruti lové contre sa tête, et ignora donc que son aînée se levait de son lit pour quitter leur chambre. D'ailleurs, la fillette dormait encore lorsque la chasseresse revint se coucher, aux premières lueurs de l'aube.

* * *

Le lendemain, en fin de matinée, après un solide petit déjeuner partagé avec Oriel, Vertymbras et Mjöllnar, toujours aussi bougon, Kaldhan vint les chercher. Par l'intermédiaire de son fils, Obéron leur offrit des capes en peau de mouflon fourrées.

Le prince les conduisit dans une tout autre partie du palais que la veille. Ils s'enfoncèrent dans les profondeurs de la montagne, descendant un escalier qui semblait sans fin. Une lourde porte barrée de runes protectrices les attendait, gardée par une escouade entière de guerriers lourdement armés.

La porte fut ouverte sur un ordre du prince. Gravé sur du granit granuleux d'un bleu presque noir, le cercle de transfert les attendait, prêt à les conduire directement sur l'Île de Glace.

Ses lignes de pouvoir caressées selon l'ordre révélé par Kaldhan, le cercle s'illumina d'une lueur azurée qui les engloutit.

La sensation de déplacement fut plus intense que la veille. Ils arrivèrent *ailleurs*. En un endroit qui n'avait rien à voir avec le reste de l'Ældo. Leur voyage avait été instantané et pourtant, ici, c'était la nuit qui régnait, décor d'une lune pleine, enflée, aux reflets violacés fournissant une clarté bien suffisante pour qu'ils se passent de torches.

Battue par une mer grise agitée de fort remous, encadrée de récifs dentelés, l'Île de Glace ne paraissait pas très grande. De forme irrégulière, elle devait mesurer une douzaine de kilomètres pour environ huit de large.

Une nappe de brume ouatée chevauchait entièrement le sol de l'île, léchant leurs chevilles. L'endroit paraissait désert avec pour seul paysage une série de rochers de deux ou trois mètres de haut dressés vers le ciel ; des menhirs blanchâtres, à demi recouverts d'une mousse mauve. Outre celui de leur marche, le seul bruit audible s'avérait être celui du ressac tourmenté.

– Prudence, souffla Hogo.

À la suite du guerrier lycante, ils quittèrent le cercle runique, Zétide et Ariale chaussant leurs lunettes magiques pour repérer l'Arcane. Une herbe qu'ils ne pouvaient voir à cause de la brume crissait sous leurs pas, rendue craquante par un froid vif et sec. Où que portent leurs regards, ils ne voyaient aucun être vivant ; ni homme, ni bête. La seule flore était la mousse mauve des rochers.

Ils gagnèrent le centre de l'île pour y découvrir un tertre d'une pierre de nature différente à celle des rochers dressés ; d'un blanc plus soutenu et grumeleuse. Planté sur ce tertre se dressait ce qui semblait être un triangle d'aiguilles cristallisées de glace bleutée. Leur signification échappait à l'analyse de Zétide, de plus en plus frustré. Éras ne leur avait donné aucune autre information que le lieu où se trouvait la dernière composante de l'Arcane. Elle devait être là, mais où donc, crénom d'une rune !

Ils consacrèrent une heure à explorer l'île, sans paroles, sur leurs gardes, sans rien trouver de significatif. Ils eurent beau inspecter soigneusement leur environnement, le sol, les rochers, le dessin des étoiles dans le ciel, même ; rien, aucun élément susceptible de les renseigner sur l'emplacement de la Blancherune. Le silence s'épaississait à mesure de leur échec.

Ils revinrent au centre de l'Île, face au tertre, dépités.

– Je ne comprends pas, avoua Zétide, où peut-elle être ? Cet endroit n'est pas si grand. Avec le Regard, nous aurions dû la trouver !

– Encore une de vos fameuses théories qui s'envole en fumée ! railla Lucia, sans y mettre autant de conviction que d'habitude.

Se trouver si proche d'Hogo sans pouvoir l'enlacer, sans pouvoir simplement lui prendre la main la rendait tout aussi frustrée que le mage. Zétide ne releva pas. Il contemplait les trois aiguilles de glace en lissant la pointe de sa barbe.

– Je me demande…

Sans terminer, il avança jusqu'aux aiguilles, les réexamina soigneusement avant de se redresser, pensif.

– Oh, et puis après tout !

Levant la main, il la posa contre une des aiguilles bleues et, d'une pichenette, la fit tinter. La réaction qu'il déclencha dépassa toutes ses attentes.

Tout d'abord ténu, le tintement se fit plus grave,

résonnant comme celui d'un diapason. Lorsque le son cessa, le tertre se mit à trembler sur sa base, puis à s'élever vers le ciel en soulevant un énorme nuage de poussière. Déséquilibré, Zétide roula jusqu'aux autres. L'île tout entière se mit à vibrer, les projetant au sol. Lorsque la poussière retomba, ils se relevèrent, à moitié sonnés, pour faire face à l'énorme gueule d'un Grand-Dragon blanc d'où ressortaient des crocs immaculés, aussi longs que des épées.

Ce que le mage avait pris pour des aiguilles de glace se révélait être les *piquants* de la carapace qui recouvrait le crâne de la créature. Le Dragon se dressa sur ses pattes avant et, de colère, fouetta l'air de sa queue, provoquant vingt fois plus fort que le son d'un fouet qui claque. Il ouvrit et referma ses mâchoires à plusieurs reprises avant de s'exclamer en levant son mufle vers les étoiles :

– Par l'œuf primordial, encore des petits voleurs venus voler nos anneaux magiques ! Nos *précieux* anneaux !

La tonalité de sa voix rauque évoquait le bruit de deux montagnes s'écrasant l'une contre l'autre. Il les fixait de ses yeux limpides comme du cristal, à la couleur de l'argent en fusion, avec des pupilles azurées, verticales et fendues et la seule force de ce regard les clouait sur place aussi sûrement qu'une tonne de chaînes.

– Qu'avez-vous à déclarer, misérables voleurs, avant que je ne vous dévore !

Hogo tournait la tête en tous sens cherchant une voie de repli qui n'existait pas. Lucia parcourait la carapace ivoirine du Dragon, en quête d'un point faible qu'elle pourrait percer d'une flèche ; elle n'en découvrit aucun. Quant à Zétide, même si le Bel Art avait répondu à son invocation, ce dont il doutait, il savait qu'aucun des sorts de son répertoire ne lui permettrait de résister à une telle créature, encore moins de la défaire.

–Comment fait-on pour affronter un Dragon ? siffla Lucia entre ses lèvres. Mage, vous ne pouvez pas le renvoyer dans le Maûne ?

–Même si ma magie fonctionnait, non, je ne le pourrais pas, car il n'a rien à voir avec ce monde, murmura-t-il en retour.

Ils étaient impuissants, captifs et terrassés sans même avoir combattu.

Brisant le lien intangible qui les immobilisait, c'est alors qu'Ariale fit un pas en avant, puis deux. Puis trois, jusqu'à dépasser les autres. Elle avança ainsi pour s'arrêter à une dizaine de mètres à peine du Dragon qui la dominait de toute sa masse.

–Vous vous trompez, nous ne sommes pas des voleurs ! s'écria-t-elle.

Hogo retint Lucia qui brûlait d'intervenir.

–Je ne sais pas ce que ta sœur a en tête, lui souffla-t-il rapidement, mais il faut lui faire confiance. Si tu bouges – et cela ne servirait à rien, je te l'assure – le Dragon va prendre cela pour une marque d'hostilité et nous sommes tous morts !

Ignorant leur échange, le maître des lieux se rassit, plutôt étonné de l'intervention de la fillette.

–Tu m'intrigues, petite Elde. Tes camarades tentent de masquer leur peur, mais je la sens. Alors que toi, la plus frêle, tu ne me crains pas.

–C'est vrai, je n'ai pas peur de vous…

–Et pourquoi donc ? Es-tu folle, inconsciente ?

–Je lis en vous, révéla doucement Ariale. Je sais que vous n'allez pas nous faire de mal.

–Ah bon ? Toi, petit-moineau, tu lis en moi ?

Le ton indiquait clairement qu'il n'en croyait rien.

–Mais comment cela est-il possible ? poursuivit la créature d'essence magique. Personne ne peut percer la nature d'un Grand-Dragon !

–Je n'en sais rien, repartit calmement Ariale, mais je

vous dis la vérité : je lis en vous et je peux voir que vous n'êtes pas méchant.

– Pas méchant ? OH-OH-OH ! tonna le Dragon, ce qui pour lui valait un rire.

Son souffle fit voler les cheveux et les vêtements de la fillette qui vacilla sur ses jambes. Ariale eut le sentiment que s'il l'avait voulu, le maître de l'Île l'aurait envoyée voler à plusieurs mètres de là ou, pire encore, que son souffle aurait pu la transformer en statue de glace.

Le rire du Dragon cessa enfin. Zétide, Lucia et Hogo assistaient à l'échange, frappés par l'ébahissement.

– Ainsi toi, la moins puissante, tu n'as pas peur de moi ?

– Non, répliqua Ariale, le menton pointé en avant, les bras croisés et la bouche pincée. À vos yeux, je ne suis peut-être qu'une *petite* Humaine sans pouvoir, mais je n'ai pas peur de vous. Et tant pis pour vous si vous ne me croyez pas !

Ariale de Garamont, minuscule, si minuscule face au Grand-Dragon… Et pourtant elle le toisait fièrement.

– OH-OH-OH ! s'esclaffa encore le Dragon. Le petit moineau se fâche !

Il relâcha une nouvelle fois son souffle mais celui-ci n'était plus qu'un vent caressant.

– Mais alors, si je ne suis pas un méchant Dragon, relança-t-il, je suis quoi, un gentil ?

Le nez de la fillette se plissa alors qu'elle mesurait sa réponse.

– Non, vous n'êtes pas un gentil. Vous êtes un Dragon juste… Et qui s'ennuie.

Interloqué par cette réplique, celui-ci recula sa tête. Il resta un moment silencieux, regardant la fillette d'un air qui traduisait une teinte de respect peut-être, en plus du net amusement qui nimbait ses prunelles vif-argent.

– C'est vrai que je m'ennuie un peu, en ce moment,

avoua-t-il. Il y a de cela très longtemps à l'échelle des Humains, les Dieux, pour une raison qui ne vous regarde en rien, m'ont confié la garde de l'Île. Et même moi, le plus puissant des Hauts-Dragoniques de l'Ældo, je ne peux défier leur puissance !

– Vous gardez la Blancherune ? C'est ça ? devina Ariale. La composante de la Belle Arcane ?

– Non, petite. Vois-tu, JE suis la Rune ! Regarde, si tu le peux…

Dans un nouveau souffle de vent maîtrisé, le Dragon ouvrit ses ailes qu'il gardait jusqu'alors fermées devant lui et bomba le torse. Ariale et Zétide remirent vivement leurs lunettes magiques.

Sur son poitrail, brillait la dernière partie de l'Arcane. Le torse de la puissante créature se soulevait, retombait au rythme de sa respiration et néanmoins la rune restait parfaitement claire pour qui disposait du Regard – phénomène que le mage avait déjà remarqué.

Du même argent mouvant que ses prunelles, les lignes vibraient de l'harmonie qui permettrait peut-être de restaurer l'équilibre entre les mondes. Toute ronde, aussi parfaite et exemplaire que ses sœurs, la dernière des composantes offrait à l'œil averti son dessin si particulier, si admirable que seuls les Dieux avaient pu le concevoir.

Sans attendre Zétide sortit son carnet et y transposa le tracé de la Blancherune. Il avait envie de danser, de hurler de joie. Enfin, il avait l'Arcane *complète*… Désormais, il avait la possibilité d'enrayer les méfaits de la Malerune, d'en finir avec l'Entropia, de sauver le monde !

Au même instant, en bas de la pente, à une centaine de mètres environ, naquit un phénomène qu'avait appris à connaître et redouter les quatre compagnons. Un rectangle gris se forma dans le sol, l'air se gauchit, se remplit d'une brume ténébreuse, la réalité se modifia ; une Dalle se formait sous leurs yeux.

* * *

Toutefois, au lieu d'une horde hurlante en train de charger, c'est une maigre forme couverte de fourrures noires qui apparut hors de la brume.

– Touchante assemblée, énonça l'intrus d'une voix perçante de défi.

Une longue cape doublée de fourrure lui couvrait les épaules ; en dessous, malgré le froid, l'homme ne portait qu'un pagne et des sandales. Le chaman maûne rejeta sa capuche dévoilant une tête à l'ossature ronde, au crâne bombé, tatoué d'un réseau d'arabesques vertes qui se terminait sur sa joue gauche. Ses yeux étaient des lacs noirs aux profondeurs traîtres, sa chair était si étirée sur son squelette qu'on avait l'impression qu'elle se déchirerait tout entière au moindre choc.

Tranquillement, il leva ses mains maigres aux ongles laqués de rouge sang. Ses lèvres teintes en noir se plissaient d'un amusement marqué.

– Tu oses pénétrer sur mon île, engeance du mal ? cracha le maître des lieux.

– En effet, comme tu le vois j'ose, répondit le chaman toujours aussi calme, aussi amusé alors qu'il paraissait bien démuni face à la toute puissante créature.

Sa voix chuintante évoquait le frottement de l'acier sur une pierre à aiguiser.

– Je vais te déchiqueter, impudent ! rugit le Grand-Dragon, je n'ai que haine pour les tiens.

– Ce serait sûrement le cas, gloussa le Maûne, si je n'avais cette flûte en ma possession.

Sans attendre, le chaman extirpa un objet des replis de sa cape.

– Une flûte ? Que peut me faire cette flûte, misérable avorton à l'âme noire ?

– Oh, ce n'est pas qu'une vulgaire flûte, ni même une

vulgaire flûte magique. C'est qu'elle a été taillée dans un os du grand Belkerbelzekarghas ! Tu sais ce que cela signifie ? Je vais t'en faire la démonstration…

Et le chaman souffla dans son instrument.

Le Dragon rugit de douleur alors qu'un réseau de volutes pourpres se peignait sur son corps. Emprisonné par le pouvoir de la flûte taillée dans l'os du fameux Haut-Dragonique Belkerbelzekarghas, fondateur de la race des Grands Dragons blancs, il ne pouvait rien pour se défendre.

Alors que le chaman continuait de souffler, derrière lui se révélaient lentement les contours d'autres Maûnes, acheminés par la Dalle.

Les compagnons étaient eux aussi atteints par le chant maudit. Bien que moins réceptifs que le Dragon, ils ne disposaient pas de sa formidable résistance. Ils avaient perdu toute notion d'équilibre et se tordaient de douleur, leurs oreilles gouttant le sang.

Zétide se sentit partir, les tympans vrillés, chassé, happé par une inconscience dont il le savait, il ne se relèverait jamais. Ses réflexes prirent le dessus. Ses mains s'agitèrent d'elle-même pour tisser les runes, aussi vite qu'il le pouvait. Il avait pourtant l'impression de se mouvoir au ralenti. Le chaman ne lui prêtait aucune attention, tout entier concentré sur le Dragon qui se tordait et rugissait. Un éclair de lumière topaze fusa des mains du mage arcadien pour frapper le torse du Maûne. La cape du chaman s'enflamma tandis que le flux d'énergie incandescente invoqué par Zétide forait un grand trou dans sa maigre poitrine, l'envoyant s'encastrer dans un rocher dressé, les entrailles fumantes exposées à la vue de tous. Le sifflement infernal avait cessé et les compagnons se redressaient à peine, le sang coulant de leurs nez et de leurs oreilles.

Mais les Maûnes n'allaient pas en rester là. L'assaut

magique ayant échoué, c'est bien une bande vociférante, assoiffée de massacre, qui surgit de la Dalle.

Zétide se redressa et se tourna vers les envahisseurs. Malgré sa migraine et ses vertiges, il sentait de nouveau le chant merveilleux de la magie qui coulait en lui. Il se prépara à recevoir l'assaut, ne sachant pourtant pas comment il allait pouvoir défaire une telle troupe.

Mais alors qu'il allait se préparer à invoquer le Bel Art, un vent furieux le fit valser sur le côté.

Ayant échappé à l'emprise de la flûte maudite, le Dragon s'était redressé dans un grand battement d'ailes qui chahuta les compagnons. Il orienta son mufle vers la pente que remontaient les guerriers, ouvrit sa gueule et relâcha la puissance de son souffle. Le souffle d'un Dragon de glace ! Une nova de blanc nuancé de turquoise et de magenta qui pétrifia littéralement les Maûnes d'un linceul de gel.

Le Grand-Dragon ne s'arrêta pas là. Il se retourna, faisant preuve d'une vitesse terrifiante et balaya les statues gelées de sa longue queue hérissée de piquants bleus, broyant la glace en mille morceaux. Il ne restait plus rien des assaillants, hormis quelques grêlons irréguliers.

Une seconde fois, le maître des lieux ouvrit sa gueule pour souffler sur la Dalle qu'il recouvrit d'une chape de glace épaisse. Ainsi, aucun des Maûnes ne pourrait plus l'emprunter. La créature leva une de ses griffes longues comme la jambe d'Hogo et tissa un assemblage runique que Zétide ne reconnut pas. Le Dragon fut enveloppé d'un halo brillant qui s'évanouit pour le laisser lavé de toutes ses blessures.

Puis le Dragon se tourna vers les compagnons qui commençaient à peine à se remettre et dit :

–Merci, petit mage, de cette intervention. Et comme je suis un Dragon juste, je vais faire ceci.

D'une griffe, il invoqua son pouvoir qu'il focalisa sur les compagnons. Ariale vit sortir des naseaux de la créature magique une pluie de flocons de neige multicolores qui les recouvrit avec douceur. Elle sentit un frissonnement naître en haut de son crâne pour descendre jusqu'à ses orteils. Elle se serait crue plongée dans un bain glacé mais la sensation ne dura pas, vite remplacée par une bienfaisante chaleur qui la soulageait de ses blessures, qui chassait même sa fatigue ; les autres bénéficièrent du même traitement.

À peine guéri, Zétide alla contempler l'épaisseur de glace qui recouvrait la Dalle. Le Dragon lui dit :

– Inutile de t'en préoccuper, petit mage, je m'en charge.

– Vous savez donc comment fermer une Dalle ?

– Dis donc toi, tu sais à qui tu parles ? tonna le maître des lieux. J'en sais beaucoup plus au sujet des Dalles que toi et tous les mages réunis !

– Excusez-moi, votre éminence, je ne voulais pas vous froisser.

— … Mais je ne vais pas le faire tout de suite, reprit le Dragon.

– Hein ? !

– Oui, tu as bien entendu, je vais attendre pour la fermer.

– Mais d'autres Maûnes vont venir, intervint Ariale.

– OH-OH-OH ! rit une nouvelle fois le Dragon. Ces Humains, ils sont impayables ! Évidemment que d'autres vont venir, j'y compte bien ! Ils vont me procurer un peu d'amusement, ces Maûnes et ils vont voir ce qu'il en coûte d'envahir le territoire d'un Haut-Dragonique ! Et lorsque je me serai lassé, ce qui n'est pas pour tout de suite, je la fermerai, cette Dalle, n'aie crainte, petit-moineau !

De ses griffes, il fracassa la glace pour permettre aux Maûnes de le rejoindre.

– Allez-vous-en à présent. Je ne voudrais pas que vous soyez blessés. Mes salutations à Éras de Garamont, Humaines.

– Vous connaissez notre père ? s'exclamèrent les sœurs Garamont d'une seule voix.

– Mais oui, il est venu ici, il y a quelques mois. Il voulait vérifier que la Rune était bien sur mon île… Et moi, je voulais le manger. Mais nous avons d'abord parlé d'astronomie, et il m'a battu au jeu des Arcanes, alors je lui ai montré la Blancherune et je l'ai laissé repartir.

– Il… il allait bien ? Je veux dire, il était en bonne santé, demanda Ariale, quelque peu inquiète.

– En vérité, lorsqu'il est arrivé, il avait été vilainement blessé par des Maûnes, mais je te rassure, comme il m'amusait, je l'ai guéri. Ton père était en pleine forme quand il est reparti.

– Et vous savez où ? s'enquit Lucia.

– Je n'en ai pas la moindre idée, répondit la puissante créature.

Son immense tête se tourna vers la fillette pour ajouter :

– Mais ce que je peux te dire, petit-moineau, c'est que cette conversation m'a fait le plus grand bien, je dois l'admettre. Cela faisait longtemps que je n'avais discuté avec quelqu'un qui ne tremble pas de peur devant moi.

– Moi aussi, messire Dragon ; j'ai bien aimé parler avec vous.

Ariale se sentait triste. Elle prenait la solitude de la créature à son compte. Elle devait intervenir pour égayer cet isolement.

– Est-ce que vous pouvez parler aux arbres ? demanda-t-elle en souriant

Oui, elle avait trouvé quoi faire.

– Bien sûr que je sais parler aux arbres ! Quelle question, je suis un Grand-Dragon !

– Alors, je vais vous faire un cadeau.

Sur sa demande, Lucia lui tendit une des graines de la Souche. Ariale demanda à Hogo de forer un trou dans le sol. De son kethan, le Lycante s'exécuta, un petit sourire aux lèvres.

Mise en contact avec la glace, la graine libéra son pouvoir. Du sol embrumé, s'éleva à vue d'œil un mince arbrisseau au tronc blanc, qui se mit à grandir, à grandir jusqu'à devenir un arbre majestueux, aux feuilles éclairées d'or et de vert. Le miracle s'accomplissait une fois encore et le Dragon plissa ses grands yeux de contentement.

– Au moins, reprit Ariale, cela vous fera quelqu'un à qui parler. Et puis toutes ces couleurs, c'est joli, non ?

– Petite Humaine, c'est la première fois que l'on me fait un cadeau !

Il détourna un instant sa large tête vers la Dalle avant de reprendre.

– À présent, partez, les Maûnes arrivent !

Hogo fit presser les autres pour rejoindre le cercle magique. Juste ou pas, conversation passionnante ou pas, le maître des lieux commençait à s'échauffer, il le sentait bien. Il était largement temps de se mettre hors de sa portée. Un Dragon énervé, ça pouvait faire des dégâts qu'il n'osait même pas imaginer ; le mieux était de laisser les envahisseurs en faire les frais.

Lucia avait envie de rester pour se lancer dans la bataille à venir aux côtés du Dragon blanc et Zétide, vibrant de sa puissance retrouvée, l'aurait bien épaulée mais le Lycante ne voulut rien savoir.

Menés par le guerrier-loup, ils regagnèrent le cercle de téléportation. Derrière eux, s'éleva un concert de cris et de grondements, d'acier écrasé et d'os broyés. Le maître de l'Île de Glace semblait donner la pleine mesure de sa colère.

– Tu as tenu tête à un Grand-Dragon ! Je n'en reviens pas..., souffla Hogo.

–Ma petite Ariale, ce que tu as fait était d'un courage admirable et d'une folie encore plus extravagante ! déclara Zétide.

–Mais oui, tu es folle ou quoi, P'tit-Loup, de t'opposer à une telle créature ?

La fillette haussa les épaules.

–Sur le moment, j'ai trouvé que c'était une bonne idée.

Lucia leva les yeux au ciel, foudroya ses camarades du regard et s'écria :

–*Une bonne idée ?* Une bonne idée ? Mais, morte-lune, qu'ont-ils donc avec cette réponse ! Ils sont fous ! Je suis entourée de fous !

* * *

Les compagnons arrivèrent à Forgecœur, gonflés de joie et d'excitation, Zétide le premier.

Ils se rendirent immédiatement devant le secrétaire d'Obéron qui leur apprit que le roi recevait les chefs de clan ; il les verrait en début de soirée. Les compagnons profitèrent de ce temps libre pour se restaurer, se laver, faire nettoyer leurs vêtements et s'octroyer une sieste.

De sieste en vérité, il n'y en eut pas. Zétide et Ariale en profitèrent pour étudier l'Arcane complétée qui s'offrait enfin à leurs yeux aussi respectueux qu'émerveillés. La Rune Première, la rune la plus puissante de l'Enareín ! Le mage en profita pour vérifier qu'Ariale connaissait bien le tracé de toutes les composantes en lui demandant de reproduire les runes sur des feuilles séparées. Alors que la fillette s'appliquait, l'esprit du mage se mit à vagabonder. Avec la Belle Arcane, tout était possible. Elle n'était pas que le pendant de la Malerune ; elle avait son pouvoir propre dont aucun mage, aucun sage, n'avait pu et ne pourrait réellement saisir la portée.

Zétide se calma. Il venait à peine d'achever la première partie de la quête de l'Arcane et restait la seconde. La plus ardue. Le Shaddak-Llogo'th ne risquait certes pas de les accueillir les bras grands ouverts pour leur faire visiter son palais ! Et encore faudrait-il traverser les nombreux dangers du Monde Gris pour y arriver sains et saufs. Le mage revint au présent et à Ariale qui terminait de dessiner devant lui la Bellerune. Jusqu'à présent, elle n'avait fait aucune erreur. Une fois la Blancherune tracée, satisfait du travail appliqué de son élève – le doigté d'Ariale était vraiment rare de talent – ils se mirent à les comparer. La parenté qui unissait les parties constitutives de l'Arcane apparaissait clairement. Exercice aussi passionnant que délicat au cours duquel Zétide entreprit de confier à son élève un secret capital au sujet de la Rune Première.

Hogo et Lucia s'étaient enfermés dans la chambre du Lycante, veillant bien à ce que personne ne découvrît leur tête-à-tête. Le peu d'intimité dont ils disposaient aviva leur soif de l'autre. À la surprise de la jeune femme, comme la nuit précédente, Hogo se montra d'un enthousiasme sans limites. Le Lycante était vraiment doué dans tout ce qu'il entreprenait et il démontrait qu'il était particulièrement motivé. Peu bavard mais combien expressif, Lucia le redécouvrait une fois encore et s'émerveillait d'autant. Comment avait-elle pu passer à côté de l'évidence ; Hogo était si troublant !

Le soir venu, ils se retrouvèrent dans la chambre de Zétide avant de partir voir le roi Obéron.

Ils arrivèrent devant le bureau du secrétaire du roi pour constater que celui-ci s'était absenté. Par contre, devant les portes, se tenait Grendhon, le Nain à barbe blonde.

– Vous êtes là, vous aussi ? s'étonna Zétide. Vous allez voir le roi ou vous en revenez ?

– J'allais entrer, répondit le Nain.

– Et votre blessure ?

– C'est presque guéri, merci…

– Fort bien, mais je ne veux pas vous retarder. Nous allons attendre ici que vous ayez fini, dit Zétide en laissant entendre qu'ils étaient pressés.

– Vous ne me dérangez nullement, au contraire, rétorqua Grendhon d'un grand sourire. Venez, entrons ensemble.

À peine étaient-ils dans le cabinet particulier qu'Obéron se leva de son fauteuil pour accueillir le mage et ses partenaires, son compatriote passant au second plan.

– Ah, Hypolus, racontez-moi vite, je n'ai pas réussi à me concentrer de la journée… Que devient la Quête ? Donnez-moi de bonnes nouvelles, je vous en conjure !

– Nous avons réussi, Obéron ! Oui, vous entendez bien, nous détenons la Belle Arcane ! sourit largement le mage.

– Par tous les Marteaux, alors vous allez pouvoir contrer la Malerune et faire cesser ce cauchemar ! J'ordonne un banquet, nous allons dignement fêter l'événement, croyez-moi !

Enchanté, le roi se rapprocha du Nain et lui donna une fraternelle accolade.

– Nous n'allons rien fêter du tout, Obéron, répondit Zétide d'un ton grave. Moins nous attirerons l'attention au sujet de l'Arcane et plus nous aurons de chances de réussir. Je vous rappelle qu'il nous reste à trouver la Rune Maudite ; inutile de vous préciser qu'elle se trouve entre les mains du Shaddak-Llogo'th, dans son palais du Maûne. Non, hélas, nous devrons attendre pour faire la fête…

Profitant de la joie générale, Grendhon avait posé la main sur l'épaule du roi qui ne s'en était d'ailleurs pas formalisé. À la dernière phrase de Zétide, l'air se brouilla autour du Nain alors que son corps s'étirait, changeait de teinte et de forme, laissant apparaître

Geyor, le démon. Avant que les compagnons ne puissent réagir, d'un pas, il se glissa derrière Obéron qu'il prit en otage.

– Surprise ! dit le golem en ricanant. Il posa une griffe contre la gorge d'Obéron et appuya, faisant perler le sang. Si vous tenez au roi, reculez et jetez vos armes !

– *Geyor !* jura Zétide alors que ses partenaires obéissaient de bien mauvaise grâce à l'injonction de leur pire ennemi.

– Oui, Geyor, vous ne rêvez pas, reprit le Maûne, c'est bien moi ! Quelle coïncidence de nous retrouver et de cheminer ensemble jusqu'à Tégolín, n'est-ce pas ? Oui, Hypolus, c'est vrai, sous les traits de ce pauvre Grendhon dont j'ai mangé le cœur, je t'ai sauvé la vie et j'ai tué des miens, t'en souviens-tu ? C'est que mort, tu ne me sers à rien… Mais après, avec cette flèche dans le dos, j'étais trop faible pour te maîtriser et t'enlever. Enfin, cela n'a plus d'importance. Ton précieux carnet, Hypolus, tu vas me le donner… À moins que tu ne veuilles avoir la mort d'Obéron sur la conscience.

La mine dégoûtée, le mage dut se résoudre à obéir au démon.

Tenant toujours solidement le roi des Nains, Geyor rangea le carnet après l'avoir vérifié et reprit la parole :

– Au fait, Hypolus, une petite précision, car tu dois te demander comment j'ai pu te retrouver, non ? Sache que c'est la chance qui m'a souri et rien d'autre ! En vérité, le Maître m'a rappelé pour me confier une mission à Tégolín. Quelle ne fut pas ma surprise en vous croisant dans les montagnes ! Non, en fait tu n'es qu'un bonus inespéré, car si je suis ici, c'est pour Obéron. Tu entends, roi des Nains ? Le Shaddak-Llogo'th m'a chargé de te transmettre un message. Le voici !

Et, sans attendre, de ses griffes, le démon égorgea le souverain. Projetant sa dépouille sur Hogo, il se rua ensuite sur Ariale qu'il plaqua contre lui. Obéron tomba sur le sol, les yeux révulsés, nimbés d'un voile de regret. La gorge en sang, déchirée, il n'était plus.

Pendant ce temps, Geyor fouillait sous la cape de la fillette, tâtonnant pour trouver le corps de Shruti qu'il arracha piaillant de sa cachette et projeta méchamment contre le mur. L'amovible s'écroula pour ne plus bouger.

– Un autre compte réglé ! Il ne m'ennuiera plus celui-là ! Ne bougez pas, vous autres ou je m'occupe de la petite ! J'ai une dernière chose à te confier, Hypolus… En attendant ton retour, j'ai eu une idée bien plus intéressante et tout aussi efficace que de t'emmener avec moi pour te livrer au Maître. Je vais prendre l'enfant ; elle sera bien plus facile à surveiller et sera la garante que tu me rejoindras au palais du Maître ; nous t'y attendrons. Ne tarde pas trop tout de même… Chaque jour passé risque de coûter à l'enfant ; le Shaddak' n'est pas très patient. Tu peux amener tes compagnons, si tu le désires. Tu auras probablement besoin d'eux pour parvenir au palais en vie.

Zétide avait profité de l'emphase du golem pour modeler les runes, la main cachée sous sa manche. Mais le lien d'étranglement magique qu'il lança autour du cou du démon se dissipa en touchant celui-ci. Lucia fit un pas en avant, Hogo se déplaça sur le côté. Geyor recula avec Ariale, leva sa main griffue et frappa violemment la fillette au coin du crâne. Le cri aigu de douleur poussé par l'enfant immobilisa net les compagnons.

– Un coup pour rien, Hypolus, tu oublies que les runes ne peuvent rien contre moi ! La prochaine fois, je la saigne, vous êtes prévenus ; je vous laisse à présent. Ne me suivez pas, si vous tenez à la petite. Je peux lui faire très mal sans la tuer, croyez-moi !

D'une main, le démon ouvrit la porte, attira son otage au-dehors et referma le battant. Malgré l'avertissement du golem, Lucia se rua sur la porte. Celle-ci s'avéra bloquée.

La chasseresse libéra sa colère, son inquiétude et sa frustration sur les robustes panneaux de bois.

– Mortelune, tu vas t'ouvrir ! Ariale !

Hogo tenta de calmer la jeune femme prétextant qu'il se servirait à rien de perdre son sang-froid, au contraire.

Zétide allait employer le Bel Art pour tenter de faire sauter la porte – il ne pensait pas réussir car le bois utilisé pour barrer la sortie devait être renforcé de runes antimagie – lorsque du fond de la pièce un pan de mur s'effaça pour laisser entrer le prince Kaldhan.

– Père, je voulais vous voir… Père !

Le visage de Kaldhan blêmit en voyant la dépouille ensanglantée de son père.

– Que s'est-il passé, Hypolus ? Expliquez-vous !

– Obéron a été assassiné par un Maûne, celui-ci vient à peine de s'enfuir mais il a bloqué la porte. Nous parlerons plus tard, il faut le retrouver, il a enlevé ma nièce !

D'un effort manifeste, Kaldhan mit sa peine de côté et dit :

– Venez, on va prendre le passage dérobé.

Juste avant de quitter le bureau, Lucia avisa Shruti qui sortait de l'inconscience ; l'amovible n'était qu'assommé. Elle se pencha pour le soulever, le passa autour de sa taille, s'étonnant en une fraction de seconde de sa légèreté, et se rua hors de la pièce.

* * *

Ayant repris l'apparence de Gredhon, Geyor avait dégainé la dague qui pendait à sa ceinture et l'avait posée sous la cape d'Ariale, contre ses reins. D'une main ferme, il maintenait la fillette à ses côtés, se dirigeant sans hésitation dans les couloirs.

Depuis son arrivée sous les traits du Nain, le golem avait passé une bonne part de son temps à se repérer dans le palais et à choisir puis mémoriser les voies de repli les plus sûres. À présent qu'il avait accompli la première phase de sa mission, il restait à réussir la seconde ; il ne pouvait se transporter dans le Monde Gris avant d'avoir achevé celle-ci.

Sous le couvert de sa fausse identité, Geyor put marcher sans être inquiété, d'autant que l'alerte n'avait pas encore été donnée.

– Grendhon, vieux frère ! Quelles sont les nouvelles du pays ? Tu me remets ? C'est moi, ton vieux pote Nordhammer !

Un Nain aux tresses grises l'interpellait ; Geyor, hélas pour lui, n'avait jamais rencontré cet individu qui manifestement connaissait bien celui dont il avait usurpé l'identité.

– Excuse-moi, Nordhammer, je n'ai pas le temps. Plus tard, peut-être ?

Le visage de son interlocuteur se ferma et Geyor se rendit compte qu'il avait commis un impair, sans pour autant deviner lequel.

– Au meurtre ! On a tué le roi ! s'écria alors Kaldhan du royaume en surgissant dans le grand hall, bientôt suivi des compagnons. C'est Grendhon le coupable, retrouvez Grendhon ! Il a assassiné Obéron !

– Aux armes ! s'écria un Nain, provoquant le désordre.

Le tumulte éclata dans le hall. La nouvelle fit rugir les Nains qui s'y trouvaient. Nordhammer écarquilla les yeux en entendant les ordres du prince et posa la main sur la hache qu'il gardait accrochée à son ceinturon.

Geyor le devança et le poignarda dans l'estomac.

– Là, s'écria Lucia en découvrant le démon et sa sœur de l'autre côté de la salle.

Le démon n'hésita pas. Il reprit sa forme de démon et

gifla l'air de ses ailes pour s'éloigner vers les hauteurs du plafond, enlevant la fillette avec lui et se gaussant de la détresse qu'il avait provoquée.

Vertymbras apparut de derrière un pilier, arc en main. Il mit le démon en joue et décocha sa flèche. Le son mat de la chair percée, une exclamation de surprise mêlée de douleur, et le démon et sa prisonnière disparurent entre les grosses colonnes, engloutis par les ténèbres qui régnaient si haut.

– Vous l'avez manqué ! insinua l'un des guerriers Nains.

– Mon brave ami, je n'ai rien manqué du tout, se défendit le Capricorne. Apprenez que je ne pouvais le toucher plus haut sans mettre la petite en danger. Mais ma perce-démon, ce mécréant ne risque pas de l'oublier.

– Et pourquoi donc ?

– La blessure qu'elle provoque ne guérira jamais ; toute sa vie, il en sentira la morsure.

Le Nain hocha la tête, approbateur.

– Vite, s'énerva Lucia, il faut les retrouver !

– Impossible, le démon a dû repérer les tunnels d'aération qui s'ouvrent dans les plafonds, leur révéla le Capricorne. Et s'il ne l'a pas fait, cela ne saurait tarder. L'affaire se présente mal, il n'y a aucun moyen d'aller là-haut et ces tunnels lui permettront de regagner la surface…

– Peut-être, réagit Zétide, mais le seul moyen pour lui de quitter Tégolín est de franchir la Muraille des Âges qui barre la sortie du royaume. Les poternes sont trop sévèrement gardées, comment expliquerait-il son désir de sortir à la rencontre des Maûnes ou encore la présence d'Ariale ? Peut-être espère-t-il descendre des remparts, encore que je me demande…

– Il peut prendre les tunnels par lesquels nous sommes arrivés, le coupa Lucia.

– Cela m'étonnerait qu'il puisse s'y retrouver. Seul un Nain, un Lycante ou peut-être un Goblin le pourraient.
– Et s'il volait par-dessus les remparts ?
– Nous perdons du temps à spéculer ainsi ! intervint Hogo. Le seul chemin pour sortir de Tégolín passe par la Muraille ou les tunnels, allons sur place, nous verrons bien.
– Je vous accompagne, dit le Capricorne. Je pourrais peut-être me rendre utile.

Pris par l'urgence, ils laissèrent Kaldhan se débrouiller pour ramener le calme dans Forgecœur et faire le deuil de son père. Ils se frayèrent un chemin à travers le trouble et l'affliction pour rejoindre le cercle runique qui menait à la Muraille des Âges.

* * *

De l'autre côté de la Muraille des Âges, posté sur une hauteur, le Haut-Général Shaykar contemplait orgueilleusement ses légions et ses hordes qui tapissaient la plaine ; il disposait de la plus grande armée jamais assemblée par les Maûnes. En bas, se massaient des régiments d'élite telle la Main Rouge, les vaillants fantassins orcks, ou les Chevaucheurs du Chaos, les lanciers brans ; les Briseurs d'Espoir également, comprenant Orcks et Borghs mêlés ; le Crâne Vert, les meilleurs des archers goblins. Et il y avait d'autres régiments, tant d'autres dans la plaine à affûter leurs lames.

Pourtant, le Sybère ne souriait pas. Et la froideur de son visage féminin n'entamait nullement sa beauté. Son corps masculin d'athlète, sanglé dans son armure complète rouge sombre avait fière allure. Derrière lui, en uniforme noir galonné de pourpre, se tenait un Bran aux lèvres fardées de noir, une mode de plus en plus en vogue parmi cette race.

– Battez les tambours, nous allons bientôt passer à l'assaut, ordonna Shaykar. Nous appliquons le plan. Lorsque les portes s'ouvriront…

– Et si elles ne s'ouvrent pas, général ? grimaça son aide de camp.

L'officier supérieur balaya la question du revers de la main.

– Elles s'ouvriront. Le Shaddak-Llogo'th l'a *promis*, et il tient toujours ce qu'il promet. D'ailleurs, le Maître a envoyé l'un de ses favoris s'en charger. Un golem, je crois… Ils sont réputés ne jamais échouer. Aussi, comme convenu, nous attaquons de l'extérieur, en masse, pour distraire les Nains de l'essentiel. Lorsque les portes s'ouvriront…

— … Une partie des légions prendra d'assaut les remparts pour balayer cette racaille elde, poursuivit son aide de camp. Une autre se chargera de l'armée dans la vallée. Le restant de nos troupes se répandra dans Tégolín pour y semer la terreur en attendant que nos forces fassent le ménage et se regroupent pour l'assaut final contre la citadelle de Forgecœur.

– Et dès lors plus rien ne pourra nous empêcher de dominer le pays, nous sommes trop nombreux et trop puissants. La citadelle tombera et avec elle le peuple le plus puissant de l'Est !

– Le Maître vous couvrira d'honneur, général !

– J'y compte bien, Xalkarias. Mais je n'oublierai pas mes fidèles officiers, ne craignez rien.

– Je vis pour vous servir, mon Seigneur, dit en s'inclinant l'aide de camp avant d'aller se charger de transmettre les ordres.

Shaykar regarda froidement son subordonné descendre la pente en songeant :

Oui, tu n'attends qu'une défaillance de ma part pour me poignarder dans le dos et prendre ma place. Je ne suis pas dupe de tes aspirations, sale hypocrite… Mais qui sait si lors de l'assaut sur Forgecœur, tu ne vas pas trouver la mort, mon cher Xalkarias ?

Que voilà une intéressante perspective ! Voyons, qui choisir pour se charger de cette mission ? Naugh, le Rakin… Il fera parfaitement l'affaire, c'est un assassin de premier ordre. De surcroît, il détestait le Bran.

* * *

Geyor se tenait devant la Muraille des Âges. Il avait aisément évité les patrouilles naines dont il connaissait le parcours et le minutage par cœur. Par contre, il endurait le martyre. La flèche du Capricorne s'était dissoute d'elle-même après l'impact mais il sentait encore sa pointe barbelée bien ancrée dans sa chair. Son mollet le brûlait tout entier, l'obligeant à boiter.

Il attacha solidement la fillette, la bâillonna avant de la glisser dans un massif de synoise qui poussait à quelques dizaines de mètres de la muraille. Il n'y avait personne dehors à cette heure de la nuit.

Son otage de côté, le golem put penser à ce qui l'attendait. Se fondant dans l'ombre générée par la muraille, il la longea pour rejoindre les portes principales, encadrées de deux robustes tours. En chemin, il récupéra un pichet ventru qu'il avait caché le matin même dans un fourré.

Adossé contre la muraille, Geyor vérifia que nul ne traînait dans les parages avant de reprendre sa route en boitillant. Au lointain, vers le sud, résonnait le bruit sépulcral d'une cloche d'alerte. Forgecœur était en émoi et, bientôt, sur les remparts et dans la vallée, les Nains apprendraient l'assassinat de leur souverain. Le golem ne devait pas perdre de temps ; il serrait les dents pour contenir la douleur.

C'est alors que se mirent à battre les tambours du Maûne. Geyor fut saisi d'un rictus malsain. Bientôt, les siens allaient pouvoir agir : ce soir, les tambours ne battraient pas pour rien, le sang des Eldes allait couler !

Le démon gagna la tour la plus à l'est et toqua à la petite porte tapie à sa base. Un bruit de pas se fit entendre de l'autre côté.

– Qui est-ce ? demanda une voix rogomme.

– C'est Grendhon, j'ai de la bière d'été.

– Ne bouge surtout pas, ami, j'ouvre !

Au cours de son séjour à Tégolín sous son identité factice, le golem avait réussi à sympathiser avec l'équipe de nuit chargée de veiller sur la salle des Portes principales. Chaque soir, il avait pris soin d'offrir aux gardes le réconfort de l'alcool pour égayer leur veillée. Reclus dans leur salle, ils ne participaient pas aux combats sur les remparts et l'ennui les avait déjà terrassés.

– Alors, ce soir, ce sera quoi ?

– De la bière d'été, au miel, j'en ai un plein pichet.

– Honneur et Courage, c'est ma préférée ! Viens, les autres vont être contents. T'es chic, Grendhon !

À peine le garde avait-il tourné le dos que Geyor le poignardait sauvagement entre les omoplates. Il verrouilla l'entrée et s'engagea dans le couloir. Celui-ci menait à une série de marches éclairées de torches fichées dans les murs. Le démon connaissait déjà les lieux, il s'engagea dans l'escalier pour le monter jusqu'au milieu de la tour. Là, il toqua à une nouvelle porte qui fut aussitôt ouverte. Quatre Nains l'y attendaient dans une salle sans fenêtre, de forme carrée. Une grande table, des chaises et des lits, un coin d'aisance, pour les gardes qui, lors de leur faction, ne devaient pas quitter les lieux. Cette salle de garde n'avait rien de significatif si ce n'était contre un mur, un socle de pierre d'où se dressait un levier. Un levier, un solide levier qui permettait d'ouvrir les lourdes portes renforcées de magie de la Muraille, bien trop lourdes et épaisses pour être manœuvrées à la main. Ce simple bout de métal actionnait le dispositif hydraulique qui régissait l'ouverture ou la fermeture de l'entrée principale et, ce, sans coûter le moindre effort. Un système de transmission par tuyau partait du mur, permettant de communiquer avec les remparts lorsque le besoin s'en faisait sentir.

– Salut, Grendhon, content de te voir, mon gars ! l'accueillit un des Nains, un rouquin à l'embonpoint prononcé. Et Beraghör, il est resté en bas, il ne vient pas ?

– Il est parti se soulager… Je crois qu'il avait besoin de faire de la place ! rit le golem.

Appréciant la plaisanterie, les Nains s'esclaffèrent bruyamment.

– Tant pis pour lui. Allez, fais passer ta cruche !

Geyor attendit que les Nains aient tous bu de larges rasades avant d'entrer en action. Lorsqu'il jugea que la drogue avait eu le temps d'agir, ralentissant leurs réactions, il se transforma en démon et se rua sur les guerriers intoxiqués qu'il dépeça de ses griffes.

Une fois sa tuerie achevée, le démon se rendit devant le levier qu'il abaissa, en gloussant spasmodiquement. Le système hydraulique se mit en route, pompant l'eau nécessaire au déplacement des portes.

De l'autre côté des murailles, les Maûnes ne cessaient leurs assauts hargneux, destinés à occuper les Nains en poste sur les remparts. Grappins ou échelles s'abattaient sur les créneaux, obligeant les assiégés à s'affairer pour les repousser de longues perches ou de combattre pour rejeter les assaillants de l'autre côté des remparts.

Voilà, c'était fait et cela s'achevait en triomphe, jubilait Geyor. Sa tache achevée – assassiner le roi Obéron et ouvrir les portes de la Muraille – le golem pouvait redescendre et récupérer son otage. Le Maûne l'attendait, et, au bout d'un dernier périple, sa récompense !

Il quitta la tour et verrouilla la porte derrière lui. Déjà, des cris d'alerte s'élevaient des remparts. On s'inquiétait. Dans la vallée, au sein du campement de l'armée naine, on s'agitait. À juste titre car c'était trop tard pour empêcher le processus. Le golem boita jusqu'au buisson. La fillette n'avait pas bougé. Geyor la redressa et lui détacha les jambes.

– Tu viens avec moi, cracha-t-il à Ariale. Si tu m'obéis, je ne te ferai rien. Si tu me défies, tu souffriras, est-ce clair ?

La cadette des Garamont ne pouvant répondre, elle hocha la tête. Geyor regarda un instant la concrétisation de ses efforts : l'ouverture des portes, prélude au triomphe des siens qui allaient enfin pouvoir se répandre sur Tégolín. Une dizaine de Nains entreprirent de défoncer la porte de la tour, mais c'était trop tard. Un dernier ricanement et le démon se transporta dans le Maûne, emportant Ariale avec lui.

* * *

Les compagnons sortirent du fortin en montrant le médaillon du prince et coururent dans la pente. Ils arrivaient en vue de la Muraille. Rien. Aucune trace d'Ariale. La retrouver s'avérait une tache désespérée, le démon pouvait être n'importe où. Tégolín était un trop vaste territoire ; dans la nuit, ils n'avaient aucune chance.

De l'autre côté de la fortification, les tambours se mirent à résonner et les Maûnes débutèrent leur attaque de la Muraille.

Ils arrivaient en vue des portes lorsqu'un son puissant se mit à pulser couvrant presque le bruit des tambours ; un bruit de pompe actionnant une énorme masse liquide.

– Crénom d'une rune, ce n'est pas vrai ! s'exclama Zétide.

– Quoi, quel est ce bruit ?

– Vous me croirez si vous voulez mais ce sont les portes principales… Je pense qu'elles vont s'ouvrir.

– Alors si c'est le cas, ce n'est vraiment pas un endroit où rester, remarqua Hogo, nous ne sommes pas de taille à résister aux légions !

– L'auberge ! s'écria le Capricorne. Dans le noir, on ne la voit pas d'en bas.

En effet, la couverture nuageuse masquait la clarté lunaire et sur le flanc de la vallée, le bâtiment s'avérait invisible sauf pour qui en connaissait l'emplacement. Alors qu'un groupe de Nains entreprenait d'enfoncer la porte de la tour, ils coururent s'y réfugier, gravissant la butte sans s'arrêter.

Plongé dans la pénombre, le bâtiment paraissait vide d'occupants. Les guerriers qui s'y trouvaient, aubergiste et serviteurs compris, avaient déjà rejoint leurs contingents. Sur le seuil de l'entrée cependant, le Lycante leva la main pour leur interdire d'aller plus loin.

– Il y a quelqu'un, les avertit Hogo.

Armes dégainées, ils entrèrent prudemment dans la salle principale. Un maigre halo de lumière diffuse surmontait l'une des tables.

– Amis, chuchota une voix au timbre grave.

– Mjöllnar ?

– Non, je suis le chanoine d'Yquem. Moins fort, Hypolus !

– Tu es seul ?

– Non, j'ai l'armée de l'Ouest avec moi ! railla encore le Nain.

– Je ne suis pas l'armée de l'Ouest, mais je suis également là, murmura une voix plus posée.

– Oriel ! Je savais bien que tu serais là, dit à son tour Vertymbras.

– Et moi que tu m'y rejoindrais, répliqua l'Onyx, le

visage éclairé par le rougeoiement de sa pipe qu'il couvrait de sa main, ses petits yeux violets luisant d'une lueur rassurée.

– Vous avez entendu ce bruit ?

– Celui des portes ? Oui, pour une raison qui m'échappe, elles vont s'ouvrir.

– Alors ça va être le chaos ! s'exclama Oriel. Les Nains sont vaillants mais je ne vois pas comment ils vont pouvoir affronter autant d'ennemis. Ils vont résister, mais ils ne tiendront pas. Les Maûnes vont prendre les remparts, le fortin et après, ils s'occuperont des troupes dans la vallée.

– Ils sont bien assez nombreux pour faire les trois à la fois ! grogna Mjöllnar d'un ton agacé.

– Obéron est mort, annonça sombrement Vertymbras.

– Bec et Plumes ! s'exclama l'Onyx. Mort, mais comment ?

– Assassiné par un golem du Shaddak-Llogo'th ; un nommé Geyor qui nous poursuit depuis le début de notre quête, leur révéla Zétide.

En quelques mots, il leur conta ce qu'il y avait à savoir sur le démon.

– Alors c'est encore pire que je ne croyais, déplora le Nain aux tresses bleues. Obéron était un grand roi, je ne sais pas si mes frères de l'Est s'en remettront.

– Venez, proposa l'Onyx. De là où nous sommes assis, on voit parfaitement la vallée. Les Maûnes ne devraient pas tarder.

Ils s'installèrent devant la fenêtre et n'eurent pas longtemps à attendre.

Oui, ils ne s'étaient hélas pas trompés, les portes s'ouvraient bien, peu à peu. Les clameurs des Maûnes se firent plus fortes et la cadence de leur macabre musique s'accéléra. Pourtant aucun envahisseur ne passa l'entrée. Pas encore. Ils attendaient l'ouverture complète. Le tocsin se mit à résonner dans la vallée.

Alertés, les autochtones sortirent en hâte de leurs tentes tout en s'équipant pour la guerre. Sur les remparts, les Nains étaient trop occupés pour faire autre chose que de trancher les grappins ou de repousser les échelles.

Le groupe de Nains continuait de défoncer l'entrée de la tour. Mais les hautes portes avaient fini par s'ouvrir en grand. Survoltée par les tambours grondants, une nuée interminable de Maûnes assoiffés de sang, frustrés de massacre, déferla sur le territoire protégé de Tégolín. Les guerriers qui tentaient de pénétrer dans la tour furent immédiatement fauchés par un essaim de flèches goblines.

Dans la vallée, des feux d'alerte avaient été allumés afin de confirmer le désastre. Les Nains avaient fini par former une triple ligne défensive. Armés de haches, de marteaux de guerre, d'épieux ou de masses, protégés de leurs boucliers aux diverses formes, ils étaient prêts à recevoir leurs ennemis.

* * *

Une vague de guerriers maûnes se rua sur la pente qui menait au fortin. Un bélier fut amené par vingt guerriers borghs qui furent abattus par les arbalétriers nains qui protégeaient la place-forte. Trois chamans revêtus de longs manteaux à cagoule s'approchèrent en veillant bien à rester hors de portée des traits ennemis. Levant les mains de concert, ils se mirent à ébaucher les runes. Le Bel Art avait recommencé à fonctionner et des flux d'énergie magique invisibles pour un non mage se massaient autour des chamans. Leur pouvoir fut relâché et une sorte de vapeur violette émergea du sol, juste devant les portes du fortin, pour recouvrir peu à peu celles-ci. Le bois dont elles étaient taillées se mit à fumer, l'acier qui les renforçait également. Les runes naines se révélaient impuissantes contre un tel sort.

L'ichor vaporeux rognait peu à peu l'entrée et déjà un régiment de Brans, d'Orcks et de Goblins se préparait à l'investir.

La porte céda le pas à la magie maûne. Les envahisseurs chargèrent en criant à pleins poumons. Ils se bousculaient déjà pour entrer lorsque du fortin retentit une énorme explosion qui éclaira toute la vallée un bref instant, éventra l'édifice de l'intérieur et décapita les deux derniers étages. Des tours s'élevèrent des flammes encadrant un intense nuage de fumée noire. La moitié du régiment fut soufflée, carbonisée, réduite à néant par l'explosion.

– Que s'est-il passé ? souffla Lucia.

– Je pense que les mages nains ont décidé de faire sauter la salle de transport runique, expliqua sombrement Zétide. Ils ont préféré se sacrifier plutôt que de laisser une telle voie d'accès à Forgecœur à portée des Maûnes.

– Mortelune, les malheureux !

En bas de la muraille, un régiment d'archers goblins mené par un colonel sybère vint se ranger en ligne sur les bords de la pente. Les guerriers du Crâne Vert lâchèrent leurs traits sur les troupes en contrebas. Sans s'émouvoir, les Nains relevèrent leurs boucliers pour bloquer les flèches et ne connurent que des pertes minimes. Par contre, les Goblins ne disposaient pas de protection appropriée contre les arbalètes naines. Les guerriers à peau verte s'écroulèrent, frappés sans merci par la riposte de ceux de Tégolín. La perte du contingent n'émut pas l'officier sybère. Il leva le bras et une horde d'Orcks et de Borghs mélangés vint se mettre en place, écrasant sans hésiter les dépouilles des archers ; la principale force des légions maûnes, la puissance de ses fantassins dont la charge irrésistible avait à elle seule brisé bien des armées adverses.

Vêtus principalement de cuir et d'acier, armés de

leurs haches ou de leurs épées dentelées, les fantassins cognèrent leur cuirasse ou leur bouclier au même rythme que les tambours qui battaient sans discontinuer – ils résonneraient jusqu'au jour. Ils faisaient monter en eux la fureur destructrice qui les animait au combat.

Au signal de leur officier, ils chargèrent, dévalant la pente à la rencontre des Nains. Les premiers rangs furent percés de carreaux mais les Maûnes n'en avaient cure. Leur course ne fléchit pas, leur élan s'accentua, même.

Le choc des deux armées se rencontrant fut terrible. Un fracas indescriptible secoua la vallée, couvrant tous les autres bruits qui hantaient déjà la nuit. Un tonnerre de cris, de coups, de vociférations, s'éleva, contrepoint parfait à la mélopée sauvage des tambours.

Dans l'auberge, les compagnons assistaient au sanglant, au violent spectacle, sans pouvoir rien faire. Zétide intercepta le regard qu'échangèrent Hogo et Lucia et leur signifia que deux guerriers ne serviraient pas à grand-chose contre les légions maûnes alors qu'en revanche, la quête de l'Arcane ne pourrait se passer d'eux.

Éclairée par les torches ou les braseros, visuellement, la bataille acharnée avait quelque chose d'irréel. Mais les sons, eux, ne trompaient pas. On entendait parfaitement la haine s'entrechoquer avec la douleur, la colère ou la peur. L'acier, la chair ou l'os hurlaient leur peine lorsqu'ils se rencontraient. Un corps-à-corps sauvage avait submergé la vallée. La charge avait enfoncé les deux premiers rangs défensifs mais elle ne put aller plus loin. Galvanisés par la mort des leurs, la colère des Nains enfla et referma ses rets incandescents sur les assaillants. La horde fut décimée mais un tiers des défenseurs avait péri. Et sur les pentes s'amassaient d'autres Maûnes encore, prêts à remplacer leurs défunts camarades.

Les Nains par contre ne bénéficiant pas d'une telle manne de guerriers, leurs commandants durent sonner la retraite sous peine de ne voir aucun survivant à cette bataille perdue d'avance. Mieux valait se replier pour entamer une contre-attaque basée sur la guérilla. Les Nains disposaient de nombreux tunnels cachés où se retrancher à l'abri des envahisseurs. Des voies qui leur permettraient peut-être de se réorganiser. Du moins pour ceux qui pourraient s'y réfugier.

Tandis que l'armée de Tégolín entamait son repli, des portes, les envahisseurs continuaient d'affluer. Par petites troupes, ils se divisaient pour envahir le royaume des Nains, apportant avec eux carnage et désolation. Les remparts de la Muraille des Âges leur appartenaient à présent, les Nains qui les gardaient avaient été massacrés jusqu'au dernier. On traitait déjà la peau des plus valeureux écorchés pour construire de nouveaux tambours.

– Il faut déguerpir d'ici, intervint Oriel, on ne voit pas encore l'auberge mais dès que les nuages seront partis, ces mécréants la découvriront.

Confirmant les craintes de l'Onyx, un vent vif survola la vallée, emportant avec lui les nuages et la fumée qui sortait du fortin béant. Hogo sortit, les oreilles frémissantes des dangers de la nuit, l'odorat en alerte, pour épier l'avancée des légions.

– Pour aller où ? À Forgecœur ? demanda Vertymbras.

– Forgecœur ne tiendra pas éternellement, surtout si Obéron est mort, estima le guerrier nain, enfournant dans sa bouche lippue un gros morceau de tabac à chiquer.

– Je ne pense pas que ce soit l'endroit approprié, approuva Zétide. Le gros de l'armée va s'y rendre en priorité pour l'assiéger. Même si nous les prenions de vitesse, nous serions bloqués dans la forteresse ; or il y a Ariale et la Malerune. Il faut absolument poursuivre notre quête !

– Les tunnels par lesquels nous sommes arrivés, proposa Lucia. De là, nous pourrions nous enfuir.

– C'est une bonne idée. Peut-être qu'Hogo saura nous mener.

– Se retrouver dans des tunnels ? Voilà une tâche de Nain ! s'exclama Mjöllnar. Je vous guiderai. Puis je rejoindrai l'Alliance, il faut les prévenir.

– Nous venons aussi, ajouta le chevalier onyx. À présent que la muraille est prise, il serait suicidaire de rester dans les parages. Je pense que le mieux pour Vertymbras et moi est de tenter de rejoindre l'armée alliée.

– Nous perdons un temps précieux, dit Hogo

Quittant l'auberge, ils remontèrent vers l'ouest, à la file, en direction de la forêt. L'entrée des tunnels se trouvait plus haut, accolée à la montagne.

Mais leurs ennemis les avaient devancés. Des pentes chargées de bouleaux et de trembles surgit une bande de Rakins, d'Orcks et de Goblins. Les premiers assaillants furent reçus par les flèches de Lucia, de Vertymbras et les pierres de fronde d'Hogo. Puis, lorsqu'ils furent trop près, la mêlée s'engagea.

Les Maûnes étaient supérieurs en nombre mais pas en qualité comme ils ne tardèrent pas à l'apprendre. Oriel surplombait les Goblins et les Rakins et les fauchait de larges mouvements circulaires de sa hache ou de son épée. Vertymbras avait dégainé ses deux poignards et se battait avec une vivacité hors norme. Mjöllnar était le plus petit des combattants mais également le plus hargneux. Il frappait de sa hache, à deux mains, son bouclier fixé sur ses larges épaules. Il tranchait les Goblins en deux, découpait bras et jambes des Rakins, donnait des coups de pied, des coups de coude ou de tête, leur crachait dessus. Quant à la chasseresse et le Lycante, ils ne faisaient qu'un. *Temps fort, temps faible*. Les amants combattaient sans jamais se perdre, sans jamais se gêner ou trop se livrer. Leurs combinaisons s'opéraient avec une assurance, une fluidité complexe contre lesquels leurs adversaires ne pouvaient que succomber. Zétide dut s'abstenir d'intervenir, ses compagnons se trouvaient trop engagés avec leurs adversaires pour user de magie, il aurait risqué de les blesser. Du reste, le combat s'achevait par une victoire totale.

Mais alors qu'ils reprenaient à peine leur souffle, un essaim d'assaillants arrivait sur eux. Du lourd, une vingtaine de Borghs.

Sans attendre, Oriel se campa devant des Maûnes. Mjöllnar, Hogo et Lucia vinrent se ranger à ses côtés. Les deux amants échangèrent un regard inquiet. Les Borghs se révélaient de bien meilleurs combattants que les précédents. Plus forts, plus puissants que les Eldes, à l'exception peut-être d'Oriel, ils chargèrent, la bave aux lèvres.

Handicapés par la fatigue, les compagnons allaient probablement être submergés par cette nouvelle vague.

Zétide aurait voulu faire appel aux runes mais les compagnons se tenaient entre lui et leurs ennemis et le temps qu'il se déplace, les Maûnes seraient au contact.

* * *

Un grand guerrier vêtu de cuir brun sortit de derrière un arbre et bondit souplement au beau milieu des Borghs, les éparpillant d'un déluge d'acier. Il se mouvait avec une sobriété qui était l'apanage des meilleurs. Toujours placé au bon endroit, sans aucun geste superflu pour le ralentir, il prenait de vitesse ses adversaires dont la puissance brouillonne se retournait contre eux. Maniées avec une précision extrême, les deux dagues longues qu'il tenait s'élevaient et s'abaissaient sans relâche, faisant couler le sang des Borghs, provoquant leur trépas. *Un coup, un mort*, murmura Hogo qui reconnaissait le style du combattant. Le guerrier-loup se mit à sourire comme jamais il ne l'avait fait de sa vie. Les deux partenaires et leurs alliés chargèrent dans le dos des Borghs, retournés pour se défendre des assauts du valeureux guerrier.

Leurs ennemis terrassés, l'inconnu en brun se tourna vers eux, les salua du chef. Il se tenait dans une flaque d'ombre et on avait du mal à le distinguer.

– Merci de votre intervention, mon ami, commença Zétide. Nous étions en sérieuse difficulté.

L'inconnu ne répondit rien mais en revanche se rapprocha. Un éclair de lune illumina sa blonde chevelure, son visage souriant, reconnaissable à la cicatrice en forme d'étoile qui déparait sa joue gauche.

Lucia chancela comme si on l'avait frappée.

– Père ? C'est toi, demanda-t-elle d'une toute petite voix.

Ce visage, ce sourire… Ce sourire si particulier. Comment les oublier ?

– Un père n'a-t-il pas droit à l'accolade de sa fille ? dit doucement Éras en écartant ses longs bras.

La jeune femme courut dans ses bras et se raccrocha à lui de toutes ses forces. *Oui, c'était lui, c'était bien lui !*

Visiblement ému, le chevalier de Garamont caressa l'abondante chevelure de sa fille en déclarant :

– Tu m'as manqué mon enfant, si tu savais comme tu m'as manqué !

Tous avaient les yeux embués par le merveilleux de ces retrouvailles. Zétide et Hogo arboraient de larges sourires. S'il y avait quelqu'un à avoir à ses côtés dans une pareille situation, c'était bien le chevalier de Garamont !

– Venez, les pressa Mjöllnar, avec le vacarme qu'on a fait, ça va bientôt grouiller de Maûnes ici !

Ne perdant pas une seconde, ils reprirent leur échappée. Lucia avait du mal à croire qu'elle venait de retrouver l’être qui lui manquait le plus au monde. Elle courait à côté de lui et ne le quittait pas de l’œil.

* * *

Malgré la nuit et son manteau sombre, guidé par le pouvoir du Lycante, Mjöllnar retrouva sans peine l’accès aux souterrains. Ils s’y engagèrent sans tarder, les runes de Zétide leur fournissant une lumière bien supérieure à celle des torches.

Le Nain à la chevelure bleue ouvrit la route sans jamais hésiter, contrairement à l’aller. Il expliqua rapidement que sous la roche, il lui suffisait de parcourir un itinéraire une fois pour s’en rappeler à jamais. Une fois de l’autre côté de la montagne, Hogo les mena au vallon où ils avaient caché leurs montures. Aucun signe d’une présence maûne, déclara-t-il après être parti en éclaireur. Une fois arrivés, ils masquèrent l’entrée et Oriel se posta en sentinelle, proclamant qu’il prenait la première garde.

Les chevaux se révélaient en pleine forme mais pour une fois Lucia ne s’intéressa pas à sa jument. Elle fixait son père. Elle souriait et pleurait à la fois.

Zétide fit les présentations et le chevalier Éras de Garamont, le héros des Jours Rouges, fut salué avec un respect aussi évident que sincère. Impressionné, le Capricorne en resta bouche close et choisit de prendre le deuxième tour de garde. Assoiffés, les Eldes prirent le temps de boire à la source qui coulait de la roche puis de se restaurer des provisions laissées dans les sacoches de selles ; une soupe de lard, du jambon fumé et des galettes de maïs. Ils avaient décidé de passer la fin de la nuit dans cet abri naturel. Après un repas chargé de trop d’émotion pour permettre l’usage de la parole, Hogo lança un profond regard à Lucia et partit remplacer le Capricorne.

Tandis que les autres parlaient à voix basse en partageant un des tabacs de Vertymbras, Éras de Garamont et sa fille allèrent s'asseoir à l'écart; ils avaient tant à se dire. Lucia ne cessait de toucher son père pour se convaincre de son retour. Éras la couvait de son sourire doux, s'imprégnant de la beauté de son aînée qu'il n'avait plus vue depuis trop d'années. La journée du lendemain promettait son lot d'aventures, les autres étaient déjà couchés à côté d'un feu sans fumée.

– Père ! Ariale… Elle a été enlevée ! s'écria Lucia qui se sentait coupable de se réjouir du retour de son père alors que sa sœur, sa petite sœur adorée, était aux mains des Maûnes.

– Plus tard, ma grande, plus tard. Crois-moi, je n'oublie pas Ariale mais laisse-moi au moins profiter de ta présence… Comme tu as grandi et comme tu es belle. Cette cicatrice te va très bien; tu n'as pas ce genre de beauté apprêtée qui fond au soleil. Si ta mère te voyait, cette chère Elfine, comme elle serait fière !

Lucia se laissait emporter dans un cocon de rassurance et de bien-être, bercé par la tonalité douce de la voix d'Éras. *Son père !*

– Dis-moi, ma Lucia, Hogo et toi, ça fait longtemps ?

– Père, mais comment ?

– Tu es ma fille, et malgré tout ce temps passé loin de toi, tu es restée omniprésente dans mon cœur. Tout ce qui te touche me touche, tu es la chair de ma chair.

Hésitante, la jeune femme baissa la tête, laissant ses cheveux longs et dénoués cacher sa physionomie. D'une voix hésitante, elle demanda :

– Tu désapprouves, pour Hogo et moi, c'est ça ?

Éras sourit pour lui seul. D'une main, délicatement, il releva le menton de son aînée.

– Ma fille, je crois connaître Hogo mieux que toi, et j'estime que tu trouveras difficilement un compagnon d'une telle valeur. Sache que jamais je ne m'opposerai à ton bonheur, et celui-ci fait plaisir à voir !

– Père, et pour Ariale… Qu'allons-nous faire ?

– Ce qu'il faut, répliqua son père, soudain déterminé. Ce qu'il faut pour la secourir. Si cela peut te rassurer, je pense qu'elle a trop d'importance comme otage pour que les Maûnes lui fassent du mal. Elle va être conduite au Shaddak-Llogo'th et si celui-ci veut s'en servir contre moi, il devra la garder en bonne santé. Ce qu'il nous reste à faire c'est monter une expédition et la sauver, foi de Garamont !

– Et moi, je peux venir ? demanda la chasseresse d'une toute petite voix.

Face à son géniteur, elle perdait toute sa fougue naturelle.

– D'après ce que j'ai cru comprendre, tu es devenue une *épée* redoutable. Tu es une guerrière et je prétendrais te renier le droit de porter secours à ta sœur ? Non, ne crains rien à ce sujet, je viens de te retrouver, tu ne me quittes plus ! Mais nous verrons cela plus en détail avec les autres. En attendant, parle-moi plutôt de toi, de tes aventures… Vous m'avez tellement manqué toutes les deux Prends ton temps, je veux tout savoir !

Calée contre l'épaule de son père, partageant sa chaleur rassurante, Lucia se mit à conter la quête de l'Arcane.

* * *

Le lendemain au petit-déjeuner, ils tinrent un conseil de guerre, Zétide en profita pour résumer à leurs alliés les aboutissements de la Quête. Lucia commençait à croire qu'elle ne rêvait pas et que son père se trouvait bien là, assis à côté d'elle.

À son tour Éras prit la parole et dit :

– En préambule, juste une chose. Hogo et Lucia sont ensemble et *j'approuve* cette union. Je dis cela non pour vous embarrasser, vous deux, mais afin que les choses soient claires et que rien ne trouble notre concentration… À présent, le sujet est clos. Nous pouvons aborder le principal.

– Oui, dit Zétide. Avant tout permettez-moi de vous expliquer une chose primordiale : Notre monde est perdu si nous nous cantonnons à mener la guerre. Le salut passe par l'Arcane et seulement par elle ! Nos options sont limitées mais nos buts sont simples : aller dans le Maûne, trouver Ariale et la Malerune, sauver la petite, conjurer la rune maudite à l'aide de l'Arcane et…

Il dut s'arrêter pour reprendre son souffle.

– En revenir indemnes, termina Oriel.

– Une simple promenade de santé, en fait, sourit Vertymbras tout en comptant ses flèches.

– À mon avis, Ariale et la Malerune sont au même endroit, entre les mains du Shaddak-Llogo'th, dit plus sérieusement Zétide.

– Ce qui veut dire dans son palais, remarqua Hogo. Il est réputé pour ne jamais le quitter.

– Exactement. Et j'ajoute qu'il y a une chose dont je suis à peu près sûr : ce Geyor ne fera pas de mal à Ariale. Elle a trop de valeur en bonne santé pour le Shaddak-Llogo'th pour que le démon se permette de poser la main sur elle.

– Mais à quoi pourrait-elle leur servir ?

– À nous attirer Zétide et moi jusqu'au souverain des Maûnes, par exemple. Et pourquoi pas, à nous obliger à trahir les nôtres.

– Je suis d'accord, renchérit le mage. Ils vont nous attendre.

– Zét', au sujet de la Malerune, comment vas-tu faire puisque Geyor a volé ton carnet ? s'inquiéta Hogo.

– Premièrement, si les Maûnes tentent de l'utiliser, ils risquent une petite surprise. Deuxièmement, je n'en ai nul besoin, l'Arcane est là, bien au chaud.

Et le mage se tapota le crâne de son index.

–Le problème ne sera pas de le trouver ce fichu palais, mais d'y arriver la carcasse entière ! intervint Mjöllnar qui finit sa tirade d'un jet de chique.

–À quatre, cela risque d'être un peu juste, jugea Hogo.

–Ami Oriel, qu'en penses-tu ? dit le Capricorne.

Les deux amis échangèrent un regard complice.

–Je pense comme toi.

–Alors c'est décidé, le chevalier de Freux-Croix et moi-même, venons avec vous. Intégrer la quête de l'Arcane, investir le Maûne, ce sera la plus grande de mes épopées !

–Il ne sera pas dit que vous partiez sans un Nain pour une telle aventure, intervint Mjöllnar, j'en suis !

Les trois guerriers avaient prouvé leur valeur et après un bref conciliabule entre Zétide et Éras, ils furent chaleureusement intégrés à leur groupe.

–Désolé d'intervenir à nouveau, glorieuses figures de l'Ældo, poursuivit l'archer, mais je crois que dans cette analyse, nous oublions un point important : comment allons-nous aller dans le Maûne ?

–En empruntant une Dalle, tout simplement, répliqua Éras de Garamont.

–Ah…, se contenta de dire Vertymbras.

Pour une fois, l'archer-poète restait presque sans voix. Il faut dire que l'ampleur de la tache avait de quoi rebuter.

–Et laquelle ? s'enquit le chevalier onyx.

–Manès, annonça doucement Éras.

Zétide eut un sursaut.

–Manès, tu veux passer par Manès ?

–Oui, tu as bien entendu. Connais-tu une Dalle plus proche ? Moi pas. Aucune d'elle n'est sûre, Hypolus, et, de surcroît Manès et ses environs, nous les connaissons bien, n'est-il pas vrai ? En outre, la moitié de l'armée qui garde la ville est partie rejoindre les légions chargées de conquérir Tégolín. Et n'oublie pas que cette fois, nous n'essaierons pas de la révoquer ; nous voulons juste l'utiliser.

– Néanmoins, mon cher chevalier, je me permets de remarquer qu'il reste l'autre moitié de cette armée ; vous admettrez que cela constitue encore trop pour nous, remarqua Vertymbras.

Éras se tourna vers le Capricorne :

– C'est juste. Nous allons devoir trouver un appui et cet appui, c'est la coalition elde.

– Et comment as-tu appris tout cela sur l'Arcane ? Qu'as-tu fait durant ces dernières années ? Comment nous as-tu retrouvés ? questionna Zétide d'une traite.

– Ah, mon ami, cela serait bien trop long à raconter ici. Il y a de quoi écrire un livre, crois-moi ! En attendant nous avons mieux à faire.

Le chevalier de Garamont se tourna vers le guerrier-loup.

– Hogo, tu vas me retrouver cette armée de l'Alliance.

Leurs sacoches prêtes, les traces de leur séjour effacées, Paladin fut monté par Vertymbras, Hogo partagea son étalon alezan avec Oriel. Zétide prit le Nain en croupe et Lucia partagea La Rosée avec son père, tout heureuse de pouvoir s'abandonner contre lui.

Ainsi montés, ils n'iraient pas bien vite, ils devaient trouver d'autres chevaux et Éras comptait bien sûr l'Alliance pour leur en fournir.

* * *

Ce fut l'armée qui les trouva, deux jours plus tard. Il faut dire que l'équipe de pisteurs alfes de l'Alliance était ce qui se faisait de mieux en la matière ; Hogo lui-même était surpassé. Et c'est ainsi qu'ils se retrouvèrent escortés par un escadron de rangers eldes jusqu'au campement provisoire de l'armée de coalition.

L'Alliance elde était cantonnée dans une des forêts qui bordaient l'ouest de Tégolín. Elle s'étirait à travers les bois par petits groupes plus ou moins camouflés dans la végétation.

Cette armée superbe, partie de Tagoras dans les honneurs, pleine de fougue et de détermination, avait manifestement connu son lot de batailles pour arriver jusqu'ici. Les armures étaient bosselées, ternies de sang et de boue, de même que les casques et cuirasses des fantassins. Les boucliers étaient enfoncés et seules les armes se révélaient parfaitement entretenues. Les chevaux étaient amaigris, leurs cavaliers également. Tous avaient le regard las. Et pourtant, malgré tout, dans les prunelles des Eldes planait encore une lueur indomptée. Cependant, face aux légions qui avaient investi la Muraille des Âges, Lucia estimait qu'ils paraissaient bien peu nombreux et impressionnants.

Éras et Zétide furent reconnus et salués par les soldats à mesure qu'ils avançaient dans le camp elde. Principalement des guerriers nains issus des Forts de l'Ouest, des chevaliers humains, des cavaliers capricornes que Vertymbras salua gaiement ainsi que quelques Alfes ayant échappé à l'Entropia.

Menant leurs montures au pas, ils avancèrent vers le centre de la forêt pour s'arrêter dans une clairière bosselée, traversée d'un modeste ruisseau. L'Alfe vêtu d'un costume de peau qui les avait accompagnés les salua avant de reprendre son poste.

L'officier qui dirigeait la coalition s'était établi dans les vestiges d'un moulin à demi écroulé, à demi dévasté, qui dressait sa forme torturée sur un mamelon de terre et d'herbes brûlées.

Laissant les autres en bas du tertre, Éras et Zétide montèrent jusqu'au moulin.

* * *

– Vous voulez dire que mon armée ne va servir qu'à vous procurer une diversion ? Nous avons traversé la moitié de l'Ældo pour une diversion ?

Le chevalier de Garamont et le sorcier d'Arcadie se trouvaient dans la tente du maréchal Rulgain de Leth, un natif du Ferran. Contrairement à ses hommes, le maréchal avait bonne mine et son apparence se révélait impeccable. C'était un homme bien charpenté, du même âge que le chevalier de Garamont, un peu moins grand. Blond, le teint pâle, les yeux gris et la bouche épaisse, il arborait de longues moustaches soigneusement taillées qu'il prenait visiblement plaisir à caresser. Son armure d'or mat ne semblait pas avoir connu la moindre estafilade. Sur son poitrail musclé, encadré de ses cheveux longs soigneusement lissés, reposait le gros médaillon de platine orné du Phénix, l'insigne de son rang, maréchal de la puissante Alliance.

Zétide était assis en retrait sur un tabouret qui avait échappé au feu, ses jambes allongées devant lui, à fumer tranquillement sa pipe et à dévisager les deux guerriers qui se toisaient froidement. L'hostilité entre les deux eldes était palpable.

– Et quand bien même ? rétorqua Éras. Que voulez-vous au juste, Rulgain, sauver notre monde ou seulement vous couvrir d'honneurs dans la guerre ? Ou bien encore, prétendez-vous incarner celui qui vaincra les Maûnes ?

– Garamont, je ne vous permets pas !

– Je me moque de ce que vous permettez ou non, ce n'est plus le temps des politesses ! Si vous ne l'avez pas compris, notre situation est désespérée : les Maûnes tiennent tout le sud-est à présent, avec la mort d'Obéron, le royaume de Tégolín, le plus puissant de l'Enareín est en train de tomber. Que vous en ayez conscience ou non, c'est en utilisant le pouvoir de l'Arcane que nous pourrons triompher, et pas autrement !

– Sachez que je ne partage pas votre avis, nous pouvons encore retourner la situation sans avoir à compter sur la magie ; magie du reste dont je me suis toujours méfié, à juste titre d'ailleurs, car sans magie, il n'y aurait jamais eu d'Entropia. Non, Garamont, le salut réside bien dans la force militaire. Quelques victoires sur le champ de bataille et nous finirons par renvoyer les Maûnes chez eux la queue entre les jambes.

– Il suffit ! s'écria Éras, en cognant sur la table faisant valser les verres, devançant Zétide qui n'avait certes pas apprécié la remarque du maréchal à propos du Bel Art. La colère d'Éras rendait la cicatrice de sa pommette violacée. Le temps des batailles est révolu ! Et puisque vous abordez le sujet, dites-vous bien que si vous nous aviez suivis Hypolus et moi lors des Jours Rouges, au lieu d'attendre je ne sais quoi pour engager vos troupes, nous n'en serions pas là aujourd'hui !

Le maréchal recula devant la colère rentrée du chevalier de Garamont.

– J'en ai assez dit et assez entendu, asséna Éras. Je vais être très clair, Rulgain. Vous faites ce que je vous demande ou je sors parler à vos soldats. Leur expliquer qu'ils vont courir à la mort pour vos rêves de gloire, cela devrait leur plaire.

– Méfiez-vous, Rulgain, reprit Zétide en tirant sur sa pipe. Je le connais bien, il va le faire et vos soldats l'écouteront. Vous avez oublié une petite chose, mon cher ; il est Éras de Garamont, le héros des Jours Rouges ! Non seulement vos hommes vont l'écouter mais ils se pourraient bien qu'ils décident de le choisir pour chef.

Rulgain fit quelques allers et retours en roulant nerveusement sa moustache. Il finit par s'arrêter et dire :

– Vous me forcez la main, je n'ai pas le choix. Je prie l'Équilibre pour que vous ayez raison.

–Fort bien. Voici ce que nous allons faire…

Le chevalier de Garamont expliqua clairement ce qu'il attendait de la coalition. Le maréchal acquiesçait à chaque point soulevé par Éras, dompté par la force de caractère de celui-ci.

Son discours achevé, le prêt de montures accordé pour leurs compagnons, le legs de provisions, Éras ajouta:

–Ne me faites pas faux bond, Rulgain.

Le chevalier n'ajouta aucune menace. Ce n'était pas son genre. Et sur cette tirade un peu trop sèche, il quitta le moulin, suivi de son comparse, en laissant le maréchal bien pensif.

Une fois sortis, Zétide lui demanda:

–Tu l'aurais fait?

–Quoi donc?

–Je veux dire, tu serais sorti pour parler aux troupes?

–Je n'en sais rien, en fait.

–Tu sais, si tu voulais, tu lui ravirais son armée à cet orgueilleux Rulgain. Les hommes te suivraient, même dans le Maûne. Ils te suivraient n'importe où, en t'acclamant.

–Je ne veux ni acclamations, ni honneurs, ni armée à diriger, répondit Éras, le regard perdu dans l'horizon. Ces soldats sont nombreux, en effet, mais pas assez pour prendre d'assaut les terres du Shaddak-Llogo'th. Contrairement au petit groupe que nous formons, une armée serait vite repérée et massacrée. Je ne veux pas être responsable d'autant de morts, Manès m'a suffi!

Éras reporta son regard sur le mage et lui dit d'un ton où perçait une certaine lassitude.

–Je vais te faire une confidence, mon vieil ami, j'en ai assez des combats, assez de tenir une épée et surtout assez de passer pour un héros! Je suis un homme simple et j'ai trop longtemps délaissé mes filles. Je ne veux que la paix et ma famille, rien de plus.

Le mage hocha la tête. Il ne voyait pas ce qu'il pourrait ajouter à un tel discours. Ils repartirent vers le reste du groupe. Une fois leurs chevaux choisis, les provisions empaquetées, Éras et Hogo prirent le temps de s'entretenir avec un des pisteurs alfes que le chevalier avait fait mander.

Leurs renseignements pris sur les mouvements des Maûnes, ils quittèrent le campement en direction du nord, accompagnés du grand déplaisir de Mjöllnar – qui proclamait fort peu goûter l'équitation – et de celui, pire encore, de Vertymbras qu'Éras avait obligé à remplacer ses vêtements – jugés trop colorés pour d'autres, plus sobres et donc moins repérables. De sa flamboyante tenue, le Capricorne ne put garder que son foulard de soie verte, son gilet qui contenait ses réserves de tabac et ses bottes à revers.

En son for intérieur, Zétide dut s'avouer soulagé de constater que le chevalier de Garamont avait naturellement pris les commandes de leur groupe. C'était bien lui, sans conteste, le plus apte à mener un groupe de guerriers en infiltration sur une terre hostile. Le mage se réservait évidemment le soin de se charger de la Malerune. Il se sentait de plus en plus fatigué. Il serait si bien allongé à l'ombre d'un pommier, au-dessus de ses vignes à goûter le fruit de sa récolte. En aurait-il seulement l'occasion ?

* * *

Trois semaines plus tard, voyageant presque sans s'arrêter, ils avaient pénétré le Mohican pour arriver aux abords de Manès.

L'hiver débutait et dans les Landes du vent, un zéphyr froid giflait les visages et couchait les herbes. L'hiver étendait son autorité, bientôt viendrait la neige.

Tapis dans un bosquet, sur une hauteur, ils contemplaient Manès et ses ruines. Posée sur un léger contrefort qui surplombait la plaine, autrefois la plus belle cité de l'Ældo, réputée pour ses hautes tours, ses palais de marbre clair, ses jardins en terrasse, Manès la Blanche était devenue Manès la Rouge, Manès la Dévastée. Toute sa beauté avait succombé, remplacée par la laideur poignante de la guerre. Au milieu des ruines, pour le moment invisible de leur position, se trouvait cette Dalle, la première à être apparue, pour le malheur de l'Enareín.

Quant à la grande plaine qui entourait la ville, naguère couverte de vignes, de pépinières de fruits ou de plantes rares cultivés en serres, elle était devenue à cause des Jours Rouges la Plaine des Morts, inondée du sang d'au moins dix mille guerriers, eldes ou maûnes, qui avait totalement délavé le sol et l'herbe. Couverte d'ossements avec en sus une pagaille d'armes ou d'armures rouillées, la terre elle-même avait été combattue, torturée, ravinée, grêlée, ondulée par les déchaînements de magie runique des deux camps.

Sur cette vaste plaine, les Maûnes avaient établi leur désordre presque rituel de tentes, bâti des enclos pour les montures ou le bétail volé aux Eldes, dressé des baraquements, des réserves, des cuisines, des lieux d'aisance. Un camp provisoire qui pourtant avait été érigé au début des Jours Rouges et que depuis la tentative de Zétide et d'Éras, malgré leurs efforts, jamais les Eldes n'avaient pu prendre. Aujourd'hui, Manès avait perdu de son importance. Bien d'autres Dalles avaient surgi et le Mohican était devenu une terre vide, sans plus aucun intérêt stratégique pour les envahisseurs, qui gardaient la Dalle par habitude plus qu'autre chose.

Les mains croisées sur le pommeau de sa selle, Zétide pensa à ce fameux jour, à la fois si proche et si lointain, où il s'était allié avec Éras. À ce fameux jour où ils avaient failli renverser le destin et vaincre l'armée des envahisseurs. En ce jour, ils revenaient à Manès. Et l'ironie voulait que ce ne soit pas pour fermer cette Dalle mais, au contraire, pour en faire usage.

– Et maintenant ? demanda Lucia.

– Et maintenant, ma fille, sourit Éras, il nous faut devenir des Maûnes.

Le chevalier ne plaisantait pas.

Après avoir établi un bivouac sûr, ils passèrent deux jours à surveiller leurs ennemis et faire leur choix. Les Borghs étaient trop grands et trop massifs, les Goblins ou les Rakins trop fluets et les Brans trop élancés. Restaient les vigoureux Orcks, eux pouvaient convenir au plan d'Éras.

Il leur suffit de choisir un des groupes d'éclaireurs qui chaque jour partait explorer la région sans enthousiasme excessif. L'armée qui gardait Manès était désœuvrée depuis des mois, et un soldat qui s'ennuie n'est que le piètre reflet de ce qu'il devrait être. Une embuscade rondement menée avec les flèches de la chasseresse et du Capricorne pour les appuyer et les compagnons s'approprièrent les fourrures ou les capes, les cuirasses et les casques des Maûnes après avoir enterré les dépouilles de leurs ennemis. L'Onyx ne pouvait se travestir à cause de son armure. Mais avec un casque sur la tête, on ne verrait de lui qu'un gigantesque guerrier bardé d'acier foncé, un signalement qui pouvait convenir à bon nombre de Maûnes. Avec une cape foncée, la capuche rabattue sur son visage, Zétide passerait aisément pour un chaman. Peu importait la disparition de quelques éclaireurs, d'ici peu, les Maûnes auraient d'autres soucis plus pressants. Tout dépendait de l'Alliance elde, à présent. Rulgain serait-il présent au rendez-vous ?

La nuit qui précédait le grand jour, Éras tint à leur parler :

– Je ne suis pas pour les grands effets oratoires, néanmoins, je vais vous tenir le discours suivant. Il n'y en a pas d'autres que nous pour tenter l'impossible mais c'est peut-être l'échec qui nous attend, et la mort. Si vous voulez abandonner, c'est maintenant. Ni Zétide ni moi ne vous en tiendrons rigueur.

Inutile de dire qu'aucun d'entre eux ne manifesta le désir de faire marche arrière.

– Parfait, je n'en attendais pas moins de vous. Je vous remercie au nom de notre monde et surtout en mon nom propre.

Son discours achevé, Éras convoqua Hogo et Lucia.

– Dès après-demain, si tout va bien, nous irons dans le Maûne pour effectuer une mission que la plupart jugeraient désespérée. Je connais l'impatience de la jeunesse, l'exaltation d'une relation nouvelle et l'intimité dont vous avez besoin pour l'exprimer. Néanmoins, le Monde Gris n'est pas le meilleur endroit pour cela. Je vous demanderais donc, tout le temps que durera cette épreuve, de rester particulièrement concentré sur ce qui nous attend. Nous avons trop à perdre pour nous permettre d'avoir deux de nos guerriers déconcentrés même par un noble sentiment. Me comprenez-vous ?

– Parfaitement, approuva Hogo, ce sont de sages paroles. Luce ?

– Oui, c'est vrai. Nous serons *sages*, père, c'est promis.

– Je savais pouvoir compter sur vous… Cela étant, nous ne partons que demain. J'ai pensé que cette dernière soirée, la moindre des choses était de vous l'accorder. Profitez-en mes enfants, pour l'instant, je ne puis faire mieux…

Le chevalier les dévisageait avec bienveillance. Avec la même bienveillance, il posa sa main sur l'épaule du Lycante pour l'étreindre et apposa sur le front de son aînée un baiser paternel.

Le chevalier les laissa. Hogo enlaça son amante :

– Ton père a raison, Luce, je suis désolé, nous allons devoir nous surveiller.

– Chuut. Pas ce soir ; ce soir est à nous deux seulement, rien qu'à nous.

– Oui, rien qu'à *nous*, souffla le Lycante qui songeait : « *Lucia, je t'aimerai de loin aussi longtemps qu'il le faudra. Mais chacun de mes regards pour toi, chacune des pensées que je m'accorderai sera le gage de ce qui nous unit.* »

– *Viens, mon guerrier-loup, ajouta la chasseresse en le dévorant des yeux. Je veux me souvenir de cette nuit comme de la plus belle. Viens, mon mystérieux Lycante, viens me faire à nouveau goûter à ton Huitième Pouvoir !*

* * *

Au matin, comblés par une nuit aussi particulière que précieuse, ils rejoignirent le campement. Déjà debout, Éras les regarda approcher. Il adressa à sa fille un regard approbateur, mâtiné d'une fierté attendrie, à Hogo un autre, amical et complice.

Après quoi, le chevalier s'adressa à l'ensemble du groupe :

– Nous partirons après le repas du soir. Reposez-vous, vérifiez vos armes, votre équipement. Nous voyagerons légers. N'oubliez pas...

Le chevalier se tut un instant avant de reprendre en balayant l'air de sa paume :

– Mais je radote, vous êtes tous des guerriers expérimentés, vous n'avez nul besoin de mes conseils. Donc, à tout à l'heure... Hypolus, mon vieil ami, à nous ! Allons partager une bonne pipe, mon ami.

Le moment de partir venu, ils revêtirent les équipements des Maûnes. Après quelques ajustements ou rembourrages nécessaires, le chevalier de Garamont s'estima satisfait. Ils laissèrent leurs montures qui, l'espéraient-ils, seraient comme convenu récupérées par les pisteurs alfes de l'Alliance. C'est le cœur serré que la jeune femme dit adieu à sa jument, mais il n'était pas question de l'emmener dans le Maûne, son père avait été très clair à ce sujet.

De nuit, au même rythme que les autres patrouilles, ils rejoignirent la fourmilière géante à ciel ouvert qu'était le camp des envahisseurs, veillant bien à marcher au large de leurs soi-disant compatriotes. Le désordre naturel des Maûnes, leurs querelles interraciales, le peu de complicité qu'ils s'accordaient était à l'avantage des compagnons. Nul de vint les voir, nul ne s'intéressa à leurs silhouettes travesties. De plus, par son relief tourmenté, la Plaine des Morts offrait un plein lot de terrain couvert qu'ils purent emprunter jusqu'à gagner les abords de Manès. Sans avoir été découverts, ils s'engagèrent à la suite d'Éras dans les ruines de la défunte cité. Hogo leur dénicha une sorte de cave dans une maison écroulée qui leur permettrait d'attendre le jour en sécurité. Le dernier jour.

* * *

– Général Krauth ! Mon général ! s'égosilla l'aide de camp rakin en faisant irruption dans la tente de son supérieur, dressée à la base des ruines.

Le matin était levé depuis deux heures, chassant la brume qui recouvrait la plaine.

– Que se passe-t-il, Quiulh ?

– Les Eldes, ils arrivent !

– Quoi, quels Eldes ?

– Une armée de coalition d'après nos éclaireurs. Peut-être cette fameuse Alliance... Ils vont bon train, ils seront là dans moins d'une heure. Ils sont déployés pour une charge.

– Comment ? Ils sont suicidaires ou quoi ? Nous sommes quatre fois plus nombreux !

Était-ce une tromperie, un piège ?

– Vos ordres, général ?

L'Orck n'hésita qu'un court instant. Il n'était qu'officier en second de la Huitième légion du Maûne. Son supérieur, le Haut-Général Gkhos, était parti avec la moitié des troupes pour renforcer l'assaut sur Tégolín. Le général ne disposait pas du même sens stratégique que le Haut-Général mais il combattrait en importante supériorité numérique et cela suffirait amplement.

– Sonnez le rassemblement, que les régiments se préparent. Envoyez d'autres éclaireurs, je veux en savoir plus sur ces Eldes. Cette attaque doit cacher quelque chose.

Tout en parlant, Krauth achevait de sangler son armure noire. Il passa son baudrier d'armes avant de sortir à la suite du Rakin.

* * *

Le plan d'Éras était des plus simple. La cavalerie de l'Alliance devait charger les Maûnes sans paraître se préoccuper de leur infériorité numérique puis, arrivée à une centaine de mètres, faire volte-face et se retirer.

De deux choses l'une, soit les Maûnes se lançaient à l'attaque, soit ils se creusaient la cervelle pour comprendre ce qui se passait. S'ils ne bougeaient pas, la cavalerie devait réitérer sa manœuvre, et ce, au moins deux fois. Dans un cas comme dans l'autre, l'attention de l'armée maûne serait concentrée sur l'Alliance qui prendrait soin d'agir à l'opposé de la Dalle.

Rulgain ne leur avait pas fait défaut. Hogo entendit le grondement lointain de la cavalcade et s'empressa de prévenir ses partenaires.

Une heure après, alors que le branle-bas de combat faisait fourmiller les envahisseurs, dont l'attention se dirigeait vers l'ouest, à l'opposé de l'endroit où se cachaient les compagnons, une ligne épaisse apparut en haut des versants de la Plaine des Morts. L'Alliance était bien là et elle ne marqua aucun temps d'observation. Tout ce que la coalition comptait de cavaliers était rallié. Couchés sur leurs puissants destriers renforcés d'acier, les chevaliers tenaient leurs lourdes lances pointées en direction des Maûnes. Les archers-cavaliers capricornes tenaient leurs flèches prêtes à être décochées. Aucun Nain, ni aucun Alf ne comptaient dans les rangs. L'Alliance était amputée d'un bon tiers de ses forces. Malgré ce fait important, menés par Rulgain lui-même – reconnaissable à son armure d'or mat – les cavaliers fendaient le vent sans montrer la moindre peur.

Le chevalier de Garamont scrutait intensément l'avancée des Eldes. Son visage se ferma peu à peu pour prendre un pli nettement soucieux.

Environ deux cents mètres avant le contact, au lieu de virer comme Éras l'avait voulu, la cavalerie elde décida une formation en pointe de flèche. Rangés derrière les chevaliers, les Capricornes lâchèrent leurs flèches en gerbe courbe, qui passa par-dessus leurs frères pour abattre leurs premiers ennemis. Les Maûnes répliquèrent mais leurs traits ricochaient contre les armures ou les protections des montures.

– Le fou ! s'écria Éras. Il *veut* absolument son combat, il va vraiment charger !

– Ça va être un massacre, estima Oriel, il va enfoncer le centre mais les Maûnes vont refermer leurs ailes sur lui et ils vont être submergés.

– Que pourrions-nous faire pour les aider ?

– J'ai peut-être une idée, proposa Vertymbras. Sur cette butte, là-bas, se tiennent le général orck et ses officiers. Privés de leur commandement, les Maûnes vont être déstabilisés ce qui devrait donner à Rulgain le répit dont il aura besoin pour prendre du large. Et pour atteindre ces mécréants, avec mon arc, il n'est nul besoin d'en venir au corps à corps. Il me faudrait juste me rapprocher un peu. Par exemple jusqu'à ces bâtiments sur la droite.

– Mais c'est trop loin ! dit Lucia

– Pour un archer normal c'est juste, mais, ma chère, vous oubliez que je suis Vertymbras la meilleure flèche du monde !

Oriel claqua du bec, réprobateur devant cette réplique bien crâne mais ajouta :

– Mon ami Capricorne fait le beau mais je le connais ; ses manières outrancières laissent à désirer mais s'il dit qu'il peut le faire alors vous pouvez lui faire confiance.

Éras réfléchit quelques instants en caressant sa cicatrice sur la joue.

– Hypolus, tes runes fonctionnent-elles ?

– Oui, en principe.

– Bien, voilà ce que je propose…

* * *

Tournant le dos aux ruines, le général se tenait avec ses quatre subordonnés – deux Rakins et deux Orcks – sur un tertre de pierre rosée de sang séché. Il disposait d'un point de vue idéal sur les mouvements de la coalition. Il ne parvenait à comprendre pourquoi une si faible force se préparait à entamer une batailler perdue d'avance. Ses éclaireurs rakins venaient de rentrer pour lui assurer que nulle force cachée ne se préparait à les prendre de revers. C'était à ne pas comprendre ! Néanmoins, l'officier supérieur était déterminé à ne rien dévoiler de son trouble. Surtout ne pas montrer la moindre faiblesse devant ses subordonnés. Au moins deux d'entre eux conspiraient sa chute. De toute manière, Krauth ne risquait pas grand-chose. Inutile de s'interroger plus longtemps. Il savait ce qu'il avait à faire : il pouvait se permettre de soutenir cette charge folle et peu lui importaient les pertes ; les Eldes étaient trop peu nombreux. Il allait les laisser pénétrer au centre de son armée, puis il ordonnerait un mouvement tournant des deux ailes pour encercler les guerriers de l'Alliance et les massacrer jusqu'au dernier. Krauth gonfla ses pectoraux massifs et redressa le buste, se voyant déjà récompensé par le Maître pour cette brillante victoire. Le titre de haut-général était à portée de main !

* * *

Rulgain avait fait preuve de déraison en décidant de s'attaquer aux Maûnes en terrain découvert et en infériorité numérique. Toutefois, il n'était pas si fou que cela. Au lieu de frapper l'armée droit au centre et risquer de se faire cerner, au dernier moment les chevaliers et les archers montés dévièrent leur charge pour enfoncer les Maûnes en diagonale, coupant vers le nord-est.

L'élan pris par les chevaliers Humains et leurs étalons caparaçonnés d'acier enfonça les rangs des envahisseurs comme un marteau écraserait une coquille d'œuf. Les deux rangs de fantassins orcks se firent laminer et les chevaliers continuèrent leur élan sans marquer de temps d'arrêt pour écraser les régiments d'archers goblins. Peu à peu, ils avançaient en remontant leur diagonale, combattant avec une détermination sans faille. Leurs lances brisées dans la chair maûne, ils avaient dégainé leurs grandes épées, leurs haches de bataille, leurs masses cloutées ou leurs fléaux et leurs bras montaient et descendaient, fendaient et découpaient sans relâche. Dans leur sillage, de leurs flèches, les Capricornes lardaient leurs ennemis et les empêchaient de refermer leur nasse. Les Maûnes, toutes races mélangées, hurlaient de rage ou d'agonie. Mais ils étaient à pied et ne disposaient pas du même élan que leurs adversaires.

Tandis que le combat faisait rage, Vertymbras, Hogo et Oriel se glissèrent dans le dos des guerriers captivés par le déroulement du combat. Un temple à la façade écroulée sur sa partie orientale était leur destination. Ils laissèrent passer une patrouille avant de traverser la rue et entrèrent dans le bâtiment qui s'avéra désert.

De là où ils se tenaient, un bloc de marbre écroulé du plafond, ils voyaient clairement le tertre où se tenaient le général orck, immobile, et ses subordonnés qui s'agitaient nerveusement autour de lui.

Vertymbras choisit minutieusement ses flèches, qu'il planta à côté de lui. Il étudia le vent, regarda le ciel pour vérifier la luminosité. Il vérifia également son arc avant de se déclarer prêt.

Mais au moment où Vertymbras allait tirer, un escadron de Borghs, d'Orcks et de Goblins entra dans le temple. Tant les Maûnes que les Eldes se figèrent. Une exclamation rauque d'un Borgh brisa le charme.

– Vertymbras, débrouille-toi, vous autres, à moi ! tonna le Nain aux cheveux bleus alors qu'au-dehors du temple résonnaient toujours les clameurs de la bataille.

Des mains de Mjöllnar fusèrent ses haches de jet. Deux vagues de deux qui envoyèrent autant d'adversaires dans les limbes de la mort. Hogo tourna sur lui-même en se baissant, son kethan parallèle au sol, pour balayer deux Orcks. Oriel éventra un Borgh de sa hache, décapita un Goblin de son épée longue. Le Lycante se dressa au-dessus des Orcks couchés sur le dos. Du doigt, il fit jaillir ses lames d'os de son kethan. D'un mouvement coulé, effectué en deux temps rapides, il plongea successivement les pointes d'ivoire effilé dans les gorges de ses ennemis.

Mjöllnar décora le front d'un Goblin d'un jet de chique

et s'exclama à l'attention de l'archer en train de viser.

– Alors, qu'est-ce que tu fous ? C'est pas le moment de faire la sieste !

Tout entier concentré dans son tir, le Capricorne ne parut même pas l'entendre. Devant lui, à quatre cents mètres, le général orck contemplait le déroulement des affrontements.

Vertymbras décocha sa flèche, puis sans attendre de connaître le résultat, il en saisit une autre qu'il tira à son tour, et une autre encore, jusqu'à les tirer toutes les cinq. La distance était telle qu'il devait compenser en choisissant une trajectoire courbe. Excepté pour le général, il avait visé non l'endroit où se tenaient les quatre officiers mais celui où il prévoyait qu'ils seraient en constatant le trépas de leur général.

Cinq flèches, quatre secondes, cinq morts, tel fut le résultat.

Krauth ne sut même pas qu'il mourrait. Il regardait ses troupes aux prises avec l'ennemi, un éclair noir voila son regard et puis plus rien, plus rien du tout, alors que sa tête explosait, traversée de part en part par la flèche à ailettes métalliques de Vertymbras. Les officiers bondirent de tous côtés mais furent l'un après l'autre abattus, quelle que fut leur vitesse de réaction.

Le Capricorne se retourna vers le Nain et lui lança un clin d'œil narquois :

– Tu disais, mon ami ? demanda-t-il au Nain.

Plutôt que de répondre, celui-ci décida d'aller récupérer ses haches. Hogo vint taper sur l'épaule du Capricorne, un sourire appréciateur étirant son visage :

– Un beau tir, Vertymbras, je n'en ai jamais vu de pareil !

– Oui, c'était pas mal, en effet, acquiesça sobrement Oriel.

– Pas mal ? glapit le Capricorne en arborant une expression offensée.

–Les filles, c’est pas vraiment l’endroit pour faire causette, grinça Mjöllnar d’un ton revêche, Éras nous attend.

* * *

La mort de leurs chefs désorienta les Maûnes. Diverses bousculades éclatèrent parmi leurs rangs ; les Orcks s’en prenaient aux Rakins, les Borghs aux Brans, tous s’en prenaient aux Goblins. L’armée de l’Alliance en profita pour terminer de fendre le mur des envahisseurs et remonter une colline.

À peine les quatre guerriers avaient rejoint Éras et les autres, tandis que les regards du Lycante et de la chasseresse se rivaient l’un à l’autre, l’archer-poète esquissa un salut triomphant.

–Tu ne peux t’empêcher d’en rajouter, n’est-ce pas ? soupira Oriel en secouant la tête d’un air apitoyé.

–Du panache, mon ami à plume, du panache et de l’élégance ! Voilà qui fait le sel de la vie !

–Et la modestie ? Qu’en fais-tu de la modestie ?

–Un poète de mon rang, doté de ma sensibilité, aurait mauvaise grâce de prétendre à ce trait de caractère pour le moins inutile. Surtout lorsqu’il a affaire à des êtres ternes dans ton genre.

–Oui, je suis et je resterai un éternel incompris, soupira le grandiloquent Capricorne, destiné à errer sur les chemins de dame Aventure entouré d’ignorants volatiles ! Telle est ma malédiction que j’encoure pour quelque crime dont j’ignore la nature !

Hogo regarda Zétide et agita son index en rond autour de sa tempe. Le mage haussa les épaules et se fendit d’un sourire. Il était fort difficile de trouver l’archer-poète antipathique.

–Une vie bien remplie, n’est-ce pas ce que nous voulons tous deux ?

–Et pourquoi pas une vie longue et bien remplie ? intervint Lucia, appuyée contre l'épaule de son amant, le sourire aux lèvres. Voilà qui me paraît plus alléchant.

–Justes paroles, ma chère muse, et je compte incontinent y souscrire !

Vertymbras se redressa, brandit son arc vers le ciel et dit :

–Longue et bien remplie ! Désormais, sur mon âme, telle sera ma devise !

Oriel lissa les plumes de son crâne, se leva et se rapprocha de son compagnon.

–Vertymbras…, soupira-t-il

–Oui, mon cher ?

–Tais-toi !!!

* * *

Rulgain aurait pu s'en tenir là. Le temps que les Maûnes se décident à gravir la pente, il aurait pu décréter une retraite glorieuse avec des pertes minimes.

Mais le maréchal en décida autrement. Les envahisseurs ne paraissaient pas retrouver leur unité. Démunis de stratèges, ils se lançaient des ordres contradictoires, immédiatement contestés.

Dressé sur ses étriers, Rulgain leva son fléau d'arme et fit cabrer son étalon blanc d'Yquem. À sa suite, la cavalerie poussa une clameur de défi et dévala la pente pour une nouvelle charge. Même élan, même formation.

Le désordre régnait toujours chez les envahisseurs et les cadavres de ceux qui s'étaient entre-tués jonchaient le sol. Mais qu'on fournisse aux Maûnes un ennemi commun et leurs querelles se tarissaient aussitôt. Un cri d'alerte rallia les envahisseurs qui se tournèrent vers les assaillants.

Une fois encore, les Eldes purent s'enfoncer dans le centre de l'armée maûne. Les « Honneur et Courage »,

«Pour l'Équilibre! «Follenfer!» s'opposaient aux «Sang et mort!», «Étripe et fends!», «Pleurs et massacres». Les guerriers eldes ne paraissaient pas éprouvés et leurs assauts se faisaient toujours furieux. Cependant, cette fois, les Maûnes ne se pressaient pas à leur rencontre. Ils attendaient. Et quand l'Alliance se fut entièrement enfoncée dans leur masse, ils fermèrent *l'étau*.

Dès lors, la mêlée devint confuse et l'élan des Eldes finit par se briser sur la pugnacité des Orcks et des Borghs. L'Alliance se délita par petits groupes qui peu à peu se faisaient ensevelir des hordes haineuses pour succomber dans une écœurante sauvagerie. Certains îlots de résistance perdurèrent un temps, nichés sur les monticules ou les tertres du paysage tourmenté. Un temps seulement car malgré leur bravoure, les envahisseurs s'avéraient trop nombreux. Trois Maûnes, voire quatre ou cinq tombaient pour un Elde tué, mais les forces de la coalition s'épuisaient rapidement alors que leurs ennemis ne devenaient que plus frénétiques. Bientôt, il ne resta plus que Rulgain debout sur une butte cernée d'une vague ondulante de Maûnes surexcités par la vue et l'odeur du sang, avec son dernier carré d'une vingtaine de survivants. Les Maûnes marquèrent un temps d'arrêt et un silence impressionnant se fit dans toute la Plaine. Rulgain lissa sa chevelure blonde ternie par la sueur et le sang. Il avait perdu son casque en tombant de cheval et s'était entaillé la tête.

Aucun des Eldes ne montra de peur, n'invoqua de pitié. Ils se regardèrent les uns les autres, complices de ce qui serait leur dernier souffle, fiers d'avoir si bien combattu, tristes de ce qu'ils perdaient à jamais.

L'effroyable silence dura une éternité de seconde. Un Goblin finit par lancer un cri aigrelet et les Maûnes chargèrent de tous côtés. Les derniers guerriers de l'Alliance furent engloutis par les marées haineuses et démembrés de cent blessures.

–L'imbécile, le sinistre imbécile ! jura Éras. Par sa faute, de valeureux guerriers sont morts aujourd'hui, pour rien !

* * *

Profitant du chaos, ils sortirent à l'opposé et s'élancèrent vers le haut de la ville morte, vers la Dalle.

Elle était apparue tout en haut de la ville, sur la place aux trois fontaines de cristal pulvérisées lors des premiers affrontements. De décombres en décombres, ils remontèrent la pente sans croiser le moindre Maûne. D'en bas, les mugissements, les grondements, les piailleries de victoire, de joie sauvage, étaient remplacés par ceux du courroux.

À présent que la menace avait cessé, les envahisseurs avaient repris leurs querelles, se disputant l'armement des vaincus. De nouvelles bagarres éclataient un peu partout dans la plaine alors que dans le ciel gris, une nuée de corbeaux traçait des cercles hypnotiques et quémandait sa part du festin.

Ils ne le virent qu'en atteignant le haut des contreforts ; trente gardes tenaient la Dalle.

–Tant pis, il va falloir combattre, soupira Éras qui aurait manifestement préféré s'en passer.

–Je m'en charge, déclara Zétide. À moi de faire ma part.

Zétide dut repousser un éclair de doute. *Et si la magie se refusait à nouveau*. Il était trop tard pour reculer. Ses mains s'activèrent avec leur habituelle maîtrise. Le mage sentit la magie opérer, il se sentit rajeunir comme à chaque fois qu'il usait du Bel Art.

Les fouets immatériels du Feu-Ardent de Nhalakein jaillirent de ses doigts et il s'avança à la rencontre du cordon de gardes qui venaient à peine de s'aviser de l'arrivée des eldes. Les fouets d'énergie incandescente se déployèrent à l'aune de sa volonté pour aller cingler les Maûnes et les réduire en cendres. Zétide exhala une bouffée de soulagement.

Sans attendre, ils se placèrent sur la Dalle et se prirent gravement la main. Comme le mage l'avait indiqué, ils firent le vide dans leurs esprits. Après une infime sensation de déplacement vers le bas, ils passèrent dans le Maûne.

LIVRE X

# LE MAÛNE

De l'autre côté, les attendait le Monde Gris. Et gris, il l'était véritablement. Il y en avait partout, ses diverses teintes éparpillées dans le paysage ; le ciel, les montagnes, la terre, l'eau, les nuages, tout était fade, d'une léthargie trompeuse. Pour accentuer le malaise provoqué par cet étrange univers, il n'y avait ni soleil, ni saison, et la lumière constamment blafarde paraissait traîtresse et cruelle.

De temps à autre, quelques éléments épars rompaient avec cette insipidité. Un reflet violet ou mauve dans les nuages, certaines plantes se parant de rouge vif, de jaune ou de vert. Le bleu paraissait exempt de ce monde.

Ils étaient arrivés au milieu de nulle part. Une grande plaine encadrée de collines, surplombée de montagnes, sans aucun signe du moindre être vivant, pas même un oiseau dans le ciel. Lucia s'étonna de ne pas découvrir de camp maûne mais Zétide lui expliqua que la Dalle de Manès n'étant plus utilisée, les troupes avaient été repositionnées sur d'autres fronts.

Ils se débarrassèrent de leurs déguisements orcks qui furent soigneusement enterrés. Alors qu'ils étudiaient ce paysage démoralisant, Hogo et Zétide échangèrent un regard chargé de sens.

Enfin ! Ils arrivaient au terme de la quête qu'ils menaient depuis dix ans. Les deux hommes s'adressèrent un chaleureux sourire. Après toutes ces années, ces efforts, ces déconvenues, ces dangers, ces espérances, ils arrivaient à proximité de la Malerune avec l'Arcane pour la combattre. L'issue de cette aventure restait incertaine, certes, mais au moins avaient-ils fait de leur mieux, sans jamais se laisser fléchir, sans jamais renoncer malgré périls et embûches, avec jusqu'ici pour seule récompense l'amitié qui les unissait. Advienne que pourra, la suite serait ou ne serait pas victorieuse. Peut-être échoueraient-ils, mais jamais l'espoir des Eldes n'avait été si proche de se concrétiser. S'ils échouaient, l'Enareín coulerait sous l'océan maûne, submergé par la barbarie et la souffrance. S'ils échouaient, ils seraient perdus à jamais, et leur peuple subirait un sort pire encore.

Hogo mit fin à ce moment de connivence par son habituel haussement d'épaules. Il était temps d'achever leur tâche, quelles qu'en soient les conséquences.

Après un bref coup d'œil à Lucia, le Lycante partit en éclaireur. Seuls ses sens avivés leur permettraient d'éviter de tomber dans les rets d'une patrouille maûne ou dans ceux d'un prédateur.

La jeune femme regarda Hogo s'éloigner, le cœur gonflé de tendresse. N'eut été l'absence de sa sœur, elle aurait été la plus heureuse du monde. Elle avait retrouvé son père disparu, et était entourée de solides et courageux compagnons. Elle vivait sa vie de guerrière, comme elle l'avait désiré, mais aussi de femme amoureuse, ce qui était plus inattendu.

Mjöllnar profitait de la pause pour vérifier le fil de ses haches de lancer. Une nouvelle fois, Vertymbras regardait sa propre tenue brun et orange passé d'un air dégoûté. Le pire n'était pas pour lui d'avoir changé de vêtements ; le pire était le regard moqueur que lui adressait son camarade l'Onyx.

D'après les informations collectées par la Cabale, le

palais du Shaddak-Llogo'th se trouvait au cœur du Maûne. L'équivalent de Venise dans l'Ældo, puisque les deux faces du Troisième Monde étaient bâties sur le même modèle ; ils devaient donc remonter vers le nord-ouest.

Hogo avait grimpé sur la crête d'une colline. Du haut de celle-ci, il vérifia les alentours. Satisfait, il leva le poing qu'il ouvrit et referma à trois reprises, signe que tout allait bien… Pour le moment.

– Nous y sommes…, soupira Éras. À présent, nous serons constamment en alerte. Ne nous éloignons pas les uns des autres.

Gravissant la pente, leur paquetage sur les épaules, ils s'engagèrent à la suite du Lycante et passèrent de l'autre côté de la colline.

Tandis qu'ils disparaissaient derrière le versant, une silhouette voûtée se dressa derrière le rocher où elle s'était tapie à deux cents mètres de là, et s'engagea sur leurs traces.

* * *

Deux bonnes heures de voyage après, le paysage s'avérait toujours aussi désolé. Ils longeaient un mamelon rocheux lorsqu'une voix enfantine s'échappa d'un trou dans le sol, entouré de grosses roches.

– Aidez-moi, je vous en supplie !

Sans s'approcher, Éras demanda :

– Qui êtes-vous et que voulez-vous ?

– Je suis une esclave échappée, une Elde comme vous. Je suis tombée dans un trou et j'ai la jambe cassée. Je ne peux plus remonter ! J'ai mal, aidez-moi, je vous en prie ! supplia l'enfant en sanglotant.

L'orifice sombre qui se découpait du sol n'était rien moins qu'engageant. Une odeur musquée s'en échappait. Ils hésitèrent.

– On ne peut pas rester sans rien faire, tout de même, intervint le chevalier onyx.

– Qui sait ce qui nous attend là-dedans ? Nous sommes dans le Maûne, ce pourrait être un piège.

– Un piège ? Et cette enfant alors ? répliqua Lucia.

– J'y vais, se décida Oriel. Ma conscience ne me le pardonnera jamais si je ne fais rien.

– Non, c'est à moi d'y aller, objecta Mjöllnar, je suis le plus petit, je passerai mieux.

– Peut-être, répliqua Oriel, mais j'en ai parlé le premier.

– Allons, messieurs, un peu de calme, voyons ! Pour vous départager, je vais moi-même y descendre, proposa Vertymbras.

– De quoi, il se mêle, celui-là ! grommela le Nain en grattant furieusement ses cheveux bleutés.

– Je ne sais pas lequel d'entre vous va y aller, mais quoi qu'il en soit, laissez-moi vous offrir de la lumière, proposa Zétide. C'est un peu trop sombre à mon goût là-dedans…

Le mage se rapprocha du trou pour invoquer sa boule de lumière.

– Non, éclata une voix venue du ciel, n'avancez pas !

Trop tard. Le vieillard n'était plus qu'à six pas de l'orifice. Un sifflement aigu se fit entendre depuis les profondeurs. Une langue longue de plusieurs mètres, bifide comme celle d'un serpent et hérissée de piquants sur toute sa longueur, jaillit du trou sombre pour happer Zétide. Au même instant, une masse ailée tomba du ciel et percuta le mage, le projetant hors de portée de l'appendice monstrueux.

La langue fouilla le sol devant le trou, tâtonnant en aveugle pour trouver sa proie, mais Hogo et Lucia s'étaient rués pour tirer le mage hors de danger. Un sifflement de dépit remonta de l'orifice et la langue disparut, se retirant dans l'obscurité.

* * *

Geyor, car c'était lui qui avait percuté Zétide, fut rudement empoigné et amené devant Éras. Le chevalier connaissait le détail de la Quête – Lucia lui avait tout conté. Il toisa sévèrement le golem, le regard impressionnant de froideur. Celui-ci gémit, la tête penchée sur le côté. D'une traite, il débita :

– Non, attendez, je veux vous parler ! Ne me tuez pas, je viens en ami, je me livre à vous ! J'ai des informations à vous livrer…

– Écoutons-le au moins ; on ne sait jamais, proposa Hogo qui pressentait peut-être ce que le golem avait à révéler.

– D'accord, mais pas ici, décida Éras.

– Il y a un monticule, en face. La vue sera meilleure et nous pourrons nous cacher sous ces arbres, là-bas, indiqua Oriel en lissant les plumes de son crâne.

Une fois à l'abri des regards, Geyor se redressa pour affronter le regard peu amène des Eldes. Vertymbras le tenait en joue, Mjöllnar avait dégainé une de ses haches, et Lucia pointait Rhisiart dans sa direction.

– Je suis venu vous aider ! scanda-t-il.

Sous sa cape de cuir brune, le démon ne portait qu'un pagne. Depuis son arrivée, il gardait son bras droit caché sous le vêtement.

– Encore une de vos traîtrises ! s'écria Lucia en avançant sur lui.

Éras la retint d'un geste de la main.

– Que voulez-vous ? lui demanda-t-il.

– Je vous l'ai dit, vous aider !

– Je ne vous crois pas. Depuis que nous nous sommes rencontrés, vous ne cessez de nous combattre. Rappelez-vous la Forteresse, rappelez-vous Notime ! accusa Zétide.

Tandis qu'ils parlaient, Lucia étudiait le golem. Quelque chose avait changé en lui, c'était flagrant.

– Vous avez raison, j'étais votre ennemi et vous devriez normalement me tuer, admit le Maûne. Je ne mérite pas votre confiance. Mais j'obéissais aux ordres, je n'avais pas le choix. Et puis je me suis manifesté à vous et j'ai sauvé Hypolus ! N'est-ce pas un gage de bonne foi ?

– Qu'avez-vous à proposer ? intervint Hogo.

Il était évident que le démon avait une idée derrière la tête.

L'expression de celui-ci se fit rusée :

– Apprenez que dans le Maûne, toutes les routes mènent au Shaddak-Llogo'th. Si certaines permettent d'arriver sain et sauf, pour la plupart, ce n'est pas le cas. Je sais pertinemment que vous ne voulez pas que l'on annonce votre arrivée ; moi, je connais le pays, je peux vous guider. Et je suis le seul Maûne qui le fera !

– Pourquoi ce revirement soudain ? demanda Zétide, malgré tout curieux d'en savoir plus.

– Je ne veux ni de votre amitié, ni de votre confiance. Je ne veux qu'une chose : la vengeance ! rétorqua le golem, les yeux luisants.

– Expliquez-vous…

– Il y a quelqu'un que j'exècre encore plus que vous, Eldes. Ce *quelqu'un*, sachez que c'est mon maître, le Shaddak-Llogo'th. Je suis prêt à le trahir sans remords pour obtenir ma vengeance. Et cette vengeance, il n'y a que vous qui puissiez me l'apporter. Avant que vous ne demandiez pourquoi, voyez ce que mon maître m'a fait pour me récompenser de mes services !

Sortant son bras caché sous sa cape, il le brandit devant lui afin qu'ils comprennent. Sa main droite avait été tranchée au-dessus du poignet et la blessure avait été cautérisée.

– Je lui ai amené la petite et votre carnet – l'enfant va

bien, je tiens à vous le préciser, je ne lui ai fait aucun mal. Bref, j'ai accompli ma mission. Voilà quelle fut ma récompense…

Il agita son moignon pour parachever sa réplique.

– Dites-nous d'abord comment vous nous avez retrouvés ? reprit Zétide.

– Je savais que vous viendriez sans perdre de temps. La Dalle la plus proche de Tégolín était celle de Manès. Il était facile de deviner que vous la choisiriez et évident pour moi que vous réussiriez à la franchir.

– Geyor, sachez que je n'ai aucune confiance en vous, et ce n'est pas près de changer ! souligna Zétide.

– Nous ferions mieux de le tuer, proposa Mjöllnar. Je peux m'en charger si vous voulez, ricana-t-il en passant son gros pouce sur le fil de sa hache.

Geyor déglutit devant l'air sauvage du Nain.

– Je sais où est cachée la Malerune… Sans moi, vous ne la trouverez pas ! Sans moi, vous n'avez aucune chance !

– Ne bougez pas, si vous tenez à la vie, ordonna Éras. Venez, dit-il aux compagnons, nous avons à parler.

Geyor surveillé par l'arc du Capricorne, ils se retirèrent un peu plus loin sous les arbres pour débattre de la proposition du Maûne.

Zétide hésitait, il l'annonça franchement. Si le démon s'était conduit en repenti, jamais il ne l'aurait cru. Cependant, il semblait jouer franc-jeu et ses motivations sonnaient justes. Il y avait peut-être là un moyen d'en tirer partie dans l'intérêt de la quête. Oui, cela pouvait leur procurer un avantage décisif.

Un autre élément allait dans ce sens, fit remarquer Lucia. Le démon avait changé. Il n'affichait plus son habituelle férocité. On était loin de l'assurance et de la morgue qu'il avait affichées jusqu'ici. Se frotter aux compagnons lui avait coûté bien plus que cela ne lui avait rapporté. Sa puissance éteinte, il paraissait brisé ;

borgne et boiteux, amputé d'une main, il suait l'échec et la désillusion.

– Alors pourquoi pas ? grogna le Nain. Il suffit de le surveiller de près ! S'il dit la vérité, il nous sera utile ; sinon, par le Marteau sacré de Ström, je m'en chargerai !

Ils se mirent d'accord. Si vraiment le golem pouvait les mener sains et saufs jusqu'à la Malerune, ça valait la peine d'essayer. De plus, il pourrait leur servir de caution face aux Maûnes qu'ils risquaient de rencontrer en chemin.

Ils revinrent devant le démon et Éras lui déclara :

– Nous avons besoin de montures. Trouvez-en pour nous, Geyor, et peut-être vous servirez-nous à quelque chose…

– Il y a un campement d'Orcks renégats, pas loin, répondit Geyor. Je peux négocier des montures.

– Et pas de surprises, hein, le Maûne, gronda Mjöllnar, ou je te décolle la tête avec ma hache !

Avec son allure d'éclopé, Geyor dirigea les compagnons. Leur improbable allié n'avait pas réellement le choix puisque le Nain avait passé une corde autour de son cou.

* * *

Geyor boitillait à la suite des Eldes. Il progressait doucement parce que sa jambe blessée l'élançait. Depuis son arrivée dans le Monde Gris, il avait essayé plusieurs remèdes sans parvenir à la moindre amélioration. Son mollet était continuellement brûlant et dur comme de la pierre.

Une couple d'heures plus tard, ils faisaient une halte devant une source d'eau d'un gris laiteux, cernée de fourrés. Quoique d'un goût discutable, elle se révéla potable, à condition qu'on la filtre à travers un linge propre.

Oriel se posta en sentinelle sur la butte voisine, et Mjöllnar prit position sur celle d'en face. Éras, Hogo et Lucia s'en allèrent reconnaître les environs et voir s'ils ne pouvaient pas ramener de quoi dîner: mieux valait économiser leurs rations de combat. Zétide décida de rester avec Vertymbras pour surveiller Geyor. Fatigué, le vieillard en vint vite à somnoler et, malgré ses efforts pour rester éveillé, il finit par s'endormir.

Il se réveilla de sa sieste en sursaut, alarmé. En face de lui, Geyor n'avait pas bougé. D'où il était allongé, le mage pouvait voir Oriel au loin, qui montait tranquillement la garde. Il se frotta les yeux et se redressa sur son séant. Plongé dans un sommeil léger, il avait cru entendre des bruits de lutte étouffés.

– Quel est ce bruit ?

– Je n'entends rien de particulier, certifia le démon, de quoi parlez-vous ?

Zétide n'entendait plus rien. Il tourna la tête dans toutes les directions, avant de s'écrier :

– Crénom d'une rune, où est passé Vertymbras ?

– Celui-là ? Il est parti se promener, répondit le Maûne.

– À moi !

La voix était faible mais cependant identifiable. Elle venait de derrière les fourrés, de l'autre côté de la source.

– Vertymbras ! s'écria Zétide.

Au ton du mage, Oriel dégaina son épée et se rua dans la pente pour rejoindre le campement. Le Nain fit de même de son côté.

Zétide fit le tour du point d'eau et des taillis. Vertymbras était bien de l'autre côté, suspendu par le cou à un mètre du sol, étranglé par une longue liane rouge qui sortait d'un buisson multicolore. L'archer se débattait des bras et des jambes, mais ses efforts restaient vains.

Zétide le saisit par les jambes pour combattre l'emprise de la liane, mais celle-ci se révéla trop puissante. Vertymbras devint cramoisi. Oriel et Mjöllnar arrivèrent et donnèrent sans attendre de grands coups de hache et d'épée pour libérer leur camarade. En vain. Leurs armes glissèrent sans effet sur l'espèce de bave gluante que produisait le végétal.

Les trois chasseurs venaient de rentrer. Hogo se rua aux côtés de Zétide pour l'aider à arracher le Capricorne au buisson. Lucia frappa avec Rhisiart mais connut le même échec que les deux guerriers. Garrotté, le Capricorne commençait à suffoquer.

Une voix tranquille retentit dans leurs dos.

– Écartez-vous, dit simplement Éras.

Le chevalier caressa la rune de pouvoir qui ornait la garde de son épée et Fléau-des-Maûnes s'embrasa d'un feu bleu. D'un geste ample, Éras trancha la liane à mi-hauteur, libérant l'archer-poète qui tomba lourdement, terrassé par une toux rauque. Le feu bleuté remonta le long de la liane, embrasant la bave et se répandit sur le buisson qui s'enflamma en quelques secondes.

– Père, comment as-tu réussi ? Rhisiart est une épée runique mais n'a rien pu faire.

– Ma lame n'est pas une simple épée runique. Rien de ce qui vient du Maûne ne peut résister à sa morsure, se contenta de répondre le chevalier.

Ils retournèrent au campement où les attendait sagement Geyor qu'ils avaient abandonné quelques instants. Vertymbras but un peu d'eau filtrée et se frotta longuement la gorge avant de raconter sa mésaventure.

– J'étais descendu à la source pour me rafraîchir et remplir ma gourde. Une musique enchanteresse s'est alors élevée du buisson et je me suis senti irrésistiblement attiré. J'ai bien réussi à m'arrêter à deux mètres mais c'est alors que cette espèce de végétal hargneux m'a aveuglé avec des spores.Ensuite cette liane m'a saisi au collet, dans le but, j'imagine, de m'emmener dans son antre pour me dévorer. Au passage, merci à vous, cher chevalier.

N'eût été sa gorge meurtrie, le Capricorne ne se montrait pas le moins du monde accablé par la mésaventure qui aurait pu entraîner sa mort.

Zétide se tourna vers Geyor qu'il apostropha :

– Vous auriez pu nous prévenir de ce type de danger. Ce n'est pas un comportement digne de *l'allié* que vous prétendez être !

Le golem se défendit d'un ton maussade, qui évoquait l'innocence outragée :

– Hé ! Comment aurais-je pu savoir que votre ami était assez imprudent pour approcher un buisson-sirène ? C'est lui qui a décidé de s'éloigner, je n'y suis pour rien !

Zétide regarda longuement le démon avant de répondre :

– Je veux bien vous accorder le bénéfice du doute pour cette fois. À l'avenir, vous feriez mieux de nous prévenir ! assura Zétide.

Le démon le regarda par en dessous, matois, nullement impressionné. Un éclair de malignité brute flamba même dans son œil valide. Éras se rapprocha de lui et lui adressa un regard, sans rien dire.

Geyor tenta de soutenir ce regard, mais il en fut incapable. Il se tassa sur lui-même comme pour se soustraire à la puissance tranquille qui se dégageait du chevalier de Garamont, baissa la tête et leva son unique main en guise de soumission.

Hogo contemplait l'épais nuage de fumée acre et noire provoquée par le buisson en flammes et qui montait vers le ciel grisé.

– Nous ferions mieux de partir, cette fumée va se voir à des kilomètres.

Sans perdre de temps, ils reprirent leurs paquetages

et le Lycante repartit en éclaireur. Alors qu'ils marchaient à la file, les choses apparaissaient claires pour Lucia : ils ne pouvaient accorder aucune confiance au démon. Celui-ci pouvait très bien leur mentir et les traîner dans un guet-apens. Peut-être que ce qui venait d'arriver était une tentative déguisée de se venger du Capricorne, celui qui l'avait mutilé au mollet... Comment savoir ? Geyor avait affirmé pouvoir les conduire à la Malerune, même si, pour sa part, la chasseresse en doutait. Cependant, si, parmi eux, il y avait quelqu'un que craignait le golem, c'était bien son père.

*P'tit-Loup, je ne sais pas où tu es mais tiens bon, nous arrivons* !

La jeune femme s'obligeait à croire qu'elle retrouverait sa cadette en pleine santé. Il était hors de question de penser autre chose. Elle se concentra sur la marche.

* * *

Le camp des Orcks renégats avait été établi au bord d'un bois clairsemé, adossé à une montagne aux pics torturés dont le gris se parait de marbrures tirant sur un violet insipide. Des tentes usées, un brasero sur lequel grillait une viande douteuse, et un vaste corral abritant une trentaine de chevaux, voilà ce qui constituait l'essentiel du bivouac.

Il y avait une vingtaine de guerriers assis en train de jouer aux dés, de boire leur alcool de chulla, ou de nettoyer leurs armes. Les Orcks renégats refusaient l'autorité du maître des Maûnes. Menés par leurs seigneurs de guerre, ils revendiquaient leur indépendance et n'hésitaient pas à se battre pour l'obtenir.

Le Nain toisa Geyor :

– Je te détache, mais si tu tentes un de tes tours, crois-moi, tu t'en repentiras, énonça-t-il. Quoi que tu fasses, je t'ouvrirai le ventre...

– Je serai loyal, je le promets ! gémit le démon.

Tout en approchant du camp, Éras reprit la parole, du coin de la bouche :

– Il faudra peut-être leur faire une petite démonstration. Vous vous en chargerez, tous les deux. Ne tuez personne, il vaudrait mieux éviter de se les mettre à dos.

Le Capricorne acquiesça élégamment. Le Nain, au contraire, bougonna dans sa barbe, murmurant qu'il ne voyait pas à quoi bon aller dans le Maûne si justement on ne devait pas toucher aux Maûnes !

Devant l'entrée, deux sentinelles. Elles avertirent de l'arrivée des compagnons et se figèrent en position de défense, barrant l'accès au campement.

– Nous venons acheter des chevaux, annonça le golem.

Mais les gardes orcks refusèrent de céder le passage. Oriel se campa devant les deux autochtones qui durent lever la tête pour soutenir son regard. L'Onyx les surplombait de toute sa taille et sa masse, les mains posées sur la poignée de ses armes. Il les fixa sans ciller, alors que les yeux des Orcks se mettaient à cligner nerveusement. Oriel claqua de son bec d'un ton irrité, et les gardes s'écartèrent d'un bond.

Laissant Geyor marcher en avant, ils entrèrent dans le campement, en adoptant une formation en triangle. Éras en était la pointe ; sur sa droite derrière lui, Oriel, puis Mjöllnar. À la gauche du chevalier de Garamont, Hogo, suivi de Lucia. Au centre du triangle, Zétide ; En retrait, légèrement décalé, Vertymbras couvrait leurs arrières.

Les renégats les regardèrent arriver sans cacher une certaine nervosité devant l'assurance martiale que dégageait le groupe. Un Orck aux défenses teintes en noir, portant un torque de bronze martelé, sortit d'une tente, hache en main, et vint se ranger devant les arrivants. Les autres Maûnes avaient saisi leurs armes et attendaient la suite des événements.

Geyor prit la parole :

– Ces Eldes sont de grands guerriers, ils doivent voyager vite et veulent t'acheter des chevaux.

Le seigneur de la tribu gratta son menton prognathe. Des Eldes dans le Maûne, voilà qui n'était pas si fréquent, mais pas impossible non plus. Malgré les dangers du Monde Gris, il arrivait que certains aventuriers y pénètrent.

– Pourquoi venir Maûne ? demanda le chef orck.

Le démon répondit sans réfléchir :

– Ils sont convoqués par le Maître, qui m'a envoyé à leur rencontre.

Le chef de guerre recula en retroussant les lèvres. Il leva sa hache et cracha :

– Shaddak' ami Eldes ? Ullgarh pas ami Shaddak' ! Eldes pas chevaux, Eldes partir !

Il se frappa le poitrail en prononçant son patronyme. En réponse, Mjöllnar lâcha une longue chique à moins de dix centimètres de la botte d'un Orck.

– Nous voulons des chevaux, nous sommes prêts à payer. Si tu refuses, nous les prendrons, assura le chevalier de Garamont.

– Nous trente, vous huit ! se rengorgea le chef des renégats.

– Le nombre importe peu. J'ai de l'or, mais j'ai aussi la mort. Que préfères-tu ?

– Maûnes plus fort que Eldes. Eldes fragiles !

– Mjöllnar, Vertymbras, à vous, prononça Éras.

Le Nain et l'archer n'attendaient que cela. D'un seul geste, Vertymbras tira deux flèches tellement rapides qu'on ne vit de lui qu'un mouvement flou. Les traits se plantèrent autour du chef de guerre.

Mjöllnar poussa un « han » sonore tout en lançant simultanément des deux mains. Ses haches de jet tournèrent sur elles-mêmes avant de trancher deux des pieds de métal du brasero à côté duquel se tenait Ullgarh, envoyant l'ustensile chuter dans la poussière et gâchant la viande grésillante.

Le seigneur de guerre contempla les flèches plantées dans le sol, Vertymbras, qui lui adressa un sourire jovial, puis, encore les flèches.

– Chevaux d'accord. Payer.

– Non, d'abord, nous allons les choisir, s'ils nous plaisent, nous paierons. Hypolus, Hogo, allez-y ; Lucia, couvre-les.

L'ossature maigre et nerveuse, la robe anthracite rayée de noir, une longue crinière et la denture d'un carnassier ; telles étaient leurs montures. Les deux Eldes choisirent les meilleures bêtes, les harnachèrent avant de les faire sortir de l'enclos.

– Ils sont dressés, ceux-là, vous êtes sûrs ? bougonna le Nain en avisant l'aspect des chevaux.

– Vous payer ! Or ! grogna l'Orck. Chevaux prendre, laisser or !

Les autres Maûnes ne tenteraient rien, cela se traduisait à leur posture. Éras jeta une bourse tintabulante aux pieds du chef de guerre qui le regardait de travers avant de sauter sur le cheval rayé que lui avait avancé le Lycante.

Ils sortirent du camp au petit galop et remontèrent les pentes de la vallée.

Confortablement assis dans sa selle, Vertymbras contemplait la teinte sale du ciel.

– Quel triste paysage offre le Maûne, dit-il d'un ton pensif. Personnellement, c'est le bleu qui me manque le plus, révéla-t-il.

– Pourquoi le bleu ? s'enquit Lucia qui chevauchait à côté de lui.

– Mais ma chère je suis un poète et un poète ne peut se passer de bleu, c'est bien connu !

Pour sa part, Mjöllnar maugréait :
– Marre de ce monde pourri, marre du gris, marre de cette poussière et marre de ce canasson !
Au bout d'un certain temps, Hogo demanda à Éras :
– Tu penses qu'ils vont vouloir récupérer leurs chevaux ?
– C'est même certain, opina le chevalier de Garamont.
– Et ils vont faire ça quand, à ton avis ?
– Bonne question : la nuit, ils préfèrent… Du moins, si on les laisse faire…
– Ah, c'est pas trop tôt, s'exclama Mjöllnar en lâchant un jet de chique, on commençait à s'empâter dans le coin !

* * *

Suivant les traces des compagnons, les Orcks renégats chevauchaient au galop moyen, en bande groupée, longeant la piste encadrée d'un côté d'un bois dense en pente, de l'autre, d'une large rivière à l'onde glaireuse, à la surface de laquelle éclataient de petites bulles nauséabondes.
Sans crier gare, un arbre s'abattit en travers de la piste, leur barrant la route. Les Orcks empoignèrent leurs armes, relevèrent leurs boucliers. Mais rien ne se montra. On n'entendait que le clapotis de l'eau. Puis des arbres derrière eux, s'éleva le son du métal cogné contre du métal, suivi du grondement puissant d'un fauve, de celui d'un coyote et enfin d'un rire féminin qui s'acheva dans les aigus. Les Maûnes ne comprenaient rien à ces étranges bruits. Il y eut un sifflement sec et leur éclaireur se coucha sur sa selle, une flèche blanche à empennage vert en travers du bras. Les Orcks avaient beau fouiller le paysage dans la direction approximative du tireur, ils ne voyaient rien. Un autre

sifflement, et un guerrier situé à l'opposé fût à son tour atteint d'une flèche, dans la cuisse. Le rire féminin retentit encore, accompagné du grondement farouche. Le tronc s'enflamma brusquement, consumé par de grandes flammes vertes, accompagné du rire du coyote à la tonalité démoniaque.

C'en était trop pour les Orcks, cet endroit paraissait hanté par les mauvais esprits. Ils firent volte-face et s'enfuirent à toute allure, sans un regard en arrière.

Des bois sortirent Hogo, Lucia et Mjöllnar, hilares. De l'autre côté de la rivière, d'une haie d'arbres, apparurent Éras, Vertymbras et Geyor. Enfin, de derrière le tronc fumant, sortit Zétide.

– Je ne sais pas ce qu'ils ont compris à tout ça, mais, en tout cas, ça les a suffisamment effrayés. Je ne pense pas qu'ils persistent à nous poursuivre, à présent.

Oriel arriva à cheval tirant derrière lui les autres montures. Ils remontèrent en selle et reprirent leur route, guidés par le golem.

* * *

Deux heures plus tard, en fin d'après-midi, ils étaient assis dans le sable à manger leurs provisions, adossés à un agrégat de rochers ronds aux différents gris. Leurs chevaux attachés paissaient à quelques toises. En face d'eux attendait la pente montante d'une côte terreuse. Ils finissaient leur repas et Zétide parlait de partager une pipe avec Éras et Mjöllnar lorsqu'une petite créature au pelage roussâtre, aux oreilles triangulaires, à la queue tirebouchonnée, se montra en haut de la côte. Elle s'y arrêta et entreprit de lécher son poil ras.

– Tirez-lui dessus, vite ! s'énerva Geyor. C'est un mollmorq, tuez-le ou nous sommes perdus !

La créature releva le museau et huma le vent, soudain agitée. Elle vit les compagnons en contrebas et poussa de petits cris stridents. Vertymbras hésita à occire cet animal si peu impressionnant. Le temps qu'il se décide à le mettre en joue avec son arc, le mollmorq repartit en arrière et disparut.

– Nous devons fuir, tout de suite, glapit le démon. Il va revenir…

– Et alors ?

– Les mollmorqs sont carnivores, souffla le Maûne.

– Peuh, cracha le Nain, ce n'est pas une dizaine de ces créatures qui va me faire reculer !

Du haut de la côte, répondant à l'appel de leur éclaireur, les mollmorqs déferlèrent sur la route. Et ce n'est pas une dizaine de créatures qu'ils affrontaient mais un millier. Les petits prédateurs rouges avançaient rapidement, mi-courant, mi-bondissant sur leurs deux pattes arrières. Leurs antérieurs étaient plus courts, munis de longues griffes. On les voyait mieux à présent, on distinguait parfaitement leurs gueules démesurées aux crocs effilés. Elles se mouvaient trop vite pour que les compagnons puissent espérer rejoindre les chevaux.

– Là, sur ses rochers, ils ne pourront y grimper, indiqua Hogo.

Ils s'empressèrent d'escalader la pierre rugueuse. Geyor suppliait qu'on le laisse s'envoler mais le Nain refusa et l'entraîna avec lui en tirant sèchement sur sa laisse. Roc après roc, ils s'élevaient mais gêné par son armure noire, Oriel trébucha et perdit l'équilibre. Il glissa sur la paroi sans parvenir à trouver un point d'appui, provoquant l'excitation des mollmorqs qui levaient leurs gueules bavantes vers lui et s'agglutinaient en contrebas de sa position, recouvrant le sable d'un tapis de haine fiévreuse. L'Onyx parvint à se cramponner in extremis à une saillie, ses jambes, son bassin pendant dans le vide. Un mètre plus bas, les mollmorqs attendaient de pouvoir sauter et s'accrocher à lui. Les gantelets d'acier du chevalier onyx avaient du mal à tenir sur la roche et il commença à perdre prise. Plus légers, les autres avaient déjà atteint le haut des rochers et ils se trouvaient trop loin pour intervenir à temps. Seul Mjöllnar, obligé de traîner le démon, se trouvait assez prêt pour agir. Délaissant Geyor, le Nain se laissa glisser jusqu'à l'Onyx. Le saisissant par les mains, il arrêta sa glissade. Mais le poids de l'armure grise se révélait un défi bien difficile à relever.

– Laissez-moi, je suis trop lourd, murmura Oriel, les yeux fermés.

– Foi de Nain, je n'ai jamais laissé un compagnon en détresse… Et ce n'est pas maintenant que je vais commencer !

Sur son front, ses tempes, des veines grosses comme des cordelettes se congestionnaient, prêtes à rompre. Le visage du guerrier aux tresses bleues était écarlate d'effort et ruisselait de sueur.

Campé sur ses jambes courtes mais épaisses, d'un formidable effort, Mjöllnar entreprit de remonter Oriel, centimètre après centimètre. Hogo et Vertymbras descendirent lui prêter main forte. Mais c'était inutile, le Nain avait réussi. Oriel reprit pied sur la roche et put s'y stabiliser, sain et sauf.

Convaincus que les Eldes étaient hors de portée, les prédateurs se tournèrent vers leurs montures hennissantes de terreur qui tiraient sur leurs rênes sans parvenir à se détacher. Engloutis sous la masse frénétique des mollmorqs, les chevaux disparurent entièrement. Moins de cinq minutes plus tard, lorsque les créatures rouges revinrent se placer en bas des rochers, des montures, ils ne restaient que les ossements nettoyés.

Constatant que pour le moment, il était hors de question de bouger de leur perchoir, Éras s'adressa à Zétide :

– Tu voulais fumer, je crois que le moment est venu.

Vertymbras rebondit aussitôt sur cette proposition en

offrant au chevalier de Garamont de lui faire goûter sa réserve de tabac. Oriel se rapprocha en sortant son propre ustensile.

Comme il y avait plus de fumeurs que de pipes, ils s'assirent en cercle sur les rochers et firent tourner les quatre en leur possession. Bien que préférant habituellement chiquer, Mjöllnar se laissa tenter. Même Hogo consentit à s'adonner à ce petit moment de détente, alors qu'en contrebas, les mollmorqs ne cessaient de grouiller.

– Si cela continue, ce ne sera plus la quête de l'Arcane mais celle des fumeurs de pipe, s'exclama Lucia le nez plissé ; vous empestez, messieurs !

– Empester ! De quoi elle se mêle, la donzelle ! râla Mjöllnar, environné d'un nuage de fumée orangée.

– Empester ? s'étonna Vertymbras l'air ébahi. Nous ? Avec ce délicat Vent-du-soir ambré ? Que nenni, jolie guerrière, ce mélange que nous partageons exhale au contraire toute la puissance de la terre, la chaleur du soleil et la douceur de la pluie. C'est le plus doux des nectars, oserais-je même ajouter.

– Toujours aussi exalté, mon pauvre ami, poursuivit Oriel, et de plus, tu oublies le Vauhallan numéro quatre, n'est-ce pas là un tabac d'essence divine ?

– Crénom d'une rune, je suis d'accord avec le chevalier, d'essence divine, en effet ! assura Zétide qui tirait de larges bouffées de sa pipe.

– Ces hommes ! vitupéra la chasseresse en levant les yeux au ciel.

Assiégée par les créatures rouges, elle ne pouvait même pas s'éloigner.

– Je n'ai jamais vu une telle voracité, remarqua Zétide, même de la part d'un saurial.

– Bec et plumes, s'exclama alors l'Onyx, vous m'avez sauvé la vie, Mjöllnar, et je ne vous ai pas même remercié !

– De rien, mon gars, je suis sûr que tu en aurais fait autant à ma place.

– Tout de même, c'est un véritable exploit que tu as réalisé là, ami nain, ajouta Vertymbras, de quoi composer la véritable épopée d'un *héros* !

– Vraiment, tu crois ?

Visiblement touché du compliment, le Nain se rengorgea. Lucia s'adressa à Oriel :

– Vous êtes bien lourdement chargé avec votre armure, jugea-t-elle, ne seriez-vous pas plus à l'aise sans ?

– Hélas, cette armure, je ne peux m'en défaire, soupira l'Onyx en lissant sa crête de plumes. Il y a six années, lors d'une bataille, j'ai été gravement blessé au dos. Sans cette armure, je ne pourrais marcher, encore moins combattre. Elle est tout ce qui me rattache à la vie. Ce sont les Nains de l'Est, de vieux amis, qui me l'ont forgée. C'est pour cela que je me bats à leurs côtés. Et d'ailleurs, mon peuple a été victime de l'Entropia, je suis l'un des seuls qui reste.

– Je suis désolée, murmura la jeune femme.

– Au moins, je sers à quelque chose. Et de toute manière, c'est un sort plus enviable que d'être cloué dans un lit.

Le soir couchant, se lassant d'attendre, les mollmorqs reprirent leur route, délaissant les compagnons trop haut perchés.

– Nous ne pouvons rester là, leur déclara Geyor. Ici, la nuit, les aspics sortent chasser.

– Alors, conduisez-nous jusqu'à un endroit approprié pour camper, lui répondit Éras.

Une heure plus tard, ils étaient installés au centre d'un cercle de rochers entouré d'un bosquet d'arbres touffus aux feuilles toutes rondes et d'un gris légèrement rosé.

– Au fait, reprit Oriel, nous sommes revenus à notre point de départ. Il va nous falloir marcher.

–Tant mieux ! se réjouit Mjöllnar. J'ai jamais trop aimé cette idée de chevaux ! À quoi serviraient nos jambes, si ce n'était pas pour marcher ?

–À tenir en selle, proposa Lucia, tout sourire.

* * *

Le lendemain, quittant les collines du sud-est, ils abordèrent une grande étendue de sable humide et vide, encadrée de versants abrupts. L'entrée d'un défilé pointait au nord-ouest, ils devaient traverser pour rejoindre cette passe. Hogo s'engagea en avant avec trente mètres d'avance. Boitant de plus en plus bas, le démon se laissa peu à peu distancer, arguant de sa difficulté à avancer dans le sable mou. Il n'avait toujours pas le droit d'utiliser ses ailes et la longe que tenait fermement Zétide s'étirait de plus en plus.

Arrivé à mi-chemin de la traversée, le guerrier-loup posa le pied sur une légère dépression. L'instant d'après, il était projeté dans les airs comme un pantin pour percuter violemment le sol, sans connaissance.

S'ébrouant du sable mouillé qui le recouvrait, surgit du sol un triton de huit mètres de long. Le saurial était protégé d'une carapace d'un noir velouté, doté d'une queue annelée de trois mètres à bandes blanches et de deux rangées de quatre pattes trapues, elles-mêmes terminées de trois larges griffes de corne. Il balança sa tête plate de droite à gauche, agitant par la même occasion la corne couleur sable, recourbée vers le ciel, qui pointait de son front. Exhibant sa longue langue bifide d'un vert lumineux, le triton lâcha un lent sifflement inquisiteur avant d'ouvrir sa large gueule et faire admirer ses deux rangées consécutives de crocs acérés.

Les compagnons s'immobilisèrent. Le saurial les contempla en agitant la langue. Ses petits yeux noirs avaient une fixité hypnotique. Hogo restait au sol, inconscient. Ils n'osaient bouger craignant de provoquer l'ire du monstre. Celui-ci ne paraissait plus s'intéresser au Lycante. Il ne quittait pas le petit groupe des yeux, ses narines étirées humant ce mélange d'odeurs qu'il ne reconnaissait pas et qui semblait le déconcerter.

Hogo poussa un léger gémissement et bougea une main. Instantanément, le saurial tourna la tête dans sa direction. Il ouvrit une nouvelle fois sa gueule démesurée et fouetta l'air de sa queue. Hogo reprenait ses esprits, il ouvrit les yeux et se figea en découvrant le danger.

Le triton se ramassa sur lui-même et se prépara à bondir sur le Lycante. Déjà Vertymbras lâchait ses flèches mais celles-ci ricochèrent sur l'épaisse carapace sombre du monstre. Mjöllnar poussa un hurlement de défi et s'élança sur le triton. Celui-ci se retourna d'un seul bond et se rua sur le Nain que venait de rejoindre Oriel. Mjöllnar fit un bond de côté pour laisser passer la charge du monstre et lui flanqua un grand coup de sa hache sur les flancs. L'arme rebondit sur l'armure naturelle du saurial qui le faucha en fouettant le sol de sa queue. Oriel attaqua de l'autre côté et sa hache ripa sur une des larges écailles qui recouvraient le corps de leur adversaire. Hogo se redressa et courut récupérer son kethan qu'il avait perdu dans sa chute.

En retrait avec Lucia et Éras, Zétide apostropha le démon qu'il pointa du doigt :

– Vous auriez pu nous mettre en garde !

– Mais comment ? Je n'en savais rien de ce saurial, moi ! s'indigna le golem.

– Lucia, reste en arrière, ordonna Éras. Ne discute pas, quelqu'un doit veiller sur Zétide. N'oublie pas le démon !

Sur ces mots, le chevalier de Garamont les planta là et s'empressa de prêter main-forte à ses partenaires.

Constatant que ses flèches normales n'étaient d'aucune utilité, Vertymbras sortit de son troisième carquois un trait à la hampe métallique, aux ailettes teintes en rouge. La flèche spéciale explosa sur l'épaule du saurial, déchirant sa carapace et sa chair, faisant gicler un sang vert émeraude.

Toutefois, au grand désarroi de l'archer qui avait sacrifié sa dernière flèche de ce genre, la blessure ne fit que rendre le monstre plus furieux encore, il fit volte-face et fouetta le sol de sa lourde queue. Frappés par l'appendice, Éras et Oriel chutèrent. Hogo bondit pour passer devant le mufle du monstre et détourner son attention. Le triton essaya de l'empaler au passage de sa corne mais le Lycante effectua un saut périlleux pour se mettre hors de portée.

Zétide ne savait trop que faire ; une révocation était impossible, puisque le monstre était dans son élément naturel. Il ne voyait pas quelles runes assez puissantes il pourrait employer pour s'attaquer au monstre sans blesser les guerriers. Il ne gardait qu'un œil sur le combat, l'autre était rivé sur Geyor, prêt à devancer la moindre traîtrise de sa part.

Vertymbras tenta bien de percer les yeux du saurial, mais dut déchanter. Les appendices de celui-ci étaient protégés par des paupières plus dures que l'acier nain.

Lucia voyait bien qu'à terme leur combat était voué à l'échec. Leurs armes restaient sans effet véritable sur l'armure du saurial puisqu'ils ne pouvaient l'approcher assez pour atteindre ses points faibles. Elle chercha autour d'elle un moyen de renverser la situation quand son regard se posa sur Geyor qui regardait le combat les yeux luisants d'excitation. La chasseresse se demanda au passage s'il escomptait une victoire des guerriers ou de la créature. Soupesant la silhouette du golem, une idée lui vint, un peu folle mais qui pouvait réussir.

–Vous, Geyor, vous allez m'aider ! Vous allez survoler le triton et me larguer sur son dos. Vous ne risquez rien, renchérit-elle, puisque vous allez voler hors de portée ; je me charge du monstre.

–Je ne vais sûrement pas commettre un tel suicide ! Je n'ai aucune raison de me mêler de ça.

–Geyor, intima Zétide les sourcils froncés, faites ce qu'elle vous dit, TOUT DE SUITE !

Le golem abdiqua devant le ton impérieux du mage qui lui ôta la corde du cou. De mauvaise grâce, le Maûne laissa la jeune femme s'accrocher dans son dos. Juste avant qu'ils ne s'envolent, le mage lui précisa d'une voix glacée.

–Si vous faites le moindre tort à Lucia, s'il lui arrive quelque chose, Malerune ou pas Malerune, je vous tue !

Geyor n'éprouva aucune difficulté à remplir sa mission. La chasseresse ne pesait pas assez pour le gêner. À peine avait-il largué son colis, qu'il prenait prudemment de l'altitude. Zétide hésitait toujours à user des runes et l'intervention de Lucia rendait la chose encore plus risquée.

L'irruption de la guerrière avait perturbé le triton qui se désintéressa de ses adversaires, leur laissant le temps de se reprendre. Donnant de grands coups de tête en arrière, il tenta de percer l'intruse de sa corne frontale, mais son cou s'avérait trop trapu. Alors, il ondula violemment des épaules. Lucia perdit l'équilibre. Au dernier moment, elle parvint à se raccrocher à l'une des écailles du saurial. Elle se rétablit à plat ventre et entreprit de remonter l'échine grenée du monstre, à la force des bras.

Mjöllnar détourna l'attention du saurial en lui donnant un grand coup de hache sur la patte avant droite, à la jointure de deux griffes, réussissant enfin à blesser le triton. Celui-ci claqua des mâchoires mais le Nain s'était déjà reculé. Oriel se rua à l'arrière du saurial pour saisir sa queue entre ses bras puissants. De part et d'autre de la créature, Éras et Hogo continuaient de le harceler. Le chevalier de la voix, le Lycante de sa fronde. Pour leur adversaire, tout cela ne représentait rien de plus que des piqûres d'insectes, mais il ne savait plus sur qui se concentrer. Profitant de son indécision, Lucia continuait d'avancer. Le triton secoua sa queue dans tous les sens pour faire lâcher prise à l'Onyx, pourtant le chevalier à l'armure grise tenait bon. Mjöllnar fit un nouveau passage devant le triton. Cette fois, le monstre ne le manqua pas. Sa corne faucha le petit guerrier à la hauteur des côtes, l'envoyant s'écraser à une dizaine de mètres.

Lucia atteignit enfin les épaules du prédateur sur lesquelles elle se campa en dégainant Rhisiart. Tout en essayant de se débarrasser d'Oriel qui commençait à fatiguer, le triton tournait la tête dans l'espoir de la saisir entre ses crocs luisants de bave mais il n'avait pas assez d'allonge. De tout son poids, la chasseresse planta l'épée forgée par les Nains dans la nuque du saurial. Elle n'eut que le temps de sauter avant d'être emportée par les soubresauts convulsifs de la créature, frappée par la mort. Le triton poussa un cri d'agonie qui résonna interminablement dans la plaine et mourut en crachant un geyser de sang émeraude.

Ils s'écroulèrent pantelants. La main plaquée sur le flanc, le visage contracté, Mjöllnar tenta de se relever. Mais la douleur s'avéra trop forte et il dut renoncer.

Leur quiétude ne dura pas plus longtemps. D'autres rugissements éclatèrent, provenant du défilé.

–Il en vient d'autres, vite, suivez-moi ! s'exclama Éras.

Oriel hissa le Nain sur ses épaules et suivit le mouvement.

Courant à perdre haleine, ils traversèrent l'étendue de sable pour escalader le versant nord en s'aidant des anfractuosités de la roche. À l'aide de la corde qui entravait le démon, le guerrier aux tresses bleues fut hissé par l'Onyx. Une fois sur les hauteurs, ils se retournèrent pour se rendre compte que deux autres lézards avaient rejoint leur défunt congénère. Constatant son décès, incapables de gravir la roche à la suite des Eldes, les deux complices décidèrent de déchirer le cadavre pour s'en repaître.

Provisoirement hors de danger, ils se tournèrent vers leur compagnon. La blessure de Mjöllnar se révélait vilaine. Son flanc était déchiré sur toute sa hauteur et la plaie laissait apparaître les côtes. Lucia blêmit. Le Nain avait impérativement besoin d'un guérisseur et hélas, mille fois hélas, Ariale n'était pas là pour le sauver.

Mais son inquiétude se tarit bientôt. De son pourpoint de cuir, le chevalier de Garamont sortit une bourse de peau qu'il délaça pour en sortir une gemme jaune-orangé, grosse comme un œuf.

Il jeta un œil à Zétide qui approuva du menton et posa la gemme sur la blessure. La pierre de soin se mit à luire pour déverser sa puissance sur la plaie. Lorsque la lumière s'éteignit, la blessure était refermée, saine.

– Par les couilles du grand Bouc noir, s'exclama le Nain, ma parole, je n'ai plus mal, rien !

– Combien en as-tu de ces gemmes ? s'enquit Zétide.

– Trop peu, à peine six et celle-là est quasiment vidée. Je doute que cela suffise.

Le démon survolait les compagnons, craignant leurs réactions.

Arc bandé, Vertymbras lui intima :

– Geyor, vous descendez, ou ma flèche vous percera la gorge !

Le démon ne pouvait qu'obéir mais il se défendit âprement devant les reproches de Zétide.

– J'ai fait ce que vous me demandiez, non ? Je ne suis

pas un guerrier, je n'aurais pas pu faire grand-chose, mutilé comme je suis. Baaskrah! Aurais-je dû mourir pour vous prouver ma bonne foi? Je suis prêt à vous guider jusqu'à la Malerune, pas à sacrifier ma vie pour vous!

– N'oubliez pas une chose, Geyor, siffla Zétide, vous n'êtes pas notre allié mais notre prisonnier. C'est votre seule collaboration qui vous vaut d'avoir la vie sauve, suis-je assez clair?

Éras prit Lucia à partie:

– Ma fille, quelle déraison t'a prise de vouloir chevaucher ce monstre? As-tu perdu tout bon sens?

– Je n'arrête pas de lui répéter, ajouta Hogo tout aussi mécontent.

La chasseresse ne se laissa pas faire:

– Père, c'est bien ma folie qui nous a donné la victoire. Je n'ai rien et tout le monde va bien. Tu m'as acceptée comme guerrière et m'as demandé avant tout de me considérer comme telle, je te demande la même chose: ne vois en moi qu'une guerrière, pas ta fille!

Éras se caressa la pointe du menton avant de répondre d'un sourire bienveillant:

– Tu mûris mon enfant, et je m'en félicite. Tu as raison, j'ai tort de vouloir te couver; désormais, je te traiterai comme les autres. Ton initiative nous a sauvés, je dois l'admettre.

Toute fière, Lucia défia Hogo en lui tirant la langue. Mais celui-ci ne se révéla pas aussi accommodant que le chevalier:

– Ma petite Luce, ne crois pas t'en tirer si facilement! Moi, je ne suis pas ton père; tu commets à nouveau une telle folie et je t'arrache la peau des fesses!

– Tu n'oserais pas! s'exclama-t-elle indignée.

– Tu veux parier?

– Père?

– Lucia, surtout ne me mêle pas à ça. C'est ton homme, débrouille-toi avec lui.

– Père !

* * *

Ils approchaient un ruisseau sinueux encadré de roseaux autour duquel sautillait une quinzaine de créatures à l'apparence paisible mais curieuse. Des êtres grêles au ventre bombé, la peau blafarde parsemée de points rouges, qui se tenaient sur deux pattes arrières filiformes aux larges pieds pourvus de deux longs ongles de corne. En guise de pattes avant, de courts moignons. Les créatures avaient une tête toute ronde et chauve, une sorte de bec noir et des grands yeux globuleux aux pupilles fendues de vert. Deux ailes triangulaires hérissaient leurs dos, trop frêles pour supporter leur vol. Elles se mouvaient par sautillements saccadés.

Interrogé à leur sujet, le démon répondit qu'il ne savait rien de ces volatiles.

Constatant le froncement de sourcils réprobateur de Zétide, il enchaîna rapidement :

– Je viens de l'Entremonde, je ne peux pas tout connaître de la faune du Maûne ! En tout cas, je n'ai jamais vu de telles créatures au palais.

– Bon, ils ne semblent pas nous avoir repérés. Nous allons passer au large, décida Éras.

Ils firent un ample cercle pour éviter les êtres sautilleurs. Mais alors qu'ils longeaient un bosquet parallèle à la rivière, de celui-ci sortit une autre créature, dix pas derrière eux.

En les voyant elle se mit à piailler d'excitation.

– Celle-là, si elle s'approche, elle va goûter de ma hache, grinça Mjöllnar.

– Évitons la violence si nous le pouvons. Continuez à marcher, pas de gestes brusques.

Répondant au cri de la créature, une autre jaillit du bosquet pour leur couper la route.

Le Nain cracha un énième jet de salive brunâtre sur le sol. En guise de réponse, le ventre de la première créature doubla de volume et, à son tour, elle cracha en direction du Nain. Celui-ci n'eut que le temps de bondir en arrière. Là où il s'était tenu, la terre explosa. Sans attendre la hache de jet de Mjöllnar fusa. Touchée à la poitrine, la créature explosa dans un nuage de fumée. Le nuage se dissipa au bout de quelques secondes, laissant apparaître non pas un mais deux sautilleurs. Vertymbras décocha une flèche sur l'un des deux, pour un résultat identique. Le volatile atteint se dédoubla à son tour.

– Follenfer, jura l'archer, quelle est cette magie ?

Les autres sautilleurs quittèrent le ruisseau et se rapprochèrent en poussant des cris qui ressemblaient à des glougloutements. L'un d'eux hoqueta, son ventre se gonfla et elle lâcha sa bile explosive sur les compagnons qui venaient de reculer hors de portée.

Ils s'élancèrent au travers du bosquet, suivis par les créatures étranges qui les suivaient par bondissements.

La poursuite s'engagea. Ralentissant l'allure avec sa jambe mutilée, Geyor fut autorisé à s'envoler. À présent, les sautilleurs progressaient par bonds d'environ un mètre cinquante et paraissaient pourvus d'une endurance sans limite. Les reliefs du terrain accidenté sur lequel les guidait le golem du haut du ciel ne les ralentissaient pas. Les compagnons haletaient, à présent, et progressivement les créatures comblaient leur retard.

Brusquement, en bas d'une colline boisée, sans raison apparente, les créatures cessèrent leur poursuite. Elles s'égosillèrent abondamment en sautant sur place comme répugnant à franchir une ligne invisible. L'une d'elle vint se ranger devant cette immatérielle frontière et cracha vers les compagnons. Mais son jet ne se révéla pas assez puissant pour combler la distance. Dépités, les sautilleurs décidèrent de rebrousser chemin pour rejoindre leur ruisseau.

Ce renoncement inespéré ne manqua pas de les interpeller.

– Elles en ont peut-être marre de cavaler ainsi, grommela le Nain qui avait ôté son casque à ailettes pour éponger son front trempé.

– Ou bien elles ont eu peur de quelque chose, répondit Hogo. De quelque chose de plus menaçant que nous.

– Nous verrons bien, continuons, jugea le chevalier de Garamont. De toute manière, nous devons remonter dans cette direction. Soyez sur vos gardes. Hogo, tu reprends la tête ; Vertymbras, restez en arrière et vérifiez que nos poursuivants n'ont pas changé d'avis. En route !

* * *

Une heure plus tard, l'archer les rejoignait en courant à petites foulées, confirmant que les êtres sautillants avaient bien abandonné la chasse.

Depuis le début de leur périple maûnien, ils n'avaient aperçu aucune bourgade, pas même une habitation isolée. À part les Orcks renégats, ils n'avaient rencontré aucune des races de leur connaissance, aucun autochtone, mais ici le sentiment de désolation était pire encore. La région qu'ils traversaient paraissait figée, comme si même les plantes, les arbres se retenaient de respirer.

Deux heures plus tard, Hogo les attendait sur un dévers, accroupi au pied d'un arbre tordu, aux feuilles d'un gris huileux, l'air pensif.

La main posée à plat sur la terre aux teintes fades, le Lycante prit la parole :

– Je ne comprends pas ces traces, révéla-t-il le front plissé. Je crois suivre une espèce de panthère, mais les empreintes se modifient pour former des sabots, puis les grandes griffes d'un ours-rouge ; elles prennent encore une forme étrange que je ne connais pas et redeviennent panthère…

– Qu'est-ce qui pourrait expliquer ce phénomène, la magie ? s'enquit Lucia.

– Pas celle des runes en tout cas, objecta Zétide. Éras, qu'en penses-tu ?

– Rien de bon. Soyez sur vos gardes, plus que jamais.

– Il y a autre chose, dit le Lycante. Venez voir ça.

Il fit le tour de l'arbre pour leur désigner l'autre face du tronc. Celle-ci était déchiquetée sur toute sa hauteur, laissant apparaître le bois frais. Sur les bords du tronc, de grandes marques à six griffes espacées. Mjöllnar empoigna sa hache et entreprit d'en vérifier le tranchant en marmonnant dans sa barbe.

– Quel animal a pu faire ça ? demanda Oriel en lissant les plumes de son crâne.

– Un ours-rouge ? proposa Zétide.

– Non, répondit Éras, les ours-rouges n'ont que quatre griffes et là, il y en a six.

– J'ai un mauvais pressentiment, souffla Lucia.

Le mage se tourna vers Geyor qui chuchotait en se triturant les doigts.

– Quoi ? Que dites-vous ? Répétez ?

Le démon secoua la tête, refusant de répondre.

Éras l'empoigna au collet et le secoua :

– Répondez !

– C'est un garou d'ombre ! souffla le Maûne dont les yeux voletaient dans toutes les directions.

– Quel piège avez-vous encore imaginé ? siffla Oriel, l'expression sévère.

– Je n'y suis pour rien, je vous le jure ! se défendit le démon avec, pour une fois un accent de véritable sincérité. La dernière fois que je suis passé ici, il n'était pas là !

Geyor mobilisa ses forces pour rompre l'étreinte du chevalier de Garamont et recula le plus vite qu'il le pouvait avec sa jambe boiteuse. Une fois hors de portée, il déploya ses ailes et s'éleva dans les airs.

– Aidez-nous, crénom d'une rune ! s'exclama Zétide.

– Je ne peux rien, il est trop puissant. Fuyez, fuyez si vous le pouvez !

À grands battements d'ailes, le démon dépassa les arbres et disparut. Il paraissait si véritablement paniqué que Vertymbras n'eut pas le cœur de l'abattre d'une flèche.

– Là, vraiment ça pue ! maugréa le Nain.

Armes dégainées, ils reprirent leur marche en direction du nord-ouest.

Ils atteignaient la lisière du bois. Sur leur droite, sautant d'un arbre aux branches touffues sur lequel il se tenait camouflé, une panthère au pelage d'une insondable noirceur atterrit souplement sur le sol et s'élança pour leur barrer le passage.

Au fur et à mesure de son approche, le corps de la panthère ondulait d'une souplesse hors norme. Lucia trouvait que quelque chose clochait dans sa démarche avant de se rendre compte que la créature nébuleuse se mouvait sur six pattes. Quelque chose d'ancien émanait d'elle, d'ancien, de corrompu, de profondément malfaisant.

Sa longue lame bleutée empoignée à deux mains, pointe vers le sol, en position d'ouverture, Éras avança de trois pas.

La panthère s'assit sur ses pattes arrière, sortit une langue épaisse, cramoisie, et pourlécha ses lèvres entre lesquelles brillèrent de longues, trop longues canines.

– Des Eldes dans le Maûne ? dit-elle de sa voix au timbre à la fois grave et chuintant. Des petits Eldes à la chair goûteuse ?

– Nous n'avons nulle querelle envers vous, partez !

– Mais je suis chez moi, petits Eldes. Vous êtes sur mon territoire de chasse.

– Le Shaddak-Llogo'th nous attend. Vous nous retardez, partez !

– Mais petit Elde, je ne suis pas le Shaddak-Llogo'th, ni son sujet... Je suis Sâa, le garou d'ombre. Né au début de ce monde, indompté et sans égal, bête et conscience, je m'adapte et je vaincs. Il y a moi, Sâa, le changeforme, moi et la nourriture. Voilà tout.

Tout en devisant, le garou se transformait, adoptant diverses formes. Il se dressa tout d'abord à trois mètres de haut, étiré en une silhouette longiligne hérissée de longs piquants, après quoi il emprunta successivement les formes approximatives d'un scorpion géant, d'un molosse à six pattes et deux têtes, d'un ours-rouge, avant de finalement reprendre sa forme première de félin.

– Partez ! répéta Éras, sans montrer le moindre signe de peur ou d'hésitation.

La créature soupesa le chevalier et plus encore son épée bleue exhibée, prête à intervenir.

– Je pars, petits Eldes. Mais je reviendrai peut-être... Avez-vous peur ?

– Nous n'avons pas peur, assura Éras tout en avançant d'un pas vers son interlocuteur.

Le garou lâcha un rire sourd avant de gravir la pente de la colline. Il ondula, courut, rampa, sauta souplement jusqu'à disparaître derrière les arbres du sommet.

– Il va revenir, ce bâtard noir ! attesta Mjöllnar en crachant un jet de salive brunâtre.

– Bien sûr qu'il va le faire, admit Éras.

– Que ferons-nous alors ? demanda sa fille.

– Nous courrons, nous courrons sans nous arrêter !

Un cri de défi stridulant ondula de derrière la colline où avait disparu le garou.

* * *

Ils fuirent à l'opposé du cri, Éras en tête, Hogo en dernière position, pour protéger les autres. L'urgence était maîtresse du temps et de leurs pensées. Lucia commençait à perdre son souffle.

– Il nous a lâchés. Je ne sens plus son odeur, indiqua le guerrier-loup.

– Parce que cette engeance a une odeur ? s'étonna le Nain.

– Oui, une odeur de pourriture.

– Il veut faire durer le plaisir, devina Oriel.

– Tu dis bien, remarqua le Capricorne. Nous sommes une distraction autant qu'une pitance. Il va nous harceler ; il veut goûter à notre peur.

– Manquait plus que ça, vitupéra Mjöllnar, un *machin* d'ombre à notre poursuite !

– Ça se tue comment une telle créature ? demanda Lucia perplexe.

Elle doutait que même le tranchant parfait de Rhisiart puisse faire le moindre mal au prédateur éthéré.

D'ailleurs quelques instants plus tard, elle obtint la confirmation de ses craintes. Jusqu'alors, les cris du changeforme venaient de derrière eux. Mais tandis qu'ils dévalaient une déclivité terreuse, le garou surgit de derrière un rocher en bas de la pente. Sous leurs yeux, il prit la forme d'un ours-rouge de trois mètres de haut. Sans s'arrêter, le Capricorne saisit une flèche qu'il décocha en plein torse de l'ours debout sur ses pattes arrière.

Le trait de Vertymbras traversa le changeforme sans lui causer le moindre dommage. Vertymbras essaya une flèche magique qui fusa en laissant un sillage argent et magenta mais le résultat fut le même. La flèche passa à travers le corps du garou et poursuivit son élan pour aller se ficher dans un arbre qu'elle déchiqueta. Mjöllnar perdit l'une de ses hachettes sans connaître plus d'efficacité. Quant à la magie de Zétide, elle fonctionnait bien mais ses effets s'annulaient en touchant le corps ténébreux du garou.

Le changeforme restait tranquillement dressé à les attendre, comme pour leur faire comprendre qu'ils ne pouvaient rien contre lui. Lucia frémit, songeant que si aucune de leurs armes ne pouvait blesser le prédateur, elle ne voyait pas comment ils allaient pouvoir se défendre.

Éras ordonna de rebrousser chemin. Il était hors de question d'affronter le monstre. Tout en courant, Zétide harcelait le ciel à la recherche de Geyor mais celui-ci paraissait s'être évaporé.

Un peu plus tard, s'avisant que le garou ne donnait plus signe de vie, ils décidèrent de faire une halte au centre d'une clairière. Ils se contemplèrent gravement, quêtant dans le regard des autres un remède à cette terrible menace.

– Pour le moment, je ne sais pas, admit les sourcils froncés le chevalier de Garamont, sur qui tous les regards avaient fini par se tourner, mais nous trouverons bien un moyen. Repartons. Il semble vouloir s'amuser un peu, fort bien, profitons-en pour trouver un terrain favorable pour l'affronter.

* * *

Ils couraient et le garou d'ombre les pourchassait. Comme un vulgaire chat avec de vulgaires souris, il jouait avec eux, avec leurs nerfs. Il apparaissait au détour du paysage, et disparaissait aussitôt. Ils entendaient son rire moqueur et triomphant qui les suivait, les précédait même parfois. Sâa leur laissait prendre de l'avance et les retrouvait avec une déconcertante facilité, malgré leurs précautions. Ils le sentaient confusément sans toutefois parvenir à le situer. Ils étaient constamment sur le qui-vive et la course-poursuite s'avérait éprouvante pour le corps comme l'esprit. La chose était devenue flagrante : s'il l'avait voulu, Sâa aurait pu les attaquer à maintes reprises, mais il attendait.

À plusieurs reprises, ils repérèrent Geyor qui avait fini par refaire surface et qui les survolait de loin, craignant de s'approcher.

Le seul point positif de leur situation était qu'au moins, ils n'avaient rien d'autre à redouter que le garou. À moins de s'approcher d'une plante carnivore, ils ne risquaient pas d'autres mauvaises rencontres. Nul ne disputerait le territoire de chasse d'un garou d'ombre.

Ils fuyaient donc sans répit, ne s'octroyant que de brefs temps de repos, sachant que le garou les attaquerait dès qu'il le voudrait, dès qu'il en aurait assez de jouer. Il leur était impossible de le distancer. Mjöllnar pestait sans arrêt, la course l'empêchant de chiquer pour extérioriser sa nervosité.

Ils fuyaient mais pas aveuglément. Hogo ou Éras dirigeaient leur course, toujours à la recherche d'un endroit propice pour le combat. Mais rien. Rien pour les protéger, rien pour se soustraire à leur poursuivant ou même le ralentir. Il y avait trop d'espace ou pas assez au gré du chevalier de Garamont. Celui-ci avait insisté sur le fait qu'ils ne devaient jamais se séparer, ce qui faciliterait encore la chasse du monstre.

Ils le pressentaient tous de plus en plus clairement, le changeforme était proche, quelque part autour d'eux à les épier. À choisir peut-être celui qu'il abattrait le premier.

Le garou d'ombre les chassa ainsi durant deux jours. La nuit, il était venu rôder autour de leur campement ;

ils le voyaient à ses prunelles luisantes d'un feu violet. Mais hormis les harceler de sa présence, Sâa ne tenta rien contre eux.

Le troisième jour, ils couraient à petite foulée sur une large piste d'herbe anthracite qui coupait un bois de ce qui aurait pu être des sapins au blanc particulièrement sale. Un tronc d'ébène était posé le long du chemin.

Le tronc d'arbre se transforma en panthère au moment où Mjöllnar passait à côté. D'un revers de griffe, Sâa frappa le bouclier que le Nain releva d'instinct. Le métal renforcé de runes de protections fut déchiré comme du papier. Mjöllnar trébucha et d'un autre coup de griffe, le prédateur d'ombre lui arracha son casque. Oriel tenta de le décapiter de sa hache, de lui trancher la colonne vertébrale de son épée mais ses lames ne pouvaient le toucher.

Sans se retourner, Sâa écarta sa patte avant gauche pour cogner le chevalier onyx au torse, l'envoyant s'écraser contre Vertymbras qui fut sonné par le poids de l'armure. Lucia allait attaquer le changeforme mais d'un ton impérieux, Éras la retint. Il s'avança à la rencontre du monstre, l'épée dressée derrière la tête. Sâa saisit Mjöllnar à l'aide de ses deux pattes intermédiaires et le redressa pour s'en faire un bouclier. Le chevalier ne pouvait frapper sans risquer de toucher le guerrier aux tresses bleues. Tout en toisant le chevalier de Garamont d'un air sardonique, le garou d'ombre empoigna les deux bras du Nain entre ses griffes qu'il écarta d'un mouvement sec. Il allait s'attaquer à la tête du Nain d'une nouvelle patte qui venait de lui pousser sur le poitrail, quand, brusquement, il fut percuté sur le côté. La violence de l'impact le projeta à cinq mètres de là. Sâa adopta la forme sinueuse d'un grand ver pour absorber la chute, se redressa aussitôt sous son apparence de panthère pour faire face à son agresseur.

En face de lui, ramassé sur lui-même, se tenait Hogo,

métamorphosé en loup-lycante. Le guerrier n'avait pu résister à l'appel du Septième Pouvoir : le garou d'ombre allait les massacrer. Sâa poussa un hurlement de défi. Hogo gronda en retour.

Oriel en profita pour tirer Mjöllnar à l'écart. Le Nain était inconscient ; du sang coulait de sa tempe. Quant à Vertymbras, il retrouvait à peine ses esprits.

Les deux fauves bondirent l'un sur l'autre. Un bref corps à corps et ils se reculaient hors de portée de leur vis-à-vis.

Campés sur ses quatre pattes, Hogo n'avait rien. Lucia souffla de soulagement avant de tourner ses yeux sur le changeforme. Sâa avait été touché, un lambeau de sa peau éthérée se détacha de son épaule et s'évanouit en touchant le sol. Il rugit, pas de douleur mais de colère. Usant de son pouvoir, le garou se réincarna en ours-rouge.

Hogo ne devait la vie qu'à sa vitesse et au fait que ses blessures se cicatrisaient au cours du combat, le pouvoir de guérison des Lycantes rendu plus puissant par sa forme de bête.

Il passa sous le bras du monstre et lui déchira la poitrine d'un revers de griffe. L'ours-rouge hurla de douleur et baissa sa garde. Alors le loup-lycante abreuva l'autre d'une grêle de coups furieux. Il se servait de ses griffes, de sa tête, de ses poings qu'il refermait de temps à autre, les protections immatérielles du changeforme ne pouvant rien contre la magie du Septième Pouvoir. Toutefois, même si le garou perdait des copeaux d'ombre par dizaines, les griffes d'Hogo n'étaient pas assez longues pour le blesser assez gravement. De surcroît, l'extraordinaire dépense d'énergie du Lycante se faisant sentir, ses attaques commencèrent à perdre de leur mordant.

Sâa parvint à repousser son adversaire de ses bras puissants. Hogo toucha le sol, se retourna aussitôt pour repartir à l'attaque. Au dernier moment, le garou abandonna son corps de panthère éthérée pour prendre celui d'une mante religieuse géante pourvue sur le torse de grandes pinces dentelées. Hogo fut happé par celles-ci en plein vol, déchiré par ses mandibules et balancé contre un arbre. Sâa reprit sa forme de fauve et se tourna vers les compagnons.

Oriel se dressa devant lui, tenta une nouvelle fois de le toucher de ses armes, ne réussissant qu'à provoquer les railleries du garou d'ombre. Dédaignant l'Onyx, Sâa se jeta sur le Capricorne, lui fendit la cuisse d'un coup de ses griffes postérieures, évita un coup d'épée d'Éras qu'il bouscula de l'épaule et se tourna vers la chasseresse.

– C'est toi que je vais manger en premier, lui dit-il.

La jeune femme leva Rhisiart devant elle, ne pouvant empêcher un léger tremblement.

Sâa se ramassa pour l'assaut mais ne put jamais s'envoler. Exhalant un grondement de puissance sauvage, Hogo bondit sur le dos du garou qu'il lacéra de ses griffes. Le monstre se débattit mais le loup-lycante ne se laissa pas démonter. Alors Sâa se transforma en scorpion noir et planta violemment son aiguillon entre les épaules du Lycante.

Hogo chuta dans un flot de sang.

– Lucia ! s'écria le chevalier de Garamont pour attirer l'attention de sa fille et lui désigner le garou du regard.

Celle-ci se tenait à six pas de Sâa. Éras lança son épée dans les airs. L'arme tournoya en sifflant. La chasseresse bondit en avant, fit une roulade et se releva devant le garou pour intercepter Fléau-des-Maûnes à deux mains. Elle la rattrapa en plein vol, lame dressée vers le ciel et frappa aussitôt en s'aidant de tout son poids.

La lame bleutée trancha impitoyablement le corps éthéré du garou, lui arrachant des lambeaux d'ombre qu'elle aspira, le coupant littéralement au milieu de son échine. Les deux parts séparées du monstre furent agitées de tremblements irrépressibles, avant de se transformer à toute allure mais sans parvenir à se rejoindre.

Après avoir soigné leurs blessures à l'aide des pierres de guérison d'Éras, amputant d'autant leurs réserves de pouvoir curatif, sur les conseils du démon qui avait surgi des cieux pour les rejoindre, la tête de Sâa le changeforme fut tranchée, ses restes soigneusement brûlés, consumés avant d'être répandus aux quatre vents.

Hogo ne participa pas aux funestes obsèques. De nouveau lui-même, prostré en retrait contre un arbre, il contemplait le vide sans sourciller, les maxillaires contractées. Ce n'étaient pas ses plaies qui le faisaient souffrir, celles-ci avaient guéri avant-même qu'il ne retrouve sa forme normale. Son esprit en revanche n'était pas sorti indemne du recours au Septième Pouvoir.

D'un hochement de tête, Éras indiqua à sa fille de rejoindre son amant. Après quoi, il signifia aux autres de se tenir à l'écart du couple. Enfin, il s'assit en tailleur à même le tapis d'herbe avec Zétide afin de partager la pipe du sorcier. Mjöllnar, Vertymbras et Oriel n'avaient rien de mieux à faire que de les rejoindre et ils se mirent à déguster la douceur du tabac blond des côtes de la Mauve. Le Capricorne fit passer sa gourde et engagea la conversation sur les cépages qui conviendraient le mieux pour accompagner leur art du Fumer.

Le garou abattu, pour la soirée au moins, ils n'avaient rien à craindre de quiconque. Le chevalier de Garamont décida d'en profiter pour octroyer à chacun le repos nécessaire ; Lucia et Hogo avaient bien besoin d'intimité.

Tout en exhalant un nuage de tabac, Zétide regarda la jeune femme rejoindre son ami.

Elle avait changé, l'aînée des Garamont. Et ce n'était pas tant le fait du retour de son père que la relation qu'elle entretenait avec Hogo. Ils s'aimaient, ces deux-là, cela ne faisait aucun doute. Depuis le début de leur relation, Lucia s'était révélée plus calme, toujours aussi déterminée mais plus réfléchie, plus mûre. Le guerrier-loup avait également évolué. Pour preuve, il ne portait plus son capuchon mais marchait fièrement la tête nue. Oui, leur relation les enrichissait, cela ne faisait aucun doute. Le mage s'en félicitait. Au moins la quête avait-elle permis ce modeste prodige. Zétide espéra de tout cœur que les deux amants, au moins, sortiraient indemnes du dénouement qui les attendait, libres de se découvrir encore, tant et plus, à travers les grands et petits bonheurs d'un amour sincère.

Pour sa part, Zétide n'était plus qu'un vieux bonhomme fatigué. Il sentait son corps amaigri de plus en plus las ; il récupérait de moins en moins bien. Que dirait-on de lui, plus tard ? Quelle serait sa trace laissée dans l'histoire ? Lui qui se considérait à présent comme un mage pas trop maladroit avec les runes, dont l'amour était mort, et qui vivait, se battait pour sauver le monde.

Et si jamais il en sortait vivant, que lui resterait-il, *après* ? La vie ne serait-elle pas d'une insupportable platitude ? Son ancien projet d'écrire ses mémoires serait-il toujours d'actualité ?

Virtuellement, il haussa les épaules. On verrait bien ! Pour le moment, ils étaient là, sur le territoire de leur pire ennemi. Le pire justement restait à venir ; tenir tête au redoutable Shaddak-Llogo'th.

* * *

Témoignage de sa détresse, Hogo avait le blanc des yeux rougi. Avant même que Lucia ne pût s'exprimer, il l'empoigna par les épaules et s'exclama :

– Le Septième Pouvoir des Lycantes ce n'est pas un pouvoir, non, bien au contraire, c'est une malédiction ! Imagine que chaque fois que nous sommes confrontés à un danger, je dois résister à son appel. Et c'est pire depuis que nous sommes là. La Malerune aggrave les choses. À présent, Luce, sous ma forme de loup-lycante, j'entends une voix pleine de puissance et de charme me murmurer à l'oreille : « Tue-les, tue-les tous ! » Qui sait ce qui se serait passé si j'avais vaincu le garou ? Lequel d'entre vous aurais-je attaqué ? Lequel aurais-je *tué* ?

Il lui étreignit les clavicules avant de s'écrier, les yeux égarés :

– Je ne veux pas devenir un monstre !

– Tu n'es pas un monstre, Hogo, répliqua Lucia d'une voix aussi douce que la rosée du matin, tout au contraire, et je peux t'assurer que tu ne le seras jamais. Pas toi !

Elle leva ses mains pour les poser sur les siennes avant d'ajouter :

– Je te connais, Hogo. Nous avons tant partagé, tant affronté depuis le départ de Château-Garamont qu'un lien nous unit, je pense que tu le sens comme moi. Alors oui, je te connais, mieux que tu n'imagines... Et c'est bien pour cela que tu me plais, rentre-toi bien ça dans ton crâne obtus de Lycante ! Et vois, cette fois encore, tu t'es transformé et tu nous as sauvés en permettant de détourner l'attention du changeforme. Sans toi, nous serions morts.

– Mais tu ne te rends pas compte ! La Malerune, je la sens qui me corrompt. Elle augmente mon désir de céder à la métamorphose, de m'y abandonner. L'attraction de sa voix est si forte, elle devient irrésistible... Je ne sais pas si je pourrais y résister longtemps !

Lucia leva sa main et caressa tendrement la joue dure de son amant.

–Hogo, chaque jour, je te découvre un peu plus, et chaque jour je t'aime davantage. Si je suis avec toi, c'est parce que je te prends tel que tu es avec tes forces et tes faiblesses, quelles qu'elles soient.

–Mais si je te blessais ? Si je te tuais ? Je ne peux supporter cette idée : elle me hante !

–Tu ne le feras pas ! Je le sais, aie confiance en moi.

Ils s'interrompirent un moment, leurs regards rivés l'un dans l'autre. Hogo reprit d'un ton mal assuré :

–Tu m'aimes donc ?

–Hé, tu croyais quoi, que parce que nous n'avons jamais parlé de nos sentiments, je n'en ai pas pour toi ? Tu penses que je ne désire qu'une passade ?

Le sourire qu'elle lui adressa était aussi ensorcelant qu'un ciel d'été chevauché d'étoiles filantes.

–Je ne sais pas. Je ne connais rien à ces choses, en vérité, Luce. Tu es la première… Luce ?

–Oui ?

–Tu m'aimes… *vraiment* ?

Le guerrier ne semblait pas se considérer digne d'un tel bonheur.

–Oh, mon loup ! rit la jeune femme avant de le couvrir de baisers.

* * *

–Moi aussi, je t'aime, murmura le Lycante, plus tard, beaucoup plus tard alors qu'elle dormait lovée contre sa poitrine.

Leur nuit fut paisible et le lendemain les vit tous reposés.

La jeune femme couvait le guerrier lycante d'un œil attentif, voire inquiet, mais Hogo paraissait réellement serein. Il avait repris confiance. Grâce à elle, grâce à cette nuit bénie.

D'ailleurs, il lui adressa un clin d'œil. Elle faillit en tomber par terre de surprise.

– En route, proclama Éras.

Mjöllnar dut se résoudre à se séparer de son bouclier et de son casque déchiquetés par les griffes du garou d'ombre. Il ne décolérait pas devant la perte de son précieux équipement.

De nouveau lié par le cou, Geyor marchait en retrait de Zétide qui lui en voulait toujours de sa couardise.

* * *

Depuis plusieurs minutes, le chevalier de Garamont caressait sa mâchoire ombrée d'un début de barbe blonde ; son regard balayait l'horizon qui commençait à s'assombrir, signe que le soir allait tomber.

– Hogo ?

– Oui, Éras ?

– Que vois-tu, là-bas, entre ces deux collines, à l'est ?

Le Lycante s'orienta et il resta quelques secondes avant de répondre :

– Ce sont des cavaliers. Des Sybères, si ma vue est bonne, une vingtaine…

– Tu vois vraiment si loin ? demanda Mjöllnar les yeux plissés et le nez comiquement retroussé.

– Pas toi ? sourit le guerrier-loup.

Le Nain s'éloigna en bougonnant quelque chose ayant rapport avec la généalogie du peuple lycante. Il alla s'asseoir sur une souche grise et se mit à aiguiser la lame double de sa hache pour la cinquième fois de la journée. Tout en œuvrant, il jetait des regards désapprobateurs à Hogo.

– Des Sybères… Tiens, tiens, et que font-ils ici ? s'enquit l'archer.

–Ils chassent, estima Geyor.

–Oui, en effet, confirma le Lycante, je vois un homme qui court devant eux.

Le golem précisa :

–Ce sont des nobles sybères, ils ne sont pas obligés de servir dans les armées du Maître. Alors, ils chassent, c'est leur passe-temps favori.

–Et ils chassent quoi ?

–Des esclaves eldes, sourit presque le Maûne, les prunelles allumées.

–Mortelune, il faut lui porter secours ! s'écria Lucia.

–Je ne vois pas comment, intervint Oriel, ils sont bien trop loin. À pied, sans arme, il ne pourra jamais leur échapper.

La suite des événements donna raison à l'Onyx. Poursuivis et poursuivants débouchèrent dans la vallée rocheuse que surplombaient les compagnons.

Vêtu d'un seul pagne crasseux, l'esclave elde courait devant lui, slalomant entre les rocs aux teintes flétries, hagard, visiblement épuisé. Il était maigre, trop maigre, et des plaies sanglantes zébraient son corps. Les cavaliers l'aiguillonnaient de leurs lances, l'accablaient de leurs lazzis, ou bien encore le percutaient de leurs montures avant de lui laisser le temps de repartir dans sa course éperdue. Ils refusaient de donner le coup de grâce, préférant se gausser de son impuissance et de sa terreur. Percé d'une quinzaine de blessures, l'esclave se vidait peu à peu de son sang. Il n'avait même plus la force de gémir. Juste d'avancer mécaniquement et de tressaillir sous les éclairs de douleurs qui le tuaient à petit feu.

Un Sybère galopa pour le rejoindre, se pencha sur sa selle et, d'un coup aussi sec qu'habile, lui trancha les tendons d'achille. S'esclaffant de leurs voix flûtées, les hermaphrodites usèrent de la pointe de leurs lances fines pour le forcer à ramper, lui octroyant un répit aussi douloureux que futile.

L'esclave agonisait à présent. Lassé, l'un des Maûnes mit fin au supplice en lui clouant la nuque de sa lance avant de ululer d'une joie malsaine. Son cri fut repris en cœur par les autres. Les sybères descendirent de leurs selles et se mirent à deviser au-dessus de la dépouille du supplicié en se partageant une outre renflée. Ils ne paraissaient nullement pressés de repartir.

– Je ne sais pas ce que vous autres en pensez, mais je ne vais pas laisser ces pourritures s'en tirer ainsi !

Et Mjöllnar macula la terre d'une grosse chique.

Le chevalier de Garamont dévisagea les compagnons l'un après l'autre. Tous étaient graves et décidés. Lucia bouillait sur place mais contrairement à son ancienne habitude, elle tenait sa langue, contenait sa fougue. Seul Zétide paraissait hésiter devant ce qu'il pouvait considérer comme une entrave à la Quête.

– Avec des chevaux, nous irions plus vite, souligna Oriel.

Éras resta un temps à mûrir sa réponse.

– Oui, dit-il finalement, nous avons besoin de chevaux.

Son sourire indiquait clairement que les montures n'entraient en rien en ligne de compte.

– Par le Marteau sacré de Ström, chevaux ou pas, je m'en moque, je veux me les faire, c'est tout ! gronda le guerrier aux tresses bleues.

Éras avança jusqu'à Mjöllnar et posa sa grande main sur son épaule massive :

– Ami nain, ne t'inquiète pas, nous allons nous occuper d'eux, foi de Garamont !

Les guerriers échangèrent un regard approbateur. Cette simple phrase signifiait ce qu'ils espéraient.

* * *

Une fois la dépouille de l'esclave à l'abri sous une sépulture décente, ils descendirent dans la vallée en se glissant entre les gros rochers qui encombraient la pente. Geyor avait été laissé à leur bivouac, avec l'ordre impératif de ne pas se mêler de cette histoire qui ne concernait que les Eldes. Les trois feux du campement sybère rougeoyaient dans la nuit. De temps à autre, leurs silhouettes longilignes coupaient la lueur incarnate des flammes tandis que les autochtones s'offraient une soirée de détente.

Sur leurs terres, les Sybères ne paraissaient craindre aucun danger particulier. Ils ne postèrent que deux guetteurs. Éras coupa la gorge du premier ; Hogo brisa les vertèbres du second.

Ils fondirent sur le cercle de Maûnes, sans rien dire mais le regard enfiévré de colère.

Zétide resta en retrait, à côté de Vertymbras et de son arc. Si possible, le mage préférait réserver ses forces pour affronter le Shaddak-Llogo'th. Il n'interviendrait qu'en dernière extrémité et Éras n'en avait pas prévu. Le chevalier avait choisi son heure pour lancer le raid. Le moment où les Maûnes avaient fini de manger ; le moment où ils seraient alourdis par la digestion.

Oriel le premier aborda les Maûnes. L'Onyx avait dégainé ses deux armes. Il entra dans le halo de lumière induit par les feux. Sa hache dessina un arc de cercle de la terre vers le ciel éventrant au passage un guerrier sybère de la hanche à l'épaule. Un autre pas, un tour sur lui-même, et son épée longue trancha la tête d'un deuxième guerrier. Sans s'arrêter, Oriel projeta son pied chaussé d'acier dans le torse d'un troisième adversaire, lui broyant le thorax. Pivotant une nouvelle fois, il asséna un puissant coup de hache sur la lance brandie vers sa tête, tranchant la hampe de l'arme et les deux bras du guerrier dans la foulée.

Hogo et Lucia se battaient en tandem, comme ils en

avaient pris l'habitude. La guerrière attira l'attaque d'un hermaphrodite. Celui-ci se fendit vers elle pour l'embrocher mais la chasseresse avait bondi de côté, laissant la voie libre à son amant. Le Lycante surgit pour plonger la lame d'ivoire de son kethan dans la gorge offerte du Maûne. Du plat de son épée, Lucia détourna un estoc destiné à embrocher son compagnon, Hogo profita de ce répit pour faire virevolter son bâton et faucher le guerrier sybère au niveau des genoux. Lucia l'acheva d'un coup sec de sa lame.

Impavide, Éras fixait deux autres Sybères, les mains sur son épée engainée. Côte à côte, les deux hermaphrodites le toisaient en retour. Ils échangèrent quelques murmures et bondirent de chaque côté du chevalier pour le prendre en tenaille. Éras se tenait le buste droit, un pied en arrière de l'autre, le jarret fléchi. Alors que les deux guerriers arrivaient à portée, le chevalier de Garamont fit un pas en avant tout en dégainant. Son épée effectua un huit d'une fluidité parfaite. Sans jamais s'arrêter, Fléau-des-Maunes para le sabre dentelé du premier Maûne, puis la lance du second, réalisa une boucle dans l'air avant de retomber sans laisser aux deux Sybères le loisir de se défendre. Le chevalier toucha le premier au cou, son épée poursuivit sa figure pour découper la cuisse du second. Éras inversa la prise de son arme et acheva le blessé. Les deux guerriers s'écroulèrent à l'unisson, morts avant d'avoir touché le sol. Le tout n'avait pas excédé six secondes.

Mjöllnar combattait avec moins de sobriété que le chevalier de Garamont. Il jurait abondamment tout en délivrant une avalanche de coups puissants sur ses opposants. Sa tactique était simple : frapper, frapper encore et encore sans laisser de répit. Il aveugla un de ses ennemis en lui crachant un jet de chique dans l'œil, avant de plonger sa hache dans son ventre. D'un coup de tête, il enfonça l'estomac d'un autre pour lui loger ensuite la pointe de son arme dans le palais. L'une de ses haches de jet s'enfonça entre les omoplates d'un guerrier qui menaçait le dos d'Oriel.

Vertymbras le Capricorne restait invisible, caché dans la pénombre, mais ses flèches s'avéraient tout à fait réelles. Sa vitesse, son adresse étaient hallucinantes. Trois Maûnes furent supprimés en autant de secondes. Les Sybères n'eurent ni renforts, ni répit et bientôt, sans que le mage eût à intervenir, leurs cadavres jonchaient le campement. Pour leur part, les Eldes ne déploraient aucune blessure.

Vertymbras récupéra ses flèches. Zétide alla inspecter les montures avec Éras. Hogo et Lucia prirent le guet. Oriel et Mjöllnar achevèrent les agonisants, après quoi ils fouillèrent leurs paquetages sans rien trouver d'utile que quelques provisions.

Enfin, ils prirent le temps d'enterrer les cadavres et leurs possessions avant d'effacer la moindre de leurs traces. Ils revinrent à leur camp avec leurs nouvelles montures et après quatre heures de repos, ils remontèrent en selle et repartirent en direction du nord, empruntant une piste modeste que leur indiqua le démon. Les montures restantes avaient été rendues à la liberté.

Ils chevauchèrent jusqu'en fin de matinée puis effectuèrent une nouvelle halte, protégés des regards dans la saillie d'une rivière asséchée. Dispos, ils reprirent leur périple en remontant l'ancien ruisseau jusqu'à la base d'une moraine. Ils ne rencontrèrent pas âme qui vive. Quelques fumées au loin montaient dans le ciel grisâtre.

De l'autre côté de la moraine les attendait ce que l'on appelait la Route des Maûnes.

De chaque côté du large sol dallé de noir, tous les dix mètres, se trouvait un trépied surmonté d'un pal. Sur chacun de ces instruments de torture, la dépouille d'un supplicié, cadavre noirci aux membres découpés, offrant divers stades de décomposition, à l'état d'agonisant parfois, le plus souvent assailli d'une nuée de mouches aux ailes pourpres. En revanche aucune trace de squelette. Non sans une certaine fierté, Geyor raconta que les condamnés étaient régulièrement remplacés. Tel était le sort des ennemis du Maître, gloussa-t-il avec un plaisir sardonique.

D'un revers de la main, Oriel le projeta au bas de sa selle. Le démon chuta lourdement, la lèvre fendue.

– Ce sont nos compatriotes sur ces instruments maudits et je ne laisserai certainement pas un mécréant de ton acabit profaner leur mémoire par tes ricanements ! proclama le chevalier onyx, en claquant de son bec.

Il était rare de le voir irrité à ce point. Geyor se redressa, son œil valide flamboyant de colère. Oriel posa la main sur le manche de sa hache. D'un claquement de la langue, Éras rappela le démon à une attitude plus soumise. Le chevalier de Garamont ne craignait pas pour l'Onyx mais plutôt pour le Maûne. Celui-ci n'eut pas tenu bien longtemps face à la colère rentrée d'Oriel et, malgré son comportement équivoque, Geyor pouvait encore servir à quelque chose. Le démon remonta à cheval et garda sa langue, regardant les autres par en dessous, d'un œil torve. Talonnant leurs montures, ils repartirent parallèlement à la sinistre route, veillant à rester sous le couvert des bois.

* * *

Le golem se montrait de plus en plus excité à mesure que le temps passait et Lucia ne trouvait pas cela d'un bon augure. Elle échangea un bref sourire avec Hogo qui galopait à ses côtés. Leur intimité leur manquait tant ! Mais ce serait folie que de penser à autre chose qu'à leur mission, elle en convenait. Ils ne dormaient même pas ensemble car le guerrier lycante, soucieux de leur sécurité, avait repris ses habituelles veillées nocturnes. Ils se permettaient juste regards et sourires et encore.

Au petit galop dans une forêt d'arbres aux feuilles caduques, les sabots de leurs montures foulaient un sol de terre anthracite. Longeant la Route, de loin, ils purent constater que celle-ci était fréquemment parcourue de troupes. Des régiments montés de chevaliers sybères ou de lanciers brans, des hordes de fantassins orcks ou borghs, des chariots de goblins, des chars menés par de puissants taurins.

Geyor les fit voyager durant trois jours, toujours à couvert. Il les fit obliquer au quatrième matin, vers l'ouest, jusqu'à gravir une élévation de terrain ceinte de rochers dressés. Au sommet, ils découvrirent une clairière adossée au flanc d'une montagne.

– C'est là, annonça le démon en désignant l'ouverture sombre d'un boyau qui perçait la roche, à demi recouvert de vigne vierge aux feuilles presque noires.

À la suite du Maûne, ils mirent pied à terre mais ne firent pas un pas de plus, répugnant à pénétrer dans cette galerie.

– Quoi ? s'étonna le golem en revenant sur ses pas. Ne craignez rien, ce n'est pas un piège ! Venez, il n'y a aucun danger, faites-moi confiance…

Prudemment, Hogo alla voir jusqu'à l'entrée. Penché en avant, il huma l'air, les oreilles frémissantes. Il resta ainsi plusieurs minutes avant de revenir auprès des autres.

– Je n'entends rien et ne sens rien, révéla-t-il.

– Foudre et Tonnerre, ça ne veut rien dire ! maugréa le Nains aux tresses bleues.

– Je vous répète qu'il n'y a aucun danger, je suis sincère, plaida Geyor en battant l'air des mains pour mieux les convaincre. Vous voulez arriver sans être repérés… C'est le seul moyen !

– Qu'y a-t-il d'intéressant là-dedans ? demanda Zétide, indécis.

– Dans cette grotte, se trouve un cercle runique qui nous mènera au centre du palais. Écoutez, vous avez vu la Route des Maûnes, vous savez qu'elle est patrouillée chaque jour. De même, le secteur est quadrillé et les environs du palais sont étroitement surveillés. Je ne peux tout de même pas faire de miracle et vous rendre invisibles ; vous devez me croire !

Ils se consultèrent avant de se décider à prendre le risque. Hogo entra seul pour revenir quelques secondes plus tard et annoncer que tout allait bien. Le démon avait dit vrai. Une grotte vide les attendait, tout à fait banale, excepté qu'au sol un cercle de lignes de pouvoir avait été profondément tracé dans la terre. Ils se placèrent au centre du dessin et Geyor activa les runes selon un ordre que prit soin de mémoriser Zétide.

* * *

Transportés dans un endroit sombre et humide, ils furent un instant décontenancés. Avant qu'Hogo ne puisse percer les ténèbres de sa vision améliorée, des torches s'allumèrent tout autour d'eux. Ils se retrouvaient cernés par une trentaine de Maûnes.

Le cercle les avait conduits dans une sorte d'arène surmontée de gradins. Au centre de la salle, une grande plaque de fer couvrait le sol de pierre.

Leurs ennemis étaient des Goblins, armés de rapières, de sabres, de piques, de lances et de hachettes. Contrairement à leurs habitudes, aucun archer parmi eux. Quelques-uns d'entre eux se servirent de leurs torches pour allumer des lampes fixées aux piliers qui retenaient un plafond ruisselant d'eau de roche.

– Oui, ce sont mes fidèles, annonça Geyor en écartant ses bras, dévoilant son moignon cicatrisé, j'ai monté ma propre troupe ! Au fait, nous ne sommes pas au palais du Maître mais dans mon antre. Suivez-moi, *je vous en prie*, ajouta-t-il avec un sourire malsain.

Menacés des lames goblines, ils furent conduits jusqu'au centre de l'arène.

– À présent, vous allez poser vos armes bien gentiment, ordonna le démon.

Sans attendre qu'ils s'exécutent, il poursuivit, son œil valide étincelant de toute sa fierté retrouvée :

– Vous voulez comprendre, n'est-ce pas ? Vous pensiez que je vous menais au palais, à la Malerune ? C'est la vérité... en quelque sorte. J'ai perdu mon crédit auprès du Maître... Je dois le regagner et ce n'est qu'en ramenant Hypolus pieds et poings liés que cela sera possible ; Éras de Garamont aussi, peut-être, je verrai... La fille, je la garde pour moi, nous avons encore un compte à régler tous les deux, je lui dois mon œil. Quant à vous autres, voici ce que je vous réserve...

Il adressa un signe à un Goblin posté en haut des gradins. Celui-ci actionna un levier qui sortait du sol. La plaque d'acier rentra dans le sol en grinçant, dévoilant une fosse profonde de quinze mètres et d'un diamètre de dix, recouverte de sable gris. Le Goblin tira sur un autre levier. Un bruit de herse qui se lève et, d'un étroit couloir qui donnait sur la fosse, jaillirent les petites créatures bondissantes qu'avaient appris à connaître les compagnons. Des mollmorqs.

Il y en avait une bonne dizaine. À peine dans la fosse, elles se massaient en son milieu, leurs petits museaux pointés vers le haut, en attente.

– Dans la fosse, il n'y a que quinze mollmorqs, reprit le golem. Nous avons constaté que si on en mettait plus, les combattants n'avaient aucune chance ; quel dommage qu'on ne puisse les apprivoiser ! Je vous offre une mort de guerrier, vous admettrez que ce n'est pas rien.

Geyor parlait, un rictus plaqué sur le visage ; il suintait la haine.

– J'ai supporté d'être votre captif pour mieux vous berner et vous conduire ici. Fous que vous êtes, vous avez cru à mon histoire de vengeance ! Je vous ai bien manœuvrés, pauvres naïfs ! Apprenez que je voulais vous voir mourir en chemin, vous tous excepté Hypolus. Lui seul a véritablement de l'importance pour le Maître et j'avais mission de m'assurer qu'il arrive ici intact. Eh oui, sans que vous vous en doutiez, vous avez été constamment sous mon contrôle ! Certes, vous avez évité tous les pièges que je vous ai tendus ; excepté pour le garou, lui, je ne l'avais vraiment pas prévu. J'ai déjà transmis au Maître ton carnet de runes, Hypolus, et aujourd'hui, c'est toi que je vais lui remettre. J'obtiendrai enfin ma récompense !

– Non, je ne crois pas, dit simplement Éras de Garamont. Tu n'es qu'un misérable et ce sera ta dernière traîtrise !

– Ah oui ? ricana Geyor qui vint se placer devant le chevalier de Garamont, les épaules en arrière, le défi dans le regard. Et que pourrais-tu faire, guerrier, nous sommes trop nombreux !

– Tu parles trop, démon, énonça le chevalier de Garamont en soupesant calmement le regard de l'autre, et tu ne penses pas assez… Pendant que tu nous abreuvais de ton fiel, quelque chose t'a échappé… Nous avons toujours nos armes !

En effet, totalement immergé dans sa diatribe, bouffi de haine, le golem n'avait pas remarqué que les Eldes n'avaient pas obtempéré à son ordre. Buvant ses paroles, sa bande de Goblins n'y avait pas non plus porté d'importance.

Avant que quiconque ne puisse réagir, Éras passa la main dans son dos, dégaina sa grande épée et, dans le même élan, fit un arc de cercle devant lui avant de bondir de côté. Après quoi, sans vérifier le résultat de sa frappe, il se désintéressa de Geyor et se rua au-devant des guerriers goblins, Fléau-des-Maûnes embrasée de son courroux bleuté.

Le démon tenait encore debout, il semblait indemne. Mais lorsqu'il leva sa main valide, et tenta de parler, la seule chose qui sortit de sa bouche fut un flot de sang. Il était mort, simplement l'information n'était pas arrivée jusqu'à son cerveau. Il s'écoula trois secondes pleines avant qu'il n'en prenne conscience. Alors une dernière flambée de rage brilla dans ses prunelles et il s'affaissa sur lui-même pour tomber sur le côté. Sa tête se sépara de son cadavre dans un chuintement spongieux avant de rouler sur le sol miroitant. Son corps dégringola dans la fosse où il fut aussitôt déchiré par les griffes et les crocs des mollmorqs.

Les haches de jet de Mjöllnar fusèrent. Deux guerriers à peau verte s'écroulèrent en sang, frappés à mort. La hache de l'Onyx fit décoller un Goblin du sol et le projeta directement dans la fosse. D'un large revers de son épée, Oriel décapita deux Maûnes d'un coup. Lucia et Hogo combattaient dos à dos et tant Rhisiart que le kethan prélevaient leur inéluctable tribu dans les rangs de leurs ennemis. Mjöllnar cracha sa chique dans la figure d'un adversaire avant de l'éventrer de sa hache. Il percuta violemment un autre Maûne de l'épaule pour l'envoyer se faire dévorer par les mollmorqs. Vertymbras se servit de ses deux dagues pour protéger Zétide.

Éras maniait son épée tel un paladin vengeur, ses diagonales hautes ou basses, ses revers ou ses arcs de cercle s'avérant à chaque fois mortels. Il combattait avec son économie de mouvement coutumière, sans jamais un geste parasite.

Les Goblins étaient loin d'être les meilleurs guerriers du Maûne. En trente petites secondes, les guerriers eldes avaient fait le vide autour d'eux.

Averti par les clameurs du combat, un groupe d'archers goblins surgit du haut des gradins.

– Vite, au cercle ! ordonna Zétide, alors qu'une flèche sifflait à ses oreilles.

Ils s'élancèrent au fond de la salle et s'esquivèrent par le cercle runique. De retour dans la grotte, ils s'élancèrent au-dehors, sautèrent en selle et détalèrent au galop.

* * *

Somme toute, le démon ne leur avait pas servi à grand-chose. À part peut-être à sauver Zétide de la langue géante. Ce qui n'était pas rien car le mage se révélait indispensable à la quête ; sans lui pour tracer l'Arcane et conjurer la Malerune, les autres ne servaient à rien.

Ils revinrent à la Route des Maûnes qu'ils suivirent vers le nord, en prenant bien soin de rester cachés des regards. Deux jours de voyage leur suffirent pour terminer leur périple, guidés par l'infaillible sens de l'orientation du guerrier-loup. Au cours de cette période, ils évitèrent un essaim de draks en chasse, une femelle ours-rouge en chaleur et une autre bande de mollmorqs.

Hogo trouva l'endroit idéal pour établir le dernier campement. En haut d'une colline qui dominait les autres, enfoncé dans un bosquet d'arbres courts mais épais, à la teinte affadie.

Allongés au bord de la colline, ils scrutèrent le contrebas. Sous leurs yeux, dans la vallée, se trouvait leur destination : le palais du Shaddak-Llogo'th.

LIVRE XI

# LE MAÎTRE DES MAÛNES

L'endroit où s'était établi le Maître suprême, l'être le plus redouté de tout le Troisième Monde défiait le rationnel. Ils furent surpris de constater que le lieu où vivait l'empereur des Maûnes, le palais qu'il était réputé ne jamais quitter, tenait plus de l'œuvre d'art que de la place forte. Il se dressait au centre d'une vallée encaissée. Il ne semblait pas garni d'ouvrages défensifs – aucun rempart, aucun fossé pour le protéger – mais libre d'accès, sans aucune armée, aucune patrouille, aucune sentinelle pour le garder. Une fois de plus, Geyor leur avait menti.

Temple plutôt que forteresse, érigé dans une pierre soigneusement polie, nacrée, qui paraissait tantôt noire, tantôt d'un pourpre foncé, le palais était édifié en forme d'étoile, délicatement rehaussée de lignes gracieuses. L'édifice disposait de quatre entrées situées aux points cardinaux. Aucun signe de jointure ou de raccord, le bâtiment paraissait avoir jailli du sol d'un seul tenant. À chaque extrémité des cinq branches de cette étoile, un étendard arborait le symbole du maître des Maûnes : une étoile rouge sur fond noir, au centre de laquelle brillait la rune blanche du Shaddak-Llogo'th, une sorte de triangle épais formé d'un canevas de lignes tranchantes.

À vrai dire, c'était un véritable chef-d'œuvre d'architecture, d'une finesse bien surprenante de la part du peuple maûne. Oui, une œuvre d'art, le parfait pendant d'un palais alfique.

Par prudence, Éras décida de s'accorder une journée entière afin de surveiller le périmètre. Ils en profitèrent pour se restaurer, faire le plein de repos et vérifier une dernière fois leur armement.

Aguerris, les compagnons jugulaient leur impatience. Ils ne parlaient pas et n'en éprouvaient d'ailleurs pas le besoin. Le lendemain s'annonçait comme la journée la plus importante de leur vie ; leur monde était en balance, comment l'oublier ? La toute dernière partie de la quête se révélerait la plus ardue. Chacun se préparait à l'impossible. Zétide n'avait plus son carnet mais il avait déclaré n'en avoir pas besoin. Mentalement, il repassait le dessin des lignes de pouvoir afin d'être certain d'avoir parfaitement intégré le tracé intégral de l'Arcane. Quant à Hogo et Lucia, les jeunes amants, ils communiquaient par de profonds regards.

De la journée, ils ne virent personne entrer ni sortir. Aucun signe de vie, ni dans le bâtiment, ni au-dehors. Nulle trace de la redoutable et redoutée Garde Pourpre. Même Hogo ne repérait rien. Des patrouilles qui surveillaient la route, ils constatèrent qu'elles ne remontaient pas jusqu'ici. Les compagnons s'avouaient perplexes. Le Shaddak-Llogo'th n'était-il qu'une légende forgée de toutes pièces par les Maûnes ? Une gigantesque supercherie ?

Ils auraient bientôt la réponse.

* * *

Le ciel était particulièrement bas. D'un gris sali, foncé, lourd. Dans la vallée, l'herbe grise et longue se couchait, matée par un vent vif. La fin de la matinée s'achevait. Le moment était venu.

–C'est une bien belle journée, ne trouvez-vous pas ?

ironisa Vertymbras, en passant les brides de ses trois carquois.

– Belle ? Il n'y a rien de beau ici ! C'est une journée pour mourir, oui, grommela le Nain sans pouvoir s'empêcher de cracher un jet de tabac mâché.

– Nous n'allons pas mourir, affirma Éras, nous ne pouvons nous le permettre. Lucia, tu resteras entre Hogo et moi. Et pas d'initiative héroïque, s'il te plaît ; d'ailleurs, pas d'héroïsme du tout.

– Mais, père…

– Lucia…

– D'accord, père.

Hogo et la chasseresse s'accordèrent un dernier baiser, après quoi la jeune femme alla enlacer son chevalier de père. Déterminés, ils se mirent en mouvement. La discrétion s'imposait. Dorénavant, pour communiquer, ils échangeraient une série de signes mémorisés la veille. Délaissant leurs montures, leurs paquetages, ils descendirent la pente à la file, le guerrier lycante en tête, les autres progressant par groupe de trois, utilisant les reliefs du terrain pour masquer leur approche. Une heure plus tard, sans avoir décelé le moindre souffle de vie, ils atteignaient l'un des murs du palais qu'ils longèrent jusqu'à en atteindre l'entrée est. Les portes étaient grandes ouvertes et personne n'était présent pour les garder. Hogo resta un temps à écouter sans rien distinguer d'alarmant. Ils dégainèrent leurs lames et pénétrèrent dans le bâtiment.

Au calme qui régnait, on se serait cru dans un mausolée. Aucune pièce n'avait de porte, et le mobilier était réduit à son strict minimum. Un seul point notable, chacune des salles disposait d'un long miroir en pied. Chaque pièce fut visitée, chaque branche de l'étoile parcourue sans rien découvrir d'autres que des pièces vides et des miroirs. Intrigués, frustrés, ils achevèrent leur exploration par une grande cour à ciel ouvert, située en plein centre du palais, encadrée d'un balcon haut qui en faisait le tour et qui était décoré de statues géantes et martiales. Dans la cour, sur le sol de marbre sombre luisait le dessin doré de la constellation perdue d'Ærinmærin, lieu où, d'après les légendes, les Dieux avaient choisi de se retirer.

Une estrade de quartz haute d'environ un mètre soixante pour une surface de trente mètres sur trente séparait les deux escaliers qui rejoignaient le balcon du premier étage. À l'opposé, un autre balcon, celui-là intermédiaire, plus court, à colonnade, sur lequel on avait dressé un miroir et un gong de bronze oblong. Trois grandes arches travaillées donnaient sur la cour, à l'opposé des escaliers. À leur gauche, contre un mur, un gros menhir d'une pierre inconnue aux tons rougeâtres. Sur l'estrade, en son centre, une forme ronde dressée, recouverte d'un grand voile opaque.

Ils restèrent un moment immobiles dans le le silence. Rien ne bougeait, rien ne venait.

–Par ma barbe, on ne va pas passer notre journée à visiter ce machin ! grommela Mjöllnar.

–Nous touchons au but, je le sens, murmura Zétide.

La suite confirma son propos. Un carillon retentit derrière eux. Du balcon à mi-hauteur, la surface du miroir dressé se mit à ondoyer pour finir par laisser apparaître une silhouette élancée qui se dressa sur le balcon, drapée dans une cape longue qui semblait tissée d'ombres mouvantes.

–Que pensez-vous de mon palais ? Il vous plaît ? Je l'ai moi-même dessiné…

*Cette voix !* Non, Zétide ne pouvait y croire.

Le timbre de cette apparition tintait aussi doux, aussi délicat qu'une harpe. Cet accueil, cette suavité s'avéraient déconcertants. La situation avait un aspect irréel. La silhouette laissa tomber sa cape qui disparut en touchant le sol. Secouant la tête, elle dévoila une cascade soyeuse de cheveux de jais peignés en arrière, qui courtisaient la finesse de ses reins. Les compagnons se tenaient devant une très belle femme, quoiqu'un peu mince. Son visage aux hautes pommettes, d'un albâtre parfait, d'où ressortait la ligne sinueuse, pleine, de sa bouche couleur grenat, incarnait une assurance sans limite.

Elle ne portait aucun bijou et son genre de beauté sereine n'en avait nul besoin. Moulée dans une robe violette aux reflets de moire, destinée à mettre en valeur le moindre de ses mouvements, elle avança d'un pas altier pour atteindre le bord du balcon.

– Ainsi mon golem a finalement échoué, reprit la femme de sa voix caressante. Il m'avait assuré pouvoir vous tromper et séparer le mage des autres pour me l'amener captif. Cela dit, au bout du compte, cela ne change pas grand-chose, vous êtes tout de même en mon pouvoir… Après tout, j'avoue que cela m'arrange. Ce démon commençait à me lasser avec ses rêves de pouvoir et son ambition délirante.

*Non, impossible*, hurlait l'esprit de Zétide. *Tu es morte, j'ai pleuré sur ta dépouille !* Et pourtant elle se tenait en face de lui, sans rien d'un cadavre pourrissant.

Constatant l'émoi du mage, la femme lui adressa un affectueux sourire.

– Tu es enfin là, Hypolus ! Si tu savais comme j'étais impatiente de te revoir, mon amour… Oui, tu ne te trompes pas, c'est bien moi.

L'impossible était pourtant vrai. La voix de Margot, sa Margot, résonnait autour de lui et en lui, entremêlant intellect et sentiments. Zétide ne pouvait s'en persuader : le Shaddak-Llogo'th, le souverain incontesté, craint, révéré du peuple Maûne n'était autre que Margot !

– Je conçois aisément que tu sois surpris, continua la très belle femme. Tu pensais m'avoir perdue. Au contraire, à présent, plus rien ne pourra nous séparer ! Mais nous verrons cela plus tard, je te laisse le soin de digérer tout cela. Laisse-moi saluer tes compagnons. Éras, Prince Hogœnwen'r, vous n'avez pas tellement changé, ni l'un ni l'autre, ça fait longtemps, n'est-ce pas ? Et toi, Lucia, comme tu as grandi ! Je t'ai souvent bercée enfant, t'en souviens-tu ? Et vous autres, le très honorable chevalier Oriel de Freux-Croix, le fantasque Vertymbras, l'archer-poète et le Franc-Messager Mjöllnar ! Oui, ne vous étonnez pas, je connais vos noms et je savais que vous viendriez. Mais je ne voudrais pas vous faire attendre plus longtemps. Vous êtes venus pour la Malerune, n'est-il pas vrai ? Après tous les dangers que vous avez affrontés pour elle, il est juste qu'au moins vous la voyiez. Oh, mais avant, je veux avoir l'esprit tranquille… Regarde Hypolus, regarde et admire cette petite démonstration !

Tétanisé, Zétide ne pouvait rien faire d'autre qu'entendre et de contempler. Margot prononça quelques mots rapides, sur un ton étrange, tout en levant les doigts et les pointant successivement sur les compagnons et sur le gros rocher rouge.

Une vibration sourde se fit entendre, émise par la pierre dont la rune qui l'ornait se mit à pulser. La vibration s'accentua dans les aigus et soudain les armes des guerriers, celles forgées de métal, s'arrachèrent de leurs poings, de leurs fourreaux ou leurs gaines pour aller se plaquer sur la rune du rocher runique.

–La magie du Langage, souffla Zétide. Le pouvoir oublié !

Ses épaules s'affaissèrent d'accablement. Si Margot disposait d'un tel pouvoir, il semblait vain de tenter quoi que ce soit. L'ancienne magie était bien plus rapide que celle des Runes, sinon plus puissante.

Margot frappa une fois sur le gong. Du miroir derrière elle, surgirent deux golems, frères de Geyor.

D'une des arches apparut un bataillon d'archers goblins qui vinrent se ranger contre l'un des murs, à bonne distance des compagnons qu'ils ajustèrent de leurs arcs. D'une autre, un régiment de divers Maûnes armés de tridents, qui se déployèrent en ligne pour barrer les issues.

Totalement surpris par ce qui venait de se produire, les guerriers eldes ne purent réagir. Tenus en respect par les Goblins, ils durent se rendre. De dépit, Mjöllnar souilla la constellation d'Ærinmærin d'un gros morceau de chique.

Les arcs, les carquois, la fronde et le bâton de guerre d'Hogo furent confisqués et déposés au bas du rocher runique, ainsi que les armes qu'ils pouvaient garder cachées sur eux.

– N'espérez pas récupérer votre armement, reprit la sorcière. Je ne gâcherai pas ma magie, mais si vous tentez quoi que ce soit, mes archers vous réduiront en charpie ! Quant à toi, Hypolus, inutile de tenter ta magie contre moi, je suis devenue bien plus puissante que tu n'oserais l'imaginer ! À présent, revenons à l'essentiel : la Malerune.

Sans qu'ils puissent rien y faire, ils se sentaient insidieusement attirés vers la forme cachée qui reposait sur l'estrade. Sur un ordre de Margot, l'un des gardes y monta pour ôter le voilage qui recouvrait la rune de pouvoir ultime.

– C'est *elle* ! souffla Zétide qui, provisoirement, ne pensa à plus rien d'autre, l'esprit saturé par ce spectacle.

Enchâssée verticalement dans un socle d'ambre ouvragé, maintenue immobile au-dessus du sol, reposait la Malerune. La Rune Maudite, mère de l'Entropia, source des maux eldes, la Rune Première de la Destruction. Impossible de s'y tromper. Ils *ressentaient* clairement la corruption qui en émanait. Différente de toutes les autres, la Malerune exhalait un fort relent de puissance délétère, de malignité. Son entrelacs hachuré de lignes pourpres aux nervures magenta évoquait la dévastation violente à la fois qu'insidieuse, implacable.

Malgré tout, Zétide la contempla avec une crainte respectueuse. Si l'occasion se présentait, serait-il à la hauteur ? Tracer sur cette rune impie les six composantes de la Belle Arcane, de la Clef de Vie à la Blancherune, une à une, les juxtaposer parfaitement sans commettre la moindre hésitation, la moindre erreur, voilà une tâche qui dépassait peut-être ses capacités... Mais si, il était prêt. Il y avait consacré tant de temps, de réflexion et d'efforts ! *Quoi* qu'il arrive, il se sentait prêt.

Du moins le pensait-il.

– Margot, s'exclama alors Éras. Où est ma petite... Ariale ? Laisse-moi la voir !

– Ariale de Garamont ? Mais que ferait-elle ici ? Elle ne l'a jamais été, rétorqua la sorcière avec une surprise qui paraissait non feinte.

– Mais le démon nous a dit qu'il l'avait conduite ici ! insista Éras.

– Geyor est bien rentré avec le carnet d'Hypolus, mais jamais je n'ai vu ta fille, Éras. Et je n'ai aucun intérêt à te mentir.

Elle s'exprimait en effet avec l'accent de la vérité.

Éras et Lucia échangèrent un regard plus qu'inquiet. Mieux valait savoir Ariale aux mains du Shaddak-Llogo'th qu'errant dans le Monde Gris. Qu'avait pu en faire Geyor ? S'il l'avait tuée ou violentée, jamais il n'aurait omis de s'en glorifier.

– Non, je ne sais pas où est ta fille, répéta la maîtresse des lieux, mais je pense qu'elle doit être morte à l'heure qu'il est ; il est impossible qu'une enfant sans défense survive dans le Maûne.

– Menteuse ! Vous n'êtes qu'une menteuse ! s'écria Lucia.

La sorcière ne répondit rien mais dans son regard passa quelque chose qui fit frémir la chasseresse.

Zétide s'était un peu repris, il avança d'un pas et prit la parole :

– Margot, je crois que tu me dois des explications…

– Oui, mon aimé, tu vas les obtenir, ne crains rien.

– Maintenant, Margot !

L'espace d'un très court instant, le doux visage de la femme laissa transparaître un éclat de sauvagerie qu'elle jugula aussitôt.

De sa voix musicale, elle reprit :

– Si tu le désires… En vérité, tout vient de ta magie et de ce que tu as tenté pour me sauver… le rituel interdit de Shayravengar n'a pas eu les effets que tu escomptais.

À l'évocation de la formule runique qu'il avait employée, le mage baissa les yeux, honteux devant le regard désapprobateur du chevalier de Garamont et celui, infiniment désolé, que lui adressa le Lycante.

Mais Margot poursuivait :

—… J'ai été envoyée là où nul être vivant ne revient, dans l'Oubli. Et *moi*, j'en suis revenue, dotée d'un pouvoir dont l'Enareín a fait les frais !

– L'Entropia ? La Malerune…, hoqueta Zétide, choqué. C'est donc toi… c'est toi qui l'as tracée ?

Son attitude montrait clairement son désarroi.

– Oui. Et tu dois comprendre que c'est grâce à toi que je suis devenue le Shaddak-Llogo'th ; tu es tout aussi responsable que moi de ce qui est arrivé à *ton* monde !

Zétide recula comme frappé par la foudre. Son regard perdit de sa force. Il se mit à frotter nerveusement ses mains l'une contre l'autre.

– Cela dit, continua la sorcière, la Malerune n'est qu'une étape, pas un achèvement. Tu as pu constater que je maîtrise la magie du Parlé… Mon pouvoir dépasse celui de tous les mages de l'Ældo réunis.

Avec ton soutien, Hypolus, ensemble, nous serons les maîtres.

– Les maîtres de quoi ? D'un monde corrompu et d'un autre agonisant ?

L'amertume régissait la voix du mage.

– Nous rebâtirons sur ces vestiges, mon aimé, à l'image de nos désirs ! Rien n'est impossible à présent que nous sommes réunis. Tout cela, je l'ai fait pour nous, pour que nous soyons réunis. Car vois-tu, malgré mes nouveaux pouvoirs, je suis incapable de rejoindre l'Ældo. Or, la Malerune va forcer les deux faces du Troisième Monde à se rejoindre, et alors, enfin, je serai libre de parcourir l'une et l'autre ! Quoique je doive avouer que je suis lasse du Monde Gris, il ne présente aucun attrait.

– Sais-tu le nombre de morts et de malheureux que tu as sur la conscience ? Et tout cela pour *voyager* ?

– Cela n'a plus aucune importance, à présent que tu es là !

– Oh, si tu te trompes, ça a de l'importance. Au moins pour moi.

– Mais tu n'y es pas, mon cher, je suis le Shaddak-Llogo'th, je n'ai à répondre de mes actes devant personne, pas même devant toi, pas même devant les Dieux ! Et même si c'était le cas, ce que j'ai fait, je l'ai fait pour nous, pour que nous puissions nous rejoindre et renouer notre amour. N'est-ce pas ce que tu voulais lorsque tu as invoqué le rituel interdit ?

– Pas à ce prix, Margot. Si j'avais su, jamais…

Accablé par ce qu'il apprenait, il ne put finir sa phrase.

– Tu sais, Hypolus, diriger le Monde Gris n'est pas une tâche facile. Les Maûnes sont difficiles à tenir ; ils ne comprennent qu'une chose, la force. La mansuétude, la gentillesse ou la pitié ne sont pas de mise, ici.

– Tu es folle, je crois que tu es folle ! s'écria Zétide en se tordant les mains.

– Folle ?

Amusée, Margot émit un long rire avant d'ajouter :

– Mais pas du tout, je sais parfaitement ce que je fais. C'est toi le fou si tu refuses ce que je t'offre !

– Ce que tu m'offres ? Crénom d'une rune, de quoi parles-tu vraiment ?

– Mais de régner à mes côtés, pas moins ! Nous deux réunis, qui pourrait s'opposer à mes desseins ?

– Non, Margot, je ne me rangerai pas à tes côtés. Quoi que tu dises, tu n'es qu'un monstre, pire encore que ceux que tu commandes. Tu m'écœures et jamais je ne te suivrai. Si je le pouvais, je te combattrais ! La Margot que j'ai aimée, que j'aime sans doute encore, est bel et bien morte. Tu n'es rien, rien d'autre qu'un spectre empli de bile malsaine !

Visiblement stupéfaite, blessée de cette réponse qu'elle n'avait pas le moins du monde escomptée, la sorcière chancela comme si Zétide l'avait giflée de toutes ses forces. Ce que d'une certaine manière il avait fait.

Les gardes n'osaient plus bouger, attendant la réaction de leur souveraine devant une telle injure. De mémoire de Maûne jamais personne n'avait osé s'adresser au Maître de telle sorte. La sorcière finit par se reprendre. Comme si rien ne s'était passé. À nouveau sûre d'elle, sûre de reconquérir son amant et de s'en faire un indéfectible allié. Les Maûnes murmurèrent, ne comprenant pas qu'un tel acte fut laissé impuni. Le regard que leur jeta Margot les calma instantanément.

Dédaignant provisoirement Zétide, elle s'adressa aux compagnons :

– Vous autres, vous pouvez me porter allégeance, je trouverai à employer vos talents, qui, puisque vous avez réussi à parvenir jusqu'ici, se révèlent indiscutables. Je vous récompenserai bien, je pourrai même vous offrir un comté, voire un duché dans le royaume que je vais créer... J'avoue qu'il me plaît d'avoir des Eldes à mes côtés, ces Maûnes sont ennuyeux à la longue, ils sont si dénués de sensibilité... Servez-moi bien et vous partagerez mon triomphe. Par contre, je vous le dis, ne me défiez pas, le prix serait trop lourd à payer !

Les compagnons échangèrent un regard. Ils furent rassurés de constater qu'aucun d'eux ne pouvait même imaginer suivre cette femme. La sorcière ne s'y trompa pas. Elle haussa les épaules signifiant que le refus commun des Eldes lui importait peu. Elle revint à Zétide.

– Une dernière fois, Hypolus, je te le demande, rejoins-moi. Ne refuse pas ; je ne te veux aucun mal, au contraire. Nous allons retrouver notre vie d'antan avec bien plus de pouvoir que nous n'en avions rêvé !

– Notre vie ? demanda le mage, incrédule.

Mais la sorcière ne l'écoutait plus, elle était plongée dans ce qu'elle annonçait.

– Mes aspirations sont élevées. Plus que tu ne pourrais le penser ! Vaincre les Dieux mêmes, voilà mon véritable but, mon aimé. Avec toi à mes côtés. Songe que c'est rien moins que l'immortalité que je t'offre ! Songe que nos enfants pourraient un jour arpenter les étoiles !

Tout en continuant à se frotter les mains, Zétide prit sa voix la plus persuasive :

– Margot, je t'en conjure, en souvenir de ce que nous avons vécu, tu peux, tu *dois* faire marche arrière. Il n'est pas trop tard pour rappeler tes légions et faire cesser cette guerre. Margot...

Du ton, du regard, il la suppliait.

– Oui, ce serait possible, en effet. Mes sujets ne comprendraient pas mais j'ai effectivement l'autorité de le faire... Seulement, je n'en ai nul désir, oh non, mon aimé, comprends-tu ? Je ne ferai pas ce que tu me demandes, j'ai été bien trop loin pour reculer. Alors rejoins-moi ou tu le regretteras !

Zétide était submergé de tristesse. D'une tristesse qui le vieillissait. Qui étreignait le cœur des compagnons. C'était un tel choc pour le mage. Pourrait-il s'en remettre ?

Le pire du pire des cauchemars s'avérait réalité. Le vieil homme paraissait brisé en dedans. Ses yeux clignaient pour chasser les larmes qui les aveuglaient. Les rides de son visage s'étaient accentuées, étirant celui-ci vers le bas. Machinalement, il continuait de se masser les mains, sans pouvoir s'arrêter.

– Ne prends pas les choses ainsi, sourit Margot. Je t'offre le prix d'un monde et le statut d'un Dieu ; plus encore, je t'offre mon amour !

Cette dernière proposition provoqua l'effet inverse de celui attendu. Le mage se redressa et, d'un ton catégorique, déclara :

– Je rejette cette responsabilité que tu voudrais me voir porter, Margot. Oui, j'ai commis une erreur, une terrible erreur. Elle sera lourde à porter. Mais toi seule t'es laissé engloutir par le mal !

La colère chassa les années de son visage, il se tenait droit, à présent. Le sorcier d'Arcadie avait recouvré toute sa détermination. Lui, l'âme de la quête, ne courbait pas la tête, il la dressait au contraire fièrement. C'est alors qu'il se retourna, fixa Hogo et se caressa brièvement le lobe de l'oreille gauche.

*Diversion. Sois prêt !*

Hogo accusa réception en haussant deux fois le sourcil droit. Subjugués par le charisme de leur maîtresse, par son discours, les gardes ne remarquèrent rien de l'échange silencieux.

– Soit. Tu le prends ainsi.

Le visage fermé, sa beauté figée, la sorcière les toisa avec dédain avant d'ajouter :

– Votre cas attendra. Vous allez d'abord assister à mon triomphe. Mais juste avant, entends mes paroles, Hypolus… Pour ton refus, tel sera mon verdict : tu verras mourir tes amis, un à un, et la mort horrible que je leur réserve te hantera pour le restant de tes jours. La fille Garamont, je la livrerai à mes Taurins. Et s'il en reste quelque chose, je la donnerai à manger à mes Rakins. Quant à toi, mon tendre et cher, tu ne mourras pas. Non, ce serait un sort trop doux ; je vais faire de toi mon esclave, mon bouffon. Tu assisteras à la mort de ton monde, à celle des tiens. Chaque jour, je te ferai parcourir la Route des Maûnes pour compter les dépouilles eldes qui souilleront mes pals et chaque jour elles seront différentes. Tu dormiras enchaîné à mes pieds, tu mangeras mes restes. Chaque jour, chaque heure, chaque seconde, je te ferai regretter, Hypolus !

Hogo profita de cette nouvelle envolée de la sorcière pour relayer aux compagnons l'avertissement du mage. Ils étaient suffisamment chevronnés pour en comprendre les aboutissants.

– Cela m'étonnerait, ricana Zétide. Ne triomphe pas trop tôt, Margot…

La sorcière fronça ses fins sourcils devant cette réponse un peu surprenante. Une étincelle de doute flamba dans ses prunelles avant de s'éteindre, soufflée par sa redoutable assurance.

– C'est ce que nous verrons… À présent, afin que vous compreniez la grandeur de ce que je projette, je vais vous expliquer ce qui va se passer.

Elle brandit bien haut le carnet de Zétide que venait de lui tendre un de ses golems.

– Encore une fois grâce à toi, Hypolus… Tu as mis entre mes mains la seule chose qui pouvait m'inquiéter. Oui, à l'aide à ton carnet, je vais tracer l'Arcane sur la Malerune, comme vous projetiez de le faire ; mais par mon pouvoir, au lieu de révoquer la Rune Maudite, je vais y dissoudre l'Arcane – ton Arcane, que tu comptais utiliser contre moi ! – et par-dessus rebâtir la Malerune. La puissance combinée que j'obtiendrai alors va me permettre de relier parfaitement nos deux univers et d'en finir une bonne fois pour toutes avec les Eldes.

Les regards des compagnons étaient braqués sur Zétide. Ils attendaient désespérément un signe de sa part, n'osant penser à ce que risquait leur monde, à ce qu'ils risquaient, eux. La magie du Shaddak-Llogo'th se révélait trop irrésistible pour qu'ils espèrent la combattre ; si Zétide ne pouvait rien, eux, encore moins.

Hogo ne pouvait se retenir de pousser de légers feulements. Et Lucia sut que son amant luttait contre l'appel tourmenteur du Septième Pouvoir, avivé par la proximité de la Malerune. Malgré les gardes en retrait, la jeune femme posa sa main fraîche sur l'avant-bras hérissé du guerrier-loup qu'elle enserra tendrement. Son geste parut apaiser le Lycante car il expira de soulagement, lui lança un regard de gratitude et lui fit même don d'un rapide clin d'œil. Comme elle l'aimait ! Elle s'en rendait compte aujourd'hui, elle voulait tant de choses pour eux. Elle en était certaine : Hogo était l'homme de sa vie.

Elle aurait dû lui dire, *tout* lui dire, mais elle n'avait pas eu l'occasion, le courage de lui avouer. C'est que cette dernière semaine, ses règles n'étaient pas venues. Elle n'avait pas besoin de ce signal pour le savoir : elle portait son *enfant* !

À présent, c'était trop tard. Elle ne voyait pas comment ils allaient se tirer de ce guêpier. Mais quoi qu'il arrive, elle décida qu'elle se battrait ; de toutes ses forces, sans fléchir jusqu'à la fin, quelle qu'elle soit. Pour Hogo, pour elle et pour la vie qui poussait dans son ventre.

La sorcière poursuivait son discours, emportée par son délire de domination :

– … nul ne pourra m'empêcher de fonder ma propre lignée, je serai la première d'une nouvelle race de mage : Margot de Fontbreuse, haute-sorcière et souveraine du Troisième Monde !

– Elle est fêlée, celle-là ! chuchota Lucia aux autres.

– Je dirais même : complètement fêlée ! susurra Vertymbras.

– Je ne la reconnais pas, soupira Éras. Hormis l'apparence, elle n'a rien de la Margot dont je me souviens.

– Cette femme est une abomination, renchérit Oriel, il faut absolument la combattre.

Pour sa part, Mjöllnar ne dit rien ; il se contenta de cracher un nouveau jet de tabac. Les guerriers eldes fixaient toujours Zétide. Le mage semblait attendre quelque chose mais quoi ?

* * *

Passé le choc qu'il avait jugulé, Zétide se prépara à ce qui allait se produire.

Il avait tenté de raisonner la sorcière, espérant de toute son âme un revirement. Constatant que la femme qu'il avait si passionnément aimée, sa Margot chérie, s'était transformée en pire qu'un monstre, il avait mobilisé toutes les ressources de son intellect afin de trouver un moyen de renverser la situation. Car Zétide avait gardé un atout dans sa manche. Son carnet…

À gestes amples, Margot tissait les lignes de ce qui allait constituer l'Arcane. Un des golems lui tenait le carnet ouvert à la hauteur des yeux. Cette fois, puisqu'il s'agissait d'une Rune Première, tout le monde pouvait clairement voir l'assemblage du pouvoir se réaliser. Le geste sûr, la main leste, la sorcière œuvrait sans hésitation. Elle acheva la Clef de Vie et enchaîna aussitôt par la Joverune. Les composantes y passèrent les unes après les autres, s'activant successivement du chatoiement de leurs couleurs spécifiques, qui se juxtaposaient pour former un arc-en-ciel au-dessus de la Malerune. Enfin, Margot acheva le dernier mouvement et sourit largement par anticipation.

L'apothéose qu'elle espérait ne dura pas et son visage se figea avant de s'enlaidir d'un rictus. Les lignes de l'Arcane venaient de cesser de briller, leurs couleurs se ternirent, prirent une teinte de plus en plus sombre. Les compagnons voyaient bien que quelque chose clochait dans l'invocation, mais, hormis Zétide, ils ne saisissaient pas quoi.

La Belle Arcane enfla sur elle-même avant d'exploser. Le choc en retour fut terrible. L'énergie qu'avait invoquée la sorcière se retourna contre elle et elle seule, l'envoyant s'écraser contre un pilier dans un déchaînement de pouvoir contrarié, brisant son miroir au passage.

Tout autre serait mort sur le coup, le dos rompu, mais la puissante sorcière ne s'en trouva que sonnée. Suffisamment toutefois pour se trouver momentanément hors de combat.

– Comment ? eut-elle le temps de dire avant de tomber, évanouie.

Les deux golems se portèrent à son chevet. Les gardes fixèrent le balcon, inquiets du sort de leur souveraine, incapables de prendre une initiative.

– Maintenant ! Récupérez vos armes ! s'exclama Zétide en pointa la main sur le rocher.

Le sort qu'il avait préparé opéra parfaitement. Une vague invisible pour les non-mages se rua à travers la cour, dirigée non vers la Malerune, ni vers Margot ou vers les gardes, mais centrée sur le rocher runique.

Le mage savait que Margot allait échouer. En effet, lorsqu'il avait recopié la dernière composante de l'Arcane dans son précieux carnet, il avait délibérément omis de dessiner le dernier mouvement, une simple nouée qui parachevait l'intégralité du tracé. C'est qu'il n'était pas né de la dernière pluie, le vieux Hypolus ! Incomplète, la magie échouerait et le contrecoup qui allait atteindre Margot en conséquence serait dévastateur, lui offrant la possibilité de tenter une contre-attaque. Tout en se frottant les mains, singeant une extrême nervosité, Zétide avait fini par faire passer son geste comme naturel. Alors qu'en réalité, il avait lentement, très lentement, assemblé les lignes runiques d'un sort précis.

Il tenait son sort en attente, prêt à se déployer. Et dès que la sorcière fut atteinte par l'emprise de la magie contrariée, il relâcha le pouvoir contenu entre ses doigts. Un javelot d'énergie liquide frappa le rocher de plein fouet. La rune d'emprisonnement fut dissoute et libérées des effets de la roche, leurs armes tombèrent sur le sol de marbre.

Un énorme fracas ajouta au désordre. Une des statues du premier étage, tranchée à sa base, tomba de son piédestal pour aller s'écraser sur le bataillon d'archers. Bientôt suivie d'une autre.

Sans chercher à comprendre, les guerriers eldes entrèrent en action. En une fraction de seconde, Hogo sut ce qu'il devait faire. Il bondit vers la ligne de gardes qui le séparait du rocher. Oriel faisait de même, de l'autre côté.

Trois gardes s'avancèrent sur le Lycante, tridents pointés sur lui. Le premier tenta de lui embrocher le ventre. Hogo sauta à pieds joints au-dessus de l'arme et retomba dessus, l'arrachant des mains de son possesseur. Le Lycante cogna celui-ci du tranchant de la main dans la glotte, le tuant sur le coup. Le deuxième fouetta l'air de son trident mais Hogo fit un pas de côté et coinça la pointe de l'arme sous son bras. En retour, de ses doigts raidis, il creva les yeux du Maûne avant de le jeter sur le troisième garde. L'aveugle s'empala sur l'arme de son partenaire et s'écroula contre lui. Hogo rejoignit ce dernier d'un bond, se pencha sur lui, saisit sa tête de ses deux mains et lui rompit les vertèbres d'un coup sec.

Sans s'arrêter, Oriel projeta son coude enferré d'acier dans la figure d'un Orck dont il brisa les défenses et la mâchoire. Le poids de son armure n'entravait en rien l'élan de ses gestes. Saisissant le guerrier à bras le corps, il le souleva et le lança sur ses congénères, dégageant le passage pour ses partenaires. La brèche qu'il ouvrit permit à Vertymbras et Lucia de passer le cordon et de gagner le rocher.

Vertymbras le premier atteignit les armes. Il les saisit vivement et les lança sans perdre de temps à leurs propriétaires respectifs, l'Onyx en premier. Son arc en main, le Capricorne entreprit d'abattre les quelques archers encore en vie. Oriel se rua sur les gardes qui relevaient et faucha dans le tas, faisant jaillir sang et membres.

À peine son épée en main, Éras tournait sur lui-même et se redressa, sa lame frappant en diagonale vers le ciel. Il découpa le bras levé d'un Maûne qu'il acheva d'un estoc au niveau du bas-ventre.

D'une voix claire, le chevalier de Garamont, organisa la contre-attaque :

–*Hypolus*, tu dois invoquer l'Arcane, c'est notre seule chance ! Nous allons te protéger. *Guerriers*, vous avez entendu ? En cercle autour du mage. Pas un Maûne ne doit l'approcher, notre sort en dépend !

Les Maûnes sortaient de leur stupeur. C'était trop tard, les cinq guerriers eldes avaient sauté sur l'estrade qu'ils investirent en cercle avec la Malerune pour centre, créant un périmètre défensif en hauteur. Devant la Rune Maudite se plaça Zétide, Vertymbras et son arc un peu en retrait.

Le mage jeta un œil sur le petit balcon. Margot venait de reprendre conscience. Relevée par un de ses golems, elle hurla un ordre impérieux. L'autre démon frappa dans le gong. Des tréfonds du palais, résonna le martèlement sourd d'une masse pesante en mouvement.

Zétide et Margot se regardèrent. La sorcière ne paraissait plus capable d'user de la magie du Parlé, elle avait l'œil vitreux et un peu de salive coulait de la commissure de ses lèvres. Néanmoins, elle avait recouvré ses esprits.

C'est alors que de l'escalier qui menait à l'étage surgit Ariale, escortée d'un jeune homme aux cheveux longs, vêtu de noir, qui maniait deux épées jumelles aux lames attisées d'un feu orangé.

* * *

Ariale fut accueillie dans le Maûne d'une claque sévère derrière la tête administrée par le golem.

– Avance, petite, ou tu le regretteras, cracha-t-il.

Choquée par sa situation, par ce monde inhospitalier, tirée par le golem boitillant, la fillette marcha plusieurs heures, l'esprit engourdi, sans pouvoir maîtriser ses pensées. Elle pleurait tout en cheminant sans même s'en rendre compte. Geyor marmonnait tout seul une suite de propos incompréhensibles dont elle ne saisit que deux mots évocateurs, « revanche » et « récompense ».

Quelques semaines plus tard, ils marchaient toujours et Ariale n'était plus que l'ombre d'elle-même. Elle connaissait une période éprouvante, tant pour le corps que pour les nerfs, vivait un cauchemar éveillé, sans fin, avec le golem pour seule compagnie, qui ne lui adressait la parole que pour la rabrouer.

Le démon la nourrissait à peine et le ventre de la fillette gargouillait presque tous les jours. Il lui refusait la possibilité de se laver. La fillette avait le visage émacié, les yeux cernés, la chevelure raidie par la crasse ; ses vêtements étaient en lambeaux. Au moins ne souffrait-elle pas du froid car dans le Monde Gris, la température s'avérait agréable et constante, excepté peut-être aux premières heures du jour, hantées par des brumes humides et glacées.

Les jours se suivaient, identiques. Aucune joie pour les égayer, si minuscule fut-elle. Ils dormaient enterrés sous des feuilles et des broussailles pour échapper aux prédateurs nocturnes, qu'elle entendait parfois siffler, rugir ou grogner. Peu à peu, elle se transformait en zombie, mais n'en avait pas vraiment conscience. Renfermée sur elle-même, elle était à la limite de l'autisme.

* * *

Ils venaient de gravir une colline dénudée et la cadette des Garamont commençait à sentir des courbatures dans ses jambes. Geyor lui avait refusé une halte et elle n'en pouvait plus. Depuis quelque temps, le démon paraissait inquiet. Il s'arrêtait toutes les cinq minutes pour humer l'air de son mufle camus, écouter le vent de ses oreilles pointues avant de repartir en maugréant.

Ils descendaient à présent, glissant à moitié sur la pente sableuse. À peine avaient-ils rejoint une piste en contrebas, ceinturée de rochers dressés que des sifflets résonnèrent de derrière la colline. Au bout de quelques secondes, d'autres sifflements leur répondirent de l'est, du nord et du sud, additionnés de hennissements. Le démon jura entre ses crocs. Il accéléra l'allure en tirant la fillette par la main. Mais un boiteux et une enfant, à pied, ne risquaient pas de distancer une troupe de cavaliers. Les sifflets se rapprochèrent des fuyards, de même la cavalcade.

Des cavaliers débouchèrent des hauteurs et de derrière les rochers pour venir les encercler. Une forte troupe de guerriers, un régiment de lanciers brans, dirigé par un Borgh à la peau très foncée, sanglé dans un baudrier de cuir ocre jaune et monté sur un énorme louvet – probablement volé lors d'un raid dans l'Enareín. Les lanciers portaient un uniforme violet et gris, une cape, un casque conique en acier noir surmonté d'un cimier et de hautes bottes luisantes. Derrière les cavaliers au regard vigilant venait un fourgon fermé, noir, aux parois de bois laqué, tiré par quatre chevaux couleur cendre aux yeux rouges et aux naseaux fumants. Un blason figurait sur les portes du véhicule, figurant une tour noire sur fond blanc, environnée d'éclairs violets.

Monté sur un étalon piaffant, à la robe brune et brillante, un cavalier vêtu de cuir fin et noir fendit les rangs au pas et se rapprocha du démon et de la fillette. C'était un jeune homme mince, aux cheveux longs, très bruns, au teint pâle, à la musculature nerveuse. Il descendit souplement de sa selle passementée d'argent et vint se placer devant les fuyards qu'il considéra avec curiosité de ses yeux perçants. Il avait des traits d'une grande pureté et un regard tourmenté.

Avant de prendre la parole, il leva la main à la hauteur de son épaule, l'ouvrit et la referma deux fois avant de faire un mouvement circulaire. Le Borgh éructa alors une suite d'ordres. D'un ordonnancement parfait, les cavaliers se séparèrent pour fouiller les environs. Le Borgh descendit de cheval et se rangea à trois pas de son chef. La poignée d'un lourd cimeterre pendait par-dessus son épaule musculeuse et il arborait les cicatrices de maints combats.

L'homme aux cheveux longs soupesa ses prisonniers des yeux avant de déclarer d'une voix très douce :

– Quel curieux couple vous faites… Que faites-vous ici ?

– Je suis l'agent spécial du Shaddak-Llogo'th, répondit Geyor avec un clair dédain. Je ne réponds de mes actes que devant le Maître !

– Et moi je suis le général Valérius de la Tour Noire et je dirige le Sixième de cavalerie Bran. En conséquence, je sers également le Maître. Et tu es en face de moi pour l'heure, pas devant lui, alors tu vas répondre à mes questions, compris ? Que fais-tu là à traîner cette enfant ?

Geyor regarda les cavaliers avant de mesurer son interlocuteur et de répliquer avec une mauvaise grâce marquée :

– C'est une Elde… Elle est *ma* prisonnière.

– Je vois bien que c'est une Elde et qu'elle ne te suit pas de son plein gré, me prends-tu pour un imbécile ? Je te demande ce qu'elle fabrique ici, sur le territoire des Orcks renégats !

– Je te l'ai dit, c'est ma prisonnière, je l'emmène au Palais. Je l'ai capturée dans l'Ældo et nous avons franchi la Dalle de Shalara.

L'homme brun et le démon se regardèrent avec une aménité palpable.

– Tu me fais perdre mon temps, général, ajouta Geyor. Le Shaddak' m'attend, alors crains-moi, car je suis son *favori* et je pourrai te faire regretter de t'opposer à moi !

Le général haussa un sourcil et sourit.

Ariale frémit intérieurement devant son expression qui n'avait rien de jovial.

– Tstt tstt tstt ! regretta Valérius. Comme c'est dommage… J'étais prêt à te laisser repartir avec ton Elde mais voilà que tu me menaces ! Alors, ce que tu vas faire, golem, c'est repartir ; mais sans l'enfant… je la garde.

– Inconscient ! Tu crois pouvoir contrarier les désirs de notre Maître à tous ?

– Au contraire… Si cette petite a pour le Shaddak' l'importance que tu lui prêtes, alors il vaut mieux que je la prenne en charge. Elle sera plus en sécurité avec moi et ma troupe pour rejoindre le Palais qu'avec toi seul… Nous en avons presque fini, ici, il ne me reste plus que deux bandes de ces renégats à mater. D'ici peu, je serais rentré et je remettrai au Maître ton *cadeau*.

– Je lui rapporterai ton offense, il te punira !

L'homme brun ne se laissa pas impressionner pour autant.

– Cela m'étonnerait. Le Shaddak' ne s'attaquerait pas pour un si petit retard à un membre de la Tour Noire. Il sait parfaitement qu'il peut compter sur ma loyauté. Du reste, avec mes lanciers je voyage vite, toi, tu ne pourras user de la même célérité sans risquer les pires dangers ; tu le sais comme moi…

– Baaskrah, je ne te laisserai pas me voler mon butin ! grinça le démon.

Comme enragé, il avança et posa sa main griffue sur l'épaule du général qu'il se mit à serrer.

Au lieu de se débattre, l'officier se contenta d'émettre un claquement de langue.

Le Borgh massif qui se tenait derrière lui bondit pour saisir le démon à la gorge. Contractant ses muscles saillants, il le souleva du sol et, de sa main libre, le bourra de violents coups de poing.

– Tu as posé la main sur moi, sang et larmes, tu vas en payer le prix ! proféra le général. Wörl, sa main…

Le Borgh donna un dernier crochet dans le plexus solaire du démon pour l'étourdir puis le plaqua à genou par terre, la main droite de son prisonnier tendue devant lui, enserrée dans l'étau de sa poigne.

Le général écarta sa cape pour laisser apparaître derrière son épaule, la poignée ouvragée d'une épée. Mais au lieu de la dégainer, il ouvrit la main devant lui. D'elle-même, l'épée s'y transporta. Valérius excita le pouvoir runique de sa lame et celle-ci s'échauffa d'un feu orangé.

Sans rien ajouter, il trancha la main de Geyor au ras du poignet, la chaleur dégagée par l'épée cautérisant immédiatement la blessure. Ariale se boucha le nez devant l'odeur écœurante de chair brûlée. Sous le coup de la douleur, le golem poussa un cri muet. Le Borgh le renversa en arrière d'un coup de botte dans la poitrine. Valérius vint se tenir au-dessus du mutilé.

– Tu ne mourras pas de cette blessure, démon… je t'ai laissé la vie, sois-en conscient. C'était juste un rappel à l'ordre. La prochaine fois que tu t'adresseras à moi, tu me porteras le respect qui m'est dû, ou c'est ta tête qui encombrera le sol ! Ôtez-le de ma vue.

Ariale réprima un sanglot devant la férocité de la scène. Malgré le calvaire qu'il lui avait fait endurer, elle ne pouvait s'empêcher d'éprouver de la pitié pour le détestable Geyor, horrifiée du sort qu'il venait de subir.

Le golem fut chassé par les hampes de lance des guerriers du général. Clopinant sur sa jambe valide, courbé sur son moignon, il finit par disparaître au détour de la route.

Le général neutralisa le feu de son épée et l'arme regagna d'elle-même son fourreau. Il se tourna vers Ariale :

– Qui es-tu pour intéresser ainsi le Maître, petit rat ?

– Je ne suis rien, répondit Ariale qui, malgré sa peur, avait décidé de coopérer le moins possible avec cet odieux personnage.

Sans crier gare, le général lui agrippa l'épaule et la broya :

– Ne me mens pas, petite, je n'ai aucune patience à t'accorder !

Ariale se dégagea de l'étreinte qui la cuisait – où plutôt il la laissa s'en défaire – et répondit, les sourcils froncés :

– Je suis Ariale, fille du chevalier Éras de Garamont ! Je pense que vous savez qui c'est ?

En fait, elle ne voyait pas l'intérêt de cacher son identité. Elle aurait plus de chances de rester en vie en annonçant sa valeur. Survivre, telle était devenue sa priorité. Voilà à quoi elle devait se consacrer, sans songer au reste. Survivre, c'était le seul moyen d'aider les autres à la délivrer.

–Éras de Garamont ? Intéressant... Je comprends mieux l'intérêt que te porte le Shaddak' !

Un éclaireur bran, aux cheveux teints en vert, vêtu d'un costume de peau foncée, arriva sur ses entrefaites, monté sur un cheval pie noir. Il salua son supérieur et annonça :

–Mon général, je les ai trouvés.

–Très bien, Stroken, allons-y. Wörl, formation habituelle ; la fillette, dans mon fourgon. Celui qui la touche passera la nuit sur un nid de fourmis-succubes, est-ce clair ?

L'homme brun se tourna vers Ariale :

–Petite, si tu es sage, il ne t'arrivera rien. Je termine ma mission et je te ramène au Maître. Mais si tu me fais des ennuis, je te fais trancher l'oreille !

Vif comme un aigle à tête blanche, le général sauta sur son étalon qui paraissait encore à demi-sauvage. L'équidé renâcla et partit en travers. De la voix et du geste, Valérius le rappela sèchement à l'ordre. Ariale fut empoignée par le Borgh nommé Wörl et jetée sans ménagement dans le véhicule. Dans le fourgon étaient entassées des réserves de nourriture et d'eau pour les lanciers, les affaires du général, des tentes et tout le matériel adéquat pour camper.

Un sifflet résonna au-dehors du carrosse et celui-ci s'ébranla, faisant chavirer Ariale qui s'affala contre un ballot. La troupe repartait.

La fillette céda à la panique. Elle était seule dans un monde sans pitié et n'avait aucune idée sur le moyen d'en réchapper. Elle pleura longuement avant de se reprendre. Se lamenter sur son sort n'était pas le genre d'une Garamont ! Ariale imaginait le conseil qu'aurait pu lui donner son géniteur. En l'occurrence, il aurait très bien pu lui dire d'utiliser son temps libre à quelque chose de constructif. Elle remit de l'ordre dans sa tenue, s'assit en tailleur à même le tapis et entreprit d'affiner son immersion dans la Source.

* * *

– Que vais-je faire de toi, petit rat ? Vais-je te ramener ?

– Premièrement, je ne suis pas un petit rat. Et deuxièmement, je ne vous ai rien demandé. Je n'ai pas besoin de vous.

Ils étaient tous deux assis l'un en face de l'autre, le général et la cadette des Garamont, séparés d'une table à nappe immaculée, dans la grande tente de Valérius, dressée pour le déjeuner. Affamée, Ariale s'était jetée sur la nourriture chaude sous l'œil amusé du Maûne. Elle achevait sa troisième assiette tandis que l'officier terminait sa bouteille de vin, du Vieux-Rouge d'Arcadie.

– Parce que tu espères survivre seule dans ce monde ? Est-ce bravade de ta part, inexpérience ou folie, je ne sais. Mais dis-toi que le Maûne est fort dangereux, ma petite, et que tu n'y survivrais pas deux jours. Si tant est que je te laisse partir, ce qui est hors de question. Ici, c'est chacun pour soi, seuls les forts survivent. Ici, les bons sentiments sont des non-sens. Ici, il n'y a que des prédateurs. Alors tu ferais mieux de respecter l'attention que je t'accorde.

– Si vous voulez ma considération, accordez-moi la vôtre, rétorqua la cadette des Garamont.

– Je pourrais te répondre que je n'ai que faire de ton respect, mais tu as de la repartie et cela me plaît ; j'ai toujours préféré la franchise à l'obséquiosité.

–Ne craignez rien, je serai des plus franches.

–Général, on dit général, grogna le Borgh qui entrait pour desservir les assiettes.

–Que faites-vous ici ? s'enquit Ariale sans se soucier du regard noir que lui adressa Wörl. Je croyais que les guerriers maûnes étaient tous en guerre dans l'Ældo.

–Tu te trompes, certains d'entre nous ont des privilèges. Quant à moi, je combats les Orcks renégats au nom du Shaddak'. Mais dis-moi plutôt, tu ne geins pas, tu ne pleures pas et tu ne sembles pas nous craindre… Comment est-ce possible ?

–Un Grand-Dragon m'a demandé la même chose, il n'y a pas longtemps.

–Un Dragon ?

–Oui, un Grand-Dragon blanc, sur l'Île de Glace.

–Tu mens ! grinça le Borgh.

Ariale le foudroya du regard alors qu'il faisait trois fois sa largeur.

–C'est bon, Wörl, tu peux nous laisser.

Le Borgh obtempéra. Valérius revint à la fillette.

–Raconte-moi cette histoire de Dragon, cela m'intrigue…

* * *

Ainsi à chaque halte, il la faisait venir dans sa tente pour partager son repas, exigeant qu'elle lui raconte l'Enareín. Il se montrait fort curieux de la vie des Eldes. Ariale faisait de son mieux pour le satisfaire et ne cacha rien de ses aventures qui captivaient l'officier maûne.

La fillette se sentait un peu comme un animal de compagnie, mais du moins le général la traitait mieux que ne l'aurait fait le démon. Elle pouvait se laver, mangeait à sa faim et voyageait confortablement. Les Maûnes ne l'importunaient pas, excepté le Borgh qui voyait d'un mauvais œil l'intérêt manifeste que lui portait Valérius et qui la rabrouait dès qu'il le pouvait. Ariale savait cependant qu'il ne porterait pas la main sur elle à cause de son supérieur. À propos du jeune général, elle avait quelque peu révisé son jugement à son égard. Il n'était pas si odieux que cela, après tout. Emporté, violent, tourmenté, certes mais quelque chose en lui le rendait différent de ses compatriotes.

Elle lisait l'aura de Valérius et ce qu'elle voyait lui autorisait un brin, un minuscule brin d'espoir. Une petite lueur au centre de son aura sombre, une lueur pâle, fragile mais qui ne se trouvait ni dans celle de Geyor, ni dans celle d'aucun des autres Maûnes qu'elle avait croisés.

Elle lui avait conté la quête en détail, estimant que son récit pourrait lui faire entrevoir le mal causé par son peuple.

Dans la bibliothèque de Zétide, lors de son séjour dans la Forteresse cachée, elle avait lu un vieux conte qui parlait d'une noble dame qui, chaque soir, récitait un conte au seigneur qui voulait la faire exécuter. Ses histoires se révélaient si passionnantes, que chaque jour le seigneur ajournait l'exécution, jusqu'à finir par tomber amoureux de la belle. Pour sa part, la fillette espérait juste retenir l'attention du Maûne suffisamment longtemps pour trouver un moyen de s'échapper. Elle était libre de ses mouvements dans le périmètre du camp, même si Wörl ne la quittait pas de l'œil.

Dans la journée, ils chevauchaient sur les traces d'une bande de renégats que pistait Stroken, l'éclaireur du général, le Bran métissé de Sybère aux cheveux verts.

Un soir, Ariale osa demander au général pourquoi il lui accordait tant d'intérêt. Elle s'estimait encore trop jeune pour qu'il éprouve de l'attirance pour elle ; du moins l'espérait-elle.

– Avec toi, avoua le général en se resservant un verre de vin – il buvait tous les soirs –, je me sens libre de parler sans danger. Tu n'es pas maûne et donc tu ne peux rien contre moi. En fait, tu me rappelles quelqu'un…

– Et qui ?

– C'est un sujet que je n'aime pas évoquer, dit le général en détournant la tête, mais la fillette voyait ses mains trembler. D'ailleurs je suis fatigué, il est temps que tu rentres. Nous partons tôt demain.

Valérius assécha son verre d'un trait et appela ses gardes afin que la captive soit reconduite dans le fourgon.

* * *

Le lendemain, Stroken revint vers la colonne des lanciers, plutôt excité. À force de suivre les Orcks renégats, il avait fini par découvrir leur camp.

À cette nouvelle, les prunelles de Valérius s'allumèrent d'une joie mauvaise.

– Tu me parles de ton monde, dit-il à Ariale, moi, je vais t'apprendre le Maûne.

Il la prit en croupe et galopa à la suite de son pisteur. Une heure plus tard, ils se tenaient cachés dans un bosquet d'arbres qui auraient pu être des frênes mais au tronc, aux feuilles grises. En contrebas, s'étalait le camp des renégats ; un cercle de huttes rectangulaires, des feux, un potager et un enclos où paissaient une dizaine de ruminants à robe tachetée.

Cette peuplade n'avait rien de particulièrement menaçant, à ce qu'elle pouvait en juger. Il n'y avait qu'un Orck pour trois femmes et ceux-ci avaient plus l'air de fermiers que de guerrier. Ils ne présentaient rien de belliqueux, contrairement aux autres Orcks que la fillette avait croisés et déambulaient sans aucune arme visible.

Mais avant qu'elle ne puisse interroger le général sur le sujet, celui-ci leva sa senestre. Son signal fut relayé jusqu'à ses troupes placées en retrait, hors des regards et Wörl donna l'ordre de l'assaut.

Avec une si faible opposition, les lanciers de la Tour Noire n'avaient nul besoin d'employer de circonvolutions stratégiques. Armes dressées, les cavaliers débouchèrent sur le village en trois directions différentes. Brandissant des fléaux d'arme, des sabres longs ou des lances, les cavaliers fracassèrent, hachèrent et embrochèrent sans faire de quartier, sans aucune pitié les villageois, sans faire de distinction entre hommes, femmes et enfants.

– C'est dégoûtant ! *Vous* me dégoûtez ! s'écria Ariale en se jetant sur le général pour le frapper de ses petits poings. Vous n'êtes qu'un boucher ! Je croyais…

Celui-ci se contenta de la saisir par les poignets pour l'immobiliser. Il répliqua en montrant les dents :

– Que m'importe ton opinion ! Je suis général et seigneur de mon clan, toi rien qu'une prisonnière elde. Et puis d'abord, tu croyais quoi, petit rat ? Je suis un Maûne, ne l'oublie pas, et nous nous trouvons dans mon monde, pas dans le tien. Ce sont les règles ici. Et ce n'est pas moi qui pourrais les changer, même si j'en avais envie. D'ailleurs, tu m'ennuies avec tes propos. Silence ou ta langue tombera…

– Je ne pense pas que votre maître soit content que j'aie la langue coupée. Comment pourrait-il m'interroger, alors ?

– Tais-toi, te dis-je ! cria le général en levant la main pour la gifler.

Ariale tint tête sans baisser les yeux. Ils se toisèrent une bonne minute, se défiant du regard et ce fut elle qui remporta leur duel de volonté. Valérius baissa sa main et reporta son attention sur le village, apparemment calmé.

L'attaque terminée s'avérait un succès total. Un massacre total également. Les maisons furent brûlées, les cultures dévastées, les blessés achevés, les têtes des morts coupées, plantées en cercle autour du village et le maigre bétail abattu.

Les yeux égarés, le front luisant, le seigneur de la Tour Noire marmonnait pour lui seul, absorbé par le spectacle de ses troupes en train de faire le *ménage*. Ariale recula lentement sans l'alerter, jusqu'à sortir du bosquet, à l'opposé du camp. À peine hors de vue, elle s'échappait avec toute la vitesse que pouvaient lui conférer ses petites jambes.

Ariale trottait à présent, sur une crête parsemée de broussailles épaisses. Elle n'en pouvait plus. Elle avait couru, couru, sans découvrir de signe de poursuite. Handicapée par un point de côté, elle s'assit contre un tronc pour se reposer. Un bruit dans les broussailles l'alerta. Elle tâtonna le sol pour trouver un morceau de bois mort qu'elle leva au-dessus de sa tête, prête à se défendre. Les branches s'écartèrent pour laisser apparaître la petite frimousse, l'inimitable frimousse du candlar.

– Shruti, tu es là ? C'est bien toi ? Si tu savais comme je suis contente de te revoir ! Tu vas bien ?

Visiblement en pleine forme, l'amovible gazouilla de joie et roula jusqu'à elle, sauta dans son giron pour aussitôt se mettre à ronronner. Ariale caressa doucement sa tête. Comment avait-il fait pour la rejoindre dans le Maûne ? Mystère.

L'amovible pencha sa tête sur le côté et pouffa un bref couinement. En riant, la fillette lui ébouriffa le haut du crâne. Qu'il était bon de retrouver son familier ! Elle n'était plus seule à présent et cela allégeait d'autant son état d'esprit.

Un sifflement retentit en bas de la crête, dans la direction d'où elle venait. Ariale se leva d'un bond pour prendre la fuite mais un autre signal répondit au premier à l'autre bout du passage. Ils l'avaient donc retrouvée.

– Attention, Shruti, écoute bien, c'est très important, tu dois faire bien attention à ne pas te montrer. Il y a des méchants par ici, ils risquent de te faire du mal. Tu comprends ?

L'amovible poussa un petit gazouillis exprimant son assentiment. Plutôt que de s'épuiser dans une fuite sans issue, Ariale resta assise à attendre, le candlar enroulé à sa place habituelle, autour de sa taille, indétectable.

Cinq minutes plus tard, Valérius arrêtait son étalon devant elle, la toisant d'un air courroucé. Sans un mot, le général lui ordonna de monter derrière l'un de ses soldats, ce que fit la fillette, la tête haute.

* * *

La colonne par deux de la Tour Noire longeait une piste de terre en pente légère enveloppée de roches basaltiques et de taillis aux tons gris-brun.

Des deux côtés de la route jaillit une gerbe rasante de flèches, qui abattit trois lanciers et en blessa deux autres. Des voix gutturales orcks s'élevèrent des taillis, courroucées, réclamant la vengeance pour les leurs massacrés le jour même – le restant des hommes du village parti à la chasse.

– Droit devant, au galop ! s'écria Valérius en faisant cabrer sa monture !

Le Borgh répéta l'ordre avec autant de puissance qu'un cor. Harcelés de traits, les lanciers s'abritèrent derrière leurs boucliers ronds et se mirent au galop, chevauchant à la suite de leur chef. Ariale se serra contre le dos du cavalier qui la portait pour ne pas tomber de cheval. Arrivé au bout du goulet, Valérius arrêta son destrier et se retourna pour presser ses hommes de la voix.

En face de lui, du haut d'un des versants, se détacha un Orck vêtu de peaux et armé d'un grand arc au bois roux. Hurlant un cri rauque de défi, il visa le général et dans le même mouvement décocha sa flèche. Vrombissante, celle-ci se logea dans l'épaule de Valérius. Celui-ci eut un sursaut mais parvint à conserver son assiette. Le Borgh se porta jusqu'à lui pour saisir ses rênes et l'emmener hors de danger. Le tireur leva son arc en signe de triomphe, mais un carreau d'arbalète tiré par un des lanciers en pleine gorge mit fin à son allégresse. L'Orck tressaillit, son cadavre roula dans la poussière jusqu'en bas de la pente. Ayant confié son chef à l'un de ses guerriers, Wörl reprit le contrôle de ses hommes. Il rallia une vingtaine de cavaliers et s'élança derrière les fourrés pour prendre les assaillants à revers. En infériorité numérique, ceux-ci se débandèrent sans attendre. Le calme revint bientôt.

Le général fut descendu de sa selle et allongé dans le fourgon. Des gouttelettes de sueur perlaient de son visage fin, devenu livide. Il se débattait comme pris de fièvre.

– Le général a besoin de soins, annonça Ariale.

– Non, la flèche était pleine de kriin, ce poison ne pardonne pas, annonça Stroken qui avait incisé la blessure pour retirer le projectile. Ce soir, au plus tard, il sera mort.

– Pas si on le soigne, insista la cadette des Garamont.

– Tu me déplais, sale Elde, rétorqua sèchement Wörl, je n'ai que faire de tes conseils ! Si le Maître ne t'attendait pas, on t'aurait déjà fait subir le sort que tu mérites, comme tous les tiens !

Mais Ariale ne s'en laissa pas conter. Elle se rangea devant le Maûne dont la corpulence la rendait minuscule, et haussa le ton :

– Je vais parler simplement afin que vous compreniez parfaitement la situation : votre chef se meurt empoisonné. Vous pouvez le soigner, vous, avec vos gros muscles ? Non, vous venez de le dire. Eh bien moi si ! Grâce à la Voie Blanche, votre général, je peux le *guérir*. À vous de voir : vous ne faites rien, il meurt ; vous m'aidez, et je peux le sauver.

Le robuste Maûne hésita avant de se décider.

– Soit. Nous n'avons rien à perdre… Mais, Shaddak' ou pas, si tu échoues, je m'occuperai personnellement de toi !

Sur les ordres de la fillette, les lanciers établirent le campement sur une éminence que leur dénicha Stroken. De plus en plus fiévreux, le général fut porté dans sa tente où on l'allongea. Il se débattait pour résister à la douleur.

– Tenez-le, ordonna la cadette des Garamont, je ne peux rien faire s'il s'agite ainsi. Et du silence, j'ai besoin de silence !

Sur une éructation du Borgh, les autres s'exécutèrent.

Ariale s'agenouilla devant Valérius, ferma les yeux et se concentra pour atteindre sa Source. Une fois immergée dans l'âme de la Voie Blanche, elle posa sa main sur l'épaule du blessé et canalisa son Don pour pénétrer dans les veines du général et en extirper toute trace du poison. L'opération dura bien une demi-heure. Après quoi, elle s'attarda encore un temps sur la blessure afin de la cicatriser.

Les Maûnes regardèrent ce qu'ils considéraient comme une sorte de prodige. La guérison n'était certes pas un art dont ils avaient l'habitude et aucun d'eux n'aurait parié sur les chances de survie de leur supérieur.

Valérius avait cessé de se débattre. Il était à présent plongé dans un sommeil réparateur. La guérisseuse ordonna qu'on les laisse seuls. Le général avait besoin d'autant de calme que de repos, annonça-t-elle.

Nettement soulagé, le Borgh la contempla sans trouver

quoi dire. Il sortit à la suite de ses hommes et s'en alla inspecter le périmètre de défense. À peine seule, Ariale chancela. La guérison exercée sur Valérius avait prélevé un lourd tribut sur ses réserves d'énergie. La fillette s'allongea au pied du convalescent et le rejoignit dans le sommeil.

Plus tard, Stroken vint apporter une assiette fumante de ragoût à Ariale. Depuis qu'elle avait sauvé son supérieur, le pisteur semblait lui accorder sinon de la sympathie, du moins, un certain respect. Ariale avait en partie récupéré de sa fatigue. Elle le sentait, son pouvoir s'accroissait à force de pratique. Stroken revint porteur d'un lit de camp qu'il installa pour la fillette. Celle-ci avait déclaré qu'elle passerait la nuit à veiller sur le général et aucun des Maûnes, Wörl compris, n'y avait trouvé à redire.

Une fois sa toilette achevée, Ariale revint au chevet du général pour vérifier sa température, revenue à la normale, et arranger ses couvertures. Valérius divaguait dans son sommeil, cherchant sans la trouver une certaine Lyssa. Ariale baissa l'intensité de la lampe avant d'aller se coucher. Elle s'endormit en songeant aux compagnons, Shruti lové contre sa tête.

* * *

Valérius de la Tour Noire, général du Sixième Lancier, s'éveilla le lendemain matin.

– Vous allez mieux, constata Wörl qui se tenait à son chevet, un bol de ragoût à la main.

De mauvaise grâce, le Borgh conta au général l'intervention miraculeuse d'Ariale qui fut confirmée par Stroken. Valérius secoua la tête, il ne voulait pas en démordre :

– C'est impossible, répéta-t-il encore une fois, on ne guérit pas du kriin, il n'existe aucun contre-poison.

– Sans doute, intervint Ariale. Pourtant vous êtes bien vivant, non ? Alors vous devrez admettre que je vous ai guéri, c'est ainsi…

Valérius la dévisagea un moment avant de soupirer :

– Je me demande quel tour du destin t'a placée sur mon chemin.

– Moi aussi, je commence à me le demander, avoua la fillette, provoquant le sourire du général.

Ses seconds congédiés, le général mangea son ragoût et finit par demander à l'enfant :

– Je croyais que je te dégoûtais… Et pourtant tu m'as sauvé la vie. Pourquoi ?

– Ce n'est pas parce que je réprouve vos méthodes que je dois pour autant vous laisser mourir. De plus, la Voie Blanche enseigne à respecter la vie d'autrui.

– Ainsi, tu es une adepte de la Voie… Tu es pleine de surprises, petit rat ! Que vais-je faire de toi ? Sais-tu ce que tu me rapporterais au marché aux esclaves ?

– Vous ferez de moi ce que vous voudrez… vous l'avez dit, je ne suis qu'une *Elde*, n'est-ce pas ! De toute manière, je ne vous appartiens pas, je suis destinée à votre maître, ne l'oubliez pas.

– C'est vrai, concéda Valérius. Du reste, tu ferais une très mauvaise esclave, tu es beaucoup trop insolente.

– Non, je suis franche et je vous rappelle que cela vous plaît, contra Ariale, le menton pointé en avant.

Valérius émit un rire clair. Le premier depuis qu'elle l'avait rencontré. Son visage mince s'éclaira comme un arc-en-ciel après l'orage.

– Qui est Lyssa ? demanda alors Ariale.

Le Maûne tressaillit et se rembrunit.

– Qui t'a parlé de Lyssa ? siffla-t-il agressivement.

Ariale eut un sursaut de défense.

– C'est vous, dans votre sommeil, cette nuit… Qui est cette Lyssa ?

– Personne… Cela ne te regarde en rien. Laisse-moi, à présent, tu commences à m'agacer.

La fillette quitta la tente pour regagner le fourgon. Les soldats préparaient le départ. À leurs conversations, Ariale comprit qu'il restait un autre village à « soumettre ».

* * *

Au terme d'une nouvelle journée de chevauchée, Ariale se rendit dans la tente du général, convoquée pour le dîner. Une surprise l'attendait, sous forme d'un paquet enveloppé dans du papier de soie et posé sur sa chaise. Ariale découvrit un ensemble de cavalière gris souris à fines surpiqûres vertes, des bottes souples à lacets et une cape au tissu brun clair, légèrement irisé. Elle se rendit derrière le paravent du général pour passer cette splendide tenue et constater qu'elle lui allait parfaitement. Lorsqu'elle revint auprès de l'officier, celui-ci la contempla gravement, les yeux un instant écarquillés par la vision qu'elle offrait. La cadette des Garamont ne le remercia pas, pas plus qu'il ne l'avait fait pour lui avoir sauvé la vie.

Leur repas fut servi dans des plats d'argent extirpés d'une malle du fourgon. Ils dînèrent éclairés par la lueur des chandelles. Valérius avait déjà vidé une bouteille de vin rouge d'Arcadie. Ariale acheva son plat de grillade, termina son verre d'eau fraîche et passa à l'attaque :

– Alors demain, vous allez massacrer ces pauvres gens ? Encore ?

– Ne te mêle pas de ce qui te dépasse, petit rat, rétorqua le général en repoussant son assiette.

Il n'avait fait que grignoter.

– Pas besoin d'être un maître stratège pour savoir que ce que vous allez commettre ne sera qu'une tuerie !

– J'ai mes raisons…

– Et quelles sont-elles pour justifier une telle infamie ?

– Tu ne comprends pas, ils l'ont tuée ! s'écria-t-il.

– C'est donc cela qui vous hante ? Dites-moi qui est Lyssa ? redemanda la fillette, obstinée.

– As-tu fini de me harceler ainsi ? Que t'importe ce nom, après tout ! ricana Valérius en éclusant un autre verre.

– Je sens que c'est important. Cette Lyssa… Elle vous est proche ?

– C'est… c'était ma sœur… Ma petite sœur. Elle est morte, révéla-t-il, de nouveau le regard hanté. C'est son costume que tu portes.

Il attira à lui la bouteille posée sur la table nappée de lin blanc et se resservit à ras bord.

– Tu me la rappelles, vous avez le même caractère…

– Comment est-elle morte ?

La guérisseuse pressentait qu'elle arrivait au cœur du problème.

– Ils ont tué ma sœur, te dis-je !

– J'avais parfaitement entendu la première fois mais je ne vois pas le rapport. Expliquez-moi.

Valérius but une rasade, s'essuya les lèvres de sa main et se lança :

– Un jour que j'étais parti en mission, il y a une dizaine d'années de cela – j'étais tout jeune lieutenant – une horde d'Orcks renégats a pillé notre domaine et tué ma sœur dont j'avais la charge. Je suis revenu pour l'enterrer et voir brûler mon château. Dès lors je me suis voué totalement à l'armée, pour à vingt et un ans devenir le plus jeune général des armées maûnes. Voilà, tu sais tout…

– Et donc, selon vous, pour une faute commise dans le passé, cela vous autorise à massacrer tous les Orcks renégats que vous croisez ? Même les femmes et les enfants ?

L'officier avala une gorgée avant de reprendre :

– Tu ne peux pas comprendre !

– Moi, je crois qu'au contraire, c'est plutôt vous qui ne comprenez rien. Je suis désolée pour la perte de votre sœur, vraiment, mais est-ce une raison pour vous venger sur des innocents ? Que penserait Lyssa de vos actes, si elle pouvait vous voir ?

– Laisse ma sœur où elle est !

Agacé, le Maûne se leva de sa chaise, fit quelques pas en se passant la main dans les cheveux, ne faisant qu'accentuer leur désordre, avant de se rasseoir et cracher :

– La pitié, c'est cela que tu veux me voir offrir ? La miséricorde ? Vous n'avez que ces notions à la bouche, vous les Eldes, vous qui êtes si faibles !

– Et vous alors… les Maûnes… Vous vous croyez supérieurs mais vous ne faites que *détruire*, sans relâche ! Quand tout sera rasé, brûlé, que ferez-vous ? Vous vous entretuerez ?

Le général reprit son verre, qu'il porta à sa bouche. Constatant qu'il était vide, il le remplit derechef. Malgré la quantité incroyable d'alcool qu'il ingérait, il ne semblait pas en subir les effets.

– Cela se pourrait en effet, dit-il, mais cela n'arrivera pas de sitôt. Et puis je préfère le terme « conquérir » plutôt que « détruire ».

– La belle affaire, cela change tout effectivement ! rétorqua Ariale en prenant un ton ironique. Ces malheureux qui ne vous ont rien fait vont être contents d'apprendre qu'ils ont été *conquis*… Mais non, c'est impossible… vous les aurez si bien « conquis » qu'ils seront morts !

– Tu commences à m'ennuyer avec ton obsession de la morale. Surveille tes paroles !

– Ah, je croyais que vous vouliez ma franchise ? Mais en vérité comme ce que je dis vous dérange, vous préférez m'ordonner le silence ! Vous voulez de la sincérité, mais surtout silencieuse, c'est ça ?

Ariale aurait pu se trouver démunie, sans arguments pour faire face aux paroles de l'adulte. Après tout, elle n'était qu'une enfant perdue dans un monde cruel, à la merci de ses ennemis, privée du soutien des siens. Cependant, de cette adversité, elle puisait une force qui lui permettait de contrer les propos du général. Une force qui avait de tout temps fait l'apanage des Garamont.

La maturité dont elle faisait preuve lui venait de la quête, des dangers affrontés et surmontés, du contact quotidien avec le sage Zétide, l'honorable Hogo et la farouche Lucia, son aînée. Non, elle n'était plus vraiment une enfant, plus tout à fait, même si elle en gardait les aspects. Quand le déclic s'était-il produit ? En voyant le village des Orcks massacrés ? Plus tôt ? Peu importait.

La fillette sentait confusément qu'elle devait tenir tête au général, coûte que coûte, mais pas sans discernement. Sa franchise serait son épée ; la force morale qu'elle déploierait, son bouclier. Son combat pour la survie, elle le livrerait avec les mots et jamais elle ne devrait fléchir.

L'officier la regardait à présent, franchement étonné par sa ténacité à lui tenir tête.

– Dis-moi, petit rat, vous êtes tous comme ça chez les Garamont ?

– Oui, et mon père vous vaut cent fois, mille fois ! se dressa Ariale. S'il était là, vous ne seriez pas si fier.

– Peut-être, répondit le général d'un ton songeur. Ce serait en tous les cas une intéressante rencontre… Moi non plus, je ne suis pas dénué de talent à l'épée. Mais ton père n'est pas là, alors à présent, silence !

La fillette s'enferma dans un mutisme boudeur. Elle n'était plus qu'une statue de réprobation muette. Elle ne disait rien mais n'en pensait pas moins et c'était manifeste.

– Tu te tais et pourtant je sens parfaitement le poids de ton mécontentement, maugréa Valérius.

Ariale se refusa à saisir cette perche. Excédé par le mutisme de la fillette, le Maûne étendit la main dans le but de la secouer méchamment mais elle le défia du regard. Les yeux du général s'écarquillèrent soudainement comme s'il était saisi par une vision intérieure et il gémit :

– Non, je ne peux pas te faire de mal... Baaskrah, je ne peux pas !

La mine tourmentée, il se mit à faire les cent pas.

– Tu es là pour servir, comme tous les tiens, dit-il en pointant son doigt sur elle. Ma petite, le monde est injuste, il faudra t'y faire !

– Eh bien justement non, je ne m'y ferai jamais ! Songez que si j'étais comme vous, jamais je n'aurais pris la peine de vous sauver et vous seriez mort aujourd'hui. Oui, je vous ai sauvé la vie, reprit Ariale, vous me devez quelque chose.

– Je ne te dois rien ! Où te crois-tu, dans le monde des Fées ?

– Tout détruire ou tout conquérir... Au bout du compte, vous n'obtiendrez rien, répliqua Ariale. Je ne suis peut-être qu'une enfant, mais je le vois bien, votre vie est aussi vide que vaine... Vous n'êtes qu'un fantôme !

Valérius ne répondit pas mais elle put constater que ses paroles avaient porté. Elle lui aurait fait moins mal en lui cinglant le visage d'un fouet.

Ariale poussa son avantage :

– Détruire vous entraîne vers le vide, et le vide est l'opposé de la vie, même une enfant elde sait cela.

– Et pourquoi me dire tout cela, pourquoi m'abreuver de ta philosophie ?

Il se leva pour saisir une autre bouteille afin de se resservir un énième verre. Hormis ses pommettes rougies et ses yeux injectés de sang, il paraissait tout à fait sobre.

– Parce que je sens que vous n'êtes pas tout à fait comme les autres. Je sens que vous pouvez apprendre, vous pouvez *changer*. C'est la première étape de ce qui pourrait vous rendre heureux.

– Heureux ?

Il ricana avant de porter son verre à ses lèvres et de le vider d'un trait.

– Heureux ? répéta-t-il.

Et il se resservit aussitôt.

– Oui, parfaitement, heureux. Tenez, je vais vous poser une simple question : vous rappelez-vous un moment de bonheur dans votre vie, sincèrement ? Je parie que non !

– Si, ma petite, justement ! J'étais rentré au domaine de la Tour Noire, en permission, je venais d'être nommé officier. Toujours est-il que j'ai passé l'après-midi à jouer avec ma Lyssa. Je la faisais monter sur mon dos et je caracolais comme un cheval. Tu nous aurais vus rire !

Le général avait visiblement gardé une vision très claire de cette journée, de ce souvenir qu'il paraissait chérir. Il essuya sa bouche avinée du dos de la main avant d'achever :

– La semaine suivante, elle était morte. Je suis rentré avec son cadeau d'anniversaire, un magnifique étalon blanc, et la tenue de cavalière que tu portes. Elle était là, sur le perron de la maison. Son petit corps déchiré, maculé de sang.

– Alors vous vous vengez. Vous tuez, vous détruisez vos ennemis. Et depuis, le bonheur vous est refusé, vous comprenez ?

Il se prit la tête à deux mains.

–Non, je ne comprends pas… Je ne comprends plus rien. Tu m'embrouilles avec tes bons sentiments.

–Je pense que vous saisissez, au contraire. Mes propos, vous pourriez les rejeter en bloc ou vous en moquer, or, ce n'est pas le cas. Vous savez que j'ai raison mais vous n'osez pas vous l'avouer car ça vous fait mal ; vous vous sentez coupable. Mais vous commettez une terrible erreur en agissant ainsi. La vengeance que vous exercez vous a rendu semblable à ceux qui ont tué votre sœur.

–Mon crâne bout à t'écouter, il va finir par éclater ! gémit Valérius. Pourquoi est-ce que je te supporte ?

–Parce que je dis la vérité ! Songez à votre sœur, songez à ce qu'elle penserait de vos actes !

–Je te le redis, laisse ma sœur tranquille !

–Oui, vous avez raison, il vaut mieux la laisser, en effet. Au moins repose-t-elle en paix. Si elle était là, aujourd'hui, avec nous, si elle voyait ce que vous êtes devenu, je gage qu'elle n'aurait pas très envie de vous fréquenter. Encore moins de jouer au cheval avec vous !

–Ma sœur appartient au passé. Cela n'a plus d'importance.

–Mais ce passé vous *hante*, il vous empêche de voir la réalité !

–D'accord, petit rat, pour le plaisir de la discussion, je vais jouer ton jeu. Que proposes-tu ? Comment dois-je agir ?

–Commencez par épargner ce village, par épargner ces innocents. Oubliez votre vengeance, faites preuve de pitié.

–La pitié est une faiblesse dans notre monde, rétorqua Valérius en tournant son verre entre les mains. Et si je montre la moindre faiblesse, ceux qui veulent ma place auront ma tête. C'est ainsi que cela se passe dans les armées du Shaddak'. De plus, j'ai mes ordres, je ne peux défier le Maître. Même si je le voulais, je n'en aurais pas le pouvoir. Il me broierait, moi et mes hommes, à l'aide de ses runes.

– Alors c'est que vous servez aveuglément un homme mauvais. Et vous, vous n'êtes pas mauvais ; vous croyez l'être mais vous vous trompez. Et ce n'est pas de la faiblesse que d'épargner des innocents, au contraire.

– Tu m'embrouilles avec tes paroles ! se plaignit encore le général en se massant les tempes. Tes mots s'engluent dans ma tête, résonnent si fort que je n'arrive plus à réfléchir. Es-tu une sorcière pour m'envoûter ainsi ?

– Je ne suis qu'une Guérisseuse, et encore novice, sourit doucement la cadette des Garamont. Je ne fais que réveiller votre conscience, voilà tout. Ce que vous faites, c'est *mal*, et je crois qu'au fond vous le savez. Si vous pensez à votre sœur, alors demain vous ne pourrez pas détruire ce village. Là d'où elle repose, elle vous voit, Valérius. À vous de décider l'image que vous voulez lui donner. Je vais vous laisser réfléchir à tout cela, à présent. Bonne nuit.

* * *

Le lendemain matin, les guerriers se préparaient au combat. Valérius fit convoquer Ariale.

– J'ai trop bu, hier soir ; j'ai la migraine, tu es guérisseuse, soigne-moi !

– Non.

– Comment non ?

– Si je le faisais, cela vous inciterait à boire encore plus.

– Je t'ordonne de me soigner !

– Non.

– Attention, Ariale, je pourrais me fâcher.

– Allez-y.

– J'ai réfléchi à ce que tu m'as dit hier, changea-t-il

de sujet en évitant son regard, je ne peux pas braver les ordres du Maître, je n'ai aucune envie de me suicider !

–Je suis sûr que vous agirez comme il faut. Écoutez votre conscience.

–Ne rêve pas !

S'équipant de son épée runique, de sa cape, il quitta la tente, sauta en selle et se lança à la tête de ses hommes sans un regard en arrière.

* * *

Une couple d'heures plus tard, les soldats étaient en position devant un assemblement de huttes à moitié cachées en bas des contreforts d'une montagne. Sous la lisière des bois, les soldats étaient déployés sur une seule ligne, les pointes de leurs lances abaissées, prêts à charger.

Valérius contempla le village qui s'éveillait dans la quiétude. Dans la brume matinale, une Orcke sortait traire une vache. Un enfant appelait ses parents. Le troupeau de boucs et de chèvres qu'entretenaient les renégats bêlait par instant. Peu à peu les villageois quittèrent leurs petites huttes pour vaquer à leurs occupations quotidiennes. C'est vrai qu'il y avait peu d'Orcks de sexe masculin. Impitoyablement pourchassés par le Shaddak-Llogo'th, les renégats mâles mourraient jeunes. Quant à leur famille, leur sort n'était pas tellement plus enviable.

Le général contemplait les renégats, sans plus vraiment les voir. S'imposa dans son esprit tourmenté le visage d'Ariale qui le toisait les sourcils froncés, son petit nez plissé, nettement désapprobatrice. Aux traits de la fillette se superposèrent ceux de Lyssa. Puis, les deux visages se mêlèrent pour ne faire plus qu'un, et le général ne savait plus s'il contemplait celui de sa sœur défunte ou celui de la petite Elde.

Ébranlé par cette vision, Valérius appela Wörl et, à la grande stupeur de celui-ci, annula l'attaque.

–Le Shaddak' ne va pas être content, quand il va l'apprendre, jugea son second.

–C'est mon problème. Je lui expliquerai, répondit le général, le regard ailleurs.

–Lui expliquer quoi ? Que vous avez refusé d'exécuter ses ordres ?

–Ne dépasse pas les bornes, Wörl, n'oublie pas ton rang ! tonna Valérius la main ouverte devant lui, prêt à invoquer son épée magique.

–Excusez-moi, général. Cela ne se reproduira plus.

–Je l'espère pour toi. Allez, en route. Nous rentrons au camp.

* * *

Ariale l'attendait debout devant sa tente. Elle avait pressenti son arrivée. En voyant l'expression de ses traits, elle comprit et se rua dans ses bras pour l'enlacer. Gêné, le général s'empressa de l'emmener à l'intérieur.

–Avant de te rencontrer, tout allait bien, lui dit-il. À présent, je chevauche le serpent-chaos, je ne sais plus ce qui est juste. Que me fais-tu, petit rat ?

–Je n'agis pas autrement que n'agirait votre sœur, et cela, je pense que vous vous en rendez compte. C'est le remords qui vous fait chavirer. Mais c'est bien. Vous avez choisi la bonne solution, Valérius, croyez-moi…

–Nous verrons, répondit-il, pas vraiment convaincu.

La tente démontée, les bagages rangés, le fourgon attelé, en colonne par deux, le Sixième de cavalerie bran prit la route qui le mènerait au palais.

En chemin, ils subirent l'attaque d'un couple d'aspics affamés qui massacra dix guerriers bran avant de succomber aux charges des lanciers et à l'épée runique du général, qui combattit au mépris de sa vie.

Il devint maussade. Leurs soirées se firent silencieuses. Quelque chose le travaillait, c'était visible. Était-ce le souvenir de sa sœur ? Le sentiment d'avoir commis une erreur en épargnant les renégats ? Ou bien encore une autre raison ? Ariale aurait tout donné pour le savoir. Son sort en dépendait directement. Jusqu'ici, elle avait réussi à cadenasser la confrontation avec le maître des Maûnes dans un coffre, au fin fond de son esprit. Mais le coffre s'était rouvert et la fillette sentait la peur la reprendre. Qu'allait-il lui arriver à présent ? Où étaient les compagnons, son père ? Allaient-ils bien ?

Le soir même, elle profita du souper pour demander à Valérius :

– Que vais-je devenir ?

Le général n'avait pas bu de tout le repas. Du moins pas d'alcool. Il prit son temps pour répondre avec peut-être une certaine gêne :

– Je vais te livrer au Shaddak'. Il n'y a rien d'autre à dire.

Mais il était clair que l'idée le dérangeait.

– Je ne peux te garder avec moi, reprit-il. Je risque déjà ma tête pour t'avoir cédé. J'ai épargné les renégats, d'accord, mais je ne peux faire plus…

– Je comprends, murmura la fillette, glacée.

Elle avait attendu une autre réponse.

– Tu devrais aller te coucher, demain nous partons à l'aube, annonça le Maûne en fuyant son regard. Nous arriverons au palais dans la matinée.

– Bonsoir, se contenta de dire Ariale.

Elle ne voyait pas quoi ajouter. À part le supplier ; ce à quoi elle se refusait absolument.

Une fois l'enfant elde hors de la tente, Valérius se leva, s'empara d'une bouteille de Vieux-Rouge qu'il déboucha. Il délaça sa chemise et alla s'asseoir devant sa table. Les bras croisés sous son menton, il se mit à fixer son verre plein posé devant lui.

Il était de retour dans le passé, contemplant une ravissante enfant bran aux longues tresses brunes, le visage couvert de taches de rousseur, juchée sur le dos d'un tout jeune homme au visage éclairé par le rire.

Il saisit son verre, le tint un instant devant lui avant de le vider sur la nappe. Il se leva, empoigna la bouteille et la fracassa contre un des piliers de la tente. Quelques minutes plus tard, celle-ci était plongée dans le noir.

* * *

À voir la tête du général de la Tour Noire, il n'avait pas dormi de la nuit. Néanmoins, sa mise était impeccable. Il monta en selle et, sur son commandement, la colonne s'ébranla.

Après avoir suivi la Route des Maûnes – qu'Ariale ne devait rien en voir puisqu'elle était enfermée dans le fourgon – ils arrivèrent à un embranchement. Ils venaient de l'ouest et non du sud-est, comme les compagnons. Valérius leva la main pour faire arrêter ses troupes.

– Stroken, je te confie le régiment. Le palais est en vue, je n'ai plus besoin de vous. Rentre au domaine, je vous y rejoindrais après avoir vu le Shaddak'. Wörl, tu m'accompagnes.

Ariale fut descendue du fourgon. Elle fixa Valérius et celui-ci la contempla en retour les mâchoires serrées. Seulement accompagné du Borgh, la fillette en croupe, il reprit la chevauchée. Ariale se serrait contre le cavalier en étouffant ses pleurs. Shruti n'osait sortir mais elle sentit sa petite patte lui caresser le bas du dos.

Le palais n'était pas gardé. Ils entrèrent au trot par l'entrée ouest et se rendirent aussitôt aux écuries qui se trouvaient au sous-sol et dont l'entrée était camouflée derrière un mur d'apparence anodine. Ariale découvrit qu'un vaste réseau souterrain avait été bâti sous le palais, insoupçonnable de la surface. Ils ne rencontrèrent personne mais à mesure de leur marche, Ariale percevait des voix rauques, des interjections, des gémissements se réverbérer le long des murs, et qui la faisaient frémir. Ils descendirent un escalier et atteignirent enfin un long couloir percé de portes renforcées d'acier. La fillette fut enfermée dans une petite cellule humide sans fenêtre uniquement meublée d'un lit étroit recouvert d'une couverture miteuse et d'une fosse d'aisance. Valérius se refusa à lui adresser la parole.

Une fois la fillette enfermée à double tour, le général et son second remontèrent à l'air libre. Cependant, au lieu de se rendre auprès du maître, Valérius conduisit le Borgh sur une terrasse secrète ouverte sur le morne paysage du Monde gris. Wörl n'eut pas besoin d'interroger son supérieur. Celui-ci soupira et dit :

– J'hésite, Wörl, j'hésite à rendre la fille Garamont…

– Baaskrah, général ! Elle vous a envoûtée, cette sorcière elde !

– Non, Wörl, au contraire, elle m'a ouvert les yeux sur ce que j'ai fait de ma vie. Je ne peux la donner au Maître. Jusqu'ici je n'ai jamais remis les ordres en question mais là je ne peux pas ; elle m'a sauvé la vie… Et ce serait trahir la mémoire de Lyssa.

– Mais moi je peux agir, général. Laissez-moi m'en charger, je vais l'emmener au Shaddak'. Débarrassons-nous de cette enfant maudite ! Après, je vous le promets, tout redeviendra comme avant.

Comme *avant*. Les mots résonnèrent sans l'esprit du général, étirés à l'infini de sa conscience. Il n'attendait qu'un argument pour céder à la raison et à son devoir… Tourner le dos à toute cette histoire. La décision était prise, presque prise. Et puis Wörl avait prononcé ces simples mots.

Comme avant.

– Et si je refusais de la livrer au Shaddak', Wörl, quelle serait ta réaction ? Me suivrais-tu toujours ? Dis-moi la vérité…

Le Borgh leva ses énormes poings qu'il serra d'agacement et d'incertitude mêlés. Après quoi il tourna le dos à son supérieur et se mit à contempler le paysage, manifestement en proie à un débat intérieur.

Toujours dos à son maître, il dit :

– Je craignais cette question… Vous savez que je vous ai toujours suivi, général, ma famille sert la vôtre depuis six générations. Mais aujourd'hui, je ne sais plus ce que je dois faire. Vous voulez trahir le Maître… hérésie ! Je crois que la sorcière vous a empoisonné l'esprit. Nous sommes des Maûnes, ne l'oubliez pas. Vous devez vous reprendre, vous n'êtes plus vous-même !

Marquant une pause, il écarta ses bras massifs en guise d'impuissance. Mais tandis que le Borgh se concentrait sur son monologue, Valérius s'en était rapproché sans faire de bruit tout en dégainant un long stylet de sa manche. Il s'arrêta à trois pas de son subordonné qui reprit :

– Vous allez tout perdre si vous écoutez cette enfant. Et moi aussi je vais tout perdre… Non, je ne peux vous laisser faire !

– Je savais que tu dirais cela, répondit Valérius d'un ton sincèrement désolé.

Et il plongea son arme dans la nuque de son adjoint. Le poison contenu dans la lame était si virulent que malgré sa corpulence, le Maûne fut terrassé. Il s'écroula la bouche ouverte, les muscles de son cou tétanisés, saillants comme des cordages.

Le général se pencha sur sa victime.

– Adieu, Wörl. Sache que je ne pouvais faire autrement… Tu vois, je ne comprends pas vraiment pourquoi, mais je sens qu'il est vital de sauver cette petite.

En vérité, tu m'as bien servi. Puisse ton esprit trouver la Bataille Ultime !

Mais le Borgh avait les yeux vitreux ; sa conscience l'avait déjà quitté.

* * *

Ariale était assise sur le lit, la tête contre ses genoux relevés. Son esprit chavirait. La peur se faisait de plus en plus présente. Où étaient les compagnons ? Où était son père qu'elle n'avait pas vu depuis plus de trois ans. Le Shaddak-Llogo'th allait-il lui faire du mal ? De cet entremêlement de pensées naissait le chaos.

Un bruit de pas dans le couloir suspendit ses tourments. La porte fut déverrouillée et s'ouvrit lentement. Ariale se figea et cessa de respirer.

La silhouette du général masqua l'embrasure. Il arborait un pâle sourire :

– C'est une folie que je risque de payer par plus cher encore que ma vie, mais je vais t'aider, petit rat. Viens, nous allons tenter de quitter le Palais. Après, nous verrons bien. ; je vais tâcher de te ramener *chez toi*.

Ariale lui sauta au cou. Et Valérius ne parvint pas tout à fait à cacher un embarras mêlé d'émotion.

Se reprenant, il la prit par la main et s'engagea dans le couloir. Éclairé de torches fichées dans les murs, il la mena à travers un dédale de couloirs qui courait sous l'édifice. Tout allait bien jusqu'au moment où une cloche résonna sur la pierre brute des murs.

Ils s'immobilisèrent. Devant eux, du bruit, beaucoup de bruit et d'exclamations maûnes. Ariale reconnut le timbre guttural des Orcks mêlé à celui, nasillard, des Goblins ; l'accent sifflé des Brans cédant au parlé rauque des Borghs. Un bataillon de gardes se regroupait, on venait d'annoncer la présence d'étrangers dans le palais. De tous côtés arrivaient des guerriers. Cette mobilisation leur bloquait la sortie. L'officier jura tout bas et entraîna la fillette dans la direction opposée. À plusieurs reprises, ils durent s'enfermer dans des pièces heureusement désertes et par ailleurs poussiéreuses, pour éviter divers flots de guerriers qui couraient prendre leur poste.

Obligés d'emprunter des voies détournées pour ne pas se faire repérer, ils finirent par se retrouver à longer le balcon du premier étage qui surplombait la cour intérieure.

C'est alors qu'Ariale tressaillit avant de pousser un cri étouffé :

– Attendez, ce sont mes amis ! Et il y a mon père !

Le général n'eut que le temps de la saisir au passage et de l'obliger à se baisser avec elle. Prudemment, ils passèrent la tête entre les colonnes de la balustrade pour contempler la cour où les compagnons venaient d'être faits prisonniers.

– Doucement, petit rat ; fais doucement, murmura Valérius. C'est rempli de gardes en bas. Tu les vois qui entourent tes amis ? Dans de telles circonstances, ce serait folie de descendre !

– Je ne partirai pas sans eux !

– Écoute, Ariale, j'ai dit que je t'aiderais, non ? Je vais faire mon possible pour te rendre à ton père, mais pas n'importe comment. Il faut choisir son moment et celui-ci n'est pas arrivé. Mais… Quel est cet étrange animal autour de ta taille ?

– Parce que vous le voyez ? C'est Shruti, mon ami.

– C'est étrange, je ne m'étais jamais rendu compte que tu avais un familier.

– Shruti n'apparaît que lorsqu'il le veut. Et jamais devant un ennemi.

– C'est vrai, Ariale, je ne suis pas ton ennemi.

Il lui serra les mains, elle l'étreignit en retour. Ils se regardèrent et grâce à sa vision intérieure, la fillette put constater que l'aura de Valérius s'était nettement éclaircie.

Tapis derrière le balcon du premier étage, ils assistèrent à la suite des événements. Ariale frémit en découvrant que le Shaddak-Llogo'th n'était autre que Margot, la femme de Zétide, mais plus encore, en percevant ce qu'elle dégageait. Même le halo de noirceur de Kalch'ak avait une signature commune avec celles des peuples de l'Ældo. Or, celui de la sorcière n'avait plus rien en rapport avec les races pensantes du Troisième Monde. Contrairement à toutes les autres qui prenaient la forme d'un nuage dense, au-dessus de Margot flottait un filet effiloché, arachnéen, presque sans substance et pourtant doté d'une force aussi redoutable que corrompue.

Minutieusement, Valérius examina la situation en contrebas, la position des Eldes, celle des gardes, l'emplacement du rocher runique. Son regard erra sur la cour avant de remonter à l'étage où il se figea sur les statues. Un petit sourire se dessina sur son visage mince.

– Reste là, je reviens.

– Où allez-vous ?

– Donner à tes camarades un avantage dont, j'espère, ils sauront tirer parti. Ils ont besoin d'une diversion et je crois avoir trouvé laquelle. S'ils sont aussi bons guerriers que tu me l'as conté, ils réussiront à en tirer parti. Si tout se passe comme je l'espère, nous allons descendre par cet escalier pour rejoindre ton père. Sinon, j'aviserai. Attends-moi ici et fais-moi confiance, je reviens te chercher.

Le fait que le Maûne puisse voir l'amovible, pour elle, était la meilleure des garanties. Oui, elle avait confiance en lui. Elle se laissa gagner par un espoir qu'elle avait trop longtemps muselé.

Le général lui caressa le haut de la chevelure avec une surprenante tendresse, puis se prépara à partir.

– Valérius…
– Oui ?
– Lyssa serait fière de vous !

Le général sourit plus largement, comme libéré d'un poids pesant. Tout en veillant à ne pas se faire voir, il alla se placer un peu plus loin, derrière une statue.

Lorsque la sorcière échoua à invoquer l'Arcane et fut atteinte par le choc en retour, Valérius se releva, la main ouverte devant lui. Son épée y vola, sa lame s'embrasa de son feu orangé et d'un revers, il trancha les pieds de la statue au ras du socle, avant de pousser celle-ci dans le vide. Sans attendre, il agit de même avec une seconde statue. Les archers goblins écrasés, les Eldes purent saisir leur chance et récupérer leurs armes.

Le général revint jusqu'à la fillette qui l'attendait sagement en haut des escaliers. Il activa un nouveau pouvoir de son arme et les runes gravées sur la garde s'illuminèrent un bref instant. Lorsque Valérius sépara ses mains de la poignée de sa lame, chacune tenait une version de l'épée ; celle-ci s'était dédoublée. Armé de ses lames jumelles, il annonça :

– On attend le bon moment et alors on y va. Surtout reste derrière moi et ne t'affole pas. Tu es prête ?

– Non, mais je ferai comme si, répliqua la fillette soudain tremblante à l'idée de tout ce qui pouvait mal tourner.

– Ça va aller, tu vas voir.

Côte à côte, ils détaillèrent l'opposition des forces, Ariale attendant désespérément le moment de rejoindre son père. Une fois les Eldes en position sur l'estrade, Valérius se décida. Il hocha la tête en direction de la fillette et s'engagea sur les escaliers.

* * *

Ariale se jeta dans les bras de son père, le seigneur de la Tour noire prit position dans le cercle de défense. Il adressa un signe de tête pour saluer le chevalier de Garamont et les autres. Le chevalier lui répondit de la même façon, sans pouvoir s'empêcher de sourire largement à celui qui venait de lui rendre sa petite fille.

Sans avoir à se concerter, les compagnons accueillirent cet allié aussi improbable qu'inespéré avec enthousiasme. Un guerrier accompli de plus dans une situation aussi désespérée, même un Maûne, ils auraient eu bien mauvaise grâce de le refuser.

Les gardes de la sorcière se ruèrent à l'assaut de l'estrade. La bataille du palais avait débuté.

D'un bras, Éras tenait Ariale plaquée contre lui. D'une frappe de son épée, d'une seule, le chevalier abattit deux adversaires. Il souleva la fillette, la porta jusqu'à Zétide, prit le temps de l'embrasser avant de la confier au mage. Enfin, il reprit sa place dans le cercle de défense, les yeux brillants d'une implacable résolution.

Les yeux toujours rivés dans ceux du mage, Margot ordonna à ses guerriers de ne pas toucher à ce dernier.

Le vieillard ne parvenait pas à admettre que la Sorcière fut réellement son ancien amour. La créature qu'il affrontait était un monstre de haine perverse. C'était peut-être l'enveloppe de Margot, mais l'essence de celle-ci, son âme, ne pouvait avoir subsisté.

Une terrible mêlée s'était engagée dans la cour. Les archers qui avaient survécu à la chute des statues avaient succombé aux flèches conjointes de Vertymbras et de la chasseresse. Le Capricorne faisait preuve d'une vitesse, d'une coordination sans égales. Il tirait quatre flèches lorsque Lucia n'en décochait qu'une seule. Et toutes les siennes touchaient au but.

Le vacarme des affrontements se réfléchissait sur la pierre polie et le gris du ciel s'épaississait, à présent traversé d'éclairs fuligineux provoqués par l'influence néfaste de la Malerune.

Cependant les Maûnes ne pouvaient tous combattre à la fois. Trop nombreux, ils se gênaient ; l'estrade n'était pas assez vaste pour les contenir et il leur fallait l'escalader pour aussitôt répondre à l'attaque d'un des compagnons. Ils étaient supérieurs, bien supérieurs en nombre, toutefois, cette supériorité s'avérait pour le moment un handicap bien concret.

Le général Valérius ne combattait pas. Il dansait, bondissait, virevoltait. Toujours élégant, presque languide, toujours altier, ses deux épées embrasées dans les mains, légères comme la plume, brûlantes d'une lave condensée. Ombre noire, souple et mortelle, il frappait les siens sans regret. C'était peut-être, sans doute, le seul, le premier Maûne, non à se dresser contre les siens – pratique plutôt courante – mais à prendre fait et cause pour les Eldes.

Mjöllnar débuta le combat de ses haches de jet, une dans chaque main, qu'il lança par vagues de deux, simultanément. Six haches, six morts. Une fois son arsenal épuisé, il se fit un plaisir d'accueillir les Maûnes de sa lame de bataille au moment où ils venaient à peine de poser le pied sur l'estrade, en recherche d'équilibre. Tel un bûcheron particulièrement acariâtre, il ahanait en portant ses larges coups de taille.

Vertymbras discourait à voix haute tout en décochant ses flèches.

– Prends celle-là, maudit ! Et voilà pour toi, triste sire ! Ah, encore un capitaine, non deux, et un seigneur de clan ! Voilà qui mérite une explosive. Tenez, sombres mécréants, et bien le bonjour du sire Vertymbras !

Sa flèche magique explosa sur ses cibles, projetant une dizaine d'ennemis dans la mort.

Dans le but d'ajouter au désordre des assaillants, le

Capricorne visait en priorité les officiers, aisément reconnaissables à leurs épaulettes cramoisies. Hélas, des flèches runiques, il en avait fort peu, car, contrairement à leurs simples consœurs, celles-ci n'étaient jamais réutilisables.

Alors que les Maûnes commençaient à baisser le pied, le martèlement sourd s'affina pour devenir le son de multiples sabots, d'une lourde cavalcade. Du couloir central surgirent une horde de guerriers vêtus de hauberts de mailles rouges et de kilts de cuir renforcé, armés de grandes haches à double tranchant. Ils étaient là, les soldats d'élite de la Garde Pourpre. Les meilleurs des meilleurs, les Taurins dont la joue était scarifiée de la rune de leur souverain. Non seulement ils faisaient preuve d'une constante loyauté envers leur monarque, mais également et surtout ils n'avaient jamais connu le goût amer de la défaite.

Les guerriers taurins se rangèrent en rang sur les côtés de la cour, leurs grandes haches, leurs longues épées dentelées posées devant eux, lames contre le sol. Ils attendaient quelque chose ou plutôt quelqu'un. Les compagnons en profitèrent pour souffler.

Le couloir du centre résonna aux pas puissants de sabots qui claquaient sur le sol de marbre. Apparut un Taurin encore plus musculeux que les autres, qui traversa la cour en repoussant les autres Maûnes sans le moindre ménagement, n'hésitant pas à frapper du long manche de sa hache ceux qui tardaient à s'écarter pour lui livrer passage. Ses longues cornes qui remontaient vers le ciel étaient toutes deux teintes, l'une en rouge, l'autre en noir. Un seul Taurin avait ce privilège : Osgorös le Destructeur, champion incontesté de sa race.

– Éras de Garamont, tu es à moi ! beugla le Taurin, ses petits yeux rougeoyants plaqués dans ceux du chevalier.

Le Taurin le surplombait d'au moins une tête et demi ; il était deux fois plus large. Saisi de fureur, il balaya l'air de sa hache, tuant deux Orcks au passage. Se ramassant sur lui-même, il bondit sur l'estrade, faisant trembler la roche.

D'un accord informulé mais tacite, Maûnes et Eldes suspendirent le combat et s'écartèrent des deux guerriers.

– Depuis les Jours Rouges, j'ai maintes fois souhaité ta mort, Garamont, ensuite je l'ai rêvée, annonça le Taurin. Aujourd'hui, je te contemple et tu es à ma portée ; ma hache réclame ton sang !

– Bonjour, Destructeur, répondit plus simplement Éras en inclinant légèrement la tête. Est-ce pour te donner du courage que tu t'égosilles ainsi ?

– Baaskrah, ne me nargue pas, Éras, ce jour est celui de ton trépas ! Ce soir, soi-disant héros de Manès, je boirai dans ton crâne !

Le champion des Taurins se rua sur le chevalier. Il maniait sa lourde hache d'une seule main, ce qui aurait été impossible pour le plus vigoureux des Humains. Il changeait constamment de prise, passant de la dextre à la senestre et inversement, afin de mieux déstabiliser Éras. Le chevalier tenait Fléau-des-Maûnes à deux mains, ne restait jamais en place, évoluant dans le périmètre imaginaire dévolu aux duellistes. Il se battait avec son habituelle sobriété, presque élégante, fluide, qui contrastait avec le style d'Osgorös. Pour sa part, le Taurin faisait preuve d'une puissance, d'une débauche d'énergie qu'il paraissait en mesure de conserver jusqu'à la fin des temps, obligeant Éras à se cantonner sur la défensive. Ne disposant pas d'une telle résistance, le chevalier économisait ses forces, évitant les coups plus qu'il ne les paraît.

Avec de telles armes, le moindre touché serait sans doute fatal.

Osgorös coinça l'épée d'Éras dans la jointure de ses deux lames, le temps de flanquer au chevalier un revers de l'avant-bras qui aurait pu fendre le roc. Éras esquiva d'une torsion du buste, fouetta l'arrière du genou de son adversaire pour le déséquilibrer et dégagea son arme. Juste à temps pour bondir sur sa gauche et éviter la hache d'Osgorös dirigée vers sa tête. Mais le Maûne le serrait de près. Le chevalier de Garamont trébucha sur le cadavre d'un Orck couché derrière lui. Osgorös en profita pour lui flanquer un coup de sabot dans les flancs, l'envoyant bouler sur le côté. Il beugla tout en avançant, sa hache mue d'un mouvement circulaire. Celle-ci s'abattit sur le chevalier à terre, prête à boire son sang. Mais, sans lâcher son arme, Éras roula sur lui-même et la lame du Taurin ne frappa que le sol, violant la pierre et projetant une pluie de quartz épars, sans que la lame runique ne s'en ressente.

Sans marquer de temps d'arrêt, Osgorös releva son arme qu'il saisit à deux mains et frappa de toutes ses forces, de haut en bas. Éras venait à peine de se redresser, cette fois il ne pouvait esquiver, il se résolut à parer de son épée.

Les runes de pouvoir tracées sur la double lame de la hache du Taurin s'activèrent au contact de la lame bleue, provoquant un embrasement d'énergie. L'épée d'Éras fut tranchée à ras par la hache du Taurin. L'énorme guerrier rugit de triomphe, se voyant déjà brandir en trophée la tête du plus grand des héros eldes. En retour, Éras lui adressa un sourire las. Il caressa la rune gravée sur le pommeau de son arme. Une nouvelle lame faite d'énergie pure, bleu pâle, apparut en une fraction de seconde pour remplacer l'ancienne. Éras écarta d'un revers faussement nonchalant la hache du Maûne stupéfait et, se haussant sur les pieds, il effectua un rapide mouvement latéral inversé. Son épée toute neuve se révéla aussi tranchante, aussi mortelle que la précédente. Figée dans la mort dans une expression incrédule, la tête d'Osgorös le Destructeur, champion des Taurins, alla fouler l'estrade, en provoquant un bruit spongieux. D'un coup de botte, le chevalier de Garamont renversa le cadavre du Taurin encore dressé et se remit en position de riposte, prêt à recevoir l'assaut du prochain mort en sursis.

S'ébrouant de la transe provoquée par l'intensité du duel, les Maûnes repartirent à l'attaque, portés de leurs cris haineux.

Vertymbras avait usé toutes ses flèches. À court de projectiles, il dégaina les deux dagues recourbées qui se croisaient sur ses reins et, après avoir averti son camarade onyx de ce qu'il projetait, il courut sur l'estrade, sauta en l'air, effectua un saut périlleux pour atterrir dans la cour en plein milieu des Maûnes. À peine avait-il atteint le sol, qu'il tourna sur lui-même, ses lames tenues à bout de bras, à l'horizontale. Autour de lui, les Maûnes reculèrent ou tombèrent, lacérés, tailladés, sans pouvoir répliquer à une telle vitesse d'exécution. Tout en combattant, le Capricorne se dirigea vers un point précis de la cour : la dépouille des archers goblins qu'il avait abattus au début de la bataille. Il fit le vide autour de lui, en profita pour s'emparer des carquois de trois de ses victimes, qu'il passa rapidement autour de ses épaules. Un garde orck se dressa derrière lui, levant son sabre dentelé. La dague de jet de Lucia lui ôta la vie en allant se ficher en plein son front. Le Capricorne roula sur le sol pour esquiver la charge d'autres gardes, prélevant au passage son tribut de mort pour parvenir jusqu'à l'estrade sur laquelle il sauta.

Ayant repris sa position sur l'estrade, le Capricorne récupéra son arc et s'empressa d'accabler les assaillants de leurs propres traits.

Épée longue dans une main, hache dans l'autre, les

armes noires du chevalier onyx se mouvaient indépendamment l'une de l'autre comme dirigées par deux volontés distinctes. Les Maûnes avaient martelé son armure de leurs armes mais le métal foncé des Nains se riait de leurs assauts.

Un Taurin à la crinière teinte en ocre jaune se jeta à sa rencontre, ses sabots faisant crier la pierre. Sa large hache à double tranchant était renforcée d'un tissage de runes rouges. Le Taurin se haussa sur ses pieds pour accroître son élan. Il arrivait de côté et venant à peine d'abattre un autre Maûne d'un aller-retour de son épée longue, Oriel ne le vit arriver qu'au dernier moment.

Un coup de sabot dans les côtes fit reculer l'Onyx. La hache du Taurin frappa à la jointure de l'épaule. Sa rune se révéla plus puissante que celle de l'armure, la lame se nimba de pourpre, grésilla au contact de l'acier et se fraya un passage dans la chair du chevalier. Du métal jaillirent sang et plumes.

Son bras inutilisable, le chevalier onyx dut se résoudre à lâcher sa hache. Le Maûne lui frappa l'avant-bras opposé pour faire tomber son épée. Oriel était désarmé.

Le Taurin se croyait victorieux. Il mourut transpercé à l'aine et à la gorge par les lames rétractiles de l'Onyx, dissimulées au niveau des genoux et des coudes de l'armure. Celle-ci avait eu le dernier mot. Oriel se hâta d'apposer sur la blessure une pierre de guérison mais son pouvoir était trop faible. L'artefact se fana avant d'avoir pu complètement soigner le guerrier qui grimaça en récupérant ses armes.

Toujours positionné l'un par rapport à l'autre, Hogo et Lucia avançaient, reculaient, attaquant ou défendant en utilisant la masse pesante des Taurins à leur avantage. Ils tournaient autour de leurs adversaires pour mieux les déséquilibrer au lieu de recevoir un assaut frontal. Renforcés du lien qui les unissait, ils échangeaient souvent leurs adversaires en plein affrontement pour mieux tromper leurs défenses et les éliminer. Leurs combinaisons maintes fois répétées s'enchaînaient les unes après les autres pour que toujours, à leur terme, l'un ou l'autre puisse délivrer le coup de grâce, couvert par son complice.

Mjöllnar avait dû reculer du bord de l'estrade car leur périmètre de défense s'était concentré. Il usait de sa petite taille pour passer sous la garde de ses adversaires, les tailladant de préférence aux jambes ou dans le bas-ventre.

Placé un peu au-devant des autres, le chevalier de Garamont démontrait que la lame éthérée de Fléau-des-Maûnes faisait plus de dégâts encore que l'ancienne. La vapeur bleutée qui se détachait de la lame – sans jamais altérer sa densité puisqu'elle se régénérait d'elle-même – s'insinuait dans les plaies quelle que soit leur gravité. Les Maûnes paraissaient alors comme éclairés de l'intérieur par une lumière bleue qui faisait luire leurs squelettes puis s'écroulaient en hurlant, en se débattant, accablés d'une horrible agonie.

Après avoir vérifié que ses camarades guerriers tenaient bon face aux Maûnes, Zétide se concentrait sur le modelage de la Malerune. Mais un Taurin au cou massif orné d'un collier de doigts humains réussit à percer le périmètre défensif et le percuta sur le flanc, l'envoyant cogner contre la Rune Maudite.

Dressée sur son balcon, Margot pointa son doigt sur le Taurin et susurra une suite de mots à la tonalité rocailleuse. Le Maûne lâcha son sabre et se prit la tête à deux mains en poussant des hurlements paniqués. Deux secondes plus tard, il explosait littéralement, arrosant ses voisins d'une pluie d'os écrasés, de sang et d'humeur.

– Pas lui, ordonna Margot d'une voix aiguë, vous entendez ? Le mage, vous n'y touchez pas !

De colère, elle abattit encore trois de ses guerriers. Le

front ouvert, le mage fut redressé par Vertymbras. Reprenant ses esprits, il se tourna vers le balcon pour constater que la sorcière le fixait, manifestement inquiète de son état. Zétide utilisa une de leurs deux dernières pierres de soin pour guérir la blessure – il ne pouvait se permettre d'avoir du sang dans les yeux en plein tissage – et reprit son tracé.

Les Maûnes s'élançaient sur le cercle de défense, la rage au cœur, l'invective à la bouche et l'acier aiguisé. Pourtant, ils étaient les uns après les autres découpés, pourfendus, épinglés par les guerriers eldes qui agissaient à l'unisson.

Partageant la vaillance de ceux qui refusaient la fatalité, l'espérance commune d'un destin supérieur, d'un monde meilleur, celle d'un remède aux tourments, ils se battaient pour eux-mêmes, pour permettre à Zétide de tracer l'Arcane, ils se battaient pour sauver leur monde tout entier. Ils étaient liés par le respect, l'amitié ou l'amour, puisant une force, une ténacité qui faisait défaut à leurs ennemis.

Sur la défensive, Hogo reculait sous les coups d'un Taurin. L'épée tournoyante, Lucia était aux prises avec deux Orcks. Le Taurin frappait trop fort, le kethan du Lycante s'envola de ses mains. Hogo se retrouvait démuni face à un Maûne armé d'une grande épée dentelée et protégé d'une robuste cuirasse laquée de rouge. La métamorphose du Septième Pouvoir s'opéra d'elle-même, invoquée sans qu'il le veuille par le désespoir de sa situation. La senestre du Lycante se transforma en une patte griffue qu'il plongea aussitôt dans le ventre du Taurin, forant sa cuirasse et découpant ses entrailles, entraînant un puissant cri d'agonie.

À présent, le guerrier-loup livrait un autre combat. Contre lui-même. La voix à la fois sournoise et attirante de la Rune Maudite le berçait de son chant maléfique, lui soufflait de s'abandonner au pouvoir, le seul et unique moyen de vaincre. Son corps brûlait de se transformer mais le Lycante refusait d'aller plus loin. Si près de la Malerune, il craignait trop, malgré la confiance et les dires de Lucia, de ne plus pouvoir se contrôler, de devoir abdiquer devant sa part de bête. Il le savait, transformé en loup-lycante, il ne maîtriserait plus rien, s'attaquerait sans discernement à tous ceux qui l'entouraient, sans se préoccuper qu'ils soient amis ou ennemis. Il combattrait et tuerait sans s'arrêter, jusqu'à sa mort ou celles de tous les autres. S'abandonner à son état de fauve, s'abandonner ou mourir, continuait de lui susurrer la Malerune.

Hogo hurla son refus à la face du ciel et son grondement couvrit un instant le fracas de la bataille. D'un terrible effort de volonté, il bloqua la métamorphose, jusqu'à réussir à en inverser le processus.

L'appel maléfique repoussé, il récupéra son kethan qu'il planta dans le sol, prit son élan et planta ses deux talons réunis dans la face d'un des deux Orcks qui menaçaient son amante, lui brisant mâchoire et pommette ; la chasseresse se défendit d'une botte en trois temps qui s'acheva dans la gorge du second.

Margot constatait la vaillante résistance des Eldes. Trop éprouvée pour faire appel à la magie du Parlé, elle ne l'était cependant pas pour utiliser les runes. Debout sur le balcon, elle leva les mains, prête au tissé.

Zétide allait commencer à tracer l'œuvre de sa vie, lorsqu'il aperçut le manège de la sorcière. Le mage hésita un bref instant avant de se décider.

– Ariale, je dois contrer Margot, sinon sa magie s'abattra sur nous. C'est toi qui vas tisser l'Arcane, invoque-la sur la Malerune en respectant les dimensions ; elle doit s'y fondre… Allez, mon enfant, tu es notre seul espoir, à présent !

La fillette déglutit. Elle voulut refuser, arguant de son inexpérience mais le mage était déjà focalisé sur le duel qu'il allait livrer au Shaddak-Llogo'th.

Avec un léger temps de retard volontaire, Zétide imita le dessin de la sorcière mais à l'envers, reprenant le moindre de ses gestes, défaisant les lignes de pouvoir à mesure qu'elle les traçait. Ils ne se quittaient pas des yeux. Le visage de Margot était gauchi d'une moue vindicative.

La sorcière termina son tissage et la rune s'éclaira pour aussitôt se dissoudre, révoquée par le pouvoir de Zétide. Elle fronça les sourcils et blasphéma de dépit. Retroussant les lèvres, elle entama un second tracé. Zétide attendit quelques secondes avant de défaire à nouveau l'œuvre de son adversaire et la deuxième rune fut abolie.

Ainsi débuta le duel des mages. Un duel de précision et d'endurance. Margot tissait le plus vite possible, comptant sur une défaillance de son ancien amant. Elle avait l'avantage, elle attaquait quand il ne pouvait que défendre. Zétide respirait fortement. Il avait les épaules contractées, un début de crampe derrière la cuisse ; une abondante transpiration coulait de son visage mais il ne pouvait l'essuyer. Il devait tenir la sorcière en respect, à tout prix.

Ils ne se quittaient pas des yeux. Margot avait recouvré un sourire confiant, Zétide était convulsé par l'effort. La moindre erreur de sa part, et la sorcière aurait libre cours pour les submerger de ses runes.

Les compagnons commençaient à fatiguer. Les pierres de guérison qu'ils avaient utilisées avaient perdu leur pouvoir. Désormais, ils devraient tenir sans soin possible. D'autant que le combat devenait délicat avec les nombreuses dépouilles de leurs ennemis abattus qui encombraient le sol et gênaient leurs mouvements. Et les Maûnes continuaient d'affluer.

– GA-RA-MONT ! scanda Lucia, faisant virevolter Rhisiart pour éventrer un Taurin trop confiant dans ses talents.

– GA-RA-MONT ! reprirent les autres, galvanisés par le cri de la jeune femme.

C'était la moins expérimentée d'entre eux qui ravivait leur courage.

* * *

Ariale était paniquée. Pas ça, pas elle ! Elle n'était pas prête. Elle n'était qu'une petite fille, on ne pouvait pas lui demander une telle chose ! Elle n'était tout simplement pas à la hauteur.

La fillette regarda autour d'elle pour constater que régnait le chaos. Elle se mit à gémir, prête à se laisser glisser sur le sol pour se rouler en boule. Il n'y avait personne, personne pour l'aider ou la rassurer. Personne d'autre que Shruti qui sortit la tête de sa cachette et lui adressa un regard empli d'une telle confiance, d'une telle tendresse que la fillette n'hésita plus.

D'instinct, plutôt que de modeler directement les runes, Ariale préféra tout d'abord se plonger dans son mantra préparatoire. Emportée par la transe, son environnement se réduisit pour disparaître tout à fait. Voguant sur l'onde du calme de son Moi, la guérisseuse s'immergea dans le puits d'énergie rayonnante de la Source. S'abreuvant de cette énergie, elle regagna la réalité et entama son tracé.

La Clef de Vie, tout d'abord, et ses lignes enchevêtrées qui s'éclairaient d'un nimbe orangé aux tonalités chaudes. Puis, successivement la Joverune, qui s'illumina de turquoise, la Juste Glyphe, activée par son vert rutilant, la Bellerune et son indigo dense ; la Glyphe Céleste, magnifiée d'or en fusion et la Blancherune, enfin, peut-être la plus féerique d'entre toutes, miroitante d'argent liquide. Une à une, les composantes se superposaient sur la Rune Maudite qu'elles recouvraient, sans pour autant effacer la précédente. Soutenue par la Source, la cadette des Garamont n'avait pas commis la moindre erreur, jusqu'ici. Toutefois, elle anticipait un hiatus dans le tracé ; il restait un goût d'inachevé. Oui, se rappela-t-elle, la révélation de Zétide, la nouée qui manquait !

Ariale combla la brèche de ses doigts fins. Enfin, alors que se poursuivaient les combats, elle acheva l'Arcane et usa de longues minutes à l'ajuster parfaitement sur le rouge et noir de la Malerune, pour la recouvrir de son manteau bénéfique aux six couleurs de pouvoir.

Margot cessa le duel en constatant l'intervention de la jeune guérisseuse. Son visage se contracta de frayeur. Elle lâcha un ordre sec à ses golems. Ceux-ci s'envolèrent au-dessus de la mêlée pour s'en prendre à la fillette. Ils montèrent dans le ciel pour prendre le meilleur élan possible.

Toutefois, l'ouïe avivée du guerrier lycante parvint à détecter le claquement sec et caractéristique de leurs ailes. Il avertit ses partenaires. Les golems s'abattaient en piqué sur Ariale et Vertymbras était le seul à pouvoir faire quelque chose. Il empoigna deux flèches en même temps. Des dents, l'archer arracha un des empennages de chaque trait qu'il encocha aussitôt après. Il leva son arc, visa et tira dans le même mouvement sur les démons ailés en pleine charge. Ses deux flèches fusèrent, traçant dans l'air un V oblique. Les deux golems furent simultanément atteints, le premier en pleine tête, le second à la poitrine et leurs corps sans vie s'écrasèrent contre les murs.

La bataille du palais se poursuivait. Des corps jonchaient le sol et le sang ruisselait. Dès qu'ils le pouvaient, les compagnons rejetaient les cadavres hors de l'estrade. Ils étaient tous blessés, à présent, plus ou moins gravement. Mais la Garde Pourpre l'avait payé cher, il ne restait plus qu'une dizaine de ses membres encore valide.

Alors qu'ils commençaient à croire en la victoire, le gong résonna une seconde fois et quelques minutes plus tard, la troupe de réserve du palais prit position dans la cour, composée de Rakins et de Brans, d'Orcks et de Borghs.

C'en était trop. Les Eldes étaient à bout. L'intensité des combats les avait trop diminués pour qu'ils puissent résister à cette nouvelle vague. Ils repousseraient l'échéance, certes, mais à terme seraient irrémédiablement vaincus. Les troupes fraîches remplacèrent leurs homologues et se jetèrent sur l'estrade. Leur élan fut tel que le cercle de défense des Eldes vola en éclats.

Son intégrité rompue, l'armure d'Oriel avait perdu sa résistance surnaturelle. Trois guerriers l'engagèrent simultanément, leurs armes runiques fermement empoignées. Oriel para un revers de sabre de sa hache, son épée contra la diagonale d'une lance courte. Mais le dernier des trois guerriers avait eu le temps de le contourner et la lame de sa hache se planta sauvagement dans le dos du chevalier onyx qui en lâcha ses deux armes. Les deux Orcks restants se jetèrent sur lui pour le frapper sans pitié. Touché en trois endroits, Oriel s'écroula en avant.

Vertymbras se rua sur les assassins pour les châtier de ses deux lames courtes. Il fit sauter la rotule du premier avant de lui trancher la gorge ; tournant sur lui-même, il fracassa la pommette du deuxième, pour l'éventrer dans la foulée d'un rapide aller-retour de ses deux dagues. Il accueillit la hache du troisième d'une croix formée par ses lames courtes qu'il rabattit pour trancher la main de son adversaire, puis sa tête. Mais, surpris par un Bran qui avait profité de l'affrontement pour le contourner, il fut lacéré au niveau des côtes et bascula sur son ami de toujours.

Le Bran leva son sabre et se prépara à les achever tous les deux. Il tressaillit, se cambra en arrière et cracha un jet de sang avant de s'écrouler sur le sol, le dos tranché de part en part par la hache de Mjöllnar. Le Nain décora le visage du mort d'un jet de salive brunâtre et se campa devant les corps de l'Onyx et du Capricorne pour les protéger. À peine avait-il eu le temps de se mettre en position que dix Borghs l'encerclaient. Et malgré sa hargne, le guerrier aux cheveux bleus ne parviendrait pas à les défaire. Sa cotte de mailles avait depuis longtemps cédée sous les coups et son sang la maculait d'une dizaine de blessures. Il avait également la tempe entaillée mais heureusement la plaie avait séché, traçant un trait vermillon tout le long de sa joue. Il voulut cracher une autre chique, mais sa bouche s'avéra vide de tabac.

Valérius n'attendit pas que ses compatriotes arrivent sur lui. Il bondit et avança droit devant lui, ses deux épées jumelles crépitantes. Pas un de ses adversaires ne pouvait l'approcher sans mourir, brûlé par l'énergie magmatique des lames. Le seigneur de la Tour Noire extermina au moins quinze des gardes de la sorcière avant de briser l'étau qui menaçait Mjöllnar. Il était arrivé juste à temps pour sauver le Nain qui gisait une lance plantée dans son épaule, à la merci d'une hache borgh. Valérius lui proposa de retirer la lance mais le guerrier aux tresses bleutées refusa. Il prit une grande inspiration et sortit la pointe de l'arme lui-même. Tandis que le général se retournait pour faire face au danger, le petit guerrier elde arracha un pan de sa tunique pour étancher la plaie.

– Ils arrivent, énonça simplement Valérius.

Le Nain prit le temps de sortir un gros morceau de tabac qu'il coinça contre sa gencive d'un air béat.

– Te bile pas, mon grand, tonton Mjöllnar est là, répliqua-t-il au général.

Les Maûnes chargèrent.

Hogo et Lucia tombèrent quasiment en même temps. Aux prises avec un guerrier ennemi, la chasseresse glissa sur une flaque de sang. Le Bran qu'elle affrontait en profita pour lui percer le flanc de son épée. Le guerrier-loup hurla de colère et planta la pointe ivoirine de son kethan dans la gorge du Maûne. Mais il avait baissé sa garde et un autre guerrier le fit tomber d'un revers de sabre au torse.

Couchés sur le dos, ils se fixèrent. L'amour qui transparaissait dans leurs paroles fut noyé par le fracas environnant, de même que le serment d'amour éternel qu'ils voulurent échanger. Hogo étendit la main pour la toucher, elle l'imita mais ils étaient trop éloignés de dix centimètres. Il ne leur resta qu'un long regard à partager où la tendresse combattait le désespoir.

Éras était le seul guerrier à n'avoir reçu aucune blessure. Mais de voir ses amis tomber, sa fille – de savoir qu'ils étaient submergés – lui étreignit le cœur. Il leur fallait des soins et vite, sans quoi ils allaient mourir. Le chevalier de Garamont jeta un regard fatigué autour de lui. La défaite pointait son détestable nez. Un instant, il envisagea de baisser les bras. Pourquoi s'entêter alors que tout était finalement perdu ? Mais la vision de sa cadette en train de tisser l'Arcane raviva sa détermination. Un Garamont ne capitulait jamais !

Mobilisant ses forces, il rejoignit Zétide, en plein duel avec Margot, et Ariale devant la Malerune, fauchant ses adversaires à mesure qu'ils se présentaient devant lui. Il y avait encore tant de Maûnes à affronter... Le chevalier savait qu'il n'en viendrait pas à bout. Oui, ils allaient sans doute tous mourir, mais non, il n'abandonnerait pas. Il pouvait encore se rendre utile, malgré tout. Faire gagner du temps aux deux mages, voilà ce qu'il pouvait faire.

Un coup - un mort. Sa longue épée vaporeuse coupa un Rakin en deux au niveau du bassin. Elle en décapita un autre, éventra un Borgh. Au moins vingt guerriers attendaient derrière, prêts à engager le fer avec lui.

C'était la fin et il n'avait même pas profité de ses retrouvailles avec Ariale. Oui, c'était bel et bien la fin.

* * *

Toujours plongée dans la Source, Ariale acheva son dernier tissage. Enfin complète, la Belle Arcane relâcha son pouvoir. Le corps de la fillette s'éleva, arqué en arrière, parallèle au-dessus du sol, enclos d'une bulle d'énergie créée des six coloris qui se chevauchaient. Des yeux de la guérisseuse, de sa bouche, jaillit une lumière aveuglante qui se mêla aux composantes de l'Arcane, et son Moi fut directement relié au maelström magique. On ne voyait plus la Malerune, à présent, recouverte par sa sœur mais pas encore dissoute. Ariale se sentait flotter dans un réseau d'énergie pure, cent fois plus puissante que la Source. Elle était maintenant plongée directement dans la matrice de l'Arcane, et son corps entier était parcouru d'une multitude de décharges électriques. L'essence de la Rune Première remonta le flot énergétique qui émanait de la fillette pour atteindre le centre même de sa Source qu'elle densifia de son tourbillon de couleurs constitutives. Créé des six composantes runiques et de la Source, naquit un vortex fluctuant qu'elle déversa sur la Malerune.

Margot devait à tout prix arrêter le processus. Elle leva ses mains et, utilisant le langage rocailleux, se mit à cadencer une suite de paroles inconnues. Entre ses doigts s'amassa une nébuleuse d'énergies rouge sombre et violettes. La sorcière bougea ses mains pour viser Ariale, mais Zétide se dressa entre la fillette et la sorcière, faisant rempart de son corps.

Au dernier moment, Margot dévia son sort qui alla réduire en poussière un des murs de la cour.

Elle n'avait pu se résoudre à frapper le mage, le seul être qui comptait pour elle. Zétide sut alors que véritablement, malgré tout, elle l'aimait. Malgré sa noirceur, malgré tout le mal qu'elle avait fait, oui, elle l'aimait encore. C'était à cause de son amour pour elle, de sa folle tentative pour sauver Margot, que la Malerune avait pris naissance. Et c'était à cause de son amour pour lui que la sorcière avait dévasté un monde et commis l'irréparable. Mais cette Margot-là n'avait rien de commun avec l'ancienne.

Dévalant les escaliers qui descendaient du balcon, elle s'élança vers lui, en criant, implorante.

– Tu m'aimes, Hypolus, je sais que tu m'aimes !

– Tu te trompes, Margot, répliqua Zétide, le cœur serré. Tu parles à un autre homme. Et cet homme ne peut aimer un être tel que toi. À part la chair, tu n'as rien de la femme que j'ai aimée.

Elle le supplia encore, tout en se rapprochant de lui, les Maûnes s'écartant sur son passage. Le sorcier d'Arcadie resta de marbre.

Digérée par l'influence bienveillante de la Belle Arcane, la Malerune cessa d'exister. Avec la dissolution de la Rune maudite, le pouvoir de la sorcière commença à décliner, aspiré vers son lieu d'origine, d'où Margot n'aurait jamais dû revenir, l'Oubli. La peau sur son visage commença à se faner, se fissurer, à se craqueler, tandis que l'énergie magique qui la maintenait en vie la fuyait ; le Temps rattrapait son œuvre. Vieillissant à vue d'œil, Margot vacilla, trébucha, les paumes levées pour implorer l'aide de Zétide, les prunelles teintées de ce qui semblait être du désespoir, de la tristesse et, sans doute, du regret. La sorcière finit par tomber en poussière alors qu'elle atteignait l'estrade. La destruction de leur maîtresse et de sa magie pervertie provoqua une onde de choc énergétique qui aveugla les Maûnes et les coucha sur le sol.

Au même instant, la bulle qui entourait Ariale disparut d'elle-même et la cadette des Garamont reprit pied dans la réalité, auréolée d'un pouvoir qui n'avait aucun égal dans le Troisième Monde. Le mélange de la Source et de la Rune Première était consommé et la fillette en ressortait changée à jamais, transcendée. Elle ressentait parfaitement, au plus profond d'elle-même, son Moi baigné non plus des couleurs de la Source mais de celles de la Belle Arcane – des Chatoyantes comme elle décida de les nommer. De son regard d'émeraude nanti d'une sérénité surnaturelle, Ariale avisa le champ de bataille et l'état des combattants.

Elle relâcha son pouvoir d'une simple pensée. À son invocation, une pluie aux six Chatoyantes, tramée de magie, se répandit sur les combattants, quel que soit leur camp, et guérit les blessures des amis comme des ennemis. Absorbés par la lumière multicolore, les restes des guerriers morts, leur sang, disparurent dans le néant. Seuls restèrent les armes et les débris qui jonchaient le sol.

Mais la pluie régénératrice, miraculeuse, ne se cantonna pas au palais. Elle déversa son arc-en-ciel sur le Maûne tout entier, traversa chaque Dalle pour aller se répandre dans les moindres recoins du Troisième Monde.

Lorsque la Malédiction frappera l'Ældo,
Lorsque l'En-bas rejoindra l'En-haut,
Une Rune pour ébranler le Monde,
Six pour restaurer l'Équilibre.
Six lieux et le Regard pour les trouver.
Une pour détruire, Six pour guérir.

*Assemble les Six, intègre-les à l'Une maudite et tu sauveras le Monde de sa folie…*

Les Dieux n'avaient pas menti. Et les changements annoncés par la prophétie, exercés par la douce force de la Rune Première se révélèrent impressionnants.

Dans le Maûne, les six couleurs de l'Arcane s'entrelacèrent sans pour autant perdre de leur intensité. Et le Maûne s'altéra, se modifia, redessiné, ou plutôt recoloré par le flux magique. Chacune des composantes donna sa couleur pour repeindre le Maûne et chasser le terne. Ainsi, la Blancherune donna son blanc argent pour la couleur de l'eau, des nuages ; la Joverune repeignit le ciel de son turquoise le plus pur. L'herbe, la végétation reçurent le vert intense de la Juste Glyphe ; la Clef de Vie donna au soleil – qui brillait pour la première fois –, à la lune et aux étoiles sa chaude teinte orangée ; la roche fut parée de l'indigo profond de la Bellerune et la Glyphe Céleste nimba la terre de ses doux reflets dorés.

Profondément transformé, désormais le Monde Gris n'était plus, remplacé par son opposé. Et dorénavant la couleur n'était plus signe de danger mais d'équilibre restauré. La faune et la flore furent délivrées de la frénésie destructrice provoquée par l'emprise de la Malerune. Le mal sans limite qu'incarnait le Shaddak-Llogo'th avait disparu à jamais, le Maûne recelait toujours du danger, une certaine violence inhérente à ces terres sauvages, mais selon une norme *tolérable*.

Les vagues immatérielles et chatoyantes qu'avait engendrées Ariale par le biais de l'Arcane s'engouffrèrent dans chaque Dalle pour aller se répandre dans le moindre des recoins de l'Ældo. Les méfaits de la Malerune furent balayés, dissipés, dissous par le cataplasme magique aux six couleurs et les nombreuses victimes de l'Entropia, la maladie maléfique, connurent une guérison aussi prompte qu'inattendue.

Enfin, sur un autre plan, plus fondamental, le repositionnement des deux faces du Troisième Monde, l'Ældo et le Maûne, s'opéra, chacune retrouvant son intégrité.

* * *

Vertymbras admira le ciel turquoise dans lequel voguaient des bancs de nuages au velouté argenté.

– N'avais-je pas dit que c'était une magnifique journée, compagnons ? sourit-il largement aux autres.

– Tu avais raison, approuva Mjöllnar pour une fois ravi, complètement raison, c'est une sacrée putain de belle journée !

Et le guerrier aux cheveux bleus cracha énergiquement sa dernière chique sur le sol.

Les compagnons se regardèrent, un peu ahuris devant ce qu'ils considéraient à la fois comme un miracle et un accomplissement. Ils étaient vivants et leur monde était sauvé, ils le ressentaient dans la moindre de leurs fibres. L'Équilibre était rétabli.

Les Maûnes s'étaient massés au fond de la cour, démunis de toute velléité de vengeance. Devisant entre eux, ils paraissaient ne pas savoir quelle conduite adopter. Leur porte-parole, un Taurin au pelage clair, finit par s'avancer au-devant des compagnons, les mains ouvertes et levées en signe de paix.

– Quelle puissance est-ce là ? demanda-t-il, son front massif plissé.

– La puissance de l'Arcane a vaincu la Malerune, déclara Zétide.

– Le Shaddak-Llogo'th n'est plus…, reprit le Taurin après avoir digéré cette réponse. Qui nous dirigera à présent ?

– Moi, dit Valérius en s'avançant. Je suis un Maûne, je serai votre souverain.

Le corpulent guerrier soupesa son interlocuteur pour ensuite s'incliner respectueusement devant lui.

– Tu nous dirigeras, Valérius de la Tour Noire, approuva-t-il de sa voix tonnante. Donne tes ordres !

Le nouvel empereur prit le temps de consulter Éras et

Zétide avant de répondre d'une voix claire, campé devant les siens :

– Maûnes, écoutez mes paroles et retenez-les : déposez les Hauts-Généraux, que les légions ou les hordes soient rappelées et dissoutes… La guerre est finie. Désormais, j'interdis l'esclavage ; que les esclaves eldes soient libérés et reconduits sans dommage dans leur monde. Ensuite, que les Dalles soient refermées. Les anciennes règles sont abolies ; la terreur, l'oppression, la dévastation ne seront plus, déclara-t-il avec autorité. Le nom du Shaddak-Llogo'th ne sera plus jamais prononcé. Allez, maintenant. Je vous retrouverai pour la suite !

Les gardes ayant quitté les lieux pour répandre ses paroles, Valérius de la Tour Noire se tourna vers Ariale :

– Je mènerai mon peuple comme il convient. Cela prendra du temps mais j'y parviendrai, pour toi, petite fée. Et sans *conquêtes*, je te le promets !

Les compagnons s'apprêtaient à rentrer dans leur monde, mais la cadette des Garamont n'en avait pas tout à fait fini. Elle demanda à Lucia l'avant-dernière graine de la Souche, qu'elle posa à même la pierre, en bas de l'estrade, en face de l'Arcane.

L'Arcane parla à Ariale, lui soufflant ce qu'elle devait faire. Au lieu de la mouiller d'eau, Ariale baigna la graine de la lumière multicolore de son pouvoir transcendé, pour qu'elle se nourrisse de cette clarté. À l'endroit où celle-ci disparut, se dressait à présent un arbre dont les racines avaient crevé la pierre pour rejoindre la terre nourricière. C'était un majestueux et extraordinaire végétal, avec un tronc cristallin et des feuilles dont les couleurs correspondaient aux Chatoyantes. Ses feuilles aux nervures aussi délicates que les ailes d'une libellule bougeaient insensiblement – alors qu'il n'y avait pas le moindre souffle de vent –, provoquant un tintement apaisant. Depuis les racines du végétal poussa une herbe drue, odorante et fraîche, qui s'étendit à vue d'œil pour recouvrir la pierre et peu à peu tout le palais. Sur ce tapis sylvestre, apparurent une myriade de petites fleurs aux teintes pastel. Un rideau odoriférant de vigne vierge s'étendit à son tour pour cacher les murs, escalader les balcons et engloutir le premier étage. Jaillissant du sol, un ruisseau se mit à couler en travers de la cour. À l'exception de l'endroit où trônait l'arbre, et de l'estrade abritant la Belle Arcane, le palais fut recouvert par la Sylfe magique.

Ne restait apparent qu'un casque orck, unique vestige et témoignage de ce qui avait été et ne serait plus. Témoignage d'un miracle, de l'Équilibre reconquis.

– Alors, c'est fini ? demanda Ariale, pelotonnée dans les bras de son père – maintenant que le prodige avait eu lieu, elle n'osait y croire. C'est bien fini, on a gagné ?

– Oh non, P'tit-Loup, répliqua sa sœur, le regard tourné vers son amant, ce n'est pas fini, ça commence à peine ! Hogo, mon loup, tu vas être papa !

Et la jeune femme se rua dans les bras du Lycante qui la saisit au vol. L'expression qui naquit sur le visage du guerrier-loup valait à elle seule tout ce qu'ils avaient enduré jusqu'ici.

# ÉPILOGUE

Il avait tenu à ce que cela se passe ici, chez lui, dans la maison des vignes.

Le soleil irradiait une chaleur douce, le ciel avait retrouvé son azur hypnotique, les fragrances fraîches et délicates des arbres en fleurs rajeunissaient l'odorat.

C'était le début du Printemps en Arcadie, la saison préférée de Zétide.

Dans les arbres, sur les treilles, autour de la maison, des lampions multicolores, des guirlandes soyeuses. Caressés par un vent allègre, des carillons éoliens tintaient joyeusement. Hérauts du printemps, d'espiègles papillons blancs, bleus et mauves, se coursaient au-dessus des vignes ou entre les arbres.

Le mage alluma sa pipe en traçant les runes de la Flammèche. Comme l'avait annoncé le Dire des Sylfes, le pouvoir de la Belle Arcane avait réalisé son œuvre. L'Ældo et le Maûne avaient retrouvé leurs places respectives ; l'Équilibre avait entamé son paisible règne, loué soit-il. La Malerune dissoute à jamais et les méfaits de l'Entropia abolis, toutes les races Eldes, sans exception, s'étaient vues guéries de la terrible maladie.

Valérius avait tenu parole. Les Maûnes étaient rentrés dans leur monde et avaient renvoyé par les Dalles tous les prisonniers entre leurs mains. Toutes les Dalles, sauf une, avaient été refermées. De nouveau, l'Ældo connaissait la paix. Et partout, on s'occupait à panser ses blessures.

L'air vibrait de joie, de quiétude et de douceur.

Zétide s'était placé à l'écart des autres. Un verre de son meilleur Vieux-Rouge à la main, sa pipe fumante dans l'autre, assis dans l'herbe, adossé contre un pommier en fleur, il contemplait ses invités, étreint d'une douce et agréable fatigue, presque saoulé de paix. Le mariage venait de s'achever. Chargées de victuailles et de vins fins, de grandes tables à nappes bleues avaient été dressées dans le jardin, sur la terrasse qui surplombait ses vignes. Les convives discutaient par petits groupes, un verre à la main. Chacun avait revêtu ses plus beaux habits pour assister à la cérémonie. Il y avait de nombreux invités, notamment une délégation envoyée par la Souche, venue de Tartass, comprenant des Mousses, des Farfadets, des Fionns et des Tortains, et même des Sylfes. Également présente, la famille d'Hogo rayonnante de fierté ; Rodd MacRonn et sa petite famille avaient accompagné Luvien ; Mjöllnar tout de bleu vêtu discutait avec ses compatriotes ; Cian le Pégöya n'aurait manqué un tel événement pour rien au monde. Il avait apporté en cadeau de mariage de jeunes poulains à robe pie, destinés aux futurs enfants des mariés.

Évidemment, le chevalier onyx et son camarade capricorne étaient présents, eux aussi. Le chevalier de Freux-Croix avait été intégralement guéri par Ariale et désormais, il n'avait nul besoin de son armure runique – à la fois sauvegarde et prison. Il portait un ensemble de velours léger, de teinte mauve à bandes sables, rehaussé d'un béret vert sapin. Le discours de Vertymbras qui avait ouvert le banquet avait été un moment fort ; l'archer avait fait preuve d'une finesse d'esprit qui avait fait rire les convives aux éclats. Il réussit même à provoquer le rire si particulier des Lycantes, amenant l'assistance tout entière à partager cette intense émotion sans pouvoir se retenir. Même les Sylfes se plièrent en deux d'hilarité.

Les époux étaient vêtus du plus beau lin, vieux rose pour Lucia et bleu lavande pour Hogo, et de petites guirlandes de fleurs tressées décoraient leurs chevelures. La plume bleue offerte par Cian était piquée dans l'abondante crinière de la jeune femme, lui conférant un air de princesse païenne.

Luvien lui-même les avait mariés. Une cérémonie toute simple mais émouvante. Shruti était là aussi, évidemment, arborant un joli collier de fleurs sauvages. Lorsqu'il n'était pas enroulé autour du cou d'Ariale ou de sa taille, l'amovible roulait à toute vitesse, s'amusant à zigzaguer entre les convives.

De nouveau paré de ses vêtements colorés, Vertymbras tentait de séduire Rowenwen'r, la sœur d'Hogo, et, contrairement aux prévisions du mage, il semblait y réussir.

Le ventre de Lucia s'était arrondi, promesse de vie, gage d'espoir ; rayonnante, vibrante de féminité, elle attendait non pas un seul enfant mais des jumeaux. La tenant enlacée contre lui avec une tendresse manifeste, son époux conversait avec le chevalier Éras, Melkior de Tagoras, roi des Nains de l'Ouest et Kaldhan de Tégolín, devenu celui de l'Est. Zétide n'avait jamais vu un air si épanoui à son ami Lycante. Le mage se réjouissait du bonheur franc que connaissait son compagnon de toujours. Enfin, Hogo allait pouvoir vivre sa vie et connaître un bonheur qui s'était longtemps refusé à lui.

Éras de Garamont avait remisé sa longue épée. Héros malgré lui, il lui était enfin possible d'oublier la guerre, le sang et la mort. Sa noble prestance laissait apparaître un soulagement évident pour Zétide, et les rides qui gravaient son visage étaient celle de l'amusement et du rire.

Dans sa robe blanche, Ariale allait et venait, bondissante et gracieuse comme une biche. Elle passa un long moment à discuter chaleureusement avec Valérius. Car le nouveau monarque des Maûnes avait tenu à assister au mariage. Il ne portait plus de noir mais du gris clair, du violet et du bleu. Sous le fin bandeau d'or blanc autour de son front, son regard n'avait plus rien de tourmenté, au contraire. Son royaume pacifié, le seigneur avait décidé de faire un séjour dans l'Ældo, pour y apprendre auprès d'Ariale et Luvien comment créer l'harmonie qu'il voulait établir dans son monde natal.

Une seule Dalle avait donc été laissée ouverte, celle de Manès, destinée à permettre l'échange entre les deux mondes. Un échange prudent mais pacifique supervisé par le conseil des Mages d'Orchomène que dirigeait à présent un nommé Hypolus d'Arcadie.

Ariale avait grandi. En vérité, ce n'était plus tout à fait une fillette à présent. Elle abordait l'adolescence avec une grâce sereine. Un mage de la trempe de Zétide pouvait le voir, l'Arcane étincelait, mêlée à la Source de la guérisseuse. Pourtant, la fillette ne semblait pas si changée que cela, en définitive. Elle restait la même, curieuse, fraîche et réfléchie, malgré un caractère de plus en plus affirmé. Ce constat comblait le mage. Après tout ce qu'elle avait enduré, et malgré son pouvoir, elle restait une enfant et méritait bien aujourd'hui de vivre le temps de l'insouciance.

Le regard du vieillard revint sur les mariés qui étaient l'objet de toutes les attentions. Hogo et Lucia resteraient une semaine dans la propriété de Zétide ; après quoi ils partiraient en lune de miel dans la famille du Lycante. Ils rejoindraient ensuite le chevalier Éras et Ariale qui, pour leur part, rentraient au château des Garamont avec Oriel et Vertymbras, afin d'en réaliser la réfection et d'y planter la dernière graine magique. Précepteur de la fillette, Luvien les accompagnerait.

Melkior avait offert au chevalier l'aide de son propre architecte qui, disait-il, ferait des merveilles pour restaurer le château familial.

Zétide laissait le soleil le réchauffer, il se sentait si bien. Son verre à présent vide, sa pipe encore fumante, il s'endormit, bercé par les conversations enjouées, bercé par le rire et par l'allégresse.

Demain, il commencerait à écrire ses Mémoires. Oui, il avait tout le temps, à présent.

# Entretiens avec Michel Robert et Pierre Grimbert

## Entretien avec Michel Robert

**Actusf** : *Comment avez vous découvert la fantasy et y a-t-il un ou des livres qui vous ont marqué ?*
**Michel Robert** : Depuis tout petit, je lis. J'ai commencé à vraiment devenir mordu de lecture avec les romans de Jules Verne et ceux de Dumas. Puis, adolescent, j'ai découvert la fantasy grâce au personnage de Conan de Robert Howard, dont j'ai dévoré tous les livres. Mais le véritable « déclic », c'est la lecture du *Seigneur des Anneaux* (oui, ce n'est pas très original !) qui m'a franchement mis une grande claque malgré un début un peu poussif ! Une autre rencontre qui m'a beaucoup marqué : l'œuvre de Roger Zelazny, notamment le magnifique cycle des *Princes d'Ambre*. Enfin, je ne dois pas oublier l'univers truculent de Jack Vance qui m'a tenu éveillé de nombreuses nuits. En ce qui concerne les auteurs étrangers actuels, j'ai un faible pour Guy Gavriel Kay, Glen Cook et Robert Jordan. Mes favoris chez les Français sont Pierre Grimbert et Ayerdhal. J'aime également d'autres genres dérivés de la SF comme le cyberpunk – j'adore l'œuvre de Walter John Williams –, le space opera, mais aussi les polars noirs. Ceux de James Crumley, de James Ellroy ou de Stephen Hunter, par exemple.

**Actusf** : *Comment êtes vous passé de lecteur à écrivain ?*
**Michel Robert** : C'est venu naturellement, je pense, à force de lire de la fantasy. J'ai toujours eu une imagination exacerbée. Enfant déjà, je m'isolais pour forger mes propres histoires, dans ma petite tête. Un beau jour, bien plus tard, je me suis dis : pourquoi pas moi ? Pourquoi ne pas relever le défi ? Je songeais à arrêter ma carrière de handballeur et j'avais besoin d'une nouvelle passion dans laquelle me plonger. J'ai donc écrit un premier roman de fantasy, qui a été refusé et fort justement je dois l'admettre, car pas assez travaillé. Je suis d'une nature assez têtue et « l'échec » de cette première tentative ne m'a motivé que davantage. J'ai eu alors l'idée du personnage de Cellendhyll de Cortavar, le héros de mon premier roman, *L'Ange du Chaos*.

**Actusf** : *Comment avez-vous découvert* La Malerune *de Pierre Grimbert ?*
**Michel Robert** : J'ai d'abord lu *Le Cycle de Ji* et j'ai véritablement adoré. À l'époque, il y avait très peu d'auteurs français publiés en fantasy et c'était la première fois – pour moi – qu'un Français se hissait au niveau des maîtres américains ou des Anglo-Saxons. Il était donc normal de m'intéresser à la suite de son œuvre. Comme je vous l'ai dit, je lis beaucoup, je suis un boulimique de lecture et j'achète quasiment tout ce qui sort en fantasy.

**Actusf** : *Qu'est-ce qui vous avait plu dans l'univers de* La Malerune *? Et avez-vous envie un jour de revenir à cet univers ?*
**Michel Robert** : L'univers global inventé par Pierre Grimbert, cette dualité entre les deux mondes, l'Ældo et le Maûne, la magie des Runes, les personnages riches et attachants, tous ces éléments m'ont profondément séduit. Pour ce qui est d'une suite possible, j'avoue ne pas y avoir réfléchi mais à l'évoquer comment ne pas trouver cette idée proprement séduisante ?

**Actusf** : *Qu'est-ce qui vous a donné envie d'écrire la suite ?*
**Michel Robert** : Ah, mais comment résister à une telle offre ? Je m'en souviens parfaitement, c'était le vendredi

28 août 2002, je partais en week-end avec mon amie. Un coup de fil sur mon portable, c'était les éditions Mnémos à qui j'avais envoyé un manuscrit ! Non seulement Célia Chazel (de Mnémos) m'annonçait qu'elle voulait publier mon roman, *L'Ange du Chaos,* mais en plus, elle me proposait de reprendre la suite de *La Malerune,* de Pierre Grimbert, un de mes auteurs préférés ! Difficile de ne pas se sentir flatté, sinon carrément survolté. Je n'ai pas touché terre du week-end, j'étais totalement euphorique, je devais presque me pincer pour me rendre compte que je ne rêvais pas ! Je rigolais tout seul au fond du jardin comme un imbécile heureux ! Sans compter que c'était un fameux défi à relever et que le sport de haut niveau m'a rendu friand de ce genre d'aventures.

**Actusf** : *Est-ce facile de s'approprier l'univers d'un autre auteur ? Comment cela s'est-il fait ? En avez-vous beaucoup parlé avec lui ?*
**Michel Robert** : Oh non, ce n'est pas facile du tout ! De plus, au début, j'hésitais presque à contacter Pierre Grimbert. Je me disais qu'il allait me trouver franchement importun, je m'attendais à de la réticence, voire à une certaine condescendance… Mais pas du tout, au contraire ! D'emblée, Pierre a été très gentil et je crois que nous avons immédiatement sympathisé. Il n'a pas hésité à me fournir ses notes sur l'univers de *La Malerune* et tout au long de mon travail, il a été disponible et très encourageant. J'en profite pour le remercier une fois encore ! Au départ, évidemment, j'ai relu le tome I de *La Malerune* en prenant des notes. Beaucoup de notes... Puis je me suis mis au travail. J'avoue avoir tâtonné un peu. Pierre Grimbert avait prévu un cycle en six tomes, donc assez étalé, et il avait mis un certain nombre d'éléments en place dans le premier opus de *La Malerune*, auxquels je devais apporter des réponses, sans toutefois les connaître. Mais Mnémos avait décidé de le réduire à seulement trois tomes, ce qui me compliquait la tâche. Je voulais à tout prix rester fidèle à l'univers de Pierre et il n'avait que peu d'éléments à me fournir sur la suite de l'histoire qu'il avait initiée. J'avais donc une grande, une très / trop grande liberté pour écrire la suite de son œuvre. Trop de liberté, des délais assez

serrés pour le jeune auteur que je suis et tellement d'idées et surtout de questions que je partais dans toutes les directions ! Ce n'était pas évident pour moi de relancer la machine... N'est pas Pierre Grimbert qui veut ! Ce sont les personnages qui m'ont sauvé. Dès lors qu'ils se sont mis à vivre d'eux-mêmes sous ma plume, dès que j'ai réussi à me les accaparer, c'est devenu beaucoup plus facile – je trouve d'ailleurs cela fascinant, quand vos personnages deviennent « vivants ». On sait d'instinct comment ils vont réagir face à telle ou telle situation. Ils deviennent aussi concrets que des compagnons réels. Sans eux pour me guider, j'y serais peut-être encore ! Au fur et à mesure de mon avancée dans l'écriture, j'envoyais mon texte à Pierre pour avoir son avis. Il m'a recadré sur certains points, aiguillé sur d'autres, tout en me délivrant de constants encouragements. Globalement, ce que j'écrivais semblait lui convenir, lui plaire, ce qui me permettait de repartir de plus belle ! J'avoue y avoir passé pas mal de temps et surtout de nuits avant de me sentir bien, mais c'était tellement enthousiasmant !

**Actusf** : *Avec le recul et maintenant que vous avez « bouclé » le cycle, comment voyez-vous cette aventure ? Est-ce que ça a été un moment passionnant ou au contraire difficile ? Était-ce pour vous une bonne expérience ?*
**Michel Robert** : Les trois, mon capitaine ! J'avais dévoré *Les Armes des Garamont,* ainsi que les autres ouvrages de Pierre Grimbert, alors me voir proposer par Mnémos d'en clôturer le cycle à travers deux romans était une formidable opportunité, doublée d'une chance incroyable ! D'autant plus qu'à cette époque j'étais un total débutant, je n'avais pas encore publié le moindre livre. Cela étant, une fois au travail, cette entreprise n'a pas été sans poser des difficultés… Du fait de mon inexpérience, imaginez la pression que cela représentait... En résumé, je le dis sans détour, l'achèvement de *La Malerune* fut une expérience non seulement inespérée, mais enrichissante, intense, inoubliable ! Cette aventure m'a en outre permis de me faire un nom – modeste – dans la fantasy française, alors même que je démarrais cette nouvelle carrière d'écrivain, cette nouvelle passion, et que personne

n'avait entendu parler de moi. J'en profite une fois encore pour remercier Célia Chazel pour m'avoir choisi comme successeur de Pierre Grimbert.

**Actusf** : *Comment ont réagi les lecteurs ?*
**Michel Robert** : Fort bien, à mon grand soulagement ! J'étais presque angoissé d'avoir leur sentiment, mais mes lecteurs, que j'ai pu rencontrer lors de mes diverses séances de dédicaces, m'ont confirmé que, somme toute, je m'étais plutôt bien sorti de ce guêpier. De plus, tant au niveau des critiques sur le Net qu'à celui des ventes, je n'ai eu qu'à me féliciter de l'accueil réservé à mon travail sur *La Malerune*. Une preuve supplémentaire de ce succès : la sortie du cycle en format poche, dans la collection « Points Fantasy », au Seuil !

**Actusf** : *Cela vous a-t-il donné envie d'écrire à quatre mains ?*
**Michel Robert** : C'est en effet quelque chose que j'aimerais bien faire, un jour. Quelle grande aventure cela doit être ! Mais pour faire du bon travail, cela doit demander beaucoup de complicité et d'organisation, je me demande d'ailleurs comment trouver l'équilibre entre deux écritures, deux sensibilités créatrices différentes.

**Actusf** : *Cette collaboration avec Pierre Grimbert vous a-t-elle également apporté en tant qu'écrivain ? Qu'avez-vous appris ?*
**Michel Robert** : Tout d'abord, cette collaboration a représenté pour moi une rencontre : j'ai découvert en Pierre quelqu'un de chaleureux, d'ouvert et de passionnant. Nous sommes restés liés et je prends toujours beaucoup de plaisir à le rencontrer, ainsi que sa compagne, Audrey Françaix. À cette occasion, je salue l'œuvre splendide qu'il a réalisée en créant sa propre maison, les éditions Octobre. Bravo, Pierre ! Au niveau de l'écriture proprement dite, il est toujours intéressant de pouvoir se confronter à une autre sensibilité que la sienne. Cela m'a permis d'affiner mon style, mes idées et la manière de les traiter – sachant qu'il n'est pas facile de pouvoir juger en toute objectivité de son propre travail et qu'à l'époque, j'étais bel et bien un novice.

**Actusf** : *Quels sont vos projets ?*
**Michel Robert** : Ah, ils sont pléthoriques ! Tout d'abord, *Sang-Pitié*, le troisième opus des aventures de Cellendhyll de Cortavar, mon *Ange du Chaos*, sort courant septembre 2006. Je suis en train de travailler sur la suite, le quatrième tome de ce cycle – bien plus sombre et violent que celui de *La Malerune* –, prévu pour début 2007. J'ai également trois autres projets en cours de concrétisation… Tout d'abord un nouveau cycle de fantasy, mais ancré dans un univers différent de celui de *L'Ange du Chaos*. Ensuite, un roman polar / fantastique qui se déroule dans un monde nettement plus urbain. Enfin, peut-être, l'adaptation romancée d'une BD. Comme rien n'est encore signé, je préfère de pas en dire plus pour le moment, mais si tout marche selon mes espérances, l'année 2007 va être bien chargée et je vais encore courir après le temps. Courir après le temps : c'est mon éternelle malédiction, mais vous admettrez qu'il en est de bien pires. En vérité, la vie est belle, je ne peux le cacher : je suis un homme – et un papa – comblé !

Propos recueillis par Jérôme Vincent

# Entretien avec Pierre Grimbert

**Actusf** : *Première question classique, quand avez-vous découvert la fantasy et y a-t-il un livre ou un auteur qui vous ait marqué ?*

**Pierre Grimbert** : Je ne me rappelle pas avoir eu le sentiment un jour de découvrir la fantasy. Il me semble que j'en ai toujours lu, depuis les albums de l'école primaire, avec des dragons tout ronds et des gentilles sorcières. Ma génération a ensuite connu l'arrivée des jeux vidéo, de Donjons et Dragons, du cinéma à effets spéciaux… Bref, j'ai l'impression d'avoir toujours été entouré de fantasy. Dans mes premières lectures de fan, les auteurs qui m'ont marqué sont Vance, Leiber et Moorcock. J'ai finalement lu *Le Seigneur des Anneaux* assez tard ; c'était un véritable enchantement, mais je n'ai pas reçu la « claque » ressentie par les profanes, lorsqu'ils découvrent le genre par le biais de Tolkien.

**Actusf** : *Quand avez-vous décidé d'être écrivain et pour quelle raison ?*

**Pierre Grimbert** : Comme tout lecteur passionné : un jour, on finit par se dire : « Pourquoi pas moi ? » Comme j'étais plutôt branché BD, je me suis d'abord essayé au scénario, sans succès. Il m'a fallu plusieurs années avant d'enfin oser me lancer dans l'aventure d'un roman. J'ai eu beaucoup de chance avec *Six Héritiers* : Mnémos démarrait et cherchait ses auteurs, la fantasy francophone était quasi inexistante, ce qui a attiré l'intérêt de la presse… Bref, les premiers tomes n'ont pas trop mal marché, et je me suis pris à rêver d'une vie d'écriture. Il y a des hauts et des bas, mais on se sent libre, et tous les amateurs de fantasy connaissent l'immense valeur de la liberté.

**Actusf** : *Revenons sur* La Malerune, *votre deuxième cycle. Comment est née l'idée ? Qu'aviez-vous envie de dire ou de faire ?*
**Pierre Grimbert** : Après *Ji*, je voulais mettre en scène un monde de fantasy où la magie serait beaucoup plus présente, et où les peuples ne se résumeraient pas aux seuls Humains. L'histoire générale du *Troisième Monde* s'est formée petit à petit, comme d'habitude, au fil des notes. J'envisageais un cycle d'ampleur ; divers événements sur lesquels je ne reviendrai plus ont fait s'interrompre la série après le premier volume. Mais jamais, jamais il n'avait été question de l'abandonner complètement ! Il fallait que la suite de cette histoire soit racontée, et je suis très heureux qu'on y soit enfin parvenus.

**Actusf** : *Comment s'est fait le passage de témoin avec Michel Robert ?*
**Pierre Grimbert** : D'après mon sentiment, dans les meilleures conditions possibles ! Au départ du projet, je m'attendais à un tas de difficultés (voire de conflits), mais le talent naturel et l'investissement total de Michel n'ont laissé aucune chance aux obstacles éventuels. En pratique, j'ai d'abord commencé par trier et réorganiser toutes mes notes pour présenter à Michel quelque chose de lisible et plus ou moins cohérent (mais qui n'était guère plus que des pistes et des idées en vrac). Il a étudié tout ça avec beaucoup (beaucoup, beaucoup !) de sérieux et m'a proposé sa vision de l'évolution de l'histoire et des personnages. Il est tout de suite apparu que nous étions sur la même longueur d'onde. Michel s'est alors attelé à la rédaction et je n'ai plus eu grand-chose à faire, mais nous sommes restés en contact pendant toute l'écriture, même si les destinées des personnages ne sont plus entre mes mains depuis longtemps !

**Actusf** : *Est-ce facile de confier son univers à quelqu'un d'autre ?*
**Pierre Grimbert** : Faire partager la vision d'un univers est très facile ; c'est la base même de l'activité de l'écrivain. Le tout est d'accepter que cette vision soit reprise, et donc altérée, par quelqu'un d'autre. Je n'avais pas vraiment de problème de ce côté-là ; j'étais même très curieux, et très impatient, de voir comment les éléments du livre allaient évoluer sous une autre plume. Je n'ai pas été déçu, car en plus d'avoir parfaitement respecté l'univers des *Armes des Garamont*, Michel a largement enrichi le cycle par un tas d'inventions géniales… Il est évident que les plus grandes difficultés étaient pour lui. Je me crois incapable de faire ce qu'il a fait, à savoir rentrer complètement dans une histoire et en écrire la suite tout en conservant son esprit… Surtout lorsqu'on songe qu'il était « attendu au tournant » par une certaine catégorie de lecteurs et de critiques.

**Actusf** : *Avez-vous été surpris par l'évolution des personnages et de l'intrigue ?*
**Pierre Grimbert** : Non, tout d'abord parce que Michel connaissait parfaitement bien l'univers du premier tome, et qu'il m'exposait ses idées au fur et à mesure de sa rédaction. Et, je n'ai JAMAIS eu l'occasion de dire : « Ça j'aime pas, c'est trop éloigné de l'idée de base… » Cela dit, et même si c'est une évidence, Michel a apporté énormément de trouvailles, de personnages, de décors à l'univers, et c'est plutôt de ce côté qu'il m'a surpris !

**Actusf** : *D'ailleurs, considérez-vous que c'est encore votre histoire ?*
**Pierre Grimbert** : Le premier tome est certes de ma plume, mais le cycle de *La Malerune*, pris dans son intégralité, bénéficie bien d'une double paternité. Même si les bases du monde et de l'intrigue sont de mon cru, je considère que l'histoire est au moins autant celle de Michel que la mienne – ne serait-ce que parce qu'il a produit les deux tiers du texte, et eu le dangereux privilège de conclure le récit.

**Actusf :** *Quelles ont été les réactions des lecteurs ?*
**Pierre Grimbert** : Eh bien, comme d'habitude à la parution d'un roman, selon les lois de la diversité... Le panel s'étend entre l'enthousiasme revigorant pour l'artiste, et le mépris, pour ne pas dire la haine, de la part de personnes que l'on dirait personnellement agressées par le texte. J'ignore ce qu'en pense Michel ; moi je remercie les premiers et j'essaie d'ignorer les plus virulents. Par bonheur, *La Malerune* est tellement présent en librairie que les premiers semblent être beaucoup plus nombreux.

**Actusf** : *Est-ce que ça vous a donné envie d'écrire à quatre mains un jour ?*
**Pierre Grimbert** : J'ai un tel projet depuis quelques années, avec mon épouse, Audrey Françaix, également écrivain. Mais il nous faudra pour cela accorder nos échéanciers d'écriture, ce qui n'est pas si évident que l'on pourrait croire !

**Actusf** : *Avec le recul, quel regard portez-vous sur* Le Secret de Ji *et* La Malerune *?*
**Pierre Grimbert** : J'ai beaucoup d'affection pour l'un et l'autre. Comme pour des amis fidèles, je connais leurs faiblesses et leurs qualités... Tout ce que j'écris maintenant fait référence à ces premiers textes, et il en sera toujours ainsi. *Six Héritiers* est mon premier livre et reste celui dont on me parle le plus... Difficile de ne pas avoir, pour lui, une sorte d'« amitié » bienveillante.

**Actusf** : *Vous écrivez également pour la jeunesse. Travaillez-vous différemment suivant les publics ?*
**Pierre Grimbert** : Les images que m'inspirent les romans pour la jeunesse sont tout aussi fortes, mais l'écriture est légèrement différente, pour des questions d'accessibilité évidentes. Les textes sont plus courts (quoique la tendance s'inverse au fil des ans), le vocabulaire simplifié, et je tiens moi-même à respecter une certaine morale dans l'histoire. Hormis ces détails techniques, je n'ai pas l'impression d'écrire plus « bêtement » les livres pour la jeunesse que les autres.

**Actusf** : *Quels sont aujourd'hui vos projets d'écrivain ?*
**Pierre Grimbert** : Je travaille sur *Le Prophétionnel,* un roman parodique de fantasy. J'ai beaucoup de plaisir à son écriture, aussi lui donnerai-je peut-être une suite… Mon autre grand projet est un roman de facture plus classique, ressemblant davantage à *La Malerune* et au *Secret de Ji*. Mais il n'en est encore qu'au stade de la prise de notes, aussi n'en dirai-je pas plus long !

Propos recueillis par Jérôme Vincent

DES MÊMES AUTEURS

La Malerune
vol.2, Le Dire des sylfes
*Mnémos, 2003*
*et « Points Fantasy », n° P1529*

DE MICHEL ROBERT

L'Agent des ombres
vol. 1, L'Ange du chaos
*Mnémos, 2004*

L'Agent des ombres
vol. 2, Cœur de Locki
*Mnémos, 2005*

L'Agent des ombres
vol. 3, Sang-Pitié
*Mnémos, 2006*

DE PIERRE GRIMBERT

Le Secret de Ji
vol. 1, Six Héritiers
*prix Julia Verlanger et prix Ozone 1977*
*Mnémos, 1996*
*et Mnémos, L'intégrale vol. 1, 1999*
*et « J'ai Lu Fantasy », n° 6578*

Le Secret de Ji
vol. 2, Le Serment orphelin
*Mnémos, 1996*
*et Mnémos, L'intégrale vol. 1, 1999*
*et « J'ai Lu Fantasy », n° 6578*

Le Secret de Ji
vol. 3, L'Ombre des anciens
*Mnémos, 1997*
*et Mnémos, L'intégrale vol. 2, 1999*
*et « J'ai Lu Fantasy », n° 6662*

Le Secret de Ji
vol. 4, Le Doyen éternel
*Mnémos, 1997*
*et Mnémos, L'intégrale vol. 2, 1999*
*et « J'ai Lu Fantasy », n° 6662*

Les Aventuriers de l'irréel
vol. 1, Prisonniers d'Harmonia
*Degliame, 2000*

Les Aventuriers de l'irréel
vol. 2, La Formule rouge
*Degliame, 2000*

La Malédiction du coquillage
*Bayard Jeunesse, 2001*

La Reine des amazones
*Bayard Jeunesse, 2001*

Le Baiser de la subure
*Bayard Jeunesse, 2001*

Le Guetteur de dragons
*Bayard Jeunesse, 2001*

Le Trophée des sorciers
*Bayard Jeunesse, 2002*

Les Aventuriers de l'irréel
vol. 3, La Voie du voleur
*Degliame, 2002*

La Malerune
vol. 1, Les Armes des Garamont
*Mnémos, 2003*
*et « Points Fantasy », n° P1439*

Les Aventuriers de l'irréel
vol. 4, Le Guerrier de la tour
*Degliame, 2004*

Les Enfants de Ji
vol. 1, Le Testament oublié
*Éditions Octobre, 2004*

Les Enfants de Ji
vol. 2, La Veuve barbare
*Éditions Octobre, 2004*

La Haute Quête de Dragonia
*Bayard Jeunesse, 2005*

Les Enfants de Ji
vol. 3, La Voix des aînés
*Éditions Octobre, 2005*

Les Enfants de Ji
vol. 4, Le Patriarche
*Éditions Octobre, 2005*

Les Enfants de Ji
vol. 5, Le Sang du Jal
*Éditions Octobre, 2006*

Le Prophétionnel : la théorie du bouclier
*Éditions Octobre, 2006*

RÉALISATION : PAO, ÉDITIONS DU SEUIL
IMPRIMERIE : BRODARD ET TAUPIN
À LA FLÈCHE
DÉPÔT LÉGAL : SEPTEMBRE 2006. N° 85710
N° D'IMPRIMEUR : 38178.
IMPRIMÉ EN FRANCE